Kage Baker

Das Haus des Hirschs

Steam Fantasy

Autorin: Kage Baker
Deutsch von: Daniel Schumacher
Lektorat: Elke Hittinger
Korrektorat: Oliver Hoffmann
Umschlaggestaltung: Oliver Graute

ISBN 978-3-86762-119-9

1. Auflage 2012
Gedruckt in Deutschland, Clausen & Bosse, Leck
Originaltitel: House of the Stag

www.feder-und-schwert.com

Prolog

Der sprechende Felsen

Jemand hat Gestalten auf den Felsen gemalt. Man kann sie nur noch schwer erkennen, da sie im Laufe der Zeit von Regen und Sonnenlicht gebleicht wurden. Es sind Strichmännchen mit Speeren, Wesen, die eine Mischung aus Bestie und Mensch zu sein scheinen, geometrische Muster, Spiralen, gestrichelte Sterne. Da ist ein Strichmännchen mit einem auf unschuldige Weise primitiv gemalten Glied und ein anderes, das mit zwei kleinen Kugeln und einem hervorstehenden Bauch als weiblich dargestellt ist – zweifellos handelt es sich um Liebende. Ihre Stimmen gingen im Nebel der Zeit verloren.

Aber behalte sie dennoch im Auge: Sie werden wieder zum Leben erwachen. Ein Echo der gesungenen Worte von einst wird widerhallen, und die kleinen Gestalten werden sich bewegen.

o o o

Das Mädchen war von dem Knaben schwanger. Ihre Namen waren Ran und Teliva, und sie gehörten zu einem Volk der Waldmenschen.

Es war heiß unter dem Orchideendach, ein Gewitter stand bevor, und der Himmel war schwer wie Blei. Mit dem Kind unter ihrem Herzen konnte Teliva nur schwer atmen. Ran führte sie einen grünen, leicht zu erklimmenden Pfad entlang zu den höher gelegenen, kühleren Orten auf dem Berg, die nicht so dicht bewachsen waren. Dort, wo das Wasser weiß in den

Teich schäumte, schwammen sie gemeinsam und tranken von der sprühenden Pracht. Doch trotz des Tosens des Wasserfalls konnten sie ein anderes Geräusch hören, und vor Nässe triefend und ein wenig eingeschüchtert kamen sie aus dem Wasser, um zu sehen, wer denn da im Dämmerlicht weinte.

Sie fanden einen Jungen, erst wenige Minuten alt, der heulte und mit seinen winzigen Fäusten hilflos in der Luft herumfuchtelte. Er lag völlig allein auf einem blanken Felsen, noch im Blut der Geburt, und es gab nicht einmal Fußspuren, die ein Zeichen dafür gewesen wären, wer ihn dort zurückgelassen hatte.

Teliva nahm ihn in die Arme und spürte im gleichen Moment, wie sie ihre erste Wehe scharf durchzuckte. Als sie am nächsten Morgen den Pfad entlang zurück ins Tal hinabschritt, trug sie zwei kleine Jungen in den Armen, während Ran neben ihr ging, um sie zu stützen.

Sie nannten ihren eigenen Sohn Ranwyr und den Findling Gard, was in ihrer Sprache „groß" bedeutete.

Niemand wusste, wer ihn dort auf dem Berg zurückgelassen hatte, denn es gab keine anderen Völker auf der Welt außer den Dämonen, und Dämonen entstanden aus Felsen, Licht und Luft; sie wurden aus den Elementen geboren wie die Menschen aus den Schößen der Frauen.

Manchmal nahmen die Dämonen die Gestalt von Menschen an. Manchmal stiegen sie zu den Tänzen ins Tal herab und paarten sich mit Männern und Frauen. Dennoch hatte noch nie jemand ein auf diese Weise gezeugtes Kind gesehen.

Das Volk verfasste ein Lied darüber, eines ihrer langen Lieder mit komplizierten Melodien, auch wenn die Worte immer einfach waren. Ein derartiges Lied konnte einzig und allein „Ich liebe dich und begehre dich" oder „Der Fluss führt heute viel Wasser" zum Inhalt haben. Das Lied, das sie über Gard verfassten, stellte die Frage: „Wo kam der Junge her?"

In dem Lied kamen die verzweifelten Schreie des verlassenen Säuglings ebenso vor wie die Telivas in ihren Geburtswehen und das Jammern Ranwyrs, nachdem er seinen ersten Atemzug gemacht hatte. Der Refrain, der fünfhundertfünfundfünfzigmal wiederholt wurde, lautete „Wo kam der Junge her?"

Aber niemand fand es jemals heraus.

o o o

Obwohl es kein Feuer, keine Kleidung und keinen Besitz gab, lebte das Volk in einer komplizierten Welt. Gard und Ranwyr mussten all die unterschiedlichen Bezeichnungen für das Wetter, die Farben des Flusses und ihre Bedeutung sowie die Gerüche des Waldes und deren Bedeutung erlernen und begreifen, was richtig und was falsch war.

Es war falsch, eine grüne Frucht von einem Baum zu pflücken oder einen Sänger zu unterbrechen.

Es war falsch, Zorn zu zeigen, falsch, nach etwas zu greifen, das man wollte, oder jemandem verärgert in die Augen zu starren. „Zwei Leute können auf einem schmalen Pfad gehen, wenn sie nur Geduld haben", lautete die Regel.

Es war richtig, Ran beim Sammeln von Früchten zu helfen und zu zeigen, dass man ein großer, starker Sohn war, wenn man sie ins Lager zurückbrachte. Es war richtig, das neugeborene Mädchen mit großen Blättern zu beschatten, wenn Teliva sie in ihr kleines Grasnest legte, und später war es richtig, sie daran zu hindern, zu nahe an den weißen, tobenden Fluss zu krabbeln.

Sie hatten gerade damit angefangen, die Namen der Sterne zu lernen, als die Fremden kamen.

o o o

Eines Nachts lagen Gard und Ranwyr am Rande des Tanzgrüns und passten auf ihre kleine Schwester auf. Die Tänzer bewegten sich in Zweierreihen auf dem weiten Rasen, der mit weißen

Blumen geschmückt war. Liebespaare waren in den Lauben rund um das Tanzgrün verschwunden, und manchmal übertönten die Geräusche, die sie machten, während sie sich liebten, die Musik.

„Wir sind schon fast alt genug, um das zu tun", meinte er, während er sich aufsetzte um über das Grün zu spähen.

„Nein, sind wir nicht", widersprach Ranwyr. „Pyelume hat dieses Jahr zum ersten Mal getanzt, und sie ist drei Jahre älter als wir."

„Ich habe nicht vom Tanzen gesprochen", erklärte Gard mit aufgesetzter Geduld.

„Ich auch nicht."

Gard schaute finster drein und versuchte durch die stampfenden Beine der Erwachsenen zu blicken. „Jungs sind ohnehin früher reif. Ran hat mir das erklärt. Er steht manchmal schon von allein."

„Das ist nichts, das tut meiner auch."

„Tut er nicht."

„Doch, tut er! Du hast es nur nicht gesehen. Aber wir müssen älter dafür sein. Noch drei Sommer, und dann schlage ich mich mit Melilissu in die Lauben", verkündete Ranwyr.

„Melilissu war schon mit Nole in den Lauben", erzählte Gard, „und sie haben ein Kind gemacht."

„Oh." Ranwyr klang enttäuscht. „Wirklich? Wo ist dann das Kind?"

„Es ist noch nicht fertig.", belehrte Gard ihn. „Denk doch dran, wie lange es gedauert hat, bis Luma rausgekommen ist."

„Ich möchte ohnehin noch kein Kind machen", sagte Ranwyr.

„Ich könnte", erwiderte Gard. „Ich wär gerne einer der Väter." Er blickte erneut zu den Lauben. „Ich frage mich, warum Ran und Teliva noch immer da hingehen. Sie haben doch schon uns und Luma."

„Oh, schau mal! Der Mond geht auf!", bemerkte Ranwyr. Sie sahen zu, wie der Mond voll und silbern aufging und hörten die

Stimme des Sängers das Licht in strahlenden Tönen begrüßen. Die dunklen Schatten der Tanzenden waren jetzt lang und scharf umrissen.

Zuerst dachten sie, den Trommlern hätten sich noch weitere Männer angeschlossen und gäben einen neuen, scharfen Takt vor; sie wussten nicht, was Hufschläge waren. Doch dann waren da neue schwarze Schatten im Mondlicht, die sich schnell bewegten, und Schreie erklangen. Der Sänger verstummte. Gard und Ranwyr kauerten sich zusammen, und hinter ihnen erwachte das kleine Mädchen in seinem Nest und begann zu jammern.

Die Reiter umkreisten das Gelände und schrien. Die Leute rannten panisch durcheinander. Einer der Männer löste sich aus der Menge und floh in Richtung Waldrand, doch ein Reiter erhob sich in seinem Sattel und ließ etwas über seinem Kopf kreisen. Die unbekannte Waffe erzeugte ein kreischendes Geräusch, wirbelte durch die kühle Nachtluft und umschlang die Beine des Mannes. Er fiel hart zu Boden.

Teliva kam auf die beiden Jungen zugehetzt. Knapp hinter ihr lief Ran, verfolgt von einem Reiter in wildem Galopp, der auf seinem Tier riesenhaft aufzuragen schien. Seine Augen und Zähne glitzerten. Er schrie noch immer, doch Gard erkannte, dass er dabei auch lachte. Der Reiter hob seinen Arm und ließ etwas kreisen, das aussah wie ein Gewirr aus Reben.

Gard spürte den Zorn wie einen weiß schäumenden Fluss in seinem ganzen Körper. Er sprang schreiend direkt vor den Hufen des fremden Tieres auf, und es scheute. Der Reiter verlor den Halt und stürzte. Ran und Teliva hasteten an Gard vorbei und flohen weiter in die Dunkelheit unter den Bäumen, sie hielten nur kurz inne, um das kleine Mädchen aufzuheben. Die Jungen folgten ihnen. Gemeinsamen rannten sie für eine lange Zeit, bis die Schreie nur noch aus der Ferne herüberklangen.

„Was war das?“, rief Ranwyr. „Was ist gerade geschehen?“

Aber Ran schüttelte nur den Kopf, während er Luma aus Telivas Armen nahm. „Ich habe keine Ahnung."

o o o

Die Fremden sahen nicht wie Menschen aus, aber auch nicht wie Dämonen. Die Bilder auf dem Felsen liefern dir keinen Hinweis auf ihr Aussehen: Strichmännchen, grob skizziert und mit harten Linien durchgestrichen, jedes von einer schwarzen Wolke umgeben. Soll dies ihre Fremdartigkeit symbolisieren oder ist es der Versuch, ihre Macht einzukerkern, wie eine Perle, die um Dreck herum wächst? Ihre Augen starren wild umher, ihre Zähne sind gefletscht.

Auch wusste niemand, wo sie hergekommen waren. Eines Tages waren sie einfach dagewesen. Sie errichteten steinerne Schalen auf der weiten Ebene östlich des Flusses, wo ein Blitz einen großen Waldbrand ausgelöst und zahlreiche Quadratmeilen dem offenen Himmel preisgegeben hatte. Zwischen den schwarzen Stummeln, die sich in den Himmel reckten, schütteten sie Steine auf, gruben viereckige Löcher und rissen die Erde in langen Streifen auf.

o o o

Das alte Leben war zerstört und die Situation nur schwer zu verstehen. Die Fremden ritten durch den Wald und töteten oder fingen jeden, den sie kriegen konnten.

Die Älteren starben zuerst. Manche von ihnen verhielten sich stur so, als hätte die Welt sich nicht verändert, und liefen in die Gefahr. Manche Kinder starben, zu jung, um es besser zu wissen oder zu alt, um auf Warnungen zu hören. Manche Väter starben, sie waren nicht leise oder vorsichtig genug, wenn sie sich davonschlichen, um Früchte zu pflücken. Manche Mütter starben, weil sie zu lange brauchten, um die Wurzeln auszugraben.

Diejenigen, die die Fremden lebend fingen, konnte man später auf deren Feldern sehen, wo sie die Pflüge zogen. Sie waren angekettet und weinten, und die Fremden schlugen sie. In der Nacht wurden sie in die Gruben unter den Mauern getrieben und dazu gezwungen, weitere Mauern zu errichten. Wenn sie starben, wurden ihre Knochen am Rand der Felder verstreut, die sie bestellt hatten.

o o o

Ran und Teliva fanden ein Loch unter den Wurzeln eines Baumes, der über dem Bett eines breiten Baches stand. Dort drinnen war es ebenso dunkel wie in den Sklavengruben, doch man hatte einen guten Blick über die offenen Wiesen auf der anderen Seite des Baches, und der Wald über ihnen war so dicht, dass die Reiter nicht hindurch kamen, ohne eine Menge Lärm zu machen.

Die Kinder wuchsen hier auf und lernten, wie man still war. Gard wurde breitschultrig und groß und Ranwyr schlank, mit leuchtenden Augen und geschickten Händen. Gard lernte gut, doch es war Ranwyr, der herausfand, wie man Schüsseln aus Kürbissen herstellen und Schilf zu Körben flechten konnte. Luma, das Mädchen, war bleich und klein. Sie konnte sich nicht an eine Zeit erinnern, in der die Dinge anders gewesen waren.

o o o

Eines Nachts im Winter heulte der Wind über die offenen Felder und flutete wie Eiswasser in das Loch unter dem Baum. Ran und Teliva drückten sich mit ihren Kindern aneinander und blickten in die blaue Nacht mit den weißen Sternen hinaus. Plötzlich zeichnete sich eine dunkle Gestalt gegen den Himmel ab. Gard warf sich nach vorne, umschlang sie mit seinen Armen und riss sie zu Boden.

Der andere knirschte mit den Zähnen und wehrte sich lautlos, während Ran hinzu kroch und ihm ins Gesicht spähte. „Lass los! Lass los, er ist einer von uns."

Gard ließ den Mann los, der sich aufsetzte und nach Atem rang. „Ich kenne dich. Du bist Ran vom Fluss, oder?"

„Das war ich", erwiderte Ran. „Jetzt bin ich Ran vom dunklen Bach. Verzeih meinem Sohn. Hier, nimm etwas zu trinken."

„Schon in Ordnung." Der andere nahm den Wasserkürbis entgegen, musterte ihn einen Augenblick lang verblüfft und neigte ihn dann, um zu trinken. Er verschüttete ein wenig Wasser und drehte den Kürbis, während er sich setzte, interessiert in den Händen. „Erinnerst du dich noch an mich? Ich bin Shaff von den Birnenbäumen. Das war ich, meine ich, dort sind jetzt keine Bäume mehr. In was für Zeiten wir doch leben, was?"

„Das ist keine Zeit", sagte Ran. „Die Zeit ist zerbrochen. Was machst du hier?"

„Ich versuchte, nach draußen zu kommen", erklärte Shaff.

„Nach draußen? Wo draußen?", fragte Ranwyr.

Shaff drehte sich um und sah in seine Richtung. „Wie viele von euch sind hier?"

„Wir sind alle hier", erwiderte Ran. „Wo ist denn deine Familie?"

„Weg."

Schweigen senkte sich über die Gruppe. Schließlich fragte Ranwyr: „Hast du einen Weg nach draußen gefunden?"

„Noch nicht", erwiderte Shaff heiser. „Ich bin die Berge hinaufgestiegen, um wegzukommen, doch ich kam nicht weit. Es ist zu kalt dort oben, und ich konnte nicht atmen. Ich blickte hinab auf die Welt und sah überall die Orte der Reiter, ihre Häuser und Felder, wo wir einst gelebt haben. Ich sah die Berge, die sich überall um die runde Welt erstreckten.

Ich sah den Fluss davonfließen und dachte, ich sollte ihm folgen. Ich ging nach unten, folgte dem Fluss schwimmend in der Nacht und versteckte mich tagsüber im Schilf.

Zum Schluss verschwand er unter einem Berg, und ich konnte ihm nicht weiter nachgehen. Ich folgte ihm also in die andere Richtung. Irgendwann schaffte ich es nicht mehr weiter nach oben, doch ich konnte erkennen, wo der Fluss herkam – Tränen, die aus einem grünen, kalten Auge im weißen Berg rannen. Die Kälte hatte meine Füße verbrannt, sodass ich drei Tage und drei Nächte lahm war.

Doch während ich dort oben lag, traf ich auf einen Dämon. Er erzählte mir, dass es auch Orte auf der anderen Seite der Berge gibt."

„Orte auf der anderen Seite?", fragte Teliva.

„Wer ist das?" Shaff lehnte sich nach vorne und spähte in die Dunkelheit. „Oh, eine Frau! Ich habe keine Frau mehr gesehen, seit …" Er brach ab.

„Wie kann es dort andere Orte geben?", fragte Ranwyr dann.

Shaff leckte sich die trockenen Lippen. „Der Dämon sagte, wenn man über die Berge käme, wäre dort alles, wie es hier früher war. Wälder und Tanzgrün. Keine Reiter! Keine Häuser oder Gruben. Es ist warm dort und regnet mehr. Jeder Baum trägt Früchte! So hat er es mir gesagt.

Darum werde ich nochmal zurückgehen und sehen, ob ich einen Weg durch die Berge finden kann."

„Wusste der Dämon, wie du dort hinkommst?", fragte Gard.

„Er hat mich nur ausgelacht", erwiderte Shaff. „Dämonen können fliegen. Dämonen können an den höchsten Orten wandeln, wo wir sterben würden. Sie haben nicht einmal vor den Reitern Angst! Er hat mir erzählt, dass er einen von ihnen gefressen hat."

Schockierte Stille folgte auf die Nachricht. „Was machst du dann hier?", fragte Ran schließlich.

„Ich suche nach einem Ort, an dem ich heute Nacht schlafen kann", erklärte Shaff. Er starrte Teliva mit einem sehnsuchtsvollen Blick an.

Er blieb die Nacht über bei ihnen. Aus Höflichkeit und auch aus Mitleid schlief Teliva mit ihm. Morgens brach er auf, um nach einem Weg durch den Rand der Welt zu suchen. Sie sahen ihn nie wieder.

Ranwyr wuchs heran, doch Gard wurde noch größer. Sie waren gute Söhne. Wenn sie aus ihrem Versteck schlichen, bewegten sie sich lautlos, fanden alle Fallschlingen und verbargen ihre Spuren. Manchmal trafen sie auf andere Angehörige ihres Volks, die durch die Nacht huschten. Die Gerüchte, es gäbe einen sicheren Ort jenseits ihrer Welt, hatten sich verbreitet.

Es wurde ein Lied gedichtet. Es war das erste neue Lied, seit die Fremden gekommen waren, und es erzählte von den Sternen, die über dem Rauch ihrer Häuser segelten. Es wurde nie laut gesungen, sondern flüsternd von einem Nachtwandler an den anderen weitergegeben. Das Lied erzählte davon, wie die Sterne die Himmelsfelder überquerten, ohne Spuren zu hinterlassen, und wie sie des Nachts die Berge hinter sich ließen und an den süßen, grünen Ort entkamen, an dem alles so war, wie es einst gewesen war. Der Refrain lautete „Oh, wenn wir Sterne wären."

Wenn Ran schlief, saßen Ranwyr und Gard am Eingang der Höhle und hielten Wache. Sie wandten ihre Gesichter den Bergen zu und fragten sich, wie sie nach draußen gelangen konnten.

Das Leben wurde härter, während die Jahreszeiten vergingen. Die Fremden fällten die Bäume, und ihre Felder breiteten sich aus, sodass Ran seine Söhne immer weiter und weiter weg von der Höhle führen musste, um noch Nahrung zu finden. Viele Pflanzen wuchsen auf den Feldern, und manche Leute nahmen sich davon, doch sie hinterließen Spuren, und die Reiter machten Jagd auf sie und nahmen sie gefangen oder töteten sie.

Eines Nachts sammelten Ran und seine Söhne Melonen. Auf ihrem Weg nach Hause überquerten sie eine offene Lichtung, um den Weg abzukürzen, da die Melonen schwer waren. Gard hörte die Hufschläge als erster, als der Reiter im Sternenlicht auch schon auf sie zuschoss. Er hörte das Pfeifen der Netze in der Luft, ließ alles fallen, was er trug und rannte um sein Leben.

Aus dem Augenwinkel sah er Ranwyr rennen und hörte Ran, der nicht ganz so flink war, hinter sich laufen. Er hörte den Aufschrei, den Aufschlag der Steine, die das Netz beschwerten, und dann hörte er, wie Ran ihm zuschrie, weiter zu rennen.

Doch Gard gehorchte nicht und wirbelte herum. Er sah, wie die Bestie des Reiters stieg und der Reiter mit seiner Waffe nach Ran schlug, der hilflos im Netz hing. Dann war Gard, ohne zu wissen, wie er dort hingekommen war, plötzlich neben dem Reiter, packte die Waffe und riss sie ihm aus der Hand. Der Reiter stürzte von seinem Reittier und krachte dabei auf ihn. Gard schlug mit der Waffe zu, wieder und wieder, bis sein Gegner nicht mehr versuchte, auf die Beine zu kommen.

Gard stand keuchend mit der Waffe in der Hand da. Ranwyr, den er nicht hatte zurückkommen sehen, beugte sich über Ran und befreite ihn aus dem Netz. Rans Arm blutete, wo der Hieb des Reiters mehrere Sehnen durchtrennt hatte. Die Bestie stampfte auf der Stelle, ihre Augen waren schreckhaft aufgerissen und Schaum stand vor ihrem Maul.

Sie bedeckten Rans Arm mit Blättern und banden sie mit Schnüren vom Netz so fest wie möglich.

„Rennt nach Hause!“, rief Ran. „Rennt nach Hause, bevor er erwacht!“

„Er wird nicht wieder erwachen“, erklärte Gard. Er versetzte dem Reiter einen heftigen Tritt, worauf dessen Kopf kraftlos hin und her rollte.

Ranwyrs Gesicht verzog sich vor Entsetzen. „Du hast ihn getötet!“

„Das war ganz einfach“, erwiderte Gard erstaunt. „Sieh mal, wie schwach seine Arme sind! Sieh nur, wie leicht die Spitze durch ihn hindurchgegangen ist – wie durch einen verrottenden Apfel. Warum töten sie eigentlich uns?“

„Er ist unrein“, würgte Ran hervor, der seinen verwundeten Arm umklammerte. „Geh weg von dem unreinen Ding. Lass ihn da liegen und wasch dich. Sein Blut stinkt.“

Kein Dank, sondern Schelte. Gard akzeptierte die Ermahnung schweigend und blickte zu Boden.

„Vater“, begann Ranwyr, „es könnten noch andere hier sein. Sie werden die Leiche sehen und Bescheid wissen.“

„Ich bleibe zurück“, sagte Gard. „Ich verstecke ihn. Ihr geht nach Hause. Ich werde mich waschen, bevor ich zurückkomme.“

o o o

Alleine in der Nacht musterte Gard die Waffe in seiner Hand. Es war der erste Speer, den er je gesehen hatte; seine Spitze war aus Bronze und der Schaft lederumwickelt. Er lag gut in der Hand und schien über einen eigenen Willen zu verfügen, so als ob er für ihn die Stellen gesucht hätte, an denen er dem Reiter das Leben aus dem Leib stechen konnte.

Gard legte den Speer zur Seite und durchsuchte die Leiche. Der Reiter verfügte neben dem Speer über mehrere Messer, bronzene Blattklingen mit einer scharfen Schneide, die er ebenfalls an sich nahm. Die anderen Besitztümer des Reiters – das stinkende Wams und das gewebte Material, das es über den Beinen trug – rührte er nicht an. Seine Bestie stand jetzt still da, als fürchte sie sich davor, sich zu bewegen. Gard erhob sich, sah sie sich an und erblickte das enge Geschirr, das sich tief in ihr Fleisch grub. Er zerschnitt es mit einem der Messer, zog es vom Leib des Tieres und ließ es achtlos fallen. Das Biest erschrak und hob den Kopf.

Es sprang fort und geriet dabei ein wenig ins Taumeln, ganz so, als habe es vergessen, wie man rannte. Es warf den Kopf hin und her und schien die Sterne mit seinem Geweih aufzuspießen. Dann machte es ein paar vorsichtige Schritte und wurde schneller. Es streckte seine Beine und traute sich wieder zu laufen, es sprang, es segelte dahin. Es galoppierte in Richtung der Berge und verschwand an den steilen Hängen.

Gard starrte ihm verwundert nach, den Kopf voller neuer Dinge. Dann beugte er sich hinunter und schleppte den stinkenden Leib seines Feindes fort.

Rans Wunde heilte, aber sein Arm verkümmerte. Lange Zeit lag er im Fieber und wurde dabei dürr und nörglerisch. Gard und Ranwyr nahmen nun alle Lasten auf ihre Schultern, sie gingen jagen und bewachten den dunklen Bach, der in den Sommermonaten austrocknete. Gelber, ungesunder Schlamm lag über den Steinen, und selbst der Fluss war zu einem Rinnsal verkommen.

Eines Nachts nahmen Ranwyr und Gard Wasserkürbisse mit und erklommen die Hügel in der Hoffnung, auf etwas Wasser zu stoßen, das die Berge herabsickerte. An einem hochgelegenen Platz fanden sie schließlich eine weiße, sprudelnde Quelle, die aus den Felsen entsprang. Dort tranken sie reichlich und füllten die Kürbisse, und dort hörten sie eine Stimme, hoben die Köpfe und lauschten.

„Jemand singt", murmelte Ranwyr. Sie nahmen die Kürbisse und suchten nach dem, den sie gehört hatten. An einem Ort noch weiter oben, wo sich die Steine gen Himmel reckten, fanden sie schließlich den Sänger. Unter glühenden Sternen und mit Sternenlicht im Haar sang er die Sterne vom Himmel. Sein Antlitz war jung, und Silber strömte aus seinen Augen.

Er hörte auf zu singen und sah die Jungen an.

„Wer bist du, dass du hier hoch oben singst? Komm herunter! Die Reiter werden dich hören!", ermahnte ihn Ranwyr.

Der Mann antwortete singend.

Ich war ihre Beute, doch ich bin nicht gefunden.
Ihre flinken Tiere können mich nicht fangen.
Ihre langen Lanzen durchstoßen nicht mein Fleisch.
Ich bin nicht erlegt.
Ich singe.

„Nein, sing nicht jetzt, nicht in dieser traurigen Welt. Hier werden die Lieder nur geflüstert, und wir schleichen durch die Dunkelheit. Komm runter da, du armer Narr, bevor sie dich erwischen", drängte Gard.

„Keine Reiter können mich fangen. Ich bin an diesen hohen Ort gekommen, um zu singen. Tausend Sterne sind herabgestürzt, und zwei davon brannten mir die Augen aus, während ich sang. Ich war geblendet, doch nun kenne ich tausend neue Lieder und sehe besser mit ihnen als mit meinen Augen.

Ich stieg den Berg hinab, um für meine Liebste zu singen, doch man hatte sie gefangen, während ich an diesem hohen Ort sang. Ich ging unverzagt zu den Sklavengruben und erklomm die schwarzen Mauern, um sie zu befreien.

Doch sie war tot. Sie ist tot, und ich bin nicht tot. Ich schluchzte an dem dunklen Ort, die Wachen hörten mich nicht. Ein Kind weinte in meiner Nähe, es hatte nässende Wunden am Leib. Um es zu beruhigen, sang ich das erste Lied. Seine Wunden heilten.

Ich ging unter ihnen allen: Zuchtmütter und Kinder, gebrochene Männer, und heilte sie alle. Nässende Male und Wunden von Axt und Pflugschar und die Striemen der Peitsche heilte ich. Ich nahm ihnen das Fieber und die Narben der Ketten. Als der Tag kam, verließ ich sie ungesehen und ohne aufgehalten zu werden. In meinen Armen trug ich ein Kind. ‚Meine Schwester, sie lebt beim Wasserfall!' hatte ihre Mutter gesagt. ‚Oh Heiler, bringt ihr mein Mädchen!', und so befreite ich das Kind.

Jetzt komme und gehe ich und besuche sie alle, in den Sklavengruben und auf den Feldern, und ich werde nie erlegt, obwohl mich die Reiter jagen. Ich werde nie erlegt."

Gard schüttelte den Kopf. „Komm da herunter, Freund, die Trauer hat dich krank gemacht! Komm mit uns. Wir haben einen sicheren Unterschlupf, dort wird dein Geist heilen."

Doch der Sänger lächelte ihn an. „Ich werde nie geheilt werden, bis das Volk frei ist. Obwohl ich bald zu all euren sicheren Unterschlupfen kommen werde, werde ich nie beschützt werden. Geht nach unten und sagt ihnen, sie sollen zu mir herauf kommen. Ich werde unser ganzes armes Volk heilen, hier, auf diesem Berg voller Sterne und unten in der Schwärze der Grube. Geht nach unten und erzählt es ihnen!"

Seine Stimme war seltsam und wild, wie das Schreien von Vögeln, die hoch oben am Herbsthimmel kreisen. Er fing wieder an zu singen. Mit einem letzten besorgten langen Blick nahm Gard seinen Wasserkürbis und ging. Ranwyr folgte ihm voller Freude.

„Jetzt ist er also gekommen, der Helle, der Geliebte! Er wird die Welt heilen!"

„Kein Mensch vermag das zu tun", herrschte Gard ihn an.

„Aber er hat eine Sternenkrone getragen", widersprach Ranwyr. „Du hast gesehen, dass er heilig war, du hast gehört, wie die Sterne wie Silber in seiner Stimme gebrannt haben!"

„Ich habe einen armen, verrückten Narren voller Schmerz gesehen. Es werden erlösende Speere sein, die ihn treffen“, entgegnete Gard hart.

o o o

Bald gab es die ersten Geschichten.

Da wäre ein kleines Mädchen gewesen, schreiend, ihr gesammeltes Essen von den bronzenen Speeren einer Federfalle durchbohrt. Irgendwie wurde sie vor den Augen der Reiter befreit und in den Unterschlupf ihres Vaters zurückgebracht. Ein lächelnder Fremder hatte sie gesegnet. Ihre Wunden hatten sich geschlossen, ohne dass Narben zurückgeblieben wären.

In einem dunklen Zuschlupf hätte eine Familie gelegen, dem Verhungern nahe und vom Fieber verbrannt, Vater, Mutter und Kinder. Ein sternenäugiger Fremder brachte ihnen bittere Kräuter mit Wasser; sie aßen sie und wurden geheilt.

Ein Bruder und eine Schwester wären von Reitern verfolgt worden, doch sie hörten eine Stimme, die sie singend ermutigte, weiter zu laufen. Direkt vor den Speerspitzen rannten sie mit laut pochenden Herzen, die Hufschläge hinter ihnen wurden immer lauter. Dann geschah das Wunder: Die Bäume schlossen sich direkt hinter ihnen, verbargen die Gejagten und verwirrten die Reiter.

So erzählten es die Geschichten, und auf dem sprechenden Felsen erscheint an dieser Stelle der Stern: eine Figur mit Sternen statt Augen inmitten einer mit silberner Asche dargestellten Wolke aus Licht. Seine erhobenen Hände segnen. Er ist an vielen Orten.

o o o

Ranwyr erzählte all die Geschichten, die er gehört hatte, in der Dunkelheit, um der Familie Hoffnung zu geben. Das kleine Mädchen lauschte mit weit aufgerissenen Augen, Teliva hörte zu und rang ihre Hände voller Sehnsucht, und Ran schüttelte nur den Kopf. Gard saß ein wenig abseits und hatte ungeduldig die Arme verschränkt.

„Dann gehen wir doch nach draußen und suchen nach deinem Stern“, murrte er schließlich. „Wir wissen ja, wo wir ihn finden können. Wollen wir doch sehen, ob er noch immer da oben ist und singt und mit seinen Händen herumfuchtelt. Dann wirst du die Wahrheit erkennen!“

Also erklommen Gard und Ranwyr die Hügel, während der Rauch aus den Hallen der Reiter vom Wind an ihnen vorbeigeweht wurde. Unter den hell auf sie herab scheinenden Sternen erklommen sie den Pfad und trafen andere auf dem gleichen Weg: Männer und Frauen, die sie seit Jahren nicht mehr gesehen und von denen sie oft angenommen hatten, dass sie längst tot wären. Ihre Herzen schlugen schneller, als sie so viele von ihrem Volk an einem Ort sahen, auch wenn die Leute sich wie Geister durch die Nacht bewegten und viele von ihnen hinkten oder sogar krochen.

„Wohin geht ihr?“, wollte Gard von einer Frau wissen.

„Wir wollen den Stern finden!“, antwortete sie.

„Ihr habt die Geschichten auch gehört?“, fragte Ranwyr.

„Jeder hat sie gehört“, meinte ein Mann, der sie auf dem Pfad überholte.

„Es sind so viele von uns!“, jubelte Ranwyr mit leuchtenden Augen. Er blickte beim Klettern nach oben und suchte den Horizont nach der Steingruppe ab, bei der sie den Mann zum ersten Mal getroffen hatten. Gard hingegen blickte oft unbehaglich nach unten zurück und hielt nach Spuren der Reiter Ausschau. Von so weit oben konnte er die Welt überblicken, die sie mit ihren Speeren genommen und es sich gemütlich gemacht hatten, und sein entwurzeltes Volk trieb nun wie Seifenblasen oder Rauch gen Himmel, auf der Suche nach einer Fantasie. Das machte sein Herz wild, schäumend wie der reißende Fluss.

Dann hörte er den Sänger erneut, die Stimme in der Nacht. Überall um ihn herum stöhnten die Menschen auf und stürmten vorwärts. Er sah ihre Welle an dem hohen Stein brechen, auf dem der Sänger stand, und von allen Seiten streckten sie die Arme zu ihm empor.

Lächelnd breitete der Stern die Hände aus. „Willkommen!"

„Hilf uns", riefen die Leute, die Stimmen voller Begehren und Verzweiflung. „Oh, Stern! Hilf uns, heile uns! Mach mein krummes Bein gerade. Mach mein Kind stark. Hol meinen Vater aus der Grube. Nimm das Fieber weg. Sing für uns, Strahlender, und bring die alten Tage zurück! Gib uns unsere Jugend zurück, bevor wir wussten, was das Böse ist! Oh, mach alles wieder so, wie es einst gewesen ist!"

Der Stern schüttelte traurig den Kopf. „Eure alten Wege sind verloren. Ich kann das Kind nicht in den Leib zurücksingen und das Blatt nicht in den Trieb. Ich kann diese Befleckung nicht vom Antlitz der Erde tilgen. Doch, mein Volk, ich kann deine Schmerzen lindern!

Hört mir zu und wisset, dass ihr nicht mehr verängstigt in der Einsamkeit kauern müsst, dass ihr keine Sklaven mehr seid, die abgeschlachtet werden und von allen verlassen sind. Lernt, was ich gelernt habe! Kommt und lasst mich euch lehren, und ihr werdet wie ich furchtlos im Licht wandeln. Mit einem Lied schließe ich Wunden, ich kenne die Melodien der Blumen des Feldes und all ihre Eigenschaften. Ich kenne Lieder, um vergiftetes Wasser zu reinigen und die Sprache der Tiere und aller Vögel des Himmels zu verstehen.

Kommt und lernt von mir! Ich kann euch lehren zu überdauern, wie die Erde überdauert, bis wir frei sein werden. Ich kann euch Stärke geben."

„Gut!", sagte Gard, der zwischen den anderen stand und sie überragte. „Dann gib uns Stärke, Stern. Für jede Wunde, die du schließt, schlagen die Reiter eine neue, und für jede Schlinge, die du löst, knüpfen die Reiter eine andere. Kennst du Lieder, um sie zu vertreiben? Bring sie mir bei! Hilf uns, Speere zu machen, um Wunden zu schlagen! Hilf uns, Fallen zu stellen, um die Fremden zu fangen!“

Doch der Stern hob abwehrend die Hände. „Ich kenne keine Lieder zum Töten, keine Macht zum Verwunden. Hört mir gut zu, alle die, die ihr verzweifelt seid: Die Falle, die ihr dem anderen stellt, wird euch selbst fangen. Die Reiter können uns nicht töten, solange wir nicht wie sie werden. Auf diesem Weg sind wir verloren und jenseits aller Hoffnung.“

Gards Augenbrauen zogen sich zusammen und der Ärger brach aus ihm heraus: „Du hast deine Gefährtin an die Reiter verloren! Wer bist du, dass du uns sagst, wir sollten nicht kämpfen? Einst waren wir wie die Blumen, und man hat uns niedergetrampelt! Ich werde mich nicht mehr niedertrampeln lassen!“

Der Stern antwortete: „Ich sage dir, eine Blume wird unsere Erlösung sein! Diese Blume wird uns aus dem Tal führen, doch lasst uns in Unschuld gehen. Ich werde nicht mit Blut an den Füßen in die Freiheit treten, über die Leiber der Toten hinweg!“

„Dann werden andere über deinen Leib trampeln!“, rief Gard, wandte sich voll weißglühenden Zorns ab und stapfte den Berg hinab. Ranwyr schaute ihm hinterher und zögerte, bevor er entschlossen das Wort ergriff.

„Heiligster unter den Menschen, ich weiß, Ihr verfügt über die Macht, Wunder zu wirken. Gibt es kein Lied, um einen Weg durch die Berge zu öffnen? Wir alle wissen, dass es sanfte Täler in großer Ferne gibt, in die uns kein Reiter zu folgen vermag. Singt und lasst die Steine krachen, die Erde wanken, und wo sie sich öffnet, führt uns hindurch! Dort werden wir in Unschuld leben, als unsere eigenen Herren und frei.“

Doch der Stern antwortete: „Ich kenne kein Lied, um die Berge zu teilen. Bis die Erlösung zu uns kommt, müssen wir überdauern, Ranwyr, ebenso wie die Berge überdauern.“

Ranwyr senkte den Kopf, und seine Hoffnung versiegte wie eine austrocknende Quelle, aber dennoch erwiderte er: „Dann lehrt mich zu überdauern, Strahlender, damit ich andere zu lehren vermag. Lasst mich auf Eurem Pfad schreiten."

Jetzt drängten sich auch die anderen um ihn und flehten ihn an, sie ebenfalls zu lehren. Sie saßen zu Füßen des Sterns, und er lehrte sie das erste der Lieder. Er versprach ihnen einen Weg, aus der Zeit zu treten wie ein Mann aus seiner Fährte. Er versprach ihnen einen Weg, die Augen zu öffnen, der sie die Wahrheit von Licht und Materie erkennen lassen würde. Er versprach ihnen einen Weg, wie man Licht und Materie wie ein Netz weben, das Muster kontrollieren und alles problemlos von außerhalb der Zeit erkennen konnte.

Manche lauschten und verstanden. Manche lauschten und meinten zu verstehen.

o o o

Bald gab es Jünger. Ranwyr war der erste, aber so eifrig er auch war, es gelang ihm nicht, die Kunst zu meistern, die die anderen in Sterne und Nacht hüllte. Er konnte weder gefahrlos in die Sklavenkäfige der Reiter eindringen und die Kinder herausholen – wie die anderen es taten –, noch ungesehen über die Felder gehen, ohne Spuren zu hinterlassen. Er lernte die Namen und Eigenschaften von Kräutern, die Fieber senkten oder Schmerz linderten, doch konnte er weder Ran retten noch dessen verkrüppelten Arm heilen.

Ran weigerte sich, an den Stern zu glauben, obwohl Teliva an seiner Seite saß und ihn darum anflehte. Sein Herz verwelkte in ihm wie die sterbende Blume, und eines Nachts drehte er sein Gesicht zur Erde und lauschte ihrem Herzschlag. Dann schlief Ran ein und wachte nie wieder auf, während Teliva weinend neben ihm saß.

„Wirst du nie wieder deine Augen für mich öffnen? Einst bist du neben mir durchs hohe Gras gegangen, in dem die Lilien sich nach oben reckten und ihre strahlenden Blätter öffneten. Der weiße Nebel trieb über die Hügel und umhüllte uns sanft, als wir gemeinsam ins Gras sanken und du mir tief in die Augen sahst.

Wirst du nie wieder mit mir sprechen? Einst lagst du mit mir in den Sommerhainen, die Blüten tanzten über uns, Zweige schwer von Früchten senkten sich zu meinen Lippen und das goldene Sonnenlicht des Waldes malte Schattenspiele auf den Boden. Dann sangst du die ganze Nacht für mich.

Wirst du nie wieder deinen Kopf erheben? Einst hast du dich erhoben, bewegtest dich, ohne zu ermüden, und auf dem Tanzgrün unter den Sternen gingst du mit leichtem Schritt. Wenn du durch die gelben und roten Blätter liefst, warst du der schnellste aller Jäger, und du warfst mich zu Boden, der beste aller jungen Männer, und erhobst dich hoch und stark über mir.

Wirst du nie wieder meinen Ruf hören? Einst sang ich wie ein Vogel, frei von jeder Sorge, einst sang ich, und du hörtest mich über Lichtungen hinweg, über Täler, über Berge und Haine. Einst kamst du flink, von meiner Stimme gerufen, wo immer du gerade warst. Du hörtest, wenn ich unruhig schlief, du erwachtest, wenn ich im Traum weinte.

Doch du warst untreu. Du hast der Stimme der Erde gelauscht, du bist verzweifelt, hast dich zum ewigen Schlaf niedergelegt und mich meiner Trauer überlassen. Wie kann ich dir nachfolgen und die Kinder schutzlos zurücklassen? Wer wird sich jetzt um uns kümmern, Ran?“

Gard und Ranwyr übergaben Ran der Erde. Dann überlegten sie gemeinsam, was sie nun tun sollten, da Rans Bach ausgetrocknet und seine Zuflucht nicht länger sicher war. Die Felder der Reiter erstreckten sich bereits bis zum Rand ihres Hains.

„Es gibt hoch gelegene Höhlen in den Felsen", erzählte Ran, „und er und seine Jünger halten dort Zufluchtsorte für Witwen und Waisen bereit. Es ist kalt, und keine Blumen blühen dort, doch das Wasser ist rein und sauber, und keine Reiter kommen so weit hinauf."

Gard runzelte seine schwarzen Augenbrauen und knurrte: „Wer ist ‚er', ist ‚er' zu einem Gott geworden? Wenn ‚er' so mächtig ist, dann soll ‚er' uns alle befreien."

Doch dann blickte er zu Luma und sah, dass ihre Brüste zu schwellen begannen, sah die Linien, die sich in Telivas Gesicht eingegraben hatten und wie sie sich nach irgendeiner Art Hoffnung sehnte, und so stimmte er zu. Teliva ging ein letztes Mal nach draußen, um Blumen zu sammeln, die Blüten des späten Sommers, alle, die sie finden konnte, und auch Federn und Samen, um sie in ihrer alten Heimat niederzulegen. Sie zogen weiter. Der Stern hieß die Frauen willkommen, gewährte ihnen Zuflucht an seinem hohen Ort.

Gard brachte es nicht über sich, bei den anderen auf dem Berg zu bleiben und auf das weite Land hinabzusehen, wo sein Volk gelebt hatte. Sein Zorn tobte wie ein reißender Strom in ihm, und so kehrte er nach unten zurück, in den Wald hinter den Feldern der Reiter

Nun wurden jene, die in der Vergangenheit dunkle Gerüchte gewesen waren, selbst von noch dunkleren Gerüchten heimgesucht. Etwas schlich und tötete in den Wäldern jenseits ihrer Felder. Einsame Jäger, Aufseher, die sich zu weit von den bestellten Feldern entfernten und Reisende verschwanden spurlos. Zwischen den Schafen wütete ein Stier, und zwischen den Rosen lauerte ein schwarzer Dorn, um das Blut der Reiter zu vergießen.

Gard hatte den Feind beobachtet und viel gelernt. Er hob seine Gruben tiefer aus, als es die Fremden je getan hatten, und verbarg sie wesentlich geschickter. Er stellte Fallen mit angespitzten Speeren auf, die in einem heiß brennenden Feuer geschärft worden waren, sodass sie tiefe Wunden schlugen und sich verhaken konnten. Bald übertraf er seine Feinde: Er schlich ungesehen hinter ihnen her, um sie zu fangen, erhob sich aus dem fließenden Wasser, um sie zu ertränken, ließ sich aus den Baumkronen fallen, um sie lautlos wie ein Schatten zu töten.

Gard plünderte die Reiter aus, die er in die Fänge bekam. Was er sich so verschaffte, verstaute er gut: lange Messer und Dolche, Speere mit gezackten Spitzen, schwarze Peitschen, beschwerte Netze oder bergeweise Schmuck. Er selbst trug einen Armreif aus Bronze und einen Silberkragen mit grinsenden Schädeln, den er einem Reiter abgenommen hatte. Die Leichen versenkte er im tiefen Sumpf, doch die Köpfe behielt er und errichtete eine Knochenpyramide, den besten seiner Schätze.

Eines Nachts erspähte Gard ein Feuer, das so groß war, dass es an der Unterseite der Wolken zu lecken schien. Er schlich sich so nahe er konnte an die Hallen der Reiter heran und beobachtete, flach in eine Furche gepresst, wie eines ihrer Häuser brannte. Bevor die Sonne aufging hatte er sich schon wieder in die Bäume zurückgezogen, beobachtete sie jedoch weiterhin, und bei Sonnenaufgang sah er eine Prozession aus den Hallen kommen, vier Reiter insgesamt. Sie trieben einen der Ihren vor sich her, die Speere gegen seinen alten Rücken gerichtet. Wenn er stolperte und fiel, lachten sie, wenn er sich mühsam mit seinen gefesselten Händen auf die Beine kämpfte, bespuckten sie ihn und stießen ihn mit den stumpfen Enden ihrer Waffen.

Gard ließ sich erstaunt ein Stück zurückfallen und beobachtete von einem Versteck aus, wie sie in den Wald kamen. Dort, wo der Wald am dichtesten war, hielten sie an und schwangen sich von ihren Reittieren. Einer nahm ein Seil und warf es über einen Ast, wo er es gut festmachte, dann schlang er es durch die Fesseln des Alten und zog ihn hoch. Der Alte hing dort, seine Füße berührten fast den Boden. Seine Eskorte lachte ihn aus und ritt davon, zurück in ihre Häuser, während er ihnen hinterherschrie. Er war blutüberströmt und nackt, da man ihm die gegerbten Felle ausgezogen hatte, die die Reiter trugen.

Gard saß noch lange, nachdem die Reiter gegangen waren, da und beobachtete den Alten, dessen Schreie schließlich zu einem empörten Murmeln verklangen. Zum Schluss kletterte Gard weiter nach oben, um herauszufinden, ob die Reiter nicht kehrt gemacht hatten, doch sie hatten ihr Opfer allein gelassen.

Er kletterte nach unten und sprang von einem niedrigen Ast, sodass er vor dem alten Reiter landete. Der Mann schrie erneut auf und spuckte nach Gard. Er zischte lange Worte in der Sprache der Reiter, bösartige Geräusche.

Gard hob seinen Speer. „Ich wundere mich, warum sie dich hier zurückgelassen haben, altes Dreckstück."

„Wie?" Der alte Reiter unterbrach sein Fluchen und starrte ihn an. „Du sprechen, Sklave?"

Gard war verblüfft. Niemand von all denen, die er jemals getötet hatte, hatte ihn in seiner eigenen Sprache angesprochen. „Ich bin kein Sklave."

„Nein", stimmte ihm der alte Reiter zu. „Du bist nicht. Du hast Haargesicht, aber Mannsklaven haben Glattgesicht wie Frau. Du zu groß. Was du sein, Monster?"

Gard strich sich etwas befangen über seinen Bart. Ranwyr hatte keinen Bart, und auch keiner der anderen Männer seines Volks. „Du sprichst unsere Sprache ziemlich schlecht."

„Nur Sklavensprache", spuckte der alte Reiter verächtlich aus. „Nicht wert besser lernen. Hör Monster, du mich losschneiden. Ich viele Geschenke machen. Hmm? Viele verdammte Sklaven zum Ficken."

„Ich werde dich nicht losschneiden", erwiderte Gard, in dem der Zorn aufwallte. „Ihr Reiter habt meinen Vater getötet, und ich werde euch töten. Ich habe schon viele von euch getötet!

Siehst du meinen Silberkragen? Ich habe ihn von einem eurer stolzen Jäger. Er suchte nach mir, das arrogante Dreckstück, dachte, er könnte mich abschlachten. Ich lockte ihn hinter mir her, durch meinen Wald; und bald hatte sich der Narr verirrt, weit weg von seinen demütigen Sklaven und seinem großen Haus. Was für eine Überraschung, als ich heraussprang, um ihn anzusehen!

Er versuchte, mich niederzureiten, lachend, und zielte mit seiner scharfen Lanze auf mein Herz.

Oh, aber ich habe ihn erwischt! Mein Speer ging durch ihn durch und nagelte ihn an einen Baum. Sein Tier floh, und er hing heulend da. Dann war ich dran mit Lachen, alter Scheißkerl! Ich sägte ihm den Kopf ab und nahm mir seinen silbernen Kragen. Siehst du diesen Armreif mit den Bildern, ja? Die Bestien laufen rund um den Reif, und kleine Jäger verfolgen sie, ohne sie jemals zu fangen. Hast du ihn schon mal gesehen? Ich habe den Aufseher gefangen, der ihn getragen hat. Einen ganzen Nachmittag lang lag ich auf der Lauer, einen ganzen Nachmittag lang habe ich ihn die Peitsche über die Rücken meiner Leute ziehen sehen. Ich schnappte ihn mir, als er in den Wald ging, um zu scheißen. Ich ließ ihn leiden, bevor ich seinen Schädel wie eine verrottete Melone in zwei Hälften spaltete.

Du denkst, wir wären alle Sklaven, wir wären alle schwach und würden weinen vor lauter Angst vor euch! Nicht ich!"

Der alte Reiter hörte ihm voller Erstaunen zu und betrachtete ihn aufmerksam, während er sprach. Er leckte seine trockenen Lippen und schaffte es zu lächeln.

„Aber nur du. Nur einer von euch tapfer. Der ganze Rest Sklaven, die wie Säuglinge flennen. Keine großen Worte von ihnen, nur ‚Oh nein! Verschone mich! Bitte!'"

„Es wird noch andere geben“, versprach Gard. „ Andere freie Leute werden sich mir anschließen. Wir werden euch alle töten und uns unser Land zurückholen!“

Der alte Reiter grinste durch das Blut auf seinem Gesicht. „Ja? Große, tapfere Sklaven sich dir anschließen? Ich denke nicht. Nur du, großer Sklave mit haarigem Gesicht. Nur du allein kämpfen. Wozu?“

„Für mein Volk!“, schrie Gard und schlug ihm ins Gesicht.

Der Kopf des Reiters rollte hin und her, er spuckte Blut und lachte. „Dein Volk. Du glauben, Leute dankbar? Sie dir nie danken.“ Der Reiter drehte sein wütendes Gesicht zu den Feldern, zu den Häusern dahinter und dem Rauch, der noch immer vom brennenden Haus aufstieg. „Ich war Anführer dort. Ich war weise. Ich war stark. Wenn wir altes Land verlieren, ich finde neuen Ort hier für mein Volk. Gute Felder hier. Gute Jagd. Viele Sklaven. Wir wurden stark.

Paaah … verschissene kleine Jungs bald junge Männer. Mein Kind mich bekämpft! Mein Kind! Jetzt stärker als ich. Der alte Mann fällt, ha! Junger Mann nimmt seine Tiere, seine Frauen und sein Gold. Verbrennt sein Haus. Er sagt ‚Stirb, alter Mann‘, und mein Volk sagt ‚Stirb, alter Mann!‘ Niemand für mich sprechen.

Bringen mich hierher, wo Monster wie du mich töten können. Du Anführer kämpfen für sie, du geben gute Dinge deinem Volk. Pah, du sehen eines Tages: Lange Zeit später sie dich auch hinauswerfen. Keiner sprechen für dich, keiner danken dir – und warum? Leute sein böse, Monster. Alle Leute. Alter Mann dir sagt so, junges Monster. Alter Mann weiß. Töte sie alle, alle …“

„Ich werde dich töten“, sagte Gard streng. „Du bist böse.“

Er rammte dem alten Mann den Speer durch die Kehle, weil seine Stimme ihn krank machte, und schlug seinen Kopf mit einem Stein ein, da er ihn nicht als Trophäe wollte.

Er stapfte wütend davon, fühlte sich miserabel und hatte das Bedürfnis, sich zu waschen.

o o o

Er ging nach Hause, kletterte auf den Berg, wo der scharfe Wind um die Steine pfiff und eine Geröllawine ins Tal polterte. Die Sonne hing heiß am hellen Himmel, und sein Schatten war dunkel und scharf gezeichnet. Er blickte auf das weite, grüne Land hinab, das nur einen Steinwurf entfernt zu sein schien, doch für sein Volk so verloren war, dass es genauso gut auf der Sonne hätte leben können. Er wandte sein Gesicht den Unterkünften der Flüchtlinge zu, die dunklen Höhlen in der Bergflanke.

Gard ging durch die Tür, hinter der seine Familie Zuflucht gefunden hatte, setzte sich und legte seinen langen Speer über seine Beine. Teliva, nun eine alte Frau, lächelte ihn an und zerstampfte derweil etwas in einer Schüssel. Luma senkte scheu den Kopf. Ranwyr schien ihn kaum zu bemerken, seine Augen wirkten stumpf, und sein Mund war spröde und aufgesprungen, weil er beständig Gebete und Beschwörungen vor sich hinmurmelte.

Gard beobachtete sie unzufrieden, einen schalen Geschmack im Mund. Lumas schlanke Finger arbeiteten, flochten aus langen Fasern Garn. Nach einer Stunde hatte sie eine ganze Rolle feinen Garns und Ranwyr hatte nichts vorzuzeigen außer geflüsterten Silben.

Gard blickte sich um und sah, dass sie kein Essen gelagert hatten. Teliva ging zu den Wasserkürbissen, doch sie waren leer, und so hob sie zwei davon auf und schlurfte auf den Eingang zu.

„Nein!“ Er kam auf die Füße und nahm ihr die Kürbisse ab. „Ich hole dir das Wasser, Mutter. Ranwyr! Du hilfst mir.“

Ranwyr öffnete verwirrt die Augen. „Nein, nein!“, wehrte Teliva ab. „Er arbeitet so schwer. Er war die ganze Nacht wach und hat studiert. Lass ihn in Ruhe.“

Gard ging also allein zu der Quelle, um Wasser zu holen. Er ging zu den Wiesen, grub Wurzeln aus und sammelte Eicheln ein, um damit die Lagerkörbe in der Höhle aufzufüllen. Teliva lächelte ihn an. Doch als sie das Abendessen austeilte, war es der bartlose Ranwyr, dessen Schüssel sie zuerst füllte.

Gard aß schweigend und mit finsterer Miene. Der alte Reiter saß an seiner Seite und verspottete ihn, wie es nur die Geister der Toten können, sodass ihm das Essen wie Asche schmeckte. Schließlich stand Gard auf, nahm seinen Speer und verließ die Höhle, und nun erhob Ranwyr sich, um ihm nach draußen zu folgen.

„Ich danke dir", sagte er. „Mir war nicht aufgefallen, dass die Wasserkürbisse leer waren. Ich wollte später Wasser holen, habe aber gar nicht bemerkt, dass es schon so spät war."

„Weil du ein Narr bist", erwiderte Gard, „und faul. Du sitzt den ganzen Tag herum, mit geschlossenen Augen! Dank Feiglingen wie dir reiten die Reiter noch immer."

Er stapfte in die Nacht davon.

o o o

Ranwyr ging zum Stern an seinem hohen Ort, wo er unter dem milchigen Licht der Sterne sang.

„Strahlender, bringt mir Frieden", flehte Ranwyr. „Ich vermag die Lieder nicht zu lernen. Ich beschäme meine Mutter und meine Schwester. Warum scheitere ich? Mein Bruder wandert im Abgrund, er stinkt nach Blut, er besteht aus Zorn. Doch seine Bäume tragen Früchte, und meine sterben schon in der Blüte."

Der Stern blickte ihn an, zerbrochene Lichter, die aus zwei eingesunkenen Höhlen leuchteten.

„Nein. Gehortete Schädel werden uns nicht erlösen, Ranwyr. Unser ganzes Volk wird sich stolz und frei erheben. Der Sonnenuntergang verhindert nicht den Morgen! Denke niemals, dass unsere Sonne nicht wieder aufgehen wird."

„Ich würde mein Leben opfern, damit sie wieder aufgeht“, erwiderte Ranwyr.

Die Stille lastete schwer auf ihnen, der silberne Nebel schien von innen heraus zu brennen und die zerstörten Augen waren trüb. Endlich sprach der Stern:

„Sei unerschütterlich, Ranwyr. Bald wird unser Volk alles brauchen, was du zu geben hast. Niemand wird dich einen Feigling schimpfen, wenn deine Stunde gekommen ist.“

Ranwyr ging nach Hause, doch ohne Frieden.

o o o

Auf den Feldern der Fremden stehen kurze, graue Stoppeln, die feuchte Erde ist mit toten gelben Blättern bedeckt, und an einem Zaun lehnt eine Sense. Ein Vogel ruft, und die Sumpfvögel schwingen sich langsam empor und verlassen das kalte Land.

Unten in den schwarzen Sklavengruben kamen die Sieche und der Tod. Dicht an die Wände gedrängt verrotteten die Sklaven in ihrer gefühlslosen Starre. Der Stern schritt unter ihnen umher, brachte ihnen Sternenlicht und saubere Luft und heilte sie mit einer kühlen Berührung. Fünf seiner Jünger folgten seinen Schritten, ungesehen, unerkannt von den Reitern, die oben in den großen Hallen feierten und schlemmten.

Doch der Wind blies vom Tal in die Berge und brachte den Tod sogar an jene kalten, sauberen Orte, an denen die Freien noch immer lebten. Ranwyr selbst spürte den Dorn in seiner Kehle und die Kohlen hinter seinen Augen. Er selbst sank zu Boden, keuchend, in den Flammen des Fiebers ertrinkend.

Teliva gelang es nicht, ihn zu wecken, und sie schrie nach Gard, der kam und seinen Speer zur Seite legte.

Er versuchte sich ungeschickt an der Heilung. Alles, was er zu tun wusste, war, kühles Wasser zu holen und den Schweiß abzuwaschen, doch er tat es und erhob seine dunkle, unsichere Stimme zu einem Lied. Er befürchtete, dass sich das Fieber wie ein Buschfeuer ausbreiten und seine ganze Familie verschlingen würde.

„Geh zum Stern", befahl er Luma. „Geh nach oben und rette dich. Lebe und bringe Kinder zur Welt."

Luma rannte weinend zum Stern selbst, als dieser von den Sklavengruben zurückkehrte. Er kam rasch, ohne ein Wort, obwohl er bereits drei Tage und Nächte ohne Rast unterwegs gewesen war. In Telivas Zuflucht fand er Gard noch immer gesund vor, der den tobenden Ranwyr niederhielt, während Teliva jammerte. Der Stern wurde von kühler Luft und einem sanften Licht begleitet, und Nebel senkte sich auf Ranwyr und dämpfte das Fieber.

Luma half dem Stern und tat, was er ihr sagte. Er lobte ihre geschickten Hände und ihren scharfen Verstand. Während er in der Höhle war, blieb sie stets an seiner Seite und brachte ihm alles, wonach er verlangte. Sie betrachtete seine kühlen Händen und wünschte, er möge ihr Herz berühren und ihren Schmerz lindern.

Als Ranwyrs Fieber zurückging und der Stern zu seinem hohen Ort zurückkehrte, wurde er von Luma begleitet. Sie bat ihn, sie in den Liedern zu unterweisen, und er hieß sie als seine Jüngerin willkommen.

o o o

Als Ranwyr seine tief eingesunkenen Augen aufschlug, sah er Gard, der an der Tür saß, mit dem Speer über den Beinen. Ranwyr setzte sich auf und erblickte verwundert seine alte Mutter in einem totenähnlichen Schlaf. Kurz und bitter flammte die Erinnerung an das Gesicht der jungen Teliva mit Blumen im Haar auf. Seine Schwester konnte er nirgendwo sehen. Er blickte Gard fragend an, seine Zunge war zu geschwollen, um zu sprechen.

„Luma ist zu ihm gegangen“, sagte Gard. „Man nennt deinen Stern den Tröster der Witwen, und das ist er zweifellos, doch sie sollten ihn auch den Tröster der Mädchen nennen. Trink! Hier ist der Wasserkürbis. Wehe du stirbst mir, sonst folgt Mutter dir nach. Sei tapfer, wenigstens einmal in deinem Leben.“

„Du bist nicht erkrankt?“, fragte Ranwyr.

Gard schüttelte den Kopf. „Ich habe Glück gehabt. Wenn man es Glück nennen kann, dass ich jetzt hier lebe. Dein Stern kann so viele aus den Sklavengruben befreien wie er will, was bringt es, wenn die Krankheit uns selbst hier erreicht, um uns zu töten? Das ist eine Sache mehr, die die Reiter uns, mit ihrer dreckigen Lebensweise, angetan haben. Wir wussten nichts von Krankheiten, bis sie kamen.“ Gard spuckte durch die Tür.

Ranwyr senkte den Kopf. Er träumte davon, über die Berge zu den grünen Lichtungen zu fliegen.

o o o

Teliva erwachte und schlurfte hin und her, während sie Wasser holte und Mahlzeiten zubereitete. Sie schien voller Hoffnung zu sein. Gard hörte nur stumm zu und verkniff sich alle weiteren Argumente.

Ranwyr lag faul und rastlos herum und musterte das Licht an den Wänden. Wenn er sich erhob, lobte ihn Teliva wegen seiner Stärke, und jedes ihrer Worte brannte in ihm. Warum sollte er gelobt werden, der er doch in allem gescheitert war? Er ging ins Sonnenlicht hinaus und schaute auf die leere Welt. Er ging weit weg, ohne irgendwo ankommen zu wollen.

In dieser Nacht schlief er im Freien, ungeachtet der Gefahr, in wilder Verzweiflung warf er sein Herz einem blutigen Fetzen gleich an den Nachthimmel, um die Aufmerksamkeit der Sterne zu erlangen. Als der Morgen anbrach, waren alle seine Tränen verbraucht.

Ranwyr erwachte auf einer schrecklichen, steinigen Heide, weit oben an der Bergflanke. Steif kroch er zu einem kleinen Bach, wusch sich das Gesicht und blieb für eine Weile dort liegen. Er hatte den verwitterten Baumstamm einige Minuten lang angestarrt, als der sich bewegte, ein verdrehtes, verschrumpeltes Ding mit einem langen Schnauzbart wurde. Ranwyr kam entsetzt auf die Füße, und das Ding gab ein kaltes, dumpfes Lachen von sich.

„Du bist also derjenige, der die Nacht damit verbracht hat, auf dem kalten Hügel zu klagen und zu jammern! Nun, was ist los? Nicht, dass ich es nicht erraten könnte: ein paar neue Angriffe der Fremden, oder?" Der Sprecher lächelte und zeigte seine säbelzahnartigen Fänge. Es war ein Dämon, einer von denen, die früher mit Ranwyrs Volk gehandelt hatten.

Ranwyr wählte seine Worte sorgfältig, da er sich gut daran erinnern konnte, dass man den Dämonen nur manchmal trauen konnte. Respektvoll sagte er: „Verzeiht mir, Vater, wenn ich Eure Ruhe gestört habe. Ihr habt richtig geraten, warum ich geklagt habe. Meinem Volk geht es momentan sehr schlecht. Es hat den Reitern nicht gereicht, uns zu Sklaven zu machen, sie haben die Erde selbst verseucht, sodass es vielleicht keine Hoffnung gibt, sie je wieder säubern zu können. Ich denke, wir werden alle sterben."

Der Dämon gähnte und dachte über seine Worte nach. „Ach, das ist jammerschade. Ich erinnere mich noch gut daran, wie euer Volk das erste Mal auftauchte, hübsche, kleine Dinger und angenehm anzusehen, wenn auch von miserablem Geschmack. Sie blieben im Wald und im Schatten und hatten liebenswerte Manieren. Diese Fremden jetzt, die kennen überhaupt keine Höflichkeit. Aber sie haben wunderbares Fleisch!" Er ließ seine Zunge über seine rasiermesserscharfen Zähne gleiten und blinzelte amüsiert.

„Es war damit zu rechnen, dass eine Rasse, die so alt und weise wie die Eure ist, gut gegen die Eroberer zu bestehen vermag. Doch wir verlassen diese Welt voller Wehklagen“, erklärte Ranwyr.

„Zu traurig. Aber so ist es nun mal! Man braucht Zähne und Klauen, um zu überleben, Zähne und Klauen und kleine Tricks wie diesen hier.“ Der Dämon streckte sich in der Sonne. Seine stumpfartige Form verschwamm und zerfloss, bis sich eine große, goldene Raubkatze im Gras räkelte. „Jetzt soll mir mal so ein Narr mit seinem Speer in die Quere kommen! Oh, hab keine Angst: Wenn ich dich fressen wollte, hätte ich dich schon längst getötet.“ Ranwyr zitterte, doch nicht aus Angst, nicht aus Angst.

„Langlebiger Vater der steinigen Hügel, wenn es jemals Liebe zwischen Eurem Volk und dem meinen gegeben hat, dann helft mir jetzt! Denn ich sehe eine Möglichkeit, wie mein Volk frei sein könnte und von all seinen Sorgen befreit.“

„Ich tue nichts aus Liebe, mein Kind. Das ist nicht meine Art. Doch lass hören, welche Art von Hilfe du benötigst, und dann können wir miteinander feilschen, obwohl ich nichts verspreche.“

So saßen sie auf der kargen Bergflanke im schwachen Morgenlicht: Der junge Mann gestikulierte mit gespreizten Händen, und der Dämon sah ihn an.

„Oh, Vater der Gebirge, Eure Berge umringen uns. Wir können wegen der Kälte, des Eises und der frostigen Luft nicht fliehen. Doch wenn es einen Weg gäbe, die Berge zu überqueren, ohne in der Kälte zu sterben, so würden wir diesen Weg gehen und an grünen Orten leben, so wie wir es vor langer Zeit getan haben. Jenseits der Berge gibt es Lichtungen, in denen es keine Sorgen gibt; jenseits der Berge können uns Alter und Tod nicht jagen.

Wenn wir fliegen könnten, wenn wir unsere Gestalt in die eines Vogels und zurück verwandeln könnten, würden wir als

Schwarm über die Berge und den Schnee zu den Hainen des immerwährenden Friedens segeln. Lehrt mich, die Haut eines Raben zu tragen, dunkel wie der Sturm und mit sensenscharfen Flügeln! Ich werde Euch jeden Preis zahlen, den Ihr verlangt, damit ich meinem Volk diese Kunst beibringen kann."

Ein Grinsen zeigte sich auf dem Antlitz des Dämons. „Du bist ein Narr. Nun, sag mir, was du hast, um mich zu bezahlen, wenn ich meine Forderungen stelle. Einen Blumenkranz? Einen Haufen hübscher Blätter? Die schönsten Flusskiesel, die du finden kannst? Oder Früchte und Beeren, damit meine Zähne eine Pause vom Knacken mit Knochenmark gefüllter Knochen bekommen? Das ist dein ganzes Vermögen. Hör mir zu, Junge! Mein Lohn soll dein Schmerz sein. Schmerzen machen mich glücklich.

Der Gestaltwandel ist für solch kleine Wolkenwesen wie euch schwer zu erlernen. Für dich wird es qualvollste Agonie sein, und ich werde zusehen und mich daran erfreuen, aber du wirst die Disziplin des Willens erlernen, die dir die Meisterschaft über Knochen und Sehnen bringt. Du wirst lernen, die Zellen selbst neu zu ordnen, aus denen du bestehst. Du wirst dich auf deinen Schwingen erheben, junger Mann, du hast mein Wort darauf. Wie du es deinem Volk beibringen willst, weiß ich nicht. Das ist deine Angelegenheit. Was sagst du?"

„Schmerz ist nichts. Gib mir Flügel", erwiderte Ranwyr.

o o o

Weiter unten am Berg verstrichen Tage und Nächte. Ranwyr wurde aufgegeben und für tot oder gefangen gehalten, und Gard sprang über seinen Schatten und dachte über den Stern nach. Er entschloss sich dazu, Luma zu finden, egal wessen Bett sie momentan auch teilen mochte, und dafür zu sorgen, dass sie sich um Mutter kümmerte; er hoffte, dass Enkelkinder ihre

Trauer zu lindern vermochten. Teliva würde nicht an der Tür auf Ranwyr wartend sterben.

Eines trüben Morgens erwachte sie mit strahlenden Augen. „Ich habe letzte Nacht von meinem Sohn geträumt. Gard, bring mich an einen sicheren Ort, an dem ich baden kann, und dann werde ich beten, wie es uns der Stern gelehrt hat. Er wird nun bald nach Hause kommen, ich weiß es."

Gard, ein guter Sohn, tat, wie ihn seine Mutter gebeten hatte. Er brachte sie zu einem kleinen Teich, den er kannte, er war durch Schilf abgeschirmt, vom Sonnenlicht gewärmt und den Reitern unbekannt. Er ließ sie dort, sagte ihr, sie solle hier bleiben und versprach, bis zum Sonnenuntergang zurück zu sein. Dann schlich er den Berg hinunter, um seinem blutigen Geschäft nachzugehen, und legte sich auf die Lauer, um einem Reiter die Kehle durchzuschneiden.

Doch Mütter richten sich nie nach den Plänen ihrer Söhne. Zu Mittag kehrte Teliva zurück, aus Angst davor, so lange von ihrem kalten und leeren Nest wegzubleiben. Dort weinte sie über die Leere der Höhle und ihres eigenen Herzens und dachte daran, wie ihre Arme einst so voll gewesen waren.

Auf den Boden fiel ein Schatten, und die Stimme aus ihrem Traum klang an ihr Ohr. „Oh, Mutter, verzeih mir! Sieh doch, ich bin sicher zurückgekehrt."

Ranwyr stand lächelnd im Eingang, dünn und gebeugt. Teliva drückte ihn in einer Flut aus Tränen an sich, sie konnte nicht einmal sprechen und umklammerte ihn zitternd. Er lächelte und küsste sie.

„Ich kann nicht lange bleiben. Ich bin nur zurückgekehrt, um dir zu sagen, wo ich bin und was ich tue. Ich werde dir alles erzählen, doch lass mich erst ein bisschen schlafen, nur ein bisschen schlafen, oder ich werde sterben. Lass mich nur schlafen …"

Teliva machte ihm aus süßem, neu aufgeschüttetem Stroh und roten Blättern ein Bett, wo er sich niederließ und sich seufzend ausstreckte. Dann sah Teliva seinen Rücken und schrie vor Entsetzen über das blutende Zeichen auf: Ein Rabe mit sensenscharfen Flügeln, mit tiefen Schnitten ins Fleisch geritzt.

„Mein Kind, mein Kind! Wer hat dir das angetan?"

Ranwyr umfasste ihre Hände und zog sie zu sich heran. „Berühr es nicht! Kein Feind hat es getan, sondern ein Freund. Ich habe mein Blut vergossen, um uns Flügel zu verleihen, Mutter! Das Muster ist nur das Zeichen der Kunst, die ich gelernt habe und die ich lehren werde. Erinnerst du dich an Shaff, den Reisenden? Vielleicht hat er keinen Pfad über das Gebirge gefunden, doch wir werden auch keinen brauchen. Wenn das vollbracht ist, werden wir gefahrlos über sie hinweg fliegen, zu den Wäldern auf der anderen Seite."

Teliva verstand ihn nicht, doch sie sah die verzweifelte Hoffnung in seinen Augen. Sie wurde von seiner Begeisterung angesteckt und ihr Gesicht hellte sich auf vor Freude. „Gesegnet war die Stunde, als ich dich das erste Mal deine Bewegung unter meinem Herzen spürte! Mein Sohn, mein guter und kluger Sohn, wie tapfer du doch bist! Der Stern selbst wird kommen und deinen Namen preisen. Lege dich wieder hin, ruh dich aus. Ich hole frisches Wasser, um dich zu baden."

Teliva nahm den Krug und eilte mit den leichtfüßigen Schritten eines Tanzmädchens davon. Am Teich traf sie auf Gard, der nach ihr suchte, voller Angst, dass ihr etwas zugestoßen sein könnte. Ihre Haare waren wild und wirr und Tränen rannen über ihr Gesicht, als sie lachte, und er dachte, dass sie schließlich unter der Last der Sorgen zusammengebrochen wäre. Sie schlug die Hände zusammen und rief: „Dein Bruder, Gard, was für einen Bruder du hast! Mein tapferer Ranwyr bringt uns solch ein Geschenk! Er lernt Magie und wird uns befreien!"

Dunkle Augen verengten sich unter schwarzen Brauen zu Schlitzen. Gard fragte argwöhnisch:

„Also ist Ranwyr zurückgekommen?"

Teliva sang ihre Worte. „Ja, ja, er ist am Leben und in Sicherheit! Er ruht sich jetzt aus. Ich muss Wasser holen, um ihm die geliebten Füße zu waschen."

Gard schob sie zur Seite und stapfte den Pfad hinunter. Seine Stirn war gerunzelt, und der heiße Zorn loderte in seinem Herzen, wild und ungezügelt stieg er in ihm auf. Er kam zu der Höhle und sah Ranwyr in den Schatten.

„Wo hast du dich die ganze Zeit herumgetrieben? Schämst du dich denn nicht, ihr solche Lügen aufzutischen?"

Ranwyr hob seine schweren Lieder, noch ganz vom Schlaf benebelt. Betäubt murmelte er: „Ich habe ihr keine Lügen erzählt."

Gard schrie ihn an: „Es hat ihr das Herz gebrochen zu glauben, du wärst tot, du elendes Stück Dreck! Stattdessen hast du dich die ganze Zeit über versteckt, du Feigling, nutzloser Feigling, so dass ich alleine auf sie aufpassen musste! Steh auf, du elendiger Faulpelz!"

Ranwyr setzte sich auf, holte tief Luft, als ihn die Schmerzen durchzuckten, und streckte seine Hände abwehrend aus. „Ich habe mich nicht versteckt. Was ich getan habe, wird ihr Leben, deines und unser aller Leben retten. Ich bin hoch zu den leeren Plätzen gegangen. Wir werden alle Vögel sein, mein Bruder, und wir werden davonfliegen."

Gard packte Ranwyr am Arm und zog ihn auf die Beine. „Magie! Für wie blöd hältst du mich? Wirst du jetzt wenigstens einmal auf deinen eigenen Füßen stehen?"

„Schrei mich nicht an! Ich fühle mich so komisch. Die Macht ist da, doch sie ist wild, und ich bin noch unvollendet."

In seinem heißen Zorn und seiner Verzweiflung schlug Gard seinem Bruder knallend ins Gesicht.

Ranwyr öffnete seinen blutenden Mund und schrie: „Verdammnis!" Entsetzen lag auf seinem Gesicht, als er spürte, wie die Macht in ihm außer Kontrolle geriet. Teile in ihm zerbrachen und lösten sich.

Während er ein zweites Mal „Verdammnis!" rief, fächerten sich seine Arme auf und streckten sich. Die Gestalt des Raben kam auf qualvolle, verzerrte, schwarze Weise über ihn. Sein drittes „Verdammnis!" wurde bereits zu einem wilden Krächzen. Er schlug mit seinen schwarzen Flügeln, floh und stieg in die Lüfte empor. Die Leute hörten ihn und schrien auf, Köpfe hoben sich und blickten nach oben, um das flatternde Ding zu sehen, das mit der Stimme eines Raben klagte.

Teliva sah ihn, als sie den Weg herunter kam. Sie ließ den Wasserkrug fallen, der zerbrach, und die Hoffnung ergoss sich aus ihrem Herzen wie das Wasser über die trockene Erde.

Dreimal zog Ranwyr seine Kreise, während seine gebrochene Gestalt zu einem Umriss wurde und wie Rauch zu zerrinnen begann. Am Ende war er nur noch der Schatten eines Raben, der nichts Wirkliches mehr an sich hatte. Nun hob der Stern seine Arme empor und sang eine Klage für Ranwyr, den Sohn von Ran:

„Weint für ihn, Wind und Regen! In den Wolken vermag er keine Ruhe zu finden, keinen Frieden im peitschenden Wind.

Seht den Schatten des Raben, ihr Leute, für euer Wohl hat Ranwyr dieses Ende erlitten. Doch er wird für immer über euch wachen und euch durch die Zeitalter der Welt geleiten, in der Düsternis und im strömenden Regen."

Gard starrte voller Entsetzen in den Himmel, und dann stürzte Teliva sich kreischend auf ihn, eine Fremde nun, eine Furie mit lodernden Augen, die wild auf ihn einschlug und vergeblich versuchte, ihn zu töten.

Gard umfasste ihre Handgelenke und drückte sie von sich weg. Jetzt verstand er auch das eine Wort, dass sie immer wieder und wieder schrie, während die Trauer ihr fast die Kehle zuschnürte: „Mörder!"

Nun kamen sie von den Bergwiesen herab, um Gard zu umringen und zu richten, all die Leute, die er kannte: der Stern und seine Jünger, die Männer und Frauen. Gard rief: „Was ist geschehen? Was habe ich getan? Mutter!"

Teliva löste sich von ihm, richtete sich starr auf und ihre Worte waren eisig kalt: „Ich bin nicht die Mutter dieser Kreatur. Du hast niemals meinen Leib mit einem Mann wie Ranwyr geteilt, meinem armen, ermordeten Sohn! Du bist ein Dämonenkind, das man in den Bergen zum Sterben zurückgelassen hat, und ich wünschte, es wäre so geschehen! Wir sahen dich dort, ein heulendes Findelkind, in derselben Nacht, in der mein Sohn geboren wurde. Ich säugte dich an meiner Brust, nun möge sie verdorren, da sie dich genährt hat! Denn du hast uns das Monster gezeigt, das du wirklich bist."

Gard versagte die Stimme, und er schnappte wie ein Ertrinkender nach Luft. Für einen Moment war alles still, und die Erde drehte sich unter seinen Füßen, dann ergriff der Stern das Wort.

„An diesem Tag, Gard, hast du die Hoffnung mit deiner Faust zerschmettert. Leute werden in Ketten sterben, die frei hätten sein können, wenn du nur deinen wilden Zorn bezähmt hättest.

Aber Ranwyr hat mit seiner Liebe und seinen Schmerzen gezahlt, und wir werden ihn nicht um seinen Lohn betrügen – über unserem ganzen Volk breitet jetzt der Schatten des Rabens seine Schwingen aus. Er wird die verheißene Erlöserin aus der Leere bringen, er wird sie in den Träumen finden und in die Welt führen."

„Was soll mit Gard, dem Mörder, geschehen?", verlangte Teliva voller Gram und Hass zu wissen. „Welche Bestrafung sollen wir ihm zuteilwerden lassen, Mann der Sterne?"

Silber strömte wie Regen aus den Augen des Strahlenden. „Teliva, ich flehe dich im Namen des verlorenen Ranwyr an, nicht den Tod deines Ziehsohns zu verlangen! Seine Gram wird uns alle überdauern."

Doch sie erwiderte: „Wir dürfen ihn nicht unter uns leben lassen! Ich stoße ihn aus, und da ich ihm nicht den Tod wünschen soll, so hört meinen Fluch: Er soll ein wirklich langes Leben führen! Zu lange, bis er wie ein Stein verwittert ist, mit Kummer so groß wie meiner."

Der Stern hob beide Hände und rief mit lauter Stimme: „Leiden über Leiden! An diesem Tag der Dunkelheit haben wir genug Gram erfahren. Verlasse uns nun, Gard, und suche dir einen anderen Namen."

Lautlos und langsam um sich in den Kreis der traurigen Augen blickend wandte Gard sich ab. Er nahm seinen Dolch und seinen Speer, und sein Volk wich vor ihm zurück. Er schritt zwischen ihnen hindurch, ging Richtung Süden auf die Grate zu, bis er nicht mehr zu sehen war.

o o o

Die letzten Bilder auf dem sprechenden Felsen zeigen Strichmännchen in steifen Posen der Klage, mit hoch erhobenen Armen. Über ihnen kreist eine geflügelte Gestalt, den Kopf weit in den Nacken gelegt, um ihre Todesqualen darzustellen. Sterne umringen sie und zeigen, dass sie geheiligt worden ist.

Die Gestalt, die von ihnen allen davon schreitet, ist mit wild starrenden, tierischen Augen dargestellt, schwarz unter schwarzen Brauen, und um sie noch monströser aussehen zu lassen, hat man ihr vier Arme gemalt. Eine Hand hält einen Speer, eine ein Messer, eine andere reckt ein Netz in die Höhe. Eine ist zur Faust geballt erhoben.

Gegen alle Regeln der Perspektive wurde sie größer als die anderen Figuren gemalt.

1

Das Inventar

Es handelt sich um ein großes und prächtiges Buch: Die Schließen sind mit Gold plattiert, der Rücken wurde mit geschliffenen Edelsteinen geschmückt und das schwarze Material, in das es gebunden ist, mit aufwendigen Mustern verziert. Trotzdem ist es unangenehm, das Ding anzusehen.

Du kannst es in die Hand nehmen, wenn du willst, doch du würdest das dünne, klebrige Gewebe des schwarzen Stoffs nicht mögen, genauso wenig wie das Gewicht des Buches in deinen Händen, schwerer, als es sein sollte.

Du kannst es öffnen, wenn du magst, und versuchen, den rostroten Text zu lesen. Du wirst nicht in der Lage sein, ihn zu lesen, nicht ohne Tränen in den Augen, und die beunruhigenden Hieroglyphen werden dich an Schlangen, Peitschen, Dornen und Klauen erinnern. Nach ein paar Seiten wirst du den Gestank bemerken, der dich bis ins Innere deiner Seele erschüttern wird.

Es handelte sich um ein Sklavenverzeichnis.

Es wurde nicht von einer groben Bande von Eroberern geschaffen, wenn das deine nächste Frage sein sollte, keine Reiter mit ihren Bronzemessern könnten so etwas sorgsam Gearbeitetes erschaffen, noch hätten sie die enorme Geduld, den Kiel zu schärfen, in die Tinte zu tauchen und die Geschichte jeder dieser unglücklichen Seelen niederzuschreiben.

○ ○ ○

4. Tag, 3. Woche, 7. Monat, im 230. Jahr nach dem Aufstieg zum Berg

Heute wurde Fleisch von der östlichen Flanke geborgen. Ursprünglich an die Speisekammer geliefert. Lebenszeichen wurden entdeckt, in die experimentelle Medizinabteilung verlegt und als Sklave 4.372.301 registriert.

○ ○ ○

Er öffnete in völliger Finsternis die Augen. War er tot? Er spürte nichts. Seine letzten Erinnerungen waren der kreischende Wind, das gleißende Licht und ein Gefühl des Bedauerns darüber, dass er gestürzt war. Er hatte es so weit die Eiswand hinaufgeschafft und sich zuvor durch so viele Pässe gekämpft, dass es wie eine Schande schien, durch eine einfache Ungeschicklichkeit zu sterben. Aber seine gefrorenen Hände hatten ihn im Stich gelassen, und so …

Das war also der Tod. War dies der Leib der Erde? So hatte er ihn sich nicht vorgestellt. Er hatte gedacht, er wäre voller grüner, funkelnder Lichter, warm und summend. Nicht das hier, dieses Nichts. Es gab kein Licht, keine Geräusche, weder Hitze noch Kälte.

Ein düsterer Gedanke tauchte in ihm auf. Vielleicht hatte ihn die Erde nicht haben wollen. Gard dachte darüber nach und ergab sich seinem Schicksal.

Er erlebte etwas wie einen Tiefpunkt, als das Licht auftauchte. Es strahlte, es tanzte wie gelbe Blätter. Er starrte es an, und jeder Nerv in seinem Körper erwachte kreischend zum Leben. Er weinte vor Schmerzen als das Licht heller wurde. Es kam ihm immer näher. Nun konnte er hören, eine Art hallendes Scheppern und das Echo von Schritten. Dann und wann hielt das Licht inne, doch immer kam es wieder näher.

Es wurde zur Gestalt eines Mannes. Er trug das Licht in einer Art offenem Korb, der auf seinem Kopf montiert war, und hielt einen … Wasserkürbis? Er trug einen Harnisch und ein gewobenes Gewand, wie die Reiter, aber er sah nicht wie ein Reiter aus. Seine Haut hatte die Farbe des Sonnenuntergangs. Er war nun in Gards Reichweite, wenn dieser denn in der Lage gewesen wäre, seinen Arm zu bewegen.

Er hielt an und drehte seinen Kopf auf eine fragende Weise zu Gard. Als er sah, dass Gard zurückschaute, grinste er breit.

„Halliiihallooo!“, sagte er. Etwas tauchte auf seiner Schulter auf, das Bild eines brennenden Kindes, und es bewegte die Lippen und sprach, als der Mann wieder redete. „Der große Eiszapfen ist wach!“

Zumindest war es das, was Gard verstand. Es klang nach sinnlosen Silben, doch in seinem Ohr sprach eine andere Stimme, die er verstand. Gard versuchte zu antworten, brachte aber nur ein Schluchzen heraus.

„Ja, ich hatte erwartet, dass du weinen würdest! Ich würde auch weinen, wenn ich in deinem Zustand wäre. Aber keine Sorge, Magister Dreisprung glaubt, deine Beine retten zu können. Dann wirst du sehr nützlich sein. Es ist immer gut, nützlich zu sein, was?“ Der Mann setzte den Kürbis ab und entrollte einen Gegenstand, der an ein Seil erinnerte. Er band seine Enden an einen hölzernen Rahmen, in dem Gards Arm eingesperrt war, und Gard spürte einen Stich im Arm, der aber nur ein winziger Funke in der brennenden Qual war, die ihn verzehrte. Er betrachtete sich im Licht. Überall waren Bandagen und stinkende Salben.

Der Mann musterte Gard erneut. „Armer Eiszapfen. Die Medizin tut weh, oder? Hier ist, was du jetzt brauchst.“ Er holte eine Handvoll Blätter aus einem Beutel an seiner Hüfte. Sie waren grün, beinahe frisch und nur ein wenig schlaff vom Transport im Beutel. Er schob sie Gard zwischen die Zähne. „Kau sie. Bald werden dir die Schmerzen egal sein."

Gard tat wie ihm gesagt und rollte die Blätter mit der Zunge zu einem Ballen zusammen.

Fast sofort wurde seine Zunge taub, und dann sein Mund; die Taubheit breitete sich von dort nach unten aus, gnädig wie kühles Wasser. Der Mann kauerte nieder und beobachtete ihn. Er kicherte.

„So, jetzt ist er glücklich. Bist du nicht glücklich?"

„Bin ich tot?", lallte Gard heiser.

„Nein, nicht tot! Bei der Gnade der Meister, du lebst. Du bist lange durch den Schnee gereist. Was hast du dort gemacht?"

Gard versuchte sich zu erinnern. „Ich habe nach einem Weg hindurch gesucht."

„Ahh! Zu den Städten auf der anderen Seite?"

Gard schaute den Mann verständnislos an und fragte sich, was Städte sein mochten, und das brennende Kind auf der Schulter des Mannes ärgerte sich und tanzte herum, und schließlich erklärte die dünne Stimme in seinem Kopf: „Gemeinschaften/ Dörfer/Familien von Leuten."

„Zu schade. Jetzt bist du hier", sagte der Mann. Er lachte und schüttelte den Kopf. „So übel ist das nicht. Es hat mir das Herz gebrochen, dass ich nicht zurückkehren konnte, und eines Tages habe ich mich gefragt, was ich dort machen würde, wenn ich da wäre? Würde ich in der Gosse nach Brotkrummen und einer Schlafstelle suchen? Das muss ich hier nicht. Zumindest Essen und Bett sind mir sicher." Er schlug sich auf die Oberschenkel und stand auf.

„Ja, es wird dir wieder besser gehen. Du bist stark. Ich hörte, man hätte dich in einem weißen Bärenfell gefunden! Hast du ihn selbst getötet?"

Bär? Gard hat eine verschwommene Erinnerung an ein weißes Ding, das den Hang hinunter auf ihn zugeschossen war, eine

Lawine auf vier Beinen. Er hatte ihm den Speer durch die Kehle getrieben, war auf seinen Rücken gesprungen und hatte ihm die Arme um den Hals geschlungen ... Blut war in den Schnee geströmt, und er war dankbar für die Wärme des Kadavers gewesen, als er ihn gehäutet hatte. Ein Schneedämon, hatte er gedacht. War das ein Bär gewesen? Das Flammenkind hüpfte auf und ab und bestätigte das Wort.

„Aber natürlich musst du ihn selbst getötet haben! Wunderbar! Eine der Herrinnen hat den Pelz für sich beansprucht, und sie war sehr erfreut. Als ich die Geschichte hörte, habe ich mir gesagt ‚Das ist ein Starker, der wird überleben'", schwätzte der Mann weiter.

„Wie sprichst du mit zwei Stimmen?", fragte Gard.

„Wie?"

„Das Feuerkind, das in meinem Kopf spricht", versuchte Gard zu erklären, der nicht darauf zeigen konnte. „Was ist es?"

„Das? Oh, das ist nur ein Übersetzer. Schlau, was? Andernfalls hätte ich keine Ahnung, was du da in deiner Dschungelsprache sagen willst, und ich wette, du hattest nie die Gelegenheit, die Sprache der Kinder der Sonne zu erlernen." Der Mann grinste breit.

„Kinder der Sonne? Bist du sowas?"

„Aber natürlich!"

„Sind das alle Leute hier?"

Das Grinsen des Mannes verschwand. „Nein." Er drehte sich um und blickte über die Schulter in die Dunkelheit. „Nein, von uns gibt es hier nur wenige, und es ist lange, sehr lange her, dass ich die Sonne gesehen habe. Aber es ist besser als zu sterben, oder? Nahrung und Bett sind auch nicht so schlecht. Wie geht es mit der Medizin, hmm? Alles runtergeschluckt?"

Es gab viel zu viele neue Dinge, um alles zu verstehen, und warum sollte er es versuchen, wenn die Taubheit und Blindheit so angenehm waren? Gard entschwebte in die Dunkelheit und fühlte nicht einmal mehr, wie ihm die Nadel aus dem Arm gezogen wurde.

Er spürte lange Zeit nichts, bis ihm das Licht erneut ins Gesicht schien.

Mit dem Licht kehrten die Schmerzen zurück. Er wurde angehoben – jemand packte ihn an den Füßen und jemand anders an den Schultern. Er rang nach Atem und gab einen heiseren Schmerzensschrei von sich.

„Seid vorsichtig mit ihm. Armer alter Eiszapfen – ich wette, das hat wehgetan, was? Ich kann dir leider keine Blätter gegen den Schmerz geben, Magister Dreisprung will dich untersuchen, und er will dich bei vollem Bewusstsein. Wenn du brav bist, bekommst du später was, ja? Der alte Stolperhammer verspricht es dir."

Gard blickte sich hektisch um, als er auf den Boden herunter gelassen wurde. Der Mann mit dem Licht stand über ihm, ebenso zwei gigantische Gestalten, von denen einer bei seinen Füßen und einer bei seinen Schultern kauerte, während sie ihn anhoben. Dann wurde er zwischen ihnen auf eine Trage gehoben, eine derjenigen, mit denen man die Kranken, die Sterbenden transportierte. Er wurde durch die Dunkelheit getragen, während der Mann mit dem Licht neben ihm ging. Stolperhammer? Das brennende Kind zeigte ihm ein Bild von dem Mann mit dem Licht. Vielleicht war das sein Name.

Jetzt konnte er in dem Lichtschein, der sie begleitete, sehen, dass sie sich in einem langen Gang befangen. Hier und da kamen sie an kleinen Grotten im Fels vorbei, in denen Regale mit anderen Wesen standen. Viele waren bandagiert. Manche waren bewusstlos und manche sahen zu, wie Gard an ihnen vorbeigetragen wurden, wobei ihre offenen Augen glasig und unstet waren. Andere waren gefesselt und warfen sich hin und her, sie bedachten Gard mit wilden Blicken, während sie sich vor Schmerzen wanden. Es waren Wesen, wie er sie zuvor noch nie gesehen hatte.

In seinem Entsetzen und seiner Verwirrung ballte Gard seine Fäuste und öffnete sie wieder, nach etwas greifend, um … was hatte er, um sich zu retten? Weder seinen Speer noch sein Messer: Beides war die Eiswand hinuntergefallen, verloren für immer. Auch die Kraft seines Körpers war dahin geschmolzen. Nichts war übrig geblieben, außer seiner Willensstärke. Er konnte nichts tun, als tapfer zu sterben. Er ballte die Fäuste und biss die Zähne zusammen.

Den ganzen unebenen Weg entlang gab er kein Geräusch von sich, auch wenn er das Gefühl hatte, seine Zähne nie wieder voneinander lösen zu können. Schließlich wurde er in einen Raum gebracht, der so strahlend hell erleuchtet war, dass es ihm in den Augen schmerzte und er sie schließen musste. Er wurde angehoben und auf etwas Hartem und Kaltem abgelegt.

Kräftige Hände rollten die Bandagen von seinen Beinen, ihre Berührung brannte wie Feuer. Er öffnete die Augen, nicht weit, aber weit genug, um Stolperhammer und zwei andere, die, die ihn getragen hatten, in einer Reihe stehen zu sehen, den Blick gesenkt. Die Träger waren groß, ihre Haut hatte die Farbe von Schiefer, und ihre Augen erinnerten an Halbmonde.

Sein Folterknecht hatte Fellroben an, sein Kopf war kahl rasiert, und er trug Handschuhe und eine Maske. Seine hervorquellenden Augen erinnerten an die eines Insekts. Er murmelte etwas vor sich hin, während er ihn untersuchte, doch diesmal erschien kein brennendes Kind, um zu übersetzen.

Gard wagte es, einen Blick auf seinen Körper zu werfen. Er sah, dass seine Beine und Füße gekrümmt, verkümmert und geschwärzt waren. Er schloss die Augen und ließ den Kopf wieder sinken, er betete um den Tod. Dann sprach die Stimme in seinem Ohr: „Bist du bei Bewusstsein?"

Er öffnete die Augen wieder und sah, dass die Maske sich ihm zugewandt hatte und ein brennendes Kind nun auf ihrer Schulter tanzte. „Ja", erwiderte er.

„Ja, Meister, heißt das", erklärte Stolperhammer ihm hastig.

„Wird er mich töten, wenn ich ihn nicht Meister nenne?", wollte Gard wissen. Stolperhammer nickte nachdrücklich. Die zwei großen Träger hoben ihren Blick und starrten ihn an.

„Dann verrecke und friss Dreck, Sklave", spuckte Gard dem Maskierten entgegen. Die Maske neigte sich ihm zu. Er erkannte so etwas wie ein Schulterzucken, dann nahm die Gestalt einen Fetzen, tunkte ihn in eine Schüssel und trug, was auch immer darin gewesen war, auf Gards Beine auf. Die schwarze Haut rauchte, schälte sich, löste sich ab. Das war das Letzte, was Gard sah, bevor ihn die Dunkelheit wieder übermannte.

o o o

Vier Monde in einer Reihe leuchteten ihn aus der sternenlosen Nacht heraus an. Gard blinzelte verwirrt. Die zwei auf der linken Seite wurden größer, und dann spürte er heißen Atem auf seinem Gesicht.

„Rahaspha, gotu", sagte eine tiefe Stimme, und eines der brennenden Kinder tauchte auf und erleuchtete die Höhle.

„Trink, Bruder." Die beiden Träger standen neben ihm. Einer der beiden beugte sich über ihn und bot ihm einen Trinkkürbis an.

Gard trank und rang keuchend nach Atem. Noch mehr Feuer … er hatte nicht gewusst, dass Feuer flüssig sein konnte. Doch es wärmte, statt zu verbrennen, und sein Nachgeschmack war angenehm. Dann sah er, dass der Trinkkürbis nicht einmal annähernd ein Kürbis war … sondern die Oberseite eines Schädels. Gelächter sprudelte aus Gard heraus. Er hatte nicht gedacht, dass er jemals wieder lachen würde.

„Du hast den Meister einen Sklaven genannt“, meinte der näherstehende der beiden Träger mit hell strahlenden, silbernen Augen grinsend und entblößte dabei einen Mund voller furchterregender Zähne. „Deine Eier müssen so groß wie zwei Köpfe sein.“

„Die Köpfe deiner Feinde, die an deinem Gürtel baumeln“, ergänzte der andere.

„Wie haben unsere Herzen gelacht, als wir deine Worte hörten.“

„Wir haben uns gesagt, er ist sicherlich einer von uns.“

„Bist du das?“

Nach einem Moment der Verwirrung fragte Gard: „Bin ich was?“

„Einer von unserer Art. Du musst einer von uns sein. Wenn du ein Erdgeborener wärst, wärst du wie eine Lilie im Schnee gestorben.“

„Doch du bist stark. Wir haben das Fell der Bestie gesehen, die du erlegt hast.“

„Was ist ein Erdgeborener?“, fragte Gard.

Die zwei Träger blickten einander an, verwundert. Dann sahen sie wieder ihn an. „Dann bist du ein verlorenes Kind.“

Gard verstand nicht, was sie meinten. Verlorenes Kind … ja, in gewisser Weise war er das, oder? Ein Findling. Niemandes Sohn. Der eine Silberäugige stellte den Schädel zur Seite, beugte sich über ihn und nickte verstehend.

„Ah, man hat dich zurückgelassen. Das passiert manchmal. Also hör gut zu, Bruder: Wir sind aus der Luft geboren. Aber wenn einer von uns fleischliche Gestalt annimmt und sich mit einem Erd-, oder einem Feuergeborenen paart, dann gibt es manchmal Kinder.“

„Erdgeborene sind die schlanken Dinger, die zwischen den Bäumen leben.“

„Stolperhammer ist einer der Feuergeborenen.“

„Du siehst ein wenig wie ein Erdgeborener aus, aber du bist zu groß, zu stark, und dein Herz ist wie unseres. Sei uns willkommen, verlorenes Kind. Nicht an diesem schmutzigen Ort, sondern zurück in den Reihen der deinen."

„Danke", erwiderte Gard, der zu verarbeiten versuchte, was sie ihm erzählt hatten. Er erinnerte sich an die Geschichten seiner Kindheit. Waren sie also Dämonen?

Derjenige mit dem Schädelbecher hielt ihn erneut an Gards Lippen und zuckte plötzlich zurück, die silbernen Monde leuchteten vor Freude.

„Bei der blauen Grube! Die Meister kennen seinen Namen nicht!"

Der andere kam näher, beugte sich zu ihm herab und fragte ihn in einem drängendem Tonfall: „Kleiner Bruder, hast du irgendjemandem hier deinen Namen verraten?"

„Nein", sagte Gard.

Sie lachten begeistert und schlugen einander auf die Arme, sodass die Flüssigkeit im Schädelbecher herum schwappte und sich rauchende auflöste, wenn sie auf den Boden tropfte.

„Nicht deinen wahren Namen? Aber du wurdest im Fleisch geboren. Es geht hier um den Namen, den dir diejenige gegeben hat, die dich geboren hat", meinte der eine mit dem Schädelbecher.

Die Erinnerungen umtanzten Gard wie ein Winterwind.

Er erschauerte und sagte: „Ich könnte euch den Namen derjenigen, die mich geboren hat, gar nicht sagen, geschweige denn den, den sie mir gegeben hat, wenn sie sich überhaupt solch eine Mühe gemacht hat."

Die Brüder schaukelten vor Begeisterung und umarmten sich gegenseitig.

„Oh, du glückseliger Junge! Dann weiß ihn niemand, und es gibt keine Möglichkeit, dich zu einem Sklaven zu machen!"

„Sie können dich in Ketten legen. Sie können dich auspeitschen lassen. Aber solange deine Meister deinen wahren Namen nicht kennen, werden sie dich nie besitzen!"

„Selbst in dieser Zelle bist du frei. Nicht wie wir. Wir müssen ihnen dienen. Armer alter Grattur!"

„Armer alter Engrattur! Sie haben uns mit den Versprechungen der Freude ins Fleisch gerufen."

„Sie gaben uns Nahrung. Sie machten uns betrunken."

„Wir waren dumm. Wir haben unsere Namen verraten."

„Jetzt sind wir Sklaven. Jetzt beherrschen sie unseren Willen."

„Namen rufen, Namen beherrschen."

„Aber dich werden sie nie rufen. Dich werden sie nie besitzen!"

„Ihr seid also Grattur und Engrattur?", fragte Gard, und sie zuckten zusammen

„Zwei Narren, Grattur und Engrattur. Wenn du die Zauber sehen könntest, die uns fesseln, würdest du dich wundern, wie wir überhaupt atmen können."

„Wir sind hier unten gefangen, um ihnen auf ewig zu dienen, und wir können nicht einmal sterben."

„Sie würden uns nur erneut körpern, uns mit unseren Namen zurückrufen."

„Euch körpern?", fragte Gard.

„Mit ihren Künsten neue Körper machen und uns wieder hinein locken", klagte Grattur. Dann hörten sie Schritte, und kurz darauf blickte Stolperhammer in die Grotte.

„Was macht ihr hier? Eiszapfen braucht seine Ruhe. Was ist das? Macht ihr ihn betrunken? Idioten!"

Grattur bleckte die Zähne. Engrattur holte einen Ballen Blätter aus einem Beutel und stopfte sie Gard in den Mund.

„Er kann sich ja jetzt ausruhen, nicht, Bruder? Denk an uns, denk an unser Schicksal. Wir gehen dann, Hitzkopf!"

Sie drängten sich mit ihren breiten Schultern in den Gang hinaus. Stolperhammer sah ihnen ärgerlich nach, dann wandte er sich ab, um die Medizin in Gards Arm zu spritzen.

„Dämliche Dämonen“, murmelte er.

„Bin ich ein Dämon?“, fragte sich Gard, während er dankbar auf den Blättern zu kauen begann. Die Taubheit kam erneut, gefolgt von der angenehmen Schwärze.

o o o

Man entschied, dass er leben würde, und so wurde er in eine ordentliche Unterkunft verlegt; jene Grotten waren, wie Stolperhammer vorsichtig erklärte, eher für die Speisekammer bestimmt, da es die meisten schwer Kranken dort nicht schafften.

„Aber schau nur, was für eine schöne Zelle man dir gegeben hat!“, rief Stolperhammer, während er das Medizinregal über Gards neuem Bett einräumte. „Knochentrocken, und schau dir nur das feine Stroh an! Süß wie eine Sommerwiese. Ich sag's dir, die Meister sehen großes Potenzial in dir. Meine anderen Patienten würden dich beneiden. Man sieht es selten, dass man sich hier so aufopferungsvoll um einen Sklaven kümmert, das kannst du mir glauben.“

„Ich bin kein Sklave“, erwiderte Gard.

Stolperhammer verzog das Gesicht. „Du hast keinen Grund, so undankbar zu sein. Du liegst hier, lebend, war das nicht ihr Verdienst? All dein Essen und Trinken ist ihr Geschenk. Du schuldest ihnen wirklich etwas, und außerdem, deine Zukunft sieht gar nicht so düster aus. Schau, hier ist ein anderes Geschenk für dich!“ Stolperhammer suchte in einer Ecke der Zelle herum und hielt dann zwei Stecken hoch, bei denen jeweils ein Ende in Lumpen gewickelt war. „Krücken! Ich soll dir beibringen, wie man damit geht. Denk nur, bald wirst du in der Lage sein, dich alleine fortzubewegen, was? Wenn du deine Aufgaben gut machst, könntest du vielleicht auch einen kleinen Rollwagen bekommen. Vielleicht sogar …“, er senkte die Stimme. „Es gibt spezielle Belohnungen für die besten Sklaven, wenn du verstehst. Nützliche Gerätschaften, die nur mit Zaubern angetrieben werden. Wie würden dir ein Paar Silberbeine gefallen, hm, um diese armen verkrüppelten zu ersetzen? Mit Edelsteinen besetzt und so stark, dass sie dich ohne zu ermüden um die ganze Welt tragen könnten?“

Das brennende Kind musste sehr lange herumhüpfen und gestikulieren, bis Gard mitbekam, was Stolperhammer gesagt hatte. Doch als er es schließlich verstand, blickte er den anderen verächtlich an.

„Das ist eine Geschichte für Kinder. Kein Mensch kann so etwas schaffen.“

„Ha! Und wie du dich irrst, mein Freund“, erwiderte Stolperhammer grinsend. Er zog einen Stuhl heran und setzte sich. „Ich will dir eine Geschichte erzählen, kein Märchen, sondern die blanke Wahrheit, sowie ich der Sohn meiner Mutter bin.

Vor langer Zeit, als es noch mehr Götter als Menschen gab, stieg dieser schwarze Berg aus der Erde. Es war der größte Berg auf der Welt und er kratzte nachts an den Sternen, sodass bald ein silberner Dunst von seinem Gipfel wehte.

Grüne Blitze zuckten dort oben, die Kraft summte und tanzte. Zahlreiche Magier, die ja bekannterweise vom Geruch der Macht angezogen werden wie Katzen von stinkendem Fisch, kamen zu dem Berg und versuchten, einen Weg zu finden, diese Macht für sich selbst zu nehmen und zu nutzen.

Sie kamen aus allen Winkeln der Erde, eine lange Prozession von Magiern, die hoffnungsvoll hinauf stiegen, mit zahlreichen Dienern, Bestien und dem ganzen Gepäck. Alle kamen sie gebrochen zurück, mit zerschlissenen Roben, und ihr Besitz ging in Eis und Schnee verloren. Jeder von ihnen wurde vom Berg besiegt. Die Macht konnte nicht erobert werden. Niemand konnte sie besitzen.

Zuletzt sagte der klügste Magier unter ihnen: ‚Kein einzelner Mann kann den Berg bezwingen. Doch wenn zwei oder drei oder zehn zusammen gingen, könnten sie es schaffen.'

Sie kamen also zusammen und arbeiteten gemeinsam einen Zauber aus, von dem sie dachten, dass er die Kraft des Berges abbauen würde wie Männer Erz aus den Felsen. Es waren zwanzig Magier, zwanzig, und weißt du, wie schwierig es für so viele Magier ist, sich zu einem Zweck an einem Ort zu versammeln? Sie sind streitsüchtig wie die Katzen. Aber der Gedanke an so viel Macht ließ sie ihre Streitigkeiten beiseite legten, und so kletterten sie eines schönes Tages auf den Berg, mit ihren Dienern, ihren Bestien und ihrem ganzen Gepäck.

Sie schleppten sich bis auf die Spitze und wateten klagend durch den Schnee. Sie zogen den Kreis. Sie stellten Räucherbecken auf und zündeten den Weihrauch an. Sie vergossen Blut, ich weiß nicht, von wem, und begannen zu singen. Die Macht kam bei ihrem Ruf, sie tanzte um sie herum wie grünes Feuer, und dann …

Wurden sie gebunden!

Die Macht ließ sich nicht binden, sondern band stattdessen die Magier, alle, mit ihren Dienern, ihren Bestien und ihrem Gepäck, wie wenn eine Schüssel über sie gestülpt worden wäre. Sie konnten nicht mehr weg. Sie kratzten schreiend an der Wand, die sie einsperrte, bis ihre feinen Roben Lumpen waren, und ihre wertvollen Güter nutzten ihnen in Eis und Schnee nichts. Elendiglich saßen sie in der Kälte, und um ihr Leben zu retten, gruben sie schließlich in den Berg.

Mit Hilfe ihrer Künste schufen sie Tunnel, Höhlen, Galerien und schließlich auch gigantische Kammern, immer tiefer und tiefer bohrten sie in den Fels, bis sie einen riesigen unterirdischen Palast geschaffen hatten. Du und ich, wir sind jetzt unten, in den Wurzeln des Berges, aber wenn du nach oben gingest, würdest du prächtige Räume sehen!

So machten sie das Beste aus ihrer schlimmen Situation. Sie entwickelten kluge Ideen, um in den Höhlen Essen wachsen zu lassen, in Räumen, die mit Hexenfeuer beleuchtet werden. Sie schnitten Türen in die unteren Bergflanken, durch die sie zwar noch immer nicht den Berg verlassen konnten, doch andere Leute konnte man auf diesem Weg herbeirufen und dazu verleiten, ihnen… ihnen die Dinge zu bringen, die sie benötigten. Man muss sie bewundern, oder? Jetzt leben sie wie Könige und Königinnen in diesem Palast, der eigentlich ihr Gefängnis war. Sie sind berühmt unter den Magiern."

Gard dachte lange darüber nach und konnte noch immer keinen großen Unterschied zwischen Reitern und Magiern erkennen. Er erkannte allerdings auch, dass es keinen Sinn hatte, mit Stolperhammer darüber zu diskutieren. Daher sagte er nur spöttisch: „Du wolltest ihnen aus Bewunderung dienen, oder nicht?"

Stolperhammer zuckte zusammen und sah weg. „Ich war auf einer Reise. Ich hatte mich verirrt, genau wie du. Ihre Diener haben mich gefunden und … und ich habe mich nützlich gemacht. Alles zum Besten."

„Du kommst also von dem Ort auf der anderen Seite der Berge?"

„Das ist lange, lange her. Es hätte keinen Sinn zu versuchen, zurückzukehren."

„Gibt es dort Wälder?"

„Was?" Stolperhammer blickte zu Gard auf. „Wälder? Große Bäume? Nicht dort, wo wir leben. Es war offen und warm, mit guten Felsen und dem blauen Meer … wer möchte schon im Wald leben? Dort gibt es doch niemanden außer Dämonen. Man kann dort tagelang laufen, ohne je eine Menschenseele zu sehen, immer nur grüne Blätter. Brrr!"

10. Tag, 5. Woche, 4. Monat, im 231. Jahr nach dem Aufstieg zum Berg

Heute wurde Sklave 4.372.301 dem allgemeinen Arbeiterstamm zugeteilt, Klasse 3. Angefordert von Magister Tagletsit.

o o o

Magister Tagletsit bedauerte den Verlust der Sonne. Er war aus einem fernen Wüstenland gekommen, in dem die Sonne als unbarmherziger Gott, als absoluter Herrscher und König der Dünen, Steine und Schlangen verehrt wurde, der sein Antlitz während der Nacht nur verschleierte, damit seine bebenden und zitternden Diener seine Rückkehr am Morgen um so mehr zu schätzen wussten.

Ein derart grausamer Vater erzieht seine Kinder dazu, ihn umso verzweifelter zu lieben. Magister Tagletsit hatte sich, als er eine Ewigkeit in steinerner Dunkelheit auf sich zukommen sah, ein Leben fern vom sengenden Auge seines Gottes nicht vorstellen können. Es hätte ihn fast zur Selbstopferung getrieben, doch dann fand er eine Möglichkeit, die seine Pein lindern konnte.

Er lebte in einer großen, kreisrunden Kammer, die in einzelne Räume unterteilt und genau nach dem Kompass ausgerichtet war. Entlang der Außenmauer verlief ein Tunnel. Seine Wand war von zahlreichen Fenstern unterbrochen, durch die zu jedem Moment Licht und Wärme von vielen Öllampen fiel. Der Tunnel war mit Messing ausgekleidet und enthielt entlang seiner gesamten Länge fünftausend Öllampen. Die Pflicht eines Sklaven bestand darin, jeden Tag astronomische Karten zu studieren und genau zu ermitteln, an welcher Stelle die hier unten unsichtbare Sonne aufgehen würde und wann. Er kam in gepolsterten Schlappen in den Tunnel und markierte mit einem goldenen Kegel die entsprechende Stelle an der Tunnelmauer.

Dann durfte er in sein Bett zurückkehren, da er ein wichtiger Sklave mit astronomischen Kenntnissen war. Gard, ein unerfahrener Krüppel, musste das Stundenglas wenden und sich an seine den ganzen Tag ausfüllende Arbeit machen: Von Osten nach Westen vorgehend zündete er ganze Bänke von Lampen an, um dann von hinten einzelne Lampen wieder zu löschen. Dann drehte er das Stundenglas um und begann seine Arbeit mit der nächsten Gruppe von Lampen.

Jeden Tag arbeitete er auf diese Weise nackt im Tunnel, der Schweiß rann über seinen Körper, und seine Armmuskeln schrien hasserfüllt über sein Gewicht und seine nutzlosen Beine, die zwischen den Krücken baumelten.

Eine Pause einzulegen war undenkbar, denn bei jeder Stundenmarkierung gab es eine kleine Zisterne, die ihm nur dann ein wenig Trinkwasser spendete, wenn er alle Lampen in der richtigen Reihenfolge und im richtigen Zeitraum angezündet hatte. Der Schweiß, den er in so großen Mengen vergoss, sorgte dafür, dass er seine Arbeit getreulich ausführte, ebenso seine Zunge, die pelzig und ledern in seinem Mund lag.

Wenn er sich dazu versucht fühlte, zu sterben und nie wieder zu schwitzen oder Durst zu verspüren, gab es noch einen Gedanken, der ihn aufrecht erhielt: dass es wirklich grüne Wälder hinter den Bergen gab, und wenn er für die Flucht lebte, würde er eines Tages dorthin gehen, so wie Ranwyr gegangen wäre. Er würde vielleicht einen Pass durch die Berge ins Tal finden und sein müdes Volk in die Freiheit führen, so wie Ranwyr es geführt hätte.

Magister Tagletsit war glücklich in seinen Räumen. Er beobachtete das warme Licht, das sich mit dem Verstreichen der Stunden änderte, badete in der Wärme und stimmte seine Lobpreisung an: „Oh, wie großartig Ihr seid, oh Sonne, deren Auge sogar in die Tiefen der Erde vordringt! Wahrlich, Ihr seid groß, und niemand vermag sich vor Euch zu verbergen!"

o o o

„So schlimm ist es doch gar nicht, oder?", sagte Stolperhammer, wenn er am Ende einer Schicht auftauchte, um sich um Gards Beine zu kümmern. „Du hast da eine leichte Arbeit bekommen, was? Denk nur daran, wovor sie dich gerettet haben. Denk nur an das Eis und an die Schneebänke. Das tue ich immer, wenn ich Selbstmitleid bekomme. Da stand ich, hatte mich verirrt, und der Schnee begann, sich über meinem Kopf anzuhäufen, und was war ich dankbar, als man mich hier hereingelassen hat!"

Stolperhammer wiederholte immer wieder die gleichen Worte, ebenso zuverlässig wie der Lauf der unechten Sonne.

„Warum waren deine Beine nicht gefroren, so wie meine?", fragte ihn Gard eines Nachts.

„Weil ich ein ordentliches Paar Stiefel hatte, als ich davon gelaufen bin, nicht wahr? Ich war kein nackter Dschungeljunge wie du", erwiderte Stolperhammer nicht unfreundlich. Er nahm Gards Fuß in die Hände und beugte sein Bein am Knie. „So, und jetzt versuch mit aller Kraft zu drücken und dein Bein durchzustrecken. So hart du kannst. Gut! Guter Junge!"

Ein Donnern von Rädern ertönte aus dem Korridor draußen, gefolgt vom Trampeln schwerer Füße. „Guter Junge!", spottete eine hohe, schrille Stimme. „Ist er nicht der beste kleine Krüppel, den wir je hatten?"

Ein blindes Gesicht mit langer Nase tauchte am Eingang auf, als würde es nach drinnen spähen. Ihm folgte der Rest des Sprechers, ein stämmiger Körper, muskulöse lange Arme und vier kleine, dicke Beine. Er zog einen Wagen mit zwei großen Krügen.

„Küchenjunge", verkündete die schrille Stimme. „Wo ist deine Schüssel, Krüppel? Wo ist dein Krug? Willst du mich nach ihnen suchen lassen?"

„Sie stehen direkt neben der Tür, wo sie hingehören!", erwiderte Stolperhammer gereizt. „Wenn du deine hässliche Nase benutzt hättest, statt andere zu belauschen, hättest du sie gleich gefunden."

„Hässlich, was?" Schwere, ledrige Hände tasteten herum und fanden Gards Essensschüssel und den Wasserkrug. „Ich denke, ich werde einen großen, heißen Klumpen von etwas Speziellem in deiner Essensschüssel zurücklassen, Hitzkopf!" Küchenjunge schwang einen Arm nach hinten und tauchte den Krug in einen der großen Krüge. Dann tat er so, als würde er noch zusätzlich hineinpinkeln.

„Ignoriere ihn einfach", meinte Stolperhammer zu Gard.

Gard stützte sich auf einen Ellbogen, um Küchenjunge drohend anzustarren, sah dann aber dessen leere Augenhöhlen. „Wer hat dir die Augen ausgestochen, Sklave?"

Das blinde Gesicht verzog sich zu einer Grimasse, der Kopf schwankte auf dem langen Hals hin und her.

„Ich wurde ohne Augen gemacht", erwiderte Küchenjunge. Er tauchte Gards Essensschüssel in den anderen Krug, zog sie mit Essen gefüllt hervor und tat so, als ob er in die Schüssel spucken würde. „Hier ist deine Mahlzeit, Krüppel. Möge sie dich vergiften."

Er knallte die Schüssel und den Krug auf den Boden und zog den Karren dann weiter den Gang hinunter. „Er spricht so mit jedem", sagte Stolperhammer. „Ist aber alles nur Gerede. Kümmere dich nicht um ihn."

Gard fragte sich, was eine so gigantische Kreatur so eingeschüchtert haben mochte, dass sie sich wie ein kleines, bösartiges Kind auf alberne Drohungen verlegen musste.

o o o

Manchmal schaute Gard in die Räume Magister Tagletsits, während er sich den Tunnel des Sonnenpfades entlang schleppte. Dabei konnte er den dicklichen Magister dabei beobachten, wie er vor einer Schriftrolle, die mit kleinen schwarzen Zeichen bedeckt war, meditierte, sich auf einem Bett ausruhte, das mit wertvoll aussehendem, goldverziertem Webstoff bedeckt war oder sich ein blutrotes Getränk aus einer Karaffe eingoss. Die Karaffe faszinierte Gard. Sie schien aus reinem Eis geschnitten zu sein und war dabei von regelmäßigen Facetten überzogen, eine fragile Schönheit, doch sie schmolz im heißen Licht der Lampen nicht. Er fragte sich, wie sie sich anfühlen würde, wenn er sie berühren könnte.

Eines Tages, als Magister Tagletsit gerade nicht anwesend war und die Karaffe auf einem Tisch in der Nähe eines Fensters zurückgelassen hatte, griff Gard durch das Fenster und berührte sie. Er war überrascht, denn sie war nicht kälter als die anderen Dinge im Raum.

Er bezahlte den Preis für seine Neugierde bald. Nachdem die Lampennacht hereingebrochen war, humpelte er zu seiner Zelle zurück und wurde von Stolperhammer eingeholt, der ihn finster musterte.

„Warum willst du eine gute Arbeit verlieren? Dummer Eiszapfen! Jetzt müssen wir uns beide bei Hodrash melden. Nein, nicht da lang! Dort runter."

„Warum?"

„Weil du eingedrungen bist, nicht wahr? Du hast deine große, dreckige Dschungelpranke durch das Fenster gestreckt und überall Fingerabdrücke auf der hübschen Karaffe des armen Magisters hinterlassen!"

„Aber niemand hat mich gesehen", protestierte Gard verblüfft.

„Du dummer Narr, der Geist des Magisters hat dich gesehen! Das hier sind Magier. Wusstest du nicht, dass sie über unsichtbare Geister verfügen, die über alles wachen, was ihnen gehört? Aber ich denke, das hast du wirklich nicht gewusst, wie auch? Ich scheine es dir nicht gesagt zu haben. Umso mehr Schuld, die auf meinen Schultern lastet. Hier entlang. Beeil dich! Mach es nicht noch schlimmer für uns."

Stolperhammer führte ihn einen ihm unbekannten Gang durch den Fels entlang. Schließlich kamen sie zu einem Eingang. Der Saal dahinter hatte eine hohe Decke und an den Seiten stiegen Bänke empor, auf denen wohl Hunderte Platz gefunden hätten, ohne drängen zu müssen. Im Moment saß dort niemand außer drei Meistern in ihren feinen Roben, während ein vierter Meister gerade hereineilte. Er verbeugte sich vor den anderen, setzte sich und sah interessiert zu.

Auf dem Boden kauerte ein goldhäutiger Dämon mit schwellenden Armmuskeln. Er vertrieb sich die Zeit mit einem aufwendig gestalteten hölzernen Puzzle, dessen Teile so verschoben werden konnten, dass sie unterschiedliche Bilder darstellten.

Als Gard und Stolperhammer in den Saal kamen, legte er es zur Seite und erhob sich mit einem Seufzen. „Übeltäter", begrüßte er sie in einem gelangweilten Tonfall.

„Wir melden uns", erklärte Stolperhammer forsch. „Wir sind uns unserer Verfehlungen bewusst und unterwerfen uns der Disziplinierung."

Gard blickte nach oben und sah, wie sich die Meister in ihren Sitzen nach vorne beugten. Der Dämon ging zu einer Mauer, an der Geißeln unterschiedlicher Größe hingen, und sah über seine Schulter zu Stolperhammer. „Wer ist zuerst an der Reihe?"

„Ich", erwiderte Stolperhammer, der seine Tunika auszog und ordentlich an einen dafür vorgesehenen Haken hängte. „Es war wirklich mein Fehler. Ich hätte es besser erklären sollen, und es ist das erste Mal für den Jungen, Hodrash."

Hodrash nickte und wählte eine Geißel aus. Stolperhammer ging zu einem Pfosten in der Mitte des Raums und stellte sich auf die Zehenspitzen, um einen Balken zu ergreifen, der waagrecht oben am Pfosten angebracht war. Gard schaute ungläubig zu, während Hodrash mit seinem muskelbepackten Arm ausholte und die Geißel tief in Stolperhammers Rücken biss.

Stolperhammer stöhnte und stemmte sein Gesicht gegen das Holz. Die Schläge fielen in rascher Folge. Gard erinnerte sich daran, wie er sich einst am Rande eines Feldes verborgen und zugesehen hatte, wie ein Aufseher einen unglückseligen Sklaven geschlagen hatte. Er war damals voll von heißem Zorn gewesen und hatte sich geschworen, dass er eher sterben würde, als sich zum Sklaven machen zu lassen, und jetzt …

„Ahh", atmete Stolperhammer schwer aus, ließ den Balken los und wich einen Schritt zurück. Aus den Striemen auf seinem Rücken sickerte helles Blut. „Geschafft und vorbei, den Göttern sei Dank. Komm schon, Eiszapfen. Jetzt bist du an der Reihe."

Gard machte seinem Spitznamen alle Ehre und stand wie angefroren. Hodrash blickte ihn verachtend an, doch es war auch Mitleid in seinem Gesicht, und er kam zu ihm und sagte laut: „Nicht leicht, sich mit diesen Stöcken zu bewegen, was? Komm schon, Junge!" Er zischte Gard ins Ohr: „Beschäme den alten Stolperhammer nicht. Wenn er das ausgehalten hat, wird es ein kräftiger Bursche wie du auch aushalten."

Gard ließ es also zu, dass man ihm zum Pfosten führte, als wäre es ein Albtraum, in dem er keine Kraft zum Widerstehen hatte. Hodrash half ihm, den Balken zu ergreifen, und Stolperhammer sammelte seine Krücken auf, die klappernd zu Boden fielen.

o o o

„Du hättest wirklich nicht so schreien müssen", knurrte Stolperhammer genervt, während er Gards Rücken wusch. „Obwohl ich denke, dass es, wenn es dein erstes Mal war, eine ziemlich hässliche Überraschung für dich war. Ich hoffe, du hast nächstes Mal ein wenig mehr Selbstachtung."

„Ich werde mich nie wieder zu ihrer Belustigung schlagen lassen", erwiderte Gard.

„Das ist die richtige Einstellung! Gib dir Mühe, ein besserer Sklave zu sein."

Gard öffnete ein Auge und blickte über die Schulter zu Stolperhammer. Er wollte ihn schlagen, doch auch Stolperhammers Rücken blutete, noch unversorgt, und er musste wohl die gleichen Schmerzen verspüren wie Gard.

„Ich hätte nie gedacht, dass du so etwas Dummes tun würdest, sonst hätte ich dich gewarnt", redete Stolperhammer weiter, während er die Striemen auf Gards Rücken mit Salbe versorgte. Die Salbe brannte, aber nicht so schlimm wie die Geißel. „Aber ich habe dir doch gesagt, dass sie Magier sind, oder?"

„Ich habe nicht gedacht, dass sie über echte Kräfte verfügen."

„Ah! Du dachtest, sie wären Bühnenzauberer, ja? Solche, die bunte Tücher aus ihren Fäusten ziehen? Nein, nein, Junge."

„Es gab da einen Mann in meinem Volk", begann Gard langsam. „Jeder sagte, er wäre so wunderbar und weise, dass er uns alle retten würde. Aber das hat er nicht getan. Die Dinge wurden nur schlimmer."

„Das wundert mich nicht bei euren Dschungelschamanen. Aber so etwas wie magische Macht existiert tatsächlich, verstehst du? Und die Meister verfügen darüber. Ich würde sagen, du wirst das jetzt nicht mehr vergessen."

„Nie wieder", erwiderte Gard.

o o o

Nachdem Gards Rücken behandelt war, brachte ihn Stolperhammer zu seinem neuen Arbeitsplatz.

„Die Pumpstation ist nicht so übel", meinte Stolperhammer, während sie sich einem Höhleneingang näherten, den ein roter Feuerschein von innen beleuchtete. „Immerhin wirst du eine Menge Gesellschaft haben. Du musst auch deine Füße nicht belasten. An deiner Stelle würde ich die Arbeit auch befriedigender finden, da sie schließlich wichtig ist, nicht? Die Luft und das Wasser in Bewegung zu halten, und so. Ohne diese Burschen würden wir alle erfrieren oder verdursten. Das ist doch was wert, oder? Es hätte ja noch schlimmer kommen können. Man hätte dich zur Jauchegrube einteilen können."

Stolperhammer redete weiterhin unablässig davon, was für ein Glück Gard doch hatte, doch seine Stimme wurde übertönt, als sie in die lärmerfüllte Höhle kamen.

Ein großes Feuer toste in der Mitte, und in der Decke waren Ventilatoren mit großen Blättern montiert, die die aufgewärmte Luft ins Hypokaustum beförderten. Die Ventilatoren waren mit einer Reihe Zahnräder in zunehmender Größe und einem langen Kolben im Fußboden verbunden, der über ein Dutzend Ruder verfügte. Elf Arbeiter bedienten sie, die ein tiefes, klagendes, sich wiederholendes Lied sangen.

Eine weitere Zahnradanlage, an der ein Dutzend Sklaven hart arbeitete, befand sich an der gegenüberliegenden Seite der Höhle und direkt daneben schoss ein schwarzer Fluss aus dem Felsen und verschwand dann über eine steile Klippe in die Dunkelheit, über der Nebel aufstieg. Diese Zahnräder beförderten das Wasser in einer Schraube nach oben, die sich in einem Schacht in der Decke befand. Das Feuer wurde von zwei mit roten Steinen hin und her eilenden Dämonen gefüttert, die sich an einem Berg aus Steinen im hinteren Teil der Höhle bedienten.

Als Gard und Stolperhammer durch die Tür kamen, drehten sich die Dämonen um und starrten Gard an.

„Es ist der freie Junge", rief Grattur.

„Es ist der kleine Bruder", schrie Engrattur. Sie ließen ihre Steine fallen und kamen grinsend auf Gard zu.

„Siehst du?", rief Stolperhammer. „Du hast sogar schon Freunde. Ist das nicht wunderbar? Gewöhn dir aber keine Dummheiten von ihnen an. Sie hatten bei Magister Dreisprung die gute und sichere Arbeit, die Bahren zu tragen, und was haben sie getan?"

„Wir haben seine Elixiere gestohlen, um uns betrinken!“, erwiderte Grattur stolz.

„Wir haben seine Pülverchen gestohlen, um uns zu berauschen!“, setzte Engrattur hinzu.

„Was macht er hier unten? Doch nicht die Zahnradschicht?“

„Nein, sicher keine Zahnradschicht. Für einen Prachtburschen wie ihn?“

„Na ja, ihr wisst ja, die Beine“, erwiderte Stolperhammer und zeigte auf Gards Krücken.

„Ah. Aber wir haben gehört, dass er Arbeit bei der großen Laterne gefunden hat.“

„Das hat er auch! Eine gute, sichere Arbeit und er hat sie verloren, weil er die Regeln gebrochen hat“, klagte Stolperhammer. Die Brüder heulten vor Lachen. „Er hat die Regeln gebrochen!“

„Er hat die Regeln gebrochen! Ah, er ist einer von uns!“

„Jetzt stachelt ihn nicht noch an, ihr Narren“, murrte Stolperhammer und sah sich nervös um.

„Wir sagen hier unten, was wir wollen, Feuerkopf“, erwiderte Grattur. „So lange sich die Zahnräder drehen, ist es ihnen völlig egal, was wir sagen“, ergänzte Engrattur.

„Gut, vielleicht ist es so und vielleicht auch nicht“, entgegnete Stolperhammer. Er wandte sich zu Gard um. „Ich muss jetzt nach meinen anderen Patienten sehen. Ich habe da einen armen Burschen, der seinen Arm bei den Blutspielen verloren hat. Wird eine lange dauernde Umschulung. Du nimmst deinen Platz jetzt ein, und arbeite hart. Wenn das Ende der Schicht kommt, wirst du noch dankbar sein, deine Beine trainieren zu dürfen.“

Stolperhammer verließ die Höhle und die Brüder zeigten auf einen leeren Platz bei den näher gelegenen Zahnrädern. „Das ist dein Arbeitsplatz.“

„Willkommen in der Pumpstation!“

Gard humpelte zu den Zahnrädern und nahm seinen Platz ein, während ihn die anderen Arbeiter anstarrten. Ihr Lied war verstummt, obwohl es dadurch keinesfalls leiser in der Höhle geworden war.

„Wer ist das große Arschloch?", wollte der nächste Arbeiter wissen. Gard starrte ihn finster an, zuckte dann aber verblüfft zusammen, als ihm auffiel, dass der Sprecher keine Beine hatte. Sein Körper endete an den Hüften in einer geschlechtslosen Wölbung. Gard sah die Reihe entlang und stellte fest, dass der Großteil der Arbeiter das gleiche Schicksal erlitt.

„Was ist mit deinen Beinen geschehen?", brach es aus ihm heraus.

„Ich wurde ohne welche gemacht", erwiderte der Arbeiter. Er nickte in Richtung der anderen. „Die auch. Bei diesem Job braucht man keine Beine. Man hat uns betrogen."

„Sie sind nur halbgekörpert", erklärte Grattur, der sich nach unten gebeugt hat. „Doch sie sind hier genauso gefangen wie wir. Typisch die Meister, was?"

„Die locken die armen Kreaturen mit Versprechungen von Spaß, und dann lassen sie die wichtigen Teile weg", meinte Engrattur.

„Schnapp dir deinen verdammten Griff und hilf uns", forderte der Arbeiter Gard auf. Er gehorchte. Vom anderen Ende der Gruppe hob das Lied, zuerst ein wenig stockend, wieder an. Auch Grattur und Engrattur stimmten ein, während sie Brennstoff ins Feuer warfen. Gard hörte eine Weile lang zu und stimmte dann ebenfalls ein.

Wenn ich jemals hier herauskomme, werde ich ihr Blut trinken, als wäre es Wein.

Wenn ich jemals hier herauskomme, werde ich ihre Herzen fressen, über kleinem Feuer geröstet.

Wenn ich jemals hier herauskomme, werde ich sie alle schänden, mit einem Blitz.

Wenn ich jemals hier herauskomme, werde ich so hoch wie nie zuvor fliegen, über dem Rauch ihrer Scheiterhaufen,
wenn ich jemals hier herauskomme.

Gard lernte das Lied im Laufe der Jahre in- und auswendig, während seine Arme und Schultern kräftiger wurden und sein Bart dichter wuchs. Dank Stolperhammers geduldiger Arbeit wurden auch seine verkümmerten Beinmuskeln wieder kräftiger. Die Stunde kam, in der er dazu in der Lage war, ein paar stolpernde Schritte am Rand seiner Zelle entlang zu machen, wenn er sich an den Mauern abstützte. Die Stunde kam, in der er nur noch mit einer Krücke zur Arbeit humpelte. Die Stunde kam, in der er wieder ohne Hilfe gehen konnte, wenn er auch immer noch humpelte.

Das sorgte für einigen Widerwillen bei seinen Mitarbeitern, doch nur für kurze Zeit. Bald hatten sie ein neues Ziel für ihren Hass.

Es kam die Stunde, in der, als Gard ohne Hilfe zu seiner Zelle zurückkehrte, Stolperhammer aus der anderen Richtung angerannt kam. „Ha, da bist du ja! Rasch, rasch, in Deckung!"

„Was ist geschehen?", fragte Gard und ging schneller. Stolperhammer antwortete nicht, sondern packte ihn am Arm und zerrte ihn zu der Zelle. Sie waren kaum drinnen, als Küchenjunge herangestampft kam, und wenn sein Gesicht dazu fähig war, Furcht auszudrücken, blickte er nun wohl von Furcht erfüllt. Er nahm sich nicht einmal die Zeit, Gard zu beleidigen, sondern packte nur hastig Schüssel und Krug, füllte sie auf, knallte sie so hastig auf den Boden, dass die Hälfte überschwappte, und eilte dann gleich weiter.

„Wir werden einfach hier drinnen bleiben und leise sein", flüsterte Stolperhammer. Gard, der verärgert darüber war, dass er sein halbes Abendessen verloren hatte, wollte gerade nach seiner Schüssel greifen, als er von einer Erschütterung umgeworfen wurde. Er lag flach auf dem Boden und spürte, wie der sich unter ihm bewegte, ganz so, als ob er atmen würde. „Oh, oh“, stöhnte Stolperhammer, während er sein Gesicht in den Händen vergrub.

Ein Geräusch wie Donner kam von irgendwo weit oben, und ein langer Sprung zeichnete sich an der Felsmauer ab. Dann ertönten drei oder vier kurze Explosionen, ein Geräusch, das Gard nicht einordnen konnte. Ihnen folgten endgültig und schrecklich Schreie aus vielen Kehlen.

Dann war es still. „Was ist geschehen?“, wiederholte Gard seine Frage flüsternd.

„Ein Krieg“, erklärte Stolperhammer. Der Übersetzer auf seiner Schulter schickte Gard ein Bild in seinen Schädel: Kämpfe, Chaos, Tod. „Manchmal bekämpfen sich die Meister gegenseitig. Manchmal … aber es dauert nie lange. Vermutlich ist es schon wieder vorbei. Es ist immer sehr schwer für die armen Dämonen, sie haben dann keine Ahnung, wessen Befehlen sie folgen sollen – ich bin froh, nicht auf diese Weise gebunden zu sein. In solchen Fällen ist es für Leute wie dich und mich am besten, sich einfach zu verstecken und in Deckung zu gehen, doch, wirklich.“

Gard setzte sich vorsichtig auf. Er zog seine Essensschüssel heran und schaufelte die traurigen Überreste in sich hinein. Es gab keine weiteren Explosionen.

„Glaubst du, dass es vorbei ist?“

„Könnte sein“, erwiderte Stolperhammer. „Könnte sein. Ich habe schon vorher erlebt, dass es so rasch vorbei war. Ich werde vermutlich eine Menge Arbeit haben. Es wird Hinrichtungen geben, und ein paar Wochen lang werden wir mehr Fleisch im Eintopf haben als sonst.“

Gard starrte in seine leere Schüssel. Eine dünne Rauchfahne kräuselte sich draußen den Gang entlang.

Als er sich das nächste Mal zu seiner Schicht meldete, lag noch immer ein unangenehmes Vibrieren in der Luft. Grattur und Engrattur kamen zu ihm und schlugen ihm der Reihe nach auf die Schulter.

„Wir haben uns schon gefragt, ob du es überlebt hast. Du hast deine Zelle doch in den Westtunneln, oder?“

„Wir haben gehört, die lägen direkt unter dem schlimmsten Kampfgebiet. Weißt du, wer gewonnen hat?“

„Weißt du, um was es ging?“

Gard konnte nur den Kopf schütteln und nahm seinen Platz ein. Ein Dämon kam hastig auf seine Knöchel gestützt herein. Es war Chacker, der den Platz rechts neben Gard hatte. Er schwang sich in seinen Sitz.

„Sie haben das Feuer im Weststock drei gelöscht“, murmelte er, zu seinem rechten Nachbarn gewandt.

„Ich habe gehört, dass fünf von ihnen hingerichtet wurden“, erwiderte dieser. Alle, die nahe genug waren, um es zu verstehen, mussten lächeln und das Lied begann mit einem äußerst fröhlichen und beschwingten Unterton:

Wenn ich jemals hier herauskomme, werde ich ihr Blut trinken, als wäre es Wein...

Eine Stunde später, als Gard, der durch das Lied und das Brüllen des Feuers fast taub geworden war, aufblickte, stellte er voller Überraschung fest, dass im Höhleneingang zwei Dämonen standen, jeder auf einer Seite eines jungen Mädchens.

Die Dämonen trugen Rüstungen. Sie hielten dornenbewehrte Keulen und waren auf jede Art grausam anzusehen, doch sie wirkten etwas furchtsam, sogar verlegen. Das Mädchen zwischen ihnen war schlank und wunderschön, ohne dass etwas der Fantasie überlassen blieb, da sie abgesehen von ihren Fesseln völlig nackt war. Sie stand stolz da, in einer perfekten Haltung, und lächelte kalt einen Punkt in der Luft an, der Meilen entfernt von diesem Ort sein mochte.

„Bei der blauen Grube“, murmelte Grattur.

„Bei der blauen Grube", wiederholte Engrattur, zu verblüfft, um sich etwas Originelleres einfallen zu lassen. Gard starrte sie mit offenem Mund an, bis er fühlte, wie sich seine Lust regte. Er lehnte sich nach vorne, in der Hoffnung, die Angelegenheit so zu verbergen. Das Lied erstarb auf der ganzen Reihe, als die Arbeiter aufsahen und die Neuankömmlinge bemerkten.

„Was soll das?", fragte Grattur, wobei er sich Mühe gab, sich an den Wächter rechts zu wenden. Der Wächter räusperte sich.

„Das ist die Dame Pirihine, Narzisse der Leere, aus der Linie des Magisters Porlilon, die kürzlich unglücklicherweise von der Linie des Magisters Obashon vernichtet wurde. Sie wurde zu fünf Jahren Arbeit hier unten verurteilt. Wir haben sie wie befohlen überbracht. Wir werden uns nun zurückziehen."

Der Wächter und sein Gefährte wichen einen Schritt zurück und machten eine Geste, die vielleicht eine Verbeugung in Dame Pirihines Richtung sein sollte. Dann verschwanden sie schnell. Grattur und Engrattur tauschten einen unbehaglichen Blick und Grattur wandte sich zu Dame Pirihine und erklärte mit sorgfältig gewählten Worten:

„Meine Dame, wir sind gebundene Kreaturen und müssen unsere Befehle genau befolgen. Wir werden ihre Grenzen nicht überschreiten. Bitte denkt daran, wenn Ihr erneut frei unter uns wandelt."

„Ich werde mich daran erinnern", erwiderte sie, und ihre Worte waren so eisig, dass Gard erschauerte.

Chacker rammte ihm heftig den Ellbogen in die Seite. „Schau sie dir an! Schau dir diese Dinger an! Oh, oh, wie gerne würde ich meine Zähne darin vergraben! Kommt her, Prinzesschen, kommt her, meine Hochwohlgeborene! Zumindest zwei Arme habe ich für Euch!"

„Was sollen wir nur machen?", murmelte Grattur.

„Sie werden sie in Stücke reißen", erwiderte Engrattur düster.

„He, du, Chacker! Verlass deinen Platz. Du hast eine neue Position."

„Melde dich bei Magister Thratsa. Eiszapfen, du nimmst seinen Platz ein."

Chacker hob sich mit einem wütenden Gesichtsausdruck von seinem Platz, doch er gehorchte und hüpfte auf seinen Knöcheln vor sich hinmurmelnd davon. Gard schob sich seitwärts auf Chackers Platz. Grattur beugte sich mit einem flehenden Gesichtsausdruck zu ihm herunter.

„Wir haben dich doch immer anständig behandelt, nicht, kleiner Bruder?"

„Jetzt musst du dem alten Grattur und Engrattur helfen."

„Es wird irgendwann einen anderen Krieg geben."

„Sie kämpfen ständig gegeneinander."

„Sie wird eines Tages wieder hier herauskommen."

„Wir wollen doch nicht, dass sie dann voller Zorn an uns zurückdenkt, oder?"

„Gib ihr keinen Grund, das zu tun, kleiner Bruder."

Gard nickte wie betäubt und wünschte sich mehr als alles andere eine Decke, um seine Blöße zu verbergen. Er tat sein Bestes, sich auf eine weniger auffällige Art hinzusetzen, als Grattur und Engrattur sich wieder der Dame Pirihine zuwandten.

„Euer Platz ist hier." Sie verbeugten sich und zeigten auf den Sitz ganz am Ende. Sie setzte sich und packte den Griff, ohne ein Wort zu sagen. Ihre Handschellen erzeugten ein klimperndes Geräusch.

Gard wandte seine Augen ab. Sie arbeitete schweigend und lautlos an dem Griff neben ihm, und langsam, verbissen begannen die Arbeiter am anderen Ende wieder zu singen.

Wenn ich jemals hier herauskomme …

Gard spürte, wie sich der Schenkel der Dame gegen den seinen drückte.

„Nennen sie dich deswegen Eiszapfen?“, fragte sie amüsiert, während sie seitlich nach unten blickte.

Gard schluckte und schüttelte den Kopf. Er begann ebenfalls zu singen.

… werde ich ihre Herzen fressen, über kleinem Feuer geröstet. Wenn ich jemals hier herauskomme …

Sie stimmte in das Lied mit ein. Ihre Stimme war hoch und süß. Wenn die gefrorenen Gräser auf eisigen Seen Stimmen hätten, würden sie so wie die der Dame Pirihine klingen.

Gard sehnte sich nach den alten Arbeitstagen zurück, die, obwohl sie ihn auslaugten und bis zum Abend völlig stumpf machten, doch angenehm eintönig gewesen waren. Jetzt waren seine Tage und Nächte voller Qualen.

Von Stolperhammer borgte er sich eines Tages eine Rolle Bandagen und wickelte das Material um seine Lenden, damit sie nicht jeden seiner Gedanken aller Welt verrieten. Das machte ihn zum Objekt intensiver, feindseliger Blicke, als er in seiner nächsten Schicht seinen Platz einnahm.

„Was ist mit ihm passiert, Eiszapfen?“, wollte Trokka wissen, der im Moment neben ihm saß. „Ist er abgebrochen?“

„Bist du im weißen Becken schwimmen gegangen, und eines von Magister Bobnas Haustieren hat ihn abgeknabbert?“, fragte Solt vom nächsten Sitz aus und lehnte sich näher heran, um ihn zu mustern.

„Nein!“, rief Foshan auf dem vierten Sitz. „Er hat ihn abgerieben, weil er sich in der Nacht so viel Erleichterung verschafft hat. Jetzt ist er wirklich einer von uns!“

„Ach, haltet doch die Klappe“, knurrte Grattur.

„Ihr seid nur neidisch“, warf Engrattur ein.

„Kümmere dich einfach nicht um sie, kleiner Bruder“, sagte Grattur.

„Undankbare Drecksbande! Ihr würdet seinen Sitz nicht wollen“, fügte Engrattur hinzu.

„Oh, wirklich nicht?“, riefen mehrere Dämonen einstimmig.

Gard arbeitete stumm weiter und dachte über neue Zeilen für das Lied nach, die trotzdem noch mit „Wenn ich jemals hier herauskomme“ begannen. Zur üblichen Zeit hörte man das Trampeln von schweren Stiefeln im Gang und die Dame Pirihine wurde von den Wächtern zu ihrem Platz eskortiert. Die Wächter machten diese Halb- Verbeugung und verschwanden. Sie ergriff den Hebel und machte sich an die Arbeit. Mit einem Mal wurde ihr Blick von Gards primitivem Lendenschurz angezogen. Sie lächelte, betrachtete ihn jedoch eine Zeit lang ohne einen Kommentar, während das Lied wie ein beruhigendes Gebet anhob.

Schließlich lehnte sie sich vom Griff zurück und hob die Hand. Alles verstummte sofort, so als ob ihnen jemand die Luft abgeschnürt hätte – alle außer Gard, der noch ein oder zwei Verse sang, bevor er aufsah. Pirihine kniff ihre Augen zusammen.

„Du bist nicht gebunden“, sagte sie in missbilligendem Ton. Sie blickte zu Grattur und Engrattur. „Sklaven, mir ist es nicht gestattet, Kleidung zu tragen, nicht einmal einen Fetzen. Wer ist dieses Stück Dreck, dass er es wagt, mich auf diese Weise zu provozieren?“

Grattur rang die Hände und Engrattur schüttelte verzweifelt den Kopf.

„Der Junge wollte Euch nicht beleidigen, meine Dame“, versicherte Grattur.

„Er wird sich sofort entblößen, nicht wahr, Eiszapfen?“, sagte Engrattur.

Ein unterdrücktes Geräusch hallte durch den Raum, das das Lachen der anderen Dämonen gewesen wäre, wenn die Dame sie mit ihrer Geste nicht gebunden hätte. Dennoch bleckten sie vergnügt die Zähne, schielten und veränderten ihre Farben.

Selbst die kleinen Übersetzer schienen blau und grün zu brennen.

Gard blickte die Dame Pirihine seitlich an, dann und erhob er sich.

Er wandte sich von ihr ab, entrollte die Bandage, sodass die anderen in der Reihe gut sehen konnten, was ihnen fehlte, und machte eine Geste, die beim Waldvolk als extrem obszön galt. Dann drehte er sich um, setzte sich und machte sich wieder an die Arbeit.

Er blickte nicht zu der Dame, konnte aber spüren, wie sich ihr Blick in ihn bohrte. Schließlich fragte sie: „Was bist du, Sklave, das du nicht ordnungsgemäß gebunden bist?"

„Ich bin kein Sklave", sagte Gard.

„Frechheit! Sieh nur, wo du bist und was du tust. Du bist ein Sklave, und du wirst ein geschlagener Sklave sein, wenn ich es befehle."

„Ich bin hier ein Gefangener. Wenn Ihr leben werdet und mich schlagen lasst, dann werde ich geschlagen sein, aber kein Sklave."

„Oder vielleicht sollte ich befehlen, dich töten zu lassen."

Gard zuckte die Achseln. „Ist mir egal."

„Dann werde ich dich langsam töten lassen."

„Schmerz ist nichts Neues für mich."

„Dieser Schmerz wird es sein, das verspreche ich dir."

„Daran zweifle ich."

„Du wirst darum betteln, sterben zu dürfen."

„Ich werde sterben, wenn ich mich dazu entscheide."

Die ganze Reihe entlang lauschten die anderen, angespannt vor Heiterkeit. Grattur und Engrattur liefen nervös auf und ab und gaben acht, sich abzuwenden, wenn sie ein Grinsen nicht mehr unterdrücken konnten. Doch nun kam ein anderes Geräusch aus dem Höhleneingang, rumpelnde Räder und schwere

Schritte. Das langnasige Gesicht tauchte zuerst auf und schnüffelte in der Luft. Dann kam Küchenjunge herein.

„Was machst du hier?“, fragte Grattur.

„Du hast hier nichts zu suchen“, bekräftigte Engrattur.

„Ich muss doch meinen Wassertank füllen, oder?“, sagte Küchenjunge. „Durstige kleine Sklaven haben ihn leer getrunken.“

„Warum füllst du ihn dann nicht bei der Küchenzisterne auf?“

„Das machst du sonst immer. Was willst du hier?“

Küchenjunge machte eine obszöne Geste und stapfte in Richtung des Flusses. Dort füllte er seinen Tank mit atemberaubender Langsamkeit. Er war gerade auf dem Rückweg, als er innehielt und seinen blinden Kopf von Seite zu Seite schwenkte. Er schnüffelte zwei-, dreimal.

„Was ist denn das?“, fragte er in schlecht gespielter Überraschung. „Ich rieche ein Weibchen hier unten! Das stimmt doch nicht, oder?“ Er kam auf Dame Pirihines Platz zu und grapschte vor sich in der Luft herum.

„Du hast deinen Tank gefüllt, jetzt verschwinde von hier“, sagte Grattur.

„Wir warnen dich, Bruder, sei nicht dumm“, fügte Engrattur hinzu.

„Aber ich bin doch nur ein dummer alter Küchensklave, nicht?“, erwiderte Küchenjunge mit einem verschlagenen Lächeln, „und man hat mich ohne Augen gemacht, also muss ich mir meinen Weg raus ertasten. Bevor ich ein Sklave war, konnte ich in alle Richtungen blicken, wie die Sonne. Doch jetzt bin ich, dank der Weisheit der Meister, nur ein armer, blinder Sklave.“

Blind mochte er ja sein, doch seine Hand fand die Dame ohne Probleme und verweilte dort.

„Du wirst deine Hand sofort da fortnehmen“, befahl sie. Küchenjunge gehorchte mit gespielter Überraschung. Eine Sekunde später war seine Hand schon wieder auf ihr.

„Wer gibt mir hier mit solch stolzer Stimme Befehle? Das kann doch keine Herrin sein? Sie würden doch eine der ihren nicht nach hier unten schicken, wo eine niedere Kreatur wie ich mit ihr spielen kann? Kann eine große Dame wirklich so tief fallen?“

„Nimm deine Hand da weg“, befahl sie schärfer.

„Ich gehorche! Und jetzt berühre ich Euch wieder. Wie hübsch glatt Ihr doch seid.“

„Hör sofort auf damit!“, befahl Grattur gequält. Gard, der voller Widerwillen zusah, bedauerte ihn.

„Du Narr!“, stöhnte Engrattur.

Küchenjunge blickte in ihre Richtung und schnaubte verächtlich: „Wovor habt ihr denn Angst? Haben die Meister sie etwa nicht hier nach unten geschickt, um ein Beispiel zu geben? Lasst sie doch einen Geschmack davon bekommen, was wir erdulden müssen. Wir werden nicht bestraft werden.“

„Nimm deine Hand weg und sorge dafür, dass sie von mir fernbleibt“, verlangte die Dame Pirihine.

„Was, diese Hand? Natürlich, meine Dame! Ein armer Sklave muss sich ja genau an Eure Worte halten.“ Küchenjunge streckte die andere Hand aus und begann, sie damit zu befummeln.

„Ich werde mich daran erinnern, dass ihr dabeigestanden seid und nichts getan habt“, schnaubte die Dame an Grattur und Engrattur gewandt.

„Aber meine Dame, wir sind nur Sklaven“, jammerten sie.

Heißer Zorn stieg in Gard auf. Er stand auf, packte Küchenjunges Hand und bog die Finger so hart zurück, dass sie knackendend brachen. Küchenjunge schrie vor Schmerz, hoch und schrill wie eine Maus. Er schwang seine andere Hand herum, riss Gard von seinem Sitz und hätte ihn beinahe in das große Feuer gestoßen. Gard lag keuchend am Boden und spürte, wie sein Herz durch die Wucht des Schlages kurz aussetzte. Küchenjunge umklammerte seine gebrochene Hand und warf den Kopf hin und her, während er schnüffelnd versuchte, die Witterung seines Feindes aufzunehmen.

„Krüppel!“, schrie er. „Freu dich darauf, nie wieder zu essen!“

Er kam auf Gard zu, sein Wagen polterte hinter ihm her, und Gard rollte sich zur Seite und kam taumelnd auf die Füße. Er wich vom Feuer zurück. Küchenjunge schwang herum. Er spürte, wohin Gard ausgewichen war und griff nach ihm, doch dabei drehte sich sein Wagen ins Feuer und blieb stecken. Die Dämonen begannen zu brüllen und trommelten mit den Fäusten auf die Tische.

Küchenjunge hatte Gards Schulter zu fassen gekriegt, zog ihn heran und fletschte seine breiten, gelben Zähne.

Gard entwand sich seinem Griff. „Er wird mich töten oder ich ihn“, dachte er, während ihn trotz des Chaos Ruhe überkam, kalt wie ein Stein. Schande, Schuld und Furcht fielen von ihm ab, selbst sein rasender Zorn verschwand. Es gab nur noch diesen einen Moment. Es gab nur noch diese eine Frage: „Wer von uns wird sterben?“

Er sprang vor, schlang seine Arme um Küchenjunges langen Hals und drückte fest zu. Auf diesem Weg hatte er den weißen Schneedämon getötet. Den Bär. Er hatte nicht gewusst, dass es ein Bär gewesen war. Er hatte vieles nicht gewusst, damals. Wie lange war das her? Wie viele Jahre waren verstrichen, in denen er hier unter dem schwarzen Felsen geschuftet hatte?

Küchenjunge röchelte und wehrte sich, er griff mit seiner unverletzten Hand nach ihm, mit neuer Kraft, da der Wagen in Flammen stand. Er schlurfte vorwärts, warf den brennenden Wagen von einer Seite zur anderen und versuchte, ihn freizukriegen. Wasser schwappte heraus und ergoss sich zischend ins Feuer, dichte Wolken stiegen zur Höhlendecke auf. Grattur und Engrattur schrien voller Entsetzen auf und rannten los, um neuen Brennstoff zu holen, damit das Feuer nicht ausging.

Gard löste seinen Griff und fing im Fall Küchenjunges andere Hand ein. Er verdrehte sie und hörte Knochen brechen. Küchenjunge schrie erneut und warf die Arme in die Luft. „Scheiße in deinem Trinken! Scheiße in deiner Nahrung! Scheiße! Kotze! Pisse!“

Das Feuer hatte sich jetzt bis zu den Griffen des Wagens vorangefressen, und Küchenjunge tanzte wild hin und her, um sich von ihm zu lösen. Der Wassertank platzte, Splitter glitten scheppernd über den Boden. Gard hechtete aus dem Weg und schnappte sich einen Splitter, der so scharf wie ein Feuersteinmesser war. Er tauchte unter Küchenjunges wild rudernden Armen hindurch und schnitt ihm die Kehle durch.

Küchenjunge zuckte zusammen. Er griff nach seinem Hals. Dann taumelte er und kippte zur Seite, wobei er noch immer nach den Überresten seines Karrens trat. Gard griff sich ein größeres Stück des zerbrochenen Karrens und schlug damit auf seinen Schädel ein, wieder und wieder, bis er sich nicht mehr bewegte, und voller Bedauern dachte er: „Jetzt ist er frei.“

Gard ließ seine Waffe fallen und taumelte zurück, heftig nach Atem ringend. Die anderen Arbeiter heulten, applaudierten und beschimpften Küchenjunge. Die Dame Pirihine musterte Gard entzückt. Grattur trat an ihn heran und legte ihm eine Hand auf die Schulter, während Engrattur im Feuer stocherte.

„Oh, kleiner Bruder, das war eine üble Sache“, seufzte Grattur. „Aber dennoch gut gemacht.“

„Es war gut gemacht“, mischte sich Engrattur ein. „Aber er war ein nützlicher Sklave.“

„Wie fühlst du dich? Du hast weder geschrien noch geknurrt.“

„Dein Gesicht war so ruhig, als ob du träumen würdest, die ganze Zeit.“

„Du wirst dafür geschlagen werden, oder schlimmeres.“

„Dennoch …“, Engrattur beugte sich zu ihm hinab, senkte die Stimme und zeigte mit den Daumen auf die Dame Pirihine, „… sie wird sich daran erinnern.“

15. Tag, 1. Woche, 11. Monat, im 243. Jahr nach dem Aufstieg zum Berg

Heute wurde Sklave 4.372.301 den Blutspielen zugewiesen.

„Du musst verrückt geworden sein“, schalt ihn Stolperhammer. „Heb deine Arme und hol tief Luft. Keine Schmerzen mehr? … gut! Die Rippen sind fast wieder zusammengewachsen, du heilst ungewöhnlich schnell. Da hattest du diese nette, sichere Arbeit, und alles, was du tun musstest, war, hart zu arbeiten und den Kopf unten zu halten, und du wärst nie jemandem aufgefallen. Du hättest noch Jahre gelebt. Schau dich jetzt an! Du wirst mich von nun an viel öfter sehen, das kann ich dir sagen. Weißt du, wie hoch die Lebenserwartung hier oben ist? Man misst sie in Monaten.“

„Es ist ein schöneres Zimmer“, erwiderte Gard sanft. Er hatte ein erhöhtes Bett auf einer Palette und man hatte ihm während seiner Genesung wesentlich besseres Essen gebracht, als es Küchenjunge jemals zuvor getan hatte. Die Luft war wärmer, da das Hypokaustum, an dem er so viele Jahre gearbeitet hatte, nun seine Wohltaten nun auch zu ihm hinauf sandte. Man hatte ihm sogar Kleidung gegeben.

„Schöner? Ja natürlich, du Narr. Sie möchten, dass du in guter Verfassung bleibst. Es macht ihnen keinen Spaß, einen armen Krüppel durch die Arena taumeln zu sehen! Obwohl, um bei der Wahrheit zu bleiben, es gäbe da den einen oder anderen, der … schön, ich denke, es könnte schlimmer sein. Vielleicht schaffst du es ja auch. Ist schon vorgekommen", sagte Stolperhammer, während er ihm die Bandagen abnahm.

Er stupste Gard ein paarmal mit gerunzelter Stirn in die Seite. „Erstaunlich. Wüsste ich es nicht besser, würde ich raten, dass sie überhaupt nicht gebrochen waren. Magister Dreisprung würde dich sicher gerne bald nochmal begutachten. Nicht, dass du dir wünschen solltest, seine Aufmerksamkeit zu erregen. Nein, nein. Er würde dich wohl einfach nur aufschneiden, um sehen, was dich so anders macht."

„Wer ist eigentlich dieser Herzog Silberspitze, mit dem ich mich treffen soll?", fragte Gard. „Ist er auch einer der Meister?"

„Der Herzog? Aber nein!" Stolperhammer grinste. „Er ist einer von meinem Volk. Wir sind aber nicht verwandt oder so, er steht so weit über mir, dass mein Rücken sich schon beugen will, wenn ich auch nur an ihn denke. Ich hörte, er kam auf der Jagd nach einem Erzfeind seiner edlen Familie in die Berge. Er hat den Mann tagelang verfolgt, um eine Blutschuld zu begleichen, und er hat den Bastard dann auch getötet, doch dann kam ein Schneesturm über ihn und er fiel den Meistern in die Hände.

Jetzt ist er ihr Waffenmeister. Die Qualität setzt sich durch, weißt du. Er wird dich ausbilden. Wir Kinder der Sonne sind gut in solchen Dingen, und du solltest gut aufpassen! Er wird dir nützliche Dinge beibringen. Nicht so, wie diese närrischen Dämonen!"

Als sie den Gang zum Trainingsgelände ungefähr zur Hälfte durchquert hatten, blickte Stolperhammer über die Schulter, räusperte sich und flüsterte Gard zu: „Du, äh, solltest wissen, dass du ihn hier unten besser nicht Herzog nennen solltest. Den Meistern gefällt das nicht. Sie haben ihm seinen Titel genommen, aber sie können ihn nicht zu einem Sklaven machen wie den Rest von uns, ha, ha!"

Sie kamen in eine große Halle. Es handelte sich nicht um eine unbehauene Steinhöhle wie die Pumpstation – die Wände waren mit behauenem Stein verkleidet, und die Decke spannte sich in Form eines hohen Tonnengewölbes über ihnen. Hier brannte keine Feuergrube, stattdessen verbreiteten drei Dutzend Öllampen helles Licht. Der Boden war auch nicht aus Stein, sondern aus glatten Holzplanken, und eine dicke Matte bedeckte die Mitte.

Am entfernten Ende der Halle saß ein Mann und machte sich Notizen auf einer Schriftrolle. „Er schreibt", dachte Gard. Er war also ein Gelehrter. Stolperhammer schien immer kleiner zu werden, während sie sich dem Tisch näherten, an dem der Mann arbeitete. Sein Lächeln wurde kriecherisch, er wrang die Hände und verbeugte sich schließlich tief.

„Mein Fürst", begann er. Der Mann blickte auf. Obwohl ihre Hautfarbe ähnlich war, hätte Gard niemals vermutet, dass sie dem gleichen Volk angehörten, so winzig, verschrumpelt und schmierig wirkte Stolperhammer im Vergleich. „Hier ist der große Grünie, den sie von unten geschickt haben, Herr. Seht Euch mal seine Arme an. Mit so einem Burschen könnt Ihr eine Menge anfangen, wenn ich so sagen darf. Er ist außerdem ein guter Kerl, denkt an seine Manieren, nicht so wie die Dämonen. Ihr werdet ihn mögen."

„Lass uns allein, Stolperhammer", sagte Silberspitze.

„Jawohl. Ich danke Euch. Es wird Euch erfreuen zu hören, dass er rasch heilt."

„Raus, Stolperhammer."

„Ich bin schon weg."

Gard drehte sich um und sah verblüfft zu, wie Stolperhammer den ganzen Weg aus der Halle hinaus rückwärts lief und sich dabei unentwegt verneigte. Als er sich wieder umwandte, musterte Silberspitze ihn mit einem kritischen Blick.

Sein Gesicht war würdevoll, streng und so glatt, als ob es aus Stein gemeißelt wäre, und sein Blick war kalt und abschätzend. Als er aufstand, stellte Gard fest, dass er locker einen Kopf größer als Stolperhammer war.

Er kam hinter dem Tisch hervor und umkreiste Gard langsam, während er ihn aufmerksam begutachtete. „Heb deine Arme", befahl er, und Gard tat wie ihm gesagt. Silberspitze musterte seine Brust und nickte, dann fiel sein Blick auf die Beine. „Die wurden rekonstruiert. Was ist mit ihnen passiert?"

„Sie waren gefroren", erwiderte Gard und dachte sich dabei, dass das eine komische Art war, seine Beine zu beschreiben. „Ich war lange Zeit lahm."

Silberspitze zog eine Augenbraue hoch. „Sind sie noch schwach?"

„Nein."

Silberspitze nickte erneut. Er trat ein paar Schritte zurück und musterte Gard aus dieser Entfernung mit einem Stirnrunzeln. „Zu welcher Rasse gehörst du?"

Gard zuckte die Achseln. „Ich war ein Findling."

„Also ein Mischling. Du heilst wie ein Dämon, doch du hast nicht ihre Augen. Bei welchem Volk wurdest du aufgezogen?"

„Wir haben im Wald gelebt."

„Ich verstehe."

Nach einer Pause kam Silberspitze erneut auf ihn zu. Ohne Vorwarnung schlug er ihn mitten ins Gesicht. Gard packte ihn beim Handgelenk, bevor er seine Hand zurückziehen konnte. Ihre Blicke bohrten sich ineinander. „Warum habt Ihr mich geschlagen?"

„Um zu sehen, was du tun würdest", erwiderte Silberspitze. Gard ließ ihn los. Silberspitze setzte sich wieder an seinen Tisch und nahm einen Stift zur Hand. „Man hat mir gesagt, du hättest einen anderen Sklaven getötet."

„Das habe ich."

„Erzähl mir bitte davon."

Gard beschrieb seinen Kampf gegen Küchenjunge. Silberspitze hörte ihm aufmerksam zu und ließ ihn nur zwischendurch kurz aus den Augen, wenn er sich Notizen machte. Als Gard fertigerzählt hatte, fragte er: „Ich habe auch gehört, dass du einen Schneebären getötet hast. Ist das wahr?"

„Ja."

„Erzähl mir auch davon."

Gard beschrieb ihm, soweit er sich noch erinnerte, den Kampf gegen den Schneebären.

„Hast du da erstmals getötet?"

„Nein."

„Ah. Du warst also ein großer Jäger bei deinem Volk?", bohrte Silberspitze mit einem leicht amüsierten Tonfall nach, während er wieder etwas notierte.

Gard spürte einen Anflug von Verärgerung, ließ sich aber nichts anmerken. „Nein, keine Tiere. Ich habe Menschen getötet."

„Tatsächlich?" Silberspitze blickte auf. „Und wie bis du dazu gekommen, Menschen zu töten?"

Gard holte tief Luft, als er erkannte, dass er jahrelang nicht an seine Vergangenheit gedacht hatte, und er wollte auch jetzt nicht daran denken. Dennoch erzählte er die Geschichte und sparte auch nicht aus, was er Ranwyr angetan hatte. Silberspitze hörte ihm ohne zu schreiben zu und starrte ihn die ganze Zeit über an. Gard beendete seine Geschichte und schwieg.

Die Stille hielt einen Moment lang an, bis sich Silberspitze in seinen Sessel zurücklehnte. „Danke." Er nahm seinen Stift und schrieb eine Zeit lang. Ohne aufzusehen, fragte er: „Welche Waffe hast du dabei besonders häufig benutzt?"

„Meinen Speer."

„Welche anderen?"

„Messer. Manchmal auch Netze."

„Keine Schwerter?"

Gard blinzelte. Der Übersetzer zeigte ihm ein Bild von den langen Messern, die die Wachen trugen. „Nein."

„Nun gut." Silberspitze schrieb noch etwas auf und unterstrich es, dann legte er den Stift zur Seite und musterte Gard intensiv. „Hör mir genau zu, Sklave. Unsere Meister sind ein Rudel räudiger Hunde, die aus Angehörigen der merkwürdigsten Rassen der Welt bestehen. Sie sind feige und faul und in den letzten Generationen werden sie bereits von der Inzucht heimgesucht. Sie sind grausam. Wenn sie nicht untereinander um die Herrschaft über diesen elendigen Ameisenhügel kämpfen, dann ergötzen sie sich daran, zuzusehen, wie ihre Sklaven durch die Hand eines anderen in der Arena sterben.

Nun würdest du annehmen, dass ihnen verdammt bald die Sklaven ausgehen sollten, so wie sie hier an diesem abgelegenen Ort leben, und es wäre tatsächlich so, wenn der Großteil ihrer Sklaven nicht Dämonen wären, die sie gekörpert und an ihre Dienste gebunden haben.

Ein gebundener Dämon kann niemals seinen Diensten entrinnen, nicht einmal, wenn man ihn in kleine Stücke hackt. Die Meister rufen seinen Geist einfach aus der Leere zurück und geben ihm einen neuen Körper. Das schwächt die Freuden des Blutsports beträchtlich ab, da das Element der Anspannung in gewisser Weise fehlt.

Aus diesem Grund bekommen die Dämonen Belohnungen in Aussicht gestellt, damit sie sich bei den Kämpfen anstrengen: neue Körper, die mächtiger sind, attraktiver, oder besser ausgestattet, um die körperliche Existenz zu genießen. Deswegen werfen sie einander Beleidigungen an den Kopf, während sie durch den Sand der Arena stapfen, prahlen mit den schrecklichen Dingen, die sie einander antun werden, und dann hacken sie mit so etwas wie einem Anflug von Enthusiasmus aufeinander ein.

Es ist alles auf deprimierende Weise theatralisch und ein widerwärtiger Weg zu leben. Doch es ist das einzige Leben, das man ihnen gestattet.

Aber selbst das langweilt unsere Meister manchmal.

Aus diesem Grund unterhalten sie auch noch eine spezielle Gruppe von Kämpfern. Es sind Sklaven, die sie wie dich nicht körpern können und die nicht an ihre Dienste gebunden sind. Sklaven, für die es keine Rückkehr ins Leben gibt, wenn sie in der Arena sterben. Daher haben sie auch einen stärkeren Ansporn, gut zu kämpfen.

Du hast all das gehört und bist kaum bleich geworden. Was denkst du, Sklave? Hast du Angst?"

Gard dachte darüber nach. „Nein."

„Warum nicht, Sklave?"

„Ich weiß nicht."

„So sehnst du dir den Tod herbei? Vielleicht, weil du deinem eigenen Bruder auch den Tod gebracht hast?"

Gard dachte auch darüber nach. „Nein", erwiderte er schließlich. „Ich hatte nie vor, ihn zu töten, und falls ich sterbe, kann ich es nie wieder gutmachen. Ich würde lieber leben und hier herauskommen."

Silberspitze nickte bedächtig. „Ich kann dich ausbilden. Ja, ich denke, das kann ich."

o o o

Die Ausbildung war so monoton wie die Arbeit an den Zahnrädern in der Pumpstation; tatsächlich waren beide Tätigkeiten einander ähnlich. Gard musste beispielsweise einen mit Gewichtstücken beschwerten Stecken vor sich halten und dann Ausfälle machen, sich zurückziehen und verschiedene Haltungen einnehmen, die Herzog Silberspitze in endloser Reihenfolge ansagte. Dieser klang dabei gelangweilt, beinahe schläfrig, was kein Wunder war: Die Übungen dauerten stundenlang an, ohne dass sich etwas änderte. Gard ertrug sie mit Würde.

Besser gefiel es ihm, wenn er einen Speer bekam und eine mit Blättern ausgestopfte Puppe angreifen durfte, obwohl ihm das ein wenig albern vorkam. Silberspitze beobachtete ihn dann sehr genau und sagte nur wenig. Nach etwa einem Monat Beobachtung begann Silberspitze, Gard bestimmte Ziele oder Stoßrichtungen vorzugeben.

„Wie würdest du zustechen, wenn du einen Feind ausweiden möchtest? Wie würdest du ihn blenden? Wie augenblicklich töten? Wie ihn demütigen und in die Knie zwingen, ohne ihn zu töten?"

Gard folgte seinen Anweisungen und Silberspitze nickte dann meist bedächtig. Dann brachte er farbige Fetzen an jenen Stellen der Puppe an, die bei einem Menschen tödliche Treffer gewesen wären, und erteilte Stunde um Stunde Anweisungen: Rot – Grün – Gelb. Rot – Gelb. Rot – Gelb – Rot – Grün.

Gard stieß immer wieder zu, und die Puppe starb jede Woche tausend Tode. Er stellte sie sich als einen Reiter vor.

o o o

Manchmal kamen andere Menschen oder auch Dämonen in die große Halle, um selbst zu üben oder um herumzulungern und Gard zu beobachten, während er mit der Puppe kämpfte.

„Warum vergeudet Ihr Eure Zeit mit diesem Mischling?", fragte einer von ihnen Herzog Silberspitze eines Nachmittags. Gard ließ sich von seiner Aufgabe nicht ablenken, die diesmal darin bestand, Anlauf zu nehmen, über die Puppe hinwegzusetzen und ihr von hinten durch die Schulter ins Herz zu stoßen. Nachdem er gelandet war, dreht er sich allerdings doch um, um zu sehen, wer da gesprochen hatte.

Es war ein Mann aus dem Volk Stolperhammers und Silberspitzes, nur war er größer und jünger als die beiden. Gard hatte ihn ein paarmal gesehen, wie er mit Klinge oder Stab geübt hatte.

„Er ist vielversprechend", erwiderte Silberspitze. „Du warst nicht so gut, als du erst sechs Monate in der Halle warst."

„Ist das so?“ Der Kämpfer grinste Gard an. „Aber was ist er? Irgendein Bergdämon hat seine Mutter besprungen, was? Ich habe noch nie vorher einen Grünie in Kleidern gesehen. Sieht verdammt lustig aus. Was ist, Grünie, gefällt dir mein Ton etwa nicht?“

Gard zuckte die Achseln, wandte sich ab und tötete die Puppe dreimal in rascher Folge – einmal ins Herz, einmal über die Kehle und einmal direkt in die Nieren.

„Er denkt wie ein Mensch“, meinte Silberspitze. „Er versteht dich, Schnellfeuer.“

„Wirklich? Er sieht nicht sehr intelligent aus. Ich schätze, er ist ein Wiederholer?“

„Nein.“

„Ein Dämon, der kein Wiederholer ist? He, Grünie, bist du ein Einmaliger?“

„Darf ich sprechen?“, fragte Gard Silberspitze.

Silberspitze nickte. „Das ist auch nur ein Kämpfer, er hat den gleichen Rang wie du.“

„He, da muss ich glatt protestieren“, beschwerte sich Schnellfeuer.

„Also, Grünie, mit gefällt dein Ton nicht“, meinte Gard beiläufig.

Schnellfeuer blinzelte. „Nein, du bist der Grünie. Du kannst mich nicht so nennen. Das ist keine allgemeine Beleidigung, sondern eine volksbezogene. Wenn ich dich einen faulen, blättertragenden, schwestervögelnden Baummenschen nenne, ist dir dann klarer, was ich meine?“

„Er versucht, dich zu einem Kampf mit ihm zu provozieren“, erklärte Silberspitze.

„Danke, das habe ich verstanden“, erwiderte Gard. „Darf ich gegen ihn kämpfen?“

„Wenn du es wünscht“, erlaubte ihm Silberspitze. „Aber du darfst ihn nicht töten.“

Schnellfeuer schüttelte sich vor Lachen. Er ging zu einem Waffenständer, wählte zwei Säbel aus und warf Gard einen davon zu. Gard fing ihn auf und wog ihn in der Hand, es war eine alte Übungsklinge. Sie war nicht gut ausbalanciert, und eine scharfe Kante am Heft würde ihm beim Kampf vielleicht die Knöchel aufschürfen. Er schüttelte den Kopf, brachte den Säbel an seinen Platz zurück und wählte einen besseren aus.

„Er hat dein Spielchen durchschaut, Schnellfeuer", erklärte Silberspitze mit nur einem Anflug von Heiterkeit.

„Was? Ich habe den Säbel rein zufällig ausgewählt", protestierte Schnellfeuer.

„Du bist ein Lügner, egal welche Hautfarbe du auch haben magst", sagte Gard und sprang auf ihn zu.

Schnellfeuer drängte ihn zurück. „Warte! Du sollst darauf warten, dass der Waffenmeister den Kampf eröffnet. Was soll das? Ist er auch ein Linkshänder, mein Fürst?"

„Nein, aber du bist einer, und deswegen hat er sich entschieden, mit der linken Hand gegen dich zu kämpfen. Er kämpft mit beiden Händen gleich gut", erklärte Silberspitze.

„Oder gleich schlecht", bemerkte Schnellfeuer, dessen Übermut zurückkehrte. „Also los dann!"

„Ihr könnt beginnen", sagte Silberspitze, machte ein paar Schritte zurück und beobachtete den Kampf scharf, während er kommentierte.

„Kein Punkt. Kein Punkt. Kein Punkt. Gut gemacht, aber kein Punkt. Punkt an Schnellfeuer. Kein Punkt. Punkt an Gard! Siehst du, Schnellfeuer, wie rasch er lernt?"

„Gard?", fragte Schnellfeuer, während er keuchend auswich und zum Schlag ansetzte. „Was für ein Name ist das, Gard? Es klingt wie das Geräusch, das man macht, wenn man an einem Fruchtkern erstickt."

Gard ignorierte ihn und wich dem Hagel an schnellen Hieben aus, die folgten. Er fragte sich, ob es eine Angewohnheit seines

Feindes war, auf eine Beleidigung einen Überraschungsangriff folgen zu lassen.

„Kein Punkt. Keiner. Keiner. Keiner. Meine Herren, ihr könnt zusehen, aber ihr müsst hinter der gelben Linie bleiben. Kein Punkt. Kein Punkt. Punkt für Gard. Schnellfeuer, du lässt dich von einem Bastard aus dem Wald besiegen. Kein Punkt."

„Weißt du, was ich mit dir machen würde, wenn du bei mir zuhause in Flammenbergstadt wärst?", stichelte Schnellfeuer. „Ich würde dich kastrieren lassen, dich in ein Dienergewand stecken, damit jeder glaubt, du wärst ein Mann, und dich in meiner Eingangshalle aufstellen, wo du alle mit deinem dümmlichen Grinsen an der Tür willkommen heißen müsstest."

Schnellfeuer machte einen Ausfall. Es war ein Unterhandhieb, der schwer zu parieren war, und Gard dachte: „Jawohl, eine Beleidigung, gefolgt von einer Finte. Wird er es nochmal versuchen?"

„Jemand anderes wird wohl heute kastriert werden, Hitzkopf!", rief jemand aus der Menge, die sich inzwischen an den Seiten versammelt hatte. Die Stimme war so tief, dass Gard sie in den Knochen vibrieren spüren konnte. Er ließ sich nicht ablenken, konnte aber aus dem Augenwinkel erkennen, dass dort ein oder zwei standen, die größer waren, als jene in ihrer Nähe, und es kam ihm so vor, als ob sie bunt gefärbt wären.

„Kein Punkt. Kein Punkt", zählte der Herzog mit emotionsloser Stimme. „Meine Herren, hinter der gelben Linie bleiben. Kein Punkt. Kein Punkt. Punkt an Schnellfeuer. Konzentrier dich oder stirb, Gard."

„Was? Erlaubt Ihr mir also, ihn zu töten?", fragte Schnellfeuer grinsend. „Nein. Kein Punkt. Das war ein allgemeiner Ratschlag. Shotterak, ich sage dir das nicht noch mal. Kein Punkt. Kein Punkt. Keiner. Keiner. Keiner …"

„Also, Gard, hast du lange gebraucht, bis du nicht mehr auf allen Vieren …"

„Er tut es wieder“, dachte Gard und stieß zu.

„Punkt für Gard! Sieg.“

Ein Brüllen erklang von den Seitenlinien, Applaus brandete auf. Schnellfeuer salutierte mit seiner Klinge, senkte sie und lächelte beschämt, während er sich die Schulter rieb. „Er kämpft zumindest wie ein Mann. Schlaues Tierchen!“

Gard salutierte, senkte die Klinge allerdings nicht, bevor Schnellfeuer seine nicht ins Waffenregal zurückgestellt hatte. „Wirklich gut gemacht“, sagte Schnellfeuer in einem mehr versöhnlichem Tonfall. „Du bist vermutlich schon ein Kämpfer gewesen, bevor du hierhergekommen bist?“

„Ja“, erwiderte Gard.

„Ah, gut, und ich dachte, du wärst nur ein dummer Wilder. Kein Wunder, dass der Herzog so viel Zeit in dich investiert. Ich entschuldige mich. Dendekin Schnellfeuer“, stellte er sich dann vor und schlug Gard auf die Schulter. „Wo ich herkomme, haben wir alle zwei Namen, verstehst du? Was bedeutet dein Name?“

„Tod“, sagte Gard.

„Sehr hübsch“, kommentierte Schnellfeuer. „Komm und trink was mit mir, Gard.“

„Nichts da“, mischte sich Silberspitze ein. „Wir sind hier noch nicht fertig.“

„Ein andermal dann“, versprach Schnellfeuer und schlug Gard nochmal ziemlich heftig auf die Schulter, bevor er davonging.

o o o

Shotterak war ein Wiederholer, ein gebundener Dämon, der jede Woche getötet und wieder gekörpert wurde. Aus diesem Grund spielte es keine Rolle für ihn; er trank sehr viel und nahm auch so viele Drogen, wie er schlucken, inhalieren oder (in seinem momentanen Fall) unter seinen Panzer stopfen konnte, wo sie von seinen Schmierdrüsen absorbiert wurden. Silberspitze hatte nichts als Verachtung für ihn übrig.

Gard hörte, wie Shotterak eines Abends hinter ihm dahin stapfte, als er nach dem Training zu Stolperhammers Zelle unterwegs war.

„He, du. Gard. Du bist doch derjenige, den sie Eiszapfen genannt haben, oder?“

Gard hielt an und drehte sich um. „Ja.“

„Ich habe von dir gehört. Grattur und Engrattur. Sie sagten, dass du einer von uns wärst. Nur bist du kein Wiederholer, wie kann das sein?“

„Ich bin nicht gebunden.“ Gard sah es in Shotteraks Gesicht arbeiten, während dieser versuchte, die Nachricht zu verdauen.

„Oh“, erwiderte Shotterak nach einer langen Pause. „Ein netter Trick. Wie hast du das geschafft?“

„Niemand kennt meinen wahren Namen. Nicht einmal ich.“

„Oh.“ Shotterak schlurfte einige Zeit neben Gard dahin, seine Lippen bewegten sich lautlos, bis er breit grinsen musste. „Nicht einmal du! Du bist also nach deinem Tod hier raus! Oh, du verdammter Glückskerl.“

„Das hoffe ich.“

Sie kamen an die Tür von Stolperhammers Zelle, als sich Shotterak erneut an Gard wandte. „Was war dein Trick nochmal?“

„Niemand kann meinen wahren Namen kennen.“

„Genau. Genau. Nun, du hast uns stolz gemacht, wie du den kleinen Brandarsch versohlt hast. Gut gemacht. Ich wünschte, ich hätte auch ein paar solcher Tricks.“

„Ich habe ihn nur beobachtet.“

„Genau. Weißt du, wenn ich auch ein paar Tricks könnte, würde es mir in der Arena besser ergehen.“ Shotterak schob seinen Arm vor, und man konnte das schwarze Blut sehen, dass aus dem zertrümmerten Panzer troff. „Ach, der alte Shotterak, er geht einfach auf den Gegner los und schlägt wild zu, aber es gibt immer wieder einen Bastard, der einen Trick kennt, und dann zack, und dem armen, alten Shotterak tut alles weh, und die Menge applaudiert dem Bastard."

„Was ist?" Stolperhammer blickte auf, als sie hereinkamen. „Abend, Eiszapfen. Bei den neun Höllen, Shot, was ist es dieses Mal?"

„Arm gebrochen", erwiderte Shotterak mit beschämtem Gesichtsausdruck.

„Bei den neun Höllen. Gibst du uns eine Minute, Eiszapfen, während ich den wieder zusammenflicke? Entspann deine Muskeln solange im heißen Becken.

Komm, du alte Krabbe, lass uns die Wunde säubern. Du weißt, wovon das kommt, oder, Shotterak? Das kommt davon, dass du mit einem Mund voller Drogen kämpfst, und jetzt muss ich dir wieder eine Portion gegen die Schmerzen geben, so dass du nie davon loskommst, und ich würde die goldenen Knochen meiner Mutter darauf verwetten, dass du, wenn du das nächste Mal den Sand betrittst, wieder völlig dicht bist, hm? Hm? Dann stirbst du, und wir anderen müssen wieder drei Wochen Krabbeneintopf hinunterwürgen."

„Vermutlich", erwiderte Shotterak mit einem kehligen Lachen.

„Weil du nie etwas lernen wirst, und weißt du, warum? Weil du ein sturköpfiger Dämon bist, deswegen. Du wirst es nie zu etwas bringen, Shotterak, weil du keine Selbstbeherrschung hast." Stolperhammer pickte ein Stück des zerschmetterten Panzers aus der Wunde und schüttelte den Kopf dabei.

Gard saß in der Grube unter der Arena und sah zu, wie der trockene Sand aufgewirbelt wurde und durch die Luft stob. Allerdings nur der trockene Sand, der blutige blieb an der Mauer, an der er hochgeworfen wurde.

„Es ist ganz leicht“, versicherte ihm Stolperhammer, „Zumindest, so lange du schnell und vorsichtig bist. Schau einfach zu. Ein Körperteil wird abgeschlagen, du springst, schnappst es dir mit deinem Haken und wirfst es hier rein. Wenn einer niedergeht, springst du auf, hakst beim Kragen ein und dann das gleiche. Halte es für die Kämpfer sauber, und sie stolpern nicht und werden dir dankbar sein. Die meisten zumindest.“

„Ist das eine Bestrafung?“, fragte Gard, während er zusah, wie sich zwei Beinpaare umkreisten. Eines der Paare schien zu Shotterak zu gehören, das andere war schuppig und hatte eine unangenehme, gelbe Farbe. Von weit über ihnen erklangen Schreie und Stampfen und ein undefinierbares Geräusch, das wie eine Mischung aus Hunger, Begeisterung und Zorn klang.

„Bestrafung! Nein, nein. Wenn sie dich für etwas bestrafen, wirst du keine Zweifel daran haben. Nein, das ist eher eine Übung, verstehst du? Deine erste richtige Chance, die Arena kennenzulernen, ohne dein Leben zu riskieren. Meistens.“ Stolperhammer wich hastig aus, jemand einen Sandschleier auf sie niedergehen ließ. „He! Shotterak, du Arsch. Er hat keinen Plan, siehst du? Überhaupt keinen, und dabei ist er klüger als Pocktuun, weil der praktisch überhaupt kein Gehirn hat, er sollte eigentlich in der Lage sein, ihn auszutricksen. Aber ich wette meine zehn nächsten Mahlzeiten, dass Shotterak gleich …“

Es gab ein widerwärtiges Knacken, und Shotteraks Arm wirbelte durch die Luft und landete dann, noch immer zitternd, am Rand der Grube. Gard griff nach oben und zog ihn herunter. Das Stampfen und Brüllen war plötzlich verstummt.

„Was habe ich gesagt? Hatte ich recht oder was?“, rief Stolperhammer. „Wirf das in den Kübel, der für die Speisekammer bestimmt ist. Der Rest von ihm wird in einer Minute oder so folgen, warte es einfach ab.“

Widerliche Geräusche drangen von oben herunter, doch besonders schlimm war das Geschrei der Zuschauer, das wieder vielstimmig anhob, eine lustvolle Ermutigung. Gard stellte sich auf die Zehenspitzen und spähte in die Arena. Ein großer Aufschrei erklang von oben, und dann kam Shotteraks Kopf über den Sand auf ihn zugerollt. Gard fing ihn auf und zog ihn nach unten.

Stolperhammer pfiff. „Hach, armer Kerl! Was habe ich ihm gesagt? Sieh dir mal all das Grün rund um seinen Mund an. Wolltest einfach nicht auf mich hören, was?", warf er dem blicklos zurückstarrenden Schädel vor. „Wirf ihn in den Kübel, Eiszapfen. Jetzt musst du nach oben gehen und das holen, was noch von ihm übrig ist."

Gard schob seinen Haken durch die Öffnung und kletterte hinterher. Er fand sich selbst inmitten drückender Hitze und gleißendem Licht wieder. Der Sand verbrannte seine Füße. Dreißig Schritte weiter lag Shotteraks Körper und vergoss sein schwarzes Blut in den Sand, er zuckte noch, als empfände er den Boden ebenfalls als unerträglich heiß. Hinter ihm feierte der stämmige Pocktuun seinen Sieg, stampfte schwer mit den Füßen auf und hielt sein Beil empor, um dann das Blut abzulecken.

Gard kam mit dem Haken näher und hielt ihn schützend an der langen Stange vor sich. Hastig hakte er Shotteraks Leiche am verbliebenen Arm ein und begann, ihn zur Grube zu ziehen.

Damit hatte er allerdings Pocktuuns Aufmerksamkeit erregt. Der winzige Kopf drehte sich zu ihm um, die Knopfaugen traten auf ihren langen Stielen hervor und fixierten ihn. Der gigantische, lippenlose Mund verzog sich zu einem irren Grinsen. Pocktuun schwenkte sein Beil wild hin und her, um dann auf Gard loszugehen. Auf den Rängen hob der Lärm wieder an, Gelächter und anfeuernde Rufe erklangen.

„Komm schon, Eiszapfen! Beeilung!", schrie Stolperhammer aus der Grube.

Pocktuun, vom Applaus ermutigt, stürmte weiter voran und ließ den Boden erbeben. Gard hob seinen Haken, um ihn abzuwehren. Pocktuun schlug zu, und das Beil trennte ihn einfach vom Stiel ab, wodurch nur noch ein schräg angespitzter Stock in Gards Hand zurückblieb. Von überall ertönten Gelächter und Applaus und er hatte das Gefühl, das er nun ganz im Zentrum der Aufmerksamkeit stand.

Seltsamerweise verspürte er keine Furcht, obwohl er vor einem Augenblick vor Angst geschwitzt hatte. Jetzt fühlte er sich nur genervt, doch auch dieses Gefühl wurde von einer kristallenen Ruhe verdrängt. Rot-Rot-Gelb-Grün. Er stach viermal mit der Spitze zu, so rasch, dass man der Bewegung fast nicht folgen konnte. Pocktuun blieb taumelnd stehen und kicherte unsicher, obwohl aus seinem Körper bereits das Blut zu strömen begann.

Erneut erhob sich jene seltsame, atemlose Stille über die Arena. Pocktuun ließ sein Beil fallen und tastete mit einem Ausdruck der Verblüffung in den spritzenden Blutfontänen herum. Er kippte langsam nach vorne, als wolle er in die Knie gehen, doch dann fiel er mit dem Gesicht in den Sand.

Ein ohrenbetäubender Lärm folgte. Erstmals blickte Gard an den gleißenden Lichtern vorbei nach oben. In zahlreichen Reihen saßen dort Leute in prächtigen Gewändern mit Farben, von denen er teilweise nicht einmal die Namen kannte; unter anderem waren da Roben in Purpur, Pfauenblau, Rubinrot und Mitternachtsschwarz. Die Gesichter, ob schmal oder dicklich, waren alle ungewöhnlich glatt. Ihre Augen wirkten glasig, gebannt, leuchtend, und in ihnen spiegelte sich eine Form der Ergötzung wider, die er bisher erst zweimal in seinem Leben gesehen hatte: einmal, als er zu ihrer Belustigung geschlagen worden war, und einmal, als er Küchenjunge vor den Augen der Dame Pirihine getötet hatte. In den obersten Rängen, direkt unter der fernen Decke, beugten sich Sklaven nach unten, um das Spektakel besser zu sehen, und auch ihre Gesichter zeigten diese Verzückung.

Sie applaudierten ihm. Sie standen auf und kreischten. Die Meister rissen Dinge von ihren Gewändern und warfen sie ihm zu, und sie prasselten wie Regen um Gard herum zu Boden. Er sah sie sich verwundert an; es waren Knöpfe, Nadeln, Stifte und kleine Schmuckstücke, alle aus demselben gelben Metall.

Er blickte erneut auf und sah das einzige völlig emotionslose Gesicht dort oben. Herzog Silberspitze saß alleine und schweigend in einer Loge entlang der unteren Mauer. Er erwiderte Gards Blick und nickte einmal, ohne ein Wort.

o o o

„Sie wollen, dass ich es erneut mache?"

„Du hast sie unterhalten", erwiderte Silberspitze trocken.

„Du bist eine Neuheit", erklärte Bhetla. Er war der Verwaltungssklave, dessen Aufgabe darin bestand, die Unterhaltungen in der Arena zu organisieren. Er war schlank, missmutig, uralt und gehörte zu einer Rasse, die schon fast von der Welt verschwunden war. „Ein bewaffneter Kampfmeister, der von einem einfachen, praktisch unbewaffneten Sandputzer besiegt wurde, und das ohne Herausforderung und Prahlerei. Sie werden es nicht nur erneut sehen wollen, sondern fünfzehnmal oder fünfzigmal, bis das Spektakel sie ermüdet."

„Aber … soll das heißen, dass ich wieder nach oben gehen und gegen die anderen mit nichts als einer zerbrochenen Stange kämpfen muss?"

„Genau."

Gard ballte die Fäuste. „Ich werde nicht zu ihrer Unterhaltung sterben. Ich weigere mich."

„Dann musst du deine Gegner töten. Jedes Mal. Ich denke, dass du dazu in der Lage bist", sagte Silberspitze.

„Bei allem Respekt, mein Fürst, er hatte einfach nur unglaubliches Glück", warf Stolperhammer mit zitternder Stimme ein, während er Gards Schultern massierte. „So etwas habe ich noch nie gesehen. Man kann die Götter nicht ein zweites Mal um solch ein Glück bitten! Sie würden das als Beleidigung auffassen. Er wird sterben und es wird eine so fürchterliche Verschwendung sein, wenn Ihr mich fragt."

„Was ich nicht getan habe", unterbrach ihn Silberspitze. „Es war auch kein Glück. Er weiß das so gut wie ich. Nicht wahr, Gard?"

Gard blickte missmutig zu Boden. „Pocktuun war dämlich. Er hat angegeben und konnte nicht sehr gut sehen. Er hat aus dem Leichenhaken einen Speer gemacht, und ich weiß, wie man mit einem Speer tötet. Das war alles."

„Sehr gut", lobte Silberspitze. „Sehr gut! Du wirst das locker noch ein- oder zweimal schaffen, dann werden sie es weitaus schwieriger für dich machen. Deswegen müssen wir dein Training verschärfen. Acht Stunden täglich. Ich werde mich um Spezialisten kümmern, die mit dir üben können."

„Ich denke, das ist alles, was wir tun können", klagte Stolperhammer. „Ihr solltet mal hören, was sie in den Schlafräumen der Wiederholer über den Jungen sagen. ‚Ich werde seinen Schädel zertrümmern und seine Leber fressen, für die Ehre der Wiederholer!' Die Wiederholer werden diese Beleidigung rächen. Ich werde den Wurm zu Staub zermahlen! Er wird um den Tod winseln, wenn ich mit ihm fertig bin!' Solche Sachen halt."

Bhetla lachte verächtlich. „Das sind alles nur Angeber. Je lauter, desto dümmer sind sie."

„Was waren die ganzen gelben Dinger, mit dem die Meister nach mir geworfen haben?", schaltete sich Gard ein.

„Gelbe Dinger! Ha, hör den mal einer an! Du großer Dschungelbursche, das war Gold!", rief Stolperhammer. „Das ist das Zeug, mit dem man in den Städten Nahrung und Getränke kauft und ein weiches Bett! Sie haben es hinuntergeworfen, um dich zu ehren, weil sie so beeindruckt von dir waren."

„Darf ich es behalten?"

„Oh, bei den Göttern, natürlich nicht. Es ist schon wieder alles eingesammelt und zurückgebracht worden“, erklärte Stolperhammer jovial, während er Gards Rücken bearbeitete. „Du bist immer noch nur ein Sklave.“

o o o

Es lief ab, wie es Bhetla angekündigt hatte. Fünfzehnmal und noch häufiger verlangten die Meister, dass Gard mit nicht mehr als einem spitzen Stock bewaffnet gegen brüllende Riesen antrat. Er tötete sie alle, egal wie laut sie brüllten oder wie grell sie ihre Rüstungen bemalt hatten. Doch jedesmal wurde der Applaus ein wenig verhaltener und endete rascher. Beim letzten Mal sah sich Gard einem rasch gekörperten Shotterak gegenüber, der ihm halbherzig zuwinkte, bevor er erneut starb.

„Ich rieche eine Veränderung in der Luft“, erklärte Stolperhammer düster. Er sah von der Seite aus zu, während Gard trainierte. „Sie beginnen, sich zu langweilen. Wenn Ihr mich fragt, werden sie nächstes Mal etwas völlig anderes sehen wollen.“

Gard, der seinen Gegner Fraitsha mit zwei gleich langen Klingen umkreiste, ließ sich nicht ablenken. Fraitsha war sehnig und schlank, hatte kohlrabenschwarze Haut und führte unterschiedlich lange Klingen in jeder seiner vier Hände. Gard wagte sich ein Stück aus der Deckung, schlug eine Attacke und wurde wieder zurückgetrieben.

Silberspitze nickte. „Ich denke, wir können sie überraschen.“

Fraitsha rückte vor, seine vier Klingen wirbelten in der Luft. Gard fiel zurück, sprang zur Seite, flankierte ihn und schaffte es beinahe, einen Treffer an seinem unteren rechten Arm zu landen.

„Etwas wird sie überraschen, wenn sie ihre Ohren und Augen nicht öffnen“, murmelte Stolperhammer, wobei er eine merkwürdige Wortwahl benutzte, und der Übersetzer zögerte und druckste herum, bis er die bestmögliche Erklärung lieferte, die ihm einfiel: „Geheimer Code, um private Meinung auszudrücken."

Gard fragte sich, was das bedeutete. Silberspitze schaute Stolperhammer scharf an. „Das geht uns nichts an", sagte er und fuhr in derselben merkwürdigen Sprechweise fort: „Doch wenn es so wäre, würden wir ihnen mehr Blindheit und Taubheit wünschen, dem Ungeziefer."

„Wohl wahr", seufzte Stolperhammer. „Dennoch wird es die Dinge in Unruhe bringen. Oh, guter Hieb, Eiszapfen! Fraitsha, er wird dich wohl doch noch entwaffnen, was?"

„Sei ruhig!", knurrte Fraitsha, doch Gard hatte ihn schneller umkreist, als er sich drehen konnte, und brachte dem breiten Lederkragen der Übungstunika zwei schnelle Schnitte bei.

„Fraitsha ist tot. Gut gemacht, Gard", entschied Silberspitze, während Fraitsha seine Klingen wiederwillig senkte. „Warum warst du abgelenkt, Fraitsha? Siehst du jetzt, was dabei herauskommt, wenn du lauscht, obwohl es dich nichts angeht?"

„Das geht uns alle an", erwiderte Fraitsha, der sich die Kehle rieb.

„Wir werden jetzt nicht darüber diskutieren", bestimmte Silberspitze. Fraitsha zuckte die Achseln und wandte sich ab, um seine Klingen zu verstauen. Gard schob seine Zwillingsschwerter in die Scheiden an seinem Rücken und übte dann, sie möglichst rasch wieder zu ziehen. Mit einer eleganten Bewegung heraus und wieder zurück, wieder heraus und dann ein schneller Stich. Er war eigentlich ganz zufrieden mit sich selbst.

„Schau ihn dir an!", rief Stolperhammer. „Bleib dran, Eiszapfen. Man wird dir nicht einmal ein Haar krümmen können, egal, wen sie gegen ihn schicken. Ich hoffe nur, dass sie er nicht so bald gegen einen Einmaligen wie ihn kämpfen muss. Oder gegen eine der Frauen."

Gard ließ eine der Klingen fallen. „Frauen?", fragte er und starrte die beiden an.

Silberspitze musterte ihn eindringlich. „Ah, ich erkenne eine Schwäche."

„Ich kann nicht gegen Frauen kämpfen!"

Stolperhammer stand auf. „Ich gehe nach oben zum Kloster und sage ihnen, dass Ihr eine Frau braucht, in Ordnung, mein Fürst?"

„Madame Balnshik, würde ich sagen", erwiderte Silberspitze.

o o o

„Frauen sind keine Kämpfer", beharrte Gard, nicht wirklich stur, er war viel mehr ins Schwitzen gekommen. „Das wäre falsch. Wie kann ich jemanden mit einer Gebärmutter töten? Mit Brüsten? Das wäre ... das wäre ... sehr falsch."

„Vielleicht war das ja bei deinem Stamm falsch", erklärte ihm Silberspitze, einmal mehr mit Herablassung in der Stimme. „Ich schätze mal, dass eure Frauen nur fürs Kinderkriegen zuständig waren. Trotzdem, bei den zivilisierten Völkern haben Frauen das Recht, auch andere Karrieren zu ergreifen. Manche von ihnen studieren die Kriegskünste."

„Aber ... warum? Sie haben Brüste", stammelte Gard hilflos.

„Daran kann kein Zweifel bestehen, ja. Dennoch gibt es jene in den Reihen unserer Meister, die den Anblick von Frauen, die einander bekämpfen, auf einer emotionalen Ebene – mit der ich mich jetzt nicht näher beschäftigen möchte – als ziemlich erregend empfinden." Seine Herablassung wurde von Ironie verdrängt. „Außerdem gibt es jene unserer Meister, die es genießen, sich von einer Frau gründlich schlagen zu lassen. Ich habe doch erwähnt, dass es sich bei ihnen um eine dekadente Bande inzüchtiger Dummköpfe handelt, oder? So oder so, du musst dir keine Sorgen machen, irgendeines deiner Stammtabus zu verletzen. An diesem gottverlassenen Ort, ist es allen Frauen, die Kinder gebären können, praktisch verboten, viel mehr außer dem noch zu tun.

Um sich jedoch an gewalttätigen, weiblichen Genüssen erfreuen zu können, unterhalten unsere Meister auch einen Stall voller Dämoninnen in entsprechenden Körpern. Ich denke du wirst davon profitieren, die Bekanntschaft von Madame Balnshik zu machen."

„... aber sie hat eine Gebärmutter", wehrte sich Gard weiter.

„Nein, hat sie nicht. Sie wurde so gekörpert, dass sie dekorativ ist, doch ihr erster Meister hatte kein Interesse daran, sich mit ihr zu paaren", erklärte Silberspitze. „Da kommt die Dame."

Gard blickte panisch auf, als die Dämonin die Halle betrat.

Dekorativ, tatsächlich. Er hatte halb gehofft, sie wäre schrecklich, gesprenkelt oder gehörnt. Sie war es nicht. Gefährlich aussehend, ja. Groß gewachsen, schlank und drahtig, und auch wenn sie keine Gebärmutter haben mochte, an Brüsten mangelte es ihr eindeutig nicht. Sie hatte seidene Haut in der Farbe einer Gewitterwolke und eine lässige und zugleich arrogante Haltung. Sie trug ein Kampfgeschirr und Stiefel.

„Oh", sagte Gard

Silberspitze deutete ein Nicken in ihre Richtung an. „Meine Dame, wie freundlich von Euch, zu kommen."

„Mein Herzog." Sie begrüßte ihn mit einem Nicken, dann warf sie Gard einen kurzen Blick zu und lächelte. „Das ist also Euer Student?"

„Das ist er", bestätigtes Silberspitze. „Ich möchte, dass er lernt, gegen Frauen zu kämpfen."

„Ich kann nicht!", jammerte Gard. „Ich kann ... ich kann einem so schönen Wesen kein Leid zufügen." Er hoffte, dass es solche Dinge waren, die sie gerne hörte. Sie lächelte. Ihre Hand zuckte hoch und sie schlug ihn blitzschnell mitten ins Gesicht.

„Red keinen Blödsinn, Kind. Wie kommst du auf die Idee, du könntest mir Leid zufügen?"

„Ich werde ihn in Eurer Obhut lassen", meinte Silberspitze und verließ die Halle.

„Ich bin kein Kind“, erwiderte Gard und starrte sie finster an.

„Ich habe siebentausend Sommer kommen und gehen zu sehen“, erklärte Balnshik trocken. „Für mich bist du ein Kind. Wenn auch offensichtlich ein talentiertes. Wir im Kloster haben schon von dir gehört, junger Eiszapfen, unser Volk preist deine Stärke. Komm und beweise es.“ Sie ging zur Mauer und wählte zwei Klingen aus.

„Könnte ich dir das nicht auf eine andere Art beweisen?“, fragte Gard, der sich an die Worte zu erinnern versuchte, die die Männer benutzt hatten, wenn sie auf dem Tanzgrün um die Frauen geworben hatten.

„Auf keinen Fall“, erwiderte Balnshik und führte einen prüfenden Schlag mit einer der Klingen aus. „Derartige Dienste sind meinem Besitzer, Magister Pread, vorbehalten.“

„Warum lässt er dich dann ein Kampfgeschirr tragen?“, fragte Gard, der ihre Brüste anstarrte, die hin und her schwangen, während sie mit den Klingen übte. „Wenn du die meine wärst, würde ich dir ein Bett im langen Gras bereiten und es mit Blumen bestreuen.“

„Was für ein charmanter Gedanke.“ Balnshik lächelte und zeigte dabei perfekte, weiße Zähne. „Doch meinen Meister gelüstet danach, mir beim Töten in der Arena zuzusehen und sich anschließend mit Peitschen in seiner Kammer bearbeiten zu lassen. Ich weiß, das ist alles in allem nicht sehr romantisch, doch wir können uns unsere Meister nicht auswählen.“

Gard errötete. „Ich würde ihn für dich töten.“

„Wenn du es versuchen würdest, wäre ich gezwungen, deine Leber zu fressen“, erwiderte Balnshik seufzend. „Los jetzt! Positionen eins bis zehn, aber flott!“

So umtanzten sie einander, und die Funken flogen, wenn die Klingen aufeinander trafen. Es fiel Gard von Anfang an schwer, wodurch seine Fußarbeit steif wurde und seine Konzentration litt. Balnshiks Augen funkelten, und ihre vollen, runden Lippen verzogen sich verächtlich, wann immer sie einen Punkt erzielte. Dann machte sie einen Schritt zurück. „Also, wirklich!“, erklärte sie entnervt. „Kannst du denn an nichts anderes denken?“

„Nein“, erwiderte Gard traurig.

„Solange du in diesem Zustand bist, werden wir gar nichts erreichen.“

„Wie wahr“, erwiderte Gard mit neu aufkeimender Hoffnung.

Die Dame senkte ihre Klingen und beugte den Kopf für einen Moment. Sie schien wie eine Spiegelung im Wasser zu zerfließen und als sie ihren Kopf wieder hob, hatte sich ihr Antlitz zu einer schrecklichen Fratze verwandelt und in ihren Augen loderten Feuer. Sie hatte lange Fangzähne und eine schlängelnde Zunge kam mit der Geschwindigkeit einer hungrigen und tückischen Schlange auf ihn zu.

Gard schrie auf und sprang zurück. Er kämpfte um sein Leben. Sein Fleisch vergaß seine lustvollen Intentionen ziemlich rasch. Dreimal jagte ihn Balnshik rund um die ganze Halle und landete viele Treffer, allerdings wesentlich weniger als zuvor. In seiner verzweifelten Verteidigung gelang es ihm, mehrere Tötungspunkte zu treffen, bevor sie endlich von ihm abließ und wieder ihn ihre angenehmere Gestalt schlüpfte.

„Viel besser!“, sagte sie.

„Ist das dein wirkliches Aussehen?“, fragte Gard keuchend.

„Dieses? Oder das andere?“, fragte Balnshik. „Es hängt davon ab, was mein Meister gerade von mir verlangt. Na ja, über Geschmack lässt sich ja bekanntlich streiten, oder? Mein jetziges Aussehen bevorzuge ich natürlich.“

Gard taumelte zu einer Bank und setzte sich. „Aber … wie du zuvor aussahst?“

„Bevor ich gebunden wurde? Ah.“ Sie kam und setzte sich neben ihn. „Ich würde für deine Augen wie eine Spur aus blauem

Rauch aussehen. Oder ein flatterndes Banner. Oder vielleicht würdest du mich stattdessen als Geräusch wahrnehmen, und ich wäre wie eine Tonleiter auf einer Harfe, von den hohen zu den tiefen Tönen. Oder ein Hauch von Parfum, irgendetwas zwischen Vergissmeinnicht und reifen Trauben, hat man mir gesagt. Wenn du ein vollständiger Dämon wärest, könntest du noch mehr wahrnehmen. Doch ich habe gehört, dass du ein verlorenes Kind bist. Du wurdest in dieser Gestalt geboren, oder?"

Gard nickte. „Haben dir das Grattur und Engrattur erzählt?"

„Mein liebes Kind, wir alle reden viel miteinander. Es wird dich freuen, dass man große Stücke auf dich hält."

„Das ist nett", sagte Gard und wagte es ihr, seitwärts einen Blick zuzuwerfen. „Wurdest du wie sie durch Tricks in den Dienst gezwungen?"

„Ich? Aber nein! Ich bin recht alt, es würde mehr als ein paar Fässer Wein brauchen, um mich anzulocken. Nein, mein Meister ist ein Seher und hat meinen Namen durch arkane Künste herausgefunden. Man sagte mir, dass er viele Jahre dafür gebraucht habe." Sie zuckte die Achseln. „Wenigstens ist er ausdauernd, wenn er auch ein übles, kleines Arschloch ist. Aber wenn wir schon von Ausdauer reden, lass uns über die Fehler in deiner Technik sprechen."

Gard starrte missmutig zu Boden.

o o o

Alles in allem war sie ein angenehmerer Lehrer als Silberspitze.

Nach dem ersten Monat der Ausbildung mit ihr zuckte Gard nicht mehr zurück oder zögerte, wenn er einen tödlichen Schlag anbringen konnte – weder bei ihr noch bei den anderen Dämoninnen, die sie manchmal mit nach unten brachte, um mit ihm zu üben. Er fand heraus, dass es praktisch war, sich ihr verwandeltes Antlitz vorzustellen, um alle Zweifel aus seinem Verstand zu verbannen. Er erzählte es ihr, als sie eines Nachmittags aus der Trainingshalle kamen.

„Oh, mein Schatz“, erwiderte sie und musterte ihn mit Zuneigung. „Du hast vielleicht ein Glück, dass wir keine Liebenden sind. Du hast keine Ahnung, wie man mit einer Frau spricht, oder?“

„Aber ich meinte es als ein Kompliment“, verteidigte sich Gard. „Es ist die Wahrheit.“

„Die Wahrheit. Ich verstehe. Du hast noch nicht viele Frauen gekannt, oder?“

„Ich hatte eine Mutter. Eine Ziehmutter, meine ich, und eine Ziehschwester.“

Sie starrte ihn schweigend an und er kam ins Stottern. „Ich habe die Dame Pirihine kennengelernt, als sie dazu verurteilt war, unten in der Pumpstation zu arbeiten, während ich auch dort war.“

Balnshik nickte. Ein unergründlicher Ausdruck huschte über ihr Gesicht. „Ja, ich wusste natürlich von Pirihine. Doch du willst mir wirklich sagen, dass du, bevor es dich hier her verschlagen hat, keine Geliebte hattest? Keine weibliche Gefährtin in irgendeiner Form?“

„Eher nicht, nein“, erwiderte Gard, irritiert.

„Bei der blauen Grube und dem roten Hund“, entfuhr es Balnshik, „und seinem kleinen grünen Schwanz dazu! Wie ich mir wünschte, dich unterweisen zu dürfen.“

„Aber du unterweist mich doch“, meinte Gard und wünschte sich, sie würde das Thema wechseln.

„Nicht auf die Weise, wie ich es gerne würde. Allerdings kann ich dir zumindest eines sagen, verlorenes Kind: Die Wahrheit ist ein prächtiges Holz, doch niemand mag es, mit einer daraus gefertigten Keule geschlagen zu werden. Lügen sind charmant und hören sich gut an, und freundliche Unwahrheiten öffnen

Schlösser und Herzen. Illusionen sind noch wichtiger. Es wird dir gute Dienste leisten, größer zu erscheinen, als du bist."

„Wovon redest du?"

„Ich werde dir ein Beispiel geben", erwiderte Balnshik und warf ihr rabenschwarzes Haar zurück. „Du bist nicht schwach, und ich genauso wenig. Doch jene, die schwach sind, lieben den Anschein der Macht. Wie sie ihn bei anderen anbeten! Wenn mein beklagenswerter Meister vor mich tritt, möchte er eine Herrin aus Eisen sehen. Wenn ich Seide trüge und um seine Liebe weinen würde, würde er mir gegenüber erkalten, doch seine Augen leuchten, wenn ich meinen Stiefel auf seine Kehle setze, ihn anspucke und mit der Geißel auf ihn einschlage.

Du hast sie einige Zeit lang in der Rolle unterhalten können, die sie dir gegeben haben: als nackter Sklave mit einem Speer, der den Stolz der Krieger besiegt. Doch du wirst ihnen zeigen müssen, dass du mehr als ein stummes Tier bist, mein Lieber."

„Das kann ich mühelos. Ich kann jeden Kampfmeister töten, den sie mir entgegenstellen."

„Wie bescheiden und unterwürfig du bist! Ich weiß, dass du das kannst, doch du musst mehr als nur deine Fähigkeiten im Kampf unter Beweis stellen. Du brauchst ein Äußeres, das die Wahrheit übertrifft."

„Soll ich dann eine bemalte Rüstung tragen und herumprahlen?", fragte Gard missmutig.

Ihre Augen funkelten. „Nein, nein", erwiderte sie sanft, während sie ihn von oben bis unten musterte. „Etwas wesentlich weniger aufwendiges und nicht so protzig. Dein leeres Starren hat ein großes Potenzial, sorge dafür, dass es ihnen wie stilles Wasser erscheint, dunkles Wasser, in dem sie ertrinken werden. Ihnen ist deine Anmut – anders als mir – noch nicht aufgefallen: Lass sie ein Tier sehen, das sich lautlos anschleicht, anders als all die Gecken in der Arena.

Die Kämpfer, die großen Clowns, tragen Scharlachrot und Gold, sie drehen ihr Haar zu Dornen, sie schreien und donnern und stampfen. Du wirst die unausgesprochene Bedrohung sein, die niemals erhobene Stimme, unberührbar, unbeweglich, unerschütterlich. Die Meister werden nicht wissen, wie sie dich einordnen sollen. Sie werden dich fürchten, ohne es wirklich zu merken. Dann werden sie dich bewundern und dann verzweifelt lieben."

„Ich will ihre Liebe nicht", meinte Gard verächtlich.

„Perfekt!", rief Balnshik mit einem trockenen Grinsen aus. „So muss es sein, mein Schatz. Du darfst sie niemals brauchen. Aber was du wirklich brauchst, ist ein neues Kostüm. Etwas in Schwarz, denke ich."

o o o

Sie ließ eine Robe für ihn anfertigen, ein einfaches schwarzes Gewand ohne all die schmückenden Elemente, die er sich eigentlich gewünscht hätte. Er sehnte sich noch immer nach seinem Kragen mit den Silberschädeln zurück. Doch als sich die Meister das nächste Mal zu ihrer Unterhaltung versammelten, trat er schwarz wie ein Tintenfleck auf einem leeren Blatt Papier in die Arena, ohne jede Rüstung und nur mit seinen zwei Schwertern, die er auf dem Rücken trug, bewaffnet.

Bei seinem Eintritt brandete Applaus auf, und gespanntes Murmeln erklang, das wohl seinem neuen Auftreten zuzuschreiben war. Er hörte, wie sie alle Atem holten, und sah, wie sie sich in ihren Sitzen nach vorne lehnten, vermutlich, um ihn in seiner neuen Aufmachung besser anstarren zu können.

Gard blickte zu ihnen auf und konnte es kaum glauben, dass so etwas Triviales ihre Aufmerksamkeit auf solch eine Weise zu fesseln vermochte. Einen Augenblick lang brandete der alte, heiße Zorn wieder in ihm auf, wurde dann aber von einem vagen Gefühl der Traurigkeit abgelöst. Dort saßen sie in ihren Rängen über ihm, uralt und weise, mächtige und legendäre Magier. Ein Haufen von Idioten.

Doch er hielt sein Gesicht ungeachtet seiner Gefühle völlig ausdruckslos, so wie es ihm Balnshik geraten hatte. Regungslos wie ein Stein stand er da und wartete darauf, dass sein Gegner den Ring betrat.

„Wo ist der Sklave? Wo ist der Sandputzer?“, schrie jemand aus den Tiefen des Eingangstunnels. Mit donnernden Schritten kam er herangestapft, es war ein Wiederholer namens Trathegost. Seine Rüstung bestand aus violett lackiertem Stahl und war über und über mit blutroten Schädeln geschmückt. Es tat fast in den Augen weh, sie anzusehen, und Gard begann jetzt zu verstehen, warum Balnshik die Lippen geschürzt und den Kopf geschüttelt hatte, als er ein paar Schädel oder vielleicht ein Flammenmuster für sein Kampfkostüm verlangt hatte.

Trathegost schlug mit einem stachelbewehrten Streitkolben auf den Boden und zeigte mit einem panzerhandschuhbewehrten Finger auf Gard. „Du da! Elendiger Aasfresser! Wo ist dein zerbrochener Stab? Wer wird deine Leiche aufsammeln, nachdem ich deine Eingeweide über die Mauern verspritzt habe? Komm und werde für deine Frechheit bestraft, Einmaliger!“

Gard erwiderte nichts und zog nur seine Klingen. „Armer, alter Kämpe“, dachte er. „Was ist das nur für ein Leben? Zu sterben, um ihre Langweile zu vertreiben, immer wieder und wieder.“

Trathegost blickte zum Publikum empor. Er brüllte voller Wut, bis der Speichel von seinen Lefzen hing, doch in seinen Augen lag die Verzweiflung. „Seht Ihr jetzt, wie respektlos er ist? Seht Ihr, wie er seinen Überlegenen nicht antwortet? Es ist eine Respektlosigkeit Euch gegenüber, meine Meister. Wollt Ihr nicht sehen, wie er dafür bestraft wird?“

Einzelne Schreie wie „Bestrafe ihn!“, klangen aus dem Publikum herunter.

„Er hungert nach ihrer Aufmerksamkeit“, dachte Gard. „Sie hungern nach dem Spektakel. Ich darf niemals hungern.“

Trathegost hob seinen Streitkolben und stürmte auf Gard zu. Gard trat völlig ruhig und mit einem Gefühl des Bedauerns an ihn heran und trennte ihm den Kopf von den Schultern. Seine Bewegungen waren so rasch erfolgt, dass man die Klingen kaum gesehen hatte.

„Ich habe noch nie solchen Applaus gehört“, erklärte Stolperhammer begeistert, während er Gards Rücken bearbeitete. „Du siehst, was dein Lohn für die gute Vorstellung ist? Schau dir nur all die Geschenke an! Sie haben sie geschickt, weil sie dich lieben, daran kann es keinen Zweifel geben!“

Gard betrachtete den Korb mit den Leckereien, die Weinflaschen, die violette Decke mit den eingewebten Goldfäden und den goldenen Teller. „Aber sie haben danach gerufen, mich zu bestrafen“, sagte er.

„Ja, das haben sie. Niemand liebt dich, bis du gewinnst. Aber du bist ein guter Sklave. Spiel mit, Eiszapfen, und es gibt nichts, was du nicht von ihnen haben kannst.“

„Werden sie mich freilassen?“

„Naja, nein, natürlich nicht! Aber, du weißt schon, Frauen und all … ah, zum Gruß mein Fürst“, beendete Stolperhammer seinen Satz, wobei er seinen Tonfall hastig änderte.

Silberspitze ließ seinen Blick über die Geschenke schweifen und schürzte die Lippen. „Wein und Drogen. Du kannst sie haben, Stolperhammer. Gard, du rührst mir nichts davon an.“

„Aber, mein Fürst, das ist ein wenig hart, oder nicht? Lasst Ihn genießen, was er sich verdient hat“, jammerte Stolperhammer.

„Sie werden dich schwächen, Gard“, erklärte Silberspitze. „Behalte die Decke und den Teller, wenn du willst, aber sonst nichts. Du bist im Training.“

„Aber er ist doch jetzt ausgebildet", warf Stolperhammer ein.

„Die Ausbildung hat gerade erst begonnen", erwiderte Silberspitze, während er Gard in die Augen sah. „Du kannst nicht lesen, oder?"

„Nein."

„Dann musst du es lernen. Zwei Stunden täglich mit Dame Balnshik."

„Sie unterrichtet lesen?", fragte Stolperhammer ungläubig.

„Warum?", fragte Gard.

„Weil es Bücher gibt, die du studieren sollst", sagte Silberhammer. „Die Meister werden jetzt herausfinden wollen, ob sie dich brechen können. Möchtest du gebrochen werden?"

„Nicht durch sie", sagte Gard.

„Dann wirst du es auch nicht", bestimmte Silberhammer und verließ den Raum.

„Das kommt mir jetzt nicht gerade gerecht vor", knurrte Stolperhammer. „Warum solltest du nicht ein oder zwei Belohnungen genießen dürfen? Das ist gutes Zeugs, was sie dir da geschickt haben. Ein Becher Wein oder ein kleiner Traum werden dir schon nicht schaden. Ich werde es niemanden verraten, wenn du mal kostest, bevor ich alles wegräume."

Gard schüttelte den Kopf. „Nein. Das hier ist kein Ort, um Schwäche zu zeigen."

Also traf sich Gard jeden Tag zwei Stunden lang mit Balnshik, saß neben ihr an einem Tisch in den Räumen Herzog Silberspitzes, und sie lehrte ihn die Sprache der Kinder der Sonne. Sie saßen Schenkel an Schenkel, und wenn die Nähe ihres Körpers in Gard auch ein qualvolles Begehren entfachte, so wurden diese Schmerzen bald von einer anderen Art der Aufregung verdrängt.

An dem Tag, als er endlich verstand, als die kleinen schwarzen Zeichen auf dem Pergament zu ihm zu sprechen begannen, erfuhr er, dass man Zeit und Raum verlassen konnte.

Zuerst las er eine Reihe von Reiseaufsätzen des Gelehrten Kupferglied. Der Gelehrte war schon seit langem tot, und die Städte der Kinder der Sonne lagen unvorstellbar weit entfernt. Dennoch verließ Gard seinen Körper und wandelte dort, in vergessenem Sonnenlicht, neben dem freundlichen Ältesten, der seinen toten Mund öffnete und mit lebendiger Stimme von den Kornkammern von Troon und den großen Häusern vom Flammenberg erzählte, und er sah die mächtigen Flussbarken, die sich auf dem Baranyi bewegten. Das Beste von allem waren die Berichte des Ältesten über gigantische, uralte Wälder, obwohl er nur wenig von ihrer grünen Dunkelheit erforscht hatte, da keine Straßen sie durchzogen.

Der Tote sprach zu Gard, und er kannte alle diese Orte, ohne je eine Stadt gesehen oder irgendeine Art von Boot oder Schiff benutzt zu haben; er sah sie jetzt in den Zeichen auf den Seiten. Zu erfahren, dass solch ein Wunderwerk möglich war, füllte sein Herz mit Freude und ließ es höher schlagen, als der alte Zorn es je vermocht hatte.

Als nächstes bekam er eine Geschichte von einigen Adelsfamilien der Kinder der Sonne zu lesen, die einander aufgrund einer tiefen Beleidigung in großer Zahl gegenseitig abgeschlachtet hatten. Gard fand einfach nicht heraus, wer beleidigt worden war oder wie, ganz egal, wie oft er den Text auch studierte; doch tapfere Helden kämpften und wechselten manchmal die Seiten, wenn sie von den eigenen Leuten beleidigt wurden. Es war ein großes Epos voller Gesang und Trauer. Trotzdem war die wichtigste Lektion, die Gard daraus lernte, die Tatsache, dass die Kinder der Sonne sehr schnell beleidigt waren.

Danach gab man ihm ein Buch voller Gedichte, die die Liebe priesen, aber hauptsächlich einen Lobgesang auf die Freuden des Fleisches darstellten. Im Besonderen wurde das Schlafen mit der Frau eines anderen Mannes, ohne dass dieser etwas davon mitbekam, gefeiert. Gard empfand es als beschämend und ziemlich dumm. Außerdem machten es ihm die wiederholten und ausführlichen Beschreibungen der körperlichen Liebe in den Gedichten fast unmöglich, sie mit auch nur ansatzweiser Fassung zu lesen, insbesondere, da Balnshik die ganze Zeit neben ihm saß.

Daher war er sehr froh, als sie zum nächsten Buch kamen, das den Titel „Der perfekte Krieger" trug. Eifrig arbeitete er sich durch Kapitel, in denen Angriff und Verteidigung mit Schwert und Speer, mit Streithammer, Axt und Streitkolben beschrieben wurden. Die Diagramme waren besonders interessant. Als er jedoch die zweite Hälfte des Buchs erreichte, las Gard mit zunehmender Verwirrung, die erst von Verblüffung und dann von wachsendem Ärger abgelöst wurde.

„Das Wort hier, wie lautet es?" Er schob das Buch zu Balnshik und zeigte darauf.

„Das Wort lautet Meditation", sagte sie, und der Übersetzer tanzte herum und zauderte, bis er eine passende Vorstellung fand, die Gard verstehen konnte.

Gard zog seine dunklen Brauen zusammen. „Dann ist dieser Teil dämlich. Meditation ist das, was Narren und Feiglinge tun. Sie sitzen mit angezogenen Knien da, murmeln Schwachsinn und tun so, als ob sie dich nicht hören könnten, wenn du sie darum bittest, ein wenig zu arbeiten. Man kann einen Feind nicht mittels Meditation wegzaubern. Man endet dabei nur mit einem gespaltenen Schädel!"

„Dann ist es ja äußerst seltsam, dass ein so großer Waffenmeister wie Prinz Feuerbogen dem Thema der Meditation die Hälfte seines Buchs gewidmet hat", erwiderte Balnshik trocken. „Was für eine Schande, dass er nicht über deine Weisheit verfügt hat. Ich denke, du solltest aber zur Sicherheit dennoch weiterlesen.

Es ist ja immerhin möglich, dass der verstorbene Prinz doch ein wenig mehr wusste als du."

Missmutig las Gard weiter. Zuerst runzelte er die Stirn und gab verächtliche Laute von sich, doch nach einiger Zeit wurde er leise und ließ sich trotzallem fesseln. Noch nicht überzeugt las er dennoch langsamer. Schließlich schloss er das Buch und meinte: „Ich denke immer noch, dass es nutzlos ist. Was bringt es mir, aus mir selbst herauszutreten, wenn ich kämpfe? Auch wenn ich so tue, als ob meine Faust Felsen durchschlagen könnte, wird es trotzdem nicht passieren."

„Du sagst das nur, weil du nicht glaubst, dass du selbst dazu in der Lage wärst", erwiderte Balnshik.

„Natürlich kann ich es, wenn so etwas möglich ist. Aber das ist alles nur Spinnerei. Kinderspiele. Über eine Farbe nachzudenken oder ein Wort immer wieder zu wiederholen. Das ist dumm!"

„Was ist denn dumm?", fragte eine Stimme hinter ihm, und als sich Gard umwandte, sah er den Herzog Silberspitze.

„Meister Eiszapfen hat herausgefunden, dass Prinz Feuerbogen ein Scharlatan und ein Lügner ist", meine Balnshik.

„Hat er das? Warum?"

„Das habe ich nicht gesagt", versuchte Gard hastig zu erklären. „Ich habe nur gesagt, dass, äh, Meditation dämlich ist. Sie hat in diesem Buch nichts verloren."

„Das denkst du also, ja?" Silberspitze trat um den Tisch herum und fixierte Gard. „Du zwingst mich dazu, die Ehre meines alten Lehrmeisters zu verteidigen. Steh auf, bitte."

„Ich wusste nicht, dass er Euer Lehrmeister war", stotterte Gard, stand aber gehorsam auf. „Es tut mir leid."

„Bitte setze dich auf den Boden." Herzog Silberspitze ging auf Gards Entschuldigung nicht ein. „Sitzt du gemütlich?"

„Ja“, sagte Gard und blickte unsicher auf. Silberspitze zog ein langes Messer, beugte sich herab und setzte die Spitze zwischen Gards Augen.

„Sehr schön. Sei so gut und beginne mit der ersten Atmungsübung, wie sie in Kapitel sechs beschrieben wird. Ich bin mir sicher, dass du dich perfekt daran erinnern kannst.“

„Ja, Herr.“ Gard schloss die Augen, holte tief Luft und wartete die vorgegebene Anzahl an Herzschlägen ab, bevor er wieder ausatmete. Er wiederholte er den Vorgang. Während er erneut einatmete, fragte er sich, warum man so einer nichtsnutzigen, unnötigen Beschäftigung so viel Bedeutung beimaß.

Er entschloss sich dazu, sich auf ein Bild zu konzentrieren, so wie es in „Der perfekte Krieger“ vorgeschlagen wurde. Ein Stern? Eine Blume, die ihre Blütenblätter öffnete? Eine Wolke? Welchen Nutzen sollte eine derartige Übung nun haben? Sie würde ihn nur mit Langeweile überwältigen. Wenn diese Sache keine Scharlatanerie war, dann hätte doch der arme Ranwyr, der sich so verzweifelt daran versucht und tatsächlich daran geglaubt hatte, Kräfte erlangen müssen, um die Berge zu teilen.

Gard sah jetzt das Tal, in dem er geboren worden war, in perfekter Klarheit vor sich, ebenso die blauen Berge, die es umringten. Er fühlte die Wärme der Erde unter seinen bloßen Füßen. Er schmeckte wieder das Wasser des dunklen Baches und die Bitterkeit der grünen Melonen … sie hatten grüne Melonen gesammelt, als der Reiter Ran eingeholt hatte.

Er spürte den Speer in seinen Händen, mit dem er den Reiter getötet hatte. Sein Reittier stand vor ihm. Er wusste jetzt, dass man es einen Hirsch nannte. Er schnitt das grausame Geschirr los.

Die Nacht war dunkel. Der Hirsch war alles, das er sehen konnte, er schimmerte unter den Sternen. Er blickte ruhig in sein Gesicht, dann wandte er sich ab und schritt davon. Einmal blickte er über die Schulter zurück, ganz so, als ob er ihn dazu auffordern wollte, ihm zu folgen, und so folgte Gard ihm.

Seine Hufspuren füllten sich mit Wasser und spiegelten das Sternenlicht wieder, sodass er ihm auch durch den dunklen Wald mühelos zu folgen vermochte. Der frische Geruch überwältigte Gard, er hatte vergessen, wie der Wald roch. Es war Frühling, und er konnte die kleinen, weißen Blüten riechen, die das Tanzgrün überzogen hatten. Er hatte auch ihren Geruch vergessen, doch es war schließlich schon viele Jahre her, seit sie in seiner Nähe gewachsen waren ...

Tänzer hatten sich auf dem Grün versammelt. Er konnte die Trommelschläge hören. Er konnte ihre schwarzen Schatten unter den Sternen erkennen. Der Hirsch stakste direkt durch den Tanz, doch niemand sah Gard an, als er ihm folgte, wofür er dankbar war.

Dort am Rand des blühenden Hains sah Gard Ran, der sich mit einer Frau niederließ. Doch die Frau war nicht Teliva, und als Gard genauer hinsah, erkannte er, dass der Mann auch nicht Ran war.

Er wusste nicht, wer die beiden waren. Die Frau war sehr hell, mit einer Haut, die ihn an die Blüten unter dem Sternenlicht erinnerte, doch sie war auch grobknochig und Gard fand, dass ihr Gesichtsausdruck ziemlich leer war. Er ging ungeduldig an den beiden vorbei, neugierig, wo ihn der Hirsch hinführen mochte.

Er schien jetzt einem Pfad zwischen zwei hohen Mauern zu folgen. Sie leuchteten wie das Licht des Mondes, und zuerst dachte Gard, dass es sich um die Eismauern in den Bergen handeln musste, auf denen er geklettert und abgestürzt war. Doch als er näherkam, erkannte er, dass sie substanzlos waren. Sie waren nur Nebel aus Sternenlicht. Der Hirsch begann, daran emporzusteigen und Gard gab sich Mühe, ihm zu folgen. Er erkannte dabei, dass er ihm nur an einen derartigen Ort zu folgen vermochte, wenn er seinen schweren Körper zurückließ.

Er löste sich von ihm, von all seiner Schwere, und blickte dann voller Überraschung auf seinen beschränkten Körper hinab. Wie ungeschickt, wie lächerlich er doch aussah.

Wie hell und strahlend die Welt doch war, wenn er nicht dazu gezwungen war, sie durch die schwächliche Linse in einer wässrigen Kugel wahrzunehmen! Sicher, er hatte den Tastsinn und auch den herbeiwehenden Frühlingsduft verloren, doch er konnte nun in alle Richtungen gleichzeitig sehen, und auch die Entfernung schränkte seine Wahrnehmung nicht mehr ein. Er sah, dass das helle Nichts mit Wolken unterschiedlicher Farbe gefüllt war. Sie flohen, wurden schneller oder verharrten, und er konnte nicht einmal sagen, ob sie sich nach oben oder unten bewegten, da keines von beiden mehr existierte. Manchmal stießen sie miteinander zusammen, Donner erfüllte das Nichts, und etwas wie Feuer sprühte in alle Richtungen.

Es war ihm vertraut. Wann war er je zuvor hier gewesen?

Etwas anderes vertrautes versuchte, seine Aufmerksamkeit zu erregen. Es war ein Geräusch, ein drängendes Rufen. Er suchte nach der Quelle und entdeckte in großer Entfernung Dunkelheit. Mithilfe einer Willensanstrengung gelang es ihm, die Entfernung zu überwinden, ohne sich bewegen zu müssen, und er sah … unerträgliche Schatten und Schwere, zermalmende Festigkeit und in ihr gefangene, sich bewegende Lichter. Eines der Lichter rief ihn. Es war eine blauviolette Wolke, und ihre Stimme war von großer Schönheit.

Gard drang ohne Besorgnis in die Dunkelheit vor, da er wusste, dass er sie jederzeit wieder verlassen konnte. Er war ja nicht an sie gebunden …

o o o

Verblüfft schlug er die Augen auf. Er fühlte scharf die Kälte und den Schmerz seines steifen Körpers. Er hob die Hand und versuchte die Blenden wegzureißen, die seine Sicht auf einen engen Tunnel beschränkten.

„Nein, nein“, meinte eine sanfte, amüsierte Stimme, während jemand seine Hände mit einem stählernen Griff umfing. „Du brauchst diese Augenlider.“

Er kam hastig auf die Füße und starrte Balnshik und Herzog Silberspitze an.

Silberspitze nickte zufrieden. „Sehr gut. Vielleicht bist du ja jetzt bereit zuzugeben, dass Prinz Feuerbogen doch nicht so ein Narr gewesen ist?“

„... ja, Herr“, erwiderte Gard benommen.

„Er wandelte ohne sein Fleisch“, sagte Balnshik. „Ich glaube, das verlorene Kind hat einen Blick auf seine Heimat erhascht. Geht es dir gut, mein Schatz?“

Gard nickte. Er fühlte sich irgendwie größer, ohne es in Worte fassen zu können. Er verspürte Erstaunen und Scham. Mehr als alles andere jedoch empfand er Bedauern dafür, wie ungerecht das alles war: dass er ohne Mühe das erlernen sollte, was für Ranwyr immer so schwer gewesen war.

o o o

„Da kommt ja unser kleiner, bleicher Gelehrter“, spottete Fraitsha, als Gard in die Ausbildungshalle zurückkehrte. „Hattest du eine schöne Zeit, während du ein paar Bücher studiert hast?“

„Hatte er nicht“, erwiderte Herzog Silberspitze. „Greif ihn mit Kettas viertem Ansturm an, bitte.“

„Gut.“ Fraitsha nahm sich einen Streitkolben, einen Speer, eine Axt und ein Schwert. Er wog sie in seinen vier Händen und kam dann locker in den Knien wippend auf Gard zu. „Zeig's mir, Eiszapfen.“

Gard, der mit seinem Speer und den zwei Schwertern auf seinem Rücken bewaffnet war, umkreiste Fraitsha vorsichtig. Er ließ den Speer vor sich kreisen und versuchte, in seinem

Schutz vorzurücken. Drei oder vier weitere Kämpfer kamen in die Halle, er ignorierte sie. Fraitsha stieß mit dem Speer zu und durchbrach seine Deckung, und ein rasch folgender Schlag mit dem Streitkolben riss Gard den Speer aus der Hand, der nutzlos in eine Ecke der Halle segelte. Gard wich hastig zurück und zog dabei seine Schwerter, doch er war zu langsam, die Axt sauste nach unten und traf ihn leicht am Kopf. Es tat weh.

„Ich habe deinen Schädel gespalten", verkündete Fraitsha. „Jetzt würde ich mich gemütlich niederlassen und dein Gehirn fressen. Das Lesen hat wohl nichts darin zurückgelassen, das mir in den Zähnen stecken bleiben würde."

Die anderen Kämpfer lachten und applaudierten. Sie waren die Einmaligen, die Elite, und Schnellfeuer befand sich ebenfalls unter ihnen. „Hol deinen Speer und versuch es erneut", befahl Silberspitze.

Gard spürte Verwirrung, Scham und Unbehagen, als er gehorchte, doch all diese Empfindungen waren irgendwie falsch. Es war, als ob er ihnen entwachsen wäre wie einem Kleidungsstück, als ob es sich um eine falsch gespielte Melodie handelte. Er holte seinen Speer, kehrte zu seinem Platz zurück und musterte den grinsenden Fraitsha. Gard konzentrierte sich und …

Die Zeit wurde langsamer. Gard sah sich von außerhalb seines Körpers und Fraitsha von hinten. Er sah das tiefrote Licht, das in Fraitsha pulsierte und seine wahre Gestalt darstellte, die im vierarmigen Fleisch gefangen war. Er sah Herzog Silberspitze, in dem eine klare, gerade Flamme loderte, und dass Schnellfeuer mit einer hochtrabenden, übermütigen Flamme brannte. Die anderen Kämpfer nahm er ebenfalls ungegenständlich war, als Punkte farbigen Lichts oder als pulsierende Tierformen.

Gard erkannte, wie er Fraitsha besiegen konnte. Es war einfach eine Frage, hier und hier und hier zu sein, in einer bestimmten Reihenfolge und Geschwindigkeit. Es war nicht schwieriger als das alte Rot-Rot-Gelb-Spiel mit dem Speer, das gleiche Prinzip. Er musste sich nur konzentrieren … und so geschah es.

Fraitsha stand verblüfft blinzelnd da und sah seine Waffen an, die vor ihm am Boden verstreut lagen. Gard stand hinter ihm und hielt ihm beide Klingen an die Kehle. Es folgte ein Augenblick schockierter Stille, bis Silberspitze sich gefasst hatte und sagte: „Fraitsha hat seinen Kopf verloren."

Ein tosender Applaus folgte seinen leisen Worten, während die Elitekämpfer nach vorne strömten.

„Gestattet mir, eine Runde gegen diesen Dämon zu kämpfen", rief ein Mann namens Chint. Er war breitschultrig, stark und gehörte zum gleichen Wüstenvolk wie Magister Tagletsit. „Wie gut bist du mit der Langklinge, Sohn der Zerstörung?"

„Er kann mit beiden Händen kämpfen", warnte Schnellfeuer. „Sei vorsichtig."

Fraitsha trat zur Seite und sein starrer Blick wanderte von Gard zu Herzog Silberspitze. „Was habt Ihr getan?", fragte er leise.

„Wir haben eine bessere Waffe geschmiedet", erwiderte Silberspitze mit einem Lächeln. „Haben unsere Herren und Meister es mir nicht befohlen? So habe ich es getan. Gard, du darfst eine Runde gegen Chint kämpfen. Langklingen."

Gard selbst hatte währenddessen bewegungslos verharrt, nicht weniger überrascht als Fraitsha. Er wandte sich den anderen Kämpfern zu und hatte noch immer das Gefühl, sie von einem Punkt hoch oben an der Decke der Halle zu betrachten. Er nahm sich eine Langklinge aus dem Waffenständer und stellte sich Chint.

Chint war Rechtshänder. Er hatte eine bestimmte Körpergröße und eine bestimmte Schulterbreite, seine Arme hatten eine bestimmte Länge, und er eröffnete mit der Shrattin-Haltung des Siebten Angriffs, und so … konnte man ihn mit diesen Bewegungen besiegen …

Gard hörte die Klingen mehr aufeinanderprallen als dass er sie sah, und dann hatte er Chints Deckung auch schon unterlaufen und setzte ihm die Klinge an die Kehle.

„Gard gewinnt", verkündete Silberspitze unnötigerweise. Erneut herrschte Schweigen, doch diesmal folgte kein tosender Applaus, denn die Kämpfer begannen, aufgeregt miteinander zu diskutieren.

„Ich habe gesehen, wie er es getan hat."

„Lasst mich da rein, ich will es versuchen."

„Chint, wo hast du nur hingesehen? Das war doch ein alter Trick!"

Chint, der Gard noch immer ins Gesicht starrte, schüttelte langsam den Kopf. Er senkte seine Klinge und wich zurück. „Oh Sonne, schütze mich. Was auch immer du sein magst, ich würde lieber nie wieder gegen dich kämpfen."

Er stellte die Klinge ins Regal und ging vom Platz. Gard sah ihm ein wenig verwirrt hinterher.

„Silberspitze!" Vergoin trat vor. Er war groß gewachsen und arrogant, und es gab Gerüchte, dass er das Kind eines Magiers war und vor drei oder vier Bürgerkriegen zu einem Sklaven gemacht worden war. „Er und ich, mit Klinge und Netz. Der Narr denkt, wir wären Streithähne wie seine idiotischen Klansbrüder, was?"

Silberspitze zuckte nur die Achseln. „Also Klinge und Netz, Gard, bitte."

Kopfschüttelnd ging Gard zum Waffenregal, nahm sich eine kurze Klinge und zog ein Netz aus dem dafür vorgesehenen Fass. Das Netz war nicht groß, aber gut beschwert und mit flatterndem Schmuck versehen, um das Auge zu irritieren. Vergoin fischte ein anderes Netz aus dem Fass, ohne sich die Mühe zu machen, Gard anzusprechen.

Bei einem solchen Kampf ging es nur um den Einsatz des Netzes, die Klinge diente einzig und allein dazu, einen Punkt zu machen, sobald das Netz gefallen war und der Gegner darin festsaß. Gard ging in die Mitte des Kampfplatzes, drehte sich zu Vergoin und salutierte, dieser jedoch erwiderte den Salut nicht, sondern schwang das Netz und warf es in hohem Bogen.

Gard beobachtete es, losgelöst und ohne Zorn. Er sah, wie er unter dem Netz hinwegtauchte, er sah, wie sein eigenes Netz mühelos nach oben schwebte und sich über Vergoins Kopf senkte. Es war das gleiche Manöver, das er hunderte Male gegen die Reiter benutzt hatte. Der Moment war mit all diesen anderen Momenten eins.

So wie damals zog er seinen Gegner zu Boden … nicht von einem Reittier herab, doch auf den Boden der Trainingshalle. Er musste sich ein wenig zusammennehmen, um nicht wie gewohnt nachzusetzen und mit seiner Klinge in rascher Folge ein Dutzendmal in Vergoins Herz zu stechen, sondern nur einen Punkt an der entsprechenden Stelle zu machen. Vergoin fluchte. „Holt ihn von mir weg!"

„Für Gard", sagte Silberspitze.

„Er hat betrogen!", beschwerte sich Schnellfeuer. „Habt ihr sein Netz gesehen? Das war Hexerei! Er kann es unmöglich auf diese Weise geworfen haben. Nicht so!"

„Er hat keine Magie eingesetzt", meine Silberspitze ruhig.

„Nein, hat er nicht", bestätigte Vergoin, während er sich au die Füße arbeitete. Mit einem widerwilligen Gesichtsausdruck befreite er sich aus dem Netz. „Glaubt ihr, ich würde einen Magiertrick nicht erkennen? Er ist nur sehr schnell. Animalische Verschlagenheit und Geschwindigkeit. Nicht schlecht gemacht, Silberspitze. Kein Wunder, dass er die Wiederholer zu Hackfleisch verarbeitet hat."

Vergoin musterte Gard mit einem Blick, der kalt und abschätzend gemeint war, doch irgendwo tief in seinen Augen funkelte Anerkennung. „Nicht schlecht gemacht", wiederholte er, wandte Gard seinen Rücken zu und verließ die Halle.

○ ○ ○

„Fällt es dir schwer, es zu kontrollieren?", fragte Silberspitze Gard später. „Dich von außerhalb zu sehen? Verwirrt dich das?"

„Nein", erwiderte Gard. „Zumindest nicht sehr. Es passiert nur, wenn ich kämpfe. Wolltet Ihr deswegen, dass ich zu meditieren lerne?"

„Unter anderem" Silberspitze lehnte sich zurück und musterte ihn aufmerksam. „Ich war nicht sicher, ob du das Zeug dazu hast. Natürlich habe ich es gehofft. Du weißt, was du jetzt tun musst?"

„Weiter lernen?"

„Ganz genau. Du beherrscht meine Sprache, doch nun musst du weitere lernen, arkane und unbekannte. Du wirst sie brauchen, um andere Bücher zu lesen, die ich für dich vorgesehen habe. Sie sind nur für fortgeschrittene Studenten. Niemand, den ich je ausgebildet habe, hat es soweit geschafft."

○ ○ ○

Zwei Tage später, als Gard bei Silberspitzes Quartier ankam, traf er dort auf Vergoin und Bhetla, die in ein intensives Gespräch mit dem Herzog vertieft waren. „Du riskierst weniger als sonst jemand von uns", sagte Bhetla gerade. „Du musst schließlich nur tun, was man dir befohlen hat. Niemand wird dir die Schuld …" Sie verstummten, als Gard eintrat.

„Da ist der Narr schon", spöttelte Vergoin. „Wir wollen dich nicht länger stören, Silberspitze. Denk einfach darüber nach, ja?" Vergoin stand auf, verneigte sich mit einem ironischen Lächeln vor Gard und ging. Bhetla nickte Silberspitze zu und eilte hinterher.

„Warum haben sie von mir gesprochen?", fragte Gard.

„Sie bewundern deine Fertigkeiten." Silbersitze schob Gard über den Tisch ein Buch zu. „Schnetzelfilets ‚Gebrauch der Hakenklinge'. Bitte lies es sorgfältig, vor allem Kapitel sechs."

Als er das nächste Mal in die Arena trat, sah sich Gard mit nicht weniger als drei grinsenden Kampfmeister aus den Reihen der Wiederholer konfrontiert. Pocktuun war gekörpert worden, ebenso Trathegost, und der dritte war und ein langarmiger Krieger mit einem Langschwert.

„Jawohl", brüllte Trathegost, „ich bin es, schwächlicher Schatten! Du hast gedacht, du hättest mich besiegt, was? Doch ich bin zurückgekehrt, um dir zu sagen, dass ich Rache üben werde, und ich bin nicht allein! Sieh, wer mich begleitet hat, um es dir heimzuzahlen! Niemand anderer als Pocktuun, der Erderschütterer!" Die Meister applaudierten und jubelten wie wild. Pocktuun drehte sich im Licht und reckte sein Beil.

„Doch ich werde dein Blut zuerst trinken", erklärte der Neuankömmling. „Ich, Hrakfafa, die Bitterkeit des Todes!" Er holte mit seinem Schwert aus und schnitt so den aufbrandenden Applaus ab, da sich das Publikum begierig nach vorne lehnte um zu sehen, was passierte.

Gard seufzte. Ein einfacher Schritt rückwärts reichte, um dem Schwert auszuweichen. Drei Kämpfer, drei unterschiedliche Waffen. Er konzentrierte sich und sah die Abfolge der Schritte, die er benötigte, um alle drei zu töten. Er machte die nötigen Schritte und sah sich selbst nach vorne stürmen, Hrakfafa bei den Schultern packen und einen Salto über ihn machen, um an Pocktuun und Trathegost vorbeizukommen. Trathegost wirbelte herum und schlug mit seiner Keule zu, traf aber nur Pocktuun. Pocktuun schrie zornig auf und stürmte mit dem Beil auf Trathegost zu. Hrakfafa drehte sich und suchte nach Gard, doch dieser war bereits hinter ihm und köpfte ihn mit einem Schlag.

Gard sah das rote Licht von Hrakfafas wahrer Gestalt, das frei nach oben schwebte und verschwand.

Hrakfafas Körper taumelte vorwärts zwischen Pocktuun und Trathegost, wurde dabei von Trathegosts Keule erfasst, und Blut spritzte durch die Luft. Pocktuun schaffte es, mit seinem Beil unter Trathegosts erhobenem Arm zuzuschlagen und trennte sein Bein zur Hälfte an der Hüfte ab.

Trathegost fiel rückwärts, während sich Pocktuun mit in die Luft gerecktem Beil über ihm positionierte, doch Gard sprang hinter ihn und köpfte ihn ebenfalls. Ein gelbes Licht strömte mit dem Blut aus seinem Hals, stieg auf und verschwand. Gard sprang rechtzeitig von dem umkippenden Körper fort und köpfte auf die gleiche Weise Trathegost, der ihm zuwinkte, bevor sein Kopf davonrollte und seine schattenhafte Essenz in die Freiheit entströmte.

Gard blickte zu den heulenden, gackernden Gesichtern empor. Schwitzend und schreiend schüttelten die Meister ihre Fäuste und sprangen in ihren Sitzen auf und ab. Manche der Herrinnen hatten sich so weit vergessen, dass sie ihre Blusen aufrissen und ihm ihre Brüste präsentierten. Manche von ihnen hatten schwarze Brustwarzen, was er noch nie zuvor gesehen hatte.

An seinem üblichen Platz saß wieder Herzog Silberspitze. Vergoin saß neben ihm, doch sie sahen nicht zu Gard, sondern zu der tobenden Menschenmenge. Silberspitze nickte bedächtig.

o o o

„Es kommt mir falsch vor“, vertraute Gard Balnshik an, während sie über der Grammatik einer uralten und beinahe vergessenen Sprache brüteten. „Die Wiederholer sind nicht meine Feinde. Sie sind armselig und dämlich und haben keine Chance.“

„Das wissen sie, mein Schatz“, erwiderte Balnshik. „Sie wollen nicht gewinnen, sondern nur so spektakulär wie möglich sterben, um zu unterhalten. Trotz all der Angeberei und der Beleidigungen sind sie ziemlich stolz auf dich."

„Ich kann ihre Geister jetzt verschwinden sehen, wenn ich sie töte."

„Weil du gelernt hast, wie ein Dämon zu sehen. Du hast deine zwei Hälften vereint und bist dadurch stärker geworden. Wenn du deinen Körper verlässt und die Fesseln von Zeit und Raum abstreifst, dann lebst du so, wie wir leben. Wenn es uns gestattet ist, zu leben."

„Aber … können das dann die anderen nicht auch? Wenn Pocktuun oder Shotterak von außerhalb sehen können wie ich, dann sollten sie leicht gewinnen können."

Balnshik seufzte. „Du hast den Vorteil einer Gesamtheit, die sie nicht haben. Du hast gelernt, in einem Körper aus Fleisch zu leben, und dadurch bist du besser, sagen wir, organisiert, und, um ehrlich zu sein, sie sind tatsächlich ziemliche Idioten."

o o o

„Noch ein Geschenkkorb", empfing ihn Stolperhammer begeistert. „Schau dir das an! Frische Früchte! Das ist Zeug, das wir armen Sklaven nie bekommen, wie du weißt"

„Ich habe eine zweite goldene Schüssel bekommen", meinte Gard. „Sie hat eine Inschrift. Sie lautet: ‚Für einen geschätzten Sklaven'".

„Bist du nicht froh, eine so gute Ausbildung zu haben, dass du so etwas lesen kannst? Ich würde sagen, eine der Herrinnen hat dir das gesandt. Sie sind verrückt nach dir. Ich kann es sehen, wenn ich durch die Gitter nach oben schaue. Es wird nicht mehr lange dauern, bis man dich rufen wird, damit du ihnen persönliche Dienste leistest, was?"

„Was für Dienste?"

„Du weißt schon! Einige der feinen Damen werden dir einen dieser heißblütigen Blick zuwerfen und etwas sagen wie ‚Sklave, da ist eine Schraube in meiner Sänfte locker, kannst du sie für mich festziehen‘ oder ‚Sklave, komm und steck eine frische Kerze auf meinen Kerzenleuchter und leuchte mir den Weg zum Bett‘ oder vielleicht ‚Sklave, es gibt da eine Stelle, die mich fürchterlich juckt, aber ich komme einfach nicht dran‘.“

„Warum sollten sie so etwas tun?“

„Er meint, dass sie dich einladen werden, um mit ihnen zu schlafen“, erklärte Fürst Silberspitze trocken.

„Oh.“

Der Herzog fügte zu Stolperhammer gewandt noch etwas hinzu, das der Übersetzer nach etwas verzweifeltem Gefuchtel mit den Armen als archaische Form von Codesprache übersetzte. Allerdings sprach Gard die Sprache der Kinder der Sonne inzwischen fließend und konnte verstehen, was wirklich gesagt wurde. „Ihr seid ein Narr und Schurke, ihn solcherart zu verführen. Weichet, oder er möge hart mit Euch ins Gericht gehen. Er beherberget große Tugend in seinem jetzigen Staate, und er möge zusehen, dass sie nicht vergeudet würde.“

„Ehrenvoller Herzog, dieser erbärmliche Sklave wollte nicht empören“, erwiderte Stolperhammer in der gleichen seltsamen Art und Weise. „Doch möge sein Fleisch und alles, das in ihrem Behufe steht, nicht ihr Besitz und daher ihre Lust sein?“

„Möge er sagen, was ihre Lust oder ihr Behufe ist? Nein? Daher schweige er still.“

„Also gut“, schniefte Stolperhammer.

o o o

Nun lernte Gard, was es bedeutete, ein Held zu werden. Bhetla schickte ihn jedes Mal als letzten in die Arena. Ohrenbetäubender Applaus hieß ihn willkommen, und die Sitzreihen waren dichter besetzt, als er sie je zuvor gesehen hatte. Er fragte sich, während er in das gleißende Licht emporblickte, ob sich die ganze Bevölkerung der Bergfestung in diesen erstickenden Raum gedrängt hatte. Sicherlich waren alle hier, bis auf die armen Kerle, die krank in den dunklen, tiefen Korridoren lagen oder die, die in der Pumpenstation arbeiteten.

Eine Nacht nach der anderen trat Gard in die Arena und erledigte ganze Truppen schwer bewaffneter Kämpfer mit lächerlicher Mühelosigkeit. Er fand heraus, dass er durch eine kleine Veränderung seiner Konzentration jede verräterische Regung ihrer Körper interpretieren konnte: ein unvollendeter Schritt, eine Schwäche in einer geführten Bewegung. In so einem Moment summte eine grüne, nur schwer erkennbare Aura um seinen Körper, doch er hatte den Eindruck, dass Herzog Silberspitze sie gesehen hatte.

Gard verabscheute seine Siege, die nicht mehr zu sein schienen als von einem Kind umgeworfenes Tonspielzeug.

Das Tonspielzeug betreffend sagte man ihm, dass Magister Prazza, der für die Körperung der gebundenen Dämonen verantwortlich war, zusätzliche Arbeiter angefordert hatte, um Ersatzkörper anzufertigen, damit er dem wachsenden Bedarf der Arena gerecht werden konnte. Obwohl Gard das Gemetzel monoton erschien, war der Appetit der Meister nach Blutvergießen offensichtlich grenzenlos.

Gard stellte fest, dass er mittlerweile die einzelnen Familien der Meister unterscheiden konnte. Manche Gruppen hatten ähnliche Gesichtszüge, zum Beispiel tendierten die Angehörigen der Linie Magister Obashons, die den letzten Krieg gewonnen hatte, meist zu Hakennasen und hervorstehenden Augen. Manche Linien trugen auch Gewänder in bestimmten Farben, wie beispielsweise die des Magisters Imriudeth, deren Angehörige Meeresgrün mit scharlachfarbenen Borten trugen. Inzwischen hatte Gard auch herausgefunden, dass die schwarzen Brustwarzen gefärbt und bei Herrinnen eines bestimmten Alters Mode waren, unabhängig davon, zu welcher Familie sie gehörten.

Die ganz jungen Herrinnen und einige der jungen Meister hatten begonnen, grüne Tuniken zu tragen, auf die in primitiver Weise ein Gesicht mit wucherndem Bartwuchs gemalt war. Als ihm Balnshik erklärte, dass es sich dabei um sein Gesicht handeln sollte, war seine Antwort ein ungläubiges Lachen gewesen.

„Ist es nicht das, was ich vorhergesagt habe?", triumphierte sie. „Du hast es geschafft, dass sie sich in dich verlieben."

„Liebe!", meinte Gard abfällig. „Ich will ihre Liebe nicht. Ich will hier herauskommen. Du bist auch hier gefangen, willst du nicht frei sein?"

Sie lächelte ihn an. „Es ist eine Frage der Geduld, Kind. Mein Meister ist nur eine Spinnenwebe, eine Blase, eine ärgerliche Minute während meines langen Tages. Siebentausend Jahre sind vor ihm vergangen und siebentausend Jahre werden nach ihm vergehen, und ich werde mich nicht einmal an seinen Namen erinnern. Aber du … du, denke ich, könntest die Freiheit wohl gut nutzen. Lass uns auf das Beste hoffen."

o o o

Als die Veränderung kam, kam sie sehr schnell.

Gard stand knöcheltief im Blut vor einem Berg aus Leichen und blickte müde zu den Zuschauern empor, als er das Echo trampelnder Schritte und einer Fanfare im Tunnel hörte. Er schaute hinüber und sah vier Männer in die Arena kommen. Sie waren alle Einmalige und trugen ihre zeremoniellen Rüstungen. Schnellfeuer führte sie an.

Stille senkte sich über die Arena, gefolgt von aufgeregtem Gemurmel. Schnellfeuer zog seine lange Klinge und salutierte den Meistern, drehte sich unter den Lichtern und lächelte breit. Einige applaudierten. Die anderen Kämpfer nahmen in einer Reihe zu seiner Rechten Haltung an. Weder Chint noch Vergoin waren unter ihnen.

Schnellfeuer wandte sich Gard zu und senkte die Spitze seiner Waffe in den blutigen Sand.

„Gard der Halbdämon! Du hast dir fast einen Namen in der Arena gemacht“, rief er. „Welche Heerscharen an Toten hast du aus dieser Grube emporgeschickt! Die Mächtigsten der Mächtigen … sie wurden allesamt von dir niedergestreckt, ohne dass du einen Kratzer erlitten hättest. Du bist tatsächlich ein mächtiger Schlächter von … Wiederholern.

Wenn ein Sterblicher sich mit solch einer Auszeichnung bewiesen hat, dann ist es üblich, ihn in unseren Rängen willkommen zu heißen. Wir, die Elite, die wir unseren Meistern nur einen glorreichen Tod anbieten können! Wir, die wir unser Leben wirklich für ihre Unterhaltung riskieren!“

Mehr Gemurmel und ein wenig Applaus folgten. Schnellfeuer hielt eine panzerbewehrte Hand empor. „Aber“, verkündete er mit einer Stimme wie eine Trompete, „wir werden nicht dich willkommen heißen, Gard!“

Totenstille, dann aufgeregtes Keuchen vom Publikum. Gard, der sich Schnellfeuers Rede schweigend angehört hatte, spürte einen kalten Schauer. Dennoch blieb sein Gesicht unbewegt.

„Wer ist dieser trainierte Wilde, dass er unserer heiligen Bruderschaft beitreten sollte?“, schrie Schnellfeuer. „Dass er sich so gut geschlagen hat, ist nur unserem geschätzten Waffenmeister zuzuschreiben.“ Schnellfeuer verbeugte sich in die Richtung von Herzog Silberspitze. „Doch wir sind dieser Verhöhnung leid, und wir werden ihr ein Ende setzen. Wir fordern dich, Gard, gegen deine Bezwinger anzutreten, in drei Tagen. Wagst du es, die Herausforderung anzunehmen?“

Gard blickte zu Silberspitze, der an seinem gewohnten Platz saß und mit steinernem Gesichtsausdruck über die Arena starrte. Er sah zu Bhetla, der seinerseits das Publikum betrachtete, um dessen Reaktion einzuschätzen. Bhetla lächelte.

Silberspitze hatte nichts davon gewusst.

„Ich akzeptiere“, sagte Gard, und die gespannte Stille endete mit tosendem Applaus, aber auch mit einigen Buhrufen. Schnellfeuer grinste. Er machte einen Schritt zurück und zeigte mit einer ausholenden Geste auf die drei Kämpfer neben sich.

„Dann wähle. Moktace, der Chabianer! Falma Hanidor! Der alte Kamaton! Drei furchtlose Kämpfer, und alle haben geschworen, dich zu Fall zu bringen.“

Gard würdigte die spöttisch lächelnden Kampfmeisters keines Blickes. Er hob seine bloße Hand, zeigte auf Schnellfeuer und blickte ihm direkt in die Augen. „Ich werde gegen dich kämpfen.“

Auf den Rängen über ihnen brach Tumult aus, und Schnellfeuers Grinsen gefror ein wenig. „Dann wird es mir eine Freude sein, dich zu töten.“, sagte er. „Geh, Gard, und nutze diese letzten drei Tage, um zu deinen Waldgöttern zu beten.“

„Ich habe keine Götter“, erwiderte Gard.

o o o

Nach dem Kampf kehrte Gard ausgelaugt zurück und fand seine Zelle leer vor. Er goss sich gerade Wasser ein, um sich zu waschen, als Bhetla durch die Tür schaute.

„Da bist du! Weißt du, du solltest nach dem Kampf noch ein wenig in der Arena bleiben. Die Meister würden dich gerne genauer sehen können, und nach einem guten Kampf sind sie immer sehr großzügig.“

„Ich will nichts, was sie mir geben könnten“, sagte Gard.

„Ach ja?“, grinste Bhetla. „Aber dennoch erregst du zur Zeit ihre ganze Aufmerksamkeit. Sie sprechen von nichts anderem.“

Gard zuckte die Achseln. Bhetla kam in die Zelle und blickte sich um. „Einige Geschenke hast du schon bekommen, wie ich sehe. Du kannst im Verlauf der nächsten drei Tage noch mehr erwarten. Ich würde dir allerdings abraten, etwas davon zu essen oder zu trinken. Es wird auch Leute geben, die auf Schnellfeuer wetten."

„Ist das so?" Gard wusch sich das Blut von den Armen.

„Oh, aber ja. Alle Kinder der Sonne, natürlich. Sag mir, warum hast du ausgerechnet den ausgewählt? Er ist nicht der beste der Einmaligen, aber jetzt musst du ohne Trainer auskommen."

„Warum das?"

„Bei Akkatis göttlicher Mutter, hast du das denn nicht gewusst?" Bethla blinzelte ihn an.

„Die Kinder der Sonne hören nur dann auf, einander zu töten, wenn ein Mitglied einer anderen Rasse einen der ihren angreift. Dann halten sie alle zusammen. Niemand kann Schnellfeuer leiden, aber er ist einer von ihnen, verstehst du. Seltsames Volk. Aus ihrer Sicht sind wir anderen alle nicht ganz wirklich."

Herzog Silberspitze war nirgends zu finden, als Gard am nächsten Morgen zum Training in die Halle kam. Er vollführte die Übungen, um seine Glieder zu lockern, doch als nach zwei Stunden noch immer niemand aufgetaucht war, ging er zu seiner Zelle zurück. Im Korridor traf er auf Stolperhammer, der mit Bandagen zu einem verletzten Kämpfer unterwegs war. Stolperhammer wich seinem Blick aus, schüttelte allerdings den Kopf und gab klagende Geräusche von sich.

„Was ist los?", fragte Gard. Beinahe wäre Stolperhammer einfach weitergegangen, aber dann blieb er doch stehen, drehte sich halb um und blickte zu Boden.

„Ärger, Ärger. Oh, Eiszapfen, welcher böse Gott hat von dir Besitz ergriffen? Nach all unserer harten Arbeit. Als ob es nicht genug Dinge gäbe, über die ich mir Sorgen machen müsste! Du hättest alle Arten von Vergünstigungen gewinnen können. Ich werde weinen, wenn sie dich davontragen."

„Denkst du nicht, dass ich gewinnen werde?"

Stolperhammer blickte auf und sah Gard mit verblüfftem Mitgefühl an. „Du? Gegen Schnellfeuer gewinnen? Sei nicht albern.

Du bist ein guter Kämpfer, auf deine Art, aber du bist kein … nun, du bist kein Kind der Sonne. Es steht außer Frage, dass er dich schlagen wird."

○ ○ ○

Balnshik war in seiner Zelle und stellte ein Feldbett auf, als Gard zurückkehrte.

„Hallo", begrüßte sie ihn und sah mit einem knappen Lächeln zu ihm auf. „Wärst du so nett, mir den Beutel zu geben?"

Gard reichte ihr den Beutel. Sie fischte ein Kissen und eine Decke heraus und richtete ihr Bett fachmännisch. Er stand in der Tür und starrte sie an.

„Vielleicht fragst du dich, warum ich hier bin."

„Das tue ich, ja", entgegnete Gard.

„Man hat meinem Meister eingeredet zu wetten, dass du nicht ermordet werden wirst, bevor du in die Arena trittst. Ich bin hier, um dafür zu sorgen, dass er seine Wette nicht verliert."

Gard sah sie finster an und spürte, wie sein Gesicht heiß wurde. „Ich brauche niemanden, der mich beschützt."

„Nein, Schatz, natürlich nicht." Balnshik richtete sich auf und schüttelte ihr langes Haar zurück. „Aber ich dachte trotzdem, dass ich die Giftschlange entfernen sollte, die ich in deinem Bett gefunden habe, und die vergifteten Nadeln im Kragen deiner Robe und die Platte mit den Süßigkeiten voller Glasstückchen, die dir ein Bewunderer geschickt hat."

Gard trat vorsichtig in den Eingang und ließ sich langsam auf sein Bett sinken. „Gestern war ich ihr Held", sagte er verblüfft. „Warum hassen sie mich jetzt?"

„Es kommt auf das Aussehen an, schätze ich. Solange du gegen Krieger gekämpft hast, die hässlicher waren als du, warst du ihr Held. Doch jetzt hast du Schnellfeuer herausgefordert, und der ist jung und hübsch und hat vor allem keinen schwarzen

Bart. Gemäß allen Regeln des Zuschauersports macht dich das zum Bösewicht. Das Publikum ist einfach dumm, weißt du."

„Ich habe ohnehin nicht gekämpft, um ihr Held zu sein. Werden sie Schnellfeuer noch immer lieben, nachdem ich ihn getötet habe?"

„Ich fürchte schon, mein Schatz. Jung und hübsch in der Arena zu sterben? Die Herrinnen werden bittere Tränen um ihn vergießen. Alle Kämpfer sehnen sich nach solchem Ruhm."

„Wie dumm."

„Warum hast du ihn ausgesucht anstatt Moktace oder einen der anderen, wenn ich fragen darf?"

„Weil er mein Feind ist. Ich kenne die anderen nicht, aber Schnellfeuer wird mir Steine in den Weg legen, wo immer er kann, und ich weiß, wie er kämpft. Ich werde ihn töten." Gard blickte zu Balnshik auf. „Ich schätze, du wirst nicht mit mir schlafen wollen, schöne Dame?"

Sie seufzte. „Nein, mein Schatz. Ich werde nur neben dir schlafen."

o o o

Sie kümmerte sich aufopferungsvoll um ihn, begleitete ihn zur Trainingshalle und erwies sich in jeder Hinsicht als unterhaltsame, anmutige Begleitung. Sie hob seine Laune ebenso, wie sie einige Möchtegern-Assassinen in der Nacht erledigte, so diskret, dass er außer einem erstickten Schrei und ein paar Tropfen Blut vor der Tür nichts davon mitbekam. Gards andere Bedürfnisse jedoch blieben unbefriedigt.

Von Zeit zu Zeit trafen sie, wenn sie von seinem Raum zur Trainingshalle gingen, auf andere Sklaven, die eilig ihren Erledigungen nachgingen. Die Dämonen unter ihnen grinsten Gard breit an und machten eine seltsame Geste, als würden sie etwas packen und zum Mund führten.

„Es ist ein Zeichen für ‚Viel Glück'", erklärte ihm Balnshik, als Gard fragte, was sie bedeutete. „Sie wünschen dir viel Freude dabei, die Leber deines Feindes zu fressen."

„Du meinst, es gibt tatsächlich jemanden, der hofft, dass ich gewinne?"

„Mein Schatz, alle Angehörigen deines Volkes werden für dich jubeln. Wir hatten noch nie zuvor einen richtigen Kampfmeister." Sie begann, sanft eine Melodie zu summen: „Wenn ich jemals hier herauskomme ..."

„Mein Volk", dachte Gard. Der Gedanke fühlte sich nach so langer Zeit komisch an.

o o o

Er meditierte am Tag des Kampfes. Er verließ seinen Körper, betrat jenes Land der Sterne und folgte dem Hirsch über die grüne Wiese seiner Kindheit. Erneut sah er das Pärchen, das er nicht kannte und das am Rand der Tanzfläche beieinander lag – der Mann, von dem er gedacht hatte, er wäre sein Vater, und die unbekannte Frau.

Diesmal führte ihn der Hirsch an ihnen vorbei in einen dunklen Tunnel. Er schritt körperlos in sein Gefängnis und sah Magister Tagletsit, wie er sich im Licht seiner falschen Sonne badete. Herzog Silberspitze saß allein in seiner Kammer und schrieb etwas, Schnellfeuer übte schwitzend in der Übungshalle und wurde von anderen Einmaligen angefeuert. Da war die Pumpstation mit ihrem großen, zentralen Feuer und Schweiß glänzte auf den Körpern von ... von all den Leuten, die sich dort zusammendrängten.

Warum war dort so eine große Menge? Warum waren sie so aufgeregt? Grattur und Engrattur beugten sich hinab und lauschten den Worten eines Mannes. Gard drehte seinen körperlosen Geist, um ins Gesicht des Mannes zu schauen, und er erkannte Vergoin.

Doch der Hirsch schritt weiter dahin, und er wurde hinter ihm hergezogen. Er kam an einen Ort, den er zuerst für die Arena hielt, doch der Boden war nicht aus Sand, sondern aus poliertem Stein, der mit arkanen Schriftzeichen geschmückt war. Der Hirsch stampfte auf, und Feuer schoss unter seinen Hufen empor, dann senkte er das Geweih und stürmte auf eine schwarze Mauer zu.

Die Mauer explodierte mit einem berstenden Geräusch. Sonnenlicht strömte gleißend hell herein, und mit ihm kamen der blaugrüne Schein von Eis und weiß glitzernder Schnee. Der Hirsch stand in der Öffnung, wandte sich um und sah Gard direkt an.

Doch er wurde gerufen. Jemand zog ihn an den Händen. Nun hatte er wieder Hände. Er öffnete die Augen und blickte Balnshik an, die sich mit einem zärtlichen Lächeln über ihn beugte. „Deine Stunde beginnt, mein Schatz", sagte sie.

Die Gänge waren verlassen, doch Balnshik blieb die ganze Zeit bei Gard, bis zur Arena. Sie hatte wie er Kampfausrüstung angelegt, ein Waffengeschirr und eine Kettenrüstung, die sie elegant wie schwarzer Samt umschmeichelten.

„Planst du, meinen Tod zu rächen?", fragte er.

„Vielleicht werde ich heute ein wenig kämpfen", erwiderte sie fröhlich, „Aber ich bin mir sehr sicher, dass du nicht sterben wirst."

„Was ist das?" Gard blickte auf ein Band, das sie durch ein Glied der Kettenrüstung gezogen hatte, eine glänzende grüne Schleife.

Sie spielte mit einem behandschuhten Finger daran herum. „Nur ein kleines Zeichen."

„Trägst du es für mich?"

„Es sieht so aus, oder? Vielleicht wirst du heute Nacht noch ein oder zwei andere sehen."

Doch als Gard in die Arena trat und Applaus und Buhrufe aufbrandeten, blickte er nach oben und sah zahlreiche grüne Bänder. Die Meister und Herrinnen, die sie trugen, hatten sich in Gruppen in den Rängen zusammengefunden, ein gutes Stück vom Haupteingang entfernt. Auf den Sklavengalerien trugen auch viele, die praktisch nackt waren, grüne Schleifen: um den Hals, an Nasenringen oder auf geradezu festliche Weise um die Hörner. Sie brüllten und schrien ihre Begeisterung für Gard heraus. Er schenkte ihnen ein verhaltenes Lächeln und dachte erneut: „Mein Volk."

Er ließ seinen Blick über die Ränge schweifen. Kein einziger Sitz war leer geblieben. Verblüfft erkannte er Magister Dreisprung, der ein grünes Band durch seine Gesichtsmaske geschlungen hatte, und dort, an seinem üblichen Platz, saß Herzog Silberspitze, und auch er trug ein Band, obwohl er stur geradeaus blickte und niemals direkt zu Gard sah.

Das Echo einer Fanfare ertönte erneut aus dem Tunnel. Gard wandte sich um und erwartete die Parade der Kampfmeisters, doch es war nur Schnellfeuer, der ins Freie trat.

Es folgten Jubelschreie und ein langer Applaus, der an peitschenden Regen erinnerte, während er seine Fäuste reckte und in die Menschenmenge grinste. Sein Grinsen verblasste kurz, als er Silberspitzes grünes Band erkannte, und er warf Gard einen Blick voller unverhülltem Hass zu. Als der Applaus verstummt war, sprach er mit lauter Stimme:

„Was für eine Menge sich hier versammelt hat, um zuzusehen, wie du abgeschlachtet wirst, Gard! Ich wollte die Sache rasch zu Ende bringen, doch jetzt kommt es mir wie eine Schande vor, ihnen nicht die Unterhaltung zu bieten, die sie verdienen, findest du nicht?"

Gard hüllte sich in Schweigen, blickte Schnellfeuer nur unverwandt an und zog seine zwei Klingen. Ein begeistertes Raunen ging durch die Menge und ein paar applaudierten.

Schnellfeuer griff über seinen Kopf und zog effektvoll ebenfalls zwei Klingen. Er grinste erneut. „Keine Worte für deine glühenden Verehrer? Du bist wahrlich eine erbärmliche Kreatur. Das Sprechen fällt dir nicht so leicht, was?“ Er begann, Gard zu umkreisen. Gard folgte ihm und beobachtete ihn genau. Als nächstes würde die Provokation folgen …

„Aber deine Mutter muss auch der schweigsame Typ gewesen sein. Es ist schwer, mit Maul und Fangzähnen zu sprechen, hm?“ Schnellfeuer sprang ihn an und führte einen raschen Schlag aus, einen runden Hieb gegen seinen Kopf, gefolgt von einer Parade.

Gard schlug ihn zurück. Es war das gleiche Muster wie beim ersten Mal, aber nicht ganz der gleiche Stil… was stimmte nicht? Es fühlte sich so an, als ob eine Schicht in der Luft rund um Schnellfeuer liegen würde. Etwas verzögerte Gards Schläge, nur leicht, aber dennoch. Er konzentrierte sich.

Außerhalb seines Körpers betrachtete er die Szene aus allen Richtungen, und es war, als trüge Schnellfeuer ein flammendes Rad auf der Brust. Unter seiner Brustplatte war ein Schutzamulett befestigt. Gard sah sich nach Schnellfeuers Kopf schlagen und den Zauber reagieren, ja, es sah aus, als wäre ein Stück Stoff um seine Klinge gewickelt, das sie abbremste. Er sah mehr als dass er fühlte, wie der heiße Zorn erneut in ihm aufstieg, ein fernes Gefühl. Er widerstand dem Drang, sich von ihm auf den Boden der Arena ziehen zu lassen.

Er musste das Amulett loswerden und somit zuerst die Brustplatte. Schnellfeuer war ein Linkshänder. Deswegen …

Gard täuschte eine Finte an und fiel zurück, täuschte erneut an und fiel wieder zurück und arbeitete sich langsam auf Schnellfeuers rechte Seite vor. Schnellfeuer machte seinem Namen mit seinen Bewegungen alle Ehre, doch er konnte die Gewohnheiten seines Körpers nicht unterdrücken: All seine Angriffe kamen von links, während er mit der rechten Hand nur blockte und sein Schwert wie einen Schild benutzte.

Gard machte einen plötzlichen Ausfall nach vorne, kämpfte sich durch die Barriere und bohrte die Schwertspitze tief in den rechten Oberarm Schnellfeuers, wobei er eine Sehne durchschnitt. Es war nur eine leichte Verletzung, doch genau da, wo er sie brauchte. Schnellfeuer ließ sein Schwert fallen und vielleicht schrie er auch auf, doch das Brüllen der Zuschauer übertönte alles – es war so laut, dass Staub von der Decke rieselte und der Sand unter ihren Füßen vibrierte.

Gard trat das Schwert weg. Es rutschte auf die Abfallgrube zu, blieb einen Augenblick am Rand liegen und fiel dann hinab. War Stolperhammer dort unten und rang seine Hände? Würde er es wieder nach oben werfen? Oder trug er ebenfalls eine grüne Schleife?

Schnellfeuer fing sich wieder, präsentierte Gard seine linke Seite und griff mit einer Reihe von atemberaubend schnellen Schlägen in Kopfhöhe an. Gard wehrte sie ab und tänzelte zur linken Seite, wieder und immer wieder, er umkreiste Schnellfeuer so lange, bis er wieder an seiner rechten Flanke war. Schnellfeuers rechter Arm hing nutzlos herunter, doch die kleine Wunde blutete kaum. Gard trieb ihn Runde um Runde herum, und dann stürmte er ohne einen Laut zu dessen rechter Seite vor und ließ sich fallen.

Als Schnellfeuer seine Klinge hob, um einen Schlag gegen seinen Kopf zu führen, unterlief Gard ihn und durchschnitt die seitlichen Lederstreifen an seinem Brustpanzer. Der Preis dafür war ein Schnitt über Gards Wange, den er durch das Amulett verlangsamt nicht hatte verhindern können. Er rollte sich rasch ab und begann, seinen Gegner erneut zu umkreisen, wobei er das Blut, das seine Wange hinunterlief, ebenso ignorierte wie die tobende Menge. Sie schrie für Schnellfeuer, der so jung und hübsch und tapfer war und auch dann keine Furcht zeigte, wenn er verletzt war.

„Oh, gut gemacht, Gard“, schrie Schnellfeuer und rang nach Atem. „Du hast meine Rüstung zerkratzt, und ich habe dein gutes Aussehen geschändet! Tut mir wirklich leid. Sollte aber kein Problem sein, oder? Du bespringst deine Weibchen doch ohnehin von hinten, sodass sie dich nicht sehen müssen!“ Das Publikum schüttelte sich vor Lachen.

Gard lies ihn reden, umkreiste ihn und schätzte die Situation ein. Wie war der Brustpanzer an der Schulter befestigt? Wie stark war das Schutzfeld des Amuletts? Er konzentrierte sich, verließ seinen Körper und beobachtete sich selbst, wie er eine Finte auf Schnellfeuers Herz schlug. Ein Flammenschleier flackerte auf, fing seine Klinge ab und verzögerte sie stark. Es war also fast unmöglich, ihm so eine tödliche Wunde beizubringen. Er hechtete einmal mehr zur rechten Seite, versuchte, dem nutzlosen Arm einen weiteren Kratzer zuzufügen und stellte fest, dass der Schleier sich bei weitem nicht so rasch aufbaute, wenn die Wunde nicht potenziell tödlich war.

Das war alles, was er wissen musste. Gard umkreiste seinen Gegner erneut, parierte einen Angriff und sprang Schnellfeuer an, um einen Todesstoß auszuführen. Er stieß mit seiner linken Klinge nach unten und sofort bildete sich ein Zauberschutz um die verwundbare Kehle und den Nacken. Die Spitze seiner Klinge wurde abgeleitet und traf damit sein eigentliches Ziel: der Riemen, der die Brustplatte an der Schulter hielt.

Sie durchschlug ihn und drang in Schnellfeuers Schulter ein; die Wunde war keineswegs tief, aber sehr schmerzhaft. Schnellfeuer schrie auf und schlug während Gards Landung mit dem Schwert nach oben. Seine Klinge fuhr durch Gards wehende Robe und hinterließ eine Schnittwunde von der Hüfte bis zur Schulter. Die Spitze verharrte kurz vor Gards Kinn.

Gard warf sich zurück und ignorierte auch diese Wunde. Er beobachtete Schnellfeuer aufmerksam. Der stürmte wütend auf ihn zu und hob den Arm für einen erneuten Schlag gegen seinen Kopf.

Seine Brustplatte klappte wie ein Buch auf und fiel zu Boden.

Gard sprang nach vorne und riss ihn zu Boden. Schnellfeuer fiel, und wie die Menge voller Mitleid und Sympathie heulte und jammerte! Es gab ein zischendes Geräusch, als Gard seinen Fuß auf die Brust des anderen setzte, als hätte er ein Insektennest gestört. Er bückte sich, packte das Amulett und riss es von seiner Kette ab. Er hielt es hoch, sodass die Menge es sehen konnte.

Tausendfaches Luftholen. Gard spürte, wie sich die Kompassnadel ihrer Aufmerksamkeit langsam drehte, als sie erkannten, was er in der Hand hielt und was es bedeutete.

Nun hassten sie Schnellfeuer. Heulend und brüllend ließen sie ihn ihre Verachtung spüren, er ertrank förmlich in ihrem Widerwillen, während Gards rechte Klinge wenige Zentimeter über seinem Herzen schwebte.

Gard blickte ihm direkt in die Augen. „Ich habe dich in einem gerechten Kampf besiegt. Ich bin ein besserer Kämpfer als du, und du hast es gewusst. Du hast betrogen, weil du Angst vor mir hattest, nicht wahr?“

„Ach, halt die Fresse und töte mich“, knurrte Schnellfeuer. Über ihnen schlug die Menschenmenge tobend auf ihre Sitze, und aller Augen waren auf Gards Schwertspitze gerichtet.

„Sollte ich dich töten?“, fragte Gard. „Das würde mir die Feindschaft deiner Klansvettern einbringen, oder nicht? Dann müsste ich ständig über meine Schulter blicken und mich fragen, ob das Essen oder Trinken vor mir vergiftet wurde. Ich denke nicht, dass du das wert bist.“

„Nein!“ Schnellfeuer versuchte sich aufzurichten, in seinen Augen lag das blanke Entsetzen. „Tu mir das nicht an! Gewähre mir einen anständigen Tod!“

„Nein.“ Gard drückte ihn mit dem Fuß zu Boden. „Warum sollte ich, wenn dein Leben nur voller Angeberei und Boshaftigkeit war? Ich werde gnädig sein und dich verschonen. Sieh her.“

Gard blickte zum Publikum empor und wog das Amulett in der Hand, dann warf er es in die Grube der Sandputzer, mit einer weitausholenden Geste, die alle gut sehen konnten.

Ein angespanntes Stöhnen erklang von den Rängen. Er drehte sich um, hob die Schwertspitze an und dem Stöhnen folgte eine atemlose Stille …

Dann flogen mit einem lauten Knall alle vier Tore der Arena gleichzeitig auf.

Bewaffnete strömten herein, Dutzende, und begannen, die Zuschauer zu töten. Gard sah auf, verblüfft darüber, dass jene Meister, die grüne Bänder trugen, nun ebenfalls Waffen zogen und sich ins Massaker stürzten. Magister Obashons Familie wurde um seinen Platz herum abgeschlachtet, und obwohl er die Arme hob und rote, blaue und grüne Explosionen heraufbeschwor, um seine Feinde zu blenden und in die Luft zu sprengen, sprang Balnshik selbst durch die Feuer und schnitt ihm beide Hände ab.

Vergoin metzelte gnadenlos eine Familiengruppe in goldenen Gewändern nieder. Magister Tagletsit, ebenfalls mit einem grünen Band, hatte sich zu einem Sitzplatz mit einer Säule in seinem Rücken zurückgezogen, und schwang drohend einen schwarzen Ritualdolch, wann immer ihm das tobende Massaker zu nahe kam. Herzog Silberspitze war aufgesprungen und tötete so effizient die Familie Magister Imriudeths, dass diejenigen, die er noch nicht erreicht hatte, panisch ihre verräterischen, regenbogenbunten Gewänder abwarfen und in die Richtung der Ausgänge flohen. Dennoch schaffte es keiner von ihnen lebend nach draußen.

Ein hallender Schlag, der Blumenblätter aufstieben ließ, warf Gard in den Sand. Von dort aus sah er, dass Schnellfeuer sich zur Seite gerollt und sein Gesicht verborgen hatte, und tat es ihm nach. Es folgten weitere Explosionen und viele Schreie. Ein feiner Nebel aus Blut trieb in die Arena.

Gard erhob sich vorsichtig, nachdem die Schreie verstummt waren. Schnellfeuer blieb mit dem Gesicht nach unten schluchzend liegen.

Auf allen Sitzreihen lagen zusammengesunkene Körper, obwohl eine Gruppe von Sklaven, beaufsichtigt von Meister Dreisprung, bereits mit den Aufräumarbeiten begonnen hatte. Die Lebenden, von denen die meisten grüne Bänder trugen, gingen zwischen den Toten umher und nahmen ihnen ihre Schmuckstücke ab.

Der Großteil der Lebenden trug grüne Schleifen und nahm den Toten gerade ihre Schmuckstücke ab. Balnshik schien einen der Meister zu küssen, dann erhob sie sich mit einer fließenden Bewegung, und Gard sah eine klaffende Wunde in seiner Kehle, das Gesicht kalkweiß und die Augen in ihren Höhlen rollend.

Er starrte die Szene noch immer an, als er hörte, wie die Tore des Eingangstunnels aufgestoßen wurden. Jemand kam durch den Eingang der Kämpfer. Gard wandte sich um.

Die Dame Pirihine schritt stolz ins Licht, nackt wie er sie zuletzt gesehen hatte, abgesehen von der grünen Schleife, die sie sich um den Hals gebunden hatte. Grattur und Engrattur flankierten sie grinsend. Sie alle trugen blanke Klingen, die mit Blut in verschiedenen Farben besudelt waren. Pirihines Augen leuchteten in kaltem Triumph.

Sie hob ihre Hand und zeigte auf Gard.

„Ich will ihn."

o o o

12. Tag, 2. Woche, 10. Monat, im 246. Jahr nach dem Aufstieg zum Berg

Heute wurde Sklave 4.372.301 zu persönlichen Dienstleistungen der Dame Pirihine, der kraftvollsten Narzisse der Leere aus der erhabenen Linie des Magisters Porlilon, zugewiesen.

„Ich wette, damit hast du nicht gerechnet“, sagte Grattur.

„Ich wette, du hast dir niemals vorgestellt, so viel Glück zu haben!“, sagte Engrattur.

„Verstehst du? Wir haben doch gesagt, wir würden dich nicht vergessen!“

„Oh, du wirst jetzt ein süßes Leben führen. Glücklicher Bastard!“

Gard blickte sich etwas verwirrt um. Sie hatten ihn über mehrere Treppen zu einer Suite gebracht. Die Räume waren prächtig, in Schwarz und Gold, mit Vorhängen, zahlreichen wertvollen Ornamenten und außerdem extrem sauber, bis auf eine lange Blutspur, wo die Leiche irgendeines treuen Gefolgsmannes nach draußen gezogen worden war.

„Was ist das für ein Ort?“

„Das waren die Räume Magister Obashons“, erklärte Grattur. „Waren. Sie werden jetzt unserer Herrin gehören. Schau dir das an!“ Engrattur streckte seinen Kopf durch eine Tür. „Ein Bad, ganz aus poliertem Stein und mit parfümierten Badesalzen!“

„Schau dir das Bett an, lauter schwarze Seide und feinste Daunen!“

„Ohhh, glücklicher Eiszapfen!“, riefen sie im Chor.

„Ich lasse dir ein Bad ein. Sie hat befohlen, dich zu waschen.“

„Schau dir das an, man zieht nur an diesem Ding, und Wasser kommt raus!“

„Ich wette, du hast so was noch nie gesehen!“

„Ich wette, du hast noch nie in solch einem Bett gelegen!“

„Wo ist er? Ihr dummen Narren, da führt eine Blutspur den ganzen Weg herauf!“, mischte sich Stolperhammer ein, der durch die Tür hereinspähte.

„Von mir ist sie nicht“, erwiderte Gard.

„Das ist immerhin etwas“, entgegnete Stolperhammer, während er vorsichtig ins Zimmer kam. Er wich Gards Blick aus. „Man hat mich geschickt, um ihn zusammenzuflicken. Geht es dir gut, Eiszapfen?“

„Was ist geschehen?“ Gard setzte sich auf eine gepolsterte, unglaublich weiche Bank und ließ Stolperhammer kommen und seine Verletzungen begutachten.

„Ein weiterer Krieg, was denkst du denn?“, murmelte Stolperhammer.

„Überraschung!“, rief Grattur.

„Was für einen Spaß wir hatten!“, krähte Engrattur.

„Idioten! Das ist eine ernste Angelegenheit!“, schalt Stolperhammer. „Es ist nie gut, wenn die Meister untereinander kämpfen. Es werden immer weniger, jedes Mal, wenn sie eine dieser kleinen Auseinandersetzungen hatten, und die Blutlinien werden ausgedünnt. Es mag ja ganz lustig für euch gewesen sein, doch was war mit den armen Teufeln, die sich an ihre Bindungszauber halten mussten?“

„Aber das war ja gerade das Schöne daran“, meinte Grattur.

„Unsere Dame hat Weg gefunden, die Zauber zu umgehen“, fügte Engrattur hinzu.

„Sie ist gut mit Worten, die Kleine.“

„Wir mussten ihnen nur exakt folgen.“

„Sie sprach sie auf eine Weise, dass wir die höhere Ordnung technisch gesehen nicht verletzt haben.“

„Wir haben Botschaften für sie überbracht.“

„Wir haben es die Dämonen und ihre geheimen Freunde wissen lassen.“

„Aber das war das Ende für die Linie Magister Obashons", jammerte Stolperhammer, während er etwas Stechendes auf Gards Wange tupfte. „Ihr habt alle bis auf sein letztes Kind ermordet, und er war groß und weise."

„Nicht weise genug", meinte Grattur fröhlich.

„Er hätte unsere Dame töten sollen, als er es konnte", triumphierte Engrattur.

„Nun, ihr zwei habt dabei wirklich gewonnen", meinte Stolperhammer. „Steh auf, Eiszapfen, lass mich diesen langen Schnitt sehen. Tss, tss, tss. Aber es ist nur hier und hier übel. Ich muss das nähen und auch die Wange. Sie würde es nicht mögen, wenn dein gutes Aussehen versaut wäre, was?"

Stolperhammer suchte in seiner Tasche nach Nadel und Faden und begann dann, Gards Schnitte zu nähen, während Grattur ein Bad einließ und fröhlich parfümiertes Badesalz ins Wasser schüttete. Engrattur schlug singend die seidenen Laken auf dem Bett zurück und verstreute Blütenblätter.

„Was Schnellfeuer getan hat, war eine große Entehrung", murmelte Stolperhammer leise, während er arbeitete. „Das hätte ich nicht vom ihm gedacht. Feigling. Du hast gut daran getan, ihn nicht zu töten. Es tut mir Leid, aber ich konnte nicht … nun ja, es ist jetzt vorbei, was? Vor dir liegen wunderbare Tage, zweifellos. Du hast dich unbesiegt aus der Arena in den Ruhestand zurückziehen dürfen, hast du das verstanden? Sie werden dich vielleicht sogar zur Zucht verwenden, wäre das nicht toll?"

„Was?" Gard dachte voller Entsetzen daran, an diesem Ort Kinder aufzuziehen.

„Sei doch nicht bescheiden! Sie könnten ein wenig starkes Mischlingsblut gut gebrauchen, vor allem jetzt. So ist es für alle am besten, ja? Es ist, wie ich immer zu mir selbst sage. ‚Stolperhammer', sage ich, ‚was ist eigentlich wirklich so schlimm daran, ein Sklave zu sein? Was warst du denn, als du noch frei gewesen bist, außer einem Bettler, einem Dieb, der nie wusste, wo er seine nächste Mahlzeit herbekommen sollte? Hier bist du zumindest zu etwas nützlich! Du hast einen Ort, wo du hingehörst!'

Wo wärst du, wenn sie dich nicht aus dem Schnee gerettet hätten, Eiszapfen? Oder schlimmer noch, wenn du in deinem Dschungel geblieben wärst? Du hättest niemals ein so hübsches Zimmer wie dieses gesehen, das ist sicher. Oder Frauen wie die Dame kennengelernt, so nobel und wunderbar, wie sie ist. Oder Manieren und Lesen und all die Dinge vom Herzog gelernt. Du solltest dein Glück zu schätzen wissen, wenn du es direkt vor der Nase hast, mein Freund."

„Ja, und jetzt wirst du das Spielzeug der Herrin Pirihine sein!", rief Grattur begeistert.

„Du wirst sie genießen. Wir wissen das, wir hatten schon die Freude!"

„Tobende Blitze in der Haut eines unschuldigen jungen Mädchens. Die ist echt heiß, heiß wie Schnee, kalt wie Feuer."

„‚Macht es mir, ihr großen Tiere', hat sie geschrien, und da mussten wir natürlich gehorchen."

Sie schlugen sich kichernd gegenseitig auf die Schultern. Gard starrte sie finster an und zuckte zusammen, als Stolperhammer seine Wange nähte. Er war erschöpft und durch das Massaker, das er gesehen hatte, erschüttert, aber die Erwartung, nach so langer Zeit seine Lust zu befriedigen, begann in ihm zu leuchten wie ein hoffnungsvoller Sonnenaufgang. Er fragte sich, ob er Pirihine so lieben würde, wie ein Mann eine Frau lieben sollte.

Stolperhammer blieb, bis Gard sein Bad genommen hatte, um seine Wunden zu verbinden. „Hier ist saubere Kleidung, die ich aus deinem alten Quartier mitgebracht habe", sagte er zu ihm, während er sie aus dem Beutel holte. „Sie wird natürlich wollen, dass du ihre Farben trägst, doch bis dahin brauchst du ja etwas zum Anziehen. Hier sind noch ein paar Blätter für dich, weil du diese Schnitte morgen fühlen wirst, weißt du. Aber kau nicht heute Nacht darauf herum, auf keinen Fall! Madame wäre sehr enttäuscht."

„Sie mag es nicht, enttäuscht zu werden", kicherte Grattur.

„Sie schlägt mit ihren kleinen Fäusten auf dich ein und beschimpft dich", erläuterte ihm Engrattur und schüttelte dabei den Kopf mit einem vernarrten Lächeln.

„Lasst uns hoffen, dass sie mit einem erschöpften Kämpfer ein wenig Geduld hat, was? Aber du bist stark, Eiszapfen, du wirst ihn zur Feier des Tages schon hochbekommen." Stolperhammer räumte seinen Beutel ein. „Jetzt freu dich doch! Denk einfach daran, wie viel Glück du hast. Es ist kein schlechtes Leben. So ist es am besten, wirklich."

Stolperhammer verließ ihn, und auch Grattur und Engrattur gingen, allerdings nur, um sich direkt vor der Tür mit blanken Klingen aufzustellen. Gard saß alleine in der Suite und ließ seinen Blick über all die schönen Dinge im Raum schweifen. Es war ein wärmerer Ort und viel prachtvoller als die Räume von Herzog Silberspitze. Es gab nur wenige Bücher, doch sie waren gigantisch, schwarz und hatten mit Juwelen verzierte Buchrücken.

Er erhob sich um der Blutspur zu folgen und stellte fest, dass sie in ein kleines Nebenzimmer mit einem schmalen Bett führte. Auf dem Boden lagen ein Tiegel mit einer öligen Substanz, ein Fetzen und ein reich verzierter Stiefel mit gekrümmter Spitze. Der glückslose Sklave hatte Magister Obashons Stiefel geputzt, als sie gekommen waren. Gard fragte sich, wo der andere Stiefel sein mochte.

Er ging ins Schlafzimmer zurück und schnappte sich eines der Bücher, um herauszufinden, ob es darin um Waffen ging. In einer der alten Sprachen geschrieben, die er nur kurz studiert hatte, schien es so, als ob es seine Erwartungen nicht erfüllen würde. Leise die Wörter murmelnd (noch immer bewegte er die Lippen beim Lesen) spürte Gard, wie das Buch sich in seinen

Händen zu bewegen begann, als ob es von einer inneren Unruhe gepackt worden wäre. Er hielt es fester und schlug einen anderen Abschnitt auf.

Um auf Entfernung zu töten: Dies erfordert die Opferung eines Kindes vom gleichen Geschlecht wie das des gewählten Zieles. Es muss in jeder Hinsicht so gekleidet werden wie das Ziel, und wenn möglich sogar in dessen eigenen Gewändern. Gebe dem Kind drei Tage und drei Nächte lang die folgende Mixtur und …

o o o

Gard warf das Buch angeekelt zu Boden. Es schloss sich hastig, schien sich zu schütteln und begann dann, auf das Regal zuzukriechen, aus dem er es genommen hatte. Er hörte die Tür hinter sich aufgehen und wandte sich um, um Pirihine eintreten zu sehen.

Sie war noch immer nackt, allerdings war nun auch ihre grüne Schleife verschwunden. Sie grinste zufrieden, während ihr Blick durch das prächtige Zimmer schweifte, nickte Gard kurz zu und trat dann an Magister Obashons Schmucktruhe. Sie war abgeschlossen, doch die Dame sprach nur ein in den Ohren schmerzendes Wort, und der Deckel sprang auf. Ein paar Minuten amüsierte sie sich damit, Ringe und Ketten anzuprobieren um zu sehen, ob sie ihr standen.

„Gut, Eiszapfen", sagte sie schließlich, „hier sind wir nun. Erinnerst du dich noch daran, dass ich dir versprochen hatte, dich langsam töten zu lassen?"

„Ich erinnere mich", erwiderte Gard.

„Vielleicht werde ich das doch nicht. Du hast gut daran getan, die Bestie zu töten, die mich gegen meinen Willen begrapscht hat, und ich muss dir dafür danken, dass du die Aufmerksamkeit Obashons und all seiner Unterstützer auf dich gezogen hast – sie waren so von dem Spektakel eingenommen, dass sie von einer kleinen Verschwörung im Hintergrund gar nichts mitbekommen haben." Sie lächelte, als sie ein großes Amulett aus einem schlichten roten Stein an einer langen Goldkette fand, und hängte es sich um, sodass der Stein zwischen ihren Brüsten lag. „Wie schön ich doch aussehe! Denkst du nicht auch, dass ich schön aussehe?"

„Ihr seid wunderschön, Herrin", meinte Gard, dessen Körper seinen Worten bereits zustimmte.

Sie drehte sich um und klatschte in die Hände. „Ach, was bist du doch für ein großartiges Monster! Ich muss dich gleich jetzt nehmen." Sie hüpfte aufs Bett, kauerte sich nieder und streckte ihm ihren Hintern entgegen. „Mach es mir! Mach es mir genau so wie einer Weibskreatur von deinem Waldvolk, verstehst du?"

Gard war gerne bereit zu gehorchen, obwohl er ein wenig verwirrt darüber war, dass sie vorher keine geflüsterten Worte, keine sanften Berührungen wollte. Er räusperte sich und begann zögernd, das Jungfrauenlied zu singen.

„Was zur Hölle machst du da?" Sie drehte ihren Kopf und runzelte die Stirn.

„So wird es bei meinem Volk gemacht. Ich weiß noch, wie ich zugesehen habe, als ich ein Junge war. Es ist das Lied für eine Jungfrau, und der Mann singt der Frau ..."

„Trottel! Glaubst du wirklich, ich wäre eine Jungfrau?"

Gard wurde rot, verzog das Gesicht und blickte zur Seite. „Nicht Ihr ... ich hatte damals keine Gelegenheit dazu, wo ich lebte ... und dann ..."

Doch sie war aus dem Bett gesprungen und streckte ihre Hand in einer befehlenden Geste aus. Der rote Stein blitze auf und ihre Augen weiteten sich. „Bei Tulits Knochen! Du bist eine Jungfrau!"

„Ja", gestand Gard elendig. Er sah einen neuen Ausdruck auf ihr Gesicht treten, der sie älter und hungriger aussehen ließ als die simple Lust, befriedigt zu werden.

Sie blickte mit nur kurzem Bedauern auf seinen Unterleib hinab. „Oh, was für ein Glückstag. Ich werde dich nehmen, Eiszapfen, aber nicht so, ich werde solch ein Geschenk nicht vergeuden. Geh zur Tür und sag Grattur, er soll nach Fürst Vergoin schicken. Lass mir ein Bad ein und sieh zu, dass es angenehm parfümiert ist."

So verbrachte Gard die Nacht seines Sieges auf dem schmalen Bett des Sklaven, der die Stiefel geputzt hatte, und hörte zu, wie es Vergoin und Pirihine im Nebenzimmer miteinander trieben.

Als es ihm schließlich gestattet wurde, sich mit ihr niederzulegen, war es nicht im Geringsten so, wie er es erwartet hatte. Es gab keine Lieder, keine geflüsterten Gespräche, keine sanften Berührungen und nicht einmal das prächtige Bett aus schwarzer Seide.

Er wurde nackt in die Kammer geführt, die er während seiner Meditation gesehen hatte, jenen hohen Raum mit arkanen Mustern im polierten Steinboden. Pirihine befahl ihm, sich im Kreis in der Mitte des Raums hinzulegen, flach auf den Rücken, Arme und Beine bis zum Rand ausgestreckt. Er fühlte, wie seine Hände und Füße von etwas Unsichtbarem festgehalten wurden und kämpfte den Horror nieder; er dachte, er würde ermordet werden.

Die Dame Pirihine lächelte nur, warf Räucherwerk in eine Schale und sang etwas in ihrer hohen, süßen Stimme. Sie ging am Rand des Raumes entlang und entzündete mehrere Fackeln, und erst jetzt sah er die mit Roben und Kapuzen verhüllten Gestalten in den Schatten.

Sie kniete nieder und salbte ihn mit einer brennenden Mixtur. Dann tat sie etwas mit ihm, das man in keinster Weise als Liebe beschreiben konnte.

Es tat ihm nicht weh. Es war wunderbar, vom Standpunkt seiner so lange unterdrückten Begierden aus gemessen. Doch als er in den Zuckungen seiner Erfüllung aufblickte, sah er die Meister ihn beobachten, mit demselben begierigen Gesichtsausdruck, mit dem sie ihm in der Arena beim Kampf um sein Leben zugesehen hatten.

Gard schloss die Augen, um den Anblick zu verdrängen. Er versuchte verzweifelt, die Erinnerung an das Tanzgrün seiner Jugend heraufzubeschwören, an die verliebten Pärchen unter den blütenübersäten Bäumen, die sich sanft küssten und miteinander murmelten. Er sah wieder das Pärchen am Rande, den Mann, der ihn an Ran erinnerte, aber nicht Ran war, und die Frau, die er nicht kannte...

Das Bild begleitete ihn, sogar als das Kohlebecken in grünem Feuer explodierte, sogar als grüne und silberne Flammen über Boden und Wände flossen, die Meister hastig ein paar Schritte zurück machten und Pirihines triumphierendes Lachen erstarb, als sie inmitten der Energie trank, die durch seine Erregung entstanden war.

Er fühlte sich müde und ausgelaugt, als er endlich zu seinem schmalen Bett im Hinterzimmer zurückkehrte. Pirihine hatte einmal mehr nach Vergoin geschickt, und Gard konnte hören, wie sie sich im Nebenzimmer angeregt unterhielten.

Etwas lag auf seinem Kissen. Er setzte sich und hob es auf, es war eine Rose, vielleicht aus den Höhlengärten der Meister, dunkelrot und parfümiert. Ein winziges Stück Pergament war um den Stängel gerollt. Gard öffnete es und erkannte Balnshiks Handschrift.

Mein Schatz, ich wünschte, ich wäre es gewesen.

o o o

Seine Dienste für die Narzisse der Leere waren, in praktisch jeder Hinsicht, nicht unangenehm. Gard musste ihre Livree tragen und auf dem engen Bett schlafen, obwohl sie ihn auch zur Befriedigung ihrer Lust herbeirief, wenn ihr Geliebter Vergoin anderweitig beschäftigt war. Seine Pflichten schlossen mit ein, dass er sich um ihre Gewänder kümmerte, jeden Abend ihren Schmuck wegschloss und sie am Tisch bediente. Er lernte, Getränke einzuschenken, Braten ohne zu kleckern aufzuschneiden und Servietten zu amüsanten Figuren zu falten.

Doch er musste auch als ihr Leibwächter dienen, indem er ihr vorausging, wenn sie zu Ratssitzungen oder Veranstaltungen unterwegs war, mit Grattur und Engrattur hinter ihr. Alle drei trugen ihre schwarzgrüne Livree, aber Gard war zusätzlich mit einem grüngoldenen Waffengurt geschmückt, der alle daran erinnern sollte, dass der Sklave der Dame Pirihine ein unbesiegter Kampfmeister war. Um diesen Punkt zu unterstützen, hatte er seine zwei Klingen bekommen und trug sie.

Jetzt sah Gard mehr von der Welt der Meister; die oberen Tunnel und die große Zentralhöhle, die sie täglich in ihren besten Roben und von anderen livrierten Sklaven begleitet entlang promenierten. Jemand, der die oberen Tunnel sah, musste wirklich denken, dass ihre Erbauer prächtig waren: Die Fußböden waren mit aufwendigen Mosaiken besetzt, poliert und glatt, und an der Decke hingen winzige, leuchtende Laternen, die die Sterne simulierten. Zu den Tunneln hin offen waren zahlreiche Kammern in den Fels gehauen. Hier gab es Bibliotheken, Konzerthallen und Verkaufsräume, in denen Beute aus der Außenwelt zum Kauf angeboten wurde: Schmuck, wertvolle Stoffe, Teppiche, Wein, Süßigkeiten und Musikinstrumente. Diese Orte waren strahlend hell erleuchtet, sodass auch jedes einzelne Luxusgut in einem begehrenswerten Licht funkelte.

Gard war anfänglich oft überwältigt und blieb dann so auffällig stehen, dass sich Pirihine angewöhnte, eine kleine Lederpeitsche mitzuführen, mit der sie ihn in solchen Fällen leicht antrieb. Als die Wochen und Monate verstrichen und er die bevorzugten Routen der Dame so gut auswendiglernte, dass er sie auch hätte blind abgehen können, begann ihn der Ort zu ermüden. Nun hätte er der Narzisse der Leere am liebsten die Peitsche entrissen und sie selbst angetrieben, wenn sie in der Zentralhöhle stehenblieb, um zu tratschen, mit Bewunderern zu flirten oder sich das Gewinsel von Bittestellern anzuhören.

Die ganze Zeit über lagen unter den aufwendigen Kunstwerken, der erdrückenden Wärme und den gleißenden Lampen die dunklen Gänge, in denen halbgekörperte Sklaven schufteten und die Kranken und Sterbenden in der Finsternis dahinvegetierten. Gard erinnerte sich gut an sie.

Er war dankbar dafür, von dieser parfümierten Welt ein paar Stunden jeden Tag erlöst zu werden, um in die Trainingshalle zu gehen. Pirihine wünschte, dass ihr Sklave seine Kampfkünste nicht verlernte, und so hatte er die Freiheit der Gewalt. Er wurde von Fürst Silberspitze mit einem höflichen Nicken willkommen geheißen.

„Wart Ihr einer der Männer der Dame Pirihine?“, fragte Gard ihn.

„Nein. Ich habe nur den Mund über das gehalten, was ich wusste, und natürlich habe ich bei der Entscheidungsschlacht ein wenig mit Hand angelegt.“

„Warum?“

Silberspitze gab eines seiner seltenen Lächeln zum Besten. „Momentan gibt es sieben leere Sitze in der Ratskammer. Mit jeder Auseinandersetzung verlieren unsere Meister an Stärke und Anzahl. Man muss tun, was man kann, um diesen natürlichen Prozess zu fördern.“

Ab und zu gewährte Silberspitze Gard die Ehre, mit ihm zu kämpfen. Beim dritten oder vierten Kampf erkannte Gard, dass Silberspitze ihn noch immer ausbildete, wenn auch wesentlich subtiler. Es war möglich, Silberspitze zu treffen, es war möglich, ihn zu besiegen. Doch Gard stellte fest, dass der Großteil seiner

Schläge ihr Ziel nicht traf, da der Herzog nicht an jener Stelle war, die Gard vor seinem Manöver berechnet hatte, und unerklärlicherweise war Silberspitze nicht ausgewichen.

Nach einem derartigen Kampf wich Gard zurück und senkte seine Klinge. „Ihr setzt keinen Zauber ein, das würde ich erkennen. Wie macht Ihr das?"

„Es ist in gewisser Weise ein Zauber, doch er benötigt keine Magie. Was ist die größte Gefahr für einen fähigen Kämpfer?"

„Selbstsicherheit."

„Die Macht der Gewohnheit. Du siehst eine bestimmte Eröffnung und gehst davon aus zu wissen, was ich als Nächstes tun werde. Du hast nun so lange und so oft gekämpft, dass dir deine Schlussfolgerungen nicht einmal mehr bewusst sind; sie werden instinktiv getroffen. Ich lege deine Instinkte herein."

„Wie?"

„Ich verweise dich an Prinz Feuerbogen", verkündete der Herzog, während er seine Klinge zurück an die Wand lehnte. „Es ist sein letztes Werk, ‚Der Verstand des Kämpfers'. Er hinterließ es unvollständig, als er starb; ich habe das einzige Exemplar und teuer dafür bezahlt. Du kannst es dir allerdings ausborgen."

Gard studierte das Manuskript zu so später Stunde, dass er eine Kerze in seiner Kammer anzünden konnte. Während Magie in die behandelten Techniken nicht einbezogen wurde, war dennoch die dämonische Sichtweise nötig, um den größten Nutzen daraus zu ziehen: Man musste seinen Gegner noch genauer als bei anderen Techniken beobachten, über schnellere Reflexe verfügen und den anderen manipulieren. Methodisch lernte Gard die mentalen Tricks, und bald hatte er sie in der Trainingshalle gemeistert.

Es war sehr schade, dachte er, dass er keine Gelegenheit haben würde, sie in seiner neuen Karriere zu benutzen.

o o o

„Ich werde heute Abend an einem Abendessen teilnehmen", informierte ihn die Narzisse der Leere, während sie sich im Spiegel musterte. „Du wirst mich begleiten und alle Speisen kosten, die mir angeboten werden."

„Ich danke Euch, Herrin", erwiderte Gard.

Sie runzelte genervt die Stirn. „Du großer Narr, du sollst mein Essen kosten, um zu sehen, ob es vergiftet ist. Wirklich, manchmal frage ich mich, ob es uns je gelingen wird, den Gestank des Waldes von dir abzuwaschen."

„Wer sollte Euch vergiften, Herrin?"

„Fast jeder im Rat", erklärte sie seufzend. „Es ist schön, den höchsten Sitz zu erringen, doch danach ist es nichts als ein Kampf darum, dort zu bleiben. Heute werde ich mit Magister Naryath speisen, und ich möchte ihn beeindrucken. Gattas hat eine Flasche sulemanischen Wein in seinem Schaufester, nur eine. Geh hin, kaufe ihn und halte ihn bereit, wenn ich heute Abend zurückkomme. Leg mein schwarzes Kleid mit den Perlen und meine grünen Schuhe raus und lass mir ein Bad ein, ich liebe es zu baden, nachdem ich beim Blutsport war."

„Soll ich Euch nicht begleiten, Madame?"

„Nein. Fürst Vergoin begleitet mich, und wir werden Grattur und Engrattur mitnehmen. Die kann ich natürlich nicht schicken, um Wein zu kaufen. Dämliche Dämonen. Man muss dir zu Gute halten, Eiszapfen, dass du nicht ganz so doof bist wie die anderen. Das hat sicher etwas damit zu tun, dass du ein Mischling bist. Ah! Da ist Vergoin."

Sie hörten Grattur und Engrattur die zeremonielle Herausforderung brüllen, ihre Klingen scheppern lassen und Vergoin ihnen leichtfertig antworten. Kurz darauf trat er lächelnd ins Schlafzimmer.

„Meine Schreckensschönheit, hier bin ich", salutierte er. „Du würdest den ersten Kampf nicht verpassen wollen, Agoleth tritt gegen drei Kämpfer vom Kloster an."

„Nein!“, rief Pirihine begeistert. „Eiszapfen, zieh die Schnalle fest. Agoleth? Oh, sie werden ihn in Streifen schneiden! Das müssen wir sehen – und wehe, du vergisst den sulemanischen Wein, Eiszapfen.“

Sie verließ das Zimmer mit Vergoin, und Grattur und Engrattur marschierten stolz hinter ihnen.

Gard nahm ein wenig missmutig Gold aus der Haushaltskasse und bahnte sich seinen Weg durch die Tunnel zu den Handelskojen. Dort kaufte er die Flasche mit sulemanischem Wein mit ihren Bleisiegeln und goldenen Buchstaben. Er fragte sich, ob der Wein aus einem Land kommen mochte, das der Gelehrte Kupferglied bereist hatte und ob er das Sonnenlicht eines lange vergangenen Herbstes schmecken würde, wenn er den Wein kosten könnte.

Doch es war nutzlos, sich darüber Gedanken zu machen und nachdenklich auf die Eingänge gewisser Tunnel zu blicken, wenn er an ihnen vorbeikam. Er hatte genug gelernt, um zu wissen, dass sie nach oben führten und sich im Sonnenlicht an einem Pfad öffneten, der sich zwischen Gletschern abwärtswand. Doch sie waren von gebundenen Dämonen bewacht, die niemanden passieren ließen, der nicht ebenfalls gebunden und daher gezwungen war, zurückzukehren. Drei- oder viermal im Jahr brach von dort eine Karawane auf, die mit Luxusgütern für die Meister zurückzukehrte.

Doch es war durchaus nicht nutzlos zu planen. Gard hatte begonnen, in seinem Kopf eine Liste mit nützlichen Dingen zu erstellen, die er beschaffen konnte, ohne Misstrauen zu erregen: dicke Stiefel zum Schutz gegen den Schnee und warme Kleidung. Waffen hatte er genug, doch mangelte es ihm an Wissen. Er überlegte, irgendwann die Bekanntschaft der Karawanenführer zu machen und herauszufinden, welche Pfade in die Länder hinunterführten, in denen die Städte lagen. Er überlegte, sich irgendwann mit den Dämonen, die die Tunnel bewachten, anzufreunden und herauszufinden, ob er sie mit geschenkten Drogen oder Getränken bewusstlos machen konnte. „Wenn ich jemals hier herauskomme …“

Doch momentan war das einzige, was er tun konnte, in Pirihines Gemächer zurückzukehren, sein Bestes zu geben, um die Marmeladenflecken aus dem Morgenmantel zu schrubben, und das Abendgewand mit den Perlen und die grünen Ausgehschuhe, die sie verlangt hatte, bereit zu legen.

Danach saß er ruhig da und meditierte. In seiner tiefen Konzentration sah Gard erneut den Hirsch, der ihn durch den tiefen Wald und über das Tanzgrün führte. Die Musik war verstummt. Als Gard dieses Mal das Paar passierte, hatte er den Eindruck, dass die Frau ihm ihr Gesicht zuwandte und ihn zu sehen schien.

Er war noch nicht lange am Ort der aufstrebenden Lichter, als ein Blitz aus rotem, zerfasertem Licht aufleuchtet und er ein Gefühl der Gefahr spürte. Seine Aufmerksamkeit wurde von einem Knoten aus Dunkelheit angezogen, von dem aus ein weißes Wesen heraneilte, ein schreiender, Feuer spuckender Wurm, der näher kam und lange Streifen blutroter Seide hinter sich herzog. Er wurde von einem zweiten Wurm verfolgt und außerdem von zwei blauen Lichtern, die klagten und lamentierten …

Als er in seinen Körper zurückkehrte, hörte Gard, wie die Tür aufging. Er kam hastig auf die Füße und blickte ins Schlafzimmer, als die Narzisse der Leere hereinkam, deren Nachmittagsgewand tatsächlich blutbesudelt war. Vergoin folgte ihr, das Gesicht dunkel vor Ärger.

„Es ist mir völlig egal!“, zischte Pirihine gerade. „Das war ein brandneues Kleid! Sieh dir doch nur die Flecken an! Die gehen nie wieder raus.“

„Man wird reden, meine Dame“, warf Vergoin ihr vor. „Man wird sich fragen, ob es jemand, der unfähig ist, seine Gefühle im Zaum zu halten, wert ist, sie alle zu regieren. Er war ein nützlicher Sklave!“

„Ein Sklave ist ein Sklave“, erwiderte Pirihine. „Wie kannst du es wagen! Eiszapfen! Was schleichst du hier herum? Hast du den Wein besorgt?“

„Das habe ich. Soll ich Euch jetzt das Bad einlassen?“

„Tu es!“

Er war ihr im Bad behilflich und wunderte sich, wie der hässliche Ausdruck in ihren Augen dazu in der Lage war, die Schönheit ihrer kleinen, spitzen Brüste und der breiten Schenkel zu überdecken.

Er half ihr aus der Wanne und in ihr schwarzes Kleid, schloss den Perlenverschluss um ihren Hals und bot ihr die grünen Schuhe an, während Vergoin murmelnd auf und abging.

Sie waren noch immer in übler Laune, als er ihnen, vorsichtig den sulemanischen Wein tragend, in den Gang folgte. Grattur und Engrattur standen zu beiden Seiten der Tür stramm. Gard war überrascht, das Funkeln von Tränen in ihren silbernen Augen zu sehen.

Allerdings hatte er keine Zeit, sich darüber zu wundern, denn Pirihine stürmte schon den Gang hinunter und weigerte sich, Vergoins Arm zu nehmen. Er stapfte ärgerlich hinter ihr her. Gard musste hinter beiden hereilen, ein unbeholfener Dritter in ihrer Gruppe.

Als sie bei der Zimmerflucht Magister Naryaths ankamen, waren sie alle außer Atem, und Pirihine sah etwas rot im Gesicht aus.

Magister Naryath war groß gewachsen und dicklich, und er hatte eine Vorliebe für goldene Masken und den Ton eines fürsorglichen Vaters.

„Kleine Pirihine! Ihr seid jederzeit bezaubernd, vor allem aber, wenn Ihr das Haar auf so liebenswürdige Weise tragt. Schön, Euch zu treffen, Fürst Vergoin. Ich hoffe, mein bescheidener Tisch wird Euch nicht zu sehr enttäuschen.“

„Ihr beliebt zu scherzen“, flötete Dame Pirihine. „Vergoin ist schließlich Sklave gewesen. Ich könnte mir vorstellen, dass er für jede Leckerei dankbar ist, die er erhält.“

Vergoin starrte sie mit giftsprühenden Augen an.

Magister Naryath wedelte mit den Händen. „Süße Pirihine, wir sind doch alle Eure Sklaven. Kommt nun, meine Kinder, streitet Euch nicht. Seht nur, zu Euren Ehren habe ich den Tisch mit Lilien aus Gold schmücken lassen! Wir wollen uns setzen.“

„Wie Ihr wünscht. Ich habe Euch ein Geschenk gebracht, lieber Onkel Naryath“, erwiderte sie.

Gard verneigte sich und präsentierte den sulemanischen Wein. Magister Naryath winkte mit der Hand und seine Dämonin, bei der es sich um eine schlanke, mit Gesten kommunizierende Kreatur handelte, kam leise heran. Sie nahm die Flasche entgegen, machte eine Geste des Dankes und brachte sie zu einer Kommode.

„Wie liebenswert von Euch, mein Kind“, strahlte Magister Naryath.

„Oh, das ist doch nur eine Flache sulemanischen Weins“, wiegelte Pirihine ab, während Gard ihren Sessel zurückzog, damit sie sich setzten konnte. „Vielleicht trinken wir zwei ihn ja zusammen, Ihr und ich, und lassen Vergoin nichts davon. Sollen wir? Er war so unhöflich und rüde zu mir, dass er es nicht besser verdient hat.“

„So werden meine guten Ratschläge belohnt“, knurrte Vergoin.

„Ich bin sicher, eine wohlschmeckende Mahlzeit wird wieder für einen umgänglicheren Ton sorgen“, versuchte Magister Naryath zu vermitteln, während die Dämonin den ersten Gang auftrug. „Probiert das! Die Eier von Meeresdrachen, von den Klippen im fernen Salesh-an-der-See gesammelt und in Wein aus Dalith eingelegt. Ich finde den Geschmack exquisit.“

Die Narzisse der Lehre schlug begeistert die Hände zusammen und schaufelte etwas davon auf ihren Löffel.

„Wie köstlich! Wo ist mein großer, getreuer Eiszapfen? Er soll davon kosten, denn er wird nie wütend auf mich, oder, Eiszapfen?"

Gard beugte sich herab und ließ sich von ihr mit dem Löffel füttern. Die Meeresdracheneier sahen wie Trauben aus. Allerdings schmeckten sie nach Fisch, was ihn überraschte, schienen jedoch nicht vergiftet zu sein. Magister Naryath machte eine Geste mit dem kleinen Finger, und die Dämonin brachte einen neuen Löffel und trug den, von dem Gard gekostet hatte, davon.

„Gestattet, dass Onkel Naryath Frieden zwischen euch beiden stiftet, meine Lieben. Was hat dafür gesorgt, dass meine kleine Pirihine so gram ist?"

„Ein dummer Sklave hat mein Kleid mit Blut beschmiert", erklärte Pirihine und zog dabei eine Schnute, von der sie glaubte, sie mache sie unwiderstehlich. „Wir waren beim Blutsport und hatten eine wunderbare Zeit ... es war Agoleth, der Unglückliche, und er musste gegen drei der tödlichsten Schlampen vom Kloster kämpfen."

„Oh, wie amüsant das gewesen sein muss!", rief Magister Naryath begeistert.

„Und wie. Sie haben ihn Stück für Stück getötet und mit seinem Kopf Ball gespielt. Wir lachten und lachten. Ich habe mich selten so amüsiert", fuhr sie fort und ließ es zu, dass sich ein kleines Beben in ihre Stimme schlich, um zu unterstreichen, wie ungerecht das alles doch war. „Nachdem es vorbei war, wollte ich natürlich nach unten gehen und seine Hoden für mich beanspruchen. Immerhin ist das Tradition."

„Eine alter und nobler Brauch", stimmte Magister Naryath zu.

„Wir gingen nach unten in diese Grube unter der Arena, und Vergoin hätte meine Schleppe tragen sollen, damit sie nicht im Sand schleift, doch das hat er nicht getan. Nicht, dass es eine

Rolle spielt, denn der dumme Sklave, der Agoleths Gliedmaßen davontrug, stolperte im Sand, und dann flogen all die Teile herum. Agoleths eklige alte Hand traf mich mitten ins Gesicht, und seine widerwärtigen Stümpfe bespritzten mein bestes Nachmittagsgewand über und über mit Blut!"

„So befahl sie, den Sklaven augenblicklich töten zu lassen", murmelte Vergoin missmutig.

„Nun ja, ich hätte ebenso gehandelt", meine Magister Naryath besänftigend und lehnte sich nach vorne, um Pirihines Hand zu tätscheln.

„Er war ein nützlicher Sklave", erwiderte Vergoin erneut und hob seine Stimme. „Er war der Assistent Magister Dreisprungs. Er wird verärgert sein, und denkst du vielleicht, er wird sich selbst erniedrigen und in Zukunft die Kämpfer zusammenflicken? Stolperhammer wird nicht leicht zu ersetzen sein."

„Wenn kümmert das bitte?", fragte Dame Pirihine hochnäsig und schüttelte wegwerfend den Kopf. „Niemanden außer dich. Lasst uns ein wenig Wein trinken. Eiszapfen, öffne die Flasche."

Gard starrte sie ungläubig an. Stolperhammer war tot? Gar kein so schlechtes Leben. Es ist das Beste, wirklich. Auch Nahrung und Bett sind nicht so übel. Was ist denn wirklich so schlimm daran, ein Sklave zu sein?

„Sklave, deine Herrin hat dir einen Befehl erteilt!", herrschte Magister Naryath ihn an, und in der Hoffnung, seine Gäste von ihrem Streit abzulenken, erhob er sich von seinem Sitz und schlug Gard ins Gesicht.

Er konnte nicht zurückschlagen und auch nicht seinen Zorn und seine Pein herausbrüllen. Er konnte Magister Naryath nur anblicken und wünschen, er wäre tot.

Der Magister keuchte auf und schreckte zurück, der Schweiß brach ihm aus und rann unter seiner goldenen Maske hervor. Ein Weinglas auf dem Tisch zerbarst. Der sulemanische Wein brach seine Siegel und ergoss sich wie Blut über das Tischtuch. Pirihines Augen waren vor Erstaunen geweitet.

Vergoin kam sofort auf die Füße. „Frieden! Gard, das sind traurige Neuigkeiten für dich, ich weiß. Geh in die Küche und beruhige deine Gedanken."

Gard wandte sich vom Tisch ab und ging. Die Küche war klein und dunkel, da Magister Naryaths Dämonin sich hauptsächlich über ihren Tastsinn orientierte. Sie war dabei, das Hauptgericht zu zubereiten und sah ihn verblüfft an. Sie zeigte auf ihn und fuhr sich mit ihren Fingern über die Wange, als würde sie Tränen nachzeichnen, dann drehte sie die Handflächen in einer fragenden Geste nach außen. *Für wen weinst du?* Merkwürdigerweise war kein Übersetzer aufgetaucht.

„Mein Freund wurde getötet", erzählte Gard leise. „Für nichts."

Sie legte die Arme um ihn. Er lehnte das Gesicht gegen ihre Schulter und weinte seinen Zorn und Schmerz heraus. Die ganze Zeit über ertönte aus dem Raum draußen eine angeregte Konversation, Gard hörte Dinge wie „angeborene Fähigkeiten" und „dämlich wie ein Felsbrocken, aber was für eine Macht!" „...wir könnten ihn in elementaren Zaubern ausbilden ..."

Nach langer Zeit hob er den Kopf. „Ich danke dir."

Sie signalisierte *Schon in Ordnung.*

„Kannst du nicht sprechen?"

Eine Verneinung, eine Geste zu ihrem Hals. *Ich wurde ohne Stimme geschaffen. Mein Meister mag schweigsame Frauen.*

Gard schüttelte den Kopf. Er warf einen Blick auf die Speisen, die sie zubereitete. „Hat dein Meister vor, meine Herrin zu vergiften?" Sie schüttelte den Kopf.

„Wie schade!"

Sie lachte darüber. Er hatte noch niemanden gesehen, der Lachen in der Zeichensprache ausdrücken konnte, und das lenkte ihn vorübergehend ab.

○ ○ ○

„Ich habe eine Entscheidung getroffen, mein lieber Eiszapfen", sagte die Narzisse der Leere. Ihr Spiegelbild blickte ihn an, ihre Augen waren weit, und sie wirkte auf kindliche Weise ernsthaft. Tatsächlich hatte sie sich in den letzten Tagen große Mühe gegeben, das kleine Mädchen zu spielen: Sie hatte fröhlich getan, gelacht, gelispelt und ihn ständig um Hilfe beim Öffnen einer Parfümflasche, dem Zuknöpfen eines Kleides oder ähnlichen Dingen gebeten.

Jetzt sah er sie nur an und wartete, was sie zu sagen hatte.

„Ich hatte noch nie einen Sklaven wie dich", sagte sie und tat scheu. „Du bist so groß und so stark und doch so klug! Fürst Vergoin glaubt, dass du – natürlich nur nach sorgfältiger Ausbildung – das Zeug dazu hättest, ein Magier zu werden! Ja, genau wie einer von uns! Wäre das nicht wunderbar?"

„Ja, Herrin." Gard wartete darauf, zu hören, was sie noch sagen würde.

„So habe ich gleich zugestimmt, dass ich das für eine ganz wunderbare Idee halten würde. Es hat mich ja so stolz gemacht, einen unbesiegten Kampfmeister in meinen Diensten zu haben, und wenn jetzt noch herauskommen würde, dass er auch ein geborener Magier ist, denke ich, würde ich schreien. Ich wäre ja so zufrieden mit dir." Sie sah sich zu ihm um und schenkte ihm ein gewinnendes Lächeln.

„Wirklich, Herrin?", fragte Gard, das Gesicht so reglos wie die Wand.

„Aber ja." Pirihine drehte sich auf ihrem Ankleidestuhl ganz zu ihm um, zog die Beine zu ihrem Kinn empor und lehnte sich verschwörerisch nach vorne. „Ich werde dir jetzt ein Geheimnis verraten. Du darfst den Sklaven nichts davon erzählen, denn wenn alles so klappt, wie wir hoffen, wirst du bald kein Sklave mehr sein, und dann wären sie alle neidisch auf dich.

Du hast sicherlich die Geschichte gehört, wie es dazu kam, dass die großen Familien hier unter dem Berg leben, ja?" Sie legte eine Hand auf seinen Arm. Gard spielte kurz mit dem Gedanken, ihr zu sagen, dass er die Geschichte von Stolperhammer gehört hatte, verkniff es sich dann aber und nickte nur.

„Und du hast auch gehört, dass wir alle hier gefangen sind – die Magier und ihre Kinder und Kindeskinder, für immer. Aber das ist nicht die ganze Wahrheit."

„Nicht, Herrin?"

„Nein. Weißt du, mein eigener Großvater war der größte Magier von allen. Großmagister Porlilon, das war sein Titel. Alle anderen Magier beneideten ihn um seine Mächte, deswegen haben sie ihn so verräterisch ermordet. Doch kurz bevor er getötet wurde, hat er an einem Zauber mit enormer Macht gearbeitet. Er hätte den Berg zerbrochen und uns alle befreit, wenn er lange genug gelebt hätte, ihn durchzuführen.

Die ganze Zeit über hat meine Familie seine Unterlagen, in denen sich seine Notizen zu diesem letzten großartigen Zauber befinden, gut bewahrt. Aber leider können wir uns nicht mit ihm messen. Auch ich bin nur ein schwaches, kleines Mädchen, die Letzte einer großen Linie. Die anderen Magier haben das Buch studiert und verzweifelt aufgegeben. Man braucht einen wahrlich mächtigen Magier, um den Zauberspruch zu perfektionieren und auszuführen. Sie wissen, dass sie nicht über derartige Macht verfügen.

Aber du, du, mein lieber Eiszapfen, hast eine solche Stärke! Deswegen wird man dich ausbilden. Du wirst ein Magier werden, und wenn du gut genug bist, wird man dich zum Freien machen! Vielleicht wirst du sogar in der Lage sein, Porlilons letzten Zauber zu wirken. Über was für eine Macht du verfügen wirst! Würdest du das nicht mögen?"

„Ja, Herrin. Ich würde Macht sehr mögen."

○ ○ ○

3. Tag, 3. Woche, 9. Monat, im 248. Jahr nach dem Aufstieg zum Berg

Heute wurde Sklave 4.372.301 auf Geheiß der Dame Pirihine als Adept in Ausbildung registriert.

○ ○ ○

Eines Tages musste Gard einen weißen Lendenschurz anziehen, die Augen wurden ihm verbunden, und dann wurde er von Vergoin durch mehrere feuchte, hallende Gänge geführt. Der Weg stieg zunächst an und fiel dann wieder ab. An manchen Stellen war die Luft warm und feucht, an anderen hingegen ziemlich kalt. Schließlich kamen sie an einen Ort, an dem die Echos verstummten. Gard wurde angehalten und spürte, wie sich Vergoins Hand von seiner Schulter löste.

Es gab ein langes Schweigen. Gard, dem das ganze Schauspiel auf die Nerven ging, konzentrierte sich und ging ein Stück weit aus sich heraus. Er stellte fest, dass er in einer finsteren, niedrigen, aber langen Kammer stand. An einer Wand stand eine lange Bank, auf der mehrere verhüllte Gestalten saßen, und bei jeder stand ein schwarz gekleideter und maskierter Sklave mit einer dunklen Laterne.

Eine der verhüllten Gestalten machte eine lautlose Geste zu ihrem Sklaven, und dieser öffnete die Blende seiner Laterne gerade so weit, dass ein schwacher Lichtstrahl die Dunkelheit durchbrach. Nun konnte die Gestalt das Stundenglas in ihrer Hand erkennen und sah zu, wie die letzten Sandkörner verronnen. Sie nickte und gestikulierte in Richtung des Sklaven. Der schloss die Blende wieder, griff nach etwas in der Dunkelheit und schlug einen Gong.

Als der einsame Ton erstarb, schlug die nächste Gestalt ihre Kapuze zurück, und ihr Sklave öffnete die Blendlaterne, diesmal ganz. Das Gesicht des Meisters wurde in ein ominöses, blutiges Licht getaucht, und sein Kopf schien in der unergründlichen Dunkelheit zu schweben. Ein Übersetzer tauchte auf und erhellte die Kammer zusätzlich.

„Enthülle deine Augen, Sklave", sprach der Meister bedeutungsschwer. Gard löste die Augenbinde und blinzelte in die Dunkelheit. Der Anblick des schwebenden Kopfes war noch lächerlicher, wenn man ihn mit den physischen Augen sah.

„Ihre Macht verfällt", dachte Gard. „Andernfalls würden sie nicht solche Tricks mit farbigen Laternen benötigen."

„Ist das der Sklave, der sich Gard nennt?"

Vergoins Stimme ertönte irgendwo hinter Gard. „Das ist er, Meister und Magier."

„Er wurde vor uns gebracht, um in unsere Mysterien eingeweiht zu werden?"

„Das wurde er, Meister und Magier."

„Wer wird für ihn sprechen? Wer wird Zeugnis ablegen, dass er würdig ist?"

„Ich werde es, Meister und Magier."

„Ich auch", sagte eine andere gedämpfte, ein wenig zitternde Stimme. Gard erkannte sie als die Magister Naryaths.

„Ich auch", sagte die Stimme einer Frau. Es war Pirihine.

Die rote Laterne wurde gelöscht. Ein Meister am anderen Ende des Raumes stieß ungeduldig seinen Laternenträger an, und einen Augenblick später schien sein haarloser Kopf in einem goldenen Schein zu schweben.

„Drei haben für dich gesprochen, Kandidat. Jetzt wirst du geprüft."

Ein Sklave eilte mit seiner Laterne nach vorne, öffnete die Blende und beleuchtete eine massive Steinsäule, die in der Mitte des Raumes platziert worden war.

„Hole Wasser aus dem Stein!"

Gard runzelte die Stirn. Er suchte nach Tricks, nach verborgenen Zuleitungen, konnte aber nichts finden. Er konzentrierte sich wieder und verließ seinen Körper, und nun erkannte er, dass der solide Stein nichts als ein Muster aus tanzenden Lichtern war. Sie bewegten sich in einer bestimmten Weise, die sie als Stein erschienen ließen.

Aber... wenn sie sich auf eine andere Art bewegen würden ...

Er sah sich im Raum um und entdeckte einen Wasserbecher neben dem Ellbogen eines teilweise gelähmten, alten Meisters, der immer wieder einen Schluck davon nahm. Der Becher war eine dünne Hülle aus Lichtern, die in einem bestimmten Muster flogen, doch die Lichter im Becher hatten ihren eigenen Tanz. Das war Wasser.

Er studierte den Tanz und blickte dann zurück zu dem Stein. Konnte er die Lichter dazu bringen, ihre Bewegung zu verändern? Nur ein paar ... nur ein paar Lichter müssten verändert werden.

Gard griff mit seinem geistigen Selbst nach dem Stein und mit einer Geste, als würde er mit der Hand in die Lichter greifen – nur, dass da weder Arm noch Hand waren –, änderte er das Muster der Lichter.

Der Stein zerbröselte. Wasser schoss daraus empor und glitzerte im Licht der Lampe.

„Er hat es geschafft!", murmelte der gelähmte Meister, und von den anderen Magiern erklang nur ein vielfaches Atemholen, dann aber sprach einer mit erhobener fester Stimme:

„Nun mache aus Wasser und Stein Erde."

Das war würde leicht sein, da der Trick offensichtlich im richtigen Muster der Lichter lag. Gard ließ das Wasser zur Decke emporschießen, wo es auseinanderspritzte und wieder herabregnete. Von dem Stein blieb nichts übrig als eine Handvoll trockene, sandige Erde.

Er sah, dass die Konzentration der Meister anstieg, und in den Augen des kahlen Magiers glänzte... Furcht? Gier?

„Aus der Erde lasse Feuer entspringen“, befahl er.

Das war noch einfacher. Gard blickte auf die verworrenen Lichter, die die Überreste des Steins waren. Er ließ sie schneller und schneller tanzen. Es gab Luft, es gab Brennmaterial und durch die Reibung ihres Tanzes entstand nun ein Funke. Eine kleine Flamme züngelte aus der pulverisierten Erde empor.

Gard blickte verächtlich auf die Magier mit ihrer theatralischen Dunkelheit und den verborgenen Laternen. Er ließ die Flamme nach unterschiedlichen Elementen im Pulver suchen, dann teilte er sie und schickte sie über die Köpfe der Magier, in roten, goldenen, blauen und grünen Feuerbällen. Dort hingen die Flammen brennend in der Luft, während die Sklaven erstaunt aufschrien und die alten Männer und Frauen wieder einmal nach Luft schnappten. Gard hörte Pirihine in die Hände klatschen und Vergoin triumphierend murmeln: „Ich habe es euch gesagt!“

Eine Stimme flüsterte mit sanftem Spott: „Angeber.“ Er drehte sich verblüfft um und erkannte, dass einer der schwarz gekleideten Sklaven nun direkt hinter ihm stand. Schwarze Roben reichten nicht aus, um Balnshiks Figur zu verbergen.

Er ließ die Lichter verlöschen. Es folgte ein Augenblick der Stille. Schließlich sagte der kahle Magier: „Es ist die Entscheidung dieser Versammlung, dass der Sklave akzeptabel ist und ausgebildet werden wird.“

Nun wurde sein Leben wieder einmal sehr anstrengend, nicht zuletzt deswegen, weil die Narzisse der Leere seinen Körper nun öfter als je zuvor zu begehren schien. Sie lud ihn fast eher ein, als ihn zu sich zu befehlen, sie verhätschelte und verlockte ihn und überschüttete ihn mit Süßigkeiten und kleinen Geschenken. Dennoch hasste er sie, wenn er in grimmiger Stille mit ihr schlief, und ein Lied erklang wieder in seinem Kopf: „Wenn ich jemals hier herauskomme …“

Es erklang auch, während Gard seinen Studien nachging, in seinem Kopf, da seine Arbeit größtenteils so monoton war, wie mit einem angespitzten Stock in der Luft herum zu stochern.

Er musste lernen, Räucherwerk zu zermahlen und zu mischen, Kräuter zu schneiden und zuzubereiten, Öle zu pressen und Wässerchen, Essenzen und Extrakte zu destillieren.

Er arbeitete der Reihe nach unter jedem der Meister und lernte, sie alle zu hassen: Paglatha, der Glatzkopf, reizbar und dazu neigend, ihm schmerzhaft auf die Knöchel zu schlagen, wenn er bei der allgemeinen thaumaturgischen Theorie einen Fehler machte; Dreisprung, kalt und mysteriös hinter seiner Hautmaske, der ihn das Aufschneiden von Leichen lehrte, um wichtige Teile zu ernten; Falktrey, kurzatmig, uralt und mit bläulichen Lippen, der ihm über das Gesicht streichelte, während er ihm die richtige Aussprache bestimmter Zauber beibrachte; Pread, der die Narben von Balnshiks Peitsche mit selbstzufriedener Überheblichkeit zur Schau stellte und Gard beaufsichtige, während er Geometrie, arkane Algebra und schließlich auch die ipisissimalische Infinitesimalrechnung erlernte.

Eines Tages im Verlauf dieser Monate, als Gard seinen Wissensschatz über arkane und moderne Sprachen erweiterte, tauchten die Übersetzer nicht mehr auf. Er erfuhr, dass sie von Unwissen und Verwirrung angelockt wurden wie Fische, denen man Krumen ins Aquarium warf, und er konnte ihnen von beidem nicht mehr viel bieten.

Dennoch wurden ihm immer noch zwei Stunden täglich gewährt, um seine kämpferischen Fähigkeiten in der Trainingshalle zu erhalten, wofür er dankbar war. Dort konnte Gard seinen stumpfen Zorn in heftigen Übungen entladen. Aller Ärger verrauchte so, und er konnte sich bis zum Abend besser auf seine

Studien konzentrieren. Wenn er dann wieder alleine in seiner Kammer war, meditierte er und ließ übriggebliebenen Ärger wie Rauch davontreiben. So erhitzte Gard sich und kühlte wieder ab, wie ein Schwert in der Schmiede.

o o o

„Wie geht es dem jungen Weltwunder?“, fragte eine gelangweilt klingende Stimme hinter ihm, als er der Übungspuppe gerade das Herz durchbohrt hatte. Er drehte sich um und sah Balnshik, die sich gerade eine Übungsklinge nahm. „Du siehst gut aus, ich hätte gedacht, du wärst inzwischen bleich und kurzsichtig.“

„Sie lassen mich noch nicht in die Nähe ihrer Bücher“, erwiderte er grinsend. „Würdet Ihr mit mir fechten, Madame?“

„Aber mit Freuden“, erwiderte sie und ging zum Angriff über. Er blockte und trieb sie ein Stück zurück, dann konzentrierte er sich und verließ seinen Körper. Zu seiner Freude tat sie das gleiche. Sie erschien als blauer Nebel, in dem violette Funken tanzten. Sie kreisten langsam über ihren kämpfenden Körpern, und kein Zuschauer hätte sagen können, dass ihre Aufmerksamkeit woanders als bei ihrem Spiel der Klingen lag.

„Meine Güte, du hast viel gelernt.“ Er konnte ihre Stimme klar hören, obwohl sie nicht aus ihrer Kehle drang.

„Kannst du mich hören?“, fragte er.

„Natürlich kann ich dich hören, mein Schatz.“

„Kannst du mich so auch sehen?“

„Aber sicher.“

„Wie sehe ich aus?“

„Wie Blätterschatten und das Licht, das durch die Bäume im Sommer fällt. Wenn man die Sonne und die Bäume weglässt. Recht hübsch, wirklich.“

„Schlafe mit mir! So, wie wir jetzt sind!“

Er konnte ihr Lachen eher spüren als hören. „Mein liebes Kind, dafür braucht man eine physische Gestalt. Fleisch.“

„Oh."

„Verstehst du jetzt, warum unser Volk ins Fleisch gelockt und dort gefangen werden kann? Ich hörte, du holst dir deinen Spaß mit Pirihine."

„Sie holt sich ihren Spaß mit mir. Ich hasse sie. Sie hat Stolperhammer töten lassen! Armer kleiner Stolperhammer."

„Ja, ich habe es gesehen. Doch wenigstens ist er jetzt frei."

„Könnte ich ihn auf diese Art wiedersehen?"

„Nein, mein Schatz. Die Kinder der Sonne gehen an einen anderen Ort, wenn sie entkörpert werden. Nur wir, also Dämonen, bewohnen diesen Ort auf natürliche Weise. Du als Halbdämon kannst in beiden Welten wandeln. Ich nehme an, dass das nur eine der Eigenschaften ist, die dich für unsere Meister so wertvoll machen."

„Wie wurde ich geschaffen? Weißt du das?"

„Wie sollte ich, mein Schatz? Abgesehen von der ziemlich offensichtlichen Tatsache, dass ein Dämon einen Mann oder eine Frau der Erdgeborenen schön fand und fleischliche Gestalt annahm, um sich zu paaren. Sag mir, wie hat man dich gefunden? In ein Tuch gehüllt und an einen Ort gelegt, wo man dich rasch fände?"

„Nein. Man ließ mich einfach fallen. Wie ein Tier. Sie fanden mich durch mein Geschrei."

„Ah. Dann würde ich sagen, dass dein Vater der Erdgeborene und deine Mutter die Dämonin war. Denk nicht schlecht von ihr, weil sie dich zurückgelassen hat. Dich zu erschaffen muss sie alles Fleisch gekostet haben, das sie manifestiert hatte, und ihre körperliche Gestalt hat sich vermutlich gleich nach deiner Geburt aufgelöst."

„Hätte sie nicht wieder fleischliche Gestalt annehmen können?"

„Nur, wenn sie dich gefressen hätte, mein Schatz."

„Oh."

„Jetzt wirst du ein mächtiger Magier! Es ist sehr ungewöhnlich für unsere Meister, ihr Wissen zu teilen, weißt du. Sie haben noch nie zuvor einen Sklaven in ihre erleuchteten Ränge erhoben. Kommt dir das nicht ein wenig komisch vor?"

„Ich bin mächtiger als sie. Die Übungen sind leicht! Ich kann die Zauber sehen, ich kann die Lichter sich bewegen sehen, wenn die Magie ihre Wirkung entfaltet, und sie können es nicht. Ausgebrannte alte Narren, allesamt."

„Sie sind so besorgt, dass du auch ja körperlich gesund bleibst. Bemerkenswert, was?"

„Tatsächlich?"

„Ich würde schon sagen, ja. Natürlich bin ich nicht in der Lage, so mächtigen und klugen Leuten wie dem berühmten Gard dem Eiszapfen Ratschläge zu erteilen … aber wenn ich es wäre, wäre ich vielleicht geneigt, ihm zu raten, niemandem zu sagen, dass er Zauberstrukturen sehen kann und alle Angebote, die man ihm macht, sehr, sehr sorgfältig zu prüfen."

„Würdest du das wirklich?"

„Das würde ich. Doch ich habe es nicht getan, denn dann würde ich das entsprechende Schweigegebot meines Meisters missachten, und ich missachte seine Befehle niemals. Warum solltest du auch eine Warnung von mir benötigen? Zweifellos wirst du eines Tages bis zu einem Sitz im hohen Rat aufsteigen, wenn du weiter solch erstaunliche Fortschritte machst."

„Ich will keinen Sitz in ihrem Rat. Wenn ich mächtig genug bin, werde ich von hier fliehen. Ich kehre in das Tal meiner Geburt zurück und schlachte die Reiter ab, alle, auf einen Schlag, mit den Feuern der Vergeltung! Ich werde keinen Stein ihrer Häuser auf dem anderen lassen. Das Volk meines Bruders wird dort wieder in Frieden leben können."

„Beeindruckend. Was wirst du dann tun?"

„Ich … vielleicht werden sie mich willkommen heißen, wenn ich sie befreie."

„Vielleicht."

Stille senkte sich über sie, während sie sich vor- und zurückdrängten, Ausfälle machten und parierten, und der Stahl ihrer Klingen klang wie der Ton einer Glocke.

„Ich werde die Warnung bedenken, die du mir nicht gegeben hast."

„Gesprochen wie ein weises Kind."

o o o

Gard wuchs über die nächsten Monate und Jahre in seiner Ausbildung zu Herausforderungen heran, die keineswegs mehr langweilig waren.

In einem Fall musste er sieben Tage und Nächte am Stück wachbleiben und die ganze Zeit einen brodelnden Kessel beobachten, während er auf den sieben Sekunden andauernden Moment wartete, in dem die Flüssigkeit ein merkwürdiges, lebhaftes Blau annahm. Nur dann konnte er seine Hand unversehrt in die Flüssigkeit tauchen und einen Klumpen blauer Salbe herausfischen, den er sofort in einem Becken mit Wasser abkühlen und dann Meister Tagletsit überreichen musste. Wozu dieser ihn benötigte, sagte ihm niemand.

Während seiner Lehre bei Magister Karane musste Gard aus eintausend Wörtern bestehende Zauber erlernen, dann solche aus eintausend Zeilen und schließlich solche aus eintausend Seiten. Drei Fehler wurden Gard erlaubt, doch beim vierten schnappte sich Magister Karane einen Dolch und schnitt ihm ein Stückchen von seinem Ohr ab, weil er nicht besser zugehört hatte. Gard ertrug es ohne ein Wort der Klage, doch Dame Pirihine tobte vor Zorn über diese Entstellung. Schließlich meisterte Gard die Kunst des perfekten Gedächtnisses. In der Woche darauf aß Magister Karane unklugerweise die kandierten Vergissmeinnicht, die ein unbekannter Bewunderer ihm geschickt hatte, und starb qualvoll innerhalb weniger Minuten. Die Narzisse der Leere musste darüber lächeln, hatte aber nicht bemerkt, dass sich Gards Ohr bereits zu regenerieren begann.

Er erzählte es Balnshik, als er sie das nächste Mal in der Trainingshalle traf. Sie untersuchte seine Ohren und lächelte. „Bist du überrascht? Ich dachte, du wüsstest, dass du einer der Unveränderbaren bist. Die Tatsache, dass du jetzt ohne Krücken gehst, hätte ich dich eigentlich auf die Idee bringen müssen."

„Nein", erwiderte Gard. „Was bedeutet unveränderbar?"

Balnshik zeigte auf ihren eigenen Körper. „Ich bin auch eine. Wir tragen dieses Fleisch wie ein Kleid, doch so lange wir es tragen, wird es weder alt noch vergänglich. Die ältesten Dämonen sind unveränderbar, und ich bin ziemlich alt. Alle Mischlinge sind aus irgendeinem Grund Unveränderbare. Wenigstens etwas Glück, angesichts der ganzen Nachteile."

Doch Gard dachte an Telivas Fluch: „Er soll ein wirklich langes Leben führen!" Zu lange …

Magister Hohndul lehrte ihn Zauber, die intoniert oder gesungen wurden, und gratulierte ihm zu seiner starken Stimme und den geraden Tönen. Gard wob komplizierte Netze aus Musik, die Feuer entzündeten, Illusionen erschufen oder Ziele zerstörten.

Er war stolz auf sich, bis ihm eines Nachts bewusst wurde, dass es genau das war, was Ranwyr so sehr zu lernen versucht hatte, und der Grund für seine dauernden Misserfolge war einfach der, dass Ranwyr völlig unmusikalisch gewesen war. Alle Heiligkeit der Welt hätte ihn nicht zu einem guten Jünger des Sterns machen können. Die Ungerechtigkeit darüber und das wachsende Bewusstsein, dass der Stern doch nicht so Unrecht gehabt hatte, stürzten Gard erneut tief in Zorn und Sorgen.

Magister Paglatha lehrte ihn Zauber, die Opferungen erforderten, und führte ihn zu den Pferchen, aus denen geeignete Opfer ausgesucht wurden. Jetzt musste Gard zu seinem Entsetzen zwischen gefesselten, zum Tode verurteilten Sklaven und geistig beschränkten Kindern, die wie Tiere in Käfigen gehalten wurden, wählen. Es gab hier keine Dämonen, da nur ein wahrer Tod einem Zauber Energie geben konnte, und Magister Paglatha erklärte ihm, dass man bei der Wahl des Opfers äußerst sorgsam sein musste.

Magie, dozierte er, erforderte wie jedes andere Unterfangen einen bestimmten Einsatz.

Ein Feuer brauchte Brennmaterial und ein Kind Nahrung und so musste jeder Zauber mit thaumaturgischer Energie gefüttert werden. Energie konnte auf unterschiedliche Weise hergestellt werden, doch die zuverlässigste war durch eine Opferung. Man konnte einen Gegenstand oder eine Tugend opfern, doch die Opferung eines Lebens erschuf am meisten Energie.

Die Sklaven waren robuster, stellten aber nur primitive Energien zur Verfügen, die Beschränkten hingegen trugen das Blut der Meister in sich und stellten daher ein besseres und vielversprechenderes Opfer dar. Außerdem, merkte Magister Paglatha an, konnten sie sich auf diese Weise wenigstens noch nützlich machen.

Gard brachte es nicht über sich, nach einem der Kinder zu greifen, die heulend in ihren Käfigen saßen und sich hin und her wiegten. Er zeigte stattdessen auf die verurteilten Sklaven und einer wurde für seinen Nutzen herbeigeschafft.

Er war erleichtert, als er endlich Magister Prazza zugeteilt wurde, dessen Spezialität die Beschwörung und Körperung von Dämonen war.

In Magister Prazzas Gusskammer lag ein mächtiger Foliant, in dem die wahren Namen aller Dämonen aufgelistet standen, die im Berg gebunden waren, und farbige Bänder markierten jene, die kürzlich in der Arena getötet worden waren. Magister Prazza, der klein und bucklig war und nur flüstern konnte, lehrte Gard die Formeln, um die Dämonen aus ihrer kurzen Freiheit zurückzurufen.

Dämonen mussten angelockt, gefangen und mit bestimmten Zeichen gebannt werden. Die mächtigeren Dämonen musste man umgarnen und ihnen zahlreiche Freuden versprechen.

Vor solch einer Verhandlung mussten Körper für sie fertiggestellt werden; sie wurden aus einer bestimmten Art dichtem Ton gefertigt, der in großen Bottichen aus der Tiefe geholt wurde.

Gard lernte, Knochen und Sehnen, Organe und Fleisch zu formen, und nun war er dankbar für das, was er in Magister Dreisprungs Vivisektionskammer erlernt hatte.

Vorsichtig gab er den Körpern starke Glieder, Augen und Zungen, all das, was er selbst auch nicht vermissen wollte, und er bereute seine Fehler bitter, wenn ein frisch gekörperter Dämon wegen unterschiedlich langer Beine davonhumpeln oder keuchend mit offenem Mund nach Atem ringen musste, weil er die Nasenlöcher vergessen hatte.

Alles in allem zeigte Gard auf diesem Gebiet allerdings großes Talent. Magister Prazza wurde seinem vielversprechenden Studenten gegenüber zunehmend redselig und borgte ihm Schriftrollen, die sich mit fortschrittlichen prophetischen Techniken beschäftigten, die man einsetzte, um die wahren Namen von Dämonen herauszufinden. Auf diesem Weg war Balnshik, die viel zu alt und zu weise war, um ihren Namen aufgrund eines Tricks zu verraten, dennoch von ihrem Meister gebunden worden. Ihr wahrer Name stand allerdings nicht im Sklavenverzeichnis, da ihn Magister Pread eifersüchtig geheim hielt. Gard nahm die Schriftrollen in seine Räume mit und studierte sie sorgfältig, denn inzwischen hatte man ihm eine eigene Zimmerflucht direkt neben der von Pirihine zur Verfügung gestellt.

o o o

Eines Nachts zog er sich spät in seinen innersten Raum zurück und baute eine improvisierte Gusskammer, indem er die schweren, schwarzen Vorhänge vor die Wände zog. Er zeichnete

Kreise in Kreisen auf den Boden, warf Räucherwerk auf die Kohlen und vergaß auch nicht, die Räucherschale unter den Lüftungsschacht zu stellen, damit er nicht wie ein Narr erstickte. Er platzierte Wein als Opfergabe, und zum Schluss nahm er einen schwarzen Ritualdolch, schnitt sich in den Arm und ließ das Blut auf bestimmte Zeichen innerhalb des Kreises tropfen.

Er setzte sich außerhalb hin, konzentrierte sich und verließ seinen Körper. Er stieg empor und rief mit kräftiger Stimme über die Leere der Lichter, und die sich wandelnden Sternenwolken hörten ihn. Seine Stimme wurde drängender. Schließlich drehte sich ein Licht jenseits des unendlichen Abgrunds, so als ob es neugierig geworden wäre. Gard kannte keinen Namen für sie, doch er rief sie mit seinem vergossenen Blut, und das war genug, um sie zu sich zu ziehen, denn das Blut war einst durch ihre eigenen Adern geströmt.

Gard öffnete die Augen. Er sah den Lichtschleier, der in seinem Zirkel gefangen war, wirbelnd, wabernd, in den Farben von Blüten und Fleisch. Ab und zu formten sich Bilder daraus – eine Hand, hundert Hände, ein Auge, Zähne, zwei Beine, ein Profil. Gard holte tief Luft, als er das Gesicht erkannte. Es glich dem der Frau, die am Rand des Tanzgrüns mit dem Mann geschlafen hatte und die er am Anfang all seiner Meditationen sah.

Ein tiefes Knurren erfüllte den Raum, obwohl sie keine Kehle hatte, um das Geräusch hervorzubringen.

„Nein, nein, nein, ich will nicht ... wie konntest du mich fangen? Wer bist du? Was? Was willst du von mir?"

Gard fing sich. „Wie lautet dein Name?"

Ein Funkeln in dem wirbelnden Licht stellte ein verächtliches Lachen dar. „Du denkst, ich würde ihn dir verraten? Beschwöre mich nur, kleines Ding."

„Nein. Hör mir zu! Du hast dich einst mit einem erdgeborenen Mann gepaart."

„Oooh, welche Freude … nein, habe ich nicht. Warte, doch, habe ich. Hübscher Mann. Er war ganz allein, da wo sie tanzten. Ich sah, was er wollte, und wurde zu ihr, haha. Ich habe mir mein Fleisch aus den Apfelblüten gemacht, war ich nicht klug?"

„Ja, ja, du warst klug."

„Aus den Lilien und den kleinen sternförmigen Blumen und dem weichen Fleisch eines trächtigen Rehs und den Melonen und dem Tau auf dem Gras. Aus allen möglichen Dingen. Ich habe einen sehr hübschen Körper gemacht. Wir hatten viel Spaß. Für viele Stunden. Dann ließ ich ihn schlafend zurück."

„Wer war er?"

„Wer?"

„Der Mann!"

„Irgendein Mann, ich weiß nicht. Ein Erdgeborener."

„Du hast ein Kind von ihm."

„Was? Nein, natürlich nicht. Oh! Warte. Da war ein Junges. Es hat viel getreten. Ich war froh, als ich es gebären konnte."

„Ich war dieses Kind."

„Du? Nein, Dummkopf, das war ein Säugling. Du bist ein Mann."

„Seitdem ist Zeit vergangen. Ich bin gewachsen. Ich bin dein Sohn."

„Sohn? … wofür ist übrigens der Wein? Kann ich etwas davon haben?"

Gard sah sie mit zunehmender Verzweiflung an. Er versuchte es erneut: „Du bist meine Mutter."

„Mutter? … Was für ein schöner Wein."

„Hast du mir einen Namen gegeben, Mutter?"

„Ich erinnere mich nicht. Vielleicht würde ich mich erinnern, wenn ich ein wenig von dem Wein trinken könnte."

Gard lehnte sich ausatmend zurück. „Nimm dir den Wein. Aber erinnere dich nicht."

Der Wein in der Opferschale begann zu rauchen und zu blubbern und löste sich in wohlriechenden Nebel auf. Gard hatte sie darum bitten wollen, ihm einen Namen zu geben, falls sie das nicht bereits bei seiner Geburt getan hatte, doch nun erkannte er, welche Dummheit das wäre.

Als der Wein verdampft war, schien die Dämonin zu seufzen, ihre Gestalt wurde etwas weiblicher und hatte die betörenden Farben einer Frühlingswiese.

„Ahh, das war gut. Du bist also das Kind, das ich geboren habe?"

„Das bin ich."

„Nun bist du ausgewachsen. Du bist hübsch."

„Danke."

„Also, was willst du von mir?"

„Im Moment nichts."

„Ich kann jemanden für dich töten, wenn du willst. Dir etwas holen."

„Danke. Vielleicht ein andermal."

„Du bist einer von uns. Wie schaffst du das? Das mit dem Bannkreis?"

„Ich wurde fleischgeboren. Ich wandle in beiden Welten."

„Wie interessant. Schön. Kann ich jetzt gehen?"

„Ja."

Gard entließ sie aus seinem Bann, und sie schwebte davon wie ein Vogel, der aus seiner Hand aufstieg, wie ein Fisch in der Strömung.

Als er Balnshik später davon erzählte, tätschelte sie ihm tröstend die Schulter, zuckte aber die Achseln und meinte taktvoll wie immer: „Ich denke, sie muss noch ziemlich jung sein."

o o o

9. Tag, 4. Woche, 5. Monat, im 250. Jahr nach dem Aufstieg zum Berg

Heute wurde der Sklave 4.372.301 in den Status einer Person erhoben. Er erhielt den Namen Gard und wird ins Haus Magister Porlilons aufgenommen. Registriert als Adept, Magister in Ausbildung.

o o o

Gard stand erneut vor dem Magierrat, doch diesmal hatten sie sich die Spielereien mit der Dunkelheit und den farbigen Lichtern gespart; es gab nur eine Gruppe alter, ihn begierig anstarrender Männer und Frauen, die von weißem Licht erhellt wurde. Er trug nun einen roten Lendenschurz, und als er vor ihnen stand, trat Grattur von hinten an ihn heran und legte ihm eine rote Robe über die Schultern.

„Du hast dich als fähig erwiesen, Gard vom Haus Porlilon", verkündete Magister Paglatha. „Du bist der Freiheit und des großen Hauses würdig, das dich aus dem Staub erhoben hat, und vielleicht auch unserer Gesellschaft. Es bleibt nur noch ein Test."

Die Narzisse der Leere nickte. Der ziemlich nervös blickende Engrattur trat nach vorne, kniete vor Gard nieder und präsentierte ihm ein großes Buch. Es war geschwärzt, so als ob es verbrannt wäre, wirkte einfach und zerfleddert, und es war weder durch Edelsteine noch durch goldene Lettern geschmückt. Doch als Gard es in die Hände nahm, spürte er die Macht, die in ihm summte und vibrierte.

„Dies ist das Arbeitsbuch des höchst erhabenen Magisters Porlilon", verkündete Magister Paglatha. „Studiere es gut. In ihm findest du die Aufzeichnungen für seine letzte großartige Schöpfung, den Zauber, der uns alle aus diesem Berg hätte befreien können, wenn er lange genug gelebt hätte, um ihn durchzuführen. Viele große Magier haben sich daran versucht, keiner war erfolgreich. Wenn du erfolgreich bist, wo so viele gescheitert sind, dann wirst du in der Tat für würdig befunden werden, nicht nur für einen Sitz in diesem Rat, sondern für den

Sitz, und du wirst über uns alle herrschen. Wirst du es wagen, dies zu versuchen, Gard vom Haus Porlilon?"

Gard sah zu ihnen auf mit jenem ruhigen, starren Blick, mit dem er auch stets seinen Gegnern in der Arena angesehen hatte. Seine Augen waren leer. Ein oder zwei der Magier lächelten unterdrückt und freuten sich darüber, was für ein argloses, großes Tier er doch trotz all seiner Macht war.

„Ja", sagte er.

o o o

„Ich denke, ich sollte dich vielleicht heiraten, Gard", sagte Pirihine, während sie sich in seinem Bett räkelte. Grattur und Engrattur standen zu beiden Seiten bereit und tauschten betretene Blicke.

„Ich bin einer solchen Ehre unwürdig, Herrin", erwiderte Gard, ohne von seiner Arbeit aufzublicken.

„Früher natürlich, aber sicherlich jetzt nicht mehr, denkst du nicht? Wir sollten zumindest ein Kind miteinander haben."

Gard erinnerte sich an die geistig verkümmerten Kinder, die für die Opferungen in Käfigen gehalten wurden. „Ich denke nicht, dass das möglich ist, Herrin."

„Man weiß nie. Du bist so voller Lebenskraft, ich bin sicher, dass ich einen wunderbaren, lustvollen Sohn gebären würde. Du bist ja praktisch adoptiert worden, und wir könnten einen neuen Porlilon den Großen zeugen. Er würde wie ein Prinz aufwachsen, weißt du, denn du wirst über den Rat herrschen, wenn du den großen Zauber vollführt hast."

„Was denkt Fürst Vergoin darüber, Herrin?"

Pirihine warf den Kopf in den Nacken. „Er liebt mich wie seine Schwester und hat immer das Beste für mich gewollt, und er hat auch dir immer Gutes gewünscht. Er wäre für uns glücklich."

„Unglücklicherweise erfordert der große Zauber, dass der Zauberer vor seiner Ausführung keusch ist, Herrin", log Gard.

„Wirklich?“ Pirihine setzte sich auf. „Für wie lange?“

„So lange wie möglich. Je länger die Zeitspanne der Abstinenz ist, desto größer sind die Erfolgschancen“ sagte Gard völlig ernst.

„Oh.“ Die Dame Pirihine sah ihn mit scheinbar aufrichtigem Bedauern an. „Dann sollte ich dich wirklich deinen Studien überlassen, oder?“

„Es wäre hilfreich für meine Konzentration, Herrin.“

„Du musst dich ja schließlich auch konzentrieren.“ Die Narzisse der Leere erhob sich mit einem Seufzer von seinem Bett. „Sklaven, folgt mir in meine private Kammer.“

Grattur und Engrattur grinsten einander an und folgten ihr.

Wie immer auch seine Nachfahren sein mochten, Porlilon war ein großer Magier gewesen. Das Buch war von unzähligen mächtigen Zaubern durchdrungen, die sich wie ein Netzwerk aus rotem und goldenem Licht über den Seiten erhoben. Sie waren für alle anderen unsichtbar, doch Gard konnte sie klar erkennen, insbesondere, wenn er seinen Körper verließ, um sie mit den Augen eines Dämons zu betrachten. Dann standen die gesamten Absichten des Magiers detailliert und lebendig vor ihm, in all ihrer Pracht.

Porlilon hatte am Rand der Seiten Kommentare zu jedem Zauber geschrieben, detaillierte Notizen, ganz so, als ob er mit sich selbst gesprochen hätte, und alle waren sie in einer Codesprache verfasst, für deren Entzifferung Gard Wochen benötigte. Er arbeitete sich erst durch die einfacheren Zauber und lernte, welche thaumaturgische Energie notwendig war, um eine Mauer mit einer Handbewegung zu zerschmettern oder einen Pfeilhagel abzulenken.

Dabei erlangte er einen widerstrebenden Respekt für den verstorbenen Magier, denn obwohl er selbst die Mechanismen der Magie als offensichtlich wahrnahm, hatte Porlilon nicht über eine derartige Erkenntnis verfügt. Der alte Mann hatte jeden Schritt zu seinen Zaubern blind gemacht und sie durch

Kalkulation und eine methodische Vorgangsweise erschaffen, die schon einer Kunst gleichkam. Gard entdeckte auch zahlreiche Berechnungen an den Seitenrändern, in denen die nötigen Energien bis zur letzten Kommastelle exakt berechnet waren.

o o o

Es war tief in der Nacht, als Gard die letzte Seite des großen Zaubers erreichte. Er runzelte die Stirn und stand auf, um zwei Kerzen zu holen, die er neben die flackernde Lampe, in deren Schein er gelesen hatte, platzierte und mit einer Geste entzündete. In dem hellen Licht las er die letzte Spalte von Magister Porlilons Berechnungen ein weiteres Mal.

„Aber das ist falsch", murmelte er vor sich hin. Er nahm ein Blatt Papier und Tinte und übertrug die oberen Zahlen in der Spalte. Er rechnete alles selbst nochmal durch und rechnete jeden Moment damit, den Kommafehler zu finden, der alles erklären würde. Dennoch änderte sich nichts am Ergebnis. Es gab keinen Fehler in den Berechnungen. Das Problem musste schwerwiegender sein, fundamentaler, ein Fehler im Aufbau des Zaubers.

Gard hatte sich schon so an die Präzision und Perfektion des alten Magiers gewöhnt, dass er nun jene Beschämung empfand, die man empfinden mochte, wenn man zusehen musste, wie ein hoch verehrter Ältester betrunken wie ein Dämon im Staub rollte.

Der große Zauber hätte so nicht funktionieren können. Die nötige Energie war um den Faktor zehn größer, als bei der anfänglichen Kalkulation angenommen worden war.

Gard erhob sich und ging auf und ab, während er versuchte, seine Panik zu unterdrücken. War Porlilon ein Falschspieler gewesen? Oder war der große Zauber zum Zeitpunkt seiner Ermordung unvollständig gewesen?

Er setzte sich erneut vor das Buch. Nein, der Zauber war vollständig, denn unter der letzten Zeile fand sich eine Glyphe, wie sie der Magier unter jeden vervollständigten Zauber gesetzt hatte, ein Raubvogel mit fünfblättrigen Rosen in beiden Krallen.

Doch die zweite Rose war seltsam verstümmelt …

Dann erkannte Gard die Wahrheit und zerbrach unwillkürlich seinen Stift.

Er konzentrierte sich, verließ seinen Körper und sah den zweiten Zauber, der auf der Seite lag, die Wolke, die die Rose teilweise verdeckt hatte, und der am Rand daneben und darunter geschrieben stand. Er stammte nicht von Magister Porlilon. Ihn zu entschlüsseln war so anstrengend wie eine verschlungene Kette zu lösen, doch schließlich erlag er Gards Willen, und er las, was bisher vor ihm verborgen gewesen war.

„Wer von uns wäre dazu bereit? Jemand, der ein so großer Narr ist, dass er das Offensichtliche nicht sieht, wäre leider unfähig, den Zauber auszuführen, und sie sind alle furchtsam und selbstsüchtig.

Vielleicht besteht unsere größte Hoffnung darin, unser Blut durch gemischte Hochzeiten zu verdünnen. Es könnte sein, dass in ein paar Generationen ein Erbe geboren wird, der in der Lage wäre, es erfolgreich durchzuziehen. Wenn man das Kind früh entdecken und überzeugen würde, von Kindesbeinen an, wie glorreich und notwendig Selbstaufopferung und Tod doch wären … wenn man es tatsächlich davon überzeugen könnte, dass ein anderes Schicksal für einen derartigen Helden undenkbar wäre … wenn man ihm vielleicht ein Leben in einem paradiesischen Jenseits vorgaukeln könnte?

Doch es muss in der allerersten Blüte seiner Macht geschehen, bevor das besagte Kind weise genug ist, das Ausmaß der Täuschung zu erkennen.“

Der Raum war plötzlich viel heller. Gard blickte auf und erkannte, dass sein aufflammender Zorn die Kerzen so heiß hatte brennen lassen, dass das Wachs beinahe vollständig flüssig geworden war. Das Feuer im Kamin loderte hoch, in Grün und

Silber. Er sah, wie zuerst die Laterne und dann jedes Glas im Raum der Reihe nach zerbarsten.

Sein weißglühender Zorn ließ nach und wurde zu gefrorenem Adamantit. Ruhig stand er auf, holte neue Kerzen und zündete sie an. Er wischte das gebrochene Glas zusammen. Dann setzte er sich wieder hin und blätterte zum Anfang des Zaubers. Ja, da war der zweite Zauber und veränderte die anfänglichen Zahlen für die erforderliche thaumaturgische Energie auf subtile Weise.

Gard saß eine Weile nachdenklich da, die Augenbrauen zusammengezogen.

Schließlich fand er einen anderen Stift, öffnete sein eigenes Arbeitsbuch und platzierte es neben dem Buch, das er die ganze Zeit über studiert hatte. Er begann zu schreiben.

Manchmal hielt er sich am alten Buch und kopierte ganze Abschnitte getreulich. Manchmal nahm er bei ganzen Abschnitten große Veränderungen vor.

Herzog Silberspitze löschte die Laternen in der Trainingshalle, als Gard hereinkam. Er wandte sich um, musterte ihn und hob die Augenbrauen.

„Wie kann ein alter Sklave dem ehrwürdigen Gard aus dem Hause Magister Porlilons dienen?“

Gard verzog verlegen das Gesicht. Er hielt eine Weinflasche hoch, die er zuvor gekauft hatte. „Das ist ein Wein aus dem Land Eures Volkes. Ich würde ihn gern mit Euch trinken.“

„Würdet Ihr das?“ Silberspitze nahm die Flasche und sah sie an. „Ah. Ein seltener Jahrgang, tatsächlich. Er kommt von den Inseln – auf manchen von ihnen gibt es nur Weinberge. Zur Erntezeit quellen die Boote vor Blättern über, die schwarzen Trauben türmen sich bis zu den Dollen, und die Arbeiter singen fröhlich, während sie zwischen den Inseln hin und her rudern.

Ich hoffe, Ihr wollt Euch nicht betrinken. Die Angehörigen Eurer Rasse verlieren jeglichen Anstand, wenn sie betrunken sind.“

„Nein, ich will mich nicht betrinken“, erwiderte Gard, während er dem Herzog in dessen Räumlichkeiten folgte.

Silberspitze nickte. Er nahm zwei zusammenpassende Becher und schenkte den Wein ein, dann bot er einen davon Gard mit einer leichten, zeremoniellen Verbeugung an. Sie saßen zu beiden Seiten von Silberspitzes Kamin und sprachen zuerst nur über triviale Dinge, bis Gard zur Sache kam.

„Habe ich Euch je gesagt, wie sehr ich es genossen habe, ‚Der Verstand des Kämpfers‘ zu studieren?“, fragte Gard.

„Nein, das habt Ihr nicht. Ich bin Euch dankbar. Ich dachte, dass Ihr zu den wenigen Leuten gehört, die daraus Nutzen ziehen könnten.“

„Es ist eine Schande, dass der Prinz sein Werk nicht vollenden konnte.“

„Er hatte noch nicht alles niedergeschrieben, als er starb, aber er hatte es bereits vollendet. Ich saß damals mit ihm zusammen wie jetzt mit Euch, und wir tranken den gleichen Wein. Er erzählte mir das letzte Kapitel. Wir redeten bis zum Einbruch der Nacht, doch dann musste ich ihn verlassen, da mein Vater es hasste, wenn ich spät heimkam, und das Tor des Hauses immer nach der siebten Stunde versperrte.

Am nächsten Morgen brach der Prinz zu geschäftlichen Erledigungen auf und geriet ihn einen Hinterhalt der Gefolgsleute des Hauses Hammermessing. Die Häuser Feuerbogen und Hammermessing waren alte Feinde, müsst Ihr wissen. Sie waren vier gegen einen, und er erlitt eine tödliche Verletzung, doch nicht, bevor er sie nicht alle getötet hatte.

Ich erinnere mich so gut an diese Nacht, dass ich das letzte Kapitel noch immer auswendig kenne.“

„Wenn das so ist“, meinte Gard hoffnungsvoll, „dann könntet Ihr mir vielleicht etwas erklären.“

„Und was könnte das sein?“

Gard stellte den Wein zur Seite. „Mir ist aufgefallen, dass der Prinz eine Kunst beschrieben hat, die er als den Zweiten Verstand bezeichnete. Er deutete an, dass ein Mann damit dazu in der Lage wäre, seine Absichten sogar vor sich selbst zu verschleiern und jeden zu täuschen, der seine Gedanken lesen wolle. Es klang so, als ob er diese Technik im letzten Kapitel erklären wollte."

„Ja."

„Hat er Euch den zweiten Verstand gelehrt?"

Silberspitze ließ den Wein im Becher kreisen und lehrte ihn dann mit einem tiefen Zug. Er stellte den Becher weg. „In diesem Moment muss ich mir zwei Fragen stellen. Die erste lautet, müsst Ihr das wirklich wissen?"

„Ich denke schon. Was ist die zweite Frage?"

„Will ich wirklich, dass Ihr es wisst?"

Gard blickte Silberspitze in die Augen und sprach dann in der Sprache der Kinder der Sonne, in der archaischen Form, die als Geheimsprache benutzt wurde. „Mich dünkt, Ihr habet all jene Jahre eine Waffe geschärft. So saget an, ob Ihr nun bereit wäret, sie zu ziehen und mit ihr zu töten?"

Silberspitze lächelte. „Mein Sohn, mich dünkt, Eure Stunde wäre gekommen. Doch sei es mir gestattet, Euch eine letzte Lektion zu gewähren."

Dann lehrte er an diesem Tisch Gard die Disziplin des zweiten Verstandes.

o o o

Am Tag, an dem er den großen Zauber ausführen sollte, weckte Gard ein Schwall Gewürzwein, der in mitten ins Gesicht traf. Er saß blitzschnell aufrecht und wischte sich die Augen.

„Du ungeschickter Narr!", hörte er Grattur klagen.

„Fürst Eiszapfen, es tut mir leid!", rief Engrattur.

„Weckt ihn mit einem guten Getränk, hat unsere Dame dir befohlen!"

„Hier stehe ich und habe Euch damit begossen! Oh, es tut mir leid!"

„Trottel, hol ihm eine Waschschüssel!"

„Hier ist Wasser, mein Fürst, und Seife und ein Handtuch!"

„Ist schon in Ordnung", beschwichtigte Gard sie. Er fühlte sich gut gelaunt, fast hätte er lachen können, als er aufstand und sich den gezuckerten Wein aus Haaren und Bart wusch. Grattur und Engrattur standen in seiner Nähe herum und rangen verzweifelt die Hände.

„Dürfen wir Euch Eure Roben anlegen?"

„Dürfen wie Eure Laken und Kissen wechseln?"

„Ich würde mir wegen des Bettes keine Gedanken machen. Heute ist der Tag, an dem wir freikommen, erinnert ihr euch?", meinte Gard leichthin.

„Oh! Nie wieder diese Böden zu schrubben!", jubelte Grattur begeistert.

„Nie wieder diese Betten zu machen!", fügte Engrattur hinzu, der sich inzwischen ein wenig von seinem Schreck erholt hatte.

„Aber ihr dürft mein Gewand herauslegen", sagte Gard, der sich zitternd abtrocknete. „Seltsam! Es friert mich durch und durch. Glaubt ihr, dass etwas mit dem Hypokaustum nicht stimmt?"

Grattur und Engrattur sahen sich fragend an. „Uns kommt alles in Ordnung vor."

„Die Mannschaft der Pumpenstation arbeitet hart."

„Hier sind warme Gewänder in Eurem Kleiderschrank, mein Fürst, Hosen und Stiefel."

„Hier ist ein langes Hemd und ein Wams mit einer Kapuze."

„Er kann das nicht unter seiner Robe tragen, Idiot, er wird schwitzen!"

„Aber er hat doch gesagt, dass ihm kalt ist, oder?"

„Ich werde sie tragen", sagte Gard. „Die Robe ist leicht und dient nur der äußeren Wirkung. Legt sie heraus."

Sie kleideten ihn sehr ernst und mit zeremonieller Würde an, und ihr Getue konnte an seiner guten Laune nichts ändern.

„Balnshik schickt ihre liebsten Grüße, mein Fürst."

„Sie hat uns gesagt, wir sollen Euch Glück wünschen."

„Sie kommt nicht zuschauen?" Gard fühlte sich einen Moment lang ein wenig betrübt, bevor er erneut von seiner Glückseligkeit überwältigt wurde.

„Sie lässt sich entschuldigen, aber sie hat Pflichten", sagte Grattur.

„Sie sagt, sie müsste sich um die Güter ihres Meisters kümmern", fügte Engrattur hinzu und wieherte vor Lachen.

„Ich bin sicher, dass ich sie nachher sehen werde", meinte Gard.

„Ja, sie sagte, sie wäre sich auch sicher."

„Ihr seid immerhin unser Held. Ihr seid unser Junge!"

Er ließ sich von ihnen die Magierrobe anlegen, die zu tragen er nur das provisorische Recht erhalten hatte, doch Gard fühlte sich seines Erfolges sicher.

„Wofür ist der Stecken, mein Fürst?"

„Wofür ist der Beutel? Er ist schwer!"

„Der Stecken ist für den Zauber", erklärte Gard und nahm ihn von Grattur entgegen. Er drehte ihn um und zeigte ihnen die Kreide, die er am unteren Ende mit Lederstreifen festgebunden hatte. „Versteht ihr? So muss ich nicht auf dem Boden herumkriechen, um die Kreise und Linien zu ziehen."

„Geschickt!"

„Ihr wart schon immer ein kluger Junge!"

„Der Beutel ist so schwer, weil darin meine Zauberapparatur und das Buch mit dem großen Zauber sind."

„Oh, das war ein schweres Buch, ich erinnere mich!"

„Sollen wir die Sachen für Euch tragen?"

„Nein, nein", wehrte Gard ab und nahm selbst den Beutel; er war schwerer, als er erwartet hatte. Er schulterte ihn dennoch und nahm den Kreidestecken in die freie Hand. „Nun, dort in dem Schrank findet ihr acht Flaschen guten sulemanischen Weins. Das ist mein Geschenk für meine getreuen Freunde. Trinkt auf meinen Erfolg."

Sie weinten vor Dankbarkeit und warfen sich vor ihm auf den Boden. Als Gard das Zimmer verließ, hörte er, wie die erste Flasche geöffnet wurde.

Er sah niemanden auf den Gängen, den ganzen Weg über zur großen Zauberkammer nicht, und als er sie durch die untere Tür betrat, erkannte er, warum: Die halbe Bevölkerung des Berges war in den Sitzen über ihm aufgereiht. Alle überlebenden Ratsmitglieder, jeder Erbe der großen Häuser, die Oberschicht der Gesellschaft im Berg, allesamt in ihren Wappenfarben gekleidet. Sein Eintritt wurde von Applaus begleitet und er ließ den schweren Beutel fallen und verneigte sich.

Ihre Augen glitzerten wie Diamanten. Gard erinnerte sich an seine Zeit in der Arena, als sie ihn ebenso gemustert hatten. Er war stolz und glücklich, dass er es so weit gebracht hatte und so weit aufgestiegen war.

Er entzündete die Kohlebecken und öffnete den Beutel. Ganz oben lag die Schachtel mit dem Räucherwerk und direkt darunter das Buch. Er verteilte das Räucherwerk in den Kohleschalen und platzierte das Buch auf dem Ständer. Er öffnete es, prägte sich die notwendigen Kreise und Inschriften ein und zeichnete sie mit dem Kreidestecken auf den Boden.

Ein gedankenverlorenes Flüstern drang von den Galerien über ihm. Der Boden mit den Einlegearbeiten war derselbe, auf dem er entjungfert worden war, auf dem die Narzisse der Leere die Energien getrunken hatte, die dabei entstanden waren. Er dachte voller Verblüffung daran zurück, wie verbittert er damals gewesen war. Er blickte seitwärts nach oben und sah sie, sie saß neben Vergoin. Sie lächelte ihn nervös an, und er lächelte zurück.

Er legte den Kreidestecken neben dem Beutel ab, wandte sich dem Buch zu und las die vorbereitenden Anrufungen.

Auf einmal erschien ein grünes Licht, floss wie Sirup an ihm herunter und breitete sich am Boden aus. Sein Publikum keuchte vor Begeisterung auf und beugte sich vor, um besser sehen zu können. Mit der ersten Anrufung senkte sich eine Spirale aus rotem Licht langsam von der Decke herab, ein Wirbel aus Blut und Feuer, der leise summte, während er sich über dem Boden drehte.

Ein paar Leute applaudierten, doch die Älteren mahnten sie schnell zur Ruhe. Magister Paglatha hatte seine Fäuste so fest geballt, dass die Knochen hervortraten. Magister Naryath schwitzte wieder stark, sodass seine schweigende Dienerin ein Taschentuch hervorholte und in seinen Kragen stopfte, um die Tropfen aufzufangen. Er scheuchte sie weg, um sich ganz darauf konzentrieren zu können, was unter ihm geschah.

Mit der zweiten Anrufung entstand ein zweiter Wirbel, golden wie das schmerzhafte Licht des Morgengrauens, und rotierte über dem ersten. In der Halle waren jetzt alle Geräusche verstummt, abgesehen vom Summen der Wirbel und Gards tiefer Stimme, während er aus dem Buch vorlas.

Er blätterte um und sah die vier Worte, die er ganz oben hingeschrieben hatte:

Jetzt wirst du erwachen.

Der angenehme Nebel, der seinen Geist in solch eine Hochstimmung versetzt hatte, war wie fortgewischt. Er blickte nach oben und sah, was er bisher geschaffen hatte, sah die Blicke seines Publikums, die sich an den wirbelnden Lichtern festgesaugt hatten. Mit einem kalten, schwarzen Gefühl der Befriedigung las er die nächste Anrufung, jene, die er selbst geschrieben hatte.

Zuerst schien es so, als würde nichts passieren. Dann tauchten kleine, flackernde Schatten hoch oben auf, die finster und schlangengleich nach unten flossen. Das Summen veränderte sich. Es bekam einen bedrohlichen, hungrigen Klang.

„Nein, nein", rief Magister Tagletsit. „Da stimmt etwas nicht ..." Er wurde von den anderen Magiern übertönt, die durcheinander schrien. „Idiot! Du hast etwas falsch ausgesprochen!"

„Es läuft schief!"

„Gard! Brich ab! Karrabants dritter Auflösungszauber, rasch!"

Doch Gard las weiter und hob nur die Stimme, als das Geheul begann. Die hellen Farben verblassten und der Wirbel wurde zu einem schwarzen Wind voller Messer. Schreie ertönten. Grünes Licht schoss aus dem Boden und traf Magister Paglatha, Magister Pread und Magister Dreisprung, und zum Schluss auch Magister Naryath, während seine Sklavin zur Seite gestoßen wurde. Ihr Körper wurde pulverisiert, und ein rosenfarbenes Licht strömte nach oben davon, vor Freude über die wiedergewonnene Freiheit jubelnd.

Die vier Magier konnten nicht schreien, denn ihr Leben wurde von dem Zauber verschlungen. Dafür machten die anderen genug Lärm, doch Gards Stimme übertönte sie alle.

„Meine Meister, ich bitte Euch, bleibt auf Euren Plätzen! Ihr wusstet doch alle, dass es Blut erfordern würde, den Berg zu brechen!"

Das war das Letzte, das sie hörten, denn es folgte eine mächtige Explosion. Strahlend helles Licht drang in die Kammer. Das Brüllen des schwarzen Windes erstarb, doch dafür kam ein Donnergrollen auf und wurde lauter. Es war das Geräusch von berstendem Stein, einstürzenden Tunneln, einbrechenden Galerien und Kammern, und kurz darauf folgte eine dichte Wolke aus schwarzem Staub.

Zu diesem Zeitpunkt war Gard bereits verschwunden; als die Kammer einbrach, hatte er seinen Kreidestecken und den Beutel geschnappt, war durch die geborstene Mauer gesprungen und immer weiter und weiter gelaufen.

Seine Stiefel waren gut gefertigte Karawanenführerstiefel, die auf Felsen und Eis Haftung fanden, während er lief. Als er das

Grollen des kollabierenden Berges nicht mehr hören konnte, hielt er lange genug inne, um seinen Beutel zu öffnen. Dort, wo er sie versteckt hatte, befanden sich schwere Handschuhe und eine Schneebrille. Darunter lag ein warmer Umhang und ganz unten hatte er Brot und Dörrfleisch eingepackt.

Gard zog die Kleider an und schloss den Beutel. Er drehte den Stecken, löste die Lederstreifen und nahm die Kreide herunter, sodass eine Speerspitze zum Vorschein kam, die am unteren Ende des Steckens saß.

Er schulterte den Beutel erneut und lief weiter.

o o o

Auf den Feldern der Fremden standen kurze, graue Stoppeln, die feuchte Erde war mit toten, gelben Blättern bedeckt, und an einem Zaun lehnte eine Sense. Ein Vogel rief und die Sumpfvögel schwangen sich langsam empor und verließen das kalte Land.

Ein Gewitter hing in der Luft, und der Himmel war bleischwer. Kein Lüftchen regte sich im stillen Tal, als er nach unten kam, der Mann; sein Mantel dunkel wie eine Gewitterwolke, die Augen hart wie Stein. Er brachte die Rache und den Tod mit sich, Geschenke in seinen Händen, als er durch die wüsten, leeren Felder schritt.

Kein Geräusch ertönte, selbst die Vögel waren verstummt. Unter seinem Fuß knirschte ein ausgebleichter Schädel. Er trat ihn aus dem Weg, und die Knochen zerbarsten auf den Stufen von etwas, das für ihn einst eine so große Halle gewesen zu sein schien – nun kam sie ihm vor wie ein jämmerlicher Steinhaufen. Die große schwarze Tür stand weit offen.

Er erklomm die Stufen und blickte ins Innere, und da sah er die Fremden, mitten im Feiern niedergesunken. Knochen, unzählige weiße Knochen lagen in der Bankethalle, noch immer Becher umklammernd. Auf einem schimmeligen Sofa hatten es zwei miteinander getrieben; nun waren die Rippen in einem elfenbeinfarbenen Puzzle ineinander versunken.

Er trat über ein Skelett hinweg, das mit zerschmettertem Schädel am Eingang lag, der Hammer, mittlerweile korrodiert, lag noch immer in der Bruchstelle. Er stieg die Treppe nach unten in die Grube und fand sie leer vor.

In der Dunkelheit gab es nichts mehr außer Staub und seltsamen Gerüchen.

Er verließ sie durch das Tor, durch das die Sklaven zur Arbeit auf den Feldern gegangen waren. Niemand arbeitete dort mehr. Nur der Wind heulte klagend.

Er überquerte die Felder und durchstreifte das Land, aber alles, was er sah, war verfallen und vermodert, alt und vergessen, leer, düster hallend, sogar die Berghöhlen. Dort gab es keine Knochen, überhaupt nichts, das ihn hätte willkommen heißen oder anklagen können.

Gard stand lange allein dort.

2

Die Stimme

Sie trägt Fetzen und Federn mit darin verwobenen Perlen und Muscheln. In ihrem Haar sind Blumen. Die Zeit hat sie gejagt, gefangen, zerfetzt und wieder ausgespien, doch ihre Stimme ist noch immer die des jungen Mädchens, das sie einst war …

Ich war an jenem Tag dort, an seiner Seite. Ich sah, was an jenem Tag im Weizenfeld geschah, an jenem Tag am Fluss. Ich sah seine Wunder. Die Leute erzählen nun so viele Lügen! Aber Meli war auch da, und wir beide liebten ihn, und wir sahen alles.

Ich kann mich nicht an eine Zeit vor dem Geliebten erinnern. Wir gingen den Berg hinauf, um seinen Lehren zu lauschen, als ich noch klein war, und schon damals war ich davon überzeugt, dass er der schönste Mann war, den ich je gesehen hatte. Seine Augen waren wie Silberregen und Sterne. Er war sanftmütig und freundlich, und seine Stimme gab einem das Gefühl, dass alles gut werden würde, selbst in den schrecklichsten Zeiten.

Er gab uns das Feuer. Er lehrte uns, Töpfe aus Ton zu fertigen und Messer aus Feuerstein. Er, der Stern, lehrte uns, die weißen Fasern aus der geborstenen Samenkapsel zu nehmen und Fäden daraus zu spinnen, und er baute uns den Webstuhl, um darauf zu weben. Er fertigte Tinte und Pinsel und zeigte uns, wie wir unsere Stimmen in den Zeichen bewahren konnten, die sie schufen.

Er kam einmal zu uns, als meine Mutter das Fieber hatte, und er heilte sie mit einem Kuss. Er küsste sie so süß, und sie schlug die Augen auf. Später sagte sie, es war, als würde sie in der grausamen Sommerhitze vor Durst sterben, als ihr plötzlich jemand Frühlingsregen zu trinken gab und ihre Seele reinwusch. Noch zahlreiche Stunden später roch das Bodenloch, in dem wir lebten, wie eine laue Frühlingsnacht. Von da an liebte ich ihn, ich wollte mit ihm gehen und immer bei ihm sein.

Er rettete Meli. Sie wurde in den Sklavengruben geboren, und die Reiter waren grausam zu ihr. Ich denke, sie hat gesehen, wie ihre Eltern getötet wurden, doch sie sprach nie darüber. Sie erzählte nur davon, wie sie eines Nachts allein und verängstigt in der Finsternis geweint hatte, als das Licht der Sterne und des Mondes in die Grube kam und er da war.

Der Geliebte sang, und ihre Fesseln fielen von ihr ab. Er nahm sie in die Arme und ging mit ihr davon, direkt durch eine Mauer. Die Aufseher sahen und hörten nichts. Er trug sie in die Berge zu der Schwester ihrer Mutter. Ihr Versteck lag in der Nähe von unserem.

Meli und ich spielten zusammen. Wir wuchsen zusammen auf, und wir wurden zu Schwestern. Alles, was wir mit unseren Leben tun wollten, war, dem Stern zu folgen.

Das taten wir in dem Jahr, in dem wir beide vierzehn wurden. Wir erklommen den hohen Ort bei den Sternen, wo er mit seinen Jüngern zusammenkam, um sie zu lehren. Es war ein langer Weg, er führte weit an Telivas Teich vorbei und dann entlang des Grates, doch wir konnten den Gesang des Sterns hören, und er leitete uns. Dann kamen wir schließlich zum hohen Ort, an dem der Geliebte unter seinen Jüngern saß.

Wir knieten am Rand nieder, einfach nur glücklich darüber, ihm so nahe zu sein und ihm lauschen zu können. Wir gaben keinen Ton von uns, doch er sah uns und lächelte uns an. Ich musste weinen, weil sein Lied so schön war. Es handelte nur vom Fluss und vom Wind, doch die verborgene Bedeutung darin nahm jede Trauer.

Als er zu singen aufhörte, begannen alle Jünger zu reden und stellten ihm Fragen über die Bedeutung einzelner Stellen des Liedes. Dann suchte sich einer nach dem anderen einen Platz, an dem er für sich allein üben konnte. Als wir dachten, ein geeigneter Zeitpunkt wäre gekommen, gingen wir uns an den Händen haltend zu ihm. Wir nannten ihm unsere Namen und baten darum, seine Jüngerinnen werden zu dürfen.

Bevor er antworten konnte, mischte sich ein Jünger ein und sagte: „Kleine Mädchen, der Stern braucht seine Ruhe. Geht heim zu euren Müttern."

„Nein, nein", wehrte der Geliebte ab und streckte seine Hände nach uns aus. „Ich kenne sie, Lendreth. Komm zu mir, Meli. Komm zu mir, Seni. Lasst uns einen Moment reden."

Wir waren so enthusiastisch! Er setzte sich zu uns, und wir schütteten ihm unsere Herzen aus. Ich sagte ihm, dass ich glücklich wäre, irgendetwas zu tun, ob es sich nun darum handelte, die Wunden der Kranken zu waschen oder in den dunkelsten Sklavengruben zu wandeln, so lange ich die weiße Robe tragen durfte, und Meli sagte das gleiche, was sehr tapfer von ihr war.

Er meinte, dies seien keine Orte für junge Mädchen, aber er würde uns lehren, uns um unser Volk zu kümmern, denn das bedeutete es, die weiße Robe zu tragen. Wir mussten sie lieben, so als ob sie unsere Kinder wären, denn wir waren alle eine Familie. Wir mussten einander helfen, damit wir noch immer ein starkes und gutes Volk wären, wenn das Kind kommen würde, um uns von unserem langen Leiden zu erlösen.

Wir schworen ihm, dass wir bereit wären, alles zu lernen, was er uns lehren würde, und wir hofften auch darauf, dass er uns als seine Liebhaberinnen auserwählen würde. Er lächelte und erklärte, er liebe uns schon jetzt, aber für den Kelch der Freuden seien wir noch ein wenig zu jung. Wer wisse schon, meinte er, ob wir den Kelch nicht mit einem anderen Liebhaber würden teilen wollen, wenn er sich für uns füllte? Doch Meli und auch ich beteuerten, dass wir niemals einen anderen Liebhaber haben wollten als ihn.

Er küsste uns, um uns willkommen zu heißen. Er fragte uns, ob wir unseren Familien gesagt hätten, wohin wir gegangen seien. Ich war beschämt, weil wir es nicht getan hatten. So schickte er Lendreth den Hügel hinunter, um ihnen zu sagen, dass wir in Sicherheit waren. Er erklärte uns, dass dies unsere erste Lektion sein sollte: dass wir alle lieben mussten und so niemals jemandem Sorgen bereiten durften. Es gab schon genug Sorgen in der Welt.

o o o

Am hohen Ort waren wir alle Brüder und Schwestern. Niemand war ängstlich oder zornig, wenn der Geliebte da war. Schreckliche Dinge geschahen in der Welt dort unten, so die Reiter waren, und jede Nacht stiegen unsere Brüder und Schwestern mit dem Geliebten hinab, um das Leid der armen Sklaven zu lindern. Manchmal kehrten sie mit Waisen zurück. Wir kümmerten uns um die Kleinen und spielten mit ihnen, so wie wir es zuhause getan hatten. Wir lernten die Lieder, um sie zum Lachen zu bringen, um sie die grausamen Dinge vergessen zu lassen, die sie gesehen hatten.

Es fiel mir leicht, die Lieder zu lernen. Für Meli war es ein wenig schwieriger, ich weiß nicht, warum. Macht und Gewalt schüchterten sie ein, vielleicht erinnerten sie sie an ihr altes Leben. Manchmal wachte sie nachts herzzerreißend weinend auf. Nur wenn dann der Stern kam und sanft mit ihr sprach, verflogen ihre Albträume.

Manche unserer Brüder und Schwestern hatten gelernt, alle Lieder zu singen – teilweise hatten sie sogar neue erfunden und waren stolz darauf, dass sie der Geliebte für ihre Fähigkeiten und ihre Macht lobte. Andere Brüdern und Schwestern waren besser darin, die Blumen der Linderung zu finden, die Wurzeln, die das Fieber nahmen, und der Geliebte lobte sie ebenfalls. Jeder verfügte über eine Gabe, und damals war niemand der Meinung, dass die eine oder andere besser wäre.

In jeder Nacht, wenn der Geliebte zu uns zurückkehrte, brachten wir Wasser, um ihn zu waschen und vertrieben seine Müdigkeit mit sanften Küssen, denn er war nur ein Mann, und manchmal waren unsere Sorgen schwer genug, ihn zu beugen. Luma selbst braute Tee und brachte ihn ihm – ja, wir sprechen von jener Luma, die die Schwester des gesegneten Ranwyr gewesen war. Sie war nun unsere Schwester. Ich kannte sie gut. Sie hatte wunderschöne, traurige Augen und war so anmutig wie eine Weide, und wenn der Geliebte mit ihr schlief, dann sehnte ich mich danach, an ihrer Stelle zu sein, doch ich war niemals eifersüchtig.

o o o

Es war stets eine Freude, wenn der Geliebte am hohen Ort unter den Sternen saß und das Volk zu ihm strömte, um ihm zu lauschen. Es war pure Glückseligkeit, wenn er bei uns ruhte, seinen Kopf in Lumas Schoß legte und uns Geschichten erzählte, um uns zum Lachen zu bringen. Man hätte dann nicht denken können, dass er jemand anderes als unser Vater oder unser älterer Bruder war und wir seine ihn liebende Familie.

Dies sind die Momente, an die ich mich am besten erinnere und die ich am meisten vermisse, wenn ich daran denke, wie die Dinge jetzt sind.

Eines Nachts unter dem großen Baum lehnte er sich in Lumas Arme zurück und lächelte uns an. „Zeit für ein Märchen", verkündete er. „Wollt ihr eine Geschichte hören, meine Tapferen?"

„Ja, bitte!", rief ich, und die anderen versammelten sich um uns und baten ebenfalls: „Bitte, Strahlender, erzähl uns eine Geschichte."

„Dann werde ich euch etwas aus den alten Tagen der Welt erzählen", sagte er.

„Eisvogel war ein tapferer und wagemutiger Vogel. Er war stolz darauf, ein großer Jäger und Kämpfer zu sein, denn er konnte Fische und Echsen fangen und sie auf die Steine schlagen, bis er sie getötet hatte.

Doch trotz all seines Mutes war er in seinem eigenen Nest ein dreckiger und fauler Vogel, denn es war voller Schmutz, bedeckt mit Fischschuppen und verdorbenem Essen. Er dachte, dass sein Aussehen dem eines großen Fürsten unter den Vögeln nicht gerecht wurde, denn er war recht klein und trug nur ein staubig schwarzes Federkleid.

Wie beneidete er doch die Saatkrähe für ihre eleganten Federn! Oh, das Federkleid der Saatkrähe hatte blaue und weiße Streifen und einen prächtigen Kragen! Sie war groß und verfügte über viel Weisheit, und außerdem konnte sie sprechen und zwischen Leben und Tod reisen.

Es geschah eines Tages, als es sehr heiß war. Alle Vögel der Lüfte keuchten in den Schatten. Saatkrähe legte ihr Federkleid ab und ging in den Fluss baden.

Eisvogel sah das Federkleid der Saatkrähe am Flussufer und begehrte es so sehr, dass er es stahl und sein eigenes Federkleid abstreifte und dort zurückließ, damit Saatkrähe es finden konnten.

Doch als sich Eisvogel darin kleidete, stellte er fest, dass das gestohlene Federkleid zu groß für ihn war. Der prächtige Kragen kippte lose nach hinten und der lange Schwanz brach ab, als er sich das erste Mal in sein schlammiges Nest zwängte.

Als Saatkrähe feststellen musste, dass ihr eigenes Federkleid gestohlen worden war, zog sie in Ermangelung einer anderen Möglichkeit das Eisvogels an, doch es war zu klein, sodass das

Gesicht rund um den Schnabel frei blieb, und es war so eng, dass ihr Gang steif und geziert wurde.

Als nun die anderen Vögel der Lüfte über Saatkrähe lachten, war sie weise genug, nicht darauf zu achten, doch als sie über Eisvogel mit seinen zerknitterten Federn lachten, fühlte er verbitterten Zorn und tauchte ins Wasser, um sich zu verstecken. So ist es heute: Die Saatkrähe ist bei ihrer Reise ernst und würdig und die Seelen, die sie vom Leben zum Tod geleitet, lachen nicht über ihr Aussehen. Sie sind nur dankbar dafür, dass sie da ist, um sie zum Ort ihrer Wiedergeburt zu führen. Fürst Eisvogel – wie er sich nun nennt – trägt sein prächtiges Federkleid achtlos und hat seine weiße Brust beim Fressen besudelt. Sein dunkler Bau stinkt noch immer, trotz all der Titel, die er sich selbst verleiht.

Erinnert euch, Kinder, an diese Lektion, denn auch ich habe euch neue Gewänder gegeben: Ihr verändert eure Natur nicht mit eurer Robe."

Lendreth hob die Hände und pries den Geliebten, und wir alle dankten ihm. Dann beugten sich einige eifrig vor, so wie sie es immer taten, und begannen über die Bedeutung der Geschichte zu diskutieren.

„Sind wir also die Saatkrähen, Geliebter, und die Reiter die Eisvögel?", fragte Jish.

„Nein, nein, meine Schwester, der Geliebte ist wesentlich subtiler", wehrte Lendreth ab. „Und in jedem Fall sind die Vögel der Luft Teil der natürlichen Welt, so wie wir, Saatkrähen und Eisvögel. Die Reiter stehen außerhalb der Natur und sind nicht von ihr geformt worden."

„Ich würde sagen, dass die Geschichte eine Warnung vor falschem Stolz ist", sagte Shafwyr, „und wir müssen danach streben, uns selbst zu perfektionieren, bevor wir es wagen dürfen, die weiße Robe zu tragen."

„Oder vielleicht ist die Saatkrähe auch der gesegnete Ranwyr, während der Eisvogel …" begann Lendreth und bemerkte dann seinen Fehler, da Luma anwesend war. Wie konnte jemand der armen Luma solche Pein bereiten, indem er sie an den Verfluchten Gard erinnerte? Lendreth war klug und mächtig, doch selten mitfühlend.

Er hustete. „In diesem Fall repräsentiert der Eisvogel die Mächte der Ignoranz und Gewalt“, schloss er.

Der Geliebte lächelte nur, umfing Luma Hand und küsste sie. „Bin ich denn solch ein subtiler Mann? Fragen wir doch die kleine Meli. Was meinte die Lektion, Meli, meine Hübsche?“

„Dass wir unsere Natur nicht mit unseren Roben ändern können“, meinte sie.

„Da habt ihr es“, bestätigte der Geliebte.

ο ο ο

Ich habe nie verstanden, warum die Jünger alles so kompliziert machten. So viele Nächte wäre ich glücklich gewesen, still dazuliegen und dem Geliebten unter den Sternen beim Singen zuzuhören, doch da war immer Lendreth oder einen der anderen, der ihm Fragen stellen wollte.

„Was ist die Natur des Bösen?“, wollten sie wissen. Ich dachte, das sei ganz offensichtlich: Böse war, was die Reiter uns antaten, dass sie uns jagten, uns töteten und uns zu Sklaven machten. Sie brannten Wälder nieder. Sie vergifteten den Fluss. Das war böse. Der Stern antwortete ihnen stets einfach und offen, und dennoch schienen sie nie zu verstehen, was sie hörten.

Einmal stritten sie Monate darüber, ob es richtig war, Dinge in die Erde zu pflanzen, da dies auch etwas war, zu dem uns die Reiter zwangen. Zwangen wir auf diesem Weg nicht auch die Erde, uns etwas zu geben, statt die Geschenke anzunehmen, die sie uns freiwillig überließ? War eine Sense ein bösartiges Ding, da sie dem Getreide Gewalt antat?

Oder sie stritten darüber, was die heiligere Beschäftigung war, während wir auf das versprochene Kind warteten, das uns alle befreien würde: Meditation und die Perfektionierung der Lieder oder das Pflegen von Kranken, das Heilen der Verwundeten und die Versorgung von Waisen?

Oder waren die Reiter, die über uns gekommen waren, in Wahrheit ein Geschenk, da wir durch ihre Grausamkeit zu einem besseren Verständnis der Welt gefunden hatten, während wir ohne ihre Ankunft weiterhin ein Leben voller Ignoranz für die Lieder geführt hätten?

Es gab keine Wahrheit, die sie nicht in kleine Teile schneiden konnten, um nach verborgenen Bedeutungen zu suchen.

Meli und ich wurden älter, wuchsen heran, und endlich ging der Stern mit uns zu den Hainen, und wir teilten den Becher der Freuden. Ich hatte seitdem noch andere Liebhaber, doch keiner von ihnen war wie mein Geliebter, obwohl er nicht nur mir gehörte, sondern auch Meli und Luma und allen Schwestern. Manche Brüder hielten weniger von uns, weil wir den Körper des Geliebten teilten. Doch ich habe niemals einen so vollkommenen Frieden gespürt wie in seinen Armen, ich fühlte mich nie so stark, wie nachdem er bei mir gewesen war.

Ich brauchte Stärke. Du bist nicht dort gewesen, du weißt nicht, wie es damals gewesen ist. Ich begleitete ihn in die Sklavengruben und sah, wie die Frauen ihre Kinder in Ketten gebaren. Ich ging neben ihm auf den Feldern, durch die Gnade seiner Macht unsichtbar, während wir mit unseren Leuten arbeiteten, pflanzten und ernteten, damit die Aufseher sie nicht in den Furchen zu Tode peitschten, in denen sie schufteten.

Meli konnte nicht nach unten gehen. Sie hatte es einmal versucht, denn sie wollte tapfer sein. Doch als wir in die Sichtweite der Festhalle der Reiter kamen, schwarz und gedrungen, mit fahl im Sternenlicht aufsteigendem Rauch, blieb sie stehen, zitterte und konnte weder sprechen noch sich bewegen. Ich kehrte zu ihr zurück, doch sie starrte mich mit wilden Augen an und schien Wurzeln geschlagen zu haben. Der Geliebte selbst kam, führte sie zum Berg zurück und tröstete sie, als sie aus Scham über ihre Angst bittere Tränen weinte.

Ich habe einige Narren sagen hören, dass der Stern über unser armes Volk urteilen würde, dass er nur die Unschuldigen und Tugendhaften retten und jene, die gesündigt hatten, in ihren Fesseln zurücklassen würde. Oh, was für eine bösartige Lüge! Er hätte sie alle gerettet, wenn er die Macht gehabt hätte. Doch auch seine Stärke hatte Grenzen, und er vergoss all seine Kraft selbstlos für uns.

Ich erkannte es, als die Jahre verstrichen. Sein Rücken war gebeugt, wenn er von den Feldern den Berg heraufkam, er war ausgelaugt, wenn er sich bei uns niederlegte. Doch Lendreth und die anderen gönnten ihm keine Ruhe, sie wollten, dass er ihren Diskussionen zuhörte und ihren endlosen Fragen antwortete, obwohl das Strahlen in seinen Augen dabei verblasste.

Vielleicht nahm es so seinen Anfang – als die anderen ebenfalls seine Grenzen erkannten. Ich denke, es muss zu jener Zeit gewesen sein, dass Lendreth und ein oder zwei andere, die ebenfalls zu Meistern und Meisterinnen der Lieder geworden waren, darüber nachzudenken begannen, ob sie die Macht des Sterns nicht eines Tages übertreffen konnten.

Sie intrigierten niemals gegen ihn – das wäre undenkbar gewesen, denn trotz all der Schrecken dieser Tage waren wir damals ein unschuldigeres Volk. Doch sie begannen, darüber nachzudenken, seine Nachfolger zu werden, wenn er uns je verlassen sollte. Sie wurden ungeduldig, wenn der Geliebte mit uns schäkerte oder seine Lieder nur sang, um uns zum Lachen zu bringen. Wie konnten wir Blumen in sein Haar flechten, wenn es doch noch sie viel zu tun gab? Wie konnte er uns Witze erzählen, wenn es doch noch so viele wichtige Dinge gab, die er uns lehren konnte?

Lendreth, der besonders geradlinig dachte, kam mit Plänen zu ihm: wie man die Kräuter besser ernten und lagern konnte, wie man Schichten organisierte, sodass jene, die den Berg hinunterstiegen, genug Ruhe bekamen.

Diese Änderungen waren zu unserem Besten, doch es gab noch andere Pläne: Lendreth wollte alle Freien zusammenzutrommeln und dafür sorgen, dass sie an einem Ort lebten, in einer großen Höhle oder auf einem Feld auf dem Berg, den man mit angespitzten Stöcken gegen die Reiter absichern konnte. Er argumentierte, das Volk wäre an so einem Platz sicherer. Der Geliebte meinte nur, dass die Leute in einer Grube auf dem Berg nicht besser aufgehoben wären als in einer Grube im Tal.

Doch Lendreth sprach mit den freien Familien und überzeugte manche von seinem Plan. Sie verließen die Baumhaine und Höhlen und ließen sich auf einem Feld oberhalb von Telivas Teich nieder. Lendreth bedrängte andere, ihm zu folgen. Sie folgten ihm und starrten eine Weile auf das Feld mit dem Ring aus angespitzten Stöcken und den Reisigunterschlupfen unter dem offenen Himmel. Manche von ihnen blieben, weil sie nicht unhöflich sein wollten. Andere ließen sich unauffällig in die Bäume zurückfallen und kamen nie wieder nach oben.

Die nächste Idee Lendreths war, dass er mit der großen Macht, die er besaß, in der Lage sein müsste, einen Weg über die Berge zu finden. So brach er zu einer Reise auf. Der Geliebte gab ihm seinen Segen und Falena und Jish schnitzten ihm einen Stab, der ihm helfen sollte, wenn der Weg rau war. Wenn du heute all die weisen Trevanion siehst, die reisenden Lehrer mit ihren Stäben – so fing es an. Der Stern hat niemals einen Stab getragen, außer am Ende, als er einen zum Gehen benötigte.

So oder so verließ uns Lendreth für ein Jahr und eine Jahreszeit. Schließlich fand er seinen Weg zu uns zurück, dürr und ausgezehrt, mit einem verzweifelten Blick in den Augen. Er sprach eine lange Zeit unter vier Augen mit dem Stern. Ich hörte Lendreth weinen und den Geliebten ihn mit sanfter Stimme trösten.

Doch ich denke, Lendreth konnte keinen Trost finden. Nach seiner Wanderung schwelte Zorn in ihm, ein Mangel an Geduld. Er studierte intensiver, meditierte und fastete, er weigerte sich, mit einer von uns Frauen zu schlafen. Er präsentierte dem Geliebten neue Lieder. Es waren gute und nützliche Lieder, bis auf jenes, welches Mauern zerschmettern konnte. Der Geliebte ermahnte ihn deswegen auf seine sanfte Weise. Warum sollten wir Mauern zerstören wollen, wenn wir durch sie hindurch gehen konnten? Die Reiter waren diejenigen, die Dinge zerbrachen.

Es gab lange Nächte voller Diskussionen, in denen Lendreths Stimme lauter ertönte, als die aller anderen, und manche der Brüder und Schwestern stimmten ihm zu. Jetzt hatte er seine eigenen Jünger, und diese dachten ebenfalls geradlinig.

Doch als das Kind zu uns kam, tat es das nicht auf einer geraden Linie.

o o o

Ein Mann unseres Volkes namens Kdwyr war ein Gefangener in den Sklavengruben. Eines Sommertages wurde er in Fesseln nach draußen geführt, um den Boden eines brachliegenden Feldes aufzubrechen. Die Aufseher ketteten ihn mit zwei anderen Männern an einen Pflug und erteilten ihnen den Befehl, das Feld zu bearbeiten.

Es war ein trockener Sommer gewesen, und die Erde war hart wie Stein. Die zwei anderen Männer litten an Grubenfieber und schwitzten und keuchten, während sie sich vorankämpften. Die Aufseher schlugen sie. Kdwyr war ein starker und mitleidsvoller Mann, er bat die Aufseher, seine Gefährten vom Pflug zu lösen. Er sagte, er würde das Feld alleine bestellen.

Die Aufseher lachten ihn aus, doch sie banden die Kranken los, die stöhnend unter der heißen Sonne niedersanken. Die

Aufseher sahen Kdwyr interessiert zu und waren sich ihrer Unterhaltung sicher, wenn er versuchte, den Pflug alleine zu ziehen.

Nun kam das erste Wunder: Die Erde ließ sich mühelos brechen, als hätte sie ein sanfter Frühlingsregen aufgeweicht, und Kdwyr war bald weit hinten auf dem Feld.

Das war das zweite Wunder: Obwohl das Wetter heiß und klar war, ohne eine Wolke am Himmel oder einen Windhauch, trieb plötzlich eine Nebelbank vom Fluss herauf. Sie rollte über das Feld, verbarg die Männer voreinander, und Kdwyr war plötzlich allein.

Das war das dritte Wunder: Während sich Kdwyr noch verblüfft umschaute, ohne auch nur die Schreie der Aufseher zu hören, fielen seine Ketten von ihm ab, und er war frei.

Das war das vierte Wunder: Vor ihm auf Boden tauchte der Schatten eines Raben auf, obwohl man weder die Sonne noch einen Raben sehen konnte. Es war der gesegnete Ranwyr. Der Schatten bewegte sich über das Feld davon, und Kdwyr folgte ihm einen weiten Weg, quer über Felder und Wiesen.

Das fünfte Wunder war das größte, denn der Schatten des Raben führte Kdwyr zu einer hochgelegenen Wiese, auf der Lilien blühten. In ihrer Mitte erhob sich eine riesige Lilie, deren Blätter sich gerade erst geöffnet hatten, und ihr Duft war durch und durch betörend.

In der Lilie lag das Kind, ein kleines, neugeborenes Mädchen, die zu uns gesandte Erlösung.

Sie war winzig, perfekt und schöner, als meine armseligen Worte es beschreiben können. Ruhig und mit der Erinnerung an den Ort, von dem sie gekommen war, lag sie da, doch schon lastete das Gewicht der Welt auf ihr und die Blütenblätter beugten sich zur Erde nieder.

Kdwyr streckte seine Hände voller Erstaunen aus und fing sie, bevor sie fallen konnte. Er legte sie an seine Schulter und sie weinte nicht, allerdings wusste er, dass sie bald Milch brauchen würde. Während er da so stand und sich fragte, was er nun tun sollte, erschien der Schatten des Raben erneut vor ihm und führte ihn den Berg hinauf.

Kdwyr trug das Kind und folgte ihm.

o o o

An diesem Tag war der Geliebte nicht zu den Sklavengruben hinabgestiegen, da die kleinen blauen Lilien gerade ihre Blüte beendet hatten und dies die beste Zeit war, um ihre Knospen für die Herstellung von Salben zu ernten. Er ging mit uns, um die jüngeren Brüder und Schwestern zu lehren, wo man sie finden konnte. Meli, und ich begleiteten ihn, ebenso Luma, und Lendreth schüttelte nur missbilligend den Kopf, weil er glaubte, wir gingen nur mit, um mit ihm zu schlafen.

Vom Berg aus sahen wir, wie der weiße Nebel plötzlich und gespenstisch das Tal erfüllte. Der Geliebte hob die Hände und sang:

Noch jemand fand eine Lilie heute,
Die Blume, nach der wir uns sehnten.
Kleine Schwestern, kleine Brüder, passt gut auf,
Wer kommt den Berg herauf und trägt das Licht?

Luma sah den Schatten des Raben zuerst, wie er aus dem Nebel auftauchte und schwarz und klar über das Sommergras huschte. Sie kniete weinend nieder. Der körperlose Schatten schwebte einen Augenblick lang vor ihr, und sie erzählte später, dass sie einen Kuss auf der Stirn gespürt hatte.

Wir anderen sahen zu, wie Kdwyr verblüfft blinzelnd aus dem Nebel ins Sonnenlicht trat. Er kannte keine Lieder. Er hatte sein ganzes Leben in der Dunkelheit gelitten. Er war mit dem Schmutz der Gruben bedeckt, und seine Schultern waren von der Arbeit gebeugt, doch er hatte das Kind gefunden, und in seinen Händen leuchtete sie wie ein kleiner Stern.

Er kam zu uns. Ohne ein Wort legte er das Kind in die Hände des Geliebten, dann sank er zu Boden und weinte.

Wir sahen nicht, wann der Schatten verschwand oder wohin er ging.

o o o

Von allen Tagen meines Lebens war dies der beste. Ich durfte sie halten. Ich hielt die kleine Heilige in den Armen, als sie noch nicht einmal eine Stunde alt war. Wir reichten sie von einem zum anderen weiter und weinten vor Glück, dass sie endlich zu uns gekommen war. Als sie erstmals erwachte und uns anblickte, waren ihre Augen wie die des Geliebten, voller Licht; doch während seine Augen silbern waren wie die Tränen, leuchteten ihre wie der Fluss, klar und ruhig.

„Was wird jetzt geschehen, Geliebter?“, fragte Meli. Manche von uns blickten ins Tal hinab, in dem der Nebel sich inzwischen verzogen hatte, halb erwartend, dass die Häuser der Reiter ebenfalls verschwunden sein würden. Doch da standen sie noch immer im Sommerlicht und ließen Rauch und Gestank aufsteigen.

„Jetzt werden wir sie zu den anderen bringen“, verkündete der Geliebte. „Lasst die freien Familien sie sehen und wissen, dass sie endlich zu uns gekommen ist. Nehmt unseren Bruder Kdwyr mit.“

„Aber meine Brüder sind dort unten auf den Feldern“, wandte Kdwyr ein.

„Sie werden bald freie Männer sein“, versprach der Geliebte. „Komm und wasche deine Sorgen in Telivas Teich ab.“

Wir kehrten zu den Höhlen zurück. Ich werde mich immer daran erinnern, wie mein Geliebter an diesem Tag im Sonnenlicht schritt und das Kind trug. Ich habe seitdem auch Statuen gesehen, sie zeigen ihn lächelnd, stolz und aufrecht mit der Kleinen auf dem Arm, ihre winzige Hand zu einem Segen erhoben. Sie sahen nie wirklich so aus; an jenem strahlenden Tag war sie zu klein, um sich aufzusetzen oder einen Segen zu sprechen, und als sie dann alt genug war, konnte er schon lange nicht mehr so stolz und aufrecht stehen.

Doch das war später. An diesem Tag, diesem strahlenden Tag, gab es keine Sorgen.

Die freien Frauen mit Brüsten voller Milch fütterten unsere Heilige. Wir hüllten sie in unsere Loblieder. Die kleinen Brüder rannten den Berg hinab, um den Jüngeren, die gerade kamen, die Neuigkeit zu verkünden. Lendreth kam nach oben, und als er das Kind sah, fiel er auf die Knie und weinte und pries den verkündeten Tag.

Dann hatte er Fragen. „Was sollen wir jetzt für sie tun? Wie werden wir uns befreien?"

„Ich weiß es nicht", antwortete der Stern.

Lendreth sah ihn an, als ob ihm jemand ins Gesicht geschlagen hätte. „Du weißt es nicht?", wiederholte er ungläubig. „Aber du bist der Stern, und das prophezeite Kind ist gekommen."

„Ja, sie ist zu uns gekommen", sagte der Geliebte zärtlich und blickte auf das kleine Mädchen hinab, das in seinen Armen schlief. „Jetzt ist es an ihr, euch zu führen. Ich kann so wenig wie du sehen, was ihr Wille ist. Wir müssen warten und es herausfinden."

„Aber sie ist nur ein Säugling", protestierte Lendreth. „Sollen wir warten, bis sie sprechen kann, um uns zu sagen, was wir tun sollen? Ich dachte, es würde Wunder geben."

„Es gab welche", erwiderte der Stern, „und es wird welche geben. Vertrau ihr, Lendreth. Sei geduldig. Sie hat einen weiten Weg hinter sich, lass sie etwas ruhen."

Lendreth verstummte, doch ich konnte an seinem Gesichtsausdruck erkennen, dass er enttäuscht war. Er wollte Fakten, Daten und einen genauen Zeitpunkt, doch er konnte sie nicht haben, da derartige Dinge nicht festlegbar sind. So saß er also unter uns und haderte mit seinem Schicksal, inmitten all unserer Freude.

Wir sangen unter dem Sternenhimmel in dieser Nacht. Meli, Luma und ich hielten uns an den Händen und all die freien Leute schlossen sich uns an. Auch der Geliebte sang. Unsere Stimmen erhoben sich zu den Sternen und rannen wie Frühlingswasser den Berg hinunter, wie silbernes Feuer, und die Erde erschauerte ob ihrer Macht. Das Kind wachte auf und lauschte uns, und es weinte nie.

Im grauen Licht des Morgens erhob sich der Stern mit der kleinen Heiligen in den Armen. Ich war bereits wach und schüttelte Meli, die sofort aufwachte. Luma und die anderen Jünger erwachten ebenfalls und setzten sich der Reihe nach auf, um zu hören, was uns der Stern sagen würde.

„Sie ist beunruhigt", erklärte er ruhig. „Sie weiß, dass sie unten im Tal leiden. Lendreth, geh du vor und sag ihnen, dass sie kommen wird."

Lendreth sprang auf und rannte sofort los, endlich auch zufrieden.

„Wer soll dich begleiten, Geliebter?", fragte Luma.

„Alle, die uns begleiten wollen, sind willkommen", erwiderte er, „aber es wird ein langer Tag werden. Ihr werdet am Ende erschöpft sein."

Mein Herz war so leicht, ich konnte nicht glauben, dass ich jemals wieder erschöpft sein würde, jetzt, wo sie bei uns war. Wir stiegen den Berg hinab und die freien Leute begleiteten uns, sie verließen endlich ihre Höhlen und Verstecke. Selbst Meli fand den Mut, uns zu folgen. Während die letzten Sterne verblassten schritt mein Volk durch die Wälder und über die Wiesen hinunter.

Keine Reiter kamen, um uns ein Leid zuzufügen. Die ganze Welt war still, als hielte sie den Atem an. Wir konnten die Hallen der Reiter durch die Bäume sehen, doch nur ein oder zwei

Rauchfäden stiegen von ihren Feuern auf. Als wir an die Furt durch den Fluss kamen, hielt der Stern inne und bat die freien Leute, auf ihrer Seite zu warten. Dort standen sie in den Schatten der Bäume und beobachteten uns.

Wir wateten durch den Fluss. Als wir uns den Hallen der Reiter näherten, hatte ich den Eindruck, dass sie schlimmer stanken als je zuvor. Sie waren still, obwohl um diese Zeit hätte hören müssen, wie sie Holz hackten, um die Feuer zu entfachen, und Korn zerstießen, um das Brot zu backen. Doch als wir uns den Mauern näherten, konnten wir nur ihr Wehgeschrei und zornig erhobene Stimmen vernehmen.

Der Geliebte ging direkt auf die Mauer der Sklavengefängnisse zu. Wir gingen hindurch, die Wand teilte sich für uns wie Nebel. Meli zitterte neben mir, doch diesmal zögerte sie nicht und wagte es, an den Ort zurückzukehren, an den sie so schreckliche Erinnerungen hatte. Das Kind hatte sie tapfer gemacht.

Es gab Keuchen, erstickte Ausrufe und Weinen in den Sklavengruben, als wir hineintraten. Unser ganzes angekettetes Volk hatte gewartet und es kaum gewagt, Lendreths Botschaft Glauben zu schenken. Jetzt umringten sie uns zitternd und versuchten einen Blick auf sie zu erhaschen. An diesem finsteren Ort leuchtete sie wie ein Stern und sie atmete den Duft von Regen und weißen Blumen aus.

Der Geliebte hielt sie empor. „Sie ist gekommen. Sie ist eure Schwester, eure Tochter, eure Mutter. Lasst jeden sie halten."

Die Leute gaben sie von Hand zu Hand weiter, streichelten ihre Wange und küssten ihre Stirn. Sie weinte nicht, regte sich nicht auf, wehrte sich nicht. Ich sah die Gnade, die sie wie ein silberner Schleier umgab, und ein wenig blieb an jedem, der sie berührte, hängen und sie wurden erleuchtet. Ich sah ausgezehrte Mütter, die ihre eigenen, dürren Kinder hielten. Ich sah Männer, die durch Alter und Sorgen und die schwere Last ihrer Ketten niedergedrückt wurden. Ich sah Waisen und Witwen und Menschen, die so vom Fieberwahn gepackt waren, dass sie nicht wussten, ob sie diesen Moment träumten.

Dort, wo sie herumgereicht wurde, setzten sie sich gesund und geheilt auf. Ihre Wunden schlossen sich. Nun hatte Lendreth sein Wunder! Diese widerwärtige Wunde in der Erde wurde von Frieden erfüllt, und die vielen, die hier gefangen waren, wurden geheilt.

Sie fragten nicht: „Wann werden wir frei sein?" oder „Was sollten wir jetzt tun?" Sie hatten keine Fragen an sie. Sie war Antwort genug.

Dann hörten wir, wie sich die Türen über uns öffneten, und die Aufseher kamen die Rampe herab und schrien Befehle. Ich sah, wie sie die Köpfe hoben und die Luft einsogen. Sie sahen verängstigt aus, und die Angst machte sie grausam. Sie schlugen mit ihren Peitschen um sich, und unser Volk gehorchte ihnen und drängte sich die Rampe empor.

Wir begleiteten sie, doch die Aufseher konnten uns nicht sehen. Sie zitterten und schwitzten. Wir gingen nach draußen, und als wir die große Halle passierten, hörten wir die Klagen. Der Geruch war jetzt noch schlimmer und drang aus dem Tor wie der faulige Atem aus dem Mund eines Kranken.

Die Sonne ging erst auf, als sie uns zu den Feldern am Fluss führten. Der Himmel war blau und die Luft klar und jetzt schon fast warm. Kein Wind regte das goldene Korn, das schwer die Köpfe hängen ließ.

Die Aufseher brüllten und schlugen mit ihren Peitschen um sich, und unser Volk gehorchte schweigend und ging an lange Ketten gefesselt an seine Arbeit. Die Männer nahmen Sicheln und schnitten das Korn, und die Frauen schritten mit Körben hinter ihnen her, um es einzusammeln. Die Kinder huschten wie Mäuse herum und sammelten die Körner auf, die zu Boden gefallen waren. Wir arbeiteten an ihrer Seite, wie wir es immer getan hatten. Der Geliebte trug das Kind in einer Schlaufe aus weißem Stoff vor der Brust und arbeitete ebenfalls mit uns.

Ich hörte, wie die Aufseher miteinander sprachen, auch wenn ich nichts verstehen konnte. In ihren Stimmen lag die Angst. Einer sank im Schatten eines Baumes nieder und keuchte, während ein anderer in den Fluss watete und dort bis zum Nacken im Wasser stehen blieb. Ein dritter stolperte mitten in ein gepflügtes Feld und schrie etwas an, was nur er sehen konnte. Andere legten sich nieder, und ein letzter erbrach etwas Schwarzes und rührte sich dann nicht mehr.

Manche Leute behaupteten, die Heilige habe die Seuche über sie gebracht. So wie ihr Atem uns Stärke und Kraft gegeben hatte, sagten sie, hatte er den Tod unter den Reitern gesät.

Ich glaube nicht daran. Ich denke, ihr Leben im Schmutz hat sie schließlich bezwungen, und die Heilige hat uns vor deren Todeszuckungen beschützt.

Die Aufseher starben, einer nach dem anderen, und dennoch machten wir in qualvoller Stille weiter. Man konnte nur die Ketten klimpern hören, während das Volk arbeitete, und das Geräusch der Sicheln, die das Korn schnitten.

Dann hörten wir die Hufschläge und die Schreie, doch diesmal waren es keine Angstschreie, sondern jene, die die Reiter ausstießen, wenn sie uns Angst machen wollten, während sie uns jagten. Ich blickte auf und sah, wie sie um die Festhalle herumkamen, sie trieben ihre Tiere mit grausamen Sporen an. Es waren die Fürsten unter den Reitern, krank, betrunken und wütend, und sie galoppierten lachend auf uns zu und schwangen ihre Messer.

„Bleibt standhaft“, mahnte der Stern. „Seid geduldig. Sie sind sterbende Männer.“

Sie kamen näher. Die Kinder schrien, versuchten in ihren Ketten zu rennen und fielen. Die kleine Heilige wand und drehte sich in ihrer Schlinge. Sie begann zu schreien.

Mit ihrem Schrei erklang ein scharfes Geräusch, das Krachen und Klingen von Metall. Die Ketten zerbarsten und fielen von unserem Volk ab. Ich sah, wie sich die Fesseln einfach von Hand- und Fußgelenken lösten. Die Leute waren frei, rührten sich jedoch nicht, da sie es noch immer nicht glauben konnten. Die Reiter kamen heran, schwangen ihre Waffen und stachen mit ihren Speeren nach unserem Volk, und einige wurden von ihnen verwundet.

Ich hörte Lendreth schreien: „Ihr werdet getötet, wenn ihr euch wehrt, und jetzt werdet ihr getötet, wenn ihr euch nicht wehrt! Verteidigt euch!“ Er packte eine Sichel und schlug mit ihr nach dem nächsten Reiter, der in seine Nähe kam. Die Klinge traf sein Tier an der Kehle. Sein Blut schoss hervor und besudelte Lendreths weiße Robe, während die Bestie in die Knie ging, und der Reiter wurde unter dem Tier begraben. Dann packte ein Mann die Kette, mit der er einst gefesselt gewesen war und begann, damit auf den Reiter einzuschlagen.

Ich habe viele Schrecken gesehen, doch ich hätte niemals geglaubt, dass ich mein eigenes Volk solche Dinge würde tun sehen, die es an diesem Tag tat. Das Morden breitete sich von dieser einen Stelle wie Feuer auf dem Feld aus. Ich hörte die rauen Schreie meines Volkes, während sie die Reiter erstachen oder zu Tode prügelten. Der Stern hielt seine Hände weinend nach oben gestreckt, und die kleine Heilige schrie und schrie.

Als die Reiter einer nach dem anderen starben, hörte es endlich auf. Die Leute blickten auf ihre blutigen Hände und ließen dann ihre blutigen Sicheln fallen. Die Ketten waren mit Blut, Haaren und Hirnmasse bedeckt. Sie blickten sich um, als ob sie aus einem Traum erwachten. Lendreth hob die Hände und schrie: „Wir haben gewonnen! Wir sind frei!“

„Nicht frei“, sagte mein Geliebter traurig.

An diesem Tag, auf diesem Feld, endete deine Kindheit, und
Deine Unschuld verging in einem Schauer aus Blut.
Du warst glorreich in deinem Zorn. Du hast dich mit ihrer Verderbnis angesteckt,
Tödlicher als jedes Fieber, denn du wirst leben, um dafür Rechenschaft abzulegen,
Du wirst stolz auf das sein, was du getan hast,
Du wirst vergessen, was du zuvor gewesen bist. Du wirst wie deine Feinde werden.
Und so ist die Zukunft festgeschrieben.
Oh, kleines Kind, welche Taten und welche Erschwernisse warten auf dich.

Er sprach nicht mit Lendreth, sondern schritt über das Feld zu einem Kind, das niedergetrampelt worden war und vor Schmerzen stöhnte. Er kniete neben dem Jungen nieder und setzte das Kind neben ihm ab. Sie berührte den Jungen mit der Hand.

Er wurde augenblicklich geheilt, doch während mein Geliebter am Boden kniete, drückte sich ein sterbender Reiter hoch und schlug mit einer Sense nach ihm. Sie traf ihn am Fuß und durchschnitt das Fleisch bis auf den Knochen. Luma, Meli und ich rannten zu unserem Stern und sahen, dass der Reiter bereits tot niedergesunken war, die Sichel noch immer umklammert. Wir stießen ihn zur Seite, und das Blut ergoss sich aus der Wunde unseres Geliebten.

Luma zerriss ihre Robe und stoppte die Blutung, und Meli und ich flehten ihn an, das Kind seine Verletzung heilen zu lassen. Doch er schüttelte nur den Kopf.

Verbindet sie, doch sie wird niemals heilen.
So werde ich mit dem Blut auf meinen Füßen in die Freiheit schreiten,

Über die Leiber der Toten, damit sich die Verdammnis schließlich erfüllt.

Wir trugen ihn vom Feld über den Fluss, wo wir auf das freie Volk trafen, das seine Verletzung beklagte. Wir blieben bei ihm, reinigten die Wunde und verbanden sie. Lendreth nahm die Jünger und durchsuchte die weiter weg liegenden Häuser und Felder, um jene Leute zu finden, die sich dort noch verbergen mochten. Sie kehrten zurück, bleich und erschüttert von den Dingen, die sie gesehen hatten, und brachten die letzten befreiten Gefangenen mit.

Lendreth war begierig, für sein Fehlverhalten Buße zu tun. Er sorgte dafür, dass Bandagen und Salben von den Berghöhlen und Krüge mit frischem Wasser von der Quelle heruntergebracht wurden, da das Flusswasser zu verdorben war, um es zu trinken. Mein Geliebter lag ganz still und hielt die kleine Heilige, als er ihres Trosts bedürfe. Sie schlief.

So schliefen wir in dieser Nacht im Tal, ohne Angst. Das erste Mal blickte ich von jenem Ort aus zu den Sternen auf, an dem unser Volk vor so langer Zeit getanzt hatte. Doch die großen Bäume waren alle tot und das Tanzgrün ein verkommenes Feld. Wir waren nicht das Volk, das wir damals gewesen waren. Mein Geliebter hatte uns am Leben gehalten, wir hatten die Kette und die Peitsche in der Unschuld unserer Herzen überdauert, doch dann hatte er uns in der Stunde seines Triumphes verloren.

Irgendwann mitten in der Nacht begannen die Dächer der Häuser jenseits des Flusses zu brennen. Wir sahen den Flammen zu.

o o o

Als der Morgen graute, kniete Lendreth mit gesenktem Blick vor meinem Geliebten und fragte, was wir nun tun sollten. „Wir werden diesen Ort verlassen“, verkündete der Stern.

„Wo gehen wir hin?“, fragte Lendreth.

„Wir werden dem Fluss folgen", sagte der Stern. „Er wird uns zum Land jenseits der Berge führen."

„Strahlender, das ist unmöglich", wehrte Lendreth ab und hob seinen Blick. „Ich bin diesen Weg entlanggegangen. Ich bin bis zum Bergwall gereist und habe gesehen, wie der Fluss unter den Felsen verschwand. Ich versuchte, den Wall zu erklettern, und scheiterte. Ich habe wochenlang gesucht, doch konnte ich keine Pässe hindurch finden."

„Du konntest sie nicht finden", sagte der Stern, „und ich könnte sie nicht finden. Doch das Kind ist zu uns gekommen, und die Welt ist eine andere. Sie wird einen Weg für uns finden."

Lendreth beugte den Kopf. „Dann möchte ich dich respektvoll bitten, dass wir den Pfad der Sonne nehmen, flussabwärts, und nicht", er senkte die Stimme, „den Weg des verfluchten Gard. Ich bin auch diesem Weg gefolgt, und er besteht nur aus Klippen aus Eis und steilen Felsen."

„Also folgen wir dem Pfad der Sonne", sagte der Sterne, „denn wir treiben flussabwärts."

o o o

Wir verließen das Land unserer Geburt. Wir verabschiedeten uns singend von den Bergen, die unsere Zuflucht und unser Gefängnis gewesen waren. Wir verabschiedeten uns singend von dem großen Baum, unter dem der Geliebte uns Geschichten erzählt hatte. Wir verabschiedeten uns singend von den zerstören Orten, die einst die unseren gewesen waren, und wo nun die toten Reiter in all ihrer Verderbtheit lagen.

Lendreth ließ eine Trage anfertigen. Der arme lahme Geliebte nahm in ihr Platz und hielt die kleine Heilige und wir, seine Liebenden, trugen ihn. Wir legten unsere weißen Roben an, bestreuten seine Trage mit Blumen und trugen ihn voller Stolz.

Singend verließen wir dieses Land, und als wir gingen, wurden wir von den Geistern der Toten begleitet. Manche waren weiße

Vögel. Manche waren schwebende Schatten. Ich sah, wie sie aus den geschwärzten Ruinen der Häuser der Reiter in den Himmel strömten, Wolken über Wolken von weißen Schmetterlingen. Sie alle waren in den schwarzen Gruben gestorben, bevor das Kind gekommen war: Ihre Seelen waren frei, und sie folgten uns.

Es war eine lange Reise, und wir kamen nur langsam voran. Das Land war hart, baumlos und voller Steine, und oft hatte sich der Fluss Klüfte und Schluchten geschnitten. Er schoss schnell dahin und schäumte, und es war schwer, sicheren Tritt zu finden. Manchmal mussten wir tagelange Pausen einlegen, während Lendreth mit seinen Jüngern ausschwärmte, um klares Wasser zu finden, damit wir unsere Wasserkürbisse wieder füllen konnten. Es gab nur wenig zu essen.

Doch der Geliebte gab uns Kraft. Er erzählte uns die alten Geschichten von den grünen, warmen Wäldern jenseits der Berge, und sie waren wie neu für uns, jetzt, wo sie sich tatsächlich erfüllen mochten.

Er sang das alte Lied „Oh, wenn wir Sterne wären", und es war kein trauriges Lied mehr, sondern voller Hoffnung. Wir träumten von Obsthainen, Gärten und süßen Wiesen.

Während wir ihn trugen, sang er auch der kleinen Heiligen mit sanfter Stimme vor. Wenn er sang, kam es mir so vor, als würde er leicht verblassen und sie dafür noch heller erstrahlen. Er litt große Schmerzen, denn trotz all unserer Anstrengungen heilte die Wunde in seinem Fuß nicht. Seine Augen wurden trübe und seine Stimme schwächer.

Doch das Kind setzte sich auf, sie blickte sich um und schien zu verstehen, was sie sah und hörte. Manchmal sah ich sie zusammen singen, während er sie vor sich hielt. Sie beobachtete sein Gesicht, sie bewegte ihre kleinen Lippen wie er, als wisse sie, dass sie die Lieder erlernen musste. Sie war ein ernstes Kind.

○ ○ ○

Schließlich erreichten wir einen hohen, kalten Landstrich, über den der Fluss rauschte. Er stürzte tief über eine Klippe, zerstob zu weißem Nebel und teilte sich in Tausende einzelne Ströme, die sich durch ein sumpfiges Tal schlängelten. Auf der anderen Seite des Tals erhoben sich die Berge steil und hoch, wie ein Wall, den niemand überwinden konnte.

„Das ist, was ich versucht habe, dir zu erklären“, sagte Lendreth, der herangekommen war und sich mit ruhiger Stimme mit dem Stern unterhielt. „Ich bin dort runter gegangen. Ich bin wie ein Reiher zwei Monde lang durch den Schlamm gestapft, von einer Seite des Tals zur anderen, und alles, was ich gefunden habe, war der Fluss, der unter der Erde verschwindet. Wir können nicht weiter gehen.“

Der Stern musterte ihn mit einem traurigen Blick. „Wir können. Hab ein wenig Vertrauen, Lendreth. Immerhin ist das Kind jetzt bei uns.“

„Aber sie ist doch nur ein Säugling“, beschwerte sich Lendreth.

Mein Geliebter schüttelte den Kopf. Er stützte sich auf die Krücke, die wir für ihn gefertigt hatten, humpelte ein Stück weg und rief nach der kleinen Heiligen. Luma holte sie vom Fluss, wo sie im Sand gespielt hatte, und brachte sie zu ihm. Er wischte lächelnd den Sand von ihr ab und setzte sie in seinen Arm. Er beugte sich zu ihr und flüsterte ihr etwas ins Ohr.

Dann hob er den Kopf und sang einen befehlenden Ton. Der Fluss wurde in seinem Lauf gestört, das graue Wasser zog sich von den Flussbänken zurück und begann, merkwürdig zu blubbern. Dort, wo es über die Kante schoss, bildeten sich seltsame Muster.

„Verstehst du, Lendreth? Ich bin nicht stark genug. Doch sieh nur!“ Der Geliebte umfasste die Hand des kleinen Mädchens mit seiner und hielt sie empor. Er blickte ihr in die Augen und sang erneut sanft den Ton. Sie öffnete den Mund und sang ebenfalls, den gleichen Ton. Ihre Stimmen wurden lauter. Er wandte sich mit ihr um und blickte zum Bergwall hinauf.

Narren, die später geboren wurden und damals nicht bei uns waren, sagen, sie glaubten nicht, was als nächstes passierte. Sie sagen, wir seien ins Tal hinuntergegangen und müssten nach langem Suchen einen engen, versteckten Durchschlupf gefunden haben. Doch so ist es nicht geschehen. Wenn du so wie ich dort gewesen wärst, würdest du es dein ganzes Leben lang nicht mehr vergessen.

Ich sage dir, das Wasser erzitterte und stieg in seinem Bett, es erhob seinen schäumenden Nacken von der Klippe und hing in der Luft wie eine gläserne Schlange. Die vielen Bäche in der Ebene sammelten sich wie ein sich schließender gefächerter Schwanz eines Vogels und wurden nach oben gezogen. In der Sonne glitzernd und blinkend strömte das Wasser mit all seiner geballten Kraft vorwärts, es schoss brüllend mitten durch die Luft.

Der Fluss traf den Berg mit solch einer Wucht, dass dieser bis ins Fundament erschauerte. Schäumend und knirschend, leckend und gierig fraß es sich in den Berg, und Steine und Schlamm schossen aus der Bergflanke und stürzten nach unten. Es bohrte sich in den Berg und schuf einen Tunnel für uns.

Wir hoben unsere Hände und schrien voller Begeisterung angesichts dieses Wunders, nachdem wir so viele bittere Tage durch bittere Länder gereist waren. Mein Geliebter stand aufrecht und bewegungslos mit dem Kind auf den Armen, und sie wehrte sich nie und entzog ihm nicht die Hand, sondern sah ruhig zu, wie das Wasser durch die Leere schoss. Der Berg war hinter Regenbögen verschwunden.

Erst nachdem der Fluss den Berg schließlich durchbohrt hatte und die Regenbögen in der plötzlich folgenden Stille verblassten, begann der Stern zu schwanken. Er rief uns zu, das Kind zu nehmen. Meli hob sie in ihre Arme als er zurücktaumelte, und Luma und ich fingen ihn im Fallen auf.

Auch der Fluss fiel. Er regnete aus der Luft herab, ergoss sich wieder in sein Bett und verbarg die nassen Felsen unter sich erneut mit seinem Sprühnebel. Doch wir konnten nun sehen, dass sich in der Flanke des Berges eine dunkle Höhle geöffnet hatte.

Mein Geliebter sprach und bewegte sich nicht, er war kränklich fahl und seine Augen geschlossen. Wir legten ihn weinend auf seine Trage und auch das Kind weinte. Wir setzten sie an seine Seite. Er erholte sich genug, um seinen Arm um sie zu legen, und mit schwacher Stimme drängte er uns, uns zu beeilen. Lendreth rief uns zu, ihm zu folgen und befahl, das höchstens zwei Personen nebeneinander gehen durften. Er führte uns auf den Wegen, die er bereits kannte, den steilen Abhang hinunter und dann entlang des Sumpfes.

Es kostete uns einen halben Tag, an dem wir uns über gefährliche, gewundene Pfade durch den schwarzen Schlamm kämpften, doch schließlich kamen wir zu dem Tunnel im Berg und sahen Licht an seinem fernen Ende. Wir eilten durch die nasse, hallende Dunkelheit, kletterten über Felsen, platschten durch Wassertümpel und duckten uns unter triefenden, verkümmerten Wurzeln.

Es war gerade Abend geworden, als wir auf das nasse Gras auf der anderen Seite des Berges traten. Wir blickten hinunter auf ein wunderbares grünes Land voller Wälder, dem Ort unserer Träume. Ein neuer Mond hing tief am Himmel, und ein Stern.

o o o

Manchmal träume ich davon, dass wir alle wieder an dem Ort sind, an dem wir durch den Berg kamen, und dass mein Geliebter stark und gesund ist, wie er in den alten Tagen war. Er sitzt unter einem großen Baum und erzählt uns Geschichten, wie er es immer getan hat, und wir machen Scherze und lieben uns wie in den alten Tagen unter dem leuchtenden Schein der Sterne. Meli ist glücklich und lacht. In meinen Träumen lässt er sich mit mir im süßen Gras nieder und erfüllt mich erneut mit Freude. Doch manchmal endet mein Traum schlecht, denn ich schaue auf und sehe Lendreth, der über uns steht und angewidert den Kopf schüttelt …

Die Wahrheit war nicht im Geringsten wie mein Traum. Der Stern war viele Stunden lang bewusstlos. Im hellen Licht dieses Ortes sahen wir, dass er auf einmal ausgezehrt und alt wirkte. Das Kind saß neben ihm und spielte im Gras. Hin und wieder krabbelte sie zu ihm, tätschelte sein schlafendes Gesicht und sah uns fragend an.

Als der Geliebte endlich erwachte, versuchten wir, ihn dazu zu bringen, etwas zu essen. Wir wollten ihm Suppen einflößen, damit er wieder zu seiner Stärke zurückfand, wie wir es bei jenen taten, die gerade erst aus den Sklavengruben gerettet worden waren. Er schlürfte ein wenig davon, hatte aber keinen Appetit. Lendreth schalt ihn und meinte, dass es eine Schande wäre, wenn er aufgrund seiner Krankheit unsere neu gefundene Freiheit nicht genießen konnte.

„Ich bin nicht krank, Lendreth", murmelte der Stern. „Ich bin verbraucht. Meine Zeit ist vorbei. Du hattest einen unvollkommenen Lehrer, doch sie, die gekommen ist, ist ohne Unvollkommenheit. Die Zeit, die kommt, ist ihre Zeit."

Da weinten wir alle und flehten ihn an, nicht zur Erde zurückzukehren. Er lächelte und versprach, dass er noch ein wenig bei uns bleiben würde, da das Kind noch zu jung wäre, um uns zu führen.

o o o

Als er stark genug war, setzten wir ihn auf die Trage und schritten die Hänge hinab zu den grünen Bäumen. Es war heiß dort. Die Luft war klar und trocken und glitzerte wie Kristall, selbst unter dem schützenden grünen Dach. Sie war so angenehm, dass manche von unserem Volk ihre Gewänder abnahmen und nie wieder anlegten.

Unter den Bäumen fanden wir jene Stelle, an der der Fluss wieder aus dem Berg austrat. Wir folgten seinem Ufer, wie wir es zuvor getan hatten. Wir fanden Bäume, die Früchte trugen, und viele seltsame Blumen. Das Kind aß begeistert von den Beeren, die wir ihm in einem gerollten Blatt brachten, und befleckte dabei seine kleinen Fäuste und seinen Mund.

Wir reisten monatelang. Unser Volk wurde wieder stark, und selbst die Kinder, die in der Grube geboren worden waren, wurden kräftig und lernten zu lachen. Dann fanden wir heraus, dass wir nicht alleine in diesem schönen Land waren.

An einem Ort, an dem der Fluss durch eine Felsschlucht strömte, sahen wir ein Wunder: Es war ein hoher Felshügel voller seltsamer Farben, der am Ufer stand. Stufen waren in den Fels gehauen und erhoben sich von dem kleinen Strand. Wir waren voller Angst. Selbst Lendreth wandte sich mit bleichem Gesicht an den Stern, weil wir davon überzeugt waren, einen Ort erreicht zu haben, an dem die Reiter lebten.

Der Geliebte streckte nur seine Hände aus, um uns zu beruhigen. Er erzählte uns, dass es sich um einen Ort des Schreckens für andere handelte, doch uns würde kein Leid geschehen, wenn wir daran vorüberzögen. Ich blickte über die Schulter, als wir den Ort hinter uns ließen und sah, dass Treppen hoch auf den seltsamen Hügel hinaufführten. Sie waren sorgfältig und akkurat gefertigt, ungleich allem, was die Reiter geschaffen hatten, und die Dämonen errichteten nichts. Außerdem hatte schon seit Jahren niemand mehr einen Dämon gesehen.

Wir wussten damals noch nichts von den Kindern der Sonne. Der Geliebte erzählte uns später von ihnen und erklärte uns, dass sie ebenso wie wir in dieses Land gekommen wären und dass wir es mit ihnen teilen müssten. Er sagte, dass sie anders als die Reiter kein böses Volk seien, wenn auch ein wenig begriffsstutzig.

○ ○ ○

Eine Woche später kamen wir zu einem weiteren Wasserfall, der sich in einen See ergoss. Hier stürzte der Geliebte, während er sich auf dem Pfad am Wasser voranquälte und unsere kleine Heilige bei sich trug. Wir eilten klagend zum See hinunter, und Lendreth und Kdwyr tauchten ihnen hinterher, doch das Kind schwamm völlig unversehrt wie ein Blütenblatt auf dem Wasser, und in einer Hand hielt sie einen Zipfel der Robe des Geliebten, sodass man ihn leicht finden und sicher zum Ufer bringen konnte.

Er lag lange Zeit krank am Flussbett. Das Kind tätschelte ihn und küsste sein Gesicht, denn inzwischen hatte sie das Küssen gelernt. Endlich setzte er sich auf und sagte, wir müssten weiter, da ihm nur noch wenig Zeit bliebe.

○ ○ ○

Eines Morgens erwachten wir im Nebel, dicht und wogend trieb er über dem Wasser. Eines Abends sahen wir wie eine Flut im Fluss gegen die Strömung nach oben strömte und einen sprühenden, weißen Wellenkamm auftürmte, und wir fragten uns, was da geschah.

○ ○ ○

Am nächsten Tag kamen wir zu einem schönen, grünen Ort – Wiesen am Rand des Flusses, Zypressen- und Eichenhaine, kühl und feucht. Violette Reiher stakten im Schilf umher und ließen sich auf silbernen Baumstümpfen nieder. Nebel trieb dahin. Die Luft war von einer seltsamen Musik erfüllt, seufzend und hallend, und vom Gesang unbekannter Vögel.

Hier bat der Stern uns, seine Trage abzustellen. Meli brachte ihm das Kind und er küsste ihre Stirn und flüsterte ihr sanft Dinge ins Ohr. Er setzte sie zu seinen Füßen ab, und dann wandte sich unser Geliebter an uns alle.

Dies ist der Ort des Abschieds. Mein Licht ist verloschen, meine Stärke hat mich verlassen, mein Schmerz hat alles verbrannt.

Doch ihr werdet frohlockend im Licht gehen, in dem das Kind wandelt, denn

Sie wird euch nun führen, und ich bitte euch, seid gut zu ihr. Wo ich jetzt hingehe,

Werde ich endlich Frieden finden und eine lange Rast.

Wir weinten, als wir ihn so sprechen hörten. Doch unsere Trauer wurde auch von Freude begleitet, da die kleine Heilige nun seine Robe packte und sich emporzog. Sie stand erstmals auf ihren eigenen zwei Beinen und machte sicher ihren ersten Schritt, an diesem Ort, in diesem Moment.

Der Stern lachte. „Seht ihr? Die wunderschöne Blume versteht mich."

Doch Meli warf sich zu seinen Füßen auf den Boden, verzweifelt, zerfurchte die Erde mit ihren Fingern und flehte ihn an, sie nicht zurückzulassen. Einige wenige waren wie sie; sie hatten im alten Land besonders schlimm gelitten. Luma kniete zu seinen Füßen und sagte kein Wort, sie streckte nur ihre leeren Hände aus, da ihr keine Familie geblieben war außer dem Stern.

Unser Geliebter seufzte schwer. Er bat uns, einer nach dem anderen zu ihm zu kommen, und er hatte Anweisungen für jeden von uns. Ich sah, wie sich Melis Gesicht vor Erleichterung erhellte, und ich sah, wie Lendreth ernst blickte, ebenso Kdwyr. Diejenigen, die der Stern ausgewählt hatte, gingen zum Rand des Flusses und standen dort voller Erwartung. Für mich wirkten sie im Nebel bereits wie Geister, fast durchscheinend. Luma und Meli waren unter ihnen. Ich begann zu verstehen, doch mein Herz brach.

Als ich vor meinen Geliebten trat, blickte er mir in die Augen. „Meine kleine Seni", sagte er und küsste mich. „Du bist eine der Starken. Du warst immer mutig und glücklich. Wirst du bleiben und der kleinen Heiligen helfen, sich um unser Volk zu kümmern? Sie wird dir für dein tapferes Herz dankbar sein."

Meine Kehle war so zugeschnürt, dass ich kein Wort herausbrachte, doch ich nickte. Er küsste die Tränen weg, die über mein Gesicht rannen, legte seine Hand auf meine Stirn und segnete mich. Da fühlte ich mich so stark, wie er gesagt hatte, und so tapfer.

Er legte mir das Kind in die Arme. Stockend ging er zum Rand des Flusses. Wir folgten ihm. Meli und ich, die wir wie Schwestern gewesen waren, umarmten einander und weinten. Das Kind blickte in die traurigen Gesichter und begann zu wimmern, ängstlich und mit weit aufgerissenen Augen.

Das war das letzte seiner Wunder: Der Stern hob seine Hände und begann zu singen, und eine Welle kam den Fluss hinunter. Sie war völlig weiß und schien aus Schaum, Nebel und den weißen Flügeln von Schmetterlingen und Vögeln zu bestehen. Ich hatte damals keine Ahnung, was es war.

Ein starker Wind kam auf und die Luft wurde klarer. Wir blickten über eine silberne Weite von schillerndem Wasser, die bis zum Ende der Welt zu reichen schien. Vögel mit sensenscharfen Flügeln tanzten darüber und stießen immer wieder hinab, doch es waren keine Raben, sie waren weiß wie Milch. Der Fluss rauschte heran als wäre er begierig darauf, eine Liebste in die Arme zu schließen.

Mein Geliebter trat in das weiße Wasser, und Luma folgte ihm, dann Meli und jene wenigen anderen, die er auserwählt hatte. Das Weiße trug sie. Es entfernte sich über das Wasser und trug sie in die glitzernde Ewigkeit.

Zum ersten Mal in seinem Leben weinte das Kind in meinen Armen protestierend. Sie schrie, reckte ihre kleinen Hände empor und blickte ihm hinterher. Er drehte sich um und sah sie an, dann hob er seine Hand zu einem letzten Segen.

Unser Gesang erhob sich, und unsere lange Klage übertönte für einige Zeit das Brechen der Wellen am Ufer.

Sie trägt Fetzen und Federn mit verwobenen Perlen und Muscheln. In ihrem Haar sind Blumen. Tränen strömen über ihr Gesicht. Die Blumen in ihrem Haar sind verblasst, denn die Zeit hat sie gejagt, gefangen, zerfetzt und wieder ausgespien.

Sie blickt auf das Boot. Es ist kein Fahrzeug aus einer fremden Welt, kein Schiff aus Kristallschaum, dessen Linien und Spanten aus hellem Wasser bestehen. Es ist nur ein kleines Handelsboot mit einem Mast, gerade groß genug für ein paar Pilger und ein oder zwei Bündel, die jene mitbringen, die ihre weltlichen Besitztümer noch nicht loslassen können. Doch es ist ihre einzige Hoffnung.

Ich tat, wie mir geheißen. Ich blieb und kümmerte mich um die kleine Heilige; wir alle kümmerten uns um sie. Sie wuchs heran und wurde hübsch und weise. Das ist sie noch immer, egal was die Trevanion sagen mögen. Sie lügen, sie belügen ihre Herzen, um anderes behaupten zu können. Sie triumphiert über die Dunkelheit und kann nicht überwältigt werden, sie ist ohne Sünde und stark wie die Erde selbst.

Doch ich bin nun schwach und träume in den Nächten von einem Baum unter den Sternen und einer unschuldigen Zeit. Wach oder schlafend höre ich seine Stimme. Ich bin über den kalten Sand gewandert und habe mich nach ihm gesehnt, und ich kann es nicht mehr länger ertragen. Seht nur! Die Flut und der Wind sind uns wohlgesonnen. In meinem Herzen bin ich bereits bei meinem Geliebten.

Friede sei mit dir.

3

Die Masken

Es ist ein früher Abend über einer Stadt aus Stein, nur im Westen ist es noch hell. Ein Stern hängt tief am Himmel.

Dort, wo sich die Stadt in die Hügel hinauf erstreckt, stehtein Amphitheater, ein Halbkreis aus steinernen Blöcken, die den Hügel erklimmen, und darunter ein langes, flaches Gebäude. Die Plattform davor ist durch Öllampen, deren Schein auf geschickte Weise mit Vergrößerungsgläsern verstärkt wird, hell erleuchtet. Vor der Plattform befindet sich eine Musikantengrube, wo die Musiker sich bereits zu versammeln beginnen. Dahinter führt eine Rampe zu schattigen Alkoven, die mit schweren Tüchern verhängt sind.

Leute klettern in die Reihen der steinernen Sitze, in Scharen kommen sie aus der Stadt geschwärmt. Ihre Haut hat die Farbe eines Sonnenaufgangs im Hochsommer.

Adligen in prächtigen Gewändern eilen Diener hinterher, die Kissen, Wein und kaltes Buffet in Körben in den Händen halten. Reiche Mittelschichtfamilien tragen ihre eigenen Polster und Picknickkörbe. Die Armen, die besonders zahlreich herbeiströmen, umklammern flache Polster und haben oft nur ein Stück Brot oder einen kleinen Beutel Oliven mitgebracht. Die Bettler haben gar nichts dabei, sie bitten die anderen Besucher um Almosen.

Doch alle sind sie glücklich und freuen sich auf die abendliche Unterhaltung.

Wenn alle Sitze besetzt und die Verkäufer, die Kissen, Teleskope und Nüsse feilbieten, durch die Reihen gegangen sind, senkt sich eine wartende Stille. Ein Mann erscheint von hinten, tritt auf die Bühne, und Applaus brandet auf.

Er ist nur ein Schauspieler, doch er trägt eine Maske, die die idealisierten Züge des großen Dichters Golddraht zeigt. Er bleibt stehen, verbeugt sich mit großer Geste und richtet sich ans Publikum. Seine Stimme ist kraftvoll und voller Autorität und erreicht mühelos auch die ärmsten Zuschauer in den obersten Reihen.

Nicht von den Göttern will ich singen, ihrem strengen Gericht, ihrer Leidenschaften und gerechtem Zorn;

Nicht von den Helden Deliantibas oder ihren langen Kriegen.

Keine Komödie präsentiere ich, zu verdienen Gelächter und klingende Münzen.

Keine Geschichte von junger Liebe, um eure Töchter in Tränen erbeben zu lassen.

Nein. Seht nun stattdessen eine Geschichte, die Euer Blut stocken lässt,

Die Geschichte eines Monsters, von finstersten Taten erfüllt!

Er breitet die Arme aus, die uralte Geste der Präsentation, und schreitet fünf genau abgemessene Schritte nach rechts. Die Musikanten spielen eine Dissonanz aus schrillen Flötentönen und Kesselpauke. Von beiden Seiten stürmen die Schauspieler springend auf die Bühne; sie sind auch Akrobaten und mit fließenden Gewändern in mitternachtsschwarz, schieferblau, violett und dunkelrot verkleidet. Ihre Masken stellen Totenschädel und Bestien dar, fremdartig und schrecklich. Sie drängen zusammen und türmen sich zu einer Pyramide auf.

Aus der Dunkelheit im hinteren Bereich der Bühne schreitet eine weitere Gestalt hervor, komplett in schwarz gekleidet. Sie trägt eine an den Schultern gepanzerte Rüstung, die ihr den Anblick eines Gottes verleihen soll; ihre Maske ist bärtig und schauerlich, mit gemalten Zinnkreisen um die Augen, um den Eindruck von lodernden Flammen zu erwecken.

Die Gestalt springt hoch und kommt auf der Menschenpyramide zu Stehen. Die Flöten verstummen, doch die Pauken schlagen hallend weiter, und dann erklingen sehr dramatisch tiefe Schiffshörner und spielen das Leitmotiv des Schurken. Er reckt die Hände in den schwarzen Handschuhen nach oben und zieht in effektvoller Zeitlupe zwei Schwerter aus den Scheiden auf seinem Rücken.

In der Technikerkabine, die in halber Höhe zwischen den Sitzreihen platziert ist, wird eine Blendlaterne mit enormer Kraft entzündet und auf die Gestalt gerichtet, sodass ihr schwarzer Schatten mächtig und scharf auf die verhängte Wand hinter ihr fällt.

Die Zuschauer erschauern wohlig in der heißen Nacht und lehnen sich nach vorne. Der Erzähler in der Maske Golddrahts spricht mit gewisser Befriedigung in seiner Stimme:

So seht ihn nun, den Herrn des Berges!
Von ihm werde ich heute singen und davon künden, wie er zu uns kam!

o o o

Gard war schon monatelang unterwegs, als er den Ozean fand, und das Licht, die Geräusche und der Geruch verzauberten ihn so sehr, dass er dem Strand von da an folgte.

Es erstaunte ihn, dass er in der Lage war, Glück zu empfinden. Er ging entlang der Flutlinie, drehte von Zeit zu Zeit mit seinem Speer Muscheln um und blieb manchmal stehen, um eine besonders hübsche aufheben. Nach kurzer Zeit waren seine Taschen voll.

Nachts lag er in den Dünen, streckte sich im langen Gras aus und starrte stundenlang zu den Sternen hinauf, ehe er einschlief. Er glaubte nicht, vom Schein der Sterne oder dem Sonnenlicht jemals genug bekommen zu können.

Manchmal sah er anmutige Gegenstände, die mit weißen Flügeln am silbernen Horizont entlangglitten. Zuerst stellten sie für Gard ein Rätsel dar, bis er sich wieder an die Reiseberichte von Kupferglied erinnerte und erkannte, dass es sich um Schiffe handeln musste.

Vier Tage nachdem er das erste Schiff gesehen hatte, erspähte er weit weg am Strand in nördlicher Richtung etwas. Als er sich vorsichtig näherte, erkannte er, dass es rechteckig war, so ähnlich wie ein Raum aussehen mochte, wenn man seine Wände von außen sehen könnte. Als er näher kam, erkannte er, dass es tatsächlich aus behauenen, exakt zusammengefügten Steinen geformt war. Die Arbeit erfreute ihn für einen Moment.

Dann dachte er an die steinernen Hallen der Reiter, hielt an und verzog ärgerlich das Gesicht, doch das Bauwerk mit seiner hübschen Geometrie hatte nur wenig Ähnlichkeit mit deren ärmlichen Steinhütten. Trotzdem umfasste Gard seinen Speer fester, während er weiterging.

Der Wind drehte sich, und er nahm den Geruch gebratener Nahrung wahr. Ihm lief das Wasser im Mund zusammen. Etwas war auf die Vorderseite des Steinzimmers geschrieben, und als er näher kam, erkannte er ein Wort in der Sprache der Kinder der Sonne. Das Wort lautete „Erfrischungen".

Gard stützte sich einen Moment lang auf seinem Speer und dachte darüber nach. Er suchte in seinem Gedächtnis nach dem nötigen Zauber und gab sich die Hautfarbe eines Kindes der Sonne. Als er spürte, dass die Illusion gut genug war, ging er zu dem Steinraum hinüber.

Die Vorderseite hatte keine Tür, aber eine Öffnung in Brusthöhe. Gard blickte in eine kleine Küche, in der ein Mann einen Fisch zerteilte. Dieses Kind der Sonne erinnerte ihn an einen um Jahre jüngeren Stolperhammer. Er blickte auf, bemerkte Gard und kam sofort zur Öffnung, während er sich die Hände an einem Tuch abwischte.

„Guten Morgen, Reisender. Was kann ich Euch anbieten? Ein wenig gebratenen Fisch?"

„Ja", sagte Gard.

„Was wollt Ihr trinken?" Der Mann wies mit einer Hand auf eine gerahmte Schiefertafel neben dem Ofen, auf die mit Kreide viele Wörter geschrieben worden waren. Gard musterte sie einen Moment lang.

„Ein Krug von Gabrekrians Bestem, drittes Jahr, Fürst Zaubermetall", las er laut vor, „und … Brot, Oliven, Käse, Äpfel und Aprikosen in Honig."

„Aber sicher doch, mein Fürst", erwiderte der Mann, plötzlich um einiges unterwürfiger. „Ihr meint den gabrekianischen Weißen, mein Herr?"

„Ja."

„Ihr seid sehr hungrig, mein Herr, wenn ich so frei sein darf. Ihr müsst auf der Jagd gewesen sein, nicht wahr?"

„Ja."

„Ihr kommt von den Anwesen, um ein wenig am Meer zu zelten, schätze ich?"

„Ja."

„Euer erster Besuch in Gabrekia?"

„Ja."

„Es wird Euch gefallen, Herr. Die Luft ist hier sehr gut."

„Ja, das ist sie."

Gard sah dem Mann zu, wie er geschäftig in der Küche werkte, Fischstückchen in Teig tauchte und sie briet. Gard dachte über seine nächste Frage sorgfältig nach, bevor er das Wort ergriff. „Kennt Ihr den Fluss, der viele Meilen von hier im Süden fließt?"

„Das müsste der Rethestlin sein, oder, Herr? Ich habe von ihm gehört."

„Wo er ins Meer fließt, hat jemand einen Garten angelegt und drei Steine aufgestellt mit", Gard stockte einen Augenblick, „mit seltsamen Zeichnungen. Wisst Ihr, wer sie gemacht hat?"

„Es tut mir leid, mein Fürst, das weiß ich nicht. Ich war noch nie dort. Es ist dort für meinen Geschmack zu grün, zu nass und zu düster!" Der Mann erschauerte, während er rotes Geschirr auf ein Tablett stellte und Essen darauf häufte. „Ihr solltet vorsichtig sein, wenn ihr an derartigen Orten jagen wollt, mein Herr. Dort gibt es viele Dämonen und diese Waldbewohner, wie nennt man die noch, diese Yendri."

„Yendri." Gard wiederholte das Wort und dachte, wie seltsam es sich doch hier im gleißenden Sonnenlicht anhörte. Es war ein Wort der Erdgeborenen und bedeutete schlicht und einfach „Volk". Er hatte geweint, als er die Steine gefunden und die vertrauten Zeichnungen auf ihnen entdeckt hatte.

„Wenn Ihr einfach hier herumgeht, Herr, ich bringe Euch gleich das Essen."

Gard blickte um die Ecke und sah einen überdachten Speisebereich, der aber an den Seiten offen war. Tische und Bänke standen im Sand. Er ging hinüber und setzte sich, dann öffnete er seinen Beutel und suchte darin herum, bis er das Geld fand, das er mitgenommen hatte. Er wählte eine Goldmünze, die von den Kindern der Sonne geprägt worden war, sie zeigte das Profil eines Mannes und die Worte FRESKIN, DIKTATOR, 6. JAHR.

Der Mann brachte ein Tablett mit sich auftürmendem Essen und stellte es vor Gard ab. „Ich gehe nur rasch den Wein holen und …" Er erstarrte, als Gard die Münze hochhielt. Dann nahm er sie und betrachtete sie lange. „Bei den neun Höllen! Ich hoffe, dass ich genügend Wechselgeld habe, Herr, ich muss nachsehen." Er hielt sie gegen den Himmel und starrte sie weiterhin an. „Die ist alt. Flammenbergstadt, was? Nun, bei Eurem Akzent und all dem hielt ich Euch eher für einen Fürsten der Inseln, Herr."

„Das bin ich", erwiderte Gard mit vollem Mund.

„Ah!" Der Mann lächelte wissend. „In der Familienflotte sind auch ein paar Kriegsschiffe? Sagt nichts mehr, mein Fürst." Gard sah, wie der Mann misstrauisch auf die Münze biss, während er nach drinnen ging. Als er Gard kurz darauf den Wein brachte, verneigte er sich tief und zählte sorgfältig das Wechselgeld auf den Tisch.

Das Essen war gut, der Wein ebenfalls. Gard aß und trank langsam, blickte auf das Meer hinaus und dachte angestrengt nach. Dann hörte er ein Geräusch von rechts und sah sich um.

Hölzerne Stufen führten über die Dünen, die jetzt ein kleiner Junge und ein Mädchen herunterrannten. Ihnen folgten ein Mann mit einem Bündel aus Stangen und Stoff und eine Frau, die ein Kind und einen Korb trug. Die Kinder rannten bis ans Meer und warteten, bis die Wellen auf sie zu schwappten, dann tanzten sie kreischend rückwärts. Der Mann stellte einen kleinen Pavillon auf und entfaltete zwei Klappstühle, in denen er sich mit seiner Frau niederließ. Sie zog einen Schleier über ihren Oberkörper und legte das Kind an die Brust, während der Mann nach ihrer freien Hand griff.

Zwei junge Männer liefen die Treppen herunter, entkleideten sich und stürzten sich ins Meer. Ein einzelner Mann mit einer Matte und einem Buch unter dem Arm kam, legte sich auf die Matte und begann zu lesen. Als nächstes kam eine Gruppe junger Mädchen mit langen, bloßen Beinen, sie tanzten über den Strand und warfen einen Ball hin und her. Gard sah ihnen interessiert zu. Sie gingen zum Erfrischungsstand und bestellten etwas, das sich als regenbogenfarbener Sirup herausstellte, der in seinen kleinen Gläschen ein wenig wie Gift aussah.

Andere Kinder der Sonne kamen einzeln oder in kleinen Gruppen herbei. Sie stellten Sonnenschirme auf, legten sich nieder oder liefen am Strand entlang und spielten in der Brandung. Als Gard mit seinem Wein fertig war, befanden sich mehr von ihnen am Strand, als er je zuvor an einem Ort gesehen hatte. Sie schlenderten in beide Richtungen am Wasser entlang.

„Niemand kennt mich hier", dachte Gard. „Die Erdgeborenen werden mich nicht willkommen heißen, aber ich könnte einfach hier bei diesem Volk als einer von ihnen leben, und niemand würde wissen, was ich getan habe."

Es war ein Geschenk, das man mit beiden Händen fest packen musste. Er stand auf, gab das Tablett durch die Öffnung in der Wand zurück und entfernte sich vom Strand. Er erklomm die Stufen über die Düne und sah dann Gabrekia vor sich liegen, mit all ihren Geschäften und Gasthäusern und den breiten sonnenüberfluteten Straßen, in denen der Sand trieb.

o o o

Gard nahm sich ein Zimmer in einem Gasthaus, wobei der Gastwirt überrascht schien, dass er keinen Diener dabei hatte. Er durchstreifte die Straßen und beobachtete die Gewänder der Leute. Er fand ein Geschäft, indem man Kleidung kaufen konnte, und erstand ebenfalls leichte und angenehm zu tragende Gewänder, dann verstaute er seine Felle ganz unten in seinem Beutel.

Am Stand eines Buchverkäufers sorgte er für verblüffte Blicke des Besitzers, als er nach Kupferglieds Reiseaufsätzen fragte, doch nach einigem Suchen konnte dieser ein Exemplar aufstöbern. Dann bekräftigte er eine lange Zeit, dass Gard auch einen modernen Reiseführer und einen Kartenatlas brauchte. Gard ließ sich schließlich überzeugen und fragte auch noch nach einem Buch über allgemeine Geschichte und einem Kinderbuch mit Geschichten über die Götter.

Mit alldem zog er sich sein Zimmer zurück und blieb dort, um es ausführlich zu studieren.

o o o

Einige Monate lang, solange sein Geld reichte, vollzog er Kupferglieds Reisen nach und vergnügte sich damit, die Sehenswürdigkeiten entlang dieses Weges zu besichtigen. Er stieg die Große Treppe auf dem Flammenberg hinauf, badete in den heißen Quellen von Salesh-an-der-See und beobachtete die Barken, die sich schwer beladen mit Handelswaren den Fluss Baranyi hinauf quälten. Er machte eine Reise in einem der Karawanenwagen, die die roten Straßen entlang ratterten, obwohl ihn die Geschwindigkeit beunruhigte und er fest davon überzeugt war, dass der Antriebsmechanismus der Wägen jeden Moment durch den Boden brechen musste und jemanden töten würde. Er nahm zur Erntezeit eine Fähre zu den Inseln und beobachtete die Winzer, die schwer mit Trauben beladene Schiffe über das Wasser ruderten.

Als ihm das Geld ausging, fand Gard leicht Arbeit, da er größer und muskulöser als die meisten Kinder der Sonne war. Er nannte sich Stolperhammer. Er war zufrieden damit, als Hafenarbeiter zu arbeiten und den ganzen Tag Kisten und Ballen in Lagerhäuser zu schleppen oder zur Verladung zu bringen. Am Ende seines Arbeitstags ging er in ein öffentliches Bad, um sich im heißen Dampf zu entspannen, und danach nahm er jeden Abend in der gleichen Hafenschenke sein Abendessen zu sich. Er setzte keine Magie ein außer der, die sein Aussehen verschleierte. Er war sanft und umgänglich und vermied es, Streit anzufangen.

Nach dem Abendessen ging er in eines der Freudenhäuser, wo man für ein geringes Entgelt seine Lust befriedigen lassen konnte, und manchmal waren die Gespräche sogar angenehm. Er schlief niemals dort, da er seine Verkleidung durch seinen Willen aufrecht erhielt, was im Schlaf nicht möglich war. Deshalb kehrte er immer in sein Einzelzimmer zurück, zu dem er fünf schmale Treppen hinaufsteigen musste, doch das einzige Fenster bot ihm dafür einen wunderbaren Blick aufs Meer. Er lag in seinem Bett, sah, wie die Sterne auf das Wasser zu drifteten und schlief schließlich ein.

Er brauchte sonst nichts. Er wollte sonst nichts. Nur manchmal beobachtete er eine Familie bei einem Tagesausflug, Mutter, Vater und Kinder, und verspürte eine vage Traurigkeit.

Er fragte sich, ob es ihm in seiner beständigen, täglichen Abwechslung zwischen Arbeit und Entspannung irgendwann vergönnt sein würde, seine Vergangenheit zu vergessen.

o o o

Als er in einer mondlosen Nacht heimkam, wurde er von zwei Dieben überfallen. Er tötete sie beide, doch er musste kämpfen. Nach diesem Ereignis kaufte er sich Waffen. Bei einem Buchhändler bestellte er alle Werke Prinz Feuerbogens und stellte fasziniert fest, dass dieser ein Buch über Feldzüge geschrieben hatte. Er las es voller Interesse. Von nun an verbrachte er drei Nächte in jeder Woche in der öffentlichen Trainingshalle, damit sein Körper sich wieder an die Kämpfe in der Arena erinnerte. Die Erinnerungen aus seinem Kopf verdrängte er entschlossen so gut er konnte. Es war unklug von ihm.

o o o

Er saß eines Abends beim Essen in der Schenke, als drei Männer nebeneinander durch die Tür kamen, die sich gegenseitig stützten. Sie taumelten und grölten die Hymne „Dank sei dem Feuer", und einer von ihnen winkte mit einem leeren Weinbecher.

„Hübsche Schenke!", rief der Kleinste der drei und zog seinen Kopf aus der Armbeuge seines Gefährten, um sich umzusehen. „Tische und Bänke und all das Zeugs. Setzen wir uns und trinken wir aus Weinkrügen. Wie schivi… schivilisierte Männer, was?"

„Genau!", brüllte sein Freund aus der gegenüberliegenden Armbeuge. „Komm, alter Tecker, hart Steuerbord. Dort lang, dort lang! Langsam einlaufen! Wohoooo!"

Tecker, der ziemlich große mittlere der Betrunkenen, ließ sich mit einem lauten Krachen auf die Bank neben Gard fallen. Er legte den Kopf auf den Tisch und kicherte. Der kleinste Betrunkene taumelte mit einigen Schwierigkeiten auf den Platz neben ihn, während der dritte zur Bar torkelte.

„Der alte Tecker stört dich doch nich?", fragte der Kurze Gard. „Ist nur so, dass wir feiern. Dem Geemann hat seine Frau heute Nacht nen kleinen Jungen geboren."

„Gratuliere", sagte Gard.

„Die Götter segnen dich! Geemann! Vier Becher! Der nette Fremdling will auf die Gesundheit des Bengels trinken! Du feierst doch mit uns, netter Fremdling?"

„Die Götter sollen ihn segnen!", rief Geemann vom Tresen. „Wirt! Vier Becher!"

„Vier Becher!", wiederholte der Kurze. „Damit Tecker, Geemann, Parlik und ... he, was'n dein Name?"

„Dennik Stolperhammer", sagte Gard.

„Und Dennik hier, damit wir auf die Gesundheit des kleinen Bexi trinken können, und auf die Frau vom Geemann natürlich auch." Der Kurze grinste Gard benommen an. Sein Freund kam schwankend mit dem Tablett zurück, auf dem die vier Weinbecher standen. Er stellte einen vor Gard ab und hätte dabei beinahe das Tablett fallen gelassen, doch der Kurze packte es und stellte es ab, ohne dass allzu viel Wein überschwappte. „Los geht's! Bier für alle. Aufn kleinen Bexi!"

Beide tranken, Tecker hatte inzwischen zu schnarchen begonnen. Gard trank zügig, da er nicht unhöflich erscheinen wollte. „Solltest du nicht nach Hause zu deiner Frau und deinem Sohn gehen?", erkundigte er sich bei Geemann.

Parlik brüllte vor Lachen. „Die Mutter seiner Alten hat uns rausgeworfen!“

„Und die Hebamme“, fügte Geemann kichernd hinzu.

„Das sind zwei alte … alte … Weibsmonster“, prustete Parlik „He, Tecker, trink aus, oder ich tu's für dich. Tecker? Götter der Unterwelt, ist der weg?“ Geemann schubste ihn, und sein Kopf wackelte hin und her. „Verdammt! Wir bringen ihn besser heim, sonst haben wir noch 'ne Furie am Hals.“

„Wie denn? Er wiegt zweimal so viel wie ich“, beschwerte sich Parlik. Beide starrten Gard glasig an. „Eh … Freund Dennik, du siehst wie 'n starker Bursche aus. Wie wärs, wenn du uns dabei hilfst, den großen Ochsen nach Hause zu bringen? Du würdest eine Dame glücklich machen.“

„Wenn auch nicht auf die normale Art und Weise, he, he, he!“, gluckste Geemann und fiel nach hinten von der Bank.

„Oh, nicht auch noch du!“, klagte Parlik. Er sah zu Gard. „Ich flehe dich an. Ich kann die nicht allein nach Hause schleifen, eine kleine Krabbe wie ich, oder? Würde ich doch glatt zerbrechen. Hier, wenn du den alten Tecker nimmst, schaffe ich wohl Geemann?“

„In Ordnung“, stimmte Gard zu, mehr amüsiert als verärgert. Er hievte Tecker hoch und taumelte nach draußen, und einen Moment später hörte er, wie Parlik Geemann vom Boden hob. Sie traten in die Nacht hinaus. Gard verzog das Gesicht und versuchte, einen Blick nach hinten um Tecker herum zu werfen, der so schwer war, als ob seine Knochen aus Eisen wären. „Wo bringen wir ihn hin?“

„Runter zu Rakuts Kai“, hörte er Parlik erwidern. „Einfach gerade dort runter, siehst du? Rakuty-Rakuty-Rakuts Kai.“

Sie waren ungefähr fünf Straßen weit gekommen, als Gard seine Knie nachgeben spürte. Er war schweißüberströmt und fühlte sich auf einmal schwach und krank. Die Fußtritte hinter ihm erzeugten seltsame Echos, und Teckers Gewicht wurde unerträglich.

„Ich denke nicht …“, begann Gard und taumelte. Neben ihm fiel Tecker nur auf die Knie und kam auf die Beine, während Gard am Boden liegen blieb.

„Der ist erledigt“, hörte Gard ihn sagen.

„Zäher Bastard“, murmelte Parlik, dessen Stimme klar und nachdenklich klang. „Du nimmst seine Arme und Geemann seine Füße. Los, beeilt euch.“

Gard spürte, wie man ihn anhob, und versank dankbar ins süße Vergessen. Er sank immer tiefer hinab, doch dann wurde er wieder harsch nach oben gerissen, weil er von qualvoller Übelkeit überwältigt wurde und sich übergeben musste. „Oh, verflucht noch mal“, murmelte jemand und Gard schämte sich fast, während er sein Abendessen ausspuckte.

„Los weiter!“

„Bei den neun Höllen, schaut ihn euch an!“, rief jemand anders aus, und Gard wurde abrupt fallen gelassen. Er schlug hart auf den Ziegeln auf und der Schleier um seinen Verstand zerriss noch etwas weiter.

„Was ist er?“

„Er ist kein …“

„Jetzt haltet das Maul, beide! Schnappt ihn euch und weiter!“

Gard wurde rüde gepackt und über Ziegel, Steine und zersplitterte Planken gezerrt. Dann wurde er erneut fallen gelassen und landete mit einem dumpfen Knall auf einem Holzboden. Boden? Es schwankte ein wenig. Ein Boot. Man hatte ihn auf ein Boot gebracht. Er kämpfte sich auf Hände und Knie und jemand trat nach ihm; vermutlich hatte er auf seinen Kopf gezielt, aber nur die Schulter getroffen. Es tat weh. Er war wütend. Jemand knurrte.

„Er wacht auf!“, rief jemand in einem panischen und zugleich angewiderten Tonfall. „Werft ein Netz über ihn, bevor er …“

„Halt! Wir brauchen kein Netz. Wo ist das Ding, das die Dame geschickt hat? Hier! Es ist eine, wie hieß das Zeug noch, ach ja, Zauberfessel. Es wird ihn binden."

„Das kleine Ding? Du bist verrückt."

„Nein, weißt du, es ist magisch, und sie hat gesagt ..."

Gard griff in seinen Stiefel und fand sein Messer. Er sprang nach oben und tötete dabei Geemann und Tecker, wobei er einem in die Nieren und einem zwischen die Rippen stach – eins, zwei. Parlik kam seitwärts auf ihn zu und hielt dabei etwas hoch, das magisch leuchtete. Sein Gesicht war bleich und entsetzt. Ein Knurren ertönte. Gard schnappte sich ein Ruder und warf es nach ihm. Parlik stürzte, Gard sprang ihn an und versenkte das Messer in seine Kehle.

Dann sank Gard erneut auf die Knie und musste sich wieder erbrechen. Er kroch von den Körpern weg und atmete laut keuchend die Nachtluft ein. Endlich richtete er sich auf und blickte sich um.

Er war im Hafen auf einem kleinen Boot, vermutlich einem Fischerboot, mit einer Kabine am Bug. Darin brannte ein schwaches Licht. Parlik musste von dort gekommen sein. Gard näherte sich ihr mit dem Messer in der Hand und beobachtete das Licht scharf.

In der Kabine war niemand. Auf dem Tisch lag ein offener Beutel mit Papieren, die von Parlik verstreut worden waren, als er hastig nach der Zauberfessel gesucht hatte. Gard musste mehrmals blinzeln, bis er lesen konnte, was auf dem obersten der Dokumente stand.

... Gasthaus in der Schnallenstraße. Er ist als Hafenarbeiter bei Cressets Kai angestellt und benutzt den Namen Dennik Stolperhammer. Sein Tagesablauf ist regelmäßig: Seine Schicht endet am Nachmittag, und er geht gleich zu den Sandspitzenbädern. Er kommt immer eine Viertelstunde später raus und geht den Hügel hinauf zur Überquellenden Schüssel, wo er speist und trinkt, aber

niemals mehr als zwei Becher. Normalerweise bricht er von dort eine Stunde später auf …

Gard verzog das Gesicht. Er durchsuchte die restlichen Dokumente: Karten, Bestätigungen des freien Geleits, Kaperbriefe und … und ein Brief mit dem Siegel des Hauses Porlilon.

Außerdem war da ein Geldbeutel mit Münzen. Es waren viele. Er schüttete sie auf den Tisch, es waren prächtige alte Münzen unterschiedlichen Werts. Eine davon war aus der Dynastie Freskins des Diktators.

Erneut knurrte jemand. Gard erkannte, dass er es war, und hörte damit auf.

Er wischte die Münzen hastig in den Beutel zurück und verstaute ihn unter seinem Hemd. Er sammelte die Papiere auf und hielt sie in die Flamme der Öllampe, bis sie zu brennen begannen. Dann ließ er sie auf den Tisch fallen und zerschmetterte die Lampe mit seinem Dolchknauf, sodass sich das Öl auf dem Tisch ausbreitete. Er brannte bald lichterloh, und die züngelnden Flammen sprangen auf einen Haufen Bettzeug auf dem Boden über. Gard zog sich aus der Kabine zurück. Er stolperte über Parliks Leiche, sah die Zauberfessel, die dieser umklammert hielt, und hievte die Leiche angewidert über den Rand des Boots. Sie sank sofort hinab, während der Schein der Fessel eine Spur durchs Wasser zog.

Auf dem Kai gab es einen Brunnen, Gard konnte das Geräusch des plätschernden Wassers hören. Er kletterte ans Ufer, taumelte dem Geräusch nach und trank in tiefen Zügen. Nun konnte er wieder etwas klarer denken. Er wusch das Blut von seinen Händen und dem Messer ab und lehnte sich keuchend an den Brunnen, um herauszufinden, ob er das Wasser im Magen behalten konnte. Jemand rief etwas aus der Richtung von Cressets Kai und zeigte auf die Flammen, die gerade durch das Dach der Kabine geschossen waren.

Schwer keuchend konzentrierte sich Gard und tarnte sich mit einer Illusion als Tecker, der ihm von der Größe her am ehesten geähnelt hatte, und ahmte auch dessen gestreifte Tunika und den roten Bart nach. Dann setzte er sich so rasch wie möglich in Bewegung und hoffte darauf, dass er sein Zimmer ohne Probleme erreichen würde. Hinter ihm wurden die Schreie und der Aufruhr immer lauter.

Als er um eine Ecke in die Schnallenstraße bog, kam ein Mann aus einer Seitengasse. „Tecker? Was tust du hier? Ihr solltet ihn doch jetzt schon haben!“

Gard hielt kurz zögernd an. „Es gibt da etwas, was die Dame möchte, und er hatte es nicht bei sich. Ich suche in seinem Zimmer danach.“

„Aber ihr habt ihn?“

„Ja“, sagte Gard, der eisige Ruhe verspürte. „Komm mit. Du kannst mir helfen, sein Zimmer zu durchsuchen.“

o o o

Zwei Monate später stand Gard in einer langen Schlange vor dem Tor Deliantibas und wartete geduldig. Sein Beutel war schwer, und so hatte er ihn auf dem Boden zwischen seinen Füßen abgestellt und die Arme verschränkt. Vor ihm wiegte eine Mutter ein ständig quengelndes Kind in ihren Armen, und hinter ihm beschwerten sich zwei Kaufleute murmelnd über die Steuern.

Als er schließlich an die Reihe kam, trat Gard an den Tisch heran. „Dein Name?“, verlangte ein Stadtschreiber zu wissen und nahm eine Schreibmappe.

„Wolkin Schmied.“

„Beruf?“

„Ungelernter Arbeiter, mein Herr.“

„Geburtsort?“

„Chadravac.“

„Ah, ein Mann von den Inseln, was? Das dachte ich mir schon, bei dem Akzent. Was machst du hier, Schmied?“

„Ich suche nach Anstellung, mein Herr.“

„Leert seinen Beutel.“ Gard händigte seinen Beutel ohne Beschwerde aus und sah zu, wie zwei Männer von der Stadtwache ihn auf dem Tisch ausschütteten. Sie durchsuchten seine Kleidung und Dutzende Bücher, ohne ein Wort zu sagen, doch der Schreiber schrieb alle Titel auf. „Ein Amateurgelehrter, was?“

„Ich hoffe, meinen Verstand zu schulen, mein Herr.“

„Waffen auf den Tisch, bitte.“ Gard zog zwei Messer aus den Stiefeln und legte sie auf den Tisch, ebenso das Kurzschwert, das er am Gürtel trug. Der Schreiber notierte sich auch das und füllte eine Tabelle aus. „Öffne deine Hände für die Götter und sprich mir bitte nach.“

Gard öffnete seine Hände und schwor ohne mit den Wimpern zu zucken im Namen der Götter, an die er nicht glaubte, dass er weder der Stadt Deliantiba noch ihren Bürgern im engeren und weiteren Sinn ein Leid zuzufügen gedachte, und dass er auch nicht vorhatte, die Brunnen zu vergiften oder Brandstiftung zu begehen. Er schwor weiterhin, sich an die Gesetze der Stadt zu halten und sie, sollte dies notwendig werden, im Kriegsfall zu verteidigen.

Die Schreibmappe wurde unterzeichnet, gestempelt und geschlossen und an Gard mit einem Exemplar der Bestätigung seines Bürgerstatus überreicht. Gard dankte dem Schreiber und steckte seine Waffen weg. Er verstaute seine Besitztümer im Beutel, schulterte ihn und schritt durch das Stadttor.

„Ungelernter Arbeiter, pah“, murmelte der Schreiber an den Wachhauptmann gewandt. „Mit diesen Büchern und dem Akzent? Das ist der Bastard irgendeines Adligen.“

„Dann wohl in Ungnade gefallen.“

„Sind wir das nicht alle? Nächster bitte.“

o o o

Gard fand erneut ein schmuckloses Zimmer in einer Pension. Das Fenster bot zwar nur einen Blick auf die trockenen Steinhügel, auf denen die Stadt erbaut war, doch das störte ihn nicht. Er plante nicht, länger zu bleiben.

Auf einer Anschlagtafel im Hof des Gebäudes suchten Arbeitgeber nach Arbeitern, und Gard fand einen Anschlag, auf dem jemand nach einem Gärtner suchte. Der Gedanke an grüne Rasen und angenehmen Schatten erschien ihm an diesem trockenen, heißen Platz verlockend. Er merkte sich die Adresse und stand keine Stunde später vor einem offenen Hof voller behauener Steinsäulen, Urnen, Obelisken, polierter Kugeln, Statuen und Pflastersteine. Er sah sich um und überlegte, ob er sich in der Adresse geirrt hatte, als ein dicklicher Mann hinter den Statuen von zwei ringenden Göttern hervortrat und ihn fragend anblickte.

„Wo ist Sandstraße 17?", fragte Gard.

„Das ist hier." Der Mann musterte ihn prüfend. „Suchst du nach Arbeit?"

„In dem Anschlag stand, dass Ihr einen Gärtner sucht."

„Ganz genau." Der Mann zeigte mit einem Daumen auf das Schild hinter sich: „Verkis Drahtschneider, Landschaftsgärtner."

„Du siehst kräftig aus. Es macht dir wohl nichts aus, schwer zu heben, was?"

„Nein, aber …"

„Ich zahle, wenn ich Aufträge habe. Heute habe ich wieder einen bekommen. Eine Dame oben auf der Bleihämmerterrasse ist gerade in ihr neues Haus gezogen und einer meiner Jungs ist der Armee beigetreten. Hast du Interesse daran, seinen Platz einzunehmen? Wir beladen Karren, bringen die Lieferung und arrangieren alles so lange, bis es der Dame passt, dann bringen wir den Karren zurück. Für dich sind fünf Kronen drin."

Es war ein guter Tageslohn. Eine Stunde später quälte sich Gard eine enge Straße hinauf und schob dabei einen Karren, der mit Urnen und Statuen beladen war, während Herr Drahtschneider und ein weiterer Tagelöhner zogen. Sie kamen zu einem gigantischen Felsen, auf dem ein prächtiges Anwesen stand, das so neu war, dass der Mörtel noch frisch aussah. Herr Drahtschneider ging zum Dienstboteneingang, seinen Strohhut in den Händen drehend, und kehrte kurz darauf mit einer Dame von zweifellos edlem Geblüt zurück.

„… und Ihr könnt natürlich alle Teile zurückgeben, die Euch bei längerer Betrachtung nicht gefallen. Dennoch möchte ich versichern, dass ich meine beste Ware gebracht habe, und denke, dass alles perfekt passen wird. Mein Personal, Herrin. Meine Herren, ich habe die Ehre, euch die Dame Federstahl vorstellen zu dürfen.“

„Hocherfreut“, sagte die Dame Federstahl mit einem pikierten Schniefen. Sie blickte von dem anderen Arbeiter zu Gard und starrte ihn an, wobei sich ihre Augen etwas weiteten. „Wie freundlich von euch Männern, sich in der Hitze den ganzen Weg hier herauf zu quälen. Vielleicht möchtet ihr etwas Kaltes trinken, bevor ihr meine Lieferung ausladet?“

„Ihr seid zu freundlich“, versicherte Herr Drahtschneider, dem schon aufgefallen war, dass sich ihr Interesse auf Gard konzentrierte. Sie klatschte in die Hände, und nach einer Pause tauchte ein missmutig blickendes Dienstmädchen auf, um Befehle entgegen zu nehmen. Nach einer noch längeren Pause, in der die Dame ungeduldig mit dem Fuß auf den Boden tippte, kam sie mit Getränken zurück, jedes mit einer Haube aus Schnee bedeckt.

„Zitronenwasser“, verkündete die Dame Federstahl mit einem strahlenden Lächeln und überreichte Gard ein Glas. Er nahm es mit einer Verbeugung entgegen. Die Dame warf dem Dienstmädchen einen ungeduldigen Blick zu.

„Der Schnee wird aus dem Gebirge hierher gebracht. Er kostet unheimlich viel“, leierte es pflichtgetreu herunter.

„Still, Mädchen, es ziemt sich nicht, den Leuten solche Dinge zu erzählen“, beeilte sich die Dame Federstahl zu sagen. „Ich muss mich entschuldigen. Sie ist vom Flammenberg, und ich gebe mir solche Mühe, sie zu erziehen.“ Gard, der am liebsten nie wieder Schnee gesehen hätte, unterdrückte ein Schaudern, trank aber.

Der Garten der Dame lag auf einer Terrasse hinter dem Haus, zu der sie ihnen den Weg zeigte, sobald sie ihre Getränke ausgetrunken hatten. Gard starrte ihn an. Es handelte sich um eine weite Fläche aus gepflasterten Wegen und geharktem Kies in zart kontrastierenden Farben, und leuchtend bemalte Fliesen schmückten die Wände. Es gab Bänke, einen Teich in dem traurig blickende Fische schwammen, und einen kleinen Schrein zu Ehren der Götter der Dame. Es gab nicht einen Grashalm, keinen Baum, keine Blumen und keine Flechten. Nichts störte die geometrische Perfektion des Gartens.

Die Geometrie wurde durch die Hinzufügung der Urnen und Statuen von Herrn Drahtschneider noch zusätzlich betont. Nachdem sie endlich aufgestellt waren und Gard und der andere Arbeiter schwitzend im Garten standen, besah die Dame sich das Arrangement nachdenklich. Herr Drahtschneider folgte ihr dichtauf und drehte dabei seinen Hut in den Händen.

„Ein wunderbarer Effekt, würde ich sagen“, sagte Herr Drahtschneider.

„Oh, ich weiß nicht“, klagte die Dame Federstahl. „Vielleicht bräuchte man noch ein oder zwei Obelisken.“

„Ganz genau! Ich habe sie in schwarzem und weißem Marmor und in diesem hübschen roten Sandstein, der, soweit ich weiß, momentan in den Villen in Salesh-an-der-See so beliebt ist …“

„Was denkst du, guter Mann?“, fragte die Dame Federstahl, die auf ihrem Rundweg inzwischen bei Gard angekommen war.

„Äh … sollten da nicht ein paar Pflanzen sein?“

„Pflanzen?", riefen die Dame und Herr Drahtschneider gemeinsam aus, und Herr Drahtschneider fügte hastig hinzu: „Wisst Ihr, er ist von den Inseln."

„Oh, das konnte ich schon an seiner Stimme erkennen", zwitscherte die Dame und kam Gard noch näher. „Was für ein charmanter Akzent! Ist das eine Tradition auf den Inseln, Pflanzen in Gärten?"

„Ja", erwiderte Gard und hoffte, dass dem tatsächlich so war.

„Dann will ich ein paar davon haben", entschied die Dame Federstahl.

Gard sah, dass ihn Herr Drahtschneider finster anstarrte, und fügte hastig hinzu: „Außerdem Obelisken. Rote Sandsteinobelisken. Die sind auch sehr beliebt, Herrin."

„Ich schicke ihn morgen mit ihnen hinauf", versicherte Herr Drahtschneider.

Während sie mit dem Wagen nach unten rumpelten, knurrte Herr Drahtschneider: „Wenn du schon so verdammt klug bist, kannst du ja einen Weg finden, ein paar Pflanzen für sie zu beschaffen."

„Habt Ihr keine zu verkaufen?"

„Wie sehe ich denn aus, wie ein Gemüsehändler? Aber ich sage dir was: Du nimmst vier meiner besten Steinbecken, die glasierten mit dem Weinrebenmuster, würde ich sagen, und stopfst irgendwelche Pflanzen hinein, die hübsch aussehen. Die bringst du dann morgen nach oben. Zusammen mit vier Obelisken."

„Er wird dann Hilfe mit dem Karren benötigen", meinte der andere Arbeiter hoffnungsvoll.

„Nein, wird er nicht", erwiderte Herr Drahtschneider mit einem bedeutungsvollen Blick.

Gard durchstreifte die Stadt, fand aber nirgends Läden, in denen er etwas Grünes und Lebendiges hätte kaufen können. Letztlich kletterte er auf die felsigen Hügel außerhalb der Stadtmauer und grub ein paar zähe Büsche aus der steinharten Erde aus, die er so gut er konnte in den Steinbecken arrangierte und einpflanzte.

Es war das dürrste Unkraut, doch die Dame Federstahl zeigte sich von ihnen und den Obelisken ganz begeistert, als er sie ihr am nächsten Tag lieferte. Sie hatte Probleme zu entscheiden, wo sie platziert werden sollten, und sie folgte Gard dichtauf, während er sie von einer Ecke ihrer Terrasse zur anderen schleppte. Als er, nachdem sie alle nur erdenklichen Arrangements von Büschen und Obelisken ausprobiert hatte, aufbrechen wollte, legte sie ihm eine Hand auf den Arm. „Ich überlege mir, das Grundstück unten ebenfalls für einen Garten pflastern zu lassen", sagte sie und blickte ihm tief in die Augen.

Als Gard den Karren zurückbrachte, gab ihm Herr Drahtschneider einen Beutel mit Münzen. „Da sind deine fünf Kronen und ein Bonus drin. Ich habe Arbeit für dich."

In den nächsten zwei Wochen verdiente Gard sich sein Geld mit leichten Arbeiten wie dem Feger des Geschäfts, dem Umschichten von Waren (was allerdings Stärke erforderte) und dem Anpreisen von Herrn Drahtschneiders Waren auf der Straße. Das schloss mit ein, vor dem Hof mit einem kleinen Obelisken in der einen und der Statue eines schielenden Dämonen in der anderen Hand zu stehen und zu rufen: „Zeitlose Eleganz für Heim und Garten! Kunstvolle Skulpturen! Ehrwürdige Gedenkstätten aus den besten Materialien! Treten Sie ein! Wir heißen Sie in unserem Ausstellungsraum gerne zu einem privaten Beratungsgespräch willkommen!"

Mindestens ein- oder zweimal täglich wurde er von einem vorbeikommenden Passanten angestarrt, einem kleinen Mann, der Sandalen mit doppelten Sohlen trug. Sein Kopf war eiförmig und fast haarlos, abgesehen von einem dünnen Schnauzbart auf seiner Oberlippe. Gard, der inzwischen die Augen nach Spionen offenhielt, merkte ihn sich gut. Er sah nicht aus, als wäre er schwierig zu töten.

◦ ◦ ◦

„Die Dame Federstahl möchte dich sehen“, verkündete Herr Drahtschneider eines Tages zufrieden dreinschauend. „Sie hat eine Rakkha-Statue für ihren Fischteich bestellt. Sie sagte, sie würde dir gern zeigen, wie schön die Pflanzen geworden sind. Sieh zu, ob du ihr ein paar Steinkugeln einreden kannst!“

Zwanzig Minuten später stand Gard vor dem Lieferanteneingang und balancierte etwas beschämt die Statue einer großbusigen Steingöttin auf seinem freien Arm, während er nach der Glocke griff.

„Oh, du bist es“, hieß ihn das Dienstmädchen willkommen, ehe die Dame Federstahl sie mit einem Ellbogen zur Seite stieß.

„Ach! Wie bezaubernd. Genau das, was ich wollte. Komm gleich in den Garten mit. Ich bin ja so zufrieden mit den Pflanzen.“

Gard stellte die Göttin auf ihrem Podest über dem Fischbecken ab und richtete sich auf. Sein Herz sank, als er die Pflanzen sah. Sie waren abgestorben. Doch:

„Sie haben sich so hübsch goldbraun verfärbt“, trillerte die Dame entzückt. „Viel schöner als dieses langweilige Grün, und es passt auch viel besser zu den anderen Farben, findest du nicht?“

„Sehr attraktiv, meine Dame“, bestätigte Gard.

„Glaubst du, sie bleiben so?“

„Zweifellos, meine Dame.“

◦ ◦ ◦

Auf sdem Rückweg zum Hof fiel Gard der kleine Mann mit dem Schnauzer auf, der aus der anderen Richtung auf ihn zu kam.

Zu seiner Überraschung hielt dieser vor ihm inne und verneigte sich, auf seinen hohen Schuhen ein wenig wankend.

„Herr! Einen Augenblick bitte. Ich bin Attan Zunderzinn, stets zu Diensten. Besitzer und Regisseur von Zunderzinns Theater. Ihr habt vielleicht von mir gehört?"

„Tut mir leid, nein."

„Ah. Nun gut, dann habt Ihr mich unzweifelhaft hier und dort gesehen."

„Oft", sagte Gard und blickte sich prüfend auf der Straße um, ob es Zeugen für den Mord an Herrn Zunderzinn geben würde.

„Ich habe Euch gehört. Ihr habt ein prächtiges Instrument, wenn ich so sagen darf." Gard starrte ihn finster an, doch der andere fuhr ungerührt fort. „Dürfte ich Euch fragen, mein Herr, ob Ihr je ein Leben am Theater in Betracht gezogen habt?"

„Nein, habe ich nicht."

„Vielleicht könnte ich Euch davon überzeugen, es jetzt in Betracht zu ziehen", strahlte Herr Zunderzinn. „Natürlich müsstet Ihr erst vorsprechen, doch ich bin mir sicher, dass ich Euch drei Prozent des Profits jeder Aufführung anbieten kann. Wisst Ihr, unsere Hauptrolle Kendon musste die Truppe verlassen, ziemlich plötzlich, Familienangelegenheiten in Troon, glaube ich …"

„Eure Haupt... was?"

„Kendon." Der kleine Mann wirkte überrascht. „Wie im epischen Theater? Der als Unbekannter geborene Held? Bei den Göttern, Ihr wollt mir doch nicht erzählen, Ihr habt noch nie eine Aufführung des epischen Theaters gesehen?"

„Ich bin von den Inseln."

„Ja, aber …" Zunderzinn schien sprachlos zu sein. „Es ist eine so universelle Kunstform … ich hatte gedacht, es sei sicherlich … nun, auch egal. Ich biete Euch Arbeit auf der Bühne an, mein Freund."

Gard dachte darüber nach. Er hatte sich einmal eine Aufführung in Konen Feyy-in-den-Bäumen angesehen, weil Kupferglied erwähnte, dass er dort auch schon Stücke gesehen hatte. Gard hatte das Amphitheater aus weißen Steinen mit den Vorhängen sehr hübsch gefunden, auch wenn er nicht viel von dem, was auf der Bühne passiert war, verstanden hatte. Er war überrascht gewesen, dass die Schauspieler allesamt Masken trugen. Masken …

Er blickte die Straße hinunter zu Drahtschneiders Hof. „Vielleicht bin ich interessiert. Was genau muss ich tun?“

o o o

Zunderzinn erzählte Gard eine Menge über seine neue Arbeit, während sie nebeneinander hergingen, und das meiste davon ergab keinen Sinn. Er sprach ausführlich über Projektion, Blockade und Interpretation und eine Art Gebärdensprache aus einfachen Gesten, die bestimmte Dinge vermittelten.

„Aber Ihr werdet es rasch beherrschen, ich weiß es“, versicherte Zunderzinn leichtfertig und wedelte dabei mit einer Hand. „Manche von uns kommen mit der Gabe auf die Welt und Ihr, mein Herr, gehört dazu, denke ich. Ich habe gesehen, wie Ihr diese Statuen angepriesen habt, und dachte mir ‚Das ist ein Mann, der seine Zuschauer zu fesseln versteht‘.“

„Wirklich?“, fragte Gard, während er sich an die Arena erinnerte.

„Aber sicher doch. Da sind wir schon!“ Zunderzinn machte eine große Geste. Gard sah sich um und erwartete einen großen Bogen aus weißen Steinen, der sich einen majestätischen Hügel heraufzog. Stattdessen sah er ein gedrungenes, teilweise verfallenes Ziegelgebäude und dahinter einen klaffenden alten Steinbruch, dessen Wände mit Abbauspuren verunstaltet waren. Wucherndes Unkraut wuchs im oberen Bereich und Distelwollsamen trieben herab.

Zunderzinn schielte zu Gards Gesicht, hustete und fügte hinzu: „Ein rustikaler Veranstaltungsort eignet sich perfekt für das epische Theater. Ihr werdet feststellen, dass es wirklich ein idealer Ort für Aufführungen ist. Die Akustik ist fantastisch! Aber ihr müsst mir nicht einfach so glauben. Geht hinein und hört selbst."

Er öffnete das Tor und winkte Gard mit einer Verneigung herein. Gard ging hindurch und rechnete mit einem Hinterhalt, doch er sah nur eine Handvoll trostlos dreinblickender Jugendlicher, die an Steinblöcken herummeißelten. Offensichtlich fertigten sie gerade neue Sitze an. Andere grob behauene Blöcke erstreckten sich in unregelmäßigen Reihen bis zur Rückwand des Steinbruchs.

„Pulkas hat den Meißel zerbrochen, Zinni", beschwerte sich einer der Jungen. „Du wirst für einen neuen Geld ausspucken müssen, wenn … hallo! Wer ist das?"

„Unser neuer Kendon, denke ich", verkündete Zunderzinn.

„Du meine Güte", grinste der eine und musterte Gard mit aufleuchtendem Gesicht, doch der andere blickte finster drein und meinte: „Ich dachte eher, Ihr würdet einen von uns befördern, Herr Zunderzinn."

„Pulkas, mein Junge, es war niemals meine Art, Perfektion zu vergeuden; sie ist so selten in den Reihen von uns Sterblichen", beschwichtigte ihn Zunderzinn. „Dein Elti ist perfekt. Allein der Gedanke an einen anderen Schauspieler in dieser Rolle erfüllt mich mit Entsetzen. Laut schreiendem Entsetzen. Also, das hier ist …" Er sah zu Gard.

„Wolkin Schmied", sagte Gard.

„Herr Schmied, darf ich Ihnen Jibbi und Elti vorstellen? Clarn Ritzel und Pulkas Schmied. Vielleicht miteinander verwandt?"

„Ich bezweifle es", sagte Pulkas.

„Was sind Jibbi und Elti?", fragte Gard. Sie blinzelten verblüfft und Pulkas warf Herrn Zunderzinn einen ärgerlichen Blick zu, der besänftigend die Hände hob.

„Er kommt von den Inseln! Offensichtlich ist man dort nicht mit unserer Kunstform vertraut. Aber er wird es lernen. Habt ihr je einen passenderen Kendon gesehen? Kendon ist der als Unbekannter geborene Held, lieber Wolkin, und Jibbi und Elti sind seine glücklichen Gefährten."

„Auch die idiotischen Freunde genannt", erklärte Clarn, „der komödiantische Widerpart."

„Sollte er nicht vorsprechen?", fragte Pulkas.

„Genau deswegen habe ich ihn hergebracht", erklärte Herr Zunderzinn. „Hol doch bitte die Masken, Clarn. Ihr benötigt eine Szene, Wolkin, und ich denke, ich habe da eine gute für Euch." Herr Zunderzinn wühlte in einer Kiste herum und holte einen abgegriffenen Stapel Papier heraus, der mit einer Schnur zusammengebunden war. „Das ist es! Die Verzauberung Bregons. Ein sehr bekanntes Stück, wird wochenlang gespielt."

Er blätterte darin herum und öffnete es auf der gewünschten Seite. „Hier. Lest Euch bitte kurz diese Rede durch. Clarn! Die Verzauberung Bregons, zweiter Akt, fünfte Szene. Direkt nach der Sache mit dem Wasserbecken."

„Gut." Clarn tauchte mit einer Holzmaske im Gesicht auf, die eindeutig der Belustigung diente: Die Schweinsnase war nach oben verzogen, die Augen ebenfalls, und der Mund war zu einem Lachen verformt. Er überreichte Gard eine zweite Maske, die ein ernstes, jugendliches Gesicht zeigte, dessen Mundwinkel nach unten gebogen waren. Gard hatte sich die Szene inzwischen einmal durchgelesen, legte das Skript zur Seite und befestigte die Maske.

Clarn sprang in die Luft und landete kauernd, so als würde er gleich davonzulaufen, seine Finger waren in einer Geste der Verblüffung gespreizt.

„Aber wer ist das? Kann es denn Kendon sein, mein alter Freund? Oh, nein! Welche Magie hat hier gewaltet, mit Seife und Wasser? Sprich mit Kendons Stimme, ich flehe dich an, oder ich vermag niemals zu glauben, dass du es bist!“

Clarn drehte seinen Oberkörper in Gards Richtung. Eine Hand wies ausgestreckt auf ihn, die andere hatte er hinter sein Ohr gelegt.

„Ähm, das Buch“, forderte Herr Zunderzinn, doch Gard rezitierte aus dem Gedächtnis:

Jibbi, ich bin's wirklich, Kendon. Oh, wie schwer ist doch mein Herz,
Dieses Antlitz sehen zu müssen!
Soll ich denn glauben, dass der Magier die Wahrheit sprach,
Dass ich der Sohn eines meistgehassten Tyrannen bin?
Muss ich denn, wenn ich in den Spiegel blicke,
Seine verhasste Fratze sehen, bis zur Stunde meines Todes?
Nein, nein, ich werde diese Krone nicht tragen
Noch herrschen. Lasst den Zauberer toben!
Ich werde ins geliebte Valutia reisen
Erneut einfach leben als ein Fischer,
Arm an Gold, reich an Tugend,
Statt als Monster auf dem Thron zu sitzen.

Stille senkte sich über das Theater.

Pulkas Schultern sackten nach unten. „Das war keine Schauspielerei“, meinte er schließlich. „Das war nur heruntergeleiert. Aber das wird keine Rolle spielen, oder? Er hat die Stimme.“

„Die hat er“, erklärte Zunderzinn zufrieden grinsend.

„Gebaut wie ein verdammter Gott, ein perfektes Gedächtnis und eine Stimme, der man einfach zuhören muss. Ich bin mit Elti wohl für Rest meines Lebens geschlagen, was?“

„Oh, jetzt sei doch nicht so eine Zicke“, sagte Clarn schroff und nahm die Maske ab. „Ich bin mir sicher, dass du eines Tages Battos alten Vater spielen darfst. Willkommen bei der Truppe.“ Clarn ging zu Gard hinüber und klopfte ihm auf die Schulter.

„Ich denke nicht, dass du weißt, wie man Schwertkämpfe darstellt?"

„Doch", sagte Gard.

o o o

Episches Theater war nicht besonders gut bezahlt, wie es sich herausstellte, tatsächlich war es so gut wie überhaupt nicht bezahlt. Doch es gab auch Vorteile, wie Herr Zunderzinn Gard hastig versicherte. Jeder Schauspieler, der seine Miete nicht zahlen konnte, war willkommen und konnte im Schuppen schlafen. Wenn die Truppe eine besonders gute Aufführung hatte, plante Herr Zunderzinn für die Zukunft und stapelte im hinteren Bereich des Schuppens Säcke mit Kichererbsen, Mehl, Speck und Zwiebeln auf, sodass auch in schlechten Zeiten gemeinsame Mahlzeiten möglich waren.

„Tatsächlich befinden wir uns momentan eher in einer wirtschaftlich schlechteren Zeit", fügte Herr Zunderzinn hinzu. „All das Gerede vom Krieg, weißt du. Doch es wird auch wieder besser werden. Episches Theater wird niemals alt!"

Beim Sprechen stand er auf der Bühne und wedelte mit seinem neuesten Skript herum. Gard blickte die anderen Schauspieler an, die mit ihm in einem Halbkreis auf Steinblöcken saßen. Das Treffen war wegen ihm einberufen worden, da Herr Zunderzinn immer ein sogenanntes Theatertraining abhielt, wenn ein neues Mitglied in die Truppe kam. Gards Schauspielerkollegen wirkten allesamt entnervt und gelangweilt.

„Nun, und der Grund, warum episches Theater niemals alt wird", erklärte Herr Zunderzinn. „ist, dass sich Epen niemals verändern. Das heißt, dass die Details der Handlung möglicherweise ein wenig changieren, doch die grundlegenden Charaktere bleiben die gleichen vertrauten Lieblinge. Lasst sie uns nochmal durchgehen, in Ordnung?"

Jemand stöhnte. Herr Zunderzinn schaute böse und räusperte sich. „Also, der Held, der als Unbekannter geboren wurde. Wer möchte seinen Charakter für Herrn Schmied beschreiben?"

Satra hob die Hand. Sie war die Schauspielerin, die Clemona spielte, das als Junge verkleidete Mädchen.

„Kendon ist ein hübscher Jugendlicher", erklärte sie. „Er wuchs in ärmlichen Verhältnissen auf und ist deswegen ehrlich und tapfer. Er wurde vom Schicksal berührt. Er ist der verlorene Erbe des Throns, meistens, und der Besitzer des verfluchten Gegenstands. Manchmal."

„Sehr gut, und Clemona?"

„Clemona ist unglücklich verliebt in Kendon." Satra starrte Herrn Zunderzinn unverwandt an. „Sie kennt ihn seit seiner Kindheit, und nur sie liebt ihn um seiner selbst willen. Niemand versteht oder schätzt sie. Sie ist zu klug und tapfer, um zu Hause zu bleiben und zu nähen und zu kochen, deswegen hat sie sich heimlich beigebracht, wie man mit dem Schwert kämpft. Und wenn Kendon auf seine Mission aufbricht, verkleidet sie sich als Junge und folgt ihm."

„Sehr gut, und Batto, der getreue Diener? Herr Klammer?"

„Batto ist bescheiden, doch tapfer", leierte Herr Klammer herunter. Er hatte seine Füße auf den Sitz vor sich gelegt und sein Kopf ruhte im Schoß der Schauspielerin, die die Prinzessin spielte. „Er ist der perfekte, getreue Gefolgsmann. Er kann sich nichts Schöneres im Leben vorstellen, als das Gepäck des Helden zu tragen, seine Kleidung zu waschen, für ihn zu kochen und dessen Mission zu beenden, wenn Kendon mal wieder im letzten Moment ohnmächtig wird."

„Oder verletzt wird oder unter einem Zauberbann steht", vollendete Herr Zunderzinn tadelnd.

„Natürlich. Batto hat manchmal eine Bauernliebschaft oder einen alten Vater, der als komödiantischer Widerpart dient, doch das alles hindert ihn nie daran, sich Kendon auf seiner Mission anzuschließen."

„Was ist mit der Prinzessin?" Herr Zunderzinn sah Fräulein Eisenschraube, die Geliebte Herrn Klammers, strafend an.

Sie hustete entschuldigend. „Prinzessin Andiel ist hübsch, tugendhaft und von hoher Geburt. Sie ist die vom Schicksal vorherbestimmte Braut Kendons."

„Was bedeutet, dass die arme Clemona immer heroisch sterben muss, wenn sie sich für Kendons Leben opfert oder so was Ähnliches", fügte Satra verbittert hinzu.

„Oder sie muss in der letzten Minute herausfinden, dass sie in Wahrheit schon immer in einen der idiotischen Freunde verliebt war", grinste Pulkas.

„Glückliche Gefährten, Herr Schmied!"

„Richtig, glückliche Gefährten", rief Pulkas und sprang gemeinsam mit Clarn auf. Sie umarmten einander, gaben einen komischen Tanz zum Besten und sagen im Falsett:

Wir sind Elti! Wir sind Jibbi! Wir sind ein komisch' Paar! Einer hat ne komisch' Nas', der andere komisch' Haar!

Wir tanzen umher und stellen uns dumm und sprechen manchmal im Reim! Ohne uns wär die Mission fast halb so schnell vorbei!

„Komödianten", sagte Herr Zunderzinn und schüttelte den Kopf. „Herr Kohle?"

Ein alter Mann, der ganz hinten saß, schnäuzte sich. „Entschuldigung", sagte er. „Es da immer noch dieser Zauberer, verstehst du? Zauberer sind diese sehr spirituellen Typen, die durch die Gegend reisen und die Dinge so arrangieren, dass die Mission gut ausgeht. Beispielsweise entführt er Kendon als Kind und versteckt ihn bei armen aber ehrlichen Leuten. Oder wenn es einen verfluchten Gegenstand gibt, dann erkennt ihn der Zauberer und warnt alle, und er wirkt Zauber und solche Sachen, um dem Helden auf der Reise zu helfen. Er ist ein sehr selbstaufopfernder Charakter."

Anders als alle richtigen Magier, die Gard jemals gekannt hatte. Er nickte gedankenverloren und blickte auf, als Herr Zunderzinn sich räusperte.

„Zum Schluss", verkündete er, „meine Figur. Der dunkle Fürst. Ihn spielt traditionell der Regisseur. Es ist eine Gestalt, die Furcht einflößt und über schreckliche Macht gebietet. Der Meister dämonischer Horden. Seine Armeen der Dunkelheit überrennen die Erde. Seine Drachenschwärme verdunkeln den Himmel. Seine hexerische Macht übertrifft die des Zauberers bei weitem, und bei einem Aufeinandertreffen bezwingt er ihn stets."

„Manchmal kehrt der Magier aber auch von den Toten zurück", murmelte Herr Kohle.

„Nur ganz am Ende. Die einzig wahre Nemesis des dunklen Fürsten ist Kendon, der ihn normalerweise auf magischem Weg bezwingt, eine verzauberte Waffe benutzt oder den verfluchten Gegenstand findet und zerstört. In ‚Die Verzauberung Bregons' ist Kendon der lange verlorene Sohn des Dunklen Fürsten und appelliert an dessen Familiensinn, um seinen schrecklichen Vater zu Selbstmitleid und Freitod zu bringen. Ich möchte allerdings erwähnen, dass wir diesen Handlungstrick nicht sehr häufig einsetzen. Ich denke, dass es die Darstellung des Dunklen Fürsten verweichlicht, wenn man ihn mit irgendeiner Schwachstelle darstellt." Herr Zunderzinn schnipste ein wenig Kalk von seiner Schulter.

„Du spielst den dunklen Fürsten?", fragte Gard, der sich das vorzustellen versuchte. Jemand hinter ihm kicherte.

Herr Zunderzinn lächelte selbstgefällig. „Ich habe die Ehre. Es ist keine Rolle für einen jungen und unerfahrenen Schausteller, glaub mir. Du wirst es noch sehen. Ich denke, dass eine gewisse Menge an Lebenserfahrung nötig ist, um der Rolle ihren notwendigen … Schatten zu verleihen.

Das war's auch schon! Es noch eine Menge Nebenrollen, die von den gleichen Schauspielern mit den entsprechenden Masken gespielt werden können, oder indem man mechanische Apparate verwendet. Manchmal sind das als Junge verkleidete Mädchen und die Prinzessin ein und dieselbe Person, und manchmal ersetzt eine besonders wagemutige Truppe den Magier durch eine Weise Frau. Solche Variationen werden allerdings von vielen Theaterkennern verachtet, und das aus gutem Grund! Das Epos als dramatische Darstellungsform wurde über Jahrhunderte hinweg vererbt und verdient daher auch entsprechenden Respekt. Es enthält universelle Wahrheiten, die nicht durch unpassende Veränderungen verwischt werden sollten."

„Na ja, die Zuschauer langweilt es manchmal, wenn sie die gleiche Geschichte immer wieder und wieder hören", mischte sich Herr Klammer ein.

„Nicht jene, die wahre Kunst zu schätzen wissen", erwiderte Herr Zunderzinn eingeschnappt und sah ihn strafend an. „Wenn wir uns nun den neuen Improvisationsrahmen anschauen könnten? Der Titel des Stücks lautet ‚Der Schatten des dunklen Fürsten'."

„Haben wir das nicht schon vorletztes Jahr gegeben?", fragte Fräulein Eisenschraube.

„Nein. Du denkst an ‚Der Fluch des dunklen Fürsten'", berichtigte Herr Zunderzinn. „Also, die Eröffnungsszene. Herr Kohle, du kommst von rechts herein und trägst die Babypuppe. Hinten auf der Bühne werden wir ein paar Lichteffekte hinter dem Scherenschnitt haben, der die brennende Stadt darstellt, und du sagst …?"

Herr Kohle kratzte sich am Kopf und überlegte.

„Äh … oh, welch Schrecken! Wenn doch die Königin nur auf meinen weisen Rat gehört hätte und nicht auf die geheimen Einflüsterungen des dunklen Fürsten, alles wäre gut gewesen! Wo soll ich Euch denn nur verbergen, mein junger Prinz?"

o o o

Die Proben liefen schlecht, bis Gard verstand, wie man ein Epos spielte. Bis zu einem gewissen Punkt handelte es sich um reines Improvisieren, nur ein genereller Überblick über die Geschichte und manche Abschnitte des Stückes waren von Herrn Zunderzinn geschrieben und somit vorgegeben worden. Die Schauspieler betraten die Bühne und führten ihre Charaktere wie Schwerter, und manchmal erzielten sie dabei Punkte auf Kosten eines anderen.

Gard stellte fest, dass er, wenn er sich einfach mit dem gigantischen und unübersichtlichen Haufen abgegriffener Zitatenbücher niedersetzte und sie ausführlich studierte, die geeigneten Reden und Phrasen für praktisch jede Situation auswendig lernen konnte. Es gab beim epischen Theater nur wenige Situationen, Antwortmöglichkeiten und Gestalten. Je mehr er es wie einen Kampf in der Arena betrachtete, desto leichter fiel es ihm.

Bösartiger Tyrann! Eure Herrschaft endet hier,
Denn ich bin Eurer Spur über spurlose Ebenen gefolgt,
Auf dass ich diese Klinge, die meines armen ermordeten Vaters,
Durch Euer schwarzes Herz zu treiben vermag!

Gard hob sein Holzschwert und führte eine Reihe von Angriffen, und Herrn Zunderzinn, der auf Plateauschuhen, die trotz ihrer absurden Höhe nicht verhindern konnten, dass der schwarze Mantel auf dem Boden schleifte, auf der Bühne herumstolzierte, hob seine furchterregende schwarze Maske an.

„Zum Publikum“, erinnerte er Gard. „Nochmal bitte.“

Mit einem Anflug von Irritation blickte Gard zu den leeren Sitzen statt zu Herrn Zunderzinn und wiederholte seinen Text. Dann drehte sich zum Angriff.

„Zum Publikum“, rief Herr Zunderzinn.

„Aber ich werde dich angreifen.“

„Einen Augenblick", mischte sich Herr Klammer ein, nahm Battos Maske ab und erhob sich vom hinteren Bereich der Bühne, wo er gekauert hatte. „Ich verstehe, was das Problem ist. Du bist Soldat gewesen, oder?"

„... ja", erwiderte Gard.

„Ich wette, ein verdammt guter, aber das hier ist eine zweidimensionale Angelegenheit. Stell dir vor, du wärst ein Scherenschnitt. Wir haben hier oben keine Tiefe, du musst deine Schwertstreiche flach darstellen."

„Oh", sagte Gard. „Danke."

„War mir ein Vergnügen." Herr Klammer setzte seine Maske wieder auf, kauerte sich hin und streckte die Hände alarmiert aus.

Oh, mein Herr, seid vorsichtig bitte, auf dass er Euch nicht niederstrecken möge!

Oh, wäre ich nur zurück auf jener Jugendwiese, um Äpfel zu stehlen!

Oh, ihr Götter, seid uns gnädig!

Gard schaute nach vorne und führte ein Manöver aus, das ihn in der Arena getötet hätte, aber Herr Zunderzinn meinte „Sehr schön" und fuhr dann mit der Grabesstimme seines Dunklen Fürsten fort:

Ich kenne diese Klinge alter Tage, doch ist sie
Eine lächerliche Klinge, Kind, die deinen Vater nicht errettete,
Noch wird sie dich retten. Weißt du nicht,
Mit wem du es zu tun hast? Ich war damals mächtig,
Doch zehnfach noch schwoll meine finstere Macht an.

„Denn sieh, nur mit dem Wink meiner Hand und dann hebe ich meinen Stab, so, und du kommst und greifst so an, und, warte, das ist ja das falsche Schwert. Wo ist das Bruchschwert?"

„Hier! Tut mir leid, es war im falschen Korb", rief Clarn und reichte es Gard. „Das hier brauchst du. Du ziehst einfach an diesem Stift, wenn er die Blitzladung auslöst."

„Danke.“ Gard packte das Schwert und nahm wieder seine theatralische Angriffspose ein.

„Denn sieh, nur mit dem Wink meiner Hand … ich Stab, du Angriff, ich lasse die Blitzkugel fallen und“, erklärte Herr Zunderzinn ermutigend, „bumm! Ja, perfekt. Das Schwert zerbricht, und du fällst und …“

Oh, Batto, wie bitter schmeckt doch die Verzweiflung!
Ich kann meinen Arm nicht bewegen!
Die Klinge ist zerbrochen und meine Rache dahin!
Seine Schreckensmacht hat mich überwältigt!

Gard wand sich rezitierend auf der Bühne und hoffte, dass es eine überzeugende Darstellung von Qual war.

„Sehr schön, und jetzt die überraschende Wendung …“

„Oh mein Meister. Ich kann es nicht ertragen, Euch sterben zu sehen!“ Herr Klammer kam auf die Füße, rannte auf die Bühne hinaus und schnappte sich ein Stück des zerbrochenen Schwerts.

Oh, finstrer Zauberer, nun werdet Ihr sehn,
Wie bescheidene Treue Tapferkeit gebiert!

„Ich ersteche dich, und natürlich werde ich die richtige Hand tragen, und es macht bumm und Pappmaschee-Finger und roter Sirup fliegen überall herum. Entsetzte Aufschreie aus dem Publikum …“

„Dann werde ich die Explosionsweste mit den blauen und grünen Sprengladungen tragen“, erwiderte Herr Zunderzinn pikiert. „Denn natürlich will niemand die Todesszene des dunklen Fürsten übertrumpfen.“

„Nein, natürlich nicht“, murmelte Herr Klammer.

„Ich taumle rückwärts, die Lichter zucken, und ich blute grünen und gelben Sirup. Ich brauche ein paar Blitzladungen Typ sieben. Clarn, bitte lass ein paar herstellen.“

„In Ordnung, ein paar Nummer sieben“, bestätigte Clarn und machte sich Notizen auf einer Tafel.

So erfüllte sich denn die Prophezeiung,
Dass Kendon mich nicht zu bezwingen vermag.
Dass ein Insekt zu seinen Füßen
Mir größer' Leid zufügen kann.
Oh triumphiert doch, ihr Narren,
Doch werde ich mich erneut erheben!

„Dann lasse ich die Nummer sieben fallen und rolle nach hinten von der Bühne und jetzt wären ein paar Worte für deinen verletzten Diener angemessen, Wolkin."

Gard stemmte sich auf Hände und Knie empor und umklammerte Herrn Klammers Handgelenk.

„Was machst du da?", fragte Herr Klammer verblüfft und schlug die Augen auf.

„Ich binde die Blutung mit meiner Sandalenschnur ab."

„Oh, gute Idee!"

Ähm, Oh, Batto sagt nicht, Ihr wärt niedergestreckt!
So bleibt bei mir, mein getreuer Freund
Oder soll mit Euch ich sterben, aus Scham, dass meine Stärke versagte,
Während die Eure so stark war wie die bescheidene Erde selbst?

„Gut, gut und, äh, ich sage:

Oh, guter Herr, wie soll ich Euch nun Frühstück kochen,
Mit einer Hand, die mir geblieben ist?

An dieser Stelle, würde ich vorschlagen, könnte ich tapfer sterben und…"

„Nicht gleich nach der Todesszene des dunklen Fürsten", beschwerte sich Herr Zunderzinn vom Boden aus.

„Hm, na gut. Ich könne darüber klagen, dass ich sterbe, und dann könnte ich die Ansprache halten, wo ich den lieben Meister bitte, meinen alten Vater zu beschützen und meiner Liebsten zu sagen, dass ich geplant hatte, mit ihr einen Muschelladen zu eröffnen. Soll ich?"

„Das dauert doch ziemlich lange, denke ich. Wir sollten von hier möglichst rasch zu Hochzeit und Krönung kommen, oder?“, meinte Herr Zunderzinn und richtete sich auf.

„Wirklich?“ Herr Klammer starrte ihn finster an.

„Wie wäre es damit?“, schlug Gard vor, der sich auf die Knie empor drückte.

Fürchtet Euch nicht, Batto, bester Freund,
Obwohl meine Stärke mir versagte, habe ich doch noch genug,
Um Euch zu tragen, auch wenn Ihr doppelt so schwer wärt,
Als Ihr seid. So lasst uns gehen und nur einhalten,
Um Elti und Jibbi aus dem schwarzen Keller F'Narhs zu retten.

Ohne sich wirklich anzustrengen hob Gard Herrn Klammer hoch. Dieser blickte ihn verblüfft an.

„Gütige Götter, mit was hast du dir sonst noch so deinen Lebensunterhalt verdient? Flussschiffe beladen?“

Gard sackte zusammen und tat so, als würden seine Knie nachgeben. „Puh! Nein. Du bist schwerer als du aussiehst.“

„Dann lehne ich mich nur auf dich, und wir taumeln zusammen von der Bühne“, entschied Herr Klammer, der auf die Füße kam. „Elti! Jibbi! Wir kommen euch zu retten, tapfere Burschen!“

o o o

„Ein gutes Publikum“, verkündete Herr Zunderzinn zufrieden, rieb sich die Hände und lehnte sich wieder zurück, nachdem er durch den Vorhang nach draußen gespäht hatte. „Alle üblichen Gäste und ein paar neue Gesichter. Sie haben wohl gehört, dass wir einen talentierten Neuzugang haben!“

„Entweder das, oder sie wollen sich von den Kriegsgerüchten ablenken lassen“, meinte Pulkas und setzte seine Maske auf. „Hei ho, nach draußen ziehen wir. Tod und Zerstörung und all das.“

Gard trat auf, als sein Stichwort kam, und blickte zu den Zuschauern. Er hatte das gleiche Gefühl wie in der Arena erwartet und damit gerechnet, in gierige Gesichter zu blicken, die ihn musterten, während er um sein Leben kämpfte. Es beunruhigte ihn, dass der Ausdruck in den Augen des Publikums ein ganz anderer war. In den Gesichtern lag eine große Intensität, eine klare Aufmerksamkeit und eine Ernsthaftigkeit, die ihn wünschen ließ, dass er erneut gegen Trathegost oder Pocktuun kämpfen durfte.

Er spürte, dass sein Mund ganz trocken geworden war, als er seinen Text sprach.

Seid mir willkommen, Zauberer! Oft dachte ich daran,
Wie Ihr mich in glücklichen vergangenen Tagen gelehrt habt.
Was bringt Euch nun zu meinem bescheidenen Heim?

„Gut gemacht, gut gemacht, ihr alle!“, gratulierte ihnen Herr Zunderzinn, als der Applaus endlich verklungen war und sie sich hinter der Bühne versammelt hatten, um ihre Kostüme zu wechseln. „Wir machen die Besprechung morgen, wir wollen unser Publikum ja schließlich nicht warten lassen, oder? Ich möchte nur noch anmerken, dass Satra Clemonas Tod heute mit besonderem Pathos dargestellt hat.“

„Oh, ich danke dir, Herr Zunderzinn!“, wisperte Satra, die ihn bewundernd anstarrte.

„Auch Wolkin sei ein Lob gewiss. Wenngleich ich denke, dass du die Schwertkämpfe ein wenig zu einfach hast aussehen lassen. Erinnere dich: Kendon muss kämpfen, Kendon muss leiden. Das will das Publikum bei einem Helden sehen.“

„Ich werde daran denken“, versprach Gard.

„Eine große Menge wartet draußen!“, verkündete Herr Kohle erfreut, der gerade wieder hereinkam. Er hatte sein Kostüm bereits abgelegt, da der Zauberer im ersten Akt gestorben war und er Zeit gehabt hatte, zum Abendessen in die nächste Schenke zu gehen. „Eine Menge Gönner! Die Dame Hackfelsen hat gefragt, wann du rauskommst, Klammer, und da war ein Fürst Granat, der nach dir verlangt hat, Fräulein Eisenschraube."

Herr Klammer und Fräulein Eisenschraube hatten knutschend in einer Ecke gesessen und blickten nun auf. Fräulein Eisenschraube seufzte und Herr Klammer zuckte die Achseln. „Die Pflicht ruft", sagte er. „Sehe ich dich zum Frühstück?"

„Meiner schläft normalerweise lange", erwiderte Fräulein Eisenbolzen und schlang sich ihren Schal um den Hals.

„Meine erwacht mit den verdammten Marktkarren", erwiderte Herr Klammer und warf sich den Umhang über die Schultern. „Na gut, also zum Mittagessen. Gute Nacht und all das."

„Sind viele Damen draußen?", fragte Herr Zunderzinn.

„Mir sind fünf aufgefallen, Zinni, und sie alle fragen nach dem dunklen Fürsten", erwiderte Herr Kohle grinsend und stupste Herrn Zunderzinn, der so selbstzufrieden wie nur menschenmöglich aussah, an. Satra wirkte bleich und verstört. Sie sah wortlos zu, wie er nach draußen stolzierte und von den begeisterten Frauen begrüßt wurde.

Gard starrte ihm hinterher. Clarn, dem seine Verwirrung aufgefallen war, kicherte nur. „Ich weiß, was du denkst. Aber es ist ganz erstaunlich, was für eine Wirkung eine schwarze Rüstung auf manche Damen hat. Kopf hoch! Er kann nur mit ein oder zwei ausgehen, und wir bekommen normalerweise, was übrig bleibt."

„Was?"

„Gönner!", grinste Pulkas und schnürte eilig seine Sandalen. „Sie zahlen, um unterhalten zu werden. Sie laden uns zumindest auf ein Getränk ein und vielleicht auch auf ein Essen. Wenn man sehr viel Glück hat und sie sehr bühnenvernarrt sind, gibt es auch manchmal eine süße Liebelei. Andere geben dir kleine Geschenke, wenn du ihnen das eine oder andere Lied singst. Obwohl mich die letzte nur gelöchert hat, wie Zinni wirklich ist." Pulkas warf sich den Umhang um und eilte hastig durch die Tür, dicht gefolgt von Clarn.

„Du solltest lieber zusehen, dass du hinterher kommst", meine Satra mit kläglicher Stimme. „Die Reichen werden alle weg sein, wenn du zu lange wartest."

„Ich dachte, ich gehe einfach nach Hause schlafen", wehrte Gard ab. „Ich bin müde. Du etwa nicht?"

„Oh, ich bleibe immer lange." Satra und blinzelte sich Tränen aus den Augen. „Ich muss Herr Zunderzinns Rüstung putzen."

„Kümmert euch nicht um mich", mischte sich Herr Kohle ein und breitete seine Schlafmatte in einer Ecke aus. „Ich hoffe allerdings, dass ihr nicht mehr allzu lange braucht. Ein Mann in meinem Alter braucht seine Ruhe." Er hob seinen Kopf, zwinkerte Gard zu und formte lautlos über Satras Schulter hinweg die Worte: Führ sie zum Essen aus!

„Kann ich dich zum Essen einladen?"

„Schraubenbiss unten an der Straße hat noch offen", mischte sich Herr Kohle hilfreich ein, während er seine Decke ausschüttelte.

„Bitte", meinte Gard, „das Kostüm wird bis morgen nicht weglaufen."

Satra zögerte und biss sich auf die Lippe.

Gard nahm ihre Hand. „Bitte? Es wäre schön, ein wenig Gesellschaft zu haben."

„Also gut. Ich kann ja morgen einfach früher kommen." Satra nahm ihren Schal vom Haken, schlang ihn über ihren Kopf und folgte Gard nach draußen.

Sie gingen die steile Straße hinunter und zwischen flackernden Laternen hindurch, durch Schatten und Licht. Gard dachte: „Ich gehe neben einem Mädchen, das ich zum Essen eingeladen habe. Ich diene nicht meiner Besitzerin und ich zahle nicht für Liebe in einem Freudenhaus. Wie seltsam." Er blickte zu den Sternen empor und versuchte sie sich über einem Tanzgrün glitzernd statt über diesen Steinstraßen vorzustellen. Er versuchte sich den Geruch von weißen Blüten vorzustellen. Es gelang ihm nicht und er gab mit einem Seufzen auf.

Die Schenke war ruhig und klein. Sie setzen sich in einen gepflasterten Vorhof neben einen Ziegelofen. Der Kellner brachte ihnen Wein, gegrillte Würstchen und Zwiebeln. Satra wirkte im Feuerschein wunderschön und auf eine poetische Weise melancholisch. Nach einigem Zögern fragte Gard nach ihrer Geschichte.

Sie erzählte ihm nicht viel, nicht von sich. Sie war zweiundzwanzig und in einem Dorf in der Nähe von Troon geboren worden. Mit sechzehn hatte sie eine Freundin in Deliantiba besucht. Sie waren gemeinsam ins Theater gegangen. Die Aufführung von Herr Zunderzinn hatte ihr den Atem geraubt und sie hatte mit absoluter Gewissheit erkannt, dass es nichts Wichtigeres in ihrem Leben geben konnte als das Theater. Sie hatte mit ihren Eltern gestritten, war enterbt worden und mit nichts in der Hand nach Deliantiba zurückgekehrt. Dennoch war sie zum Theater gegangen und hatte tapfer darum gebeten, vorsprechen zu dürfen, und dann hatte Herr Zunderzinn sie in die Truppe aufgenommen.

So viel erfuhr Gard von Satra, bis sie auf das Thema kam, was für ein Genie Herr Zunderzinn doch war. Darüber redete sie dann zwei Stunden lang. Gard hörte ihr zu, nickte immer wieder und schenkte ihr nach. Irgendwann begann sie, in den Wein zu heulen, und da musste er auch seinen eigenen Becher leeren. Als der Kellner nach draußen kam und die Kohlen abdeckte, um die Glut zu schützen, schlug Gard Satra vor, sie nach Hause zu bringen.

Sie bedankte sich übermäßig, mit Tränen in den Augen. Er begleitete sie den Hügel hinunter ins Armenviertel, wo sie in einem Gästehaus ein Zimmer hatte, noch schmuckloser als sein eigenes und ohne Fenster. Als er ihre Hand nahm und sich bückte, um ihr „Gute Nacht“ ins Ohr zu flüstern, schlang sie die Arme um seinen Nacken und küsste ihn leidenschaftlich. Ihre Tränen brannten heiß auf seinem Gesicht. Sie zerrte ihn in den Raum, und schließlich schliefen sie auf dem engen Bett miteinander, voller verzweifelter Leidenschaft, obwohl Gard sehr wohl wusste, dass sie sich nicht nach ihm sehnte.

Er verließ sie höflich, bevor er einschlafen und sich selbst verraten konnte. Während er wieder den Hügel hinaufstieg, wurde er von einem Dieb mit Keule überfallen, brach ihm aber nur das Handgelenk und ließ ihn panisch fliehen. Kein Tanzgrün unter diesen Sternen, keine weißen Blüten.

Am nächsten Morgen lächelte Satra ihn im Theater an, doch sie wirkte abwesend und polierte die Maske des dunklen Fürsten mit ihrem kammgekrönten Helm. Als Herr Kohle nach draußen ging, um ein Frühstück zu organisieren, hatten sie einen Moment Privatsphäre und sie dankte Gard für einen bezauberten Abend, meinte jedoch, dass es vermutlich das Beste wäre, es nicht zu wiederholen.

Gard dachte über ihre Worte nach, als Herr Klammer gähnend hereinkam, noch immer in den Klamotten, die er am Abend zuvor getragen hatte.

„Guten Morgen, Schmied. Ich wollte nur sagen, du hast dich für einen Anfänger gut geschlagen.“

„Danke.“

Klammer setzte sich neben Gard und musterte ihn kritisch. „Du hast letzte Nacht eine Gönnerin gefunden, nicht?“

„Nein.“

Ah.“ Klammer blickte zum Requisitenschuppen, wo Satra gerade leise klappernd die Rüstung des Dunklen Fürstens aufhängte. „Ich verstehe. Dann wünsche ich dir mehr Glück für heute Nacht. Kann ich dir einen Ratschlag geben, mein Freund?“

„Wenn du willst."

„Drama ist auf der Bühne wunderbar, aber eine verfluchte Sache im Schlafzimmer."

„Ich werde es mir merken. Danke."

Herr Kohle kam mit einer großen Papiertüte von der Straße herein. „Seht euch das an!" Er hob die Tüte hoch. „Die Brötchen von gestern aus der Bäckerei. Ein Kupferstück für den ganzen Sack, könnt ihr euch das vorstellen? Nehmt euch welche, ich habe einen ganzen Haufen."

„Oh, Meisterzauberer, könnt Ihr nicht vielleicht ein wenig Nahrung herbeizaubern?", zitierte Klammer abwesend, während er sich ein Brötchen schnappte und eins an Gard weiterreichte. Sie saßen kauend da, als ein heller Trompetenstoß von der Straße erscholl.

„Das wird die Läuferin mit den Zeitungen sein", rief Klammer, sprang auf und lief zum Tor, das auf die Straße hinausführte. Die Läuferin in einer roten Uniform kam gerade mit einer Rolle frisch gedruckter Zeitungen unter dem Arm vorbei.

„Hier!" Klammer warf ihr eine Münze zu. Sie löste eine Zeitung von der Rolle und reichte sie ihm, während Clarn und Pulkas sich an ihr vorbei in den Hof drängten.

„Die Rezensionen, nicht wahr?", fragte Pulkas. „Rechnet nicht damit, dass sie gut sind. Plater saß in der ersten Reihe."

„Wer?" Gard blickte neugierig auf das große Blatt aus billigem Papier, als Klammer damit zurückkam.

„Eine von Deliantibas literarischen Größen", erklärte Kohle.

„Das hätte er gerne", meinte Clarn, der sich aus der Tüte mit den Brötchen bediente, abfällig. „Er ist ein Bastard."

„Ist das die Zeitung?" Satra kam aus dem Requisitenschuppen.

„Der Bursche in der purpurfarbenen Tunika, Wolkin", erklärte Klammer, während er die gedruckten Zeilen überflog. „Vielleicht ist er dir ja aufgefallen? Er hat ohne zu blinzeln oder zu lächeln die ganze Zeit auf die Bühne gestarrt."

„Wenigstens passt er auf", wandte Satra ein.

„Bei der blutigen Hölle, noch mehr Kriegsgerüchte. Es ist mir völlig egal, ob sich Parrackas oder Skalkin den Thron schnappen, aber ich wünschte, sie würden die Sache wie zwei Ehrenmänner mit einem Duell regeln und hinter sich bringen. Ah, hier ist es ja: ‚Der Schatten des Dunklen Fürsten', in Zunderzinns Theater. Eine Rezension von Enokas Plater. Attan Zunderzinn setzt seine bewundernswerten Anstrengungen fort, das klassische Epos in seiner unverfälschten Form zu präsentieren. Die Aufführung von letzter Nacht war zwar eine sehr solide Angelegenheit, hat uns jedoch an die nur allzu offensichtliche Wahrheit erinnert, dass eine Kette nur so stark ist, wie ihr schwächstes Glied.'"

„Oh je, jetzt kommt es gleich", stöhnte Clarn.

„‚Die Geschichte war erneut eine der brillanten und bewegenden Variationen Herrn Zunderzinns über das große Thema. Kendon (mit Nachhaltigkeit und Ernst vom Neuzugang Wolkin Schmied gespielt, von dem wir hoffen, noch mehr zu sehen, da er ein natürliches Verständnis für die heroische Würde zu haben scheint) ist, ohne es selbst zu wissen, der letzte Erbe der beinahe ausgerotteten Linie der Nordkönige. Er lebt in Armut und Dunkelheit, als sein alter Lehrmeister, der Zauberer, auftaucht und ihm ein unerwartetes Geschenk bringt: das verlorene Schwert Farnglast, das Kendons Vater vor zwanzig Jahren verloren hatte. Der Zauberer bringt ihm allerdings auch erschreckende Neuigkeiten: Der dunkle Fürst ist erneut auferstanden und sammelt seine Streitmächte im Krater des Schreckens, und nur das Schwert von Farnglast ist dazu in der Lage, den dunklen Fürsten zu töten.' Bla, bla, bla …"

„Sei überrascht, Wolkin, er hat dich gemocht!", sagte Pulkas.

„… tragischer Tod Clemonas … bla, bla, bla … Drachenkampf besonders gut gelungen …"

„Er hat dich auch gemocht." Purkas wandte sich an den Drachen, der ein Fass mit aufgemalten Flügeln und Schuppen war, das am Rand der Bühne lauerte. Es hatte einen Holzkopf mit starrenden Glasaugen, mit einem aufgerissenen Schlund auf einer Seite und einem Blasebalg auf der anderen, mit dem man rote Bänder aus seinem Mund blasen konnte, die den flammenden Drachenatem darstellten. Die ganze Konstruktion war auf Räder montiert.

„‚… wurde wie üblich von der Kraft und Pracht von Herrn Zunderzinns Schauspiel getragen. Sein dunkler Fürst ist ein Meisterstück aus unterdrücktem innerem Aufruhr und Trauer, getrieben von einer stählernen und unerbittlichen Bestimmung. Da könnten wir uns nur wünschen, das die Nebenrollen ebenso‘, oh je, jetzt kommt es gleich, ‚ansprechend und fähig spielen würden. Die notwendigen Witzeleien Eltis und Jibbis sind durchaus passend, doch unserer Meinung nach kommen die Herren Schmied und Ritzel der Selbstparodie dabei gefährlich nahe. Diese jungen Herren täten gut daran, von den zahlreichen Generationen an Komödianten zu lernen, die ihnen vorausgegangen sind.‘“

„Was für ein Meister der treffsicheren Sprache“, kommentierte Clarn trocken. „Er hat sie sicher zu Füßen seiner Mutter gelernt, während sie sich von Seeleuten rannehmen ließ.“

„Ähm. Oh nein, jetzt zu Herrn Kohle: ‚Desweiteren hat der Schauspieler, der den Zauberer gespielt hat, die Rolle mit einer völlig unpassenden Leichtigkeit interpretiert, vor allem in jener Szene, in der er Kendon über seine Bestimmung in Kenntnis setzt. Derartige Taschenspielertricks mögen den Pöbel im Zuschauerraum amüsieren, doch wir würden uns wünschen, dass sich Herr Kohle für eine würdigere Interpretation seiner äußerst wichtigen Rolle entschieden hätte.‘“

„Hm, er hat die farbigen Schals nicht gemocht?“ Herr Kohle ließ die Schultern sinken. „Ich habe stundenlang an dem Trick geübt.“

„Fräulein Eisenschraube war entzückend als Prinzessin Andiel, und Fräulein Querbalken spielte die Rolle der Clemona mit ansprechendem Pathos."

„Das ist alles, was er jemals über uns schreibt", seufzte Satra.

„Sei dankbar", erwiderte Klammer geistesabwesend, während er weiterlas. Er zuckte zusammen.

„Was schreibt er weiter?", fragte Pulkas.

„Der arrogante Bastard. ‚Wenn Herr Klammer beschlossen hat, vulgäre Elemente und sinnbefreite Belustigung in Herrn Zunderzinns Stück einfließen zu lassen, möchte man ihm raten, derartiges zu unterlassen. Während Battos Tapferkeit im vierten Akt korrekt dargestellt wurde, zogen seine Tendenz für Albernheiten und seine Versuche, Kendon in mehreren Szenen die Aufmerksamkeit zu stehlen, doch den grundlegenden Heroismus der Rolle in den Dreck.

Alles in allem hätte ich mir mehr von dieser Truppe erwartet. Wir können nur hoffen, dass diese Fehler im Verlauf der Theatersaison noch ausgemerzt werden.'"

„Ach, der kann mich mal", knurrte Herr Kohle und fischte nach seiner Rauchröhre. Er zog sie heraus, stopfte sie mit aromatischem Kraut und entzündete sie.

„Guten Morgen allerseits", begrüßte Herr Zunderzinn sie erhaben, als er durch die Tür hereinkam. „Habt ihr die Besprechung gelesen? Gratulation, Wolkin! Ein Triumph!"

„Wir haben die Rezension gelesen, danke, und es gibt da nichts zu feiern", rügte Pulkas. „Warum bist du so verdammt fröhlich?"

„Wir haben eine neue Gönnerin", erklärte Herr Zunderzinn. „Eine äußerst großzügige. Wie wäre es mit einem neuen Zaubererkostüm, Herr Kohle, und wie wäre es, wenn wir diese abgebrochene Ecke der Bühne reparieren ließen?" Aus seiner Gürteltasche holte Herr Zunderzinn einen kleinen Beutel, in dem es verheißungsvoll klimperte.

o o o

Die neue Gönnerin war die Dame Filigran. Sie war groß gewachsen, schlank und von edlem Geblüt, wenn auch ein wenig ins Alter gekommen. Sie kam und setzte sich hinten ins Publikum, lächelte auf ätherische Weise und sah bei den Proben zu. Als sie der Truppe offiziell vorgestellt wurde, schüttelte sie jedem die Hand und murmelte Dinge wie „Wie geht es Euch?", „Was für eine Freude, Euch kennenzulernen", oder „Ich bin ja so erfreut, Eure Bekanntschaft zu machen, mein Herr"

„So sind die vom alten Geblüt", zischelte Clarn Gard zu. „Immer so höflich."

Als sie Gards Hand nahm, fragte sie: „Wie lange studiert Ihr schon bei Herrn Zunderzinn?"

„Erst einen Monat und vier Tage, Herrin", antworte Gard.

Sie legte den Kopf leicht schief. „Dürfte ich fragen, wo Ihr geboren wurdet?"

„Auf den Inseln."

„Wo da?"

„Chadravac", erwiderte Gard vorsichtig.

„Nun, das ist interessant. Ich hätte Euch für einen Patrayka-Mann gehalten. Ihr habt diesen Akzent, aber nicht den eines Bauern. Sagt mir, seid Ihr bei einem der großen Häuser aufgezogen worden? Ihr sprecht wie einer der Silberspitzes."

„Mein Vater hat für die Silberspitzes gearbeitet."

„Ich verstehe." Die Dame blickte Gard nachdenklich an. „Eine wunderbare Familie. Ich habe sie als Mädchen gekannt. Natürlich sind sie inzwischen alle gegangen. Eine Schande."

„In der Tat, Herrin." Gard war sich bewusst, dass ihn die anderen Schauspieler auf eine grüblerische Weise betrachteten.

o o o

Mit der Dame Filigrans Geld kaufte die Truppe eine prächtige, mit blauer Seide durchsetzte Robe mit Silberborte für den Zauberer, und Herrn Kohle wurde es verboten, irgendwo in ihrer Nähe zu rauchen. Die Gönnerin stellte der Truppe auch fünf neue Masken zur Verfügung – eine alte Pflegerin, drei Götter und einen Dämon – sowie einen künstlichen Baum mit einer Vogelpuppe in den Zweigen, der äußerst nützlich für Prophezeiungen und Omen war. Herr Zunderzinn schrieb ein grandioses neues Werk mit all diesen neuen Elementen und nannte es „Der Untergang der Nordkönige".

Nicht ganz so großartig, aber dennoch bemerkenswert war die Tatsache, dass die Dame auch einen Maurer bezahlte, der die Bühnenplattform reparieren sollte. Da es sich herausstellte, dass eine ganze Ecke der Bühne neu gepflastert werden musste und der Maurer zweifellos erkannte, wie reichhaltig der Geldbeutel der Dame gefüllt war, schlug er eine neue Stützmauer im hinteren Bereich des Hauses vor, die es nicht nur sicherer machen sondern auch die Akustik enorm verbessern würde. Er steckte das Geld ein und beauftragte seinen Lehrling damit, die Arbeit zu erledigen. Der Lehrling war ein vom Theater faszinierter Jüngling, der oft bei den Proben zusah, während ihm fast die Kelle aus der Hand fiel.

„Richtig", sagte Klammer. „Wir können zumindest damit anfangen, die Szene zu proben, bis er kommt."

„Es sieht ihm nicht ähnlich, so spät zu kommen", meinte Satra besorgt. „Sollen wir es der Stadtwache melden?"

„Nein", wehrte Herr Kohle ab, „die würden uns nur alle festnehmen, die Bastarde. Er schäkert vermutlich immer noch mit der Gönnerin herum. Frühstück im Bett und so weiter."

Satra wandte sich ab, und Tränen schossen ihr in die Augen. Gard blickte zu ihr und fragte sich, ob er sie trösten sollte, doch Clarn bemerkte seinen Blick und schüttelte nur leicht den Kopf.

„Also los. Die Szene am Waldrand, dass heißt, wir haben hier zwei kleine Bäume und dort den Baum mit dem Prophezeiungsvogel. Kendon und Batto werden von Räubern aus dem Wald bedrängt, die seid ihr zwei mit den Räubermasken", zählte Klammer auf und nickte Pulkas und Clarn zu.

„Oh, das wird ja ganz realistisch aussehen, was?", meinte Pulkas ironisch. „Zwei kleine Stöpsel wie wir, die euch besiegen?"

„Es könnte klappen", verteidigte sich Klammer. „Batto könnte ungeschickt sein und stolpern oder so. Zum Beispiel könnte ich aufspringen und etwas rufen wie ‚Oh, mein lieber Herr, seid vorsichtig' oder ah, ich weiß! Ich lasse meine Kochpfannen fallen und stolpere darüber. Und einer der Räuber könnte mir eine Keule über den Schädel ziehen."

„Trotzdem, wie sollen wir Kendon besiegen?"

„Ich zeige es euch." Gard händigte ihnen die Holzschwerter aus und führte sie durch die Choreografie des Kampfes. Am Schluss hatten sie ihn entwaffnet und ihre Klingen lagen direkt an seiner Kehle. Der Maurerlehrling applaudierte begeistert. „Versteht ihr?", fragte Gard.

„Nett!", sagte Pulkas. „Hattet Ihr einen privaten Fechtlehrer?"

„Nein", sagte Gard mit finsterer Mine. In letzter Zeit waren alle der Ansicht, dass er ein Bastard von Haus Silberspitze wäre und inkognito lebe. „Ich war ein Soldat."

„Wenn du es sagst. Gut, und dein Text lautet …"

Gard sprach:

Weh, mein guter Batto, hat man dich niedergestreckt?
Ihr Schurken, was wollt Ihr
Von zwei armen Reisenden? Wir haben kein Gold.
Ihr könnt nichts erwarten als Ehrlichkeit und Entschlossenheit.

„Natürlich kennst du bereits deinen ganzen Text auswendig", murrte Pulkas, „und wir zwei machen jede Menge har-har und schubs-schubs und sagen dann etwas wie:

Seine dunkle Lordschaft kümmert nicht Euer Gold,
Es ist Euer Leben, das er uns Euch nehmen lassen will!

„Dann gibt es eine lange Folterszene, bevor Clemona kommt und dich rettet."

„Wirklich?" Gard war beunruhigt. „Wofür?"

„Das ist nur eines der Stereotypen des Epos", erklärte Klammer vom Boden aus, wo sie ihn niedergeknüppelt hatten. „Der Held wird gefoltert. Immer wieder. Wir brauchen also das Kohlebecken, die Brandeisen und die Messer mit dem farbigen Sirup in den Klingen, Kohle."

„In Ordnung." Herr Kohle klopfte seine Rauchröhre aus und ging in Richtung des Requisitenschuppens. „Ich habe das Kohlebecken als Ständer für die Waschschüssel verwendet. Es ist unter meinem Rasierspiegel."

„Und was auch immer du tust, du darfst auf keinen Fall lachen, während du gefoltert wirst", mahnte Clarn ernst. „Das macht Plater immer besonders sauer."

„Sag dir einfach immer wieder ‚Ich bin ein ernsthafter Künstler'", riet Klammer.

Die Tür zur Straße öffnete sich, und Herr Zunderzinn kam Arm in Arm mit der Dame Filigran herein. Sie strahlte förmlich vor Glück und er wirkte trunken. Der Maurerlehrling stand hastig auf und verneigte sich tief.

„Entschuldigung", rief Zunderzinn und winkte mit der Hand. „Ah! Ihr seid hart bei der Arbeit. Was für brave Kinder. Zweiter Akt, erste Szene, wie ich sehe. Sie scheinen alles im Griff zu haben, meine Liebe. Wie wäre es mit einem Fläschchen Wein in der Sumpfgans?"

„Das wäre mir ein außerordentliches Vergnügen", erwiderte Dame Filigran lächelnd, „doch Eure Kunst muss an erster Stelle stehen, mein lieber Herr Zunderzinn. Darf ich dem Rest der Probe beiwohnen?“

„Ich wäre am Boden zerstört, wenn Ihr es nicht tätet“, schmeichelte Herr Zunderzinn und küsste sie. Sie suchte sich einen Sitz, während er zur Bühne stolzierte. Satra, die gerade mit ihrem Holzschwert aus dem Requisitenschuppen gekommen war, sah den Kuss. Sie wurde ganz bleich und flüchtete sich zurück nach drinnen.

„Also gut! Die Räuber nehmen Kendon gefangen“, schloss Herr Zunderzinn. „Damit kommen wir dann natürlich zur Folterszene.“

„Ich habe gerade das Kohlebecken geholt, Zinni“, sagte Herr Kohle und hielt es hoch. „Wir sollten die Kohlen vielleicht neu anmalen. Sie sind ein wenig staubig.“

„Das sollten wir, ja. Aber ...“, Herr Zunderzinn strich sich nachdenklich über den Bart. „Wisst ihr... lasst uns etwas Neues ausprobieren. Ich denke, wir werden ihn hinter den Kulissen foltern.“

„Plater wird das aber gar nicht gefallen“, sagte Pulkas.

„Der kann mich mal. Eine derartige Szene ist viel schrecklicher, wenn sie der Vorstellung des Publikums überlassen wird, versteht ihr? Ihr schleppt also Kendon von der Bühne und lasst den getreuen Batto zurück, den alle für tot halten, und Clemona findet ihn, während sie nach Kendon sucht. Genau!“ Herr Zunderzinn wirkte sehr zufrieden mit sich.

„In Ordnung“, sagte Clarn und tat so, als ob er Gards Hände fesseln würde.

Seine dunkle Lordschaft kümmert nicht Euer Gold,
Es ist Euer Leben, das er uns Euch nehmen lassen will!
Nun bringen wir Euch zur, äh, Burg der Verdammnis!
In den finsteren Gewölben dort werden wir Euch die
Wahre Bedeutung von Schmerz lehren!

„Har-har, Schubs-Schubs und Abgang.“

„Sehr gut“, lobte Herr Zunderzinn. Gard kam von der Bühne und setzte sich in den Zuschauerraum.

„Ich finde, Ihr wart wunderbar“, raunte der Maurerlehrling mit gedämpfter Stimme. „Ich würde alles geben, um da oben stehen zu dürfen.“

„Es ist ziemlich schlecht bezahlt“, warnte Gard.

„Das wäre mir völlig egal.“

„Guten Morgen, Herr Schmied“, sagte die Dame Filigran, erhob sich und kam zu ihm. Er und der Maurerlehrling standen hastig auf, doch sie gebot ihnen, sich wieder zu setzen, bevor sie sich selbst neben Gard niederließ.

„Also dann“, überlegte Herr Zunderzinn. „Dann wollen wir mal sehen .... Batto wurde für tot gehalten und zurückgelassen. Fräulein Querbalken, ich denke, dass Clemona die Bühne von links betritt, neben ihm auf die Knie fällt und ...“

Oh, getreuer Batto! Wurdet Ihr wirklich getötet?
Wo ist mein liebster Kendon?
Oh, lasst mich seinen noblen Körper finden,
Auf dass drei tot in diesem verfluchten Wald liegen mögen!

„Würde sie nicht zuerst aufschreien?“, fragte Herr Zunderzinn.

„Tut mir leid, Herr Zunderzinn“, entschuldigte sich Satra. „Ich mache es gleich nochmal.“

„Ganz genau“, mischte sich der Maurerlehrling ein. „Natürlich würde sie schreien. Er ist einfach ein Genie.“

„Das ist er“, stimmte die Dame leise zu.

„Ich meine, wenn man sich den kleinen Mann anschaut, würde man niemals glauben können, dass er der dunkle Fürst ist. Dann kommt er mit der Maske und all dem auf die Bühne und man kann die Augen nicht von ihm lösen“, fuhr der Maurerlehrling fort. Gard blickte bezeichnend über die Schulter auf die halb fertige Stützmauer.

„Er weiß, wie er als mehr erscheinen kann, als er ist“, erklärte die Dame Filigran.

„Dieser dunkle Fürst! Er ist so … so … mächtig!“, schwärmte der Maurerlehrling. „Wirklich, obwohl er natürlich böse und all das ist, mag ich ihn lieber als den Helden. War nicht böse gemeint, Herr“, versicherte er hastig und nickte Gard zu.

„Es ist schon in Ordnung“, winkte Gard ab.

„Er entfesselt Fantasien“, sinnierte die Dame. „Er ist das lauernde Mysterium. Die Leute lieben so etwas.“

In diesem Moment hörte Gard Balnshiks Stimme, so klar, als säße sie hinter ihm:

„Doch jene, die schwach sind, lieben den Anschein der Macht. Wie sie ihn bei anderen anbeten! … Du wirst die unausgesprochene Bedrohung sein, die niemals erhobene Stimme, unberührbar, unbeweglich, unerschütterlich. … Sie werden dich fürchten, ohne es wirklich zu merken. Dann werden sie dich bewundern und dann verzweifelt lieben.“

Gard schüttelte verwundert den Kopf.

„Nein, meine Liebe“, sagte Herr Zunderzinn gerade. „Lass es uns noch mal mit all den kleinen Veränderungen versuchen, nicht wahr? Einmal noch.“ Und Satra, die ihre Fäuste ballte bis die Knöchel hervorstachen, holte tief Luft.

Tapferer Batto, so stützt Euch auf mich.
Gemeinsam werden wir voranschreiten,
Nach der Burg F'narh zu suchen, um dort
Den tapferen Kendon zu erretten …

„Burg der Verdammnis“, korrigierte sie Herr Zunderzinn.

„Tut mir leid, Herr Zunderzinn.“

„Entschuldige dich nicht, meine Liebe, mach einfach mit deinem Text weiter.“

„Ja, Herr Zunderzinn.“

„Es ist wunderbar und sehr nobel von Euch, dass Ihr hier Gönnerin seid, meine Herrin“, meinte der Maurerlehrling. „Die neue Magierrobe ist einfach prächtig. Wenn ich reich wäre, würde ich das gleiche mit meinem Geld tun, das schwöre ich."

„Es ist ein ebenso guter Weg, Geld auszugeben, wie viele andere", murmelte die Dame. „Der Dienst an den schönen Künsten. Jetzt, wo die Welt in den Wahnsinn stürzt, warum nicht? Ein wenig Unterhaltung lenkt einen von all den Problemen ab."

„Oh. Ihr meint den Krieg?" Der Maurerlehrling erinnerte sich an seine Kelle und rührte damit in seinem Mörteleimer herum. „Ich selbst verstehe überhaupt nicht, worum es da geht."

„Es ist immer dieselbe alte Geschichte", seufzte die Dame Filigran und warf Gard einen Blick von der Seite zu. „Zwei Klans hassen einander und finden einen Grund zum Streiten. Sie kämpfen und auf beiden Seiten sterben Unschuldige. Manchmal sterben alle. Die Silberspitzes sind so untergegangen. Alle Überlebenden müssen fliehen und neue Namen annehmen, oder man wird sie um der Blutschuld willen verfolgen."

„Ich habe gehört, das sei die Wahrheit, Herrin", sagte Gard vorsichtig.

„Nun, ich sage, dass der Herzog unser Mann ist, und der andere Bursche soll seinen Kopf in einen Kübel stecken", verkündete der Maurerlehrling entschlossen.

„Ah, endlich!", rief Herr Zunderzinn. „Machen wir jetzt mit der Burg der Verdammnis weiter, ja? Kendon ist bewusstlos und in Ketten geschlagen."

„Entschuldigt mich bitte, Madame", sagte Gard, erhob sich und verneigte sich vor Dame Filigran. Er ging auf die Bühne und nahm seine Position ein, wobei er versuchte, so gut wie möglich einen geschlagenen und bewusstlosen Sklaven nachzuahmen.

„Jetzt sollte einer der Räuber erneut Anstalten machen, ihn zu foltern", forderte Herr Zunderzinn. „Clarn?"

„Gut. Har, har, du schläfst wohl, was? Gar rüde werde ich dich wecken ..."

„Willst du jetzt das Kohlebecken oder nicht?", unterbrach Herr Kohle.

„Nein. Bring mir nur die Dolche, ja?", entschied Herr Zunderzinn. „Sind sie alle geladen? Das Publikum wird ein wenig Blut sehen wollen."

„Oh, ich weiß!", rief Clarn. „Was ist mit der Häutungsszene?"

Deine Haut ist so glatt, tapferer Held.
Ich werde sie meinem dunklen Meister zum Geschenk machen.
Pergament aus deiner Haut, auf das er schreiben möge,
Die Verdammnis deines ganzen Hauses.

Clarn suchte hastig im Korb mit den Dolchen herum, als Herr Kohle ihn gebracht hatte, und streifte dann mit einem Dolch an Gards erhobenem Arm entlang, während er den Schnapper mit dem Daumen drückte. Die Holzklinge drückte sich in das hohle Heft, wodurch die darin verborgene Blase mit rotem Sirup aufgestochen wurde. Eine schmerzhaft aussehende, rote Linie erschien entlang Gards Arm. Gard tat so, als ob er sich wehren würde und fletschte die Zähne.

„Während der Räuber derart beschäftigt ist, kommt Clemona herein und ersticht ihn", erklärte Herr Zunderzinn. „Fräulein Querbalken? Wo ist sie denn jetzt wieder hin?"

„Hier!", rief Satra, die gerade aus dem Requisitenschuppen kam. Sie wischte sich die Augen mit einem Ärmel ab. „Entschuldigung."

„Euer Liebster soll gerade bei lebendigem Leib gehäutet werden, Fräulein Querbalken. Ich bin sicher, er würde sich ein wenig Pünktlichkeit von seiner Retterin wünschen", stichelte Herr Zunderzinn, keineswegs bösartig, doch Satra wurde kreidebleich vor Scham. Sie fischte einen Dolch aus dem Korb.

„Stirb, widerwärtiges Scheusal! Denn diese Haut, die liebe ich …", begann sie und kam drohend auf den Räuber zu.

„Stopp! Clarn, für wen spielen wir die Szene? Ich bin mir sicher, dass Wolkin dein drohendes Grinsen recht beunruhigend findet, aber wäre es nicht nett, wenn das Publikum es auch sehen könnte?", rügte Herr Zunderzinn. „Zum Publikum!"

„Ich schaue zum Publikum", beschwerte sich Clarn.

„Oh, bei den Göttern der Tiefe!", klagte Herr Zunderzinn und ging auf die Bühne. „Gib mir den Dolch. Setz dich ins Publikum. Schau zu." Er beugte sich mir erhobenem Dolch über Gard.

„Ich werde sie meinem dunklen Meister zum Geschenk machen, bla, bla, bla, und dann kommt Clemona und sagt ihren Text ..."

„Stirb, widerwärtiges Scheusal! Denn diese Haut, die liebe ich!", schrie Satra und erstach den Räuber.

Gard sah, wie Herr Zunderzinn die Augen aufriss. Er richtete sich starr auf und taumelte rückwärts. „Bei den Göttern!", kreischte Satra und wurde bewusstlos. Herr Zunderzinn griff nach seinem Rücken und versuchte die hölzerne Klinge herauszuziehen.

„Oh. Die steckt wirklich fest, oder?", stellte er keuchend fest.

„Bei den neun Höllen!", schrie Clarn. Gard taumelte auf die Füße und fing Herr Zunderzinn auf, dessen Knie einknickten, während Clarn auf die Bühne sprang und nach dem Dolch griff.

„Zieh ihn nicht heraus!", befahl die Dame mit stählerner Autorität in der Stimme. „Haltet ihn aufrecht und ruhig. Mädchen!" – damit war Fräulein Eisenschraube gemeint, die gerade durch die Eingangstür gekommen war – „„lauf zu meinem Haus, Pinienstraße 3. Lass sie meinen Leibarzt rufen und eine Sänfte bringen, sofort."

Fräulein Eisenschraube wirbelte mit aufgerissenen Augen herum und hastete davon.

„Ich bin mir sicher, dass es ein Unfall war", murmelte Herr Zunderzinn schwach.

„Natürlich war es das", bekräftigte Clarn, der versuchte, tapfer zu klingen. „Der dämliche Dolch ist schuld, der Schnapper klemmt. Ich hätte letzte Woche fast Pulkas damit erstochen. Aber keine Sorge, ich denke, er steckt nicht so tief drin."

Gard blickte über die Schulter auf das herausragende Heft. Er war sich ziemlich sicher, dass der Dolch Herrn Zunderzinns Lunge durchbohrt hatte. „Wir müssen ihn an eine Leiter binden. Etwas, das ihn ruhigstellt, ohne dass Druck auf das Messer ausgeübt wird."

„Ja", bestätigte die Dame Filigran, während sie auf die Bühne kam, gefolgt vom Maurerlehrling, der weinend die Hände rang. „Ihr habt solche Wunden also schon zuvor gesehen?"

„Unser Wolkin war Soldat", erklärte Klammer, während er eine Leiter aus dem Requisitenschuppen holte.

„Das habe ich mir schon gedacht", sagte die Dame.

„Gibt es irgendetwas, das ich tun kann?", fragte der Maurerlehrling schluchzend.

„Ja. Hilf mir, ihn an die Leiter zu binden!", befahl sie und begann, ihren Schleier in breite Streifen zu reißen.

„Ich würde lieber sterben, als dass die Sonne solch wunderbare Schönheit zu verderben wagt", flüsterte Herr Zunderzinn mit einem albernen Kichern. Roter Schaum trat an einem Mundwinkel hervor.

„Rede keinen Blödsinn, mein Schatz", erwiderte sie schroff. In weniger als einer Minute war Herr Zunderzinn ruhiggestellt und an die Mauer gelehnt worden.

„Ich denke, ich werde dann mal nach draußen gehen und die Plakate für ‚Der Untergang der Nordkönige' abnehmen", sagte Herr Klammer leise. Herr Zunderzinns Gesicht zeigte in Richtung Mauer, aber sein Rücken zuckte.

„Das kannst du nicht!", hörten sie ihn keuchen. „Wir sind die ersten drei Nächte ausverkauft!"

„Schau, Zinni, du wirst niemals in der Lage sein, auf die Bühne zu gehen", redete Klammer auf ihn ein. „Die Aufführung ist in zwei Nächten. Du kannst doch nicht auf die Bühne treten und dann in deiner verdammten Maske bewusstlos werden."

„Vorübergehend", keuchte Zunderzinn, „einspringen ..."

„Für dich einspringen? Keiner von uns kann den dunklen Fürsten geben", protestierte Clarn.

„Ich denke, der junge Wolkin wäre der Aufgabe gewachsen", überlegte die Dame Filigran. „Er hat die richtige Ausstrahlung."

Stille trat ein, die nur durch Herrn Zunderzinns Keuchen unterbrochen wurde. „Ja", japste er schließlich, „Er schafft das. Klammer, du bist Kendon. Du warst so lange mit ihm auf der Bühne, du kennst den Text."

Klammer öffnete erstaunt den Mund, brachte allerdings kein Wort heraus. „Wer spielt dann Batto?", fragte Herr Kohle.

„Bitte!" Der Maurerlehrling ging an der Mauer auf die Knie und blickte seitwärts zu Herr Zunderzinn empor. „Oh, mein Herr, ich kenne den ganzen Text! Ich habe jetzt seit drei Tagen zugeschaut! Ich schaffe es, ich weiß, dass ich es schaffe! Es wäre so eine Ehre!"

„Wer zur Hölle bist du?", fragte Herr Zunderzinn, der versuchte, seinen Kopf zu drehen und einen Blick auf ihn zu werfen.

„Jort Schwungrad, mein Herr! Ich repariere die Stützmauer. Bitte! Ich wollte schon mein ganzes Leben Schauspieler werden!"

„Ähm ... du darfst vorsprechen", entschied Herr Zunderzinn. „Wie wäre das?"

„Oh, mein Herr!" Jort brach erneut in Tränen aus, umfasste Herr Zunderzinns Hand und küsste sie. In diesem Augenblick kam Fräulein Eisenschraube zurück, begleitet von einem Arzt mit unzweifelhaften Kriegsnarben und zwei Dienern, die eine Sänfte trugen.

Die nächsten Minuten über war Gard schwer beschäftigt, da er sich als Assistent des Arztes eingesetzt fand. Während sie die Wunde verarzteten und bandagierten, gelang es Clarn irgendwann, die noch immer bewusstlose Satra aufzuwecken und auf die Rückseite des Hauses zu führen. Dort weinte sie an seiner Schulter, und er versuchte, sie zu beruhigen und zu besänftigen. Herr Kohle stopfte seine Rauchröhre mit Rosakraut und teilte sie mit ihnen, und bald beruhigten sich die drei und bekamen glasige Augen.

Endlich konnte Herr Zunderzinn auf der Sänfte festgebunden und davongetragen werden, wobei Lady Filigran hinter ihnen her marschierte. Gard ließ sich erschöpft in einen Sessel fallen, als Pulkas herein kam.

„Tut mir leid, dass ich so spät bin“, entschuldigte er sich. „Ich musste den langen Weg außen rum gehen, in der Ölpressenstraße ist gerade ein Trupp Anwerber der Armee unterwegs. Habe ich etwas verpasst?“

Nachdem er zwei Tage lang aufrecht hatte schlafen müssen und nur Suppe hatte essen können, erklärte der Arzt, dass für Herrn Zunderzinn keine unmittelbare Lebensgefahr mehr bestünde, es ihm jedoch strikt verboten sei, lauter als im Flüsterton zu sprechen.

Seine Schauspieler hatten für Sorgen um ihn nur wenig Zeit, da sie alle Hände voll zu tun hatten, sich auf die Premiere von Der Untergang der Nordkönige vorzubereiten. Jort Schwungrad absolvierte sein Vorsprechen zu Pulkas' Irritation prächtig und konnte sich die Rolle des Batto sichern. Er war vielleicht nicht besonders klug, doch er konnte Texte auswendig lernen.

„Bei den Göttern der Tiefe, seht nur nach draußen“, flüsterte Klammer, der zwischen den Vorhängen hindurch lugte. „Die Reihen quellen geradezu über. Es sitzen sogar Leute oben am Minenrand, umsonst! Kohle, geh raus und lass sie Karten kaufen.“

„Du mich auch“, knurrte Herr Kohle, der seine neue Seidenrobe trug und sich verzweifelt danach sehnte, etwas zu rauchen, um seine Nerven zu beruhigen.

„Dort ist Zunderzinn!“, rief Clarn. „Madame hat ihn an einen Rahmen binden und neben sich abstellen lassen. Er wirkt wie eine Gallionsfigur.“

„Lasst uns ihn stolz machen“, verkündete Fräulein Eisenschraube.

„Ganz genau!“, rief Schwungrad begeistert, dem die Tränen in die Augen schossen. „Kommt schon, dreimal Hurra für Herrn Zunderzinn!“

„Nicht hier hinten, du Trottel“, zischte Pulkas. Er stupste Gard gegen seine Pappmaschee-Brustplatte. „Alles in Ordnung da drin? Seine Rüstung ist ein bisschen eng für dich, was?“

„Ich fühle mich wie eine Kakerlake“, klagte Gard.

„Nun, du siehst aber nicht wie eine aus“, versicherte ihm Klammer. „Du siehst geradezu furchterregend gut aus. Los, alle Masken auf. Elti und Jibbi? Los, Jungs! Tod und Zerstörung.“

„Tod und Zerstörung“, wiederholten alle gemeinsam.

o o o

Als er in dieser Nacht in sein kleines, schmuckloses Zimmer zurückgekehrt war und seinen Stift zur Hand genommen hatte, starrte Enokas Plater für volle fünf Minuten auf das leere Blatt Papier, bevor er sorgfältig das erste Wort schrieb – Perfektion.

„Der Untergang der Nordkönige“ lief mit einer geradezu gespenstischen Makellosigkeit ab.

Kendon, der Held, war galant und mutig, aber kein Narr. Sein getreuer Diener Batto zitterte geradezu vor ehrlicher Treue, und die tragische Clemona hatte rote Augen und fühlte sich elend. Gard trat als der Dunkle Fürst auf und hörte, wie die Zuschauer die Luft anhielten, genau wie in der Arena, kurz bevor er einem Gegner den Todesstoß versetzt hatte.

Er fand, seine Darstellung wirke im Vergleich zu Herrn Zunderzinns hölzern. Er versuchte, sich an alle Ratschläge Balnshiks zu erinnern und hielt seine Reaktionen knapp und die Reden kurz. Doch er hatte nie in der Arena gesprochen, und so ahmte er Herrn Zunderzinns Auftreten in dieser Hinsicht nach, mit der gleichen Betonung und den dramatischen Pausen. Er war so konzentriert darauf, alles richtig zu machen, dass er bereits mitten in seinem Duell mit dem Zauberer war, bevor er erstmals ins Publikum schaute.

Sie hätten aus Stein sein können. Alle waren fasziniert, hingen an seinen Lippen und lehnten sich in den Sitzen vor, nur Herr Zunderzinn wirkte zu Gards Verblüffung gequält.

„Ich denke nicht, dass es Herrn Zunderzinn gefällt", meinte er zu Herrn Kohle, als sie nach dem Tod des Zauberers gemeinsam im Requisitenschuppen standen.

„Zur Hölle, natürlich nicht", erwiderte dieser, während er sich aus der Magierrobe schälte. „Du bist besser als er! Gratuliere, Junge. Das Theater gehört jetzt dir. Ich wäre nicht überrascht, wenn die Dame Filigran ein paar Fäden für dich ziehen würde."

„Aber ich will kein Theater."

„Aber ja, du willst. Bei all den eleganten Damen, mit denen du es dann treiben kannst? Außerdem gibt es gutes Essen und eine eigene hübsche Villa, und vielleicht ist sogar ein Titel für dich drin. Greife zu, mein Sohn. Man bekommt solche Chancen nicht jeden Tag. Manche von uns bekommen sie nie. Nebenbei bemerkt, du bist bald wieder dran."

Erneut auf die Bühne tretend gab Gard seinen Text mit einer donnernden Stimme zum Besten und sah das Publikum reagieren. Unwillkürliches Erschauern, feucht glänzende Lippen, glitzernde Augen, äußerste Faszination. Glitzernde Augen.

Zwei silberne Augenpaare waren im Publikum.

Sie gehörten zwei Männern, die offensichtlich eineiige Zwillinge waren; sie wirkten ein wenig ungelenk und vielleicht auch etwas missgestaltet, hatten aber davon abgesehen das ungefähre Aussehen Stolperhammers. Ihre Blicke waren auf Gard fixiert und folgten ihm, wohin er auch ging.

o o o

„Der Untergang der Nordkönige" war als Trilogie geplant, und so starb der dunkle Fürst am Ende nicht, sondern entkam in einem Streitwagen, der von Drachen gezogen wurde. Deswegen war Gards Brustplatte noch immer glatt und schwarz glänzend, als er sich am Ende verneigte, und das Publikum stampfte, schrie und applaudierte. Da sie zu eng war, um sie sich selbst abnehmen zu können, trug er sie immer noch, als die anderen hereinkamen nachdem die Lampen auf der Bühne gelöscht worden waren.

„Verdammt, heute Nacht haben wir es perfekt hingekriegt!", schrie Clarn.

„Sie stehen in Fünferreihen am hinteren Eingang an", raunte Herr Kohle ehrfürchtig. „Bei den Göttern, Wolkin, du kannst heute Nacht jede haben. Du kannst ein Dutzend haben."

„Kannst du mir da raushelfen?", bat Gard, doch bevor Herr Kohle der Bitte nachkommen konnte, lehnte sich Klammer zu ihm und flüsterte drängend: „Wolkin, Zinni ist hier, um dich zu sehen. Sei taktvoll, ja?"

Gard kämpfte sich seitwärts durch die Reihen der anderen Schauspieler und stand plötzlich von Angesicht zu Angesicht vor Herrn Zunderzinn, der von seinem Geschirr steif aufrecht gehalten wurde. Er war bleich, lächelte aber als er zu Gard aufsah. „Hier ist der Mann der Stunde. Mein Junge, du hast mich sehr stolz gemacht." Er hob unbeholfen einen seiner seitlich bandagierten Arme und schüttelte ihm die Hand.

„Ich dachte, ich wäre schrecklich", sagte Gard.

„Das Publikum aber nicht", erwiderte Herr Zunderzinn, „und das ist alles, was zählt. Du hast ihnen genau das gegeben, das sie wollten."

„Wenn wir gerade von wollen sprechen", mischte sich Clarn ein, „man verlangt am Tor nach dir, Wolkin."

„Ich muss erst dieses Kostüm loswerden." erwiderte Gard, dem das Herz bis zum Hals schlug.

„Nein, nein!", wehrte Herr Zunderzinn ab. „Geh in der Rüstung und dem schwarzen Umhang nach draußen. Sie werden es lieben. Du wirst das beste Abendessen deines Lebens bekommen. Geh raus und genieß den Ruhm, mein Freund."

„Danke", sagte Gard, der sich ziemlich erbärmlich fühlte, und dachte an die Männer mit den silbernen Augen. Er schaffte es, zwei Messer aus seiner Straßenkleidung zu fischen, während er sich zur Hintertür kämpfte, und versteckte sie in seinem Kostüm. Clarn öffnete hilfsbereit das Tor und Gard blickte auf eine Menge eifriger Bürger. Applaus brandete auf. „Der dunkle Fürst!"

„Oh, Herr Schmied, Ihr wart wunderbar!"

„Herr Schmied, hättet Ihr vielleicht ein wenig Zeit für mich..."

„Herr Schmied, ich habe einen Sohn, der Schauspieler werden will, und ich frage mich, ob Ihr Euch mal mit ihm unterhalten könntet ...

„Herr Schmied, ich frage mich, ob Ihr daran interessiert wäret ..."

„Ich, äh, wollte bei Schraubenbiss zu Abend essen", erklärte Gard. „Falls jemand daran interessiert ist..."

„Schraubenbiss? Aber nein, nein! Herr Schmied, ich habe ein Zimmer im Kelch reserviert", rief eine Frau, die sich durch das Meer der Gesichter vorgekämpft hatte um seine Hand zu packen. „Aleka Turmalin, Theaterkritikerin für die *Viper*. Bitte schließt Euch unserer Gruppe an. Ich würde gerne mit Euch über eine umfassende Reportage sprechen."

Die Männer mit den silbernen Augen standen außerhalb der Gruppe auf der anderen Straßenseite.

„Warum gehen wir nicht alle?", schlug Gard schwitzend vor.

„Aber ich …" begann Fräulein Turmalin zu protestieren und wurde von einem begeisterten Chor der Zustimmung der anderen anwesenden Frauen übertönt. Sie blickte sich missmutig um. „Also gut."

Gard ging die Straße entlang, inmitten einer Masse begeisterter, sowohl weiblicher als auch männlicher Theaterbesucher. Die Männer mit den silbernen Augen hielten Distanz, ließen sich aber nicht abschütteln.

Der Kelch befand sich in der Straße der goldenen Laternen im besten Stadtteil Deliantibas, in dem glitzernde Geschäfte die Straßen säumten. Gard fand es auf befremdliche Weise den oberen Tunneln unter dem Berg ähnelnd, und nur die Tatsache, dass über ihm die Sterne funkelten und nicht sorgfältig gearbeitete Laternen, zeigte ihm, dass er nicht dorthin zurückgekehrt war.

Man führte seine Gruppe in einen privaten Speisesaal und setzte ihn an einen gigantischen Tisch, der mit einem edlen Tuch gedeckt war. Unterwürfige Kellner zählten eine Liste an ihm unbekannten Speisen auf und baten ihn um seine Wahl, doch er kam ins Stottern und Fräulein Turmalin entschied für ihn. Wein wurde geöffnet, doch kein Rotwein, wie man ihn im Schraubenbiss bekam, sondern einen hell wie Kristall funkelnden, nach Mandeln und Blumen duftenden Tropfen.

Die Speisen, die alsbald kamen, waren ebenfalls exquisit, Gard hatte noch nie in seinem Leben etwas so Wundervolles gekostet. Er aß gierig, und als er den Teller leergegessen hatte fragte er nach einem Nachschlag, und seine lächelnde Gastgeberin ließ ihm mehr bringen. Er achtete sorgfältig auf ihre Fragen und antwortete, so gut er mit vollem Mund konnte. Ein Verhalten wie das eines Soldaten darzustellen schien ihm die sicherste Maske zu sein.

Er hatte als Kind irgendwo auf Patrayka gelebt, eine gute Ausbildung genossen und sich ein wenig herumgetrieben, bevor es ihn auf die Bühne verschlagen hatte. Wo? Oh, hier und dort. Nein, er war nicht verheiratet. Wann hatte er sein Genie erkannt? Er war doch kein Genie, nur ein normaler, hart arbeitender Schauspieler. Herr Zunderzinn war das Genie. Was er vom epischen Theater hielt? Er hielt es für ganz gut. Wollte er nicht bald einmal richtiges Theater spielen, anstelle dieses verschrobenen Zeugs? Er hatte bisher nicht darüber nachgedacht. Die Komplimente und endlosen Fragen der anderen überschütteten ihn wie Blütenblätter.

Während des gesamten Mahls reichten die Frauen und auch manche der Männer kleine Gegenstände weiter, die sich neben seinem Weinglas ansammelten. Es war ein ziemlicher Haufen geworden, als er das erste Mal Zeit fand, danach zu schauen, und er blinzelte verblüfft. Es handelte sich um Tonscheiben, die mit unterschiedlichen Blumendüften parfümiert waren und einen Stempel mit Name, Adresse und einer Uhrzeit, zu der man mit dem Gast rechnen würde, trugen. Herr Zunderzinn hatte ganze Beutel davon gesammelt, und auch die anderen Mitglieder der Truppe begehrten sie. Jetzt hatte Gard einen eigenen Stapel dieser Geschenke, und jedes davon würde ihm Einlass in ein exquisites Schlafgemach verschaffen.

Da saß er nun, inmitten der feinen Gesellschaft, umgeben von kultivierten Leuten, die ihn umschwärmten und deren Fragen er sorgfältig überdacht beantwortete wie ein geschulter Höfling, und jenseits der Restaurantfenster wartete Gards altes Leben auf der Straße und beobachtete ihn mit silbernen Augen.

Schließlich verabschiedete er sich zum großen Bedauern aller. Lächelnd machte er einen Scherz über die enge Brustplatte und dass er sie unbedingt loswerden musste, was ihm anerkennendes

Gelächter einbrachte. Mehrere Leute boten ihm an, sie ihm an Ort und Stelle abzunehmen, doch er lehnte höflich ab und redete sich mit seinem gesteigerten Schlafbedürfnis nach der anstrengenden Aufführung heraus. Er warf den dunklen Umhang theatralisch über die Schultern und legte einen beeindruckenden Abgang hin, was ihm begeisterte Zurufe und Applaus einbrachte.

Es war ruhig in den dunklen Straßen, und der Mond war hinter dem Horizont versunken. Gard blickte zu den silbernen Augenpaaren hinüber und entfernte sich rasch in Richtung Stadtrand. Sie folgten ihm auf ihrer Seite der Straße. Er führte sie in das Straßenlabyrinth in der Nähe des Häuserblocks, in dem er wohnte. Als er einen geeigneten Ort gefunden hatte, hielt er an. Sie kamen etwas näher und blieben ebenfalls stehen.

„Uns hat das Stück gefallen", sagte Grattur.

„Du warst gut. Du hast uns stolz gemacht", fügte Engrattur hinzu.

„Bei der blauen Grube, so soll ein Dämonenfürst aussehen!"

„Wir fühlen uns schrecklich, das zu tun, weswegen man uns geschickt hat."

„Wofür hat man euch geschickt?", fragte Gard und zog die zwei Messer, die er unter dem Umhang verborgen hatte.

„Oh, man hat uns verboten, dir das zu sagen", erwiderte Grattur.

„Unsere Dame hat starke Zauber auf uns gewirkt, um das zu verhindern", fügte Engrattur hinzu.

„Also werden wir dir auf keinen Fall verraten, dass wir dich entführen sollen."

„Natürlich nicht. Das wäre Ungehorsam."

„Du weißt ja, wie sie ist, wenn man ihr nicht gehorcht."

„Deswegen werden wir auch nicht ungehorsam sein. Beispielweise werden wir dir nicht sagen, was geschehen ist, nachdem du den Berg zerstört hast."

„Wir werden dir nichts darüber erzählen, wie unsere Dame überlebt hat, und Fürst Vergoin und genügend von den anderen, um ein paar Tunnel freizulegen."

„Auch nicht, wie sie herausgefunden haben, was du getan hast – oh, das war so schlau! – und schon gar nicht, dass sie geschworen hat, dich zurückschleifen und opfern zu lassen."

„Nein, das können wir dir nicht sagen. Oder dass sie nicht einfach einen Assassinen schicken können, um dich hier zu töten, weil du den Zauber des alten Magisters Porlilon so verdreht hast, dass er nur durch dein Blutopfer wieder entwirrt werden kann und sie entkommen lässt."

„Wenn ihr mir derartige Neuigkeiten verraten würdet, würde ich mir ganz schön in den Hintern beißen wollen", sagte Gard. „Denn das würde bedeuten, dass sie niemals aufgeben werden, bis sie mich wieder in die Finger bekommen. Aber natürlich habt ihr mir das nicht verraten."

„Nein, haben wir nicht", stimmte Grattur zu.

„Wir würden dich doch nie so einfach warnen", sagte Engrattur.

„Ihr tragt neue Körper", bemerkte Gard.

„Ja. Unsere alten wurden zerschmettert, als der Berg einstürzte."

„Das tut mir leid", erwiderte Gard.

„Ach, wir haben gar nichts gespürt", wiegelte Engrattur ab. „Wir hatten ja schon den ganzen Wein getrunken, den du uns netterweise geschenkt hast."

„Dummerweise kannte unsere Dame unsere wahren Namen, die Grattur und Engrattur lauten, und konnte uns beschwören, um ihr erneut zu dienen."

„Du hättest sie sehen sollen, wie sie sich in ihren schönen Kleidern durch den Schutt gegraben hat, Sie hat geflucht und Felsen zur Seite geräumt."

„Sie ist in Höchstform, wenn die Dinge schlecht laufen."

„Die gibt nie auf. Du hättest hören sollen, wie sie alle herumgescheucht hat."

„Du hättest hören sollen, was sie uns angedroht hat, wenn wir dich nicht gefesselt und unter Drogen gesetzt zurückschleifen."

„Ich kann es mir zumindest vorstellen", meinte Gard, und sie mussten lachen.

„Na ja, wir haben keine Wahl, als jetzt zu versuchen, dich zu entführen", sagte Grattur.

„Ja. Wir greifen gleich an, kleiner Bruder", warnte Engrattur.

Sie kamen mit ungelenk erhobenen Armen auf ihn zu, und er schnitt ihnen mühelos die Kehlen durch. Sie stürzten gurgelnd auf die Straße und starben.

Aus einer Eingebung heraus durchsuchte Gard ihre Leichen und fand zwei Geldbeutel, die mit unterschiedlichen Münzen prall gefüllt waren, sowie zwei Bündel mit Freibriefen. Er verstaute alles in seinem Umhang. Dann ging er in sein Zimmer hinauf, stopfte einen Beutel mit seinen Büchern und ein paar anderen notwendigen Dingen voll und eilte ins Theater.

Als er in den Requisitenschuppen kam, wäre er beinahe über Herrn Kohle und Pulkas gestolpert, die am Boden miteinander rangen. Er taumelte rückwärts und war sofort kampfbereit, bis er bemerkte, dass sie gar nicht kämpften.

„Entschuldigung", sagte Herr Kohle verlegen.

„Kümmert euch nicht um mich", meinte Gard und legte seinen Umhang ab. „Ich brauche nur eine Minute. Hole nur, äh, meine Kleider."

„Stimmt, du hast ja noch immer die verdammte schwarze Rüstung an", sagte Pulkas und rollte sich herum. Er war betrunken und hatte geweint. „Was machst du hier bei uns einfachen Leuten? Ich dachte, du würdest inzwischen irgendeine Herzogin vögeln."

„So ein Leben ist nichts für mich", wehrte Gard ab, der mit den Riemen seiner Brustplatte kämpfte.

„Weißt du, für mich ist das auch nie was gewesen", erzählte Herr Kohle, der aufgestanden war und ihm mit der Brustplatte half. „Doch du solltest trotzdem mitspielen. Das macht sie glücklich."

„Ich gehe", sagte Gard.

„Was?", fragte Pulkas und kam mühselig auf die Füße.

„Ich werde mich bei der Armee melden. Es ist meine Pflicht."

„Du wirst was?", fragte Herr Kohle entsetzt. „Wer soll dann den dunklen Fürsten spielen?"

„Wie wäre es mit ihm?", schlug Gard vor und warf Pulkas die Brustplatte zu.

„Ich!" Pulkas war plötzlich völlig nüchtern.

„Warum nicht?", fragte Herr Kohle. „Du hast doch immer gesagt, du wärst gut darin."

„Aber, aber …" Pulkas drehte die Brustplatte in den Händen. „Aber versteht ihr denn nicht? Er ist der beste dunkle Fürst, den die Stadt je gesehen hat! Wie soll ich dem nachfolgen? Du willst, dass ich versage, du Bastard!" Er warf die Brustplatte nach Gard und brach in Tränen aus.

„Weißt du, manche Leute sind nie zufrieden", erklärte Herr Kohle und schürzte die Lippen. „Also dann auf Wiedersehen, Wolkin, und viel Glück."

„Danke", sagte Gard und verschwand in der Nacht.

o o o

Er fand einen Weg durch einen Abwasserkanal, der unter der Stadtmauer hindurchführte, und folgte dann dem flachen, schlammigen Fluss über die Ebene. Dort suchte er eine gute Tonablagerung und grub das Material mit bloßen Händen in großen Klumpen aus. Gard arbeitete ruhig und bestimmt und gönnte sich keinen Fehler, und so war es fast Morgen, bis er fertig war. Er war dankbar dafür, denn das weiße Aufblitzen bei Vollendung des Zaubers war am hellen Morgenhimmel weniger offensichtlich.

Zuerst setzte sich die eine Gestalt auf und dann die andere, langsam, in der Feuchte des Morgengrauens glitzernd, und der Schlick des Flussufers erzeugte schmatzende Geräusche als sie sich aufrichteten. Sie öffneten silberne Augen. „Oh, wir haben gehofft, dass du daran denken würdest", grinste Grattur.

„Jetzt kannst du uns an deine Dienste binden", schlug Engrattur begeistert vor.

„Ich werde euch überhaupt nicht binden", wehrte Gard ab. „Wir sind Brüder. Ihr sollt frei sein."

„Das würde nicht funktionieren", erwiderte Grattur betrübt.

„Wenn wir nicht gebunden sind, hat unsere Dame leichtes Spiel mit uns", erklärte Engrattur.

„Sie kennt unsere Namen, wie du weißt."

„Sie kann uns jederzeit zu sich zurückrufen."

„Außer, jemand anderes hat uns ihr weggeschnappt."

„Das wärst du."

„Also gut", seufzte Gard. „Grattur und Engrattur, ich binde euch an mich, und ihr sollt mir dienen in allem, was ich befehle."

„Das werden wir!", riefen sie begeistert.

„Schauen wir mal, ob wir uns als Soldaten melden können."

Er warf ihnen seine Ersatzkleidung zu und erklärte ihnen, wie man sie anlegte. Dann schritten sie gemeinsam bei Sonnenaufgang auf das Militärlager draußen auf der Ebene zu.

o o o

„Was habt ihr hier zu suchen?", fragte der Wachsoldat.

„Ich bin hier, um meine Dienste dem Herzog Parrackas Chrysantheme anzubieten", verkündete Gard. „Diese Männer sind meine Diener."

„Und wer seid Ihr?"

„Aden Bullion, aus Patrayka", sagte Gard mit ruhiger und bestimmter Stimme, wobei er Herzog Silberspitzes Tonfall so genau wie möglich nachahmte.

Der Wachsoldat, der die Klassenunterschiede erkannte, erschauerte und seine Stimme klang wesentlich respektvoller, als er sagte: „Bitte wartet hier, Herr."

„Das scheint mir nicht sehr sicher zu sein", wandte Grattur ein, als der Mann gegangen war.

„All diese roten Männer mit ihren Waffen", meine Engrattur ein wenig kläglich.

„Das ist der sicherste Ort, an dem wir sein können", seufzte Gard. „Wenn die Dame noch jemanden nach uns ausschickt, werden wir von unzähligen Gefährten mit Waffen umgeben sein."

„Oh, das ist schlau!"

„Was sind das für Dinge auf ihren Bannern?"

Gard blickte nach oben. „Ich denke, es sind Fische."

Der Wachsoldat kehrte mit einem abgehetzt wirkenden Mann zurück, der eine Tunika mit dem Fischwappen trug. „Ich bin der Lakai des Herzogs. Ihr wünscht mit Parrackas Chrysantheme zu sprechen?"

„Du meine Güte, nein", protestierte Gard. „Ich möchte mich einfach mit meinen Dienern bei der Armee melden."

Der Mann runzelte die Stirn. „Aden Bullion war Euer Name?"

„Dem ist so, mein Herr."

„Wer seid Ihr?"

„Ein einfacher Mann, der als gewöhnlicher Soldat dienen möchte."

„Natürlich, ein einfacher Mann mit Silberhafenakzent und in Begleitung von Dienern? Mein Herr, Ihr seid willkommen, wer immer Ihr auch wirklich seid, aber Ihr solltet wissen, dass alle Generalsposten vergeben sind. Außer natürlich, Ihr seid am Posten eines Waffenmeister interessiert", fügte der Lakai hinzu.

„Das bin ich", nickte Gard.

„Ihr könnt natürlich auch … wirklich?" Er musterte ihn eindringlich.

„Mein Lehrer hat bei Prinz Feuerbogen studiert", erklärte Gard.

„Wirklich!" Das Gesicht des anderen hellte sich auf. „Wie lautete noch gleich Euer Name?"

„Aden Bullion."

„Aber ja, natürlich." Der Lakai zwinkerte ihm verschwörerisch zu. „Bitte folgt mir, mein Herr. Ich schätze, der Herzog wird mit Euch sprechen wollen."

Er führte sie ins Lager, an den Reihen der einfachen Zelte vorbei in den Bereich, in dem die Pavillons standen. Sie wurden unter Verneigungen in einen besonders aufwendig verzierten Pavillon gebeten, in dem es Läufer auf dem Boden, Klappsessel und eine Art Anrichte, auf der Wein und Essen standen, gab. Dann bat man sie zu warten.

Sobald sie allein waren, schüttete Gard seine Bücher aus und suchte nach den Werken über Geschichte und Taktik.

„Hier gibt es Essen", sagte Grattur.

„Es gibt Wein", sagte Engrattur.

„Bedient euch", erlaubte Gard abwesend, während er hastig in einem Buch blätterte. Die Brüder aßen und tranken begeistert, während er herausfand, dass Silberhafen jener Hafen war, über den die Silberspitzes einst geherrscht hatten. Herzog Chrysantheme hatte ihn seit der Auslöschung der Familie für sich beansprucht. Desweiteren war Silberhafen der Standort einer bekannten Akademie der Kriegskünste.

Gard grinste und verstaute die Bücher wieder im Beutel. Er saß ruhig in seinem Sessel und nippte an einem Becher mit ziemlich gutem Wein, als der Lakai in den Pavillon schaute.

„Der Herzog wird Euch jetzt empfangen", verkündete er.

„Das ist zu freundlich von ihm", erwiderte Gard und folgte ihm hinaus. Grattur stopfte sich noch rasch ein Brötchen in den Mund, packte den Beutel mit den Büchern und folgte ihm mit Engrattur.

Man führte sie zu einem prächtigen Pavillon in der Mitte des Lagers und Gard blickte sich staunend um. Die Wände waren aus blauer Seide und mit kleinen goldenen Fischen geschmückt, und die Möbel waren exquisit, zumindest soweit er sehen konnte, da sie mit Büchern und Pergamenten überhäuft waren. Ein stiernackiger Mann in teuren Gewändern saß an einem Tisch und studierte angestrengt eine Karte. Er blickte auf, als Gard eintrat. Gard verneigte sich und legte all die steife Förmlichkeit, die er sich bei Herzog Silberspitze abgeschaut hatte, in die Geste.

„Nun, wer behauptet Ihr zu sein?“, verlangte Herzog Chrysantheme zu wissen.

„Aden Bullion, mein Herzog. Man hat mich wissen lassen, dass Ihr einen Posten als Waffenmeister zu vergeben habt.“

„Das tue ich. Bullion, sagt Ihr? Ich kenne keine Bullions.“

„Ich bin der letzte meiner Familie, mein Herzog.“

„Das ist wahrscheinlich“, befand Chrysantheme und musterte ihn eindringlich. „Ihr behauptet, die Akademie in Silberhafen besucht zu haben, nicht wahr?“

„Nein, das habe ich nie gesagt. Mein Vater war ein armer Mann in Patrayka. Ich habe gesagt, dass mein Lehrmeister bei Prinz Feuerbogen gelernt hat.“

„Wenn Euer Vater so arm war, wie konnte er dann einen solchen Lehrmeister für Euch finden?“

„Hohe Geburt und ein glückliches Schicksal gehen nicht immer Hand in Hand, mein Herzog.“

„Das ist wohl war“, erwiderte Chrysantheme, während er Gard weiterhin ausgiebig studierte. „Auf die Silberspitzes traf das auf jeden Fall zu. Habt Ihr je von ihnen gehört?“

Gard blickte ihm direkt in die Augen. „Ich habe gehört, der letzte der Familie wurde vor einigen Jahren bei einer Blutfehde getötet. Ich kann mir vorstellen, dass Bastarde dieser Linie, so es welche geben würde, kaum ein Interesse daran hätten, ihre Existenz weithin bekannt werden zu lassen.“

„Nein, das würden sie nicht“, stimmte Chrysantheme zu und klang zufrieden. „Ich organisiere einen Feldzug gegen Skalkin Salting, wisst Ihr. Er möchte Deliantiba erobern, aber Deliantiba gehört mir.“ Der Herzog machte eine Pause und lächelte Gard an. „Sein Vater wurde vom letzten Silberspitze gejagt. Man geht davon aus, dass er ihn getötet hat, aber ihre Leichen wurden nie gefunden. Das war vor langer Zeit, doch ich denke, er hat es nicht vergessen.“

„Das würde ich ebenfalls meinen, wenn es mich auch nichts angeht.“

„Natürlich nicht. Ich kann Euch nicht viel bezahlen, nur einen Teil der Beute bei einem Sieg, wie das so üblich ist. Ich habe eine Truppe unausgebildeter Männer, die ich Euch unterstellen kann. Der Großteil davon kann ein Ende einer Pike nicht vom anderen unterscheiden. Es sind einfache Kaufmannssöhne und halbblütiger Abschaum. Und ein Monster. Wenn Ihr sie ausbilden könnt, ernenne ich Euch zu ihrem Offizier.“

„Ich hoffe, dass ich der Herausforderung gewachsen bin“, antwortete Gard und nahm sich vor, niemals zu schlafen, ohne Grattur oder Engrattur vor seiner Tür zu positionieren.

„Sehr gut. Aktenschneider! Organisiere ein Zelt und Ausrüstung für Herrn, äh, Bullion und seine Diener. Was seid ihr Jungs, Zwillinge?“

„Ja, aber sie sind stumm“, sagte Gard hastig. „Ihr Name lautet Gitter.“

„Stumme, eineiige Zwillinge“, amüsierte sich Chrysantheme. „Verdammt, das muss ja manchmal nützlich sein, wenn ich auch keine Ahnung habe, wofür. Können sie kämpfen?“

„Wie Dämonen“, antwortete Gard, und Grattur und Engrattur grinsten.

⌀ ⌀ ⌀

„Das ist Euer Haufen“, verkündete der Lakai Aktenschneider.

Gard blickte auf die Reihe windschiefer Zelte. Sie waren am Rande des Lagers aufgestellt, und heruntergekommene Männer wanderten zwischen ihnen umher oder hatten sich um Lagerfeuer versammelt.

„Sie haben kein Banner."

„Weil sie noch keine Soldaten sind", erklärte Aktenschneider. „Nichts, worüber man sprechen muss. Ich beneide Euch nicht um Eure Arbeit, aber die besseren Einheiten sind schon alle vergeben. Viel Glück!" Er lehnte sich nach vorne und formte mit den Händen einen Trichter. „Rekruten! Antreten! Wir haben einen Waffenmeister für euch." Dann drehte er sich um und ging, während die Männer sich noch in einer Reihe aufstellten.

Gard ging den Abhang hinunter auf sie zu. Manche von ihnen waren Lehrlinge von Kaufleuten oder Handwerkern gewesen, hatten sich dann aus Patriotismus gemeldet und diese Entscheidung offensichtlich bereits bereut. Andere waren, wie er sah, alte Söldner und sahen schon ein wenig mitgenommen aus: Der eine oder andere hatte eine Hand verloren – die Prothesenklauen wirkten recht effizient – und einer besaß nur noch ein Auge. Doch das war noch nicht alles ...

„Kleiner Bruder", zischte Grattur, „ein paar von ihnen sind Dämonen."

Ja, zwei oder drei der Männer hatten Zauber eingesetzt, um ihr wahres Aussehen zu verbergen, so wie es auch Gard tat. Andere waren nicht getarnte Mischlinge, die wie Kinder der Sonne aussahen, hatten aber beispielsweise eine Haut in der Farbe von Gewitterwolken, Streifen, seltsame Augen oder Haarkränze. Einer stand aufrecht wie ein Mensch, besaß allerdings einen Wolfskopf, der um die Schnauze herum schon ein wenig angegraut war.

Als Gard vor sie getreten war, machte einer der Lehrlinge einen Schritt nach vorne.

„Waffenmeister, bitte, Ihr müsst uns helfen! Wir haben uns aufgrund unserer Loyalität dem Herzog gegenüber freiwillig gemeldet, aber das hier ist zu beleidigend!“

„Was ist beleidigend?“

Der Lehrling starrte Garde an, als hielte er ihn für verrückt. „Das wir mit ... mit denen dienen sollen!“ Er wies anklagend auf die Mischlinge. „Ich meine, seht Euch doch den Werwolf an, um Himmels willen!“

Gard sah den Werwolf an und der Werwolf blickte aus seinen geschlitzten, gelben Augen zurück.

„Weißt du, wie man kämpft?“, fragte Gard den Lehrling.

„Nein.“

„Ich denke, der Werwolf weiß, wie man kämpft.“

„Nun, wir möchten, dass Ihr dafür sorgt, dass wir einem ordentlichen Regiment zugeteilt werden!“

„Das ist nicht meine Aufgabe. Meine Aufgabe besteht darin, euch zu lehren wie man kämpft. Ihr werdet zu keinem Regiment gehören, bevor ihr nicht Soldat geworden seid. Hast du das verstanden?“

„Ja, Waffenmeister“, erwiderte der Lehrling mit herabgesunkenen Schultern.

„Gut“, sagte Gard und schritt die Reihe der Rekruten langsam ab. Jene, die verkleidet waren, hatten seine eigene Verkleidung natürlich ebenfalls durchschaut und musterten ihn mit unterdrückter Belustigung. Er tat das gleiche.

„Also gut“, meinte er schließlich. „Alle Rekruten mit Äxten, hebt die Hände.“

Fünf Hände hoben sich.

„Gut. Geht und schneidet ein paar Stangen bei dem Gebüsch dort drüben. Ich brauche fünf Übungspuppen. Wer hier ist schon am längsten Soldat?“

„Das wäre wohl ich, Waffenmeister“, erwiderte einer der Dämonen und machte einen Schritt nach vorne. Seine Verkleidung versteckte die rot glühenden Augen und die Stoßzähne, die durch den Zauber nur noch wie ein ziemlich übler Unterbiss aussahen.

„Wie viele Jahre hast du gedient?"

„Zwanzig, Waffenmeister", erwiderte der Dämon mit einem Grinsen.

„Dann wirst du wohl wissen, wo man Farbe in einem Militärlager findet. Geh und organisiere ein wenig davon für uns. Wir brauchen Rot, Grün und Gelb und zehn Übungsklingen, wenn du schon dabei bist."

„Jawohl!" Der Dämon salutierte und eilte davon.

Für Gard hatte sich der Kreis nun geschlossen. Jetzt stand er da und zeigte Angriffs- und Verteidigungshaltungen, während ein paar ungeschickte Jungen mit hölzernen Übungsklingen herumfuchtelten. Vom Standpunkt des Meisters aus war es ebenso monoton und öde wie von dem des Schülers. Selbst der Werwolf war langsam und ungeschickt und kein drahtiger Killer.

Dennoch erzielte Gard Fortschritte mit ihnen. Rotauge, der alte Veteran, war ein Experte darin, alte und zerbrochene Ausrüstung zu organisieren, und es gelang ihnen, die ganze Truppe damit auszustatten. Gard ernannte ihn zu seinem Feldwebel. Eines Abends, während sie die Lehrlinge und Mischlinge beim Pikendrill beobachten, spürte er ein schwaches, fragendes Zupfen an seinem Bewusstsein.

Er stellte sich fest hin und verließ seinen Körper ein Stück weit. Ein langsam pulsierendes, rotes Licht, das an Funken erinnerte, befand sich am Rand seiner Wahrnehmung. Es war Rotauge.

„... weißt du, wie man mit uns spricht?"

„Ja."

„Wo kommst du her? Du bist jung dafür, dass du über so eine Selbstkontrolle verfügst."

„Ich war ein verlorenes Kind."

„Dann hast du den Heimweg schnell gefunden. Nicht wie ein paar dieser armen Burschen. Sie hatten es schwer. Sie sind jahrelang umhergestreift, ohne zu wissen, wo sie hingehören."

„Mir ist es ebenso ergangen, aber du bist kein Mischling."

„Nein. Ich war der Sklave eines alten Magiers. Arkholoth dort drüben, Stedrakh und ich. Der Magier starb schließlich und wir hatten noch immer diese hübschen Körper, die er uns gegeben hatte, und so genossen wir ihre Vorzüge. Sie haben Spaß gemacht, bis sie so übel zugerichtet wurden."

„Woher weißt du, wie du dich tarnen kannst?"

„Er hatte kleine Amulette, die er uns tragen ließ, wenn wir uns um seine Geschäfte kümmern mussten. Sie lassen uns wie Kinder der Sonne aussehen. Es ist sonst ziemlich schwer, die Ladenbesitzer daran zu hindern, schreiend davonzulaufen, bevor man eingekauft hat, nicht? Wir haben sie mitgenommen, als wir sein Haus verlassen haben."

Amulette. Gard war erstaunt darüber, wie einfach und brillant die Idee doch war: Ein externer Zauber, der keiner beständigen Anstrengung bedurfte, um zu funktionieren. Zum ersten Mal dachte er, dass er vielleicht doch noch nicht alles über Magie wusste. Vielleicht waren die Magier unter dem Berg doch nicht so klug und erfahren gewesen.

„Was ist mit dem Werwolf?"

„Der arme alte Thrang? Sein Meister hat ihn so gekörpert. Er wollte eine furchterregende Gestalt, um seinen Schatz zu bewachen. Dann starb der Meister und hinterließ ihn seinen Kindern, doch die wollten ihn nicht haben. Der Herzog hörte, dass sie einen Werwolf hatten und bot an, ihn zu kaufen. Ein Werwolf in deiner Armee, verstehst du … oh, wie furchteinflößend! Aber es stellte sich heraus, dass der Schatz des alten Meisters nur eine Porzellansammlung war."

„Trägt Thrang deswegen diese bemalte Tasse mit sich herum?"

„Sie ist alles, was ihm geblieben ist. Er hat die Sammlung seines Meisters fünfzig Jahre lang bewacht, und dann nahmen ihm die Söhne alles weg und haben es verkauft, bis auf diese eine Tasse. Manchmal geht er damit in der Nacht an den Rand des Lagers und heult."

„Ich habe mich schon gefragt, warum er nicht weiß, wie man tötet."

„Ach, wirf einfach ein paarmal seine Tasse um, und du wirst schon sehen, dass er noch Zähne hat."

Sie hatten kein Banner, aber einen Namen: die Jämmerlichen. Männer aus dem ganzen Lager und sogar die Frauen von der Artillerie, kamen, starrten sie an und lachten, wenn Gard die Truppe entlang des Flusses marschieren ließ. Doch ihr Gelächter verstummte, wenn er seine Jämmerlichen mit Speer oder Schwert und Schild Schaukämpfe veranstalten ließ.

Eines Nachmittags blickte Gard vom Pikendrill auf und sah, dass Herzog Chrysantheme selbst zum Rand des Hügels gekommen war, um ihnen zuzusehen. Sein Sohn Pentire stand kichernd neben ihm, doch der Herzog wirkte gedankenverloren. Er nickte, als Gard näherkam.

„Ich gratuliere, Herr Bullion", höhnte Pentire. „Eure Jämmerlichen sehen ja fast wie Männer aus."

„Manche von ihnen sind Männer", verbesserte der Herzog. „Sieh, dort ist der eine Reinblütige – und diese zwei dort drüben. Was machen sie in diesem Haufen aus Krüppeln und Mischlingen?"

„Ich denke, man hat sie meiner Truppe zugeteilt, weil sie ein Ende einer Pike nicht vom anderen unterscheiden konnten … Herzog!"

„Nun, sie scheinen es jetzt zu können“, meinte der Herzog. „Schau mal einer an. Das war ein Feuerbogenkonter! Ganz im Silberhafenstil. Bei den Göttern der Tiefe, Bullion, Ihr versteht Eure Arbeit. Diese Jungen gehören nicht hierher. Sie sollten bei einer der regulären Truppen sein.“

„Ich habe angedeutet, dass Ihr sie vielleicht in eine andere Einheit versetzt, wenn sie sich wirklich anstrengen“, erklärte Gard. „Ich hoffe, Ihr entschuldigt diese Freiheit.“

„Oh, das ist schon in Ordnung, eine gute Motivation. Ruft sie herauf!“, befahl der Herzog.

„Hammer! Seidenspinner! Schlosser! Antreten!“, rief Gard und winkte sie den Hügel herauf. Sie kamen schwitzend und stellten sich vor dem Herzog in einer Reihe auf.

„Der Herzog ist mit eurem Erfolg sehr zufrieden, meine Herren“, verkündete Gard.

„Ich denke, ihr Jungen habt euch eine Versetzung in die Sonnenaufgangs-Kompanie verdient“, erklärte dieser.

„Danke, mein Herzog!“, riefen sie im Chor und salutierten.

„Aber das ist meine Einheit!“, beschwerte sich Pentire und sah seinen Vater klagend an.

„Du wirst mir noch danken“, prophezeite der Herzog. „Diese Männer können deine Elitewache den einen oder anderen Trick lehren. Los, packt eure Sachen, ihr drei. Ihr gehört jetzt zu den Männern des Erzherzogs.“

„Herzog!“ Sie salutierten erneut, strahlten übers ganze Gesicht und waren so schnell bei ihren Zelten, dass ihnen die Staubwolke kaum folgen konnte.

„Ihr habt Euch das Recht auf eine bessere Gesellschaft verdient“, sagte der Herzog zu Gard. „Ihr seid an diese Burschen dort vergeudet.“

„Bei allem Respekt, mein Herzog, ich genieße die Herausforderung“, antwortete Gard. „Ich denke, ich mache vor allem mit Eurem Werwolf Fortschritte.“

„Wirklich? Mit dem mottenzerfressenen alten Ding? Ich war sehr enttäuscht von ihm. Wenn Ihr ihm etwas, Ihr versteht, furchterregende Präsenz oder so geben könntet, wäre ich sehr dankbar."

„Ich werde mein Bestes tun, mein Herzog."

o o o

Sie saßen in dieser Nacht zu dritt um ein Feuer – Rotauge, Arkholoth und Stedrakh –, als Gard aus seinem Zelt kam und auf sie zu trat. „Guten Abend, Feldwebel. Die Herren", begrüßte er sie und ging neben dem Feuer in eine gemütliche Hocke.

„Guten Abend, Waffenmeister", erwiderte Rotauge. „Jetzt sind wir ja unter uns, was?"

„Ja. Nur wir."

Sie beobachteten Gard misstrauisch. Er blickte zurück und durchschaute ihre Illusionen, die sie als drei abgehärtete Veteranen der Kinder der Sonne erschienen ließen.

Arkholoth hatte ein grünes Facettenauge, sein anderes hatte er durch einen Splitter verloren. Stedrakh war rotschuppig mit einer normal aussehenden rechten Hand und Eisenklauen, die an den Stumpen seines linken Armes gebunden waren.

„Was wollt Ihr hier, Waffenmeister?", fragte Stedrakh und winkte mit seiner Klaue in Richtung des Hauptlagers. „Wenn Ihr die Frage entschuldigt."

„Was wollt ihr?", erwiderte Gard.

„Wir?" Die Dämonen blickten einander an. Stedrakh antwortete für sie: „Nun, es ist eine Beschäftigung, oder nicht? Wir bekommen zu essen und zu trinken. Wir können kämpfen und töten. Wenn wir gewinnen, bekommen wir jemanden, den wir vögeln können. Die Hitzköpfe sind gar nicht mal so übel, auch wenn sie ein wenig eingebildet sind. Es ist besser, als wieder ein verdammter Sklave zu sein."

„Ah", stimmte Gard zu. „Das ist wahr."

„Wart Ihr ein Sklave?“

„Ja, das war ich. Könnte ich eines eurer Amulette ansehen?“

Rotauge zuckte die Achseln, warf einen kurzen Blick zum Hauptlager und nahm dann das Amulett ab, um es Gard zu reichen. Die Illusion ging mit ihm wie eine über den Kopf gestreifte Robe, und er lachte ließe und ließ die Muskeln in seinen Armen spielen. „Schaut bloß nicht runter, ihr kleinen Hitzköpfe. Ihr würdet schreien nach Hause zu euren Mamas laufen.“

„Das ist ein einfacher Zauber“, bemerkte Gard verblüfft, während er das Amulett studierte. „Es ist nicht mehr als eine Formel, die ins Silber geritzt ist.“

„Das stimmt. Warum interessiert es Euch?“

„Ich möchte mir selbst eins herstellen.“

Sie hoben die Köpfe und starrten ihn an. „Eines herstellen?“, fragte Arkholoth. „Ihr müsstet ein Magier sein, um so was zu können.“

„Ja.“

„Aber Ihr seid einer von …“ Stedrakh verstummte. Gard hob seinen Blick und sah ihm in die Augen.

Nach einer langen Pause pfiff Rotauge leise. „Bei der blauen Grube und dem roten Hund. Jemand war ein verdammter Idiot.“

„Ja“, stimmte Gard ihm zu. „Aber nicht lange.“

Rotauge begann zu lachen, und auch die anderen stimmten ein, ein ungläubiges, wildes Gelächter. Gard lächelte nur und gab Rotauge das Amulett zurück.

„Aber noch nie wurde jemand von uns zu einem Magier ausgebildet!“, staunte Arkholoth. „Wussten sie nicht, was du bist?“

„Sie wussten es. Sie brauchten ein Blutopfer mit den Kräften eines Magiers und sie dachten, sie könnten einen Sklaven dafür nutzen, wenn sie ihn ein wenig Magie lehrten.“

„Wo ist das gewesen?“, fragte Stedrakh und beugte sich neugierig vor. Gard zeigte in die ungefähre Richtung des Berges. Sie drehten sich um und erschauerten.

„Dieser Ort", fröstelte Arkholoth. „Die Eisfalle, wie wir ihn nennen. Du bist dort herausgekommen? Dann bist du ein besserer Mann als ich, mein Bruder, und wenn wir in einer Stadt wären, würde ich dich auf ein Bier einladen."

„Danke", sagte Gard. „Ich habe heute Abend einen Krug Wein beim Proviantmeister gekauft. Er sollte gleich …"

„Hier sind wir, kleiner Bruder", rief Grattur und beeilte sich ans Feuer zu kommen. Er hob grinsend einen Weinkrug. „Wein für alle!"

„Wir haben die zwei Jungs gebracht, wie du verlangt hast", sagte Engrattur. Zwei der Mischlinge folgten ihm, blinzelten ins Feuer und trauten sich nicht so recht näher.

„Guten Abend, Waffenmeister! Guten Abend, Feldwebel!", murmelten sie mehr oder weniger im Chor. Dalbeck war größer und jünger, hatte jedoch üble Narben davongetragen, Messerwunden auf der Brust und Peitschenstriemen am Rücken. Er sah wie ein Kind der Sonne aus, abgesehen von der Tatsache, dass er Katzenaugen hatte. Cheller, der kleinere, hatte eine Hautfarbe wie Gewitterwolken und einen Haarkamm, der auf seinem Kopf aussah wie ein Helmschmuck.

„Guten Abend, Burschen", sagte Rotauge nicht unfreundlich. Er blickte Gard an. „Was soll das?"

„Weitere Übungen", erwiderte Gard.

„Setzt euch, kleine Brüder", lud Grattur ein, entkorkte den Weinkrug und spähte hinein. „Das reicht nicht zum Betrinken, wenn wir alle teilen", meinte er ein wenig betrübt.

„Wir werden ihn dennoch teilen", verkündete Gard streng.

„Es sind gute Jungs zum ausbilden, Waffenmeister", sagte Rotauge. „Dalbeck kämpft praktisch schon, seit er klein war, nicht wahr?"

Dalbeck blickte zu Boden, während er sprach. „Meine Mutter war blind. Die Leute versuchten, aus ihrer Bettelschüssel zu stehlen. Ich habe gegen die gekämpft, die versuchten, ihr weh zu tun. Auch nachdem sie gestorben war, musste ich immer weiterkämpfen."

„Er kann ganz prächtig mit Steinen töten", lobte Rotauge. „Der andere kennt ein paar amüsante Tricks, nicht wahr, Cheller? Er war ein Findelkind und wurde in einem Mutterhaus der Läuferinnen aufgezogen, kaum zu glauben, was? Er hat all ihre akrobatischen Tricks erlernt. Er kann mit Fußtritten und Ellbogen schlimmere Verletzungen anrichten als viele andere mit einem Kriegshammer. Man hat ihn allerdings Hals über Kopf rausgeschmissen, als er sich zu interessiert an den Mädchen gezeigt hat!"

Cheller wand sich unbehaglich. Er warf Gard seitlich einen Blick zu, während er den Weinkrug entgegen nahm, der herumgereicht wurde.

„Jemand hat uns gesagt, Ihr wäret wie wir, Waffenmeister!", sagte er und trank.

Da sind noch andere hier! Andere wie wir! Wir sind Sterne! Nein, wir sind Musik!

Nein, wir sind … alles!

„Das ist, was ihr wirklich seid."Das tiefe Knurren kam von Rotauge. „Die Körper, die wir tragen, sind nicht wirklich. Sie sind manchmal ganz lustig, aber wahrlich nur vorübergehend."

„Erzählt ihnen von der Gefahr." Das war Grattur.

„Richtig." Das war Arkholoth. „Ihr müsst vorsichtig sein, Kinder."

„Eines Tages, wenn ihr gerade hier unterwegs seid und nichts Böses im Sinn habt, werdet ihr hören, wie jemand euch ruft. Es wird ein Magier in einem Beschwörungsraum sein. Wenn er ein angenehmer Kerl ist, und von denen gibt es wahrlich wenige, dann wird er euch einen Körper als Gegenleistung für eure Dienste anbieten." Rotauges Stimme verdunkelte sich zu einem bösen Knurren. „Aber es gibt verschlagene Bastarde, die euch ein Festmahl aus Wein und Fleisch und all den guten Dingen bereiten werden. Sie werden euch den Körper zeigen, den sie für euch gemacht haben und sagen: ‚Komm und schlüpf ein wenig in den Körper und lass es dir gut gehen!'"

„Aber wenn du dann nach unten sinkst und den Körper anlegst ..." Grattur klang reumütig und wurde zu einer melancholischen Melodie.

„Wenn du all die guten Dinge isst und den Wein trinkst ..." Engrattur war ein trübseliger Kontrapunkt.

„Wenn du vollgefressen, betrunken und ganz benebelt bist, bringen sie dich dazu, ihnen deinen Namen zu verraten", rief Rotauge, und dann gab es ein tosendes Geräusch wie von einer vielfarbigen Lawine, und die alten Dämonen riefen im Chor: „VERRATE IHNEN NIEMALS DEINEN NAMEN!"

Wenn sie deinen Namen kennen, können sie dich zu einem Sklaven machen.

Er ist wie eine Schlinge um deinen Nacken.

Ein Draht, der sich um deine Eier zuzieht.

Sie bringen dich dazu, zu dienen.

Sie bringen dich dazu, Dinge für sie zu beschaffen.

Sie schreiben deinen Namen in ihre Bücher, damit sie sich erneut fangen können, sogar wenn du je frei kommen solltest.

Du wirst niemals wirklich frei sein, selbst wenn sie sterben. Irgendein neugieriger Kerl wird in den alten Büchern herumstöbern und deinen Namen entdecken und dann wird man dich erneut rufen.

Außer ...

Grattur fuhr herum und betrachtete Gard „... außer man trifft jemanden wie ihn."

„Wie bitte?" Rotauges Aufmerksamkeit war wie ein Scheinwerfer.

Wir waren Sklaven der Narzisse der Leere, in der Eisfalle.

Doch er hat uns vor ihr gestohlen und uns in diesen Körpern versteckt, die er geschaffen hat.

Sie kann uns nicht zurückholen!

Er hat uns befreit!

Nun fixierten Arkholoth und Stedrakh Gard.

Der nickte und ließ seinen Verkleidungszauber fallen. Die Jungen starrten ihn an.

„Er ist hübsch, nicht?", fragte Engrattur stolz.

„Ihr seht ein wenig aus wie ein ...", begann Cheller. „Es gibt da dieses Volk, das weit entfernt im südlichen Wald lebt. Sie verbergen sich dort. Ich habe ein paar von ihnen gesehen. Yendri, so nennen sie sich."

Das Wort erklang für Gard wie eine Glocke, doch er ließ sich nichts anmerken. Wie seltsam, es hier zu hören ...

„Ja, ich sehe wie sie aus. Ein wenig. Nicht genug, um als einer von ihnen zu gelten, so wenig wie ihr als Kinder der Sonne. Meine Herren? Bitte enthüllt euch."

Einer nach dem anderen nahmen die alten Veteranen ihre Amulette ab und zeigten ihre wahren Gestalten, wobei sie die Jungen ein wenig verlegen anblinzelten. Dalbeck ballte die Fäuste, begann aber kurz darauf zu lächeln, und Cheller grinste breit. „Jetzt sagt aber nicht, wir sind alle hier Dämonen!"

„Das sind wir", erklärte Gard.

„Diese Körper sind nur Verkleidungen", fügte Grattur hinzu.

„Klug ist er auch noch", sagte Engrattur.

„Wie könnt Ihr Euer wahres Ich auf diese Weise verbergen, mein Herr?", fragte Dalbeck. „Könnt Ihr uns das auch lehren?"

„Vielleicht", antwortete Gard. „Ihr lernt gut. Es ist Zeit, dass ich euch etwas Fortschrittliches beibringe. Wisst ihr, was Meditation ist?"

Dalbeck schüttelte den Kopf.

„Ich weiß es", sagte Cheller. „Es ist ein Spiel, das man in seinem Verstand spielt, um schwierige Dinge tun zu können. Die Läuferinnen lernen es. Die Langstreckenläuferinnen können hunderte Meilen laufen, ohne eine Pause zu machen, weil sie in gewisser Weise ihren Körper verlassen und sich woanders ausruhen können."

„Es ist auch für einen Kämpfer nützlich", erklärte Gard. „Würdet ihr gerne herausfinden, wie es ist, ohne Fleisch zu wandeln?"

„Ja", rief Cheller und Dalbeck nickte.

„Dann seht mich an", sagte Gard.

Er verließ seinen Körper und zog sie wie zwei Drachen an einer Schnur hinter sich her ins Meer der Sterne. Dalbeck war ein flackerndes, goldenes Licht, eine Zeile einer sehnsuchtsvollen Melodie, und Cheller war ein helles und wallendes Blau mit einem Geruch nach gebackenem Brot. Dort waren Rotauge und Arkholoth und Stedrakh, stoische Berge aus Licht, und dann war da auch das doppelte, violette Funkeln, das Grattur und Engrattur darstellte.

Die Jungs kreischten wie begeisterte Kinder. Sie schossen von Gard weg, sie stiegen empor und wirbelten herum.

„Weil Ihr ein Magier seid … und dennoch einer von uns. Ein guter Meister?"

„Ich bin kein Meister", erwiderte Gard. „Ich bin euer Bruder."

„Wir würden dir dienen!", riefen Dalbeck und Cheller und umkreisten Gard in Strömen hell leuchtenden Feuers. „Wir wären Eure eingeschworenen Männer!"

„Seid still, ihr kleinen Narren", donnerte Rotauge. „Ihr wisst nicht, was es heißt, ein Sklave zu sein, oder ihr würdet niemals so reden."

„Lasst uns eine Gruppe von Brüdern sein", schlug Gard vor.

In diesem Moment gab es einen Aufruhr im Lager, und Gard zog sie mit sich zurück. Gleich darauf saßen sie wieder keuchend am Feuer und drehten die Köpfe, während sie versuchten, sich wieder daran zu gewöhnen, nur mit zwei Augen zu sehen. Gard erneuerte seine Verkleidung, und die älteren Dämonen legten rasch ihre Amulette wieder an.

Einer der Feldwebel von der Schmiedefeuer-Kompanie kam an ihr Feuer. „Hallo, Jämmerliche! Auf der anderen Seite des Lagers wurde von einem Spion berichtet, der angeblich im Wald lauern soll. Haltet die Augen offen, ob jemand versucht, durch den Fluss zu schwimmen."

„Das werden wir, Feldwebel. Danke", erwiderte Rotauge.

Als der Feldwebel gegangen war, jubelten Dalbeck und Cheller unterdrückt und ließen sich vor Begeisterung ins Gras fallen. „Brüder!", krähte Cheller. „Ja, das sind wir, Brüder! Ich hatte noch nie zuvor in meinem Leben eine Familie. Ich habe noch nie irgendwo hingehört. Jetzt weiß ich, wer ich bin!"

„Passt nur auf, dass es sonst niemand herausfindet", ermahnte sie Rotauge.

o o o

Hallock hatte eine von unregelmäßigen Streifen überzogene Haut, Nyrens Beine waren ungewöhnlich lang für seinen Körper, und außerdem hatte er einen Schwanz. Beide waren Findlinge und von einem Unternehmer aufgezogen und ausgestellt worden, bis Nyren eines Nachts die Stäbe ihrer Zelle herausgetreten hatte, sodass sie fliehen konnten. Sie hatten gelernt, im Wald um ihr Überleben zu kämpfen, und dort hatte Arkholoth sie getroffen, der gerade auf dem Weg gewesen war, sich bei der Armee zu melden. Er hatte sie davon überzeugt, dass das Soldatenleben besser war, als im Wald zu verhungern, und so hatten sie ihn begleitet und sich ebenfalls freiwillig gemeldet.

Sie kamen privat zu Gard und fragten ihn verlegen, ob eine Dunkelheit voller Lichter und glorreicher Musik, in der man das unschöne Fleisch abzustreifen vermochte, tatsächlich existiere. In einer Nacht am Feuer brachte Gard sie dorthin. Sie waren ebenso begeistert wie Dalbeck und Cheller, aber eher bereit, auf Rotauges strenge Warnungen zu hören, da sie in ihrem kurzen Leben bereits Ketten getragen hatten.

Als Toktar und Bettimer in der darauffolgenden Nacht zum Feuer kamen, war die Angelegenheit schon zu einer Art Ritual geworden.

Toktar war ein Hermaphrodit und hässlich, er verfügte über ein prächtiges Glied und zugleich einen großen Busen. Im Sternenmeer war er ein strahlendes silbernes Licht, ein heller Trompetenklang im Morgengrauen und ein Freudenschrei, als er endlich von seinem lächerlichen Gefängnis befreit war.

Nur Bettimer, der in Salesh von seiner Mutter und seinem Stiefvater aufgezogen worden war und seine eisfarbene Haut hasste, scheute vor dem hellen Strom zurück. Er war eine schwach flackernde Flamme, die vor Schrecken und Verwirrung wild hin und her zuckte. Dort, wo die anderen Freiheit empfanden, sah er nur das Chaos. Hinterher weinte er über sein Scheitern.

„Jetzt fühl dich nicht so schlecht, mein Sohn", beruhigte ihn Rotauge. „Vielleicht war dein Vater gar kein Dämon."

„Vielleicht war er ein Gott", schlug Dalbeck hilfsbereit vor.

Gard, der den Jungen beobachtete, wie er elendig zu Boden sah, fragte: „Was hast du gehofft zu finden, als du zu diesem Feuer gekommen bist?"

„Ich wollte etwas anderes sein als ich", schluchzte Bettimer. „Etwas außer dem Scham meiner Mutter. Ich habe meinen Stiefvater enttäuscht, und jetzt bin ich hier eine Enttäuschung. Ich hoffe, ich sterbe in der Schlacht."

„Nein", sagte Gard. „Wenn du dein Leben neu beginnen könntest, wenn du frei wählen könntest, was wärst du dann?"

Bettimer hob sein tränenüberströmtes Gesicht. „Niemand würde mich mehr anstarren. Ich könnte eine Arbeit in der Schmiede bekommen. Mein Stiefvater war ein Schmied. Ich liebte das rotglühende Eisen, und ich liebte, es die Kohlen anzublasen. Ich liebte es, wie das Wasser zischte, wenn der Stahl gekühlt wurde. Wenn die Kohlen leuchteten und die Schmiede in roten Schein getaucht war, dann konnte niemand sehen, dass meine Hautfarbe falsch war. Wenn ich nur in einer Schmiede leben könnte und niemals herauskommen …“

Rotauge schüttelte den Kopf. „In deinem Inneren bist du ein Kind der Sonne.“

„Du musst dich nicht schämen“, erklärte Gard. „Keiner der Männer hier ist dort, wo er sein sollte, wenn die Welt in Ordnung wäre. Doch die Welt ist es nicht und wir sind es auch nicht. Wir müssen das Beste daraus machen.“

o o o

Gard umkreiste Thrang, und beide hatten hölzerne Schwerter gezogen. Der alte Werwolf drehte sich vorsichtig und hielt seinen Schild hoch.

„Bist du so still, weil es schwierig ist zu sprechen?“ Gard verließ seinen Körper und sprach das stumpfe, bernsteinfarbene Licht an.

„Was denkt Ihr denn, bei einem Maul wie dem meinen?“ Thrang zeigte seine befleckten Zähne. „Keine Lippen, fünf Zentimeter lange Fänge und eine Zunge, die nur zum Wasser schlappern taugt. Einen Kopf, um Einbrecher einzuschüchtern, und der Rest ist nun völlig nutzlos. Was sollte ich sagen, selbst wenn ich sprechen könnte?“

„Es tut mir leid. Du hattest einen grausamen Meister.“

Ein Licht flackerte in den gelben Augen auf und Thrang rückte knurrend vor. „Mein Meister war ein Ehrenmann! Er kannte die Schönheit und wusste die schönen Dinge zu schätzen. Seine Sammlung war die beste in der ganzen Welt. Wir brauchten Jahre, um sie zusammenzutragen! Vierhundertsiebzehn Becher aus einwandfreiem Seladon aus den Brennöfen Ward’bs, die in der Schattierung von Apfelgrün bis Jungfrauenmilch gingen. Ein kompletter Satz Figuren von Paltas Steinschutz, jede davon handbemalt und vergoldet. Vier zusammenpassende Vasen im

Rosengartenmuster, die letzten, die Thraxas von Salesh schuf, bevor seine Werkstatt niederbrannte. Eine Porträtbüste Marians des Diktators in elfenbeinfarbenem Kaolinton, von der nur drei angefertigt wurden. Ein Rotgutmischkrug, auf dem Buch drei von Andib dem Axtschwinger dargestellt war. Wir hatten schon einen Händler gefunden, der die mit Buch eins und zwei hatte und nicht einmal wusste, welchen Schatz er da in seinen Händen hielt, und wenn mein Meister nur eine Woche länger gelebt hätte, dann hätten wir sie, aber … aber …“

Vom Schmerz überwältigt ließ die alte Kreatur ihren Schild fallen und, legte den Kopf in den Nacken und heulte zum Himmel empor.

„Verzeih“, murmelte Gard und senkte seine Schwerter.

„Verloren, verloren, in alle Winde zerstreut. Narren! Sie werden sie nicht zu schätzen wissen, sie werden sich nicht gut um sie kümmern. Sie haben die Büste Marians′ beschädigt, während sie sie in den Wagen gehievt haben. Ich habe den weißen Splitter fallen gesehen. Mein Herz hat Blut geweint. Alle meine Bücher, meine sorgfältigen Aufzeichnungen – zerfetzt und dazu benutzt, die Ware einzuwickeln. Es war die beste Sammlung auf der ganzen Welt, und nun ist sie dahin. Alles ist weg. Nichts bleibt.“

„Aber du hast etwas behalten“, erinnerte Gard ihn ermutigend. Thrang wirbelte keuchend zu ihm herum und starrte ihn an. Tränen rannen über das verfilzte Fell in seinem Gesicht.

„Das habe ich. Ja, ich musste es tun. Der Meister hat so lange danach gesucht, er hat zehn Jahre lang jede Nacht davon geträumt, und ich ebenfalls. Der seltenste aller Seladons, das einzige bekannte Exemplar in der grünen Eierfarbe eines Rotkehlchens. Der Töpfer experimentierte mit einer neuen Glasur und starb, ehe er die Formel niederschreiben konnte. Ich versteckte ihn vor seinen verdammten Söhnen, ich brachte ihn mit in die Sklaverei.“

„Kann ich ihn sehen?“

Thrang blinzelte Gard an. Er senkte misstrauisch den Kopf, winkte ihm aber und humpelte zu seinem allein stehenden Zelt. Dort holte er einen Sack hervor und nahm er eine hölzerne Schachtel heraus. Er öffnete sie, wühlte in den darin befindlichen Blättern und holte dann einen Gegenstand hervor, der in Fell eingeschlagen war, als könne er sonst frieren. Er wickelte ihn vorsichtig aus, mit seinen eleganten und glatten Händen, deren Knöchel jedoch durch sein hohes Alter und die harte Arbeit hervorstachen. Endlich hielt er einen kleinen Becher empor, der mit einer blaugrünen Schicht glasiert war, bleich wie Meereswasser.

„Was für eine außergewöhnliche Farbe", meinte Gard. „Als ich ein Sklave war, hatte meine Herrin eine ganze Garnitur solcher Becher, allerdings nur in Grün, und natürlich empfand sie keine Wertschätzung dafür."

„Das tun sie nie", erwiderte Thrang verbittert und schüttelte den Kopf. „Ich bin froh zu wissen, dass Ihr ein umsichtiger Ehrenmann seid."

Von diesem Tag an war er in Gards Gegenwart ein wenig entspannter, wennngleich noch immer schweigsam, und einmal war er sogar bereit, sich den anderen am Feuer anzuschließen.

Die Waffenübungen liefen gut. Gard holte seine Prinz-Feuerbogen-Bücher hervor und las an manchen Abenden laut daraus vor, während die Jungen ihm gebannt zuhörten, und sogar die alten Veteranen lehnten sich näher heran, um besser lauschen zu können. Tagsüber trainierten sie auf dem niedergetrampelten Erdstreifen am Fluss, und die Angehörigen der anderen Truppen sahen zu und verspotteten sie weniger und weniger.

In der Privatsphäre seines Zeltes nahm Gard eine Silbermünze, feilte das Profil des Herzogs ab und ritzte den Verkleidungszauber, den er auf Rotauges Amulett gesehen hatte, hinein. Es funktionierte wunderbar. Er bohrte ein Loch für einen Lederstreifen in das neu geschaffene Amulett und trug es ab sofort um den Hals.

Cheller erstellte ein Banner für sie. Es war ein schwarzes Feld ,auf dem rote, grüne und goldene Sterne verstreut waren.

o o o

Die Neuigkeiten trafen ein, während sie beim Training waren. Thrang hörte die Trompete vor allen anderen, und Gard, der daraufhin die Anhöhe erklomm, sah als Erster die Läuferin über die Ebene herbeieilen. Er ging hinüber ins Hauptlager und schloss sich Herzog Chrysantheme und den Offizieren an, als das Mädchen in der scharlachroten Uniform ins Lager kam.

„Geschrieben oder gesprochen?“, fragte der Herzog.

„Beides“, antwortete die Läuferin und zog ein versiegeltes Brett aus ihrem Beutel. „Kohlenziegel sagte: Ihr sollt wissen, dass Skalkin Salting die Küste vor zwei Wochen verlassen und letzte Nacht mit seiner Armee Kottile erreicht hat. Die Einzelheiten befinden sich darin.“ Sie reichte dem Herzog das Brett.

„Gebt ihr Wein und Gold“, befahl der Herzog seinen Adjutanten, während er das Siegel erbrach. Er blickte zu der Läuferin. „Anschließend habe ich Botschaften für Euch, die Ihr nach Deliantiba bringen sollt.“

Die Läuferin neigte ihren Kopf und folgte einem Adjutanten in den Gästepavillon. Der Herzog las die Nachricht auf dem Brett aufmerksam und einen Moment lang herrschte Stille. Schließlich hob er den Kopf und blickte sich nach seinen Adjutanten um.

„Verkündet den Befehl zum Aufbruch. Wir marschieren heute Nachmittag los.“

Eine halbe Stunde später stand Gard mit den anderen Hauptleuten um den Tisch im blauen Pavillon herum, und die kleinen goldenen Fische auf dem Stoff schienen zu schwimmen, wenn der Wind die Seidenwände aufbauschte.

„Hier“, erklärte der Herzog und zeigte auf die Karte. „Es ist ein leichter Marsch, sechs Meilen flussabwärts. Ich will bei Nachteinbruch dort sein und das Lager errichten. Die Berge nähern sich hier an und der Penterkar-Grat verläuft in der Nähe des Flusses und blockiert diesen Weg. Wir kommen den Grat von hinten hinauf und lagern auf der Anhöhe. Ich möchte hier gegen ihn kämpfen, mit unseren Rücken zum Grat.“

Gard studierte die Karte. Der Feind musste über die Ebene entlang des Flusses marschieren, um Deliantiba zu erreichen, der Straße auf den Penterkar-Grat folgen und geriet so in eine Sackgasse. Auf der einen Seite befand sich der Fluss, auf der anderen die Hügel, und die Armee würde den Weg über den Grat blockieren.

„Meine Truppen stellen die Mitte“, verkündete der Herzog und schob Figuren an die entsprechende Stelle. „Feuerkette, Eure Truppen sind auf der linken Seite und Goldschmied, Eure Männer stehen hier rechts. Die Sonnenaufgangs-Kompanie bildet die linke Flanke, hier, wo der Hügel eine Kurve beschreibt. Wir stationieren die Artillerie auf den Hügeln über dir, mein Sohn.“

„Der Plan lautet, die Zange zu schließen, sobald sie der Raketenbeschuss mürbe gemacht hat?“, fragte der Erzherzog.

„Wenn uns die Götter gewogen sind. Bullion, Eure Kompanie bildet die rechte Flanke hier am Flussufer. Ihr habt erstaunliche Dinge geleistet, aber Eure Männer sind noch immer unerfahren und wurden noch nie im Kampf auf die Probe gestellt. Sie müssen einfach nur die Stellung halten und alle töten, die die Sonnenaufgangs-Kompanie auf sie zutreibt.“

Gard nickte ohne einen Kommentar.

„Dann räumen wir das Feld auf, marschieren wieder den Hügel hinauf und essen zu Abend, während wir die schöne Aussicht genießen“, verkündete Pentire zufrieden.

„Wenn uns die Götter gewogen sind“, sagte der Herzog.

° ° °

Vom Penterkar-Grat aus hatte man tatsächlich eine prächtige Aussicht auf die weite Ebene im Westen, das geplante Schlachtfeld und den breiten Fluss. Gards Blick schweifte darüber hinweg, während die Jämmerlichen ihr Lager ein Stück abseits von dem der restlichen Armee aufschlugen.

„Da stecken wir also wieder am Fluss fest", sagte Rotauge. „Die wollen wirklich sichergehen, dass wir nicht davonlaufen, was?"

„Kannst du schwimmen?"

„Nicht in der verdammten Rüstung." Rotauge spähte in die Dämmerung. „Ich sehe keine Lagerfeuer dort draußen, und auch keine Staubwolken. Wenn sie also morgen ankommen, werden sie zuvor eine lange Strecke über diese Ebene marschieren müssen. Das ist immerhin etwas."

„Machst du dir Sorgen?"

Rotauge spuckte aus. „Nein. Das ist eine Todesfalle dort unten. Sie können uns nicht flankieren, oder? Sie können nur nach vorne auf uns zu drängen, während die Damen von dort oben Bomben auf sie herabregnen lassen." Er nickte in Richtung der Hügel im Süden, wo die Artillerie Stellung bezog. „Außerdem haben sie die Sonne im Gesicht, wenn sie am Morgen angreifen."

„Dann wollen wir hoffen, dass sie das auch so machen."

„Wirst du magische Tricks aus dem Ärmel ziehen?"

„Das sollte nicht nötig sein, wenn doch alles so einfach ist", verneinte Gard, „und ich möchte keine Aufmerksamkeit erregen. Man weiß ja nie, wer zusieht."

Rotauge warf einen finsteren Blick über die Schulter in die ungefähre Richtung des Berges und machte eine ruppige Geste.

° ° °

Am Morgen des zweiten Tages, an dem sie auf dem Penterkar lagerten, wurde die Staubwolke gesichtet, und kurz darauf glänzte die Sonne auf Schilden und Lanzen. Saltings Armee kam die Straße entlang.

Noch bevor sie endgültig in Sicht kamen, hatte die Sonne den Morgennebel verdampft, und kein Windhauch regte sich. Herzog Chrysanthemes Armee bezog ihre Stellung, schwitzend und nach Fliegen schlagend, und die Banner hingen schlaff herunter.

„Gut", rief der Herzog, der vor seinen Offizieren und Hauptmännern auf und ab ging. „Sie marschieren auf die Sonne zu. Befehlt euren Männern, die Stellung zu halten, bis sie in Reichweite kommen. Dann werden sie eine hübsch keuchende, hustende und humpelnde Armee sein." Er wandte sich an Gard. „Ihr sorgt dafür, dass Eure Jungs das verstanden haben, ja? Ich will keine Mischlingsberserker sehen, die zu früh losstürmen. Außer Ihr bringt den Werwolf dazu, ein wenig zu heulen und zu sabbern", fügte der Herzog noch hinzu. „Das würde ganz gut wirken."

„Ich werde sehen, was ich tun kann", erwiderte Gard.

„Guter Mann", sagte der Herzog und ging davon.

Gard ging zurück zu den Jämmerlichen, die ihre Stellung mit dem Rücken zum Hügel und den Fluss zur Rechten hatten.

„Wir halten die Stellung, bis sie in Reichweite sind."

„In Ordnung", erwiderte Rotauge, der sich auf seinen Speer stützte. „Habt Ihr das gehört, Jämmerliche? Lasst sie müde werden, um zu uns zu kommen."

„Ich habe das Manöver immer gemocht, bei dem ein paar vorstürmen, Speere schleudern und zurücklaufen", schlug Stedrakh vor. „Es gibt immer Narren, die darauf hereinfallen. Sie verfolgen uns bis in unsere Reichweite und werden dann von uns in Fetzen gerissen. Habe noch nie gesehen, dass es nicht funktioniert hätte."

„Die Befehle lauten, die Stellung zu halten“, erwiderte Rotauge, „und wir halten uns an die Befehle.“

Gard ließ den Blick über seine Jungs streifen. Sie waren bleich und beobachteten den Feind beim Vorrücken.

Auch Rotauge warf einen Blick zurück auf sie. „Schaut sie euch an, die schwitzen wie die Schweine! Ich freue mich schon darauf, mich an ihrer prächtigen Ausrüstung zu bedienen, das kann ich euch sagen. Cheller und Dalbeck wissen, wovon ich spreche, nicht wahr, Burschen?“

„Jawohl, Feldwebel“, erwiderte Dalbeck und versuchte dabei tapfer und zuversichtlich zu klingen. „Das Plündern ist immer am besten. Wir plündern die Leichen und den Versorgungszug. Alle werden reich!“

„Oder zumindest ein wenig besser ausgerüstet“, schränkte Arkholoth ein. „Hallock, Nyren, achtet darauf, dass ihr euch jeder einen guten Helm schnappt. Man weiß nie, was man bei einem Toten so findet. Es ist fast wie eine Schatzsuche.“

„Denkt an eines!“, rief Cheller und hielt das Banner hoch, packte es am unteren Rand und breitete es aus. „Denkt an diesen Ort. Denkt daran, wer wir wirklich sind. Habt vor nichts Angst. Wir sind Brüder!“

Bettimer blickte zum Banner empor und wandte seinen Blick rasch wieder ab, er zitterte. Gard beobachtete ihn. Der Junge rückte seine Ausrüstung zurecht, umklammerte seinen Speer und starrte auf den vorrückenden Feind.

Die Banner Skalkin Saltings warten purpurrot und trugen das Abbild eines goldenen Schiffs. Die Armee war gut bewaffnet; sie präsentierte eine Frontreihe aus identischen Schilden und Lanzen, die im Sonnenlicht glänzten. Gards Blick folgte dem von Bettimer und er spürte ein Gefühl der Beunruhigung in sich aufsteigen. Die identisch aussehenden, großen Schilde waren wie eine heranrückende Mauer, keine zusammengeschusterte Sammlung unterschiedlicher Exemplare.

Gard verließ seinen Körper, stieg nach oben und überblickte die ganze heranrückende Armee, und ein Gefühl der Erleichterung durchströmte ihn. Die Armee war kleiner, nur ungefähr zwei Drittel der Männer, die Chrysantheme versammelt hatte. Auf dem Hügel über der Sonnenaufgangs-Kompanie machten die Frauen ihre Sprengladungen bereit und Gard sah zu, wie eines der Mädchen den Schaft einer Mörserlanze in die Erde steckte, sie dort verankerte und eine Rakete lud. Er sah den Funken …

Mit einem Zischen schoss die Rakete empor und zog eine Rauchfahne hinter sich her, dann senkte sie sich auf die vorrückenden Männer. Sie zerbarst und verteilte ihre explosive Ladung und heiße Splitter ein Stück vor der ersten Reihe. Die Schilde wurden hochgerissen und wehrten die Splitter ab, und ein Offizier befahl seinen Männern schreiend, stehen zu bleiben.

Die Schlachtreihe verharrte, und jemand aus der Sonnenaufgangs-Kompanie schoss einen Pfeil ab. Er landete nach einem weiten Bogen dort, wo die Trümmer der Rakete noch am Boden rauchten. Der Feind blieb, wo er war, gerade außerhalb der Reichweite.

„Sollte das ein Warnschuss sein?“, fragte Rotauge und spähte zur Artilleriestellung empor.

„Was werden sie nun tun?“, fragte Bettimer mit zitternder Stimme. Niemand antwortete, doch gleich darauf wurde deutlich, was der Feind im Sinn hatte. Einer der Offiziere rief ein Kommando, und in einer perfekten, gleichförmigen Bewegung setzten sich die Feinde hinter ihren Schilden nieder, jeder in dessen eckigem Schatten. Sie zogen ihre Wasserschläuche hervor und tranken, dann legten sie sie zur Seite und entspannten sich.

Rotauge keuchte ungläubig. „Das nennt man Eier haben, was?“ Entlang der Linien des Herzogs gab es zahlreiche Ausrufe, die das gleiche ausdrückten, mehr oder wenig obszön, und auch einige Protestschreie erklangen. Gard blinzelte in die Sonne empor und sein Gefühl der Beunruhigung kehrte zurück. Der Feind ruhte sich glücklich im Schatten aus, während seine Männer schwitzend in der Sonne standen.

„Ich könnte nach draußen laufen und ein paar von ihnen erschießen", beschwerte sich Stedrakh. „Sie sitzen nur herum!"

„Wir halten die Stellung", wiederholte Gard. Thrang hielt seinen kleinen, runden Schild hoch, schuf sich somit ein wenig Schatten und starrte Gard finster an.

Die Sonnenaufgangs-Kompanie begann den Gegner anzupöbeln, und die anderen Kompanien schlossen sich bald an; ganze Wellen von Beleidigungen schwappten über die Feinde hinweg, während die Sonne gnadenlos am Himmel brannte. Doch die Anderen saßen völlig ruhig und gelassen da und ignorierten sie. Nach einer guten halben Stunde hatten sich Chrysanthemes Männer heißer geschrien. Die Sonne stieg noch höher und die Fliegen schwärmten weiter aus.

Als die Schatten kürzer wurden, reagierten Saltings Truppen darauf, indem sie die Schilde nachjustierten.

„Wenn sie jetzt stürmen, haben sie die Sonne wohl nicht mehr im Gesicht, was?", fragte Bettimer traurig.

„Die können das nicht den ganzen Tag lang durchhalten", meinte Cheller ungläubig.

„Wenn sie es doch tun, werden wir die Sonne im Gesicht haben, wenn sie endlich ihre Ärsche bewegen", stellte Toktar fest.

„Wir müssen etwas tun!", drängte Dalbeck.

„Wir halten die Stellung", befahl Gard.

„Ja, aber nur, weil du es befohlen hast", unterstrich Grattur.

„Nicht, weil irgendein rotgekleideter Narr es befiehlt", fügte Engrattur hinzu.

Der Wind drehte sich. Er blies kühl über den Fluss und die weiß schimmernde Dunstlinie am Horizont sank tiefer und rollte etwas näher. Die Sonne überschritt den Zenit und begann wieder zu sinken.

Schließlich war es die Sonnenaufgangs-Kompanie, die zuerst die Nerven verlor; ihre Soldaten verließen die linke Flanke mit einem lauten Aufschrei und stürmten voran. Gard seufzte und konnte das Aufstöhnen der älteren Veteranen hören. „Kleiner, hitzköpfiger Idiot“, murmelte Rotauge, doch der Großteil von Chrysanthemes Männern jubelte, voller Drang, sich in den Kampf zu stürzen.

Das Jubeln währte nicht lange. Saltings Männer kamen blitzschnell auf die Füße und ihre großen Schilde wehrten den Speerhagel der Angreifer mühelos ab. Dann warfen sie ihre eigenen Speere und etliche Männer in der Sonnenaufgangs-Kompanie gingen nieder. Kurz darauf trafen die beiden Armeen mit gezogenen Schwertern aufeinander und der Nahkampf begann, doch der Großteil des Kampfgeschehens spielte sich noch immer außerhalb der Reichweite der Artillerie ab. Gard hörte den Herzog Befehle schreien, und eine Abteilung Bogenschützen rannte vorwärts und deckte Saltings Truppen mit einem Pfeilschauer nach dem anderen ein. Die Nachhut bildete mit ihren mächtigen Schilden eine schützende Abwehr und nahm nur wenig Schaden.

„Botin!“, rief Dalbeck, denn eine Läuferin in Chrysanthemes Wappenfarben eilte hinter den Linien von Goldschmieds Kompanie entlang und schrie: „Stellung halten! Stellung halten! Herzog befiehlt halten! Zangenmanöver!“

„Dafür ist es verdammt spät“, fluchte Rotauge, doch über das Feld konnten sie sehen, dass Feuerkettes Truppe nun ebenfalls vorstieß und die Stellung einnahm, die die Sonnenaufgangs-Kompanie offengelassen hatte.

Doch bevor sie ihre neue Position einnehmen konnte, teilte sich die Schildmauer plötzlich, und aus der Mitte stürmten die Truppen Saltings hervor. Die schwer gerüsteten Männer mit ihren Schilden liefen zwischen den Überresten der Sonnenaufgangs-Kompanie hindurch und um sie herum. Nur die Truppen am äußeren Rand mussten sich den Weg freikämpfen, während der Großteil direkt den Hügel hinauf strömte, auf dem die Artillerie stationiert war. Die Frauen jagten eine Raketensalve mitten in ihre Gesichter, die den vordersten Reihen fürchterliche Verluste zufügte, doch jene dahinter stürmten einfach über die Leichen ihrer Kameraden hinweg.

Feuerkettes Männer setzten ihnen hügelan nach, aber wieder war es zu spät. Der Feind eroberte die Artilleriestellung und Gard zuckte zusammen, als er die Schreie der sterbenden Frauen hörte.

Nun gab es kein Halten mehr. Die Streitkräfte des Herzogs stürmten allesamt nach vorne, ebenso Goldschmieds Kompanie, und sie kollidierten in ihrer Hast, jene Position zu erreichen, an der die Überreste der Sonnenaufgangs-Kompanie nun blutig niedergeschlachtet wurden, miteinander. Gard spähte durch den aufgewirbelten Staub und erkannte, dass das rote Banner nun auf dem Artilleriehügel aufgezogen und die erbeuteten Raketen auf das Zentrum der herzoglichen Armee ausgerichtet wurden.

„Das war's dann wohl", meinte Rotauge bedauernd und zog sein Schwert. „Na ja, es war ein guter Körper."

„Der kleine Bruder wird uns hier rausholen", versprach Grattur.

„Er ist klug", bestätigte Engrattur.

„Erinnert euch!", rief Cheller und schwenkte verzweifelt das Banner. „Erinnert euch, wo wir hingehen! Wir treffen uns alle dort!"

Gard blickte über seine Schulter zu Bettimer und sah, dass er sein Schwert gezogen hatte. Er weinte und betete zu den Göttern der Kinder der Sonne. „Kannst du schwimmen?", fragte Gard.

„Was?"

„Kannst du schwimmen?"

„Ja ..."

„Leg Umhang und Helm ab“, befahl Gard und zog das Silberamulett aus seiner Brustplatte hervor. „Überquere den Fluss. Lauf nach Deliantiba und berichte, was hier geschieht.“

Der Junge schälte sich aus seiner Rüstung. Gard nahm sein Amulett ab und stand in seiner wahren Form vor ihnen, und ein zustimmendes Stöhnen ging durch die Reihen der Jämmerlichen. Er reichte das Amulett an Bettimer weiter, der es mit einem fragenden Blick anlegte und nun wie ein Kind der Sonne vor ihnen stand.

„Jetzt hast du dein Leben. Geh und lebe es, wenn du kannst“, forderte Gard. Er drehte sich um und hörte hinter sich, wie Bettimer mit einem Platschen in den Fluss eintauchte. Rotauge riss sich das Amulett vom Hals, und Arkholoth und Stedrakh folgten seinem Beispiel.

„Sie sollen uns fürchten!“, verkündete Grattur.

„Hitzköpfe, wir kommen, um eure Lebern zu fressen!“, rief Engrattur.

„Tötet, so viele ihr könnt“, schrie Gard und zog sein Schwert. Dann bliesen die Trompeten des Herzogs zum Rückzug.

Gard spähte ungläubig durch Rauch und Flammen und sah, wie Männer in den Wappenfarben des Herzogs sich hastig hinauf zum Penterkar-Grat kämpften. Goldschmieds Männer folgten ihnen. Die Jämmerlichen standen kurz davor, vom Rest des Heeres abgeschnitten zu werden.

„Verfluchter Rückzug!“, rief Rotauge und Gard führte sie seitwärts am rechten Rand des Schlachtfelds entlang auf den Grat zu. Die heranbrandende Flut der Feinde holte sie ein, als sie etwa zwei Drittel des Weges zurückgelegt hatten.

Sie drehten sich wie ein Mann um und hielten die Stellung. Gard knurrte, Grattur und Engrattur an seiner Seite fletschten brüllend die Zähne, und der Feind schreckte verblüfft zurück. Gard verließ seinen Körper und begann zu töten. Es war reine Ekstase.

o o o

Irgendwann stellte er fest, dass er auf einem Hügel in den Trümmern des Lagers stand und ein Pfeil in seiner Brustplatte steckte. Er war nicht tief genug eingedrungen, um ihm eine ernste Verletzung zuzufügen, doch er kratzte und tat weh. Er zog ihn heraus und sah sich um. Er sah keinen Hinweis auf das Sternenbanner mehr, und die jungen Burschen waren beim Erklettern des Hügels wie die Fliegen gestorben; alle bis auf Dalbeck, der blutüberströmt noch weiterkämpfte. Grattur hatte eine Hand verloren und umklammerte den Stumpf, während Engrattur ihn verteidigte und einen Schwertkämpfer mit seinem Speer abwehrte.

Gard hörte Knurren und einen gurgelnden Schrei zu seiner Linken, und als er sich umdrehte, sah er Thrang, der seine Zähne in den Hals eines Soldaten vergraben hatte. Gard sprang vorwärts, köpfte Engratturs Gegner und schrie: „Rennt! Los, den Grat hinauf. Genug von uns sind für diese Narren gestorben."

„Wir bleiben bei dir", weigerte Grattur sich weinend.

„Ich sagte, rennt!"

„Gute Idee", stimmte Rotauge zu, der aus dem Nichts auftauchte und nun niederkauerte, um Gratturs Stumpf hastig mit einer Schnur abzubinden. „Kommt schon, Jungs."

„Renn!", schrie Gard Dalbeck an und der Junge drehte sich um, als eine Rakete aus dem Rauch auftauchte und direkt vor ihm explodierte. Sie zerfetzte den Großteil seines Gesichts und warf ihn auf den Rücken. Er versuchte zu schreien, doch die Überreste seines Mundes füllten sich mit Blut, und er konnte nur gurgelnde Geräusche von sich geben. Gard beendete sein Leiden rasch und blickte sich um. Thrang hatte seinen Gegner getötet, doch zwei weitere rückten gegen ihn vor. Der Werwolf hatte sich in einer Verteidigungshaltung niedergekauert, knurrte und versuchte, das Zelt mit seinem Seladonbecher zu verteidigen.

Gard hetzte auf ihn zu, tötete die zwei Männer mit einem Überhand- und einem Unterhandschlag und schlitzte das Zelt auf. Er griff hinein, packte den Sack mit dem Becher und warf ihn dem alten Dämon zu. „Verschwinde von hier!“, rief er und spürte, wie etwas seinen Helm traf. Er ging in die Knie, und alles wurde grün.

Jemand hatte ihn gepackt und er wurde taumelnd mitgerissen, eine Klaue grub sich in seinen Arm. Es waren Stedrakh und Engrattur. Sie rannten direkt in eine Gruppe Gegner, die versuchte, ihnen den Fluchtweg abzuschneiden, und Gard fing sich schnell genug, um einem davon das Schwert abzunehmen und ihn damit zu töten. Er hörte Engrattur schmerzerfüllt an seiner Seite aufschreien, und Stedrakh auf der anderen Seite kämpfte sich mit der Klaue einen Weg frei. Arkholoth rannte an ihnen vorbei und durchbohrte jemanden mit einem Speer, der ihnen den Weg abschneiden wollte, doch dabei trafen ihn drei Pfeile in den Rücken, alle auf einmal. Er taumelte, lief aber weiter.

Ein weiterer Augenblick der Klarheit: Ihre Füße verfingen sich in etwas Blauem, blau mit goldenen Fischlein. Der Zeltstoff von Herzog Chrysanthemes Zelt. Gard stürzte und hörte den Pfeil, ehe er seine Hand durchschlug. Er kam auf die Füße und riss seine Hand los, in der noch immer der Pfeil steckte. Rotauge war neben ihm, brach den Schaft ab und zog den Pfeil aus der Hand. Er stöhnte auf, als ein weiterer Pfeil seine Wange streifte, aber dennoch zog er Gard weiter mit sich in den treibenden Rauch.

o o o

Es musste einige Zeit vergangen sein, als Gard wieder zu Bewusstsein kam. Sie befanden sich am Boden eines Tals und kauerten unter einer Gruppe von Weiden an einem Bach. Jemand wimmerte. Der Himmel war grau und es wurde kalt, Nebel senkte sich auf die Berge und löschte die obere Hälfte der Welt aus. Jemand hielt einen gespaltenen Helm vor sein Gesicht.

„... Glück, am Leben zu sein", meinte Stedrakh gerade. „Dein Schädel muss aus Stein sein."

Gard griff verwirrt mit seiner Hand nach oben und stellte fest, dass sein Kopf bandagiert war, mit einem blauen Stoff mit goldenen Fischen. Über seinen Hinterkopf zog sich eine lange, schmerzende Wunde.

„... wie der verfluchte Andib der Axtschwinger. Wie geht es Arkholoth?"

„Wie geht es dir, Arkholoth?"

Arkholoth brummte etwas vor sich hin und blickte überrascht auf. „Meine Jungs sind gegangen", murmelte er undeutlich.

„Das sind sie", bedauerte Rotauge. „Wo ist Thrang?"

„Habe ihn nicht gesehen."

Gard richtete sich mühselig auf und versuchte zu sprechen, doch sein Mund schien wie zugeklebt. Er beugte sich zum Bach hinunter und fischte mit der Hand nach etwas Wasser, es reichte gerade, um seinen Mund ein wenig zu benetzen. Jemand tauchte einen Helm ins Wasser und hielt ihn ihm hin. Er blickte auf und sah, dass es Engrattur war, der ein Stück Banner auf sein linkes Auge gedrückt hatte.

„Danke", krächzte Gard und trank, dann lehnte er sich gegen die Weide und sah erschöpft zu, wie Rotauge und Stedrakh hin und her gingen und weitere Bannerstücke abrissen, um Wunden zu verarzten.

„... müssen bald weitergehen, wir sind noch nicht weit weg genug."

„Ich wäre dafür, dass wir umdrehen und uns ergeben. Vielleicht werfen sie uns ein paar Wochen ins Gefängnis, aber dann werden wir nur diesem Bastard Salting die Treue schwören müssen. So läuft das. Sie vergeuden niemals Söldner, wenn sie sie nutzen können", meinte Stedrakh. „Außerdem bekommen wir so zu essen, und man wird unsere Wunden verarzten."

Arkholoth sank in sich zusammen. Gard beobachtete das grüne Licht, das in einer Spirale in Richtung Himmel schwebte.

„… diesen Bastarden nicht weiter trauen, als ich sie werfen kann", brummte Rotauge.

„Wir sollten ihn fragen." Das war Grattur.

Rotauge trat heran und beugte sich herunter, um Gard in die Augen blicken zu können. Er hob seine Stimme etwas. „Was meint Ihr, Waffenmeister? Sollen wir umkehren und uns ergeben?"

„Nein", keuchte Gard. „Sie haben die Frauen getötet."

„Da hat er nicht unrecht", überlegte Rotauge und blickte über die Schulter zu den anderen. „Sie haben die Artilleriemädchen abgeschlachtet. Was, denkt ihr, werden sie da mit uns anstellen? Außerdem habe ich mein Amulett nicht mehr."

„Also, ich habe meines noch", erwiderte Stedrakh, „Ich werde mein Glück versuchen. Will sonst jemand mitkommen?"

„Wir bleiben bei ihm", äußerte sich Engrattur und zeigte auf Gard.

„Geh nur, wenn du willst", meinte Rotauge. „Viel Glück, Bruder."

Stedrakh erwiderte nichts mehr, sondern stand einfach auf und kämpfte sich durch das Unterholz davon. Sie hörten Kieselsteine rollen, während er den Hügel hinter ihnen erklomm. Rotauge blieb noch eine Zeit lang zusammengekauert sitzen und rieb sich nachdenklich das Kinn.

„Wir sollten zusehen, dass wir weiterkommen", entschied er schließlich, als sie Stedrakhs Schritte nicht mehr hören konnten. „Es ist hier nicht sicher. Gehen wir flussabwärts, oder? Es wird bald dunkel werden. Bereit, weiterzugehen, Arkholoth?"

„Arkholoth?"

„Er ist gegangen", sagte Gard.

„Oh. Dann sind es nur noch wir."

Man half Gard auf die Füße. Er taumelte zwischen Grattur und Engrattur vorwärts, während Rotauge vorausging. Sie marschierten sehr lange, und es wurde dunkel und kalt. Sie mussten einmal anhalten, als Gard sich übergeben musste. Ein Feuer brannte in seinem Kopf und Blitze tanzten ihm vor den Augen, wenn er auf dem unebenen Boden stolperte.

Irgendwann standen sie vor einem brüllenden, schäumenden Monster, und Rotauge fluchte: „Verdammt. Ein Fluss."

„Was machen wir jetzt?", fragte Grattur.

„Wir suchen eine Stelle, an der wir ihn überqueren können", beschloss Rotauge.

„Hier sind ein paar Steine", bemerkte Engrattur.

„Ich würde mich nicht auf sein Gleichgewicht verlassen", gab Rotauge zu Bedenken. „War nicht böse gemeint, Waffenmeister. Da geht es verdammt tief runter, und ich zumindest kann nicht schwimmen. Ihr Jungs bleibt hier bei ihm, und ich folge dem Fluss ein Stück weit und suche nach einer Engstelle oder einem umgefallenen Baumstamm."

„Ja, Feldwebel", bestätigte Grattur.

Gard stand wankend zwischen ihnen und fragte sich, ob er im Stehen schlafen konnte. Minuten vergingen.

„Was war das?", fragten Grattur und Engrattur gemeinsam.

Gard hob den Kopf. „Pst", befahl er und lauschte angestrengt. Knisterndes Feuer? Männer, die sich durch Büsche kämpften? Stimmen. Ja, Stimmen, und dann schoss ein Feuervogel über sie hinweg und explodierte in einer kleinen Sonne, die das Flusstal in einen taghellen, roten Schein tauchte.

„Kleiner Bruder, sie kommen, und wir können nicht schwimmen", erklärte Grattur.

„Aber wir müssen dich auf die andere Seite bringen. Bitte, fall jetzt nicht hin", beschwor ihn Engrattur. Sie hasteten zum Ufer und versuchten zu waten, doch die Strömung war stark und der Fluss tief. Das Wasser war wie Eis. Es warf sie alle gegen die Felsen, die sie als Trittsteine hatten nutzen wollen, und spülte sie dann mühelos hinfort. Der Wasserfall stürzte sie einen weiten Weg hinunter, und dann war da nichts mehr außer Lärm, Kälte und Dunkelheit.

Gard öffnete die Augen und blickte in das graue Licht des Morgens. Er lag halb im Wasser, quer über nassen Steinen, und seine Finger umklammerten die Wurzeln einer Weide so krampfhaft, dass es ihm nicht gelang, sie zu öffnen. Das Summen in seinem Kopf war so laut, als ob Mücken direkt neben seinen Ohren summen würden.

Er zog sich aus dem Wasser und endlich gelang es ihm, seinen Griff zu lösen. Seine Hand fühlte sich wie tot an. Er wälzte sich herum und setzte sich auf.

In der Schlucht, durch die Fluss strömte, hing Nebel, und der Himmel darüber wurde langsam heller, während die Sonne aufging. Auf allen Seiten erhoben sich Berge. Etwas weiter unten konnte er Grattur im Wasser treiben sehen, der in nasse Zweige verheddert war. Seine Augen waren offen und blicklos. Von Engratturs Körper gab es keine Spur.

Das Summen in seinen Ohren stellte sich als flehende Stimmen heraus. „Sie wird uns erneut einfangen, kleiner Bruder, sie wird uns zurückholen, aber wir wollen nicht zu ihr zurück! Hilf uns!“

An dem Flussufer, an dem die Weide wuchs, fand er blauen Ton. Gard massierte das Leben zurück in seine unverletzte Hand, streckte die Finger durch und grub eine Handvoll Ton aus. Unbeholfen formte er daraus ein Vögelchen mit Ästen als Beine und kleinen Kieseln als Augen. Die Flügel arbeitete er besonders sorgfältig und hoffte, dass sie funktionieren würden.

Sein Blut sickerte in den Ton, da er aufgeben und auch seine verwundete Hand einsetzen musste.

Als er fertig war, grub er noch mehr blauen Ton aus und fertigte einen zweiten an. „Sie sind nicht sehr gut“, entschuldigte er sich laut. „Es tut mir leid. Ich habe nicht die Stärke für etwas Größeres.“

Er stellte die Vögel nebeneinander auf und sprach die Worte, um die Dämonen zu beschwören. Der weiße Blitz warf ihn zurück, und er wurde wieder bewusstlos.

Zwei blaue, unbeholfen wirkende Vögelchen saßen auf seiner Brust und beäugten ihn traurig mit ihren silbernen Augen. Gard setzte sich stückweise auf, und sie flattern ungeschickt auf den steinigen Boden neben ihm. Er stand schwankend auf und hielt sich an einem Weidenzweig fest, dann suchte er in seinen Stiefeln herum, um zu sehen, ob seine Messer noch da waren. Er fand eines. „Besser als nichts.“

Die kleinen Vögel hüpften, flatterten und versuchten zu fliegen. Er hob sie auf, und sie kletterten auf seine Schultern und krallten sich dort fest.

„Haltet euch fest. Wir müssen in Bewegung bleiben. Ich kann euch nicht erneut sterben lassen.“

Er erzählte den Vögeln, dass es sehr schade um seine Bücher wäre. Er bedauerte es wirklich, Kupferglieds „Reiseaufsätze“ erneut verloren zu haben, weil es sein Lieblingsbuch war und anscheinend nicht mehr hergestellt wurde, während man Prinz Feuerbogens Bücher jederzeit bekommen konnte. Er hatte eine wirklich nette Gesamtausgabe in einem Geschäft in Deliantiba gesehen. Hatten sie Zeit, sich in Deliantiba umzusehen?

Die kleinen Vögel konnten als Antwort nur missmutig zwitschern.

„Das ist wirklich schade. Dort gab es ein paar schöne Geschäfte“, bedauerte Gard und fiel auf sein Gesicht. Die Vögel wurden in die Luft geschleudert. Sie hüpften zu ihm zurück und piepsten so lange, bis er wieder auf die Beine kam und mit ihnen weitertaumelte.

Er lag auf dem Rücken. Es schien Dämmerung zu herrschen, und er sah einen Stern am nachtblauen Himmel. Die Vögelchen hatten sich unter seinem Kinn zusammengekuschelt und zitterten.

Etwas Großes, Bleiches bewegte sich in der Nähe. Es war ein weißer Hirsch, der am grünen Berghang zu schimmern schien. Gard beobachtete ihn, während er näher kam. Der Hirsch sah ihn ruhig an, trat über ihn hinweg und zog weiter.

Er setzte sich auf, fing die kleinen Vögel, die dabei abstürzten, und hielt sie gegen seine Brust gedrückt, während er sich auf die Füße kämpfte. Der Hirsch war in ein paar Schritten Entfernung stehen geblieben und schaute nicht zurück, doch Gard überlegte, er könnte vielleicht auf ihn warten.

„Wir müssen ihm folgen“, erklärte er den Vögelchen. „Oh, glänzt er nicht wunderbar? Wie ein Stern. Ranwyr, sieh nur, er ist wunderschön!“

Gard beeilte sich, da er den Hirsch nicht aus den Augen verlieren wollte. Dieser verschwand in einer Aushöhlung unter den Bäumen, wo Gard ihn glänzen sehen konnte. Er taumelte, fing sich wieder und folgte ihm weiter. Einen Augenblick lang konnte er einen klaren Blick auf ihn erhaschen, doch dann verschwand er plötzlich wieder …

Etwas erhob sich vor ihm, etwas mit einer schwach glänzenden Haut, wie eine Donnerwolke, in der sich Blitze zusammenbrauten. „Mein Schatz, was hastdu dir bloß wieder angetan?“, fragte Balnshik und fing ihn auf, als er fiel.

Ihm war warm. Er blickte durch ein Gitterwerk aus vom Feuer erleuchteten Zweigen zu den Sternen empor. Jemand sprach und es roch gut.

„… schön, dass Ihr nicht bei uns wart, oder Ihr wärt auch in Stücke geschnitten worden."

„Vielleicht hätte ich euch ja überrascht." Das war Balnshik. Ihr Gelächter roch wie Blumen, die in der Nacht blühten. Gard wandte den Kopf.

Über einem Lagerfeuer drehte sich Fleisch auf einem Spieß. Balnshik saß daneben und die kleinen Vögel hatten sich an ihre Brüste gekuschelt. Auf der anderen Seite des Feuers saß Rotauge und neben ihm Thrang, der noch immer den Sack mit dem Seladonbecher umklammert hielt.

Thrang blickte hastig auf, als er Gard den Kopf drehen sah. Er stellte den Beutel ab und kam herüber, dann kniete er vor Gard nieder und senkte wimmernd Kopf.

„Ihr habt den Becher gerettet. Ihr seid ein Ehrenmann. Ich werde Euer Diener sein und der Eurer Kinder und aller Kindeskinder bis zum Ende der Welt, das schwöre ich bei der blauen Grube von Hazrakhin und der Sternenleere."

Gard, der keine Ahnung hatte, was er darauf erwidern sollte, sagte nur: „Ich bin froh, dass du noch am Leben bist."

„Wie geht es dir, Liebling?" Balnshik erhob sich. „Ich habe hier etwas Brühe für dich, und du solltest sie wirklich trinken."

„Kann ich etwas von dem Fleisch haben?" Gard versuchte, sich auf den Ellbogen abzustützen und Thrang machte Balnshik Platz, als sie näher trat. Die kleinen Vögel verloren bei ihrer Bewegung das Gleichgewicht, krallten sich aber wie zwei kleine Fledermäuse an ihrem Kleid fest und zogen sich zu ihren Schultern empor.

„Nein", widersprach sie. „Ich möchte lieber erst mal sehen, ob du die Brühe im Magen behalten kannst. Diskutiere nicht mit deiner Krankenschwester, du hast immerhin einen eingeschlagenen Schädel. Du hast ziemlich viel Glück gehabt, dass du noch am Leben bist." Sie kniete neben ihm nieder und stellte Rotauges Helm, gefüllt mit Hasenbrühe mit wilden Zwiebeln, ab, dann tauchte sie einen hölzernen Löffel ein und fütterte ihn.

„Sind wir hier sicher?", fragte er zwischen zwei Löffeln.

„Sicher genug", erwiderte Rotauge grimmig. „Skalkin Salting hat seine Männer zusammengerufen und ist nach Deliantiba marschiert. Diese Bastarde mit den Leuchtfeuern haben mich gesehen. Ich habe sie von euch weggeführt und wir kamen schließlich wieder in die Richtung des Penterkar-Grats, wo ich mich auf einem Baum versteckt und die Nacht verbracht habe. Am Morgen hatte ich einen guten Blick auf die ganze verdammte Armee, wie sie die Straße entlang marschiert ist." Er spuckte aus. „Seine Ehrenwache – zumindest glaube ich, dass sie es war – marschierte voraus, direkt hinter den Trompetern. Sie trugen Stangen mit aufgespießten Köpfen. Die meisten waren so übel zugerichtet, dass ich sie nicht mehr erkennen konnte, aber ich bin mir ziemlich sicher, dass einer davon der Kopf des Erzherzogs war und einer der Stedrakhs."

„Oh, das tut mir leid", sagte Gard.

Rotauge zuckte die Achseln. „Er hätte sich nicht darauf verlassen dürfen, dass sie vernünftig reagieren, das ist alles. Niemand ist so rachsüchtig wie einer der Hitzköpfe während einer Blutfehde."

„Fast niemand", mischte sich Balnshik ein. „Wir müssen über deine Zukunft sprechen, mein Schatz."

„Meine?"

„Deine?" Sie blickte ihn spöttisch mit aufgerissenen Augen an. „Ja, deine. Du warst schon lange, bevor du dich mit ein paar lächerlichen Kriegsfürsten eingelassen hast, ein gejagter Mann, weißt du. Grattur und Engrattur haben mir von der Schlampenprinzessin erzählt. Nebenbei bemerkt, du musst ihnen so bald wie möglich neue Körper machen, mein Schatz. Sie sind so zwar sehr süß, aber leider völlig nutzlos, und du wirst gegen den Berg jeden fähigen Verbündeten an deiner Seite benötigen."

„Wie bist du dort herausgekommen?"

„Nun ja, du hast meinen Meister mit deinem klugen Zauber getötet." Balnshik legte Rotauges Helm ein wenig schräg, um den Rest der Brühe auslöffeln zu können. „Außerdem hast du die Hälfte der schwarzen Hallen zum Einsturz gebracht. Ich war bei Herzog Silberspitze, als die Trainingshalle einzustürzen begann. Eine Wand brach zusammen und das Sonnenlicht strömte herein. Ich rannte um mein Leben, während eine Lawine aus Schnee und Geröll hinter mir herdonnerte."

„Der Herzog ...?"

„Ist tot", erwiderte Balnshik trocken. „Als der erste Stoß den Berg erschütterte begann er zu lachen. Als ich ihn zum letzten Mal sah, schaute er hinauf zu der Decke, die auf ihn herabstürzte, und lachte immer noch. Ich habe noch nie so einen triumphierenden Gesichtsausdruck bei einem Menschen gesehen wie bei ihm in diesem Moment."

„Hitzköpfe!" Rotauge nickte bekräftigend. „Die sind verrückt, die ganze Bande."

„Ja, und als Feinde ziemlich unbedeutend", fügte Balnshik hinzu, „wenn man sie mit der Narzisse der Leere vergleicht. Jetzt hör mir genau zu, mein Schatz! Es klingt so, als ob du eine schöne Zeit als Kind der Sonne verkleidet gehabt hättest, und ich wünschte, ich hätte dich am Höhepunkt deiner Schauspielerkarriere gesehen, doch der ganze Unsinn muss aufhören.

Du bist ein Magier. Du kannst nicht so tun, als ob du keiner wärst, vor allem dann nicht, wenn jemand wie Pirihine Jagd auf dich macht. Sie möchte sich dein Blut über Gesicht und Hände schmieren, und die kleine Viper hat ein Talent dafür, zu bekommen, was sie will. Du hast die Macht, um ihr diesen Wunsch zu verwehren, aber nur, wenn du diese Macht auch einsetzt."

„Was kann ich tun?"

„Bei allem Respekt, Herr, aber ich schätze, es gibt schlechtere Optionen als eine eigene Festung“, schlug Rotauge vor.

„Ganz genau. Du brauchst irgendeine Art Unterschlupf und außerdem eine Armee. Dürfte ich respektvoll vorschlagen, dämonische Diener zu beschwören?“

„Ich will keine Sklaven“, wehrte Gard ab und verzog das Gesicht.

„Du würdest auch keine brauchen“, beschwichtigte ihn Rotauge. „Jeder Mann aus deiner Truppe würde bereitwillig zurückkehren und für dich kämpfen, wenn du ihm einen Körper anbieten würdest. Die Jungs haben dich geliebt, mein Herr. Es hat noch niemals jemanden wie dich gegeben, verstehst du? Du bist einer von uns, aber du bist nicht ...“

„Ein Trinker, ein Fresssack oder ein Narr“, unterbrach Balnshik ihn trocken, „wie es so viele unseres Volkes sind.“

„Genau, du bist, äh, gut organisiert, verstehst du? Und außerdem ein Magier und all das. Es ist perfekt. Es ist wie in diesen Geschichten der anderen Völker, in denen es um eine Prophezeiung geht, dass jemand Besonderes von den Göttern gesandt werden wird, um ihr Retter zu sein, der lange verlorene König oder was auch immer.“

„Obwohl wir keine solchen Prophezeiungen haben“, meinte Balnshik spöttisch.

„Nein. Niemand macht je Prophezeiungen über welche wie uns“, erwiderte Rotauge mit einem verbitterten Lachen. „Wir sind immer die Horden, die der Held abschlachtet, oder die Monster auf dem Bergpass, die der Held besiegen muss. Bestenfalls sind wir die Schergen und Diener von, keine Ahnung, von einem Magier oder so.“

„Einem dunklen Fürsten“, überlegte Gard nachdenklich.

„Genau!“, rief Rotauge triumphierend.

Gard stand auf der Spitze des Berges und sah nach unten.

Er war weit gereist, um diesen Ort zu finden, der sich aus mächtigen, dichten Eichenwäldern erhob und ebenso gigantisch war wie der Berg seiner Gefangenschaft. Dieser lag nun weit entfernt von ihm, jenseits des Randes der Welt, in seinen Gletschern und Nebeln verloren. Vor sich sah Gard die Kurve, die das Land entlang des tiefblauen Meers beschrieb; dort lagen die von Flüssen durchzogenen Ebenen, auf denen die Kinder der Sonne lebten und beständig miteinander stritten, und davor lagen die grünen Länder, die fortan ihm gehören sollten.

Noch näher, aber so weit unter ihm, dass sie kaum sichtbar waren, erkannte er die Zelte seines Lagers. Es waren viele Zelte und er wusste, dass sich eine Menge dort versammelt hatte, die hoffnungsfroh auf den Berg hinauf blickte.

Er schloss die Augen, atmete tief ein und verließ seinen Leib.

Energie strömte in den Fels. Donner grollte, Wolken zogen sich am Himmel zusammen, es war Gewitterwetter und der Himmel bleischwer. Kein Wind regte sich zwischen den schweigenden Bäumen. Bei einem solchen Wetter war er in diese Welt gekommen, auf solch einem Berg. Dies war seine Zeit. Dies war sein Ort. Er beanspruchte die Macht in den Felsen für sich und zog sie in sich empor. Er beanspruchte die Macht der Gewitterwolken und zog sie zu sich herab.

Um ihn herum zuckte und knisterte es. Er streckte seine Macht weit aus und formte den Berg nach seinem Begehren. Gänge entstanden, Räume, Fenster, Türen, hohe Balkone, die auf das Meer hinausschauten, offene Plätze, die vielleicht Gärten sein würden, tiefe Becken, Wendeltreppen, Räume über Räume, Gewölbe, Kerker und Hallen.

Ein Palast entstand, der den Berg der Magier wie einen Maulwurfsbau erschienen ließ. Hypokausten und Bäder wurden von unterirdischen Feuern genährt, deren Energie kunstvoll durch das Bauwerk geleitet wurde, sodass keine Sklavenarbeit erforderlich sein würde, und ein Ventilationssystem im Fels sorgte für die Belüftung durch den Westwind.

Nun kam er zu den theatralischen Elementen: düstere Zinnen aus schwarzem Stein, die schon allein durch ihr Aussehen das Vertrauen jedes Möchtegernhelden, der sie erklimmen wollte, erschüttern würden, Abwasserkanäle und Regenrinnen in grotesken Formen, ebenso Kuppeln, die durch die Anordnung ihrer Fenster wie Schädel erschienen. Er fügte ein Dutzend schlanker, himmelsstrebender Türme hinzu, die keine architektonische Funktion hatten – außer vielleicht, um als Blitzableiter zu dienen –, und eine Wetterfahne, die an eine groteske Fledermaus erinnerte. Überall waren schwarzer Stein und schwarz emaillierter Stahl. Eine Viertelmeile weiter unten ließ er eine Todeszone aus bloßem Gestein entstehen, auf der scharfkantiges Geröll verstreut lag; sie umgab die gesamte Bergspitze.

Mit einem goldfarbenen Lichtblitz und einem Donner, den die Kinder der Sonne bis nach Silberhafen hören konnten, war es vollendet.

Als die ersten heißen Regentropfen fielen, kehrte Gard in seinen Körper zurück. Er atmete den Geruch von Stein und Regen ein und lächelte, als er sein Werk betrachtete.

o o o

Er fand einen Weg nach draußen durch eines der unteren Seitentore. Er ging ihn gerade entlang und sah die Todeszone vor sich, als er etwas enttäuscht erkannte, dass er vergessen hatte, einen Pfad durch sie hindurch freizulassen. Glücklicherweise konnte er noch ein wenig von der nachklingenden Energie beschwören, um ein Labyrinth aus Felspfaden zu erschaffen, durch das ein ungeladener Gast niemals einen Weg finden würde. Als nachträglicher Einfall fügte er noch ein paar Speere mit Silberschädeln hinzu, nur als Dekoration.

Sie waren bereits in Richtung der Bergspitze unterwegs, als er aus dem Fronttor trat: Grattur, Engrattur, Balnshik, Thrang, Rotauge und all die neu gekörperten Dämonen, die er im Lauf der vergangenen drei Monate in seinen Dienst gerufen hatte. Sie jubelten. Er grinste und wies mit der Hand auf seine Festung. „Willkommen zu Hause“, sagte er.

„Es ist prächtig!“, schrie Grattur.

„Wunderbar!“, kreischte Engrattur.

Balnshik legte den Kopf schief. „Schädel? Also wirklich, Schätzchen, ist das nicht etwas zu viel?“

„Nun, es soll ja schließlich einschüchternd wirken“, verteidigte sich Gard.

„Ich hoffe, du hast auch an die Kanalisation gedacht?“

„Es gibt auch eine Kanalisation“, erwiderte er nachlässig, „Natürlich.“

„Ich verstehe.“

„Es gibt keine Armee der Erde, die uns hier gefährlich werden kann“, grinste Rotauge triumphierend. „Wir könnten hier eine Belagerung aushalten, bis Grell das Mondei am Ende aller Tage zerbricht. Gut gemacht, mein Fürst.“

„Ich bitte euch, die rote Straße dort zu beobachten.“ Gard zeigte den Berg hinab. „Das ist die Hauptstrecke, die von den Handelskarawanen benutzt wird. Herzog Salting besitzt eine Karawanengesellschaft, und seine Wagen kommen einmal die Woche hier durch. Wäre das nicht praktisch?“

„Sehr, mein Fürst“, stimmte Stedrakh zu und starrte auf die Straße hinunter.

„Wir werden Dämonenräuber sein!“, rief Cheller glücklich.

„Aber wir werden nur über die Reichen herfallen“, ermahnte Gard.

„Aber natürlich, Fürst“, erwiderte Rotauge. „Die Armen haben kein Geld!“

Darüber mussten dann alle herzlich lachen.

o o o

Die maskierte Gestalt steht auf dem schwarzen Berg, und die sorgfältig abgeblendeten Lichter bewirken, dass ihre Augen triumphierend zu brennen scheinen. Das Publikum erschauert und applaudiert, obwohl manche auch unbehaglich auf ihren steinernen Sitzen hin und her rutschen und sich umsehen, ob ein Kissenverkäufer in der Nähe ist. Manche nutzen die Pause, um ihre Weinbecher zu füllen.

Doch der Dichter Drahtgold – oder eher dessen maskierter Darsteller – stolziert ein weiteres Mal bis zur Mitte der Bühne. Er räuspert sich und wartet, bis die neu erworbenen Polster zurechtgerückt und die Weinkrüge wieder in den Körben verstaut sind, bevor er spricht.

Doch welch Versündigung nun unter dem Himmel wandelt!
Der Herr des Berges beginnt
Seine Herrschaft der Infamie. Keine Karawane ist sicher mehr
Zwischen Troon und Salesh, keine Jungfrau reist mehr
Ungeschändet, kein rechtschaffener Mann
Kann mehr unangefochten auf unseren Straßen ziehen.
Der Dunkle mit seiner schwarzen Fratze, furchtlos wandelt er
Selbst in unseren Städten, wo er es wünscht.
Monströs sind seine Lüste, sechs Frauen kauern furchterfüllt,
Unsere eigenen holden Mädchen als Geliebte er sich hält und
Sucht sie heim, wenn er es wünscht. Sie wagen keinen Protest.
In seinen schwarzen Hallen hält er Orgien und Gelage,
Er isst und trinkt von unserem gestohlen Gut,
Während Waisen in Deliantiba leiden!

Das Publikum beugt sich fasziniert vor. Hinter Drahtgold zieht die Theatertruppe ein ausuferndes Spektakel ab, um dessen Worte zu illustrieren, und so manche Eltern sind erleichtert darüber, dass die kleineren Kinder inzwischen schon eingeschlafen sind.

„Doch!“ Drahtgold hebt die Hand.

Solch Grausamkeit selbst die Götter erzürnt!

Nun beraten sie in ihrem Wolkenheim,

Wie er zu bestrafen sei!

Im hinteren Bereich der Bühne tauchen die Götter auf, bei denen es sich um die weithin akzeptierte theatralische Darstellung von Göttern handelt; es sind sechs oder sieben hohe Stangen mit darüber hängenden weißen Tüchern, jede wird von einer immensen Maske gekrönt, die einen der bekannteren Götter darstellt. Eine Stange wankt von der Mitte nach vorne und wird umgedreht, so als ob sie die anderen Stangen ansprechen wollte.

Ich kann nicht ruhen, wenn meine klagenden Kinder

Jeden Tag um Rettung und Erlösung flehen!

Wie werdet Ihr diesen Dieb und Hexer niederstrecken?

Zögert nicht Euch zu besprechen, denn bis ich weiß,

Dass er tatsächlich verdammt sein wird, werde den Hammer

Nicht heben ich, und meine Schmiede wird kalt sein,

Ich schmiede Euch keine Kronen aus Gold und Speere aus Silber mehr,

Nicht einmal richten werde ich des Götterpalasts Tor!“

Die Masken wenden sich hin und her.

Die Götter beraten. Jetzt spricht die mächtige Göttin,

Sie, ohne die alles Leben verderben würde,

Sie, die die Jungen bezirzt und die Alten zu Narren macht.

„Lang leidender Schmied, dein Begehr ist recht.

Drum sende ich eine meiner Töchter aus,

Zu zerbrechen den Dämon mit ihren Händen.

So schauet nun, die grüne Hexe der Wälder!“

Drahtgold hebt die Hände und geht zur linken Seite ab, während von rechts eine grün angemalte Schauspielerin auf die Bühne kommt. Sie ist recht provokant gekleidet und das Wenige, das von ihr bedeckt ist, ist mit dem reinsten, blütenweißen Stoff verhüllt. Ihre Maske ist von würdiger Schönheit.

Sie tanzt in den seitlich ausgeführten Tanzschritten, die für eine Heldin dieser Art im epischen Theater festgelegt sind, über die Bühne und auf den Schauspieler zu, der die Maske des Dunklen Fürsten trägt. Auf sie herabblickend springt er von seinem Berg herunter, landet in theatralisch dämonischer Weise und lässt seine beiden Schwerter vor ihr kreisen.

Sie hält eine ausgestreckte Handfläche vor ihn hin und er erstarrt. Mit ihrer anderen Hand greift sie in seine schwarze Robe und zieht ein tiefschwarzes Herz hervor. Sie hält es triumphierend empor, während er gebrochen vor ihr in die Knie geht.

Das Publikum applaudiert. Es liebt Liebesgeschichten.

4

Die Briefe

Die Brüder tragen weiße Roben und sprechen gedämpft. Ja, du darfst gerne in ihrer Bibliothek studieren. Wirst du länger bleiben? Sie zeigen auf die Grotten im Felsgestein, die ihre Quartiere für Gäste darstellen, in jeder befinden sich eine gewebte Matratze und ein Wasserkrug. Einfache Mahlzeiten werden zweimal täglich serviert, angekündigt durch das rhythmische Schlagen einer Holztrommel. Wenn du das Signal versäumst, weil du in deine Studien vertieft bist, haben sie dafür Verständnis, und einer der Brüder bereitet dir gerne auch später eine Portion zu. Du bist eingeladen, an ihren Gebeten teilzuhaben, auch wenn ihre Götter nicht die deinen sind. Sie meinen, dass deine Götter das verstehen werden.

Du bist dankbar für die trockene Kühle in den Höhlen, als sie dich hereinbitten, denn der Atem der Wüste dringt mit seiner drückenden Hitze auch in dieses wundersam grüne Tal. Man zeigt dir die Reihen der Bücher; sie erinnern an Pakete, die in Seide gewickelt sind. Der Bibliotheksbruder holt die Bücher herunter, nach denen du verlangt hast, und zeigt dir ein Lesepult, das unter einem Loch in der Decke aufgestellt ist.

Du öffnest die seidene Umhüllung. Dies ist kein Buch, wie du es gewohnt bist: Es sind sorgfältig aufgestapelte Blätter, wenngleich auch sehr große, flach gedrückte und getrocknete Blätter. Sie haben eine sanfte Farbe, wie Elfenbein, und sind mit Schriftzeichen bedeckt, Buchstaben in einer schwarzen Farbe, die mit kräftigen Pinselstrichen gezogen wurden. Du beugst dich tiefer, um zu lesen. Was ist das für ein Duft, der süßlich von den Blättern aufsteigt, wenn sie sich im Sonnenlicht erwärmen?

○ ○ ○

Sie akzeptierte nie, dass er fort war. Sie vermisste ihn. Sie erinnerte sich ein wenig an ihn, zumindest dachte sie das, doch sie war sich nie sicher, ob die Stimme in ihren Träumen und das freundliche Gesicht Erinnerungen waren oder nur Phantasiegebilde.

Ihre erste klare Erinnerung hatte sie an jenen Tag, an dem sie interessiert zugesehen hatte, wie ihr Volk das erste Boot ausprobierte, das es jemals gebaut hatte. Jemand hatte ein rundes, korbähnliches Ding gewebt und es über und über mit einer klebrigen Substanz bestrichen, die sie nicht berühren durfte; und dann war es in der Sonne getrocknet. Einer von ihrem Volk hatte es ins Wasser geschoben und war hineingeklettert, nur um von den Strömungen des Flusses lange hin und her getrieben zu werden. Alle anderen hatten am Flussufer gestanden, die Hände gehoben und durcheinander gerufen.

Ein paar Tage später hatte der Bootsfahrer herausgefunden, dass er ein Paddel für sein kleines Boot benötigte, und eins angefertigt. Beim nächsten Versuch war das Boot dorthin getrieben, wo er es haben wollte, und wieder hatten die Leute die Hände gehoben und durcheinander gerufen. Sie hatte über das graue Meer geschaut und verstanden, wofür ein Boot gut war.

Sie hatte ein großes Blatt gefunden, das als Paddel dienen sollte, und einen Korb, von dem sie dachte, dass er ihr prächtig passen würde. Sie war mit ihm zum Rand des Flusses gegangen. Gerade hatte sie in ihr Boot klettern wollen, als die Leute alarmiert schreiend herbeigerannt gekommen waren.

Es hatte ermüdend lange gedauert, ihnen klarzumachen, dass sie nach ihm suchen wollte. Doch als sie sie endlich verstanden hatten, verzogen sie ihre Münder weinerlich und riefen: „Oh, Kind, du darfst nicht fortgehen und uns verlassen! Oh, (schluchz, schluchz) wir würden dich so vermissen! Bitte bleib bei uns, kleine Heilige! Jeder würde dich so vermissen, wenn du fortgehen würdest! (schluchz)“ Sie hatten getan, als wischten sie sich Tränen ab.

Sie hatte hinauf in ihre Augen und ihren Verstand geblickt und dort unter dem Theater die Wahrheit gesehen. Sie hatten Angst davor, alleine zu sein. Sie wollten, dass sie auf sie aufpasste. Sie wollten jemanden, der ihnen sagte, was zu tun war.

Es machte sie traurig und ein bisschen ärgerlich.

Sie hatte es zugelassen, dass sie sie aufhoben und vom Fluss wegtrugen, und dann war Lendreth herangestürmt gekommen, mit einem Gesicht wie Gewitterwolken. Er hatte geschrien: „Wie konntet ihr nur so unvorsichtig sein? Sie hätte ertrinken können!“

„Ertrinken? Wie hätte sie ertrinken können? Sie ist die Heilige! Ist sie nicht in dem Teich beim Wasserfall geschwommen?“

„Wir können uns nicht immer auf Wunder verlassen“, hatte Lendreth erwidert, und von da an durfte sie niemals mit ihren Kindermädchen alleine sein, sondern wurde immer auch von einem der Trevanion beaufsichtigt. So erhielt sie nie die Gelegenheit, von ihnen wegzulaufen.

Als sie ein wenig älter geworden war, die anderen des Öfteren über ihren Kopf hinweg reden gehört und noch ein wenig häufiger in ihren Verstand geblickt hatte, begann sie zu verstehen, warum ihre Leute so waren, wie sie waren.

Sie hatte Mitleid mit ihnen.

Die grünen Wiesen am Meer wurden immer beengter, da ihr Volk nun zahlreiche Kinder hatte. Sie blickte über den Fluss und erkannte, dass es dort andere Orte gab, an denen ihr Volk leben konnte, und so sagte sie ihnen eines Tages, dass sie dorthin gehen mussten.

Manche Leute weinten, weil sie sich nicht von dem Ort trennen wollten, an dem er sie verlassen hatte. Sie verstand es, denn auch sie war darüber traurig. Sie wollte ihnen sagen, dass es in Ordnung sei, wenn einige zurückblieben, doch Lendreth hob sie empor und rief: „Sie hat gesprochen!", und so gingen sie alle. Sie wateten durch den Fluss an der Stelle, an der er den Strand erreichte und bei Ebbe besonders flach war. Der große Kdwyr trug sie.

In dieser Nacht rasteten sie in einem grünen Wald. Es war warm und angenehm, und es gab genug Platz für alle. Ihr Volk sang unter den Sternen. Doch als der Morgen kam, fand man heraus, dass einige im Schutz der Dunkelheit davongeschlichen waren; auch der Mann, der das Boot angefertigt hatte. Ihre Spuren zeigten eindeutig, dass sie zu den Wiesen am Fluss zurückgekehrt waren.

Lendreth war verärgert und wollte sie zurückholen lassen. Sie erhob ihre Stimme, zum allerersten Mal, und befahl ihm, sie gehen zu lassen.

„Gesegnetes Kind, du verstehst nicht", widersprach er. „Wir müssen als Volk zusammenhalten. Es ist so sicherer." Sie blickte ihn an und sah, wie verängstigt er war, wie er immer schon gewesen war, und wie wenig er vertrauen konnte.

Sie erkannte, dass ihr Volk zwar jemanden wollte, der ihm sagte, was es tun sollte, doch keinen von ihnen konnte man zu etwas bringen, was er nicht wirklich tun wollte.

Sie sagte Lendreth, dass jene, die zurückgegangen waren, am Fluss sicher sein würden, und er neigte widerstrebend den Kopf. Sie und er würden die gleiche Diskussion noch oft führen, während die Jahre vergingen, ihr Volk weiterzog und manche sich an jenen Orten niederließen, die ihnen gefielen.

„Schau dir das an!"

Prass hob eine krallenbewehrten Hand und zeigte damit ins Tal hinab. Er hatte eine gelbbraune Farbe und Flügel, die zusammengefaltet unter seinen Armen hingen, allerdings flog er nur selten, da er ziemlich fett war. Kolosth, sein Gefährte, war an keine Gestalt gebunden, in letzter Zeit erschien er jedoch meist als die Wasserleiche eines Jungen, da er es liebte, Leute zu erschrecken. Jetzt zog er seinen herabgesunkenen Kopf an den Haaren empor, damit er mit seinen weißen Augen in die Richtung blicken konnte, in die der andere Dämon zeigte.

„Wer sind die?", fragte er in einer klaren und ziemlich unheimlichen Stimme, die nicht aus seinem Leichenmund kam.

„Die Erdgeborenen! Erinnerst du dich an sie?"

„Nein", erwiderte Kolosth, denn er hatte Schwierigkeiten, sich an Dinge zu erinnern, die länger als eine Woche her waren. Nach dämonischem Maßstab war er jung, nicht mehr als ein Jugendlicher.

„Sie haben früher im Tal nahe der Eisfalle gelebt."

„Was ist die Eisfalle?"

„Ein Ort, den wir meiden. Ich habe gehört, dass sie ebenfalls dort gefangen waren. Sie müssen einen Weg heraus gefunden haben."

„Können wir sie fressen?"

Prass verzog das Gesicht und zeigte dabei ein Maul voller rasiermesserscharfer Zähne. „Angeblich schmecken sie nicht gut. Die Älteren haben uns immer gesagt, wir sollten uns nicht mit ihnen abgeben."

Kolosth kicherte verschlagen. „Können wir etwas anderes mit ihnen anstellen?"

„Was für eine Idee."

„Ich möchte einem wehtun. Ich möchte einen töten."

„Nun, ich möchte einem etwas anderes antun. Es gibt keinen Grund, warum wir unser Opfer nicht teilen sollten, oder?"

„Nicht, wenn du zuerst an der Reihe bist."

„Sieh mal, da ist ein Kleiner – und es ist eine sie! Oh, schau dir das süße Früchtchen an. Komm hierher, kleine Schönheit, komm ein wenig näher!"

„Der Fürst der Furcht wird dein Fleisch in Stücke reißen und dein Blut trinken!"

„Halt die Schnauze, du Idiot. So lockt man doch kein Kind an!"

Das erwähnte kleine Mädchen hatte sie inzwischen bemerkt und spazierte den Hügel herauf auf sie zu. Es schien ungefähr sechs Jahre alt zu sein und war abgesehen von einer weißen Blume im Haar völlig nackt.

„Hallo, kleines Mädchen, willst du nicht mit uns spielen?", kicherte Prass. Er schubste Kolosth ein Stückchen zurück, der sie mit Blut ansabbern wollte, um sie zu erschrecken.

Das kleine Mädchen hob den Blick und sah sie geradewegs an. Es schien keine Angst zu haben, sondern nur neugierig zu sein. Der Blick der Kleinen traf den Prass' und er hatte das Gefühl, als bohrten sich zwei Lichtstrahlen durch seine Augen und durchleuchteten sein Gehirn bis zur Rückseite seines Schädels. Er hatte sich noch nie in seinem Leben so unangenehm gefühlt.

Kolosth war durch die gnadenlose Klarheit in den Augen des Kindes so verwirrt, dass er seine Konzentration verlor und sein Leichenkörper zu einer Masse verdrehter Körperteile am Boden zerfloss. Er gurgelte als Haufen im Staub und versuchte alle Körperteile, die sie sehen mochte, aus ihrem kalten Blick zu entfernen.

„Warum erschreckst du Leute so gerne?", fragte das Mädchen ihn. „Liegt es daran, dass du selbst Angst hast?"

Kolosth versuchte ihr zu sagen, er habe keine Angst, er sei ein Fürst des Abgrunds, ein Kind des Todes und ein Seelenzerstörer, doch es gelang ihm nicht, einen Mund zu formen und auch nur ein Wort zu sagen. Die ruhige Betrachtung des Kindes tat etwas mit ihm. Sie löschte sein Selbstbildnis aus, all die dunklen, gewaltsamen Bilder, die er zu seiner Beruhigung von sich selbst geschaffen hatte, zerfielen und zeigten ihm etwas auf schreckliche Weise Anderes und zugleich Wahres: eine trübe, nicht sehr intelligente und bemitleidenswerte kleine Wolke, die in einem Universum voller glitzernder Sterne langsam kreiste.

Was ihr Blick Prass enthüllte, bleibt lieber unbeschrieben, doch es erschütterte ihn zutiefst. Es zerriss seine Illusionen von sich selbst wie ein Messer. Er hatte niemals gedacht, dass er eine gute Kreatur wäre, doch er hatte sorgfältig vermieden zu bemerken, dass er eine verabscheuenswerte war. Doch nun gab es keine Lügen mehr, die sein zitterndes, stinkendes Herz verbargen, und das Schlimmste daran war, dass das kleine Mädchen sah, was er gezwungen war zu sehen – sie sah alles ruhig an, sie wusste alles und es gab kein Entrinnen, denn sie war … sie war …

„Warum tust du gerne kleinen Mädchen weh?", fragte sie ihn. „Ist es, weil du nicht in der Lage bist …"

„Bitte! Lass mich gehen!" Prass' Haut zerfiel, und sein Fett rann in dicken Strömen an ihm herab. „Ich werde nie wieder in deine Nähe kommen, ich werde nie wieder jemanden von deinem Volk auch nur berühren …"

„Aber ich will wissen, warum", erwiderte sie. „Warum gibst du dir ein solches Aussehen? Deine Flügel funktionieren ja nicht einmal."

„Ich nehme jedes Aussehen an, dass du wünscht, wenn du mich nur gehen lässt!", kreischte Prass. Kolosth hatte sich bereits entkörpert, um ihr zu entkommen, er hinterließ nur eine Schleimpfütze, als er in die Leere zurückfloh.

Sie starrte Prass an. Er begann unkontrolliert zu schreien, schüttelte sich und Schuppen regneten herab. Weiter unten waren die erwachsenen Erdgeborenen aufmerksam geworden und kamen den Hügel hinaufgerannt. „Aber ich will dir ja gar nicht weh tun", versicherte sie, beunruhigt über seine Qualen. „Was tut dir denn so weh?"

Prass, der würgte und spuckte, konnte nicht antworten.

„Ah, ich weiß, was es sein muss", sagte sie hilfsbereit. „Es muss weh tun, du zu sein. Warum bist du nicht etwas anderes?"

Er rollte mittlereile am Boden herum, da ihm seine Beine abgefallen waren, doch er schaffte es, panisch zu nicken und anzudeuten, dass er alle Vorschläge willkommen hieß.

„Du solltest eine Maus sein", meinte sie. „Die sind klein und tun niemandem weh."

Er kollabierte wie eine verfaulte Melone und löste sich in Schleim auf. Aus der ekligen Masse huschte ein kleines, keuchendes Wesen hervor. Es rannte ins hohe Gras und war verschwunden.

„Was ist das?", schrie Lendreth. „Was ist geschehen, Kind?"

„Sie waren Dämonen und wollten böse sein", erklärte sie und zeigte auf die zwei widerlichen Flecken im Staub. „Ich habe sie nur angesehen, doch das hat ihnen wehgetan. Sie haben aufgehört, diese Körper zu tragen."

Lendreth scheute vor dem widerwärtigen Anblick zurück und eine der Frauen hob das Kind hoch, umarmte es fest und begann zu weinen. „Es geht mir gut", sagte sie ihnen. Lendreth nahm sie der Frau ab und hielt sie hoch, sodass jeder sie sehen konnte.

„Ein Wunder!", schrie er. „Sie hat Dämonen für uns getötet!"

„Aber ich habe doch nicht …", protestierte sie, doch sie wurde durch den begeisterten Aufschrei übertönt, der durch ihr Volk ging: „Ein Wunder! Ein Wunder!" Sie hoben alle die Arme und trugen sie triumphierend den Hügel hinunter.

o o o

Sie ließen sich für längere Zeit an diesem Ort nieder. Es gab einen See mit klarem Wasser in der Nähe, und ein anderer ihres Volkes war nun auch in der Lage, Boote anzufertigen und stellte mehrere her. Sie fanden Muscheln im Wasser und waren verblüfft über die Perlen in ihrem Inneren. Sie schenkten alle Perlen ihr, und obwohl sie keine Ahnung hatte, was sie damit anfangen sollte, dankte sie allen.

Lendreth sagte ihr, sie müssten an einem sicheren Ort leben und deutete auf eine Insel im See. Er versammelte jene Männer um sich, die Werkzeuge aus dem Tal ihrer Sklaverei mitgebracht hatten, und ließ einen Zaun aus angespitzten Pfählen anfertigen, der die Insel umgab. Dann bauten sie aus weiteren Pfählen kleine Häuser, die wie umgedrehte Boote oder Körbe aussahen.

Ihr Volk watete und schwamm hinüber zur Insel. Sie waren glücklich, dort die Nacht verbringen zu können und auch die nächste Woche, doch als sie sich angesiedelt hatten, organisierte Lendreth die Männer mit den Werkzeugen zu Patrouillen. Sie nannten sich selbst die Ernter und gingen am Ufer der Insel entlang um Wache zu halten. Lendreth war erstaunt, als die Leute zu protestieren begannen und viele ihren Besitz einsammelten, um die Insel wieder zu verlassen.

„Aber wir sind hier sicher!“, rief er.

Ein ausgezehrter, alter Mann, der alle seine Kinder in den Sklavengruben überlebt hatte, starrte ihn finster an. „Ein Gefängnis ist ein Gefängnis, egal wer es erbaut. Ich sehe die Mauern, ich sehe die Wächter. Ich will mein Glück lieber unter offenem Himmel versuchen. Es ist uns nicht bestimmt, auf diese Weise zu leben.“

„Wie kannst du es wagen, sie Wächter zu nennen?“, empörte sich Lendreth. „Diese Männer sind Helden, sie haben deine Freiheit mit Blut erkauft!“

„Meine Erinnerung ist eine andere“, wandte ein anderer Mann ein. „Wir wurden vom Kind befreit.“

„Sie war das Zeichen und das Omen unserer Erlösung“, argumentierte Lendreth, „aber wer hat uns verteidigt, als die Reiter über das Feld kamen? Sie hätten uns wie Getreide im Sommer niedergeschnitten, wenn diese tapferen Männer nicht gewesen wären. Selbst der geliebte Unvollkommene hatte nicht die Macht, sie aufzuhalten."

„Unvollkommen, ja?"

„Das hat er selbst gesagt", verteidigte sich Lendreth.

„Aber wir haben nie so gelebt, als wir noch frei waren", sagte eine Frau. „Es gab keine geschlossenen Orte und keine bewaffneten Wächter, bevor die Reiter kamen."

„Aber wir leben nicht mehr in dieser Welt und es ist närrisch zu glauben, dass wir erneut so leben können, ohne uns in Gefahr zu bringen", beharrte Lendreth. „Hat der geliebte Unvollkommene nicht selbst gesagt: ‚Eure alten Wege sind nicht mehr. Ich kann das Kind nicht in den Leib zurücksingen und das Blatt nicht in den Trieb'?"

Es folgte eine grimmige Stille, die man als Zeichen der Zustimmung deuten konnte, dann jedoch meinte die Frau: „Er hat auch gesagt, die kleine Heilige wäre perfekt. Er sagte, sie würde uns leiten. Was sagt sie nun darüber, dass wir bleiben sollen, wo wir nicht bleiben möchten?"

Alle drehten sich um und blickten auf sie herab, wie sie am Boden saß und mit bunten Blättern spielte.

Doch sie hatte allen zugehört und blickte nun zu ihnen auf. „Ihr müsst nicht hier bleiben, wenn ihr nicht wollt. Ihr könnt in den Wäldern leben, wenn euch das besser gefällt."

Sie hoben die Hände und priesen sie, doch Lendreth kniff verbissen die Lippen zusammen und verkündete schließlich: „Dann ist es entschieden. Wir werden hier leben, und am Waldrand ebenso."

o o o

Lendreth sprach nachher lange mit ihr und erklärte, die Leute seien wie Kinder, auf die man aufpassen musste, damit sie sich nicht närrisch in Gefahr brachten. Er erinnerte sie an ihre

Pflichten und Verantwortung ihnen gegenüber. Er erzählte ihr, wie schwer die Last ihrer Sicherheit wog und dass er sie dennoch ohne zu klagen getragen hatte, während sie noch ein kleines Kind gewesen war, und dass er sie noch für viele Jahre tragen würde, bis sie herangewachsen war. Er schlug ihr vor, dass sie sich zukünftig auf seine Seite stellen sollte, wenn er für ihr Wohl sprach.

„Aber sie sind keine Kinder", erwiderte sie. „Sie sind erwachsene Leute."

„Aber sie …" Lendreth versuchte seine Gedanken zu sammeln. „Sie sind nur befreite Sklaven. Sie hatten nie wie ich die Gelegenheit, die Lieder zu lernen."

„Dann sollten wir sie sie lehren."

„Aber nicht jeder kann die Lieder lernen. Es ist nicht einfach. Selbst der gesegnete Ranwyr hat alles versucht und beherrschte sie nicht gut."

„Er war ein sehr guter Mann. Verstehst du? Es spielt keine Rolle, wenn die Leute die Lieder nicht können. Alles, was sie wollen, ist frei in den Wäldern zu leben und glücklich zu sein. Das ist nicht schwer."

„Aber … aber die Leute können nur glücklich in den Wäldern leben, wenn jemand ihr Recht beschützt, es zu tun. Wir haben das unter schrecklichen Schmerzen gelernt. Sogar der geliebte Unvollkommene hat es schließlich an jenem wunderbaren Tag im Kornfeld akzeptiert."

„Nein, das hat er nicht. Er hat dir gesagt, dass du im Unrecht warst." Lendreth schwieg einen Augenblick lang. „Wer hat dir das erzählt?", fragte er schließlich. „War es Schwester Seni?"

„Nein. Niemand hat es mir erzählt. Ich habe es gewusst."

„Dann sag mir, was wir tun sollen, Kind", forderte Lendreth verbittert. „Sieben Jahre wartete ich auf deine großartigen Ratschläge. Lass sie mir jetzt zuteilwerden."

Sie stand auf und blickte ihm in die Augen. Er blinzelte und zuckte etwas zurück, schließlich sah er zu Boden. „Wir werden die Leute selbst entscheiden lassen", verkündete sie. „Sie werden glücklich und frei in den Wäldern sein. Wenn es Leute gibt, die die Lieder lernen wollen, können sie zu mir kommen. Ich werde sie lehren."

„Aber ich habe dir die Lieder noch nicht beigebracht!"

„Ich kenne sie." Um es ihm zu beweisen, sang sie das Lied der Schmerzlinderung.

Er lauschte und weinte, weil sie so schön sang, und als sie verstummte hob er die Hände und pries sie. „Jetzt gibt es nichts mehr für mich zu tun."

„Doch, das gibt es", widersprach sie. „Wir sollten einen Garten auf dieser Insel anlegen, statt überall Häuser hinzustellen. Wir können Heilkräuter pflanzen, und wenn Leute krank werden, können sie hierherkommen und alles bekommen, was sie brauchen."

„Du bist sehr weise", lobte Lendreth und senkte das Haupt. „So soll es geschehen."

Doch sie blickte in sein Gesicht und seinen Verstand und erkannte, wie unglücklich er war. „Was würdest du am liebsten tun, Lendreth?"

„Diesen Ort verlassen. Für einige Zeit alleine sein."

„Dann solltest du deinen Stecken nehmen und auf die Reise gehen. Suche nach Heilpflanzen, die du mir mitbringen kannst. Besuche mein Volk, das sich an anderen Orten niedergelassen hat und frag sie, ob sie irgendetwas brauchen. Komm zurück und berichte mir, wie es ihnen ergangen ist."

„Ich werde deinen Willen ausführen." Er nahm seinen Stecken, verneigte sich und verließ sie.

Nach seiner Abreise gab sie als erstes den Erntern den Befehl, die angespitzten Stöcke wieder auszugraben, die sie rund um die Insel aufgestellt hatten. Die leeren Häuser wurden zerlegt und hübsch aufgestapelt. Sie befahl ihnen, ihre Werkzeuge wieder als Werkzeuge zu nutzen und Beete mit ihnen anzulegen, obwohl ein paar ein wenig grummelten, weil sie auf die scharfen Kanten, mit denen sie ihre Spaten und Hacken versehen hatten, stolz waren.

Dann rief sie alle anderen Jünger zu sich und bat sie, ihr den gewünschten Garten anzulegen. Es freute sie, dass man nun direkt mit ihr sprach statt über sie hinweg und dass ihr die Erwachsenen nun zuhörten, ohne zu lächeln und einander zuzublinzeln.

Auch die Leute aus dem Wald am Ufer kamen zum Helfen, als sie erkannten, dass man sie nicht zwingen würde, dort zu bleiben. Sie brachten junge Obstbäume und pflanzten sie auf der Insel ein.

Eines der kleinen Häuser wurde für die Heilige stehen gelassen und dort bewahrte sie ihre Perlen und die Spielsachen auf, die die Leute ihr schenkten. In der Nacht schlief sie mit den Jüngern auf der Insel.

Die Jahre vergingen voller Glück.

Einer nach dem anderen kamen die anderen Trevanion zu ihr, jene Jünger, die von einer Ruhelosigkeit erfasst worden und fortgegangen waren, um Ziele zu erreichen und Wissen zu sammeln. Sie fragten sie um ihre Erlaubnis, wie Lendreth durch die Welt zu streifen, und sie erteilte sie ihnen gerne.

Auch die Ernter kamen und baten sie darum, ihre Ehrenwächter sein zu dürfen. So freundlich sie konnte erklärte sie ihnen, dass sie keine Wächter benötigte, aber für ihre Arbeit im Garten stets dankbar wäre.

Die Männer verabschiedeten sich ein wenig entmutigt, und sie sah, dass sie sich nicht geschätzt fühlten – sie hatten es sehr genossen, am Rand der Insel zu patrouillieren und nach Gefahren Ausschau zu halten. Sie waren gerne Helden genannt worden. Es hatte sie die Wahrheit vergessen lassen über das, was damals wirklich auf dem Kornfeld geschehen war, als sie ihrem Zorn erlegen waren und sterbende Männer und Tiere zu blutigem Brei geschlagen hatten.

Manche von ihnen gingen in die Wälder, fanden sich zu einer Wacht zusammen und patrouillierten auf eigene Faust. Sie wusste, jeder, der nach Ärger suchte, würde ihn früher oder später finden und sandte ihnen eine entsprechende Botschaft, auf die sie antworteten, sie hätten keine Angst davor, sich allen Gefahren zum Wohle ihres Volkes zu stellen.

Doch die Sonne schien tagsüber herab und in der Nacht funkelten die Sterne. Ihr Volk lebte in Frieden wie in den alten Tagen. Kinder wurden geboren und Tänze auf den mondlichtbeschienen Wiesen getanzt, und dann wurden noch mehr Kinder geboren.

Sie wurde älter. Bald stammelten Männer, die immer offen und angenehm mit ihr gesprochen hatten, wenn sie sie etwas fragte, und keiner konnte ihr mehr in die Augen sehen. Die Männer unter ihren Jüngern fanden Ausreden, um wie wandernde Trevanion auf Reisen zu gehen. Sie war überrascht und ein wenig verletzt, bis sie in ihren Verstand blickte.

„Wenn sie gerne bei mir liegen möchten, warum sind sie dann so unglücklich darüber?“, fragte sie Seni.

Seni verzog das Gesicht. „Weil sie sich schämen. Das hat mit Lendreth und seinen Jüngern angefangen, und ich habe immer gesagt, dass es eine schlechte Idee ist. Sie haben gesagt, dass Paarung falsch wäre, weil es die Jünger nur ablenken würde. Lust sei eine Falle, sagten sie, sie würde einen dazu bringen, nur eine Person zu lieben, wenn man sie doch alle lieben müsste, auf keusche Weise.“

„Aber wie kann Paarung falsch sein? Es gäbe doch keine weiteren Kinder mehr, wenn wir alle damit aufhören würden, und die Leute sehen zusammen immer so glücklich aus."

„Das sind sie auch", bestätigte Seni. „Sieh dir die Welt an, Kind. Hirsch und Taube finden sich mit Ihresgleichen zusammen, und die kleinen Vögel bauen gemeinsam ihre Nester. Die Schmetterlinge vereinen sich im Flug. Es ist der Ruhm und die Freude der Welt, und alles Leben entspringt daraus. Als der Geliebte noch bei uns war, oh, was für eine Freude hat er uns allen doch bereitet! So oft lag ich in seinen Armen." Tränen stiegen Seni in die Augen, wie immer, wenn sie vom Geliebten sprach.

„Sollte ich mir Liebhaber nehmen?"

Die Frage riss Seni aus ihren traurigen Erinnerungen. „Du? ... nun, vielleicht bist du dafür noch ein wenig jung. Außerdem ist das keine Frage, ob du es tun sollst, Kind. Es ist keine Verpflichtung. Du wirst schon einen hübschen Jungen finden und ... es ist eine gute Idee, zu den Tänzen zu gehen, weißt du, denn die Jungs versammeln sich dort und warten auf die Mädchen. Du findest einen netten und ihr redet ein wenig und, äh, dann tanzt ihr vielleicht zusammen und dann ...dann gehst du in die Lauben mit ihm und trinkst aus dem Kelch der Freuden."

„Ich denke, das würde mir gefallen", überlegte die Heilige.

Seni lachte ein wenig unbehaglich. „Ich bin mir sicher, Kind. Ich hoffe nur, dass die Jungs einander deinetwegen nicht bekämpfen."

„Warum sollten sie?"

„Mein liebes Kind, hast du noch nie dein Spiegelbild im Wasser gesehen? Du bist das hübscheste Mädchen auf der Welt."

o o o

Sie wartete noch ein halbes Jahr, dann fuhr sie eines Nachts mit Seni und Kdwyr über den See zum Volk im Wald. Das Trommeln hatte bereits begonnen, als sie kamen, und die kleinen weißen Blumen verströmten ihren Duft in der Nacht. Die Sterne glänzten wie Blumen, die jemand am Himmel ausgestreut hatte.

Das Trommeln erstarb in dem Moment, in dem die Heilige das Tanzgrün betrat, und nach einem Augenblick der Erstarrung hießen sie die Leute mit Freudenschreien willkommen und bereiteten ihr einen Ehrenplatz. Sie schenkten ihr Perlen, häuften sie geradezu vor ihr auf. Es schien ein gutes Omen zu sein.

Der Trevani, der unter ihnen lebte, kam zu ihr, verneigte sich und sprach lange und melodisch darüber, wie wenig Fiebererkrankungen es in diesem Jahr gegeben habe, wie gut es der Gemeinschaft gehe und auch allen anderen, von denen sie gehört hätten.

Irgendwann gelang es ihr anzudeuten, dass sie gerne tanzen würde. Sie musste es noch dreimal wiederholen, bis es zu dem Trevani durchgedrungen war, woraufhin er hustete und stammelte und schließlich der ganzen Welt verkündete, dass die gesegnete Heilige tanzen würde. Sofort hatte sich eine ganze Schar Jungen vor ihr versammelt, von denen jeder darauf drängte, sie aufs Tanzgrün zu führen.

Doch keiner von ihnen brachte sie anschließend zu den Lauben. Sie blickte in den Verstand jedes Einzelnen, während sie mit ihnen tanzte, und sah ihre einfache und unbekümmerte Lust verfliegen, die unter der Schwere ihrer Ehrfurcht vor ihr nicht bestehen konnte. Keiner von ihnen wagte es, sie auch nur zu küssen.

o o o

„Das ist alles die Schuld dieses Trevani!", sagte Seni ärgerlich, während Kdwyr sie über den See zurückruderte. „Er hat ihnen eingeredet, es sei beschämend. Als sei etwas falsch daran, ein wenig in den Blumen herumzurollen! Du hättest sehen sollen, wie diese Leute mich und Meli angeschaut haben, wenn wir mit dem Stern zusammen gewesen waren. Lendreth hat mich einmal zur Seite genommen und gefragt, ob ich nicht der Meinung wäre, dass ich den Geliebten von seiner heiligen Arbeit abhalten würde. Weißt du, was ich zu ihm gesagt habe?"

„Das spielt keine Rolle", erwiderte die Heilige, die über den Rand des kleinen Bootes blickte und beobachtete, wie die Sterne im Wasser vorbeiglitten. Sie spürte eine Taubheit im Herzen und fragte sich, ob sie später weinen würde, wenn sie allein war.

„Du bist ihre Tochter", erklärte Kdwyr, während er sich in die Ruder legte. Beiden Frauen blickten auf, da er nur selten sprach. „Oder ihre Mutter. Kein Mann schläft mit seiner Mutter oder seiner Tochter."

„Hm." Seni sah mit geschürzten Lippen nachdenklich zu Boden und schwieg lange Zeit. Dann murmelte sie, dass der richtige Junge schon bald kommen würde, und sagte den restlichen Abend lang nichts mehr.

o o o

Die Heilige war beschämt über ihr Selbstmitleid und ärgerte sich, und sie verdrängte die Gefühle mit Arbeit. Da die einzelnen Gemeinschaften ihres Volkes so weit verstreut lebten, schien es ihr eine gute Idee zu sein, einen weiteren Garten mit Heilkräutern anzulegen.

Die Vorbereitungen nahmen den Großteil eines Jahres in Anspruch. Sie bereiteten Triebe zur Versetzung vor und sammelten Wurzeln, Rhizome und Samen. Sie versammelte ihre Jünger um sich und reiste weit durch den Wald.

Inzwischen gab es überall kleine Gemeinschaften und sie genoss es, sie auf ihrer Reise zu besuchen, sich Neuigkeiten erzählen zu lassen und zu sehen, wie sie gewachsen waren. An einem Ort hatten sie gelernt, luftige Plattformen in den Zweigen der Bäume zu errichten und auf ihnen zu leben; an einem anderen webten sie Mauern aus Binsen und lebte unter Bäumen; und an einem dritten lebten sie in Höhlen an einem Flussufer.

Ab und an trafen die Heilige und ihre Jünger auf Dämonen, die durch den Wald stolperten und die gewalttätig und verrückt geworden waren, weil sie an den falschen Wurzeln gekaut hatten, und nun irre vor sich hin lachten. Dann gab sie ihren Anhängern ein Zeichen, und sie verließen gemeinsam den Pfad. Sie sangen das Lied der Tarnung, und der Dämon ging an ihnen vorüber, wobei ihm – wenn überhaupt – nur eine Gruppe schlanker Bäume am Wegrand auffiel. Wenn er vorbei war, hob die Heilige die Tarnung auf, und sie setzten ihre Reise fort.

Weit im Westen fand sie ein geschütztes grünes Tal mit einer Quelle und plante ihren Garten dort. Ein großer Baum stand mitten auf der weiten Wiese. Sie arbeitete mit ihren Jüngern, denen sich während ihrer Reise viele weitere angeschlossen hatten, und erstellte unter den niedrigen Zweigen des Baumes Räume, indem sie Wände aus Weidenzweigen wob. Hier sollten die Kranken lagern. Außenherum legten sie einen prächtigen Garten an, der die ganze Wiese einnahm, es entstanden zahlreiche Beete mit Kräutern und gewobene Rahmen, auf denen verschiedene Arten von Ranken wuchsen.

Es war ein Ort des vollkommenen Friedens.

o o o

Die Heilige saß an einem Webstuhl unter dem Baum und webte Stoff, als sie die Alarmschreie hörte. Sie erhob sich und sah durch das Gitter des Webstuhls, wie ein scharlachroter Fleck den Hügel herunter und durch den Garten raste, quer über die sorgfältig bestellten Beete. Etwas rannte und schien nicht zu bemerken, dass es Zäune umriss und Pflanzen niedertrampelte, bis es schließlich in einen aufgeschichteten Haufen Bretter lief und zu Boden polterte.

Selbst dann zuckten Arme und Beine noch weiter, als laufe der Körper weiter. Der Blick war leer und starrend.

Die Jünger versammelten sich um es, furchtsam, mit erhobenen Hacken. Die Heilige drängte sich zwischen ihnen hindurch.

„Was ist es?"

„Ist es ein Dämon?"

„Es ist ein Mädchen!" Sie kniete neben dem Körper nieder und sah voller Schrecken, wie die zuckenden Gliedmaßen erschlafften. Es war ein junges Mädchen, vermutlich jünger als sie selbst, und es gehörte einem Volk an, das sie noch nie gesehen hatte: Haut und Haare hatten die Farbe der untergehenden Sonne, und ihre Augen waren wie schwarze Steine. Sie trug eine scharlachfarbene Tunika. In einer Hand hielt sie einen Gegenstand aus einem goldenen Metall, wie eine gekrümmte Röhre, die in einer Glockenform endete. Der Pfeil in ihrem Rücken war ebenfalls golden und trug scharlachrote Federn.

„Ist sie tot?"

„Nein", erwiderte die Heilige, die sah, wie die Läuferin nun ihre Augen schloss und zu zittern begann. „Hebt sie mit mir auf! Wir bringen sie ins Haus. Holt Wasser, Bandagen und Salben. Wir retten sie."

Sie mussten die Tunika zerschneiden, da sie mit getrocknetem Blut an ihrem Körper festklebte. Sie sah ausgezehrt aus, und die Ränder der Wunde waren zerfranst und blutleer; offensichtlich war sie lange gelaufen, einen großen Teil davon mit dem Pfeil im Rücken. Ein wenig Blut quoll hervor, während die Heilige den gezackten Pfeil aus der Wunde zog und dabei das Lied der Schmerzlinderung sang.

„Warum sollte jemand auf ein Mädchen schießen? Sind die Reiter zurückgekehrt?"

„Ist sie einer der Reiter?"

„Nein!", wehrte Seni ab. „Die waren vollkommen anders."

„Die Reiter sind nicht zurückgekehrt", verkündete die Heilige entschlossen. „Ich würde es wissen. Wenn es ihr wieder gut geht, wird sie uns sagen, wer sie ist."

„Es gibt einen Mann bei meinen Leuten, der es wissen könnte“, erzählte Lut, einer der neuen Jünger. „Onkel Gharon. Er weiß von solchen Dingen.“

Gewaschen und bandagiert legten sie die Läuferin in ein Bett und ihren Kopf vorsichtig auf ein Kissen. Sie seufzte, öffnete ihre Augen und sah vielleicht die Heilige, die neben ihr saß. Ein flehentlicher Gesichtsausdruck trat in ihre Augen – der erste menschliche Ausdruck, den sie zeigte –, und dann starb sie, ohne ein einziges Wort gesagt zu haben.

Die Heilige griff nach der schlaffen Hand, als ob sie das Mädchen aus den Schatten zurückziehen könnte. „Nein!“

„Ach, ach!“ Seni schüttelte ihren Kopf. „Ich dachte schon, dass wir sie wohl verlieren würden. Das arme Ding hat zu viel Blut verloren.“

„Aber wir haben sie doch gerettet!“ Die Heilige brach in Tränen aus.

„Manchmal sterben sie dennoch, Kind.“ Seni legte einen Arm um sie.

„Aber noch nie … das ist noch nie passiert!“

„Es wird dir auch bei deinem Volk nicht passieren. Sie war das Kind eines anderen Volks.“

o o o

Die Heilige saß lange allein neben der Leiche, von Schuldgefühlen gequält, und untersuchte die Dinge, die sie bei dem Mädchen gefunden hatten. Ein kleiner, flacher Holzbehälter enthielt eine geschriebene Botschaft, doch es war keine Sprache, die die Heilige kannte, und sie konnte nicht einmal erahnen, was sie bedeuten mochte. Der gekrümmte, aus goldenem Metall gemachte Gegenstand war wunderschön gefertigt, doch seine Funktion blieb so lange ein Rätsel, bis einer der Jünger auf die Idee kam, das, was wie ein Mundstück aussah, an die Lippen zu halten. Er blies hinein, und ein hoher, harter und klarer Ton erscholl.

Auch der Pfeil, der das Mädchen getötet hatte, war schön gemacht, die Spitze war nicht aus primitiv zugehauenem Stein, sondern gleichfalls aus dem goldenen Metall und grausam scharf, ebenso die zwei gekrümmten Klingen, die das Mädchen an ihre Unterarme gebunden getragen hatte. Doch es gab keinen Hinweis darauf, wessen Tochter sie gewesen war, wer um sie klagen mochte oder warum sie vor ihrem Sturz so weit gerannt war.

Sie begruben das Mädchen im Garten und bewahrten ihren Besitz auf, damit sie ihn jenen geben konnten, die vielleicht nach ihr suchen würden. Die Heilige ließ Lut zu sich rufen, einen Jünger, der in diesem Land geboren war, und er brach zu seinen Leuten auf und brachte Onkel Gharon mit zurück.

Onkel Gharon trat langsam nach vorne. Er hatte nur ein Bein und trug einen hölzernen Stecken, wo sein anderes Bein gewesen war, doch das war nicht die größte Überraschung: Er war ein Dämon mit einer Haut wie grüner Kupfer und Augen, die wie Rubine funkelten. Er schaffte es, dem Blick der Heiligen ein paar Augenblicke lang standzuhalten, bevor er zusammenzuckte und wegsah. Er neigte den Kopf zu einer angemessen, höflichen Begrüßung.

„Ihr seid also das heilige Kind", sagte er mit einer Stimme wie knirschender Kies. „Obwohl Ihr erwachsen seid, nicht? Meine Frau spricht von Euch immer, als wäret Ihr noch ein Säugling."

„Du hast eine meines Volkes geheiratet?"

„Das habe ich. Ein hübsches Ding mit Birnengarten. Ich kann so viele Birnen bekommen, wie ich essen kann." Seine Augen strahlten vor Begeisterung. „Große, buttrig gelbe Birnen und die roten, die wie Rauch schmecken, und die süßen, grünen und die späten Birnen, die man im Herbst zwischen den Blättern suchen muss; sie sind braun und weich, aber oh, was für ein Nektar!"

Was für eine seltsame Vorliebe, dachte die Heilige, doch sie neigte nur kurz ihr Haupt und erwiderte: „Es freut mich, dass du in Frieden unter uns lebst. Du kannst meinem Volk ausrichten, dass ich jetzt sechzehn bin."

„Das werde ich. Ich selbst bin zweitausend Jahre alt. Nun, und Ihr wolltet mich wegen eines toten Mädchens sehen? Ich habe sie nicht getötet, aber es könnte einer der Jungen gewesen sein. Die sind allesamt Narren, die jungen Dämonen."

„Nein, sie ist hier gestorben." Die Heilige machte eine Geste und Seni brachte die Besitztümer der Läuferin und den Pfeil, der sie getötet hatte. Sie legte sie vor Onkel Gharon ab und öffnete das Stofftuch, in dem sie aufbewahrt wurden. Er blickte auf sie herab und verzog das Gesicht.

„Ah. Nein, das war wirklich nicht mein Volk." Er hob den Pfeil und drehte ihn in der Hand. „Sie war eine Feuergeborene. Ihre eigenen Leute haben sie getötet."

„Warum sollte jemand so etwas tun?"

Onkel Gharon zuckte die Achseln und deutete mit dem Pfeil westwärts. „Eine Tagesreise weit in diese Richtung, Madame, werdet Ihr einen Streifen roten Gesteins finden, der in jeder Richtung bis zum Horizont reicht und breit genug ist, dass ihn fünf Männer nebeneinander beschreiten können. Wenn Ihr ihn lange genug beobachtet, werdet ihr große Schachteln sehen, die ihn auf runden Füßen entlang rollen, und darin sitzen rote Männer, die die Schachteln vorantreiben, und andere rote Leute reisen darin mit all ihren Besitztümern und ihrer Ausrüstung.

Vor den Schachteln werdet Ihr ein rotes Mädchen rennen sehen, und ab und zu bläst sie in eine von diesen hier." Er zeigte auf das goldene Horn. „Manchmal werdet ihr ein einzelnes Mädchen rennen sehen. Aber Ihr solltet meinen Worten lieber trauen und nicht selbst nachsehen oder jemanden schicken. Ihr wollt nicht, dass ein ganzer Schauer von diesen Biestern auf Euch niedergeht." Er legte den Pfeil wieder hin. „Auch mit ihren Speeren, Äxten und Feuerspeiern wollt ihr keine Bekanntschaft machen."

„Aber warum würden sie uns Leid zufügen?"

„Ah, ich habe nicht gesagt, dass sie euch schaden wollen, nicht absichtlich. Aber sie führen Krieg untereinander. Sie leben in Steinhaufen draußen auf den Ebenen, und die unterschiedlichen Steinhaufen streiten miteinander und die roten Leute sterben zu Dutzenden und Hunderten in ihren Kriegen. Sie sind alle völlig verrückt." Er tippte sich mit dem Finger an die Stirn. „Manchmal kann man mit Kisten voller Früchte zur roten Straße gehen und sie halten inne und tauschen dafür Äxte und Perlen und alles Mögliche ein und sind so freundlich, wie man es sich nur wünschen kann. Nicht wahr, Lut?"

„Ja", stimmte Lut ein wenig verlegen zu.

„In anderen Fällen schreien sie und schießen. Bei der blauen Grube, ich bin schon etlichen von ihren Pfeilen ausgewichen. Man weiß bei ihnen einfach nie, woran man gerade ist."

o o o

Die Heilige kehrte traurig zum Inselgarten zurück. Ihrem Volk ging es gut, und alle waren glücklich, die Sonne schien noch immer und es fielen sanfte Regenschauer. Doch wenn sie sich nachts niederlegte und die Augen schloss, sah sie das sterbende Mädchen.

o o o

Im nächsten Frühling kehrte Lendreth zurück. Er war während seiner Reisen schlank geworden, und die Sonne hatte seine Haut gebräunt, doch sein Gesicht leuchtete vor Begeisterung, während er ins heran schritt und seinen Stock schwenkte. Auf seinem Rücken trug er einen schweren, gut zugebundenen Sack.

„Ich habe Geschenke für dich, Kind", verkündete er, „und kann von großen Wundern erzählen. Ruf unser Volk zusammen!"

„Das würde eine Weile dauern“, erwiderte Seni. „Es gibt jetzt mehr neue Kinder als weiße Blumen auf dem Tanzgrün, Lendreth.“

Das erstaunte ihn ziemlich, ebenso die Tatsache, dass die Heilige eine erwachsene Frau geworden war. Er musste sich schließlich mit den Jüngern zufriedengeben, die aus dem Garten zusammengerufen werden konnten, und mit zwei Trevanions, die gerade zu Besuch waren. Als sie sich vor das kleine Haus der Heiligen gesetzt hatten, lehnte er sich nach vorne und erzählte.

„Brüder und Schwestern, als ich euch verlassen habe, dachte ich, die Welt bestünde aus zwei grünen Tälern und einem Fluss – diesem Ort und dem, von dem wir gekommen sind.

Ich hätte mir niemals träumen lassen, dass die Welt so groß ist, doch ich bin zurückgekommen, um euch zu sagen, dass unser Gefängnis nur eine Eischale war, eine winzige Welt, und wir waren wie junge Vögel, die noch nie geflogen sind.

Glaubt mir, wenn ich euch sage, dass ich wochenlang durch Getreidefelder gewandert bin, über ungezähmte, gelbe Wiesen, auf denen nie ein Sklave geschuftet hat, und als ich in ihrer Mitte stand, gab es keine Grenzen und kein Ende des Horizonts. Jenseits davon erheben sich weitere Wälder so wie dieser, nur noch größer, mit mächtigen Bäumen, wie ich sie seit meiner Kindheit, seitdem die Reiter gekommen sind, nie mehr gesehen hatte.

Jenseits der Wälder steht ein schwarzer Berg, der sich zum Mond erhebt. Es ist ein Ort, an dem Flüsse geboren werden und wie Regenbögen über seine Seiten stürzen, fünfmal so mächtig wie alle, die wir seit unserer Befreiung gesehen haben. Sie strömen auf die gelbe Ebene herab und münden schließlich ins Meer, Ströme, die so breit sind, dass man keinen Stein über sie werfen könnte, die den Fluss in unserem Tal wie nichts erscheinen lassen.

Ich reiste zahlreiche Jahre in der Wildnis und habe dort nur Dämonen gesehen, und dann kam ich eines Nachts zu einem Feuer auf einer Lichtung. Dort lagen Männer und Frauen, die vom Fieber beinahe dahingerafft worden waren. Ihre Haut war so rot wie Feuer. Zwei oder drei versuchten sich zu erheben und sprachen in drohendem Tonfall zu mir. Doch ich sang das Lied der Furchtbesänftigung, holte Wasser, um ihren Durst zu stillen, und braute Medizin für sie. Ich blieb drei Tage und drei Nächte, und am dritten Tag waren sie wieder gesund.

Sie häuften goldene Metallscheibchen vor mir auf, knieten nieder und bedeuteten mir, dass ich sie begleiten sollte. Wir legten eine Tagesreise zurück und kamen zu einer Halle aus Stein, aus der Rauch aufstieg."

„Oh, du Narr! Das waren Reiter!", schrie einer der Trevanions entsetzt.

„Nein", beruhigte Lendreth ihn. „Denkst du wirklich, ich würde sie nicht wiedererkennen, wenn ich sie sähe? Eine Fledermaus fliegt und ein Vogel fliegt, doch es sind nicht dieselben Kreaturen. Die roten Leute lebten in einer wundervollen Halle. Es gab keine stinkenden Sklavengruben unter ihren Füßen und keine Stallungen, wo sie ihre Bestien abstellten, nur ihre Sterbenden lagen überall. Manche waren bereits tot, doch die anderen waren zu schwach, um sie zu begraben.

Es gab dort Wunder, die ich euch nicht zu beschreiben vermag, doch das seltsamste von allen war die Tatsache, dass die Medizin rund um ihre schöne Halle wuchs, auf dem Abfallgrund, auf dem sie die Bäume gefällt hatten, und dass sie nicht wussten, dass die Pflanzen sie hätten retten können …"

„Sie haben die Bäume gefällt", unterbrach der Trevani, der zuvor gesprochen hatte. „Das haben auch die Reiter getan, Lendreth."

„Es waren keine Reiter", erklärte die Heilige bestimmt. „Bitte fahr fort, Lendreth. Hast du sie gerettet?"

„Das habe ich, Kind", bestätigte Lendreth mit einem dankbaren Blick zu ihr. „Es würde sieben Nächte dauern, euch alles zu erzählen, was ich dort gesehen und erlebt habe, denn ich lebte ein Jahr bei ihnen und lernte ihre Sprache. Sie nennen sich Kinder der Sonne. Sie sind ein vernünftiges Volk, so wie wir, nicht wie die Reiter und ganz sicher nicht wie die Dämonen!"

„Ich habe von ihnen gehört", erzählte die Heilige. „Ein wenig. Ich bin froh, dass du sie gerettet hast, Lendreth." Die Trevanions wandten sich um und starrten sie an.

„Ich wusste, dass es dein Wille gewesen wäre!", rief Lendreth triumphierend, griff nach dem Sack und öffnete ihn. Er holte Dinge hervor, die in hochwertiges, rotes Tuch eingeschlagen waren, und wickelte eins nach dem anderen aus.

„Sie brachten mich in eine ihrer Gemeinschaften. Dort gibt es glatte, gerade Wege, wunderschöne, hohe Häuser, glänzend helle Laternen in der Nacht und am Tag strahlt das Licht durch Fenster aus einem kristallartigen Material in die Häuser, das wie durchsichtiges Eis aussieht! Seht her, dass hier ist nur ein Kinderspielzeug, doch sie stellen solche Schachteln auch größer her. Leute reisen in ihnen und sie werden durch einen Mechanismus vorangetrieben, den Männer mit einer Art Ruder bedienen, und seht ihr das? Das ist ein Buch in ihrer Sprache, doch jede Seite ist wie Stoff mit einem Muster gestempelt und nicht geschrieben worden. Und hier sind noch mehr von ihren Goldstücken, sie treiben Handel damit, und das ist ein kleines Modell von einem ihrer berühmten Gebäude. Ein vor dem echten Haus stehender Mann hat es verkauft und ich habe eines mitgebracht, damit ihr alle sehen könnt, wie hübsch ihre Häuser sind."

„Es ist alles recht bunt", meinte einer der Trevanions ziemlich missmutig.

„Es ist nichts im Vergleich zu dem, was ihr sehen würdet, wenn ihr dort wärt", versicherte Lendreth. „Es gibt Mauern und Häuser in allen Farben. Man kann eine Meile lang an ihnen vorbeischreiten und wird nichts Weißes sehen außer den Meeresvögeln, die über ihnen kreisen. Hier habe ich ein wahres Wunder, seht euch das an! Kind, das ist für dich. Es ist ein Paradoxon: Es hat keine Farbe und doch alle."

Lendreth sog etwas Funkelndes hervor. Es war ein Krug, der aus durchsichtigem Eis gefertigt zu sein schien und in Facetten geschliffen war. Die fragile Schönheit erstrahlte im Feuerschein, und das Licht funkelte wie kleine Regenbögen.

Die Heilige hielt den Atem an. Langsam streckte sie die Hand aus und berührte den Krug.

Später, als die anderen Trevanions gegangen waren, lief die Heilige in ihr Haus und holte den flachen, hölzernen Behälter, den die Läuferin bei sich gehabt hatte. „Das hier ist in ihrer Schrift geschrieben." Sie gab es Lendreth. „Kannst du mir sagen, was es bedeutet?"

Er nahm es und runzelte die Stirn.

„Das hier ist ein Gruß. ‚An' hm, hm, das nächste Wort heißt so etwas wie Anführer. ‚Herzog Strake vom Haus Feuerkette'. Dann kommt die Botschaft, denke ich. ‚Wertvoller', oder nein, vielleicht eher ‚Ehrenvoller Herzog Feuerkette, Euer' ich denke, das nächste Wort lautet ‚Sohn' oder ‚Tochter'... hm, nein, es heißt eindeutig ‚Sohn'. ‚Euer Sohn ist tot.' Oh. ‚Wir haben uns zurückgezogen zum' hm ... ‚Haus mit Mauern'? ‚starken Haus'? So ungefähr. ‚Herzog ... Herzog Salting' ... das nächste Wort lautet entweder ‚bestürmt' oder ‚attackiert' oder ... sagen wir ‚attackiert uns im Morgengrauen. Bitte kommt mit all Euren ... mit allen Euren'... Ich weiß nicht genau was dieses Wort bedeutet, es ist wie die Vielzahl von Männern. Hm, vielleicht ‚vielen Männern'? ‚Kommt rasch, oder wir werden hier alle bald' ... oh du meine Güte ... ‚alle bald sterben'. Lendreth senkte den Blick und schloss die Schatulle.

„Sie sind wohl nicht in jeder Hinsicht ein vernünftiges Volk?“, fragte die Heilige.

„Sie können zänkisch sein. Ich wollte dir später davon erzählen.“

o o o

Als sie ihm direkt in die Augen sah und ihn bat, offen zu sprechen, musste er zugeben, dass die Kinder der Sonne zu brutalen Kriegen zwischen ihren großen Häusern neigten. Außerdem verfügten sie trotz all ihrer brillanten Erfindungen über praktisch keine medizinischen Kenntnisse, abgesehen von der notdürftigen Behandlung der Verletzten auf dem Schlachtfeld.

„Es gibt noch andere Seltsamkeiten“, fuhr Lendreth fort. „Sie lieben schöne Dinge – ich habe keine Fläche gesehen, die nicht geschmückt war –, aber dennoch haben sie keine Bäume und kein Gras. Doch diese Ignoranz, Kind, ist unser Vorteil!“

Sie runzelte die Stirn, und er wandte hastig den Kopf. „Warum sollten wir sie ausnutzen?“

„Ich meinte eher, dass es unser Vorteil sein wird, ihnen zu helfen. Wir können mit ihnen handeln, Wissen gegen Wissen. Sie machen wunderbare Werkzeuge aus gutem Metall, es ist nicht wie das braune Zeug der Reiter, sondern hart und strahlend wie die Sonne und der Mond! Eine Hacke oder Harke bleibt tagelang scharf, und Gefäße daraus zerbrechen nicht oder werden undicht.

Man könnte sie davon überzeugen, im Gegenzug für Medizin für uns welche herzustellen. Sie leiden unter Fiebern und können nichts dagegen tun, außer ein Getränk zu sich zu nehmen, das die Schmerzen lindert. Sie essen Dinge, die uns töten würden und die sogar sie regelmäßig töten. Der Dreck ihrer Städte fließt in ihr Trinkwasser.“

„Gibt es denn niemanden bei ihnen, der sie eines Besseren belehrt?“, fragte die Heilige erschrocken.

„Nein. In ihren Reihen wandeln keine Trevanions. Sie glauben an viele Geister, die sie als die Götter bezeichnen, doch so weit ich das verstanden habe, sind die Götter ähnlich wie sie und verzetteln sich in Streitigkeiten und die Verfolgung ihrer Lüste. Sie haben keine Weisheit und kein Verständnis für das Unendliche. Es gibt keine Lieder."

„Dann müssen wir ihnen die Lieder schenken!"

„Bei allem Respekt", erwiderte Lendreth, der ihr noch immer nicht ins Gesicht blickte, „aber ich denke, dass es niemanden unter ihnen gibt, der die Lieder erlernen könnte. Noch nicht. Vielleicht werden wir, wenn wir sie Stück für Stück an unserer Weisheit teilhaben lassen und sie im Gegenzug um das glänzende Metall und möglicherweise andere Dinge bitten, herausfinden, ob es sicher ist, sie die Lieder zu lehren."

Die Heilige legte eine Hand unter Lendreths Kinn und hob seinen Kopf an, sodass er ihr in die Augen blicken musste und sie die Wahrheit sah. „Sie haben dich zurückgeschickt, weil du ihnen mehr Heiler bringen sollst."

„Ja", gestand er und blinzelte, wagte aber nicht wegzusehen.

„Dann werden wir ihnen aus Mitleid Heiler schicken und keine Gegenleistung fordern. Geh zu den Trevanions und suche die Jüngeren, die noch neue Dinge lernen. Nimm sie mit zurück. Sie sollen unter den Kindern der Sonne gehen und sie zumindest lehren, wie man Gärten mit medizinischen Kräutern anlegt."

„So sei es", bestätigte Lendreth und wich ein Stück zurück, sobald sie ihn losließ. Er schüttelte sich und blickte zur Seite. „Du bist nun eine Frau", sagte er nach einigem Zögern langsam. „Das hatte ich nicht verstanden."

„Du tust es jetzt."

Er verneigte sich und entfernte sich rasch. Sie blickte ihm hinterher und dachte über das nach, was sie in seinen Gedanken gesehen hatte – den Stolz, die Ruhelosigkeit, den Übereifer.

Sie hatte auch gesehen, was er nicht ausgesprochen hatte: dass er ihr Volk nun als kleines Grüppchen ansah, jämmerlich, arm und rückständig. Sie wusste um seinen Traum, eine große Stadt im Wald zu errichten, eine Stadt, die so groß und prächtig war wie jene des roten Volkes, aber sauberer und luftiger. Er wollte eine Zivilisation aufbauen, die die der Kinder der Sonne übertraf.

Besonders klar hatte sie gesehen, dass er diese strahlende Illusion geschaffen hatte, um das Loch in seinem Herzen zu füllen, in dem der Glaube nie gewachsen war. Die Dunkelheit des Chaos ängstigte ihn, und seine ordentlichen Pläne sorgten dafür, dass er nicht daran denken musste.

○ ○ ○

„Kind, die Trevanions sind hier, um mit dir zu sprechen", verkündete Seni. Die Heilige lächelte; sie war inzwischen zwanzig Jahre alt, und nur Seni und Kdwyr nannten sie noch Kind. „Welche?"

„Shafwyr, Jish und Vendyll", erklärte Seni mit einem Anflug von Verachtung. „Sie warten im Apfelhain auf dich und sind scheinbar weit gereist."

„Dann werden sie durstig sein. Holst du bitte den grünen Kelch und die dazu passenden Becher?" Die Heilige stand von ihrem Webstuhl auf.

„Die mit dem Libellenmuster? Wenn du es wünschst, Kind."

Die drei Trevanions saßen schweigen und mit einem gewissen Missfallen unter dem großen Apfelbaum, doch als die Heilige zu ihnen kam, standen sie auf und verneigten sich.

„Unbesorgte Mutter, es freut uns, Euch wohlbehalten zu sehen", grüßte Jish. Die Heilige spürte einen Anflug von Bitterkeit, denn bisher war noch kein Liebhaber zu ihr gekommen, und manchmal kam ihr diese ehrwürdige Anrede ein wenig wie Spott vor.

„Es freut mich, dass es euch gut geht“, antwortete sie. „Ihr wart lange fort. Wo?“

„Wir waren bei Euren Kindern, die sich flussaufwärts in dem warmen Land niedergelassen haben“, berichtete Jish. „Es freut mich, Euch sagen zu können, dass sie blühen und gedeihen, obwohl sie sich sehr danach sehnen, Euch wiederzusehen.“

„Vielleicht könnte ich sie besuchen“, überlegte die Heilige und nahm das Tablett mit dem Krug und den Bechern von Seni entgegen. Sie goss Wasser ein und bot es den Trevanions an. „Ich würde dieses Land gerne sehen, ich bin nur einmal als Baby hindurch gereist und kann mich nicht mehr daran erinnern.“

„Es würde Eure Kinder sicher über alle Maßen erfreuen, Euch zu sehen“, versicherte Shafwyr, hob seinen Becher und betrachtete ihn misstrauisch. Es handelt sich um einen Seladonbecher aus weißem Ton, der mit einem tiefgrünen Libellenmuster glasiert war. Er trank und stellte ihn dann wieder ab. „Ich danke Euch.“

Einige Zeit unterhielten sie sich freundlich über das Wetter, das Wachstum der weiter entfernt lebenden Gruppen und darüber, welche Gärten dort angelegt worden waren. Die Heilige war sich allerdings bewusst, dass die Trevanions auf eine Gelegenheit warteten, ihr Anliegen vorzubringen, und nachdem alle Neuigkeiten ausgetauscht worden waren, gab sie ihnen eine.

„Ihr seid besorgt über etwas“, bemerkte sie, und Jish und Vendyll stellten hastig ihre Becher ab.

„So ist es, Mutter“, bestätigte Jish. „Wir haben seltsame Dinge auf dem Weg zu Euch gesehen. Überall hat unser Volk Gärten angelegt, was gut so ist, doch es bearbeitet die Erde mit seltsamen Werkzeugen und baut mehr Nahrung an, als es essen kann. Wir fragten sie ‚Für wen pflanzt ihr all das?‘ und überall haben sie gelächelt und geantwortet ‚Für die Kinder der Sonne!‘. Dann haben sie uns Dinge gezeigt, Töpfe und Pfannen aus Metall, Kleidung in bunten Farben und mit Gold verwoben. Ihre

Kinder spielten mit seltsamem, bunt bemaltem Spielzeug. Wir sahen all dies und unsere Sorge war groß."

„Warum war eure Sorge groß?", fragte die Heilige, obwohl sie die Antwort ahnte.

„Weil wir den Eindruck haben, dass unser Volk erneut in Sklaverei ist", übernahm Vendyll. „Sie sind Sklaven der neuen Fremden, und sie werden nicht durch Peitschen und Aufseher zur Arbeit gezwungen, sondern durch eine eitle Liebe für bemalte Dinge."

„Überall, wo wir fragten, wessen Werk dies sei, sagte man uns ‚Lendreths'", beschwerte sich Jish, und ihre Worte klangen giftig und verbissen, „und man pries ihn!"

Die Heilige sah in ihre Augen, verwundert über den Zorn, den sie in sich trug, und sah dort eine alte Geschichte. Einst waren sie Geliebte gewesen, Jish und Lendreth, bis er zu der Ansicht gelangt war, dass die Gelüste des Fleisches sich nicht mit der Heiligkeit vertrugen. Die Heilige lehnte sich zurück und bedauerte, dass sie das gesehen hatte.

„Er wird gepriesen, meine Schwester, weil er meinen Willen ausgeführt und meinem Volk einen Dienst erwiesen hat", erklärte sie. „Habt Ihr mein Volk irgendwo über diese neuen Dinge klagen sehen?"

„Nein", murmelte Jish, während Shafwyr und Vendyll schockiert schwiegen.

„Sie lieben die bunten Spielsachen. Sie lieben es, Töpfe aus Stahl zu besitzen", sagte die Heilige. „Sie greifen zu Spaten und Harke, weil sie es so wünschen, und sie verkaufen den Kindern der Sonne Gemüse und Perlen. Ich kann daran nichts Schlechtes erkennen. Es ist auf keinen Fall Sklaverei. Ihr selbst solltet es besser wissen, ihr, die ihr in den Gruben gewesen seid, als der Geliebte noch bei uns war. Als ihr wahres Elend saht."

„Dann sind wir wohl alt und närrisch", erwiderte Jish eingeschnappt.

„Keineswegs. Allerdings nährst du deinen Ärger wie glühende Kohlen in einem Topf und fütterst ihn mit all diesen Dingen, als wären sie Zunder, und das ist närrisch von dir.“ Die Heilige hielt Jish mit ihrem Blick gefangen. „Die Reiter sind für immer fort. Nun ist mein Volk frei zu wachsen, und Dinge, die wachsen, ändern sich. Das liegt in ihrer Natur. Es reicht, wenn sie in Frieden leben, es ihnen gut geht und sie glücklich sind.

Die Kinder der Sonne hingegen sind ignorant und leiden sehr darunter. Wenn sie so weitermachen wie bisher, werden sie durch Krieg, Hungersnöte und Krankheiten sterben, und das wäre sehr schade.“

„Sie sind nicht unsere Angelegenheit“, meinte Shafwyr.

„Ich habe sie zu meiner Angelegenheit gemacht“, widersprach die Heilige, „und eure sollten sie auch sein. Was hat uns der Geliebte über das Mitgefühl für andere gelehrt?“

„Aber… aber mit den anderen meinte er die anderen unseres Volkes!“, verteidigte sich Vendyll.

„Nein“, berichtigte die Heilige, „das hat er nicht, und das weißt du auch.“

Sie blickten nun zu Boden und weigerten sich, ihr ins Gesicht zu sehen. „Er hat sich aber nie um die Reiter gekümmert“, murmelte Jish.

„Sie brauchten seine Hilfe nicht. Dennoch hat er in der Stunde ihres Falls Mitgefühl für sie empfunden“, erinnerte sie die Heilige. „Ihr kennt die Wahrheit darüber, was an jenem Tag geschah.“

Shafwyr und Vendyll rutschten betreten hin und her, doch Jish blickte sie schief an. „Tatsächlich erinnere ich mich gut, junge Mutter“, sagte sie. „Es war Lendreth, der den ersten Schlag ausführte und somit den Erntern ein Vorbild war. Und tun sie auch Euren Willen, wenn sie mit ihren neuen Waffen umherstolzieren? Sie gehen in die Siedlungen und fordern die jungen

Männer auf, sich ihnen anzuschließen. Sie sind allesamt wie der verfluchte Gard."

Die Heilige starrte Jish an, bis sie sich gezwungen sah aufzublicken, um nicht unhöflich zu erscheinen. Die Heilige sah alles, was Jish gesehen hatte: Die Ernter hatten sich glänzende Schwerter aus Stahl gekauft und waren dabei, eine Armee zu rekrutieren. Die Heilige hörte auch den Spott Jishs darüber und war zutiefst erschüttert.

„Ah. Ich dachte mir schon, dass Ihr davon nichts wusstet", triumphierte Jish.

„Das habe ich tatsächlich nicht. Es ist Wahnsinn. Wo sind sie?"

o o o

Die Heilige ging zu den Erntern ins Lager, das sie sich in der Nähe des Flusses eingerichtet hatten, und war schockiert darüber, wie stark ihre Zahl angewachsen war. Die alten Männer, die im Kornfeld Ketten getragen hatten, waren nun in der Minderheit, der Großteil von ihnen waren junge Burschen, die allesamt in Freiheit geboren worden waren. Sie alle trugen grüne Umhänge und brannten förmlich darauf, Feinde zu finden und zu bezwingen.

Sie richtete offene Worte an sie. Die älteren Männer warfen sich zu Boden, baten um Vergebung und konnten ihr nicht in die Augen sehen. Sie befahl ihnen, ihr die Schwerter zu bringen, und als sie damit fertig waren, türmte der Haufen sich bis zu ihrer Hüfte auf. Mit einem weißen Feuer in den Augen verbot ihnen die Heilige, je wieder Klingenwaffen zu führen.

Sie ordnete an, die Schwerter einzuhüllen und wegzubringen, als sie den Ort verließ. Zwei der älteren Männer begleiteten sie und entschuldigten sich ein ums andere Mal. Allerdings war ihr bewusst, dass die Jüngeren hinter ihr zu murmeln begannen und nach Wegen suchten, sich zu widersetzen ohne ungehorsam zu sein; denn hatten sie nicht gelernt, mit Kampfstecken, Schleudern und Keulen zu kämpfen?

Die Heilige kehrte erschöpft zu ihrer Insel zurück und wusste, dass nicht aufhalten konnte, was da in Bewegung geraten war. In dieser Nacht betete sie zum Stern.

„Das war es, was du an jenem Tag im Kornfeld meintest. Du hast es vorhergesehen, nicht wahr? Ich kann es nicht aufhalten und weiß nicht, wie es enden wird, doch es wird übel enden. Bitte, hilf mir! Kehre aus der Flut zurück, kehre zurück und lass sie Einsicht haben, und wenn du das nicht kannst, dann gewähre mir größere Stärke, als ich habe, denn ich werde sie bald benötigen."

Sie war schrieb einen Brief an die Gemeinschaft am Fluss, als Kdwyr hastig zu ihr eilte. „Kind, am Ufer sind rote Männer."

Sie stand auf und legte den Pinsel weg. „Sind sie bewaffnet? Ist einer der Trevanions bei ihnen?"

„Ich habe keinen gesehen", erwiderte Kdwyr. Nun kamen die anderen Jünger ebenfalls herbeigelaufen und riefen, die Kinder der Sonne hätten eines der Boote genommen und ruderten herüber. Sie beruhigte sie, und als das Boot herangekommen war, wartete sie mit ihnen an der Landestelle.

Nur zwei Kinder der Sonne saßen im Boot, obwohl ein Dutzend mehr am anderen Ufer warteten, Zelte aufschlugen und Wagen entluden. Alle waren sie bewaffnet, jeder mit einem Degen an der Seite, doch keiner hatte seine Klinge gezogen.

Die zwei im Boot kletterten ungeschickt heraus. Einer von beiden trug eine Kiste in den Armen, aus Holz gefertigt und mit Silber beschlagen, während der andere in wertvolle Roben gekleidet war, mit einen golden Kragen und irgendeinem offiziellen Abzeichen auf der Brust. Er blickte sie mit einem hoffnungsvollen Lächeln an.

„Grüßen euch, grüne Männer", sagte er. „Wir kommen zu sehen grünen Hexer, Dame. Haben großes Geschenk für ihn. Du uns sagen wo er sein?"

Ein oder zwei Jünger kicherten nervös. Die Heilige sah dem Mann in die Augen, las seine Sprache und erwiderte ihm darin: „Ich bin die Mutter meines Volkes. Bin ich die, die ihr sucht?"

Der Mann riss die Augen auf, und beide fielen auf die Knie. „Oh Göttin, verzeiht die Anmaßung. Ich wollte nicht respektlos sein."

„Ich bin keine Göttin", berichtigte die Heilige lächelnd.

„Ihr seht wie eine aus", erwiderte er eifrig. „Wirklich. Ihr habt die schönsten Brüste, die ich je in meinem Leben gesehen habe!" Er hielt inne, schockiert über seine eigenen Worte. „Ähm … ich meine … was ich sagen wollte … große Dame, ich bin Trenk Ziegelform, ausgesandt von der Händlergilde von Karkateen mit einem Zeichen unserer guten Absichten, um eine Freundschaft zwischen unseren Völkern zu errichten. Seht."

Nichts geschah. Er stieß seinen Begleiter an, der die Truhe hielt. Aus diesem brach es plötzlich hervor: „Meine Dame, ich will Euch alles geben, ich verkaufe alles, was ich besitze und schenke Euch ein Haus und, und will auf Lebzeiten Euer Diener sein, wenn Ihr nur einmal mit mir schlaft!" Er begann zu weinen.

„Idiot!" Herr Ziegelform gab ihm eine Kopfnuss. Er versuchte, ihm die Kiste wegzunehmen und zu öffnen, doch sein Begleiter riss sie ihm weg und öffnete sie selbst.

„Hier, bitte", sagte er schluchzend. „Es verblasst angesichts Eurer Schönheit. Bitte, meine Dame, verzeiht mir."

Auf grüner Seide ruhte eine Flasche aus geschliffenem Kristall, die mit einer goldenen Flüssigkeit gefüllt war.

„Öl aus gepressten Blumen, direkt von den Inseln importiert, und es ist so konzentriert, dass der Duft eine Woche lang anhält", präsentierte Herr Ziegelform großartig. „Man könnte sich für das gleiche Geld ein Stadthaus kaufen. Der Kristall ist aus Salesh, aus Granatschleifers Studio, das Beste, was man kriegen kann. Scharnier, um Gottes Willen, krieg dich endlich ein, du lässt uns wie Narren aussehen!"

„Was sagen sie?", erkundigte sich Seni.

„Sie haben uns ein Geschenk gebracht", erklärte die Heilige.

„Das ist nett", meinte Seni zweifelnd.

„Ich danke euch für euer Geschenk", sagte die Heilige zu den beiden Männern. Sie nahm die Kiste von Herrn Scharnier, der ihr in die Augen starrte. Sie schaute zurück und sah eine offene, geradezu verzweifelte Lust und eine ehrliche Seele. Sie schreckte angesichts dieses neuen Empfindens ihr gegenüber ein wenig zurück. „Bitte, lasst uns im Schatten sitzen und ein wenig Wasser trinken."

„Ich danke Euch, teure Dame." Herr Ziegelform packte Herrn Scharnier hart am Arm. „Mein Freund hier wird beim Boot bleiben."

Herrn Ziegelform wurde ein Platz in der Apfellaube zugewiesen und man bot ihm einen Becher Wasser an, ein zweiter wurde zu Herrn Scharnier geschickt. Herr Ziegelform trank seinen Becher mit großen Schlucken leer und gab sich große Mühe, höher als auf die Brüste der Heiligen zu schauen. „Ich danke Euch. Die Handelsgilde von Karkateen hofft, dass Euch das Geschenk gefällt und versichert Euch, dass sie es wünschenswert fände, für eine lange Zeit Euer Handelspartner zu bleiben. Eure Heilmittel haben in der Fiebersaison unzählige Leben gerettet."

„Das freut mich", erwiderte die Heilige lächelnd.

Bei ihrem Lächeln stockte ihm die Atem, und er lehnte sich unwillkürlich nach vorne, dann zuckte er zurück, hustete und stammelte: „Es beglückt uns, Euch zu erfreuen. Nun zu meiner ersten Angelegenheit: Ich spreche erneut im Namen der Handelsgilde von Karkateen, wenn ich Euch um Hilfe gegen den dunklen Fürsten anflehe."

„Wer ist der dunkle Fürst?"

„Oh, Ihr müsst von ihm gehört haben! Der Meister des Berges? Hat eine Festung auf dem schwarzen Berg und eine Dämonenarmee? Er kommt ins Tal herab und fällt über die Handelskarawanen her. Er kämpft mit zwei Schwertern und ist zudem noch ein Magier, der mächtigste, den es gibt. Er verkleidet sich als einer von uns und kommt in unsere Städte herunter, um unsere Frauen zu schänden, ein- oder zweimal die Woche, wie mir gesagt wurde.

Wir dachten uns, da Euer Volk den Dämonen so ähnlich ist und so und Ihr ebenfalls mystische Kräfte habt, könntet Ihr etwas für uns gegen ihn tun."

„Ich weiß nicht, was ich tun könnte, doch ich werde mir die Sache ansehen", versprach die Heilige. „In der Zwischenzeit sollte ich mich von den Orten fernhalten, an denen er haust."

„Seid gesegnet, teure Dame", dankte Herr Ziegelform ihr. „Er ruiniert unsere Firmen und treibt die Versicherungskosten fürchterlich in die Höhe.

Nun zur zweiten Angelegenheit – ich spreche im Namen von Ziegelform-Arzneien, also der Firma meiner Familie. Wir stellen seit nunmehr sieben Generationen Heilmittel für Krankheiten her, mit den besten Absichten, wie ich Euch versichern kann, doch ehe Ihr uns Eure Wunderkräuter geschickt habt, haben wir nie wirklich eine gefunden, die funktionierte. Nun, und wir dachten uns, dass wir Euer wunderschönes Abbild auf unsere Flaschen drucken könnten, um klarzumachen, dass es der echte, authentische Yendri-Trank ist."

„Mein Abbild?"

„Ja. Als Werbung sozusagen, ja?" Herr Ziegelform griff in einen Beutel an seinem Gürtel und holte ein kleines Tablett und einen Stift hervor. „Wenn ich einfach ein Bild von Euch zeichnen könnte, hier und jetzt, dann sind wir im Geschäft, ja?

Natürlich zahlen wir Euch einen Prozentsatz von jeder verkauften Flasche."

„Verkauft?" Die Heilige runzelte die Stirn. „Verkauft Ihr das Fieberheilmittel?"

„Sicher doch, teure Dame, es geht weg wie Wasser in der Wüste", erklärte Herr Ziegelform jovial.

„Aber ich wollte die Arzneien Eurem Volk schenken und habe nichts dafür verlangt."

Herr Ziegelform sank unter ihrem Gesichtsausdruck ein wenig in sich zusammen. „Nun ja, ich wollte sagen, äh, Herr Lendreth möchte sie immer gegen Stahl und Glas und so eintauschen, und dann, äh, kostet es uns auch etwas, die Flaschen herzustellen, und wir, äh, müssen unsere Arbeiter bezahlen, und deswegen stellen wir das Heilmittel der Allgemeinheit für eine bescheidene Gebühr zur Verfügung."

Sie sah ihm direkt in die Augen. Er schluckte, als er spürte, wie alle Geheimnisse seiner Seele in seinen und ihren Augen erschienen. Die Heilige war über sie so verblüfft, dass sie beinahe ihren Zorn vergessen hätte, doch dann stürzte sie sich wie ein Falke auf das entscheidende Detail. „Lendreth verkauft Euch also die Kräuter?"

„Er tauscht sie eher ein, meine Dame, aber ja, man könnte es so sagen."

„Wenn ich Euch die Samen und Wurzeln kostenlos schicken würde und dazu noch ein paar Jünger, die Euch lehren, wie man sie einpflanzt und pflegt, würdet Ihr die Medizin dann kostenlos an Euer Volk verteilen?"

Herr Ziegelform war benommen. „Meine Dame, Ihr seid unvorstellbar großzügig und, äh, wunderschön zugleich, aber es ist so, wir müssen doch im Geschäft bleiben, nicht wahr? Das Personal arbeitet nicht umsonst."

Die Heilige, die in seine Seele geblickt hatte, wusste, dass er die Wahrheit sprach. Sie dachte rasch nach. „Ich will, dass das

Fieberheilmittel umsonst verteilt wird, da Menschenleben davon abhängen, und ein Leben ist keine Ware zum Kaufen oder Verkaufen. Doch Kräuter haben noch zahlreiche andere Anwendungsmöglichkeiten, die nicht überlebensnotwendig sind. Man kann sie verwenden, um Speisen oder Getränke zu würzen oder um Parfüm und Seifen herzustellen."

„Seifen, um Gesicht und Haare zu waschen?", fragte Herr Ziegelform.

„Ja."

„So wie jene Seifen, mit denen Ihr Euch Gesicht und Haare wascht? Persönlich?"

„Ja."

„Hurra", rief er gedämpft und blickte sinnend in die Ferne. „Eure persönlichen Schönheitspflegeprodukte und Euer Abbild auf der Flasche. Oh ja. Oh, wir werden sie nicht rasch genug produzieren können."

„Das dürft Ihr an Euer Volk verkaufen, da es nur Tand ist. Im Gegenzug verlange ich allerdings, dass ihr das Fieberheilmittel umsonst an alle verteilt, die es benötigen."

„Wir werden es an den Straßenecken verschenken", versprach Herr Ziegelform mit Tränen in den Augen. „Ich schwöre es bei allen Göttern."

„Dann sind wir uns einig."

Die Heilige stimmte zu, sich zeichnen zu lassen. Nachdem die roten Männer wieder über den See gerudert waren, kehrte sie in ihre Laube zurück und setzte einen Brief in ziemlich strengen Tonfall an Lendreth auf.

o o o

Einen Monat später kam er zur Insel, um sich zu erklären.

„Wie willst du dich rechtfertigen, Lendreth?", fragte die Heilige, und er schaffte es wieder nicht, ins Licht ihrer Augen zu blicken.

„Indem ich dir sage, dass ich bei diesem Volk gelebt habe und es verstehe“, antwortete er. „Er ist gewinnsüchtig. Was man ihnen umsonst anbietet, dem misstrauen sie. In ihrer Welt haben nur Dinge, die etwas kosten, einen Wert. Wenn ich keine Güter im Gegenzug gefordert hätte, hätten sie deine Geschenke einfach als wertlos weggeworfen.“

„Warum hast du das nie zuvor erwähnt?“

„Ich hatte vor, es dir Stück für Stück zu erklären. Außerdem habe ich, was immer ich getan habe, für unser Volk getan.“

„Damit sie diesen Tand besitzen? Hübsche Dinge, ohne die sie genau so gut gelebt haben, bevor du sie ihnen gebracht hast? Damit deine Ernter sich Schwerter kaufen und noch gefährlicher werden können? Mein Libellenkelch und die Becher sind hübsch, doch was haben sie eine Mutter gekostet, deren Kinder krank waren?“

„Und was sollen wir sonst tun?“, forderte Lendreth mit erhobener Stimme. „Alles, was wir haben und wissen verschenken, um Fremden zu helfen?“

„Ja! Denn sie sind keine Fremden mehr. Wir sind Nachbarn, im Guten wie im Schlechten. Sieh mich an, Lendreth, und dann sag mir, dass der Geliebte nicht das gleiche gesagt hätte.“

Lendreth sah ihr nicht ins Gesicht, erwiderte aber hitzig: „Der Geliebte war nur ein Mensch. Ich habe seine Makel gesehen. Du hast ihn niemals wirklich gekannt, oder du wüsstest das.“

„Ich kannte ihn besser als du.“

„Kind!“ Es war Senis Stimme, die von der Landestelle herüberklang. „Komm rasch! Hier sind Verwundete!“

o o o

Es stellte sich heraus, dass die Männer nicht verwundet waren. Sie waren gelähmt.

Acht oder neun Ernter wurden von ihren grimmig blickenden Gefährten auf Tragen transportiert. Sie waren in Angriffshaltungen eingefroren und konnten nur noch das Gesicht bewegen, Tränen strömten ihnen über die Wangen und sie beklagten sich unablässig, während einer nach dem anderen auf die Insel gerudert wurde.

„Was ist passiert?" Die Heilige kniete beim ersten nieder, der ans Ufer gebracht wurde. Es war einer ihrer ranghöheren Offiziere.

„Oh, oh, lasst mich nicht fallen! Ich bin gefroren, ich werde zerbrechen! Kind, Mutter, helft mir, bitte! Das Eis brennt …"

„Da ist kein Eis", sagte sie, während sie ihn untersuchte. „Erzähl mir, was geschehen ist."

„Der verfluchte Gard ist am Leben!", rief er mit wild rollenden Augen. „Er hat uns das angetan!"

Seni schrie vor Entsetzen auf und schlug die Hände vors Gesicht. Die Heilige zog vorsichtig am Oberarm des Mannes und stellte fest, dass seine Muskeln verkrampft waren, dann beugte sie sich vor und blickte ihm in die Augen. Sie sah den Zauber, die Illusion, die sich von den Ängsten und Erwartungen des Mannes nährte und ihn gefangen hielt.

„Ich werde dich heilen", verkündete sie und hob die Illusion auf. Er brach in sich zusammen und schrie vor Schmerzen als sich seine Muskeln entkrampften. „Bringt die anderen her!", ordnete sie an, und das Boot brach sofort auf. „Was meinst du mit ‚der verfluchte Gard'?"

„Ihr habt ihn nie kennengelernt", stammelte der Ernter, der sich auf seiner Trage wand. „Aber ich erinnere mich an ihn. Ich war noch ein Kind und habe gesehen, was an jenem Tag geschah, als er den gesegneten Ranwyr tötete und der Geliebte ihn verfluchte! Ich habe ihn gesehen!"

„Du musst dich irren", beruhigte die Heilige ihn geduldig. „Der verfluchte Gard ging in den Schnee und ward verloren."

„Ich schwöre, er war es! Er hat es uns selbst gesagt!" Der Mann begann zu zucken und biss sich auf die Zunge. Sie legte ihm die

Hand auf die Stirn und ließ ihn sich entspannen, und er sank weinend in sich zusammen.

„Bringt ihn in die Krankenlauben“, sagte sie den Trägern und erhob sich, um zu sehen, wie der nächste Mann ans Ufer gerudert wurde.

Neben ihr meinte Lendreth mit kaum verhohlenem Triumph: „Wenn sie Schwerter gehabt hätten, wäre ihnen kein Leid geschehen.“

„Ihnen ist kein Leid geschehen“, ermahnte sie ihn streng, während sie sich ihm zuwandte, „und du solltest dich schämen, auf diese Weise zu triumphieren.“

„Ich habe dir gesagt, dass wir Feinde haben.“ Er ließ nicht locker. „Das hast du offenbar nicht vorhergesehen, wie es scheint.“

Nachdem sie den Zauber vom letzten der Ernter genommen und sie mit Wasser und beruhigenden Kräutern versorgt hatte, bekam die Heilige die folgende Geschichte aus ihnen heraus:

Sie waren bei ihren Patrouillen weit herumgekommen und bis zur roten Straße vorgedrungen, die am Rand des Nordwaldes verlief, wobei sie stets nach Gefahren Ausschau gehalten hatten, die ihrem Volk drohen mochten. Sie hatten in den Schatten gelauert und einen großen Mann mit dunklem Antlitz gesehen, der die Straße entlanggekommen war, in Kleidern, wie sie für ein Kind der Sonne üblich waren, und mit einem Weinkrug unter einem Arm.

Er schien nicht bewaffnet zu sein, und sie hatten ihn passieren lassen, doch er hatte sich zu ihnen umgedreht und sie trotz ihrer geschickten Tarnung gesehen – ein Kind der Sonne hätte sie keinesfalls bemerken können.

Er hatte sie lange angestarrt und sie dann in ihrer eigenen Sprache angesprochen.

„Erdgeborene, es ist lange her, dass ich jemanden wie euch sah!“

Sie waren aus ihrem Versteck getreten und hatten ihn gefragt, warum er sie gesehen und erkannt hatte. Er hatte erwidert, er habe vor langer Zeit unter ihnen gelebt. „Sagt mir“, bat er sie, „wie ist es dem Stern gelungen, solch ein Loch in den Berg zu schlagen? Ich hätte nie gedacht, dass er über die Macht verfügte, solche Dinge zu tun.“

Dann hatte ihn Falway, der ranghöchste Offizier, als den verfluchten Gard erkannt und eine Warnung geschrien. Daraufhin hatte sich das Gesicht des Mannes furchterregend verfinstert. „Verflucht, in der Tat, verbannt und noch immer unverziehen, wie ich sehe.“

Ein junger Ernter hatte ihm vorgeworfen, dass das Blut des Gesegneten Ranwyr aus der Erde noch immer nach Rache riefe. „Narr“, war die Antwort des verfluchten Gard gewesen. „Ich habe niemals sein Blut vergossen, obwohl ich zweifellos meinen Bruder tötete. Lerne die Wahrheit, bevor du mir drohst.“

Die Ernter hatten erwidert, sie würden mehr tun als ihm nur zu drohen. Sie hatten ihn umkreist und ihn bekämpfen wollen, wie sie es gelernt hatten, mit Faustschlägen und Tritten. Manche hatten ihre Schleudern geladen und andere Blasrohre gezogen, um Pfeile auf ihn zu schießen.

Doch ehe sie ihn hatten angreifen können, hatte der verfluchte Gard die Hand gehoben und einen Zauber gesprochen, und sie waren an Ort und Stelle gebannt gewesen, und das war noch nicht alles gewesen: Von beiden Seiten der Straße waren schrecklich anzusehende Dämonen in schwarzen Rüstungen gelaufen gekommen und hatten die Ernter mit ihren Speeren bedroht, während sie sie grob durchsucht und ihnen alles von Wert weggenommen hatten.

Als der verfluchte Gard ihre goldenen Umhangbroschen mit dem Abzeichen der Ernter gesehen hatte, hatte er sie verspottet:

„Ihr seid also jetzt ein reiches Volk, ein entschlossenes Volk mit Schleudern und Giftpfeilen für eure Feinde. Ihr seid nicht die Erdgeborenen, die ich kannte."

Ein fürchterlicher Dämon hatte den verfluchten Gard gefragt, ob man allen Gefangenen die Kehle durchschneiden solle, doch dieser hatte nur verächtlich gelacht und gemeint, es wäre Bestrafung genug, sie hier in ihrer Schande zurückzulassen.

„Außerdem", hatte er gesagt, „können sie meinem Volk eine Botschaft überbringen. Also hört gut zu, ihr Narren: Ich bin geehrt, dass ihr meinen Namen am Leben erhaltet – in euren Flüchen. Doch wenn man meinen Namen heute verfluchen will, dann nennt man mich den Herrn des Berges.

Da ich bisher dachte, ihr wäret noch immer arm und bescheiden, habe ich euch keinen Ärger gemacht, doch da ihr, wie ich jetzt sehe, stolz und reich geworden seid, werdet ihr wieder von mir hören."

Damit hatte er sie verlassen und war seiner Wege gegangen, und die Dämonen waren plötzlich verschwunden. Die Ernter hatten dort verharrt, unfähig, sich zu bewegen, bis ihre Waffenbrüder gekommen waren, um herauszufinden, was mit ihnen geschehen war.

o o o

Wenn sie Mitgefühl von ihrer Heiligen erwartet hatten, wurden sie enttäuscht. Nachdem sie sich erholt hatten, wurden sie von ihr zusammengerufen und mit traurigem Blick gescholten. Sie betonte, sie hätten all das mit ihrer Gewaltbereitschaft über sich gebracht, und der verfluchte Gard, der ihr Volk bisher ignoriert hatte, werde nun seine bösartige Aufmerksamkeit auf sie richten. Sie erinnerte sie daran, dass der Stern selbst den verfluchten Gard verbannt hatte, statt ihm ein Leid zuzufügen, und dass es daher keine Entschuldigung für sie gegeben hatte, ihn anzugreifen.

Einer der Ernter war so unklug, in einer Entfernung, in der sie ihn noch gut hören konnte, vor sich hinzumurmeln, dass die Sache, wenn sie Schwerter hätten tragen dürfen, sicher anders ausgegangen wäre.

„Das wäre sie tatsächlich“, erwiderte sie, während sie ihm mit weißem Zorn in die Augen sah. „Ihr wärt jetzt alle tot. Wenn er euch mit einem Wort alle einfrieren konnte, was hätten euch Klingen dann gebracht, außer ihn noch mehr zu verärgern?“

Die Heilige sollte bereits innerhalb dieses Monats herausfinden, dass der verfluchte Gard ein Mann war, der sein Wort hielt. Sie stand an ihrer Schreibtafel, als der Bote angelaufen kam.

„Mutter.“ Der Mann kniete vor ihr nieder und neigte den Kopf. „Ich komme aus den Apfelhainen im Norden, und mein Name lautet Deluvwyr. Eure weinenden Kinder flehen Euch um Hilfe an.“

Seufzend segnete sie ihn, und er erhob sich. „Erzähl mir alles“, fordert sie ihn auf.

„Der verfluchte Gard ist von seinem Berg gestiegen und hat uns überfallen. Wir arbeiteten gerade in den Apfelhainen, als er aus den Wäldern kam und mit seinen furchterregenden Dämonen zwischen den Bäumen heranschritt. Wir griffen ihn mit unseren Erntehaken an, doch er machte nur eine Handbewegung, und wir wurden wie Blätter durch die Luft geschleudert und die Erntehaken zerbrachen. Seine Dämonen lachten uns aus. Wir konnten sie nicht daran hindern, ins Dorf vorzudringen.“

„Dorf?“

„Wir leben in Häusern auf einer Wiese, Mutter, mit einem Zaun außen rum. Der Trevani Lendreth hat es bei einem Besuch vorgeschlagen, und wir fanden es praktischer für unsere Arbeit. Die Tiere kommen so nicht ins Apfellagerhaus.“

„Hat euer Zaun den verfluchten Gard aufgehalten?“

„Nein." Deluvwyr senkte den Blick. „Er hob erneut die Hand, und die Bretter wurden wie Gras davon geschleudert. Er ging ins Dorfzentrum, stellte sich ans Feuer und fragte, wie wir denn einen müden Reisenden aufmuntern wollten. Jene Männer, die nicht im Obsthain gewesen waren, packten ihre Kampfstecken und griffen ihn an, doch sie hätten genau so gut mit Strohhalmen auf ihn einstechen können. Nachdem unsere Männer stöhnend auf der Erde lagen, rieb er sich die Hände und sagte ‚Burschen, diese Leute wissen nicht, wie man höflich antwortet. Schaut euch um und seht, wie man in diesem Dorf Unterhaltung bekommt.'"

„Was geschah dann?", fragte die Heilige.

„Unsere Trevani kam und versuchte, ihn aufzuhalten, sie schlug mit ihrem Stecken nach ihm. Ich sah die Energie wie Wasser von ihr strömen, doch der verfluchte Gard sprach nur ein Wort, der Stecken zerbrach und die Trevani ging bewusstlos zu Boden. Dämonen trieben uns mit ihren Speeren zusammen.

Andere Dämonen sandte er in die Häuser, um sich dort umzusehen. Sie fanden das Lagerhaus, das wir mit Waren für den Handel mit den Kindern der Sonne gefüllt hatten, und brachten die Beutel mit Perlen heraus und die lackierten Tonwaren, die Krüge mit Honig und Most. Sie öffneten die Krüge und tranken. Sie tranken all unseren Most aus und wurden ziemlich betrunken. Der verfluchte Gard lachte und fragte ‚Na, wo sind denn nun eure Burschen in den grünen Umhängen? Sie müssen krank sein, ich weiß ja, dass sie keine Angst haben, herauszukommen und mich für euch zu bekämpfen'.

Wir dachten, er würde endlich gehen, doch es sollte noch schlimmer kommen: Einige seiner Männer hatten unsere Trommeln, Flöten und Leiern gefunden und riefen ‚Lasst uns Musik machen!' Dann ließ er seine Dämonen die Mütter, Kinder und Alten im Lagerhaus einsperren. Die jungen Frauen mussten tanzen, während die Dämonen spielten, und die Dämoninnen in seinen Reihen zwangen die jungen Männer, ebenfalls zu tanzen, und dann mussten sie auch trinken und dann … dann kam es zu Schändungen."

„Haben sie jemanden getötet oder verwundet?", fragte die Heilige.

Deluvwyr blickte zu Boden und gab dann betreten zu, niemand sei getötet oder verwundet worden.

„Doch schließlich wandte sich eine Dämonin an den verfluchten Gard und meinte, er habe zu viel getrunken. Daraufhin stand er auf und brüllte, sie müssten gehen. Sie beluden sich die Arme mit unseren Gütern und marschierten davon, doch der verfluchte Gard drehte sich noch einmal um und bohrte ein schwarzes Messer in den Türstock des Lagerhauses.

‚Gebt das euren Burschen in Grün, wenn ihr sie wiederseht. Sagt ihnen, jeder, der es wagt, kann versuchen, es in mein Herz zu bohren' rief er und ging."

o o o

Die Heilige ging persönlich in das Dorf, doch bis sie dort angekommen war, war schon wieder Gras über die Stellen gewachsen, an denen die Dämonen gefeiert hatten, und zwei der Mädchen waren kurz davor, die Kinder zu gebären, die sie in jener Nacht empfangen hatten. Sie nahm das schwarze Messer herunter und spürte die Macht, die darin pulsierte. Dann untersuchte sie das zerstörte Lagerhaus und die zertrümmerten Krüge. Der Großteil der Häuser war verlassen.

„Wo sind die Leute, die hier lebten?", fragte sie.

„Sie hatten Angst, hier zu bleiben", erklärte die Trevani, Paltyll. „Sie leben jetzt wieder in den Wäldern wie in den alten Tagen."

„Ich denke, das ist eine gute Idee. Wenn wir keine Dörfer haben, wird der verfluchte Gard nicht wissen, wo er uns finden kann. Wenn wir keinen gelagerten Reichtum haben, gibt es nichts, was er uns stehlen kann. Wir haben zahlreiche Jahre glücklich ohne Häuser und Reichtümer gelebt. Wir wollen erneut so leben, bis sein Zorn verraucht ist."

„Den Erntern wird das nicht gefallen."

„Dann müssen sie es ertragen", erwiderte die Heilige scharf. „Ihr Stolz und ihr hitzköpfiger Zorn haben uns das eingebrockt. Lasst sie daran denken, was der Geliebte gesagt hat: ‚Die Falle, die ihr dem anderen stellt, wird euch selbst fangen.'"

„Nun ja, aber der Geliebte war unvollkommen", erwiderte die Trevani mit einem Achselzucken, „und die Ernter sagen, seine Lehren waren für Sklaven, und wir sind ja keine Sklaven mehr."

„Was sagen sie noch?" Die Heilige sah ihr in die Augen, so dass sie zusammenzuckte.

„Dass wir, wenn sie schon in den alten Zeiten gelebt hätten, nie Sklaven gewesen wären."

„Nein", wies die Heilige zurück. „Wenn sie in den alten Zeiten gelebt hätten, wären sie wie der verfluchte Gard geworden."

Die Heilige blieb, um als Hebamme für die zwei Mädchen zu dienen, als ihre Zeit kam. Die Geburten verliefen komplikationslos, doch als man den Mädchen die Kinder in die Arme legte, erschauerten sie und verstießen sie, denn das kleine Mädchen hatte silberne Augen und der kleine Junge eine schwarzblaue Haut wie eine Zwetschge. Die Heilige nahm sie mit, als sie das Dorf verließ, und gab sie in die Obhut ihrer Jünger auf der Insel.

Die Heilige schlug die Augen auf. Sie lag still und lauschte auf das, was sie geweckt hatte. Es waren nicht die Kinder gewesen; sie hörte, wie der kleine Bero beim Trinken zufrieden schnaubte und dass ein leises Schnarchen aus Bishas Krippe drang. Abgesehen von einer schläfrigen Amme schliefen auch all ihre

Jünger. Sie ließ ihren Verstand schweifen und konnte einen aufgebrachten Knoten in der Dämmerung wahrnehmen. Jemand lief entlang eines Pfades, mit wild schlagendem Herz und hastig Zweigen ausweichend.

Sie erhob sich seufzend und fragte sich, ob der verfluchte Gard ein weiteres Dorf überfallen hatte. Inzwischen waren es fünf, und das letzte hatte er in Brand gesteckt. Niemand war verletzt worden, doch das Feuer hatte zwei Tage gebrannt und dabei einen breiten Streifen des nördlichen Waldes vernichtet. Drei weitere Mischlingskinder wurden erwartet. Sie hatte unmissverständlich bekanntgegeben, dass sie unter ihrem Schutz standen, und ihr Volk erneut aufgerufen, die Dörfer zu verlassen und in den tiefen Wäldern Schutz zu suchen. Ein paar wenige hatten ihrem Befehl Folge geleistet, doch nicht genug.

Als der Bote in eines der Boote geklettert war und über das Wasser paddelte, hatte sie sich bereits angezogen und wartete am Landesteg auf ihn.

Voller Überraschung erkannte sie Feldash, den sie ausgeschickt hatte, um sich um die Kinder der Sonne zu kümmern. Er rang noch immer nach Atem, als er vor ihr niederkniete und auf ihren Segen wartete. Sie ließ ihn aufstehen und sah ihm in die Augen.

„Was ist passiert?“

„Krankheit, in Karkateen“, keuchte er. „Nicht das Fieber. Sie haben sich selbst vergiftet, sie kotzen und schwitzen, und ein Dutzend ist schon gestorben. Etwas hat den See vergiftet, aus dem sie trinken. Ich bin zum Ufer gegangen und habe gesehen, dass das Wasser schwarz ist; das Schilf stirbt und überall treiben tote Wasservögel. Dort lebt ein Mann am Ufer, der Tinte herstellt. Es gab einen Unfall, einer seiner Bottiche zerbrach und die Tinte lief durch die Abwasserkanäle ins Wasser.“

„Tinte ist ungiftig“, erwiderte die Heilige und fragte sich, ob sie genug Abführmittel für eine ganze Stadt hatte.

„Aber nicht die, die sie herstellen, um sie auf die Drucktafeln zu schmieren. Sie mischen Cerelath-Klebstoff hinein."

„Daran ist nur ein Dutzend gestorben? Ihre Götter müssen sie beschützen." Die Heilige wandte sich um und lief zu ihrem Zimmer.

Feldash rannte neben ihr her. „Ich werde mehr brauchen, als ich tragen kann. Könnt Ihr fünf Leute erübrigen?"

„Ich werde dich begleiten und ein Dutzend meiner Leute mitbringen", verkündete sie. „Wir müssen zuerst die unmittelbaren Symptome behandeln und ich muss Wasserrosenblüten mitbringen, um den See zu reinigen … und natürlich genügend Abführmittel …"

„Wir müssen ein Dampfhaus für sie anfertigen, sie haben keine Ahnung, wie man ordentlich badet."

„Hast du sie das nicht gelehrt?"

„Es ist schwer, es ihnen verständlich zu machen. Sie glauben nicht an Schmutz, den sie nicht sehen können."

„Aber an Götter glauben sie", meinte die Heilige entnervt.

Zwei Stunden nach Tagesbeginn brachen sie auf, ein Dutzend Gestalten in weißen Roben, die einen Waldweg entlang gingen. Feldash führte sie an und die Heilige ging direkt hinter ihm; die anderen trugen große Krüge mit Wasserlilienknospen, die in nassen Farn eingeschlagen waren, oder dicke Bündel mit Kräutern und Wurzeln.

Bis zum Mittag hatten sie weniger als ein Drittel der Strecke zurückgelegt, da der Pfad überwachsen und unwegsam war. „Gibt es einen schnelleren Weg?", fragte die Heilige Feldash.

Er blickte über die Schulter zu ihr. „Wir treffen bald auf eine rote Straße. Es ist ein kleiner Umweg, aber wir werden schneller sein, wenn wir sie benutzen."

„Dann nehmen wir die rote Straße."

o o o

Die Sonne erreichte ihren Zenit, doch nun kamen sie wesentlich schneller voran, auch wenn einige Jünger sich soweit entfernt von jeder Deckung fürchteten. Die Sonne sank nach Westen hin und die Schatten wurden länger, als Feldash plötzlich innehielt und angestrengt in die Ferne starrte. Er hob die Hand und signalisierte den anderen, stehen zu bleiben. „Was ist los?", erkundigte sich die Heilige.

„Speere", erwiderte Feldash. „Oh nein, das sind nicht nur Speere, das ist eine ganze Armee, die in diese Richtung marschiert. Wir müssen uns verstecken!"

„Alle von der Straße", befahl die Heilige. „Verstaut eure Last im Graben und verbergt euch in der Wiese. Habt keine Angst."

Sie gehorchten zitternd. Nun hörten sie bereits das Trampeln von Stiefeln und ein raues Lied. Sie standen auf einer Wiese inmitten eines kleinen Hains aus blühenden Bäumen und sahen einen Trupp Dämonen die Straße herankommen.

Die Dämonen wirkten in ihren schwarzen und silbernen Rüstungen riesig und furchteinflößend und waren bis an die Zähne bewaffnet. Obwohl jede der Rüstungen das Abbild eines weißen Hirsches zierte, glich doch keiner dem anderen: Manche hatten Fell, manche Schuppen, andere Hauer oder Krallen. Auch Dämoninnen waren dabei, schlank, anmutig und einen raschen Tod verheißend. Alle sangen sie, während sie marschierten, und die Erde erzitterte angesichts ihrer tiefen Stimmen:

„Wenn ich jemals hier herauskomme, werde ich ihr Blut trinken, als wäre es Wein …"

Sie schritten voran und schienen den blühenden Hain an der Straße nicht einmal wahrzunehmen, während die Heilige sie aufmerksam beobachtete, und dann …

… schritt neben den Dämonen ein groß gewachsener Mann mit einem schwarzen Helm. Er hatte mächtige schwarze Augenbrauen, doch sein Blick wirkte sanft und ruhig. Als einziger wandte er den Kopf und musterte den kleinen Hain. Sein Blick wurde intensiver. Dann hielt er inne, setzte über den Graben am Rand der Straße hinweg und trat mitten zwischen die schlanken Bäume, von denen Blütenblätter herabfielen.

o o o

Die breite, ruhige Schrift bricht jäh ab. Du siehst, dass der Bericht noch durch ein paar Zeilen in einer anderen Handschrift ergänzt wird.

o o o

Der verfluchte Gard griff zwischen den Blumen tragenden Zweigen hindurch und zog eine Frau an ihrem Handgelenk hervor, die schönste Frau, die er je gesehen hatte.

Mit einem Lachen warf er seinen Umhang um sie, und beide verschwanden in einem weißen Blitz und einem Donnerschlag.

o o o

Du wendest das Blatt und erkennst, dass du das Ende des Bündels erreicht hast. Du gehst die Blätter nochmals durch, weil du glaubst, etwas übersehen zu haben, doch sie sind alle in der richtigen Reihenfolge.

Du stehst auf, gehst zum Bibliotheksbruder und bittest ihn um den zweiten Teil. Er schüttelt nur traurig den Kopf und erzählt dir, dass es nicht mehr gibt.

5

Das Buch

In einer Vinothek in Flammenbergstadt, direkt um die Ecke von der Druckerei Kupfertafel & Söhne, sitzt eine Dame allein an einem Tisch und wartet. Sie ist ein Kind der Sonne und, auf eine harte und professionelle Weise, eine Schönheit. Auf dem Boden neben ihrem Stuhl steht ein großer gewebter Beutel, in dem sich scheinbar etwas Schweres befindet.

Sie klopft ungeduldig mit dem Fuß auf den Boden. Endlich kommt ein Mann in den Laden. Er sieht intelligent aus, ebenfalls auf eine harte und professionelle Weise, und vielleicht ein wenig ungeduldig. Sie winkt ihn heran. Er sieht sie, wirft einen Blick durch das Fenster auf die Wasseruhr am Hauptplatz und kommt zögernd näher.

„Beeilen wir uns", drängt er. „Ich habe etwa fünfzehn Minuten, bis ich bei meiner nächsten Besprechung sein muss."

„Dann werde ich mich kurz fassen." Die Frau greift nach unten, hebt den Beutel in ihren Schoß und holt ein schweres Manuskript hervor, das sie auf den Tisch fallen lässt. Es mit einer Schnur zusammengebunden.

Der Mann starrt es unbeeindruckt an. „Was soll das sein?"

„Eine skandalöse, unautorisierte Biografie."

„Wirklich." Der Mann klingt noch immer desinteressiert. „Eine Biographie wessen?"

„Des Herrn des Berges."

Der Mann zieht vor Verblüffung die Brauen hoch. „Ihr haltet Euch für dazu qualifiziert, weil …?“

„Ich seine Geliebte war. Eine seiner Geliebten. Er hat mich für mindestens vier Jahre einmal im Monat besucht, bevor er sich in diese Grünie verguckte. Glaubt mir, ich habe eine Seite von ihm gesehen, die die Karawanenführer nicht kennen, und ich habe viel über ihn gelernt, wenn ich ihn zum Reden bringen konnte. Ihr mögt der Ansicht sein, schon zuvor skandalöse Werke veröffentlicht zu haben, doch Ihr habt noch nie so etwas wie das gelesen.“

Wider besseres Wissen zieht der Mann das Manuskript zu sich und öffnet es an einer zufälligen Stelle. Er liest einen Moment lang schweigend, blättert um und liest weiter. „Bei den Göttern der Tiefe“, murmelt er. „Ist das wirklich passiert?“

„Das meiste“, erklärt sie forsch. „Wenn ich gelogen habe, ist es sehr glaubwürdig gelogen. Ich gedachte, es ‚Ich war die Lustsklavin des dunklen Fürsten‘ zu nennen.“

„Das sicher eine Möglichkeit“, erwidert der Mann, der seine Augen nicht von der Seite lösen kann. „Ja.“ Die Minuten vergehen. Schließlich blickt er auf und versucht, sich zusammenzureißen. „Ihr, äh, wollt Euch also an ihm rächen, weil er Euch verstoßen hat?“

Sie zuckt gleichgültig die Achseln. „Er hat mir ein Stadthaus geschenkt, aber man muss ja schließlich auch sehen, wie das Essen auf den Tisch kommt, oder?“

„Schön“, erwidert der Mann, stapelt die Seiten mit zitternden Händen wieder aufeinander und verknotet sie erneut mit der Schnur. „Natürlich muss ich es den anderen Redakteuren zeigen. Ich kann nichts versprechen, aber ich glaube, ich könnte eine ansehnliche Vorauszahlung herausschlagen.“

„Dann solltet Ihr mir bald Bescheid geben, wie Ihr Euch entschieden habt, ja?“, meint sie mit einem charmanten Lächeln.

„Herr Flaschenzug von Flaschenzug und Querbalken war auch daran interessiert."

o o o

Das Zimmer war sehr luxuriös eingerichtet. Auf dem Boden lag ein Teppich, auf dem Bett lagen Seidenkissen und Felle. Ein kleiner Tisch aus gehämmertem Messing stand in einer Ecke, darauf eine Weinkaraffe und Kelche. In einer anderen Ecke befand sich ein Tisch mit mehreren Schubladen, und darüber hing ein Spiegel aus versilbertem Glas.

All das war kein Ausgleich dafür, dass die Fenster vergittert, die Luft dünn und kalt und alle Oberflächen mit einer Schmutzschicht überzogen waren und dass die Seide einen moschusartigen Geruch ausdünstete, der wohl nicht von altem Parfum stammte.

Seit sie wieder zu Bewusstsein gekommen war, hatte die Heilige den Raum dreimal durchsucht und dann das Geheimfach im Tisch entdeckt. Es enthielt leider nichts Nützliches, sondern nur den geschmacklosen Schmuck einer Tänzerin und zwei halb leere Tiegel greller und billiger Kosmetika. Die Entdeckung fügte der Aufregung der Heiligen eine Note des verletzten Stolzes hinzu.

Sie setzte sich, um sich zu beruhigen, und versuchte, ihre Gefühle zu sortieren. Verletzter Stolz, warum sollte sie so etwas empfinden? Zorn, natürlich, wie ein tobender Schmelzwasserfluss im Frühling. Bestürzung darüber, dass sie an einem Ort war, an dem sie niemanden helfen konnte und dass sie keine Ahnung hatte, was mit ihren Jüngern geschehen war, oder was ihr Volk nun tun würde.

Angst? … nein, sie war nicht ängstlich. Trauer ... ein Teil von ihr erinnerte sich an das Tanzgrün in jener Nacht, wie die Sterne gefunkelt und die weißen Blumen im Gras gestrahlt hatten. Gelächter hatte in der Luft gelegen, während die Jüngeren die Liebe entdeckt hatten. Sie hatte die Erinnerung als selbstsüchtig verdrängt, doch sie war all die Jahre über tief vergraben dagewesen. Die Liebe hatte ihr ein anderes Gesicht gezeigt.

Daran zu denken hieß, vor Selbstmitleid und nicht geweinten Tränen zu zittern. Sie war nicht verletzt und konnte jederzeit für ihre Freilassung sorgen; sie musste nur einmal in die Augen des Mannes blicken und würde dann diesen Ort verlassen und nach Hause zurückkehren können. Es würde noch Monate dauern, bis sie sich um die Konsequenzen würde kümmern müssen.

Sie ging dreimal im Raum hin und her und sammelte ihre Stärke. Sie begann zu singen.

Sie hatte die fernen Geräusche unter sich gehört, die hallenden Schritte, die Gespräche, das Klappern von Geschirr, das Aufeinanderprallen von Waffen. Als sie zu singen begann, verstummten sie alle. Die Heilige hielt sie völlig hilflos gefangen, und der Gedanke verlieh ihr Stärke und erfüllte ihre Stimme mit noch mehr Macht. Sie sang eine Oktave höher, und der Raum begann zu erzittern, die Gitterstangen vor den Fenstern vibrierten und lösten sich aus dem Stein, und die Tür erbebte in ihren Scharnieren.

Sie wusste, wenn sie einen bestimmten Ton aushielt, konnte sie das Dach explodieren und die Wände sich wie die Blätter einer Blüte nach außen öffnen lassen. Dann hätte sie alle Möglichkeiten: Wilde Schwäne herbeirufen und sich davontragen zu lassen oder wie eine Blüte mit dem Nordwind zu fliegen. Viele ihrer Kräfte hatte sie noch nie eingesetzt, weil sie ihr absurd und theatralisch vorkamen und im täglichen Leben nutzlos waren. Nun jedoch konnte sie sie nutzen.

Doch zuerst würde sie ihm in die Augen blicken.

Sie hörte seine Schritte. Er legte die Hand an die Tür, und sie senkte ihre Stimme, sodass ihr Lied kaum noch hörbar war, nur ein schwaches Vibrieren in der Luft.

Gard öffnete die Tür und blieb dort schwankend stehen, er wirkte bleich und krank. Er atmete den Gestank von Wein aus, und der Geruch von Rauchkraut hing in seinem Haar. Er verzog das Gesicht schmerzlich über ihren leise vibrierenden Ton. Sie beendete ihr Lied, und als er die Augen erleichtert öffnete, blickte sie direkt in sie hinein.

Sie sah Bedauern in seiner Seele, aber keinen Selbstbetrug. Er versteckte sich hinter keinen Illusionen.

Er erwiderte ihren Blick standhaft. „Ich habe Euch Böses angetan."

„Das habt Ihr. Wo sind Feldash und die anderen?"

„Wer?"

„Meine Jünger! Die anderen, die mich begleitet haben!"

„Wir haben sie zurückgelassen. Wir haben ihnen kein Leid zugefügt. Ich schätze, sie sind davongelaufen. Auf jeden Fall möchte ich mich entschuldigen."

„Dann werdet Ihr mich augenblicklich gehen lassen."

„Da ist noch die Sache mit dem Kind."

„Tatsächlich. Woher wisst Ihr von dem Kind?"

„Ich bin Zauberer. Für meine Augen leuchtet er wie ein Stern durch Euer Fleisch hindurch. Er wird bei Eurem Volk nicht willkommen sein."

„Dann werde ich ihn Euch schicken lassen."

„Lasst es mich wieder gutmachen. Heiratet mich. Seid meine Frau und die Mutter meines Kindes."

„Die Mutter Eures Kindes werde ich ohnehin sein."

„Ich werde Euch als meine wahre und einzige Frau ehren und niemals wieder mit einer anderen Frau schlafen", fuhr Gard hoffnungsvoll fort, denn sie hatte noch nicht geweint, geschrien oder ihn zu töten versucht, und er stand nun bereits volle dreißig Sekunden vor ihr.

„Nicht mal mit jener, deren Lumpen und Gesichtsbemalung hier zurückgeblieben sind?", fragte spitz sie und schämte sich sogleich, so tief gesunken zu sein. Einen Augenblick lang blickte er sie überrascht und fragend an.

„… oh. Das tut mir Leid. Das war …“ Er versuchte, sich an den Namen des Mädchens zu erinnern.

„Eine unverfrorene und gefühllose Achtlosigkeit?“

„Äh, ja. Wenn Ihr bereit seid, meine wahre Frau zu werden, werde ich Euer Volk nie wieder überfallen.“

Sie schwieg verblüfft.

Ermutigt fügte er hinzu: „Ich werde Euch alles schenken, was ich habe, und Euch einen Garten auf diesem Berg pflanzen.“

„Einen Garten?“

„Von alles übertreffender Schönheit, ja. Ich verlange nicht, dass Ihr mich liebt – ich weiß, wer ich bin und was ich getan habe. Ich will nur, dass Ihr mich heiratet.“

„Warum habt Ihr es getan?“

„Weil Ihr so wunderschön seid und ich die Gelegenheit hatte. Ich war zornig auf Euer Volk, und es kam mir wie die beste Möglichkeit vor, Rache zu nehmen. Als ich erkannte, wer Ihr wirklich seid, war ich nicht mehr in der Lage aufzuhören, selbst wenn ich es gewollt hätte. Doch ich wollte nicht.

Heiratet mich. Bitte. Heiratet mich, und meine Rache endet hier und jetzt. Ich werde Euch nie wieder verletzen, und ich werde auch Eurem Volk kein Leid mehr zufügen.“

Einer Eingebung folgend ging er auf die Knie. Er stellte sich ungeschickt an, und auch kniend nahm er noch den ganzen Türrahmen ein, so groß und breitschultrig war er. Er blickte auf und sah ihr erneut in die Augen. Welcher Mann hatte das jemals geschafft?

Er sah überhaupt nicht aus wie das Monster aus den alten Geschichten, wie die furchterregenden Abbildungen, die man bei ihrem Volk in den Sand zeichnete oder mit Kohle zog, um die Kinder zu ängstigen. Sein Gesicht war eckig, doch seine Züge gleichmäßig und hübsch, wenn auch ein wenig grob. Sein Mund war fest und schmal, seine Augen groß, dunkel und ernsthaft unter den schwarzen Brauen, die wie gekrümmte Sichelklingen aussahen.

„Sichelklingen", dachte sie ironisch. „Jetzt finde ich wie ein verliebtes, junges Mädchen poetische Worte für sein Aussehen."

Er hatte nicht geprahlt mit dem, was er getan hatte, es aber auch nicht geleugnet, gerechtfertigt oder in besseres Licht gestellt. Doch sie fand Entschuldigen für ihn. Warum konnte sie nicht aufhören, an diese großen, festen Hände zu denken?

Sie blickte bestürzt zu ihm hinunter, während ihr bewusst wurde, dass auch eine selbstlose Tat selbstsüchtig sein konnte.

„Ich werde Euch heiraten", sagte sie.

Er stolzierte mit einem dämlichen Grinsen auf dem Gesicht den Wehrgang entlang. Balnshik und Thrang sahen ihn herankommen.

„Sie hat wohl ja gesagt", stellte Balnshik fest.

„Ja", schmunzelte Gard.

„Du bist wirklich ein Glückspilz", hänselte ihn Balnshik. „An ihrer Stelle würde ich gerade mit deinem Kopf Kegel spielen."

„Ich weiß", erwiderte er glücklich grinsend. „Sie liebt mich nicht, aber das ist in Ordnung. Sie wird bei mir bleiben. Sie ist wunderschön und lieb, und ich würde für sie sterben. Vielleicht wird sie mir ja eines Tages verzeihen. Haben wir irgendwelche Blumen?"

„Ich werde einen Wächter hinunterschicken um herauszufinden, was aufzutreiben ist. Vielleicht kann er welche unter der Todeszone finden, mein Herr", meinte Thrang eifrig, während Balnshik den Kopf schüttelte. „Ich werde einen Raum mit sauberer Bettwäsche und anständigen Möbeln vorbereiten lassen. Jener Raum ist kein Ort für Eure Frau und die Mutter Eures Erben. Ihr hättet ihn mich aufräumen lassen sollen."

„Ich weiß."

„Du musst einen Boten ausschicken, der deine Gespielinnen auszahlt, weil damit ist es jetzt für immer vorbei", ermahnte ihn

Balnshik streng. „Ich hoffe, dass du dir auch darüber im Klaren bist, dass du nicht einfach in mein Bett gekrochen kommen kannst, wenn sie gerade keine Lust hat. So spielen wir das nicht."

„Ich weiß."

„Bei den Göttern, du hast nicht einmal den Rauch aus deinen Haaren gewaschen, bevor du zu ihr gegangen bist, oder? Was in aller Welt hast du dir bloß dabei gedacht? Hör mir zu. Du gehst jetzt sofort baden und ziehst dir saubere Kleidung an."

„Ich weiß nicht, wo ich welche finden kann."

„In Eurem Kleiderschrank, Herr!" Thrang fletschte die Zähne und knurrte mit angelegten Ohren. „Wo ich sie immer aufhänge, nachdem ich sie gebügelt habe!"

„Oh." Kurzzeitig ernüchtert blickte Gard in den Himmel, zur Sonne, auf das ferne Meer. Dann kehrte sein breites Grinsen zurück. „Man möge den schwarzen Wein im Speisesaal servieren." Es klang für ihn wie etwas, das ein dunkler Fürst befehlen würde.

o o o

Sie schworen einander im oberen Burghof, von dem man einen atemberaubenden Ausblick auf die Welt hatte, die Treue. Die Heilige konnte die grünen Wälder, die sie verloren hatte, fern im Süden und im Osten erkennen, zwischen den Speeren und Girlanden der Ehrenwache hindurch. Die flatternden Banner trugen weiße Sterne und einen weißen Hirsch auf schwarzem Grund.

Sie hatte sich geweigert, das ihr angebotene prächtige Hochzeitsgewand zu tragen (das recht billig, da gestohlen, gewesen war) und es stattdessen vorgezogen, ihre einfache weiße Robe zu tragen. Er hingegen trug eine schwarze Rüstung mit einer großen Menge an barbarischen Schmuckstücken, die von wahrlich schrecklichem Geschmack zeugten.

Sie beobachtete Gard, während er ihr seine Schwüre leistete. Sie blickte in sein Herz und sah seine Begierden, und sie schienen mitleidig einfach: am Leben bleiben. Frau und Kind haben. Sie waren in keiner Weise so kompliziert wie Lendreths Bedürfnisse nach Ordnung und Macht oder Senis brennendes Begehren nach einer verlorenen goldenen Zeit.

„Er ist so unschuldig wie ein Tier“, dachte sie, „und aus dieser tierischen Unschuld heraus muss er auch den gesegneten Ranwyr getötet haben. Ich darf nicht zu hart zu ihm sein.“

Dann leistete sie ihre Schwüre. Sie versprachen sich keine Liebe, aber Treue, Ehrlichkeit und Pflichterfüllung aneinander und an den Kindern. Sie war entschlossen, sie zu halten.

Der Becher wurde gefüllt, und sie tranken gemeinsam. Die schreckliche alte Kreatur mit dem Wolfskopf trat nach vorne und band ihre Hände sorgfältig mit einer Seidenschnur zusammen, wobei die Heilige von den schönen Händen, die nur durch sein hohes Alter verkrüppelt waren, überrascht war. Nun war ihre Einheit besiegelt. Die Dämonen donnerten ihre Speere auf den Boden und brüllten ihre Gratulationen.

Hoch oben am Himmel trieb eine Wolke dahin. Sie erinnerte an ein Gesicht. Die Augen beobachteten, was am Boden vor sich ging und blickten äußerst unfreundlich.

o o o

Gard und die Heilige wurden von der bereits halb betrunkenen, grölenden Meute durch die schwarzen Hallen eskortiert. Sie blickte sich erstaunt um, während sie am Arm ihres Gemahls dahinschritt. Der Ort war von massiver Pracht, aber auf merkwürdige Weise unvollendet. Die Fenster und Türen waren mit allen Arten von Schmuck verziert, grinsende Dämonenköpfe und Schädel, doch an vielen Stellen lag der Schutt noch in großen Haufen herum. An einer Stelle floss etwas, das eine heiße Quelle zu sein schien, eine Wand hinunter, strömte über den Fußboden und verschwand unter einer Tür.

Das Schlafzimmer, das sie schließlich erreichten, war in einem ähnlichen Stil gehalten. Es war hauptsächlich schwarz, mit schwarzen Wandteppichen, fein gewebten blutroten Teppichen, die das grob behauene Felsgestein des Bodens verdeckten und einem gigantischen, düsteren Bett, das ebenfalls über und über schwarz behangen war.

In die Bettpfosten waren silberne Einlegearbeiten in Schädelform eingearbeitet. Jemand hatte es hastig geputzt, doch es hingen noch immer ein paar Spinnenweben daran, und auf dem Seitentisch gab es ringförmige Becherrückstände, da der Besitzer des Bettes offenbar regelmäßig darin getrunken hatte. Die oberen Bereiche des Dachs waren mit Staub bedeckt.

Die Tür schloss sich hinter ihnen, und sie wurden miteinander alleine gelassen, während das Geräusch der Feiernden den Gang hinunter verklang.

„Würdest du dich gerne selbst entkleiden?“, fragte Gard, der dabei ein wenig ins Stottern kam.

„Danke, aber nein. Wir sind jetzt schließlich Mann und Frau.“

„Soll ich dich entkleiden?“

„Wenn du willst.“

Mit zitternden Händen hob er ihre Robe an, zog sie ihr über den Kopf und ließ sie fallen. Sie stand völlig nackt im Fackelschein vor ihm und blickte ihn ein wenig trotzig an. Er starrte voller Verzückung zurück. Als er ihre Robe nicht aufhob, bückte sie sich, faltete sie sorgfältig zusammen und legte sie auf eine Truhe.

„Es tut mir leid“, entschuldigte er sich, während er an den Schließen seiner Brustplatte herumfummelte. Sie klemmten. Sie ging ihm zur Hand, und kurz darauf fiel die Rüstung klappernd zu Boden. Der Schmuck folgte. Jetzt hatte er es auf einmal eilig, ließ sein Kettenhemd achtlos auf den Boden fallen und hüpfte auf einem Fuß herum, während er sich zuerst des einen und dann des anderen Stiefels entledigte. Dann befreite er sich hastig von den wattierten Unterkleidern, die er unter der Rüstung getragen hatte, und zuletzt von seinem Lendenschurz. Schwer atmend und sehr männlich stand er vor ihr.

Sie sah erstaunt auf seinen Körper. „So viele Narben."

Er blickte an sich hinab. „Ja. Es tut mir leid, ich weiß, dass sie hässlich sind. Ich musste zum Vergnügen meiner Meister kämpfen. Soll ich die Lichter ausmachen?"

„Nein, das ist nicht nötig. Welche Meister?"

„Ich war ein Sklave. Für eine lange Zeit. Können wir jetzt zu Bett gehen?"

„Wenn du willst."

Er hob sie ins Bett und kletterte neben sie.

„Ich weiß, dass das alles ziemlich komisch ist", entschuldigte er sich. „Die Schädel und so, und alles in Schwarz. Bitte kümmere dich nicht darum. Es ist nur Verstellung. Wenn ich gewusst hätte, dass du es bist ... wenn ich gewusst hätte, was ich tat ... es wäre anders gewesen. Würdest du gerne sehen, wie es gewesen wäre? Ich kann es dir zeigen. Schau."

Er senkte den Kopf. Seine Augen erstrahlen in einem grünen Licht und die Luft fühlte sich an wie vor einem Gewitter. Sie spürte, wie sich ihre Härchen durch die Energie im Raum aufstellten. Dann hörte sie Trommeln. Zuerst dachte sie, das Geräusch käme aus dem Gang, doch als sie in die Richtung blickte, sah sie einen Wald unter einem Sternenhimmel, und der weite, grüne Boden war mit kleinen, weißen Blumen überzogen. Sie rochen wie frisch gemähtes Gras. Sie blickte nach oben und sah die Sterne zwischen Zweigen und Blüten funkeln.

Er begann zu singen. Seine Bassstimme schien aus der Erde selbst zu kommen. Er sang das Jungfrauenlied.

Die Sterne schienen zu verschwimmen und die Heilige erkannte, dass ihr Tränen in die Augen gestiegen waren. Sie wollte ihm hinterher sagen, wie schön er gesungen hatte, doch dazu blieb ihr keine Zeit mehr. Sein Mund presste sich auf den ihren, und sie schlang die Arme um seinen Rücken und spürte alte Peitschennarben unter ihren Fingerspitzen.

Hirsch und Taube finden sich mit Ihresgleichen zusammen, und die Vögelchen bauen gemeinsam ihre Nester. Es gab keine Worte und keine quälenden Überlegungen, ob es richtig oder falsch war; tatsächlich gab es überhaupt keine Gedanken. Da waren nur Gefühle, Euphorie und Leidenschaft, als würde sie von Flügeln emporgetragen.

Sie erwachte lächelnd, bevor sie Erinnerung und Schuldgefühle überkamen. Sie blickte ihm in die Augen. Er beugte sich zu ihr hinunter und sprach mit ernster Stimme. „… Pflicht ruft. Mein Lakai wird kommen und dich herumführen. Er wird sich um alles kümmern, das du willst."

„Ich muss meinen Jüngern schreiben", sagte sie und packte ihn am Arm. „Sie müssen wissen, was aus mir geworden ist."

Er runzelte missmutig die Stirn, erwiderte aber dennoch: „Gut, wenn du das musst. Thrang wird dir etwas zum Schreiben holen."

Er wandte sich ab und kleidete sich im Laternenschein an. Sie musterte ihn. „Wie spät ist?"

„Die zweite Stunde nach Sonnenaufgang."

„Ich wünschte, wir hätten ein Fenster in diesem Raum."

Er drehte sich zu ihr um. „Würdest du mir versprechen, nicht hinauszuklettern, wenn wir eins hätten?"

„Ich bin deine Frau", ermahnte sie ihn vorwurfsvoll. „Ich werde dich nicht verlassen."

„Dann werde ich mich um ein Fenster kümmern." Er wandte sich ab, um sein Lächeln zu verbergen. „Ich wollte ohnehin schon immer ein Fenster, bin aber nie dazu gekommen."

Er zog seine Stiefel an und war schon halb aus der Tür, ehe er noch mal zurückkehrte, sich über sie beugte und sie erneut etwas grob küsste.

o o o

In Ermangelung anderer Kleidung zog sie die Robe vom Vortag an und suchte vergeblich nach einer Waschschüssel und Wasser, als es diskret an der Tür klopfte. Sie brauchte einen Moment um zu verstehen, was ein Klopfen bedeutete, und noch etwas länger, bis sie herausfand, wie der Türknauf funktionierte.

Sie öffnete die Tür und schaffte es, nicht aufzuschreien, als sie den Werwolf sah, der geduldig zwischen zwei bewaffneten Wächtern wartete. Er beugte sich in einer Mischung aus Verneigung und unterwürfigem Kniefall. Madame, hörte sie eine Stimme in ihrem Kopf, würdet Ihr gerne das Haus sehen?

„Danke, sehr gerne", erwiderte sie. „Bist du Thrang?"

„Ja." Er erhob sich, ging den Gang hinunter und warf einen Blick über die Schulter zurück, um zu sehen, ob sie ihm folgte. Die Wächter blieben zurück, wofür sie dankbar war, und sie beeilte sich, ihm zu folgen.

„Ich muss mich für den Zustand der Hallen entschuldigen. Wir hatten nur sehr wenig Vorwarnung bezüglich Eurer Ankunft."

„Ich auch."

„Der Meister ist immer so mit seinen Geschäften beschäftigt. Es war etwas schwierig, die Dinge ordentlich zu machen."

„Tatsächlich?"

„Ja." Der Werwolf warf ihr einen Blick zu und gab ein Geräusch von sich, das wie ein ungeduldiges Schnauben klang. „Verzeiht die Frage, aber habt Ihr noch andere Gewänder mitgebracht?"

„Nein, ich fürchte, das habe ich nicht."

„Mögt Ihr weißes Leinen? Es gibt mehrere Ballen Leinen im Lager. Ich werde die Schneiderin schicken, um Maß zu nehmen und Kleider für den täglichen Gebrauch anfertigen lassen, und wenn Ihr die Robe, die Ihr tragt, heute Nacht vor der Tür liegen lassen, werde ich mich darum kümmern, dass sie bis morgen früh gewaschen und gebügelt ist."

„Dafür wäre ich sehr dankbar."

„Ich werde Euch jetzt das Haushaltsservice zeigen."

Sie folgte ihm und fragte sich, was das „Haushaltsservice" sein mochte. Thrang bog in einen schmaleren Gang ein, der besser geputzt und erleuchtet war als der Hauptgang, und blieb vor einer großen, eisenbeschlagenen Tür stehen. Er nahm einen Schlüsselbund vom Gürtel, öffnete die Tür und ließ sie mit einer Verneigung eintreten, dann hob er die Fackel neben dem Türstock an, damit sie besser sehen konnte. Voller Erstaunen blickte sie sich um.

Der Raum war getäfelt, mit einem Teppich ausgelegt und peinlichst sauber. In Schränken an den Wänden standen Geschirr und die unterschiedlichsten Gefäße in allen nur erdenklichen Größen, aus Gold, Silber, Porzellan und Kristall. Terrinen und Wasserkrüge waren mit prächtigen Wappen geschmückt, allerdings handelte es sich bei keinem um eins mit Sternen oder einem Hirsch. Es gab auch gigantische silberne Kerzenleuchter. Manche der Dinge waren zweifelsfrei dazu gedacht, auf einen Tisch gestellt zu werden, allerdings hatte sie keine Ahnung, welche Funktion sie hatten.

„Seht nur die wunderbare Seladonsammlung." Die körperlose Stimme klang sehr stolz.

„Sie ist wunderschön", staunte die Heilige. „Ich habe … hatte einen Krug und Becher mit Libellenmuster, die genau wie diese hier aussahen."

„Ah!" In Thrangs Augen glomm ein gelbes Licht auf. „Die Libelle von Eisenspange! In Frühlingsnebel, Jade, Moos, Smaragd und Melone. Erstmals in Flammenbergstadt im 12. Jahr von Drence dem Diktator gebrannt. Wird noch immer hergestellt."

Er ging zu einem Regal, suchte zwischen den Bechern herum und holte einen mit einem Libellenmuster herunter, den er ihr begeistert präsentierte. „Hättet Ihr vielleicht gerne etwas Wasser? Oder einen Tee? Wir haben eine dazu passende Teekanne."

„Danke, das würde mir sehr gefallen", erwiderte sie ein wenig verblüfft, „aber ich hatte gehofft, zuerst baden zu können, und ich wollte Briefe schreiben …"

„Aber natürlich. Verzeiht. Ich hoffe, dass hier alles noch viel besser funktioniert, wenn wir eine tägliche Routine haben. Ich werde Euch zu den Bädern führen und ein Frühstück ins Studierzimmer des Meisters bringen. Welches Frühstück bevorzugt Ihr?"

„Ich habe normalerweise Strajmahl gekocht und mir eine Kanne Tee zubereitet."

„Sehr gut." Thrang stellte die Tasse vorsichtig zurück in das Regal und nahm wieder die Fackel. Während er sie mit einer weiteren Verbeugung aus dem Raum bat, fiel ihr ein kleines, sorgfältig gemachtes Bett in einer Ecke auf, und sie erkannte, dass er hier schlief.

Sie kehrten in den Hauptgang zurück und folgten ihm bis zu der Tür, unter der das Wasser hindurchfloss. Vor sich hin knurrend trat Thrang platschend über die Türschwelle.

„Die Bäder." Er blieb nach ein paar Schritten stehen und legte die Ohren an, und sie wäre beinahe in ihn hineingelaufen, als sie ihm vorsichtig in den Raum folgte.

Es handelte sich um eine gigantische Kammer mit kuppelförmiger Decke, die ebenso unfertig aussah wie die Gänge draußen. Schwere Dampfschwaden waberten umher, allerdings nicht dicht genug, um das in den Felsen geschlagene Becken zu verbergen, in das das Wasser strömte und in dem etwa ein Dutzend Haushaltswachen herumlungerten, deren einzige Gemeinsamkeit ihre Nacktheit war. Sie blickten erschrocken auf.

Thrangs Knurren wurde immer bedrohlicher, während er die Zähne fletschte. Die meisten griffen hastig nach Handtüchern, während sie aus dem Wasser kletterten, und eine Kreatur mit Tentakeln am Kopf weinte verlegene Tintentränen, während sie sich hastig aus der Tür drückte und dabei eine schwimmhäutige Hand vor ihre Scham hielt.

„Wie könnt ihr es wagen? Das ist das private Bad des Meisters! Ihr gehört ins Offiziersbadehaus im zweiten Stock!", heulte Thrang.

„Die Abflüsse sind dort wieder einmal verstopft", rechtfertigte sich ein schieferblauer Dämon mit blauen Augen.

„Wir benutzen dieses hier schon seit einem Monat, und niemand hat sich beschwert", fügte ein Dämon hinzu, der sein Zwillingsbruder zu sein schien.

„Bitte", wehrte die Heilige ab, „das ist nicht nötig. Sag ihnen, dass sie ruhig bleiben ..."

Ihre Worte hatten nicht den gewünschten Effekt. Sie blickten sie voller Entsetzen an und flohen aus dem Raum, wobei sie sich nicht einmal die Zeit nahmen, ihre abgelegten Rüstungen mitzunehmen, die auf einem Haufen auf dem Boden lagen. Nur eine der Gestalten blieb im Becken und lehnte sich an den gegenüberliegenden Rand. Es war eine Dämonin, die das Schauspiel mit einem gelangweilt-amüsierten Gesichtsausdruck beobachtete.

„Das ist unentschuldbar!" Thrang schnappte in seinem Zorn wild mit dem Maul umher und warf Rüstungsteile zur Tür hinaus. „Ihr solltet Eure Privatsphäre und angemessene Diener haben, wir sollten ein schönes, gepflastertes Bad haben. Ich habe schon in Häusern gedient, wo es bessere Bäder gab. Ich habe gebettelt und gebettelt, damit man hier anständige Sanitäranlagen installiert, aber ..."

„Bitte, es ist schon in Ordnung ..."

„Thrang", mischte sich die Dämonin ein, „hol ihr doch ein sauberes Handtuch und Seife."

Der Werwolf wandte sich zerstreut um. „Aber ja! Ihr müsst saubere Handtücher und Seife haben. Einen Augenblick bitte." Er hastete davon.

„Er ist viel glücklicher, wenn er etwas zu tun hat", erklärte die Dämonin.

„Danke." Die Heilige streifte ihre Robe ab, legte sie in Ermangelung von Möbeln im Raum auf einen Felsen und watete ins Wasser. Seine Wärme überraschte sie, doch es war frisch und zirkulierte ununterbrochen, und nach einem kurzen Augenblick konnte sie es genießen. Die Dämonin löste sich vom Rand und schwamm wie eine Schlange auf sie zu.

„Ihr dürft Euch nicht an unseren kleinen Eigenheiten stoßen", meinte sie. „Wir sind hier oben ein bunter Haufen, und manche haben nicht die besten Manieren."

„Bist du eine der Mätressen meines Gemahls?", fragte die Heilige und kniff die Augen zusammen.

„Er hat keine Mätressen mehr. Nicht jetzt und nie wieder. Darauf könnt Ihr Euch verlassen."

„Das waren also nicht deine Dinge, die …"

„Die im Schmuckkästchen, wie wir es nennen? Meine Güte, nein! Ich würde niemals Schminke in einer solchen Farbe auflegen! Nein, das sind die Überreste einer kurzen Liebelei, doch sie ist schon längst wieder bei ihrem Volk. Ihr habt keine Rivalinnen mehr, immerhin seid Ihr die Mutter seines Kindes."

Der Werwolf kehrte mit Handtüchern und Seife zurück. „Gut, Thrang", lobte die Dämonin mit erhobener Stimme. „Jetzt nimm ihre Robe und lass sie waschen und bügeln. Bring ihr einen der Morgenmäntel des Meisters."

„Morgenmantel, ja, natürlich, Hauptfrau Balnshik! Ihr werdet Eure Robe nach dem Frühstück zurückerhalten."

„Versteht Ihr?", erklärte die Dämonin, nach dem er weg war. „Er ist besessen, mehr noch als es normal für Dämonen ist.

Wenn man weiß, wie man ihn beschäftigt, kann man eine Menge erreichen."

Die Heilige blickte sie nachdenklich an. „Ist er ein Sklave?"

„Nein. Wir sind hier alle befreite Sklaven. Sogar Gard selbst war einer. Wir dienen ihm freiwillig, denn für uns ist er ein guter Herr. Er hat es für andere unmöglich gemacht, uns wieder in die Sklaverei zwingen zu können. Dies ist unser Zufluchtsort. Leider muss es sich dabei zugleich um eine befestigte Burg handeln."

„Er hat dich Hauptfrau Balnshik genannt."

„Das bin ich. Es waren meine Männer, die so frei waren hier zu baden, als wir von unserer Nachtschicht kamen. Wir hoffen, dass Ihr Euren Gemahl dazu bringen könnt, etwas wegen den Abflüssen zu tun."

„Läuft deswegen Wasser den Gang hinunter?"

„Oh nein, das war schon immer so. Ihr müsst Gard entschuldigen, er hat die ganze Festung auf einmal durch Hexerei erschaffen, und sein Wissen über Kanalisation ist leider spärlich. Wir haben uns bisher mit den Unannehmlichkeiten abgefunden, aber jetzt, wo der Erbe der schwarzen Hallen auf dem Weg ist, muss sich das ändern. Sie sollten nicht im wahrsten Sinne des Wortes schwarz sein, aber ich fürchte, sie sind an einigen Stellen ziemlich verdreckt. Ihr könnt einen zivilisierenden Einfluss auf unseren Fürsten ausüben."

„Wird er denn tun, um was ich ihn bitte?"

Balnshik lachte. „Ihr habt Macht über ihn. Die anderen Frauen waren nur ein angenehmer Zeitvertreib für ihn, und ich habe noch nie einen solchen Gesichtsausdruck bei ihm gesehen, als er mir gebeichtet hat, was er Euch angetan hat. ‚Was soll ich denn jetzt tun?', hat er gefleht. ‚Ich habe die schönste Rose der Welt gepflückt, und mein Herz ist von ihren Dornen durchbohrt.'"

Die Heilige blickte ihr in die Augen. Balnshik ertrug es einen langen Moment, bevor sie zur Seite sah und spröde lächelte.

„Oh ja, Ihr habt zweifellos große Macht. Ich hoffe, dass Ihr ihn ebenfalls lieben werdet."

„Du liebst ihn auch."

„Natürlich liebe ich ihn. Ich kenne ihn seit seiner Jugend, und er ist ein guter Mann. Aber Ihr seid seine Frau und tragt seinen Sohn in Euch."

„Hat er noch andere Kinder?"

„Nein."

o o o

Später saß die Heilige in eine große schwarze Robe gekleidet an einem großen schwarzen Tisch in einem großen schwarzen Raum. Sie blickte sich um. Durch ein Loch in der Decke drang ein breiter Lichtstrahl herein, und sie konnte erkennen, dass sich zahlreiche Bücherregale die Wände entlangzogen. Überall standen jene gebundenen Bücher, die von den Kindern der Sonne zu Tausenden gedruckt wurden.

Auf dem Tisch lag ein Tablett mit dem inzwischen leeren Seladongeschirr, in dem das Frühstück serviert worden war, und direkt vor sich hatte sie einen Stapel Papier und eine Flasche, die Tinte enthalten sollte. Sie drehte einen Schreibstift in der Hand und war sich nicht sicher, wie sie ihn verwenden sollte. Schließlich tauchte sie die Spitze des Stiftes in die Tinte und zog zur Übung zögerlich ein paar Striche auf einem leeren Blatt Papier. Nachdem sie der Ansicht war, genügend Erfahrung zu haben, nahm sie ein leeres Blatt und schrieb:

Grüße an meine sehr geliebten Jünger.

Ich schreibe, um euch zu beruhigen und zu versichern, dass ich am Leben und bei bester Gesundheit bin und mich in keinerlei Gefahr befinde. Es ist mein aufrichtiger Wunsch, dass ihr so weitermacht, als ob ich noch bei euch wäre. Ich hoffe, dass Feldash die Reise nach Karkateen fortsetzen und sich um die Kranken unter den

Kindern der Sonne kümmern konnte. Seni, bitte kümmere dich um die Kleinen. Vielleicht habe ich ihre Väter gefunden.

Fürchtet nicht um mich. Es ist wahr, dass ich von jenem entführt wurde, der bei uns als der verfluchte Gard bekannt ist. Doch ich konnte eine bindende Abmachung mit ihm schließen, und er wird in Zukunft nicht mehr unsere Dörfer überfallen oder unserem Volk weiteres Leid zufügen. Als Gegenleistung bin ich zu seiner rechtmäßigen Gemahlin geworden und werde ihm ein Kind gebären.

Auf diesem Weg wird geheilt, was zerbrochen war, und das Böse wird den Wert der Barmherzigkeit erfahren.

Ich werde weiterhin wie bisher die Pflicht meinem Volk gegenüber erfüllen und euch sobald wie möglich erneut schreiben, um weitere Anweisungen zu erteilen.

Ich verbleibe als eure Mutter und eure Tochter.

o o o

Sie verbrachte den Rest des Tages in Gards Bibliothek und studierte seine Bücher. Als das Licht nachließ, setzte sie sich und betete ruhig, bis Thrang die Tür öffnete und hereinspähte. „Das Abendessen ist serviert. Der Meister wartet im Speisesaal."

„Danke", sagte sie. Er wartete bei der Tür auf sie und führte sie den Gang hinunter, wobei er sich immer wieder mit einem Blick über die Schulter vergewisserte, dass sie noch immer hinter ihm war. Er führte sie durch eine Tür in eine andere große Höhle, die von Fackeln erhellt war. Der Fußboden war glatt und in der Zwischenzeit geputzt worden, außerdem hatte man einen Teppich ausgelegt und einen auf primitiven Blöcken liegenden Tisch aufgestellt. Er war mit goldenem und silbernem Geschirr und Besteck gedeckt. Zwei gigantische Stühle, fast schon Throne, waren über den Tisch hinweg einander zugewandt. Trotz all der Pracht gab es nur wenig Essen: eine Art Braten, eine Schüssel mit Früchten, einen Leib Brot, vier Karaffen mit Wein und zwei goldene Kelche.

Gard ging auf und ab und wirkte unbehaglich. Er kam auf sie zu und küsste sie. „Guten Abend, Gemahlin."

„Guten Abend, Gemahl."

„Äh, ich schätze, dann sollten wir essen." Gard wollte ihren Sessel zurückziehen, doch dieser steckte unter dem Tisch fest. Irgendwann hob er sie einfach hoch und setzte sie in den Stuhl, bevor er auf seine Seite ging. Thrang stellte sich neben ihren Ellbogen, blickte von einem zum anderen und rang die Hände.

„Soll ich das Fleisch für den Meister schneiden?"

„In Ordnung", gestattete Gard und setzte sich geduldig, während Thrang mehrere Scheiben abschnitt und sie auf seinem Teller platzierte.

„Isst du immer hier?", erkundigte sich die Heilige.

„Nein. Normalerweise esse ich in der Wachstube und ..."

„Für Euch auch?"

„Ich hätte lieber kein Fleisch", wehrte sie ab.

Thrang versteifte sich ein wenig. „Dann werde ich das Brot für Euch schneiden."

„Ich esse ihren Teil des Bratens", bot Gard hilfsbereit an, während er einen zweifelnden Blick auf die hauchdünnen Scheiben auf seinem Teller warf.

Thrang beachtete ihn nicht, während er weiter Brotscheiben abschnitt und vier davon auf den Teller der Heiligen legte. Gard griff nach der nächsten Weinkaraffe, doch Thrang nahm sie ihm hastig ab, entfernte zog den Stöpsel hinaus und füllte die beiden goldenen Kelche, um sie dann vor Gard und der Heiligen zu platzieren.

„Danke, Thrang", sagte die Heilige.

„Benötigt Ihr sonst noch etwas?"

„Ich denke nicht."

Gard rollte das Fleisch zusammen, stopfte es in den Mund und griff nach dem Messer, um sich mehr abzuschneiden. Thrang war erneut schneller und schnitt weitere dünne Scheiben ab.

Vorsichtig nahm die Heilige ein Stück Brot und kostete davon. Gard verzog das Gesicht, nahm seinen Kelch und leerte ihn mit einem Zug zur Hälfte.

„Das Brot ist sehr gut“, lobte die Heilige.

„Ich werde Euer Kompliment an Hakshagthreena in der Küche weitergeben.“

„Ist er der Bäcker?“

„Das ist sie.“

Gard lehrte seinen Kelch und griff nach einer Karaffe, um ihn wieder zu füllen. Thrang ließ Messer und Gabel klappernd fallen und erreichte die Karaffe als Erster. Er füllte Gards Becher und präsentierte ihn ihm. „Danke“, knurrte Gard mit einer Stimme wie ferner Donner.

„Dürfte ich dich um etwas bitten, Thrang?“

Thrang wirbelte mit gespitzten Ohren herum. „Ihr wünscht die Melone?“

„Nein, noch nicht. Ich frage mich, ob es möglich ist, Vorbereitungen für bestimmte Speisen in den kommenden Tagen zu treffen? Ich muss an die Gesundheit des Kindes denken.“

„Aber natürlich!“

„Ich weiß, dass noch keine Zeit war, einen Garten zu pflanzen, aber falls es in der Festung Linsen oder Oliven …“

„Haben wir!“

„Später könnten wir Kohl oder ein paar frische Erbsen anpflanzen.“

„Ich werde mich sofort darum kümmern.“ Thrang eilte aus dem Raum.

Gard nahm sich das Messer und schnitt ein großes Stück vom Braten ab. „Ist es dir heute so alleine gut gegangen?“, fragte er mit vollem Mund. Sie nickte.

„Gut.“

Sie räusperte sich. „Thrang hat mir seine Seladonsammlung gezeigt.“

„Mhm."

„Sie ist in einem wunderschönen Raum. Sehr sauber. Ich denke, es wäre leichter, die anderen Räume sauber zu halten, wenn sie auch so wären."

„Mhm."

„Deswegen würde ich unsere Räume gerne fliesen und verkleiden lassen, und vielleicht kann man auch etwas bezüglich der Kanalisation tun. Der Abfluss im Bad der Offiziere im zweiten Stock ist wieder verstopft."

„Tatsächlich?"

„Ja."

„Dafür brauche ich Hilfe von den Kindern der Sonne", wandte Gard ein. „Die verstehen was von Rohren und so einem Zeug und auch von Fliesen und Verkleidungen. Ich werde eine ganze Armee von Arbeitern nach hier oben bringen müssen."

Die Heilige nahm eine weitere Scheibe Brot. „Ich würde mit dir in einer Höhle wohnen, mein Fürst, wenn du das willst, aber möchtest du wirklich dein Kind in einer aufziehen?"

Gard runzelte die Stirn und trank Wein. „Ich habe in einem Loch unter einer Baumwurzel gelebt, bis ich fünfzehn war, und das hat mir auch nicht geschadet. Doch ich werde dir deinen Wunsch erfüllen."

„Danke", erwiderte die Heilige und wechselte das Thema. „Ich habe heute einen Brief geschrieben. Würdest du ihn meinem Volk zukommen lassen?"

Gards Mine verfinsterte sich weiter. „Was hast du gesagt?"

„Dass es mir gut geht und ich aus freiem Willen bei dir bleibe. Er liegt auf deinem Schreibtisch."

„Gut." Gards Miene hellte sich auf. „Ich werde es veranlassen."

Thrang kam zurück in den Raum gerannt und umklammerte einen Krug Oliven. Er stellte ihn rechts von der Heiligen ab und blickte sie voller Erwartung an. „Darf ich den Deckel für Euch öffnen?"

o o o

Doch es gab noch einen weiteren Berg, sehr weit weg. Während Gards Berg Wildnis gewesen war und von seinen neuen Bewohnern langsam gemütlich und wohnlich gemacht wurde, war jener Berg einst die verkörperte Eleganz und Vollkommenheit gewesen und nun zerstört und vernichtet. Dennoch war er nicht verlassen, denn in seinem Inneren kroch immer noch Leben herum.

Der Mann sah zu, wie sich seine Tasse Tropfen für Tropfen mit dem schmelzenden Schnee füllte, der durch eine Spalte in der Decke sickerte. Seine Kiefer waren in ständiger Bewegung und kauten auf seiner letzten Talgkerze herum.

An dem Tag, an dem der Berg zerschmettert worden war, hatte er überlebt, weil ein großer Steinbrocken, der von oben auf ihn herabgestürzt war, sich eine Handbreit über ihm verkeilt hatte. Die anderen Gefangenen in den Opferkäfigen waren zerschmettert worden, ebenso die Kette, die ihn an sie gebunden hatte. Als er mutig genug gewesen war, sich zu bewegen, war er so weit gekrabbelt, wie er konnte und in einen der äußeren Gänge gelangt. Schwache Sonnenstrahlen sickerten durch tonnenschweren Schutt und ließen ihn seinen Weg erkennen.

Er hatte eine Zeit lang von den Körpern der Toten gelebt, bis sie sogar jenseits dessen waren, was ein Verhungernder zu sich nahm, und er hatte das Schmelzwasser aufgefangen, das hier und da herabsickerte. Dann hatte er einen Lagerraum gefunden und lange Zeit von dessen Inhalt gelebt, während er die Überreste der unteren Galerien durchsucht hatte.

Er war guten Mutes. Früher oder später würde er eine Leiche mit Stiefeln oder einem Umhang finden, um sich warm genug kleiden und in die Außenwelt graben zu können. Dann würde er frei sein.

Es war eine schlechte Stunde für ihn gewesen, als er entdeckt hatte, dass die oberen Hallen noch immer bewohnt waren. Dort gab es flackernden Fackelschein, gebrüllte Befehle, eine hohe, zornige Frauenstimme und manchmal einen fernen Knall, verursacht durch eine Sprengung oder weitere Einstürze. Irgendwann hatte er sich dennoch nach oben gewagt und dabei die oberen Lagerräume gefunden. Er hatte sich hineingeschlichen, sich geschickt seinen Weg bis zu den Kisten, die am weitesten vom Licht entfernt lagerten, gebahnt und so viele wie möglich hinausgezogen und durch seinen Zugangstunnel nach unten geschleppt. Der Großteil des Inhalts war, auf die eine oder andere Weise, essbar gewesen.

Er hatte monatelang davon überlebt, doch nun musste er erneut hinaufsteigen.

Endlich war der Becher voll. Er trank das Wasser, stellte den Becher wieder auf und wischte sich die Hände an seinem langen Bart ab, bevor er aufbrach.

Er steckte den Kopf durch das Loch im Boden und schnüffelte prüfend. Es war nun wärmer, sie mussten eine Möglichkeit gefunden haben, die zentralen Feuer wieder anzufachen. Die Totenstille war verschwunden, ebenso die grabesähnliche Atmosphäre, die in den ersten Tagen nach dem Einsturz des Berges auf allem gelegen hatte. Er fragte sich, wer noch überlebt hatte.

Auf jeden Fall hatten sie Schutt vom Eingang fortgeschafft. Er quetschte sich hindurch und eilte nur durch seine Erinnerung geführt den dunklen Gang entlang. Dreißig Schritte, sechzig, hier müsste der Lagerraum sein …

Er stieß mit etwas Weichem zusammen. Es fühlte sich wie ein Tuch an, das jemand in den Gang gehängt hatte, doch als er sich dagegen zu wehren begann, schien es förmlich an seinen Gliedern zu kleben. Er kämpfte wie wild und warf sich rückwärts, doch der Rückstoß zog ihn nur noch tiefer in das seltsame

Hindernis hinein. Dann begann es auch noch, in einem rosa Licht zu leuchten.

Nun hing er wie in einer festen Wolke und konnte nur mit Mühe Mund und Nase freihalten. Er schwebte nach Atem ringend in der Luft, während sich das Ding immer fester um ihn zuzog. Er konnte nicht einmal genug Luft holen, um zu schreien.

Kurz darauf flackerten Fackeln auf, und er hörte Stimmen und Gelächter im Gang. Mit fast unglaublicher Mühe drehte er den Kopf um zu sehen, wer da kam: Dämonen in Wappenröcken, die missmutig auf ihn zumarschierten, und in ihrer Mitte eine kleinere, in Pelze gehüllte Gestalt.

„Ich habe es euch gesagt!“ Es war die triumphierende Stimme einer Frau. „Ich habe euch gesagt, dass wir unsere Ratte fangen würden, und hier ist sie. Du hast dich an unseren Lagern vollgefressen, Ratte, sollen wir uns nun an dir vollfressen?“

„Es ist ein Kind der Sonne“, bemerkte einer der Dämonen.

„Tatsächlich?“ Die Frau kam etwas näher, um ihn zu begutachten, hielt jedoch sorgfältig Abstand zu der rosafarbenen Wolke. „Ja, tatsächlich. Er ist so dreckig, dass ich das zuerst gar nicht erkannt habe.“

Er hing dort und starrte sie an. Ihr langer Rock war aus kostbarstem Brokat, schleifte jedoch im Dreck und der Saum war zerfranst und schmutzig. Ihre wertvollen Felle dünsteten einen Geruch wie ein wildes Tier aus. Sie glitzerte vor Juwelen; Ringe an jedem Finger, Arm- und Halsreifen, Ohrringe und eine mit roten Steinen besetzte Tiara. Ihre Augen funkelten, und als sie verächtlich lächelte, sah er, dass sie etliche Zähne verloren hatte.

Dann wechselte ihr Gesichtsausdruck schlagartig.

„Du meine Güte, es ist Schnellfeuer!“, rief sie, und auch ihr Tonfall hatte sich verändert. „Schnellfeuer, der Kampfmeister! Oh, ich erinnere mich an dich. Armer, armer Schnellfeuer, was machst du hier?“

Er konnte nicht antworten. Sie machte eine Handbewegung, und die Wolke löste sich auf, sodass er zu Boden sackte. Er brach in sich zusammen, konnte seine Glieder nicht spüren.

Sie kauerte sich neben ihn. „Du warst stets ein tapferer Kämpfer in der Arena“, schmeichelte sie und strich ihm das Haar aus der Stirn, um ihm in die Augen blicken zu können. „Ich hörte, man hat dich nach unten geschickt, nachdem Gard dich besiegt hatte. Ich dachte, du wärst schon längst tot, sonst hätte ich dich gerettet. Du warst einer meiner Lieblinge, wusstest du das? So hübsch … als ich ein kleines Mädchen war, hatte ich ein Bild von dir in meinem Zimmer hängen.“

„Bitte …“

„Oh, hab keine Angst! Ich werde dir doch kein Leid zufügen, nicht jetzt, nachdem ich dich gerade erst wiedergefunden habe. Traq! Deine Männer sollen eine Trage holen, der arme Schnellfeuer ist zu schwach zum Laufen. Mach dir keine Sorgen, mein lieber Schnellfeuer, die Wirkungen klingen in wenigen Stunden ab. Dann werden wir dich baden, rasieren und in hübsche Gewänder stecken, in die Fürst Vergoins persönlich. Die sind viel hübscher als alles, was du je besessen hast. Und dann bekommst du gutes warmes Essen und Trinken, und dann habe ich einen Vorschlag für dich.“ Sie streichelte seine Wange.

Die Trage kam, er wurde hineingelegt und in die oberen Stockwerke getragen. Die Dame Pirihine ging neben ihm und hielt den ganzen Weg über seine Hand.

Schnellfeuer wurde durch mehrere Gänge getragen, die so zerstört waren, dass er sie nicht erkannt hätte, wenn er nicht hier und da Überreste eines Wandfrieses oder des Mosaiks auf dem Boden erkannt hätte. Die Haupthöhle, um die die große Halle verlief, stand noch immer, hatte sich jedoch ebenfalls so sehr verändert, dass sie kaum wiederzuerkennen war. Die Geschäfte, die einst vor Luxusgütern übergequollen waren, waren verschwunden, nun wurden die Räume bewohnt, und ein großes Feuer brannte im Zentralbereich, in dem einst mithilfe von Magie Blumen gewachsen waren.

Einige wenige Adligen saßen in der Nähe des Feuers in schmiedeeisernen Stühlen, und Dämonen kümmerten sich um sie. Sie wandten der Narzisse der Leere ihre teilnahmslosen Gesichter zu, als sie einen Seitentunnel entlangkam. Sie ging mit ihren Dienern in ein ehemaliges Juwelengeschäft, das nun offenbar ihre Privatwohnung war.

Pirihine hielt all ihre Versprechen. Sie entkleidete Schnellfeuer, badete ihn eigenhändig und lächelte, als sie die Auswirkungen ihrer intimen Berührungen auf ihn sah. Sie rasierte ihn, kämmte sein Haar und half ihm dann in prächtige Gewänder. Er erkannte die Farben Fürst Vergoins und fragte sich, was aus ihm geworden sein mochte, bis er die Gestalt erkannte, die in einem Alkoven inmitten eines summenden Zaubernebels lag.

„Vergoin, mein Schatz", flötete die Dame, während sie zum Alkoven tänzelte und hinabblickte. „Sieh mal, was ich in den Kellern gefunden habe! Es ist der große Kampfmeister Schnellfeuer! Wir haben um einen Helden gebetet, und puff, taucht einer auf. Ist das nicht außergewöhnlich?"

Vergoin gab einen unbestimmten Laut von sich.

Schnellfeuer spähte angestrengt in seine Richtung und sah dann hastig weg. „Was ist mit ihm passiert?", fragte er; es war der längste Satz, den er seit sieben Jahren gesprochen hatte.

„Ein Fels ist auf ihn gefallen", erklärte die Dame Pirihine. „Ich denke, ich hätte ihn sterben lassen sollen, doch von uns sind nun nur noch so wenige übrig, und er kann auch nützlich sein. Zum Beispiel ist er ein sehr guter Zuhörer. Manchmal braucht ein Mädchen einfach jemanden, dem sie ihre Sorgen erzählen kann. Nicht wahr, Vergoin, mein Schatz? Oh, jetzt sie mich nicht so an. Es ist wirklich sehr undankbar von dir, mich so anzuschauen, und gerade dann, wenn sich das Blatt auf so außergewöhnliche Weise gewendet hat!

Komm, Schnellfeuer. Die Sklaven haben ein kleines Festmahl vorbereitet. Wir haben einiges zu besprechen."

Die Heilige saß allein in Gards Arbeitszimmer, arbeitete an dem Webstuhl, den er ihr gebracht hatte, und sang dabei.

Sie war glücklich als verheiratete Frau. Es war, als hätte sie es endlich geschafft, ihr Bötchen in den Fluss zu stoßen, und war dabei alleine in eine neue Welt voller Entdeckungen geraten. Das Gefühl der Freiheit war berauschend.

Es stimmte, dass sie ständig bewacht wurde und dass die schwarzen Hallen kalt und barbarisch waren. Sie hatte sich mit Gard ihren künftigen Garten angesehen und festgestellt, dass es mehrere Hektar felsübersäten Berggipfels waren, auf dem kaum mehr als ein paar Grashalme wuchsen. Ihre Diener waren furchterregende Kreaturen, zumindest zum Teil.

Doch sie lernte zu verstehen, wie ihr Geist funktionierte: Manche von ihnen waren einfache Gefühle, die in hellen Farben erstrahlten, nahezu unberührt von jedem Sinn für Gut und Böse. Einige ältere Dämonen wie Balnshik waren erfahren und weise, wenngleich sie ihren Sinn für Humor manchmal als etwas befremdlich empfand. Dann waren da noch jene wie Thrang, die von bestimmten Dingen besessen waren und deren Verstand an ein Labyrinth erinnerte und auf merkwürdige Weise verknotet und verworren war.

Sie hatte herausgefunden, dass Gard anders als alle anderen war.

Er hatte begonnen, ihr ein wenig von sich zu erzählen, wenn sie sich entkleideten und wenn sie vor oder nach dem Liebesakt in seinen Armen lag. Sie betrachtete sein Gesicht, während er zögernd von der harten Sklavenarbeit und dem Überlebenskampf in der Arena oder auf dem Schlachtfeld redete. Eines

Nachts überraschte er sie, indem er Gedichte in der Art der Kinder der Sonne rezitierte.

Sie hatte inzwischen erkannt, dass er keineswegs unschuldig wie ein Tier war. Zwar verfügte er über eine einfache äußere Schale wie Blätter im Sonnenlicht, doch darunter lagen tiefe Schatten, und eine ernste, nachdenkliche Seele blickte zwischen ihnen hervor.

Sie war sich bewusst, dass sie förmlich von ihm besessen war. Sie war sich bewusst, dass sein Körper auf ihren wie eine Droge reagierte, in den langen Stunden der Nacht, in seinem hohen schwarzen Bett. Sie war sich bewusst, dass sie selbstsüchtiges Glück darüber empfand, endlich eine richtige Frau und bald auch eine Mutter zu sein.

Aber wer sollte sie deswegen anklagen? Hatte sie sich denn nicht für das Wohl ihres Volkes geopfert?

o o o

„Herrin."

Sie blickte von ihrem Webstuhl auf. Ein Feldwebel der Wache, der mit den roten Augen, verneigte sich vor ihr. „Feldwebel?"

„Die Arbeiter sind hier – die Kinder der Sonne, nach denen Ihr verlangt habt, mit ihren Werkzeugen und ihrer Ausrüstung. Er sagt, Ihr sollt kommen und es Euch ansehen."

„Ich danke dir, Feldwebel." Sie erhob sich lächelnd. „Wo sind sie?"

„Im unteren Burghof."

Er geleitete sie durch die Gänge nach unten, und schreckliche Monstren salutierten schüchtern, wenn sie vorbeikam. Sie trat in den Hof hinaus und sah rote Männer, die in einer langen Reihe auf dem Boden knieten. Sie trugen Augenbinden, ihre Hände waren vor ihrem Körper gefesselt, und manche weinten oder beteten zu ihren Göttern. Auf einer Seite waren Werkzeuge und Kisten zu einem Haufen aufgeschüttet. Gard stand auf der anderen Seite, vollständig in seine schwarze Rüstung gekleidet, und als er die Gefangenen ansprach, klang seine Stimme wie rollender Donner.

„Nun denn, Kinder der Sonne, falls ihr morgen sterbt, werdet ihr dennoch den wundersamsten und schönsten Anblick eures Lebens gehabt haben, und ihr würdet auch nie etwas Wunderbareres zu sehen bekommen, wenn ihr tausend Jahre leben würdet. Nehmt die Binden ab!"

Die Wächter traten vor und nahmen einem nach dem anderen die Augenbinden ab. Die roten Männer blickten sich ängstlich blinzelnd um, und alle keuchten vor Überraschung, als sie die Heilige sahen. Einige fielen vor ihr zu Boden, die gefesselten Hände ausgestreckt. „Rettet uns!"

„Gnade!"

„Lasst nicht zu, dass er uns umbringt!"

Sie sah sie schockiert an und musterte dann Gard mit loderndem Zorn in den Augen. „Was hast du getan?"

„Ich habe dir die versprochenen Arbeiter gebracht", erwiderte im gleichen theatralischen Tonfall und blickte ihr ohne zu blinzeln in die Augen. Sie erkannte Belustigung und dass er einen verborgenen Plan verfolgte. „Bist du etwa nicht zufrieden? Soll ich sie hängen lassen?"

„Nein!", schrie sie. „Du wirst sie sofort freilassen!" Die roten Männer rutschten auf ihren Knien zu ihr hin, weinten, dankten, flehten sie an und priesen sie.

„Dann werde ich eure Leben verschonen", donnerte Gard zu den Kindern der Sonne gewandt, „aber ihr werdet dennoch für mich Sklavenarbeit leisten und schöne Räume fertigen, in denen meine Gemahlin wohnen kann."

„Sie werden nicht als Sklaven arbeiten!", ging die Heilige bestimmt dazwischen. „Wenn sie arbeiten wollen, dann wirst du sie bezahlen und hinterher freilassen!"

„Wollt Ihr prächtige Arbeit?", fragte einer der Gefangenen eifrig. „Ich schwöre bei allen Göttern, Eure Gemächer werden prächtiger sein als die einer Herzogin!"

„Gemahlin, ich beuge mich deinen Wünschen", gab Gard nach, „denn ich bin in allen Dingen dein Sklave. Doch falls einer von ihnen dich enttäuscht, wird sein Kopf alsbald traurig von einer Pike herabblicken!"

„Kann ich dich kurz allein sprechen?", fragte die Heilige.

Er deutete mit einer Verneigung auf eine Tür, und sie zog ihn mit sich in den Gang hinein.

„Jetzt werden sie alles tun, was du von ihnen verlangst", meinte er selbstzufrieden.

„Wie kannst du es wagen!" Die Heilige blickte ihm mit all ihrem Zorn direkt in die Augen, und er fuhr ein Stück zurück, sah aber nicht weg.

„Meine Frau, so erledigt ein dunkler Fürst seine Geschäfte. Ich musste ihnen Augenbinden anlegen lassen, verstehst du, das ist eine grundlegende Sicherheitsmaßnahme. Man hat ihnen nicht wehgetan, und man hat sie nicht beraubt, und wenn sie dir gute Arbeit leisten, dann bezahle ihnen, soviel du willst. Ich werde sie auch wieder blind den Berg hinunterbringen lassen, doch du hast mein Wort, dass ich sie unverletzt und lebendig freilassen werde. Das ist doch gerecht, oder?"

„Darum geht es nicht! Warum konntest du sie nicht einfach fragen, ob sie kommen würden?"

„Weil sie es nicht getan hätten. Immerhin bin ich der dunkle Fürst, wie sie sagen. Aber schau, wir sorgen dafür, dass deine Räume hübsch hergerichtet werden. Sie werden nach Hause zurückkehren und Geschichten über den schrecklichen Herren des Berges und seine wunderschöne und heilige Madame verbreiten, die ihr Leben gerettet hat. Es tut unser beider Ruf gut."

„Aber das ist doch absurd!"

„Nicht wahr? Ich lüge, um zu überleben, da die Leute eine schwarze Maske mehr fürchten und respektieren als ein ehrliches Gesicht. Das Leben ist viel einfacher geworden, seitdem ich das verstanden habe."

„Dieses Gespräch ist noch nicht vorbei", drohte sie. Er verneigte sich, und sie wandte sich von ihm ab und ging hinaus zu den Kindern der Sonne.

o o o

Zu ihrer Irritation war es, wie Gard gesagt hatte: Die roten Männer waren auf geradezu erbärmliche Weise darauf versessen, ihr jeden Wunsch zu erfüllen. Einer der Klempner sorgte sofort dafür, dass die Abflüsse im Badehaus der Offiziere freigemacht wurden, auch wenn er ohnmächtig wurde, als er den Grund ihrer Verstopfung sah, und man ihn mit Hochprozentigem wieder auf die Beine bringen musste.

Zwei Steinmetze versicherten ihr, es sei kein Problem, die Felswände zu glätten und so zu polieren, dass sie wie schwarzer Marmor glänzten, oder man könne sie auch verputzen und mit prächtigem Schmuck verzieren. Ein Fliesenleger versprach ihr, auf all ihren Wegen Fliesenböden mit prächtigen Mosaiken zu legen; und dann waren da noch ein Tischler, ein Glaser und ein Schmied.

Sie verstand nicht einmal die Hälfte dessen, was sie zu ihr sagten, und rief schließlich nach Thrang. Seine Ohren stellten sich beim Anblick der Handwerker auf und in seine Augen trat ein Funkeln. Sobald sie begriffen hatten, dass er sie nicht fressen würde und außerdem sehr gut in der Zeichensprache kommunizieren konnte, ließen sie sich von ihm bereitwillig zu den Orten führen, die seiner Meinung nach der meisten Arbeit bedurften.

Die Heilige setzte sich wieder an ihren Webstuhl. Thrang suchte sie im Lauf des Tages zweimal auf, um ihre Zustimmung zu bestimmten Mustern einzuholen und ihre Bewilligung, die entsprechenden Materialen aus den Lagerräumen weiter unten holen zu lassen. Kurz vor dem Abendessen brachte er ihr ein Blatt Papier, auf dem er die geschätzten Kosten für die Arbeit und das zu bestellende Material aufgeführt hatte.

Sie präsentierte es Gard am Abend, als er sich ihr gegenüber an den Tisch setzte. Er nahm es und las es. Sie sah, wie er die Stirn runzelte. „Das ist ja Diebstahl!“

„Damit kennst du dich ja aus“, erwiderte sie und tunkte eine Scheibe Brot in Olivenöl.

„Bei allem Respekt, Herr, das ist nicht mehr, als die Arbeiter von meinem alten Meister für sein Schatzhaus verlangt haben“, schaltete sich Thrang ein, während er den Wein eingoss, „und die Arbeiten sind dringend.“

„Oh, sind sie das?“ Gard blickte finster und griff nach seinem Kelch.

„Bei allem Respekt, Herr, wenn die Herrin ein gesundes Kind in einem sauberen, zivilisierten Haus aufziehen können soll, dann ja.“

„Ich habe in einer Höhle unter ein paar Wurzeln gelebt“, murmelte Gard. Er blickte zur Heiligen. „Und du in einer zugigen Hütte unter einem Baum.“

„Das ist wahr. Aber damals war ich auch nicht die Frau des großen, furchterregenden dunklen Fürsten, der auf seinen Ruf achten muss.“

„Zugegeben“, seufzte Gard.

Er beschwerte sich in der Nacht erneut, als sie sich in sein großes, schwarzes Schlafgemach zurückzogen und er feststellen musste, dass sich ein klaffendes, nur provisorisch mit Planken verdecktes Loch in der Mauer befand, bis der Glaser und der Tischler das Fenster, das dort geplant war, fertiggestellt hatten. Doch von da an dann schaffte er es, seine Wut im Zaum zu halten und die Rechnungen zu bezahlen.

Die Kinder der Sonne verstanden rasch, welche Schmuckelemente er bevorzugte und machten sich mit Enthusiasmus an die Arbeit. Sie stellten Stuckarbeiten in Schädelform, hübsch groteske Skelettgestalten für Türknaufe, Schrankgriffe und anderes Eisenwerk her, und ein prächtiges Fries aus weißen Hirschen wurde für den Speisesaal geplant. Die Räume, die hauptsächlich für die Heilige gedacht waren, hielten sie in weißen und goldenen Tönen, mit Blumen- und Vogelmustern.

Die Heilige dankte dem Pflasterer so ausführlich, dass er sich schließlich vor Entzücken vor ihren Füßen niederwarf und sie anflehte, mit ihm ins Bett zu steigen, zumindest für fünf Minuten. „Ich bin ein schneller Arbeiter", versprach er.

Danach verbot ihr Gard, mit den Arbeitern allein zu sein, wenn nicht Balnshik dabei war. Das bereitete unzüchtigen Angeboten ein Ende.

o o o

Die ganze Zeit über spürte die Heilige jedoch tief in ihrem Herzen, das diese Idylle nicht ohne Konsequenzen bleiben würde.

o o o

Sie saß an ihrem Webstuhl, der nun in einem eigens dafür eingerichteten, hell erleuchteten Raum stand, als zwei Dämonen eintraten, salutierten und sich nervös umblickten. Sie schaute zu ihnen auf; es waren die Zwillinge mit den silbernen Augen.

„Da kommt ein Mann den Berg hinauf", verkündete Grattur.

„Er gehört zu Eurem Volk", fügte Engrattur hinzu.

„Er wird nicht durch die Todeszone kommen, wenn wir ihn nicht führen, und nun lässt Madame Balnshik fragen, ob wir ihn durchlassen sollen"

„Wo ist mein Fürst und Gemahl?" Die Heilige erhob sich.

Sie warfen sich Blicke zu. „Er arbeitet an etwas", meinte Grattur ausweichend.

„Es ist eine Überraschung", erklärte Engrattur.

„Dann bringt mich zu Balnshik", entschied die Heilige.

○ ○ ○

Sie führten sie über viele Treppen und Rampen und an einer Vielzahl von salutierenden Wächtern vorbei nach unten. Endlich traten sie durch ein Türchen auf ein Freigelände unterhalb der Zinnen. Balnshik stand dort mit einer Truppe Dämonen und blickte über ein Feld aus schwarzen, zerklüfteten Felsbrocken.

„Ist es ein Trevanion?", fragte die Heilige.

„Ich fürchte, das weiß ich nicht", sagte Balnshik.

„Er würde eine weiße Robe und einen Stab tragen."

„Nein. Er trägt nichts bei sich. Er hat das Labyrinth vor fünf Minuten betreten und sollte sich inzwischen heillos verirrt haben."

„Bitte führt ihn herein", bat die Heilige.

Doch als Balnshik noch auf dem Weg zur ersten Schädelmarkierung war, trat ein einzelner Mann aus dem Tor: Kdwyr.

„Oh!", sagte die Heilige und lief ihm entgegen.

Er hielt inne, starrte sie an und fiel auf die Knie. „Kind, ich habe dich gefunden."

Sie nahm seine Hände und half ihm auf, während ihr Tränen in die Augen schossen. Er wirkte so alt und ausgezehrt. „Ist Seni bei dir?"

„Nein", antwortete er und senkte den Blick. „Sie kehrte über den Fluss nach Hlinjerith zurück, wo uns der Geliebte verlassen hat."

„Wie bist du durch das Labyrinth gekommen?", erkundigte sich Balnshik scharf und doch neugierig.

„Der Schatten des Raben hat mich geführt. Ich habe zum gesegneten Ranwyr gebetet, und er ist mir wie Rauch vorausgeeilt. Nun werde ich dich zurückbringen oder sterben."

„Kdwyr, ich kann nicht zurückkehren", sagte die Heilige sanft. „Ich bin jetzt mit Gard verheiratet und trage sein Kind in mir. Ich habe einen Handel geschlossen und mich zum Bleiben verpflichtet. Habt ihr den Brief nicht bekommen, den ich geschickt habe?"

„Doch, aber wir haben auch seinen erhalten. Es war seine Heiratsanzeige, in der er uns aufforderte, seine Eroberung zu feiern, ein sehr grober Brief. Dein Volk hat Angst, Kind."

„Oh je", ächzte Balnshik.

„Viele junge Männer haben sich den Erntern angeschlossen. Sie reden davon, hier heraufzukommen und für dich zu sterben. Lendreth hat die Trevanion zusammengerufen, sie möchten ein Lied erstellen, um dich zurückzurufen."

„Ich will das nicht!", sagte die Heilige.

„Das dachte ich mir", seufzte Kdwyr, „Aber sie haben nicht auf mich gehört. Deswegen bin ich hierhergekommen. Wie geht es dir, Kind?"

Als Gard ins Haus gestürmt kam, goss die Heilige Kdwyr gerade eine Tasse Wasser ein. Gard riss die Tür zum Webzimmer förmlich auf, doch die Heilige schnitt ihm das Wort ab.

„Das ist mein Fürst und Gemahl", stellte sie ihn vollkommen ruhig vor. „Gard, das ist Kdwyr, der mich fand, als ich in diese Welt gekommen bin. Ich habe ihm gerade erzählt, was für ein liebenswerter und herzensguter Ehemann du doch bist und wie wenig du mit dem Monster zu tun hast, zu dem mein Volk dich gemacht hat."

Gards Augen schossen schwarze Blicke auf Kdwyr, doch er sagte nur: „Tatsächlich?"

„Ja. Trotz der Heiratsanzeige, die du ohne mein Wissen verschickt hast."

„Oh."

„Ich habe ihm erklärt, dass ich glücklich bin, hier mit dir zu leben und dein Kind zu gebären, und dass ich nicht in die Welt dort unten zurückkehren werde. Nicht wahr, Kdwyr?“

„Doch, Kind.“

„Es könnte dich vielleicht interessieren, mein Fürst und Gemahl, dass manche Angehörige meines Volkes deine Heiratsanzeige so interpretiert haben, dass ich in Wahrheit eine Gefangene wäre. Und jetzt plant man meine Rettung.“

„Die natürlich scheitern würde“, sagte Gard.

„Natürlich. Aber wie können wir solch ein schreckliches Missverständnis am besten aus der Welt schaffen, mein Fürst und Gemahl?“

„Ich denke, ich könnte ihnen vielleicht noch einen Brief schreiben.“

„Das glaube ich nicht“, erwiderte die Heilige mit einer leichten Schärfe in der Stimme. „Ich denke eher, es wäre am besten, Kdwyr mit der Nachricht zu meinem Volk zu schicken, dass meine Jünger den Berg wie es ihnen beliebt besuchen und verlassen dürfen, damit sie sich überzeugen können, dass ich keine Gefangene bin.“

„Kann ich dich kurz alleine sprechen?“, bat Gard.

„Sicher.“ Die Heilige stand auf und verließ das Zimmer mit ihm. Kdwyr blieb alleine zurück und musterte erstaunt die prächtig bemalten Wände. Nach einiger Weile hörte er erhobene Stimmen, doch als höflicher Mann dachte er, dass es taktlos wäre, zu lauschen. Außerdem war er nicht neugierig. Er hatte erwartet, an diesem Tag zu sterben. Da diese Möglichkeit inzwischen eher unwahrscheinlich erschien und er das Kind mit seinen eigenen Augen gesehen hatte, war er bereit, alles zu akzeptieren, was das Schicksal noch für ihn bereithalten mochte.

Nach einiger Zeit kehrte die Heilige in den Raum zurück, dicht gefolgt von Gard.

„Es soll sein, wie ich es vorgeschlagen habe“, verkündete die Heilige Kdwyr. „Bist du bereit, meinem Volk einen Brief zu bringen?“

„Gerne, Kind.“

„Dann werde ich einen schreiben.“ Die Heilige ging zu einer Kommode und holte Papier, Tinte und eine Feder heraus.

Gard räusperte sich. „Komm und begleite mich ein paar Schritte, Jünger.“

Kdwyr blickte zögernd zur Heiligen, die sich zum Schreiben niedergekniet hatte. „Dir wird kein Leid geschehen. Oder, mein Fürst und Gemahl?“

„Nein, meine Frau.“

Daraufhin folgte Kdwyr Gard aus dem Raum und lange Gänge entlang, in denen furchterregende Kreaturen salutierten und ihm mit schielenden Blicken nachsahen.

„Du bist also derjenige, der sie als Kind gefunden hat?“, fragte Gard schließlich.

„Das bin ich“, sagte Kdwyr.

„Ich schätze, du warst einer der Jünger des Sterns?“

„Nein. Ich war ein Sklave. Eines Tages fielen meine Ketten einfach von mir ab, und ich konnte entkommen. Ich stieg den Berg hinauf und fand sie neugeboren in einer großen Blume liegen.“

„Hat sie geweint?“

„Nein Sie hat tief und fest geschlafen.“

„War sie allein? War jemand in der Nähe?“

„Wir waren allein. Ich wusste nicht, was ich tun sollte, also nahm ich sie, trug sie den Berg hinauf und suchte nach einer Frau, die sich um sie kümmern konnte. Wir kamen aus dem Nebel heraus und da waren der Stern und all seine Leute.“

„Wie praktisch.“ Gard musterte Kdwyr, während sie auf die Mauer traten, die die Bergspitze umgab. In dem hellen Licht konnte er die gebeugten Schultern und die alten, durch die

Fesseln entstandenen Narben sehen. „Wie lange warst du ein Sklave?"

Kdwyr zuckte die Achseln. „Immer. Ich erinnere mich noch an die Nacht, in der die Reiter kamen. Damals war ich ein Junge, und wir waren auf dem Tanzgrün."

„Ich auch. Ich erinnere mich auch an diese Nacht."

„Ich glaube, ich floh. Ich glaube, sie haben mich gefangen, aber ich erinnere mich nicht mehr. Ich war zu lange Sklave. Sie haben mich schwer geschunden, aber ich bin nicht gestorben."

Kdwyr erzählte das ohne Stolz oder Zorn. Gard betrachtete ihn und fragte sich, ob Ranwyr nun ebenso aussah, so ausgelaugt und alt.

Kdwyr musterte Gard auch. „Ihr erscheint mir jung dafür, dass Ihr diese Nacht ebenfalls erlebt habt."

„Ich bin ein Dämon und ein Unveränderbarer. Was wünschst du dir, Kdwyr, der du meine Frau gefunden hast?"

„Ich will nur sicher sein, dass es ihr gut geht und sie glücklich ist. Ich möchte ihren Willen erfüllen, solange sie noch etwas für mich zu tun hat."

„Willst du sie nicht vor dem verfluchten Gard retten?"

„Wie könntet Ihr verflucht sein?" Kdwyr sah ihn überrascht an. „Sie hat Euch auserwählt. Grüne Ranken wachsen über weißen Knochen."

Gard lachte auf. „Tun sie das? Ich will dir etwas zeigen." Er führt Kdwyr zum Rand der Mauer und wies auf ein weites, leeres Gebiet, sonnenverbrannt und mit Steintrümmern bedeckt. Jemand hatte dort gegraben, die Erde aufgewühlt und die freigelegten Steine zu Haufen auftürmt. Ein paar gelbe Büsche standen dort, verwelkt und gestorben.

„Ich habe ihr einen Garten versprochen, um sie glücklich zu machen. Ich kann den Berg formen, aber ich kann keinen Garten wachsen lassen. Wenn ich dich zu deinem Volk zurückkehren lasse und du es hierherbringen darfst, würdest du dann diesen Ort bepflanzen und für sie schön machen?"

„Ja."

o o o

Der Brief der Heiligen wurde sehr lang und war voller Vorwürfen, und Ermahnungen, und als sie fertig war, war es bereits Nacht geworden. Deswegen bereitete man Kdwyr im Webraum ein Bett und die Heilige bat ihn, abends mit ihr und Gard zu speisen. Das Essen war luxuriös und wurde auf goldenen Tellern serviert. Kdwyr bedankte sich höflich und aß schweigend, während er Gard und die Heilige beobachtete, wie sie von Thrang bedient wurden. Gard trank wesentlich mehr als normalerweise und machte ein finsteres Gesicht, als sie zu Bett gingen.

o o o

Die Heilige wehrte sich nicht gegen Gards Berührung, als er sie in seine Arme zog, war aber dennoch mit ihren Gedanken woanders. Er schlang die Arme enger um sie. „Hör auf, an sie zu denken", verlangte er mit einem Knurren in der Stimme.

Sie blickte auf, zuerst verblüfft, dann aber strahlte Ärger aus ihren Augen wie zwei Sonnen. „Was hast du gesagt?"

„Ich sagte, hör auf, an sie zu denken. Du hast genug für dein Volk getan. Ich werde sie deinetwegen in mein Haus lassen, aber ich will verflucht sein, wenn ich sie auch in mein Bett lasse."

„Ich denke, was ich will. Du bist heute Nacht in einer entsetzlichen Stimmung. Bist du so neidisch auf den armen Kdwyr?"

„Nein! Er ist schon in Ordnung, und er stört mich auch nicht. Es sind diese verdammten … Yendri. Sie werden dich zurückzerren, wenn sie können. All die Rüpel in ihren grünen Umhängen."

„Denkst du wirklich, ich würde meine Hochzeitsschwüre brechen, um zu ihnen zurückzukehren? Dann kennst du mich nicht. Überhaupt nicht. Aber dennoch habe ich ihnen gegenüber Pflichten. Ich bin ihre Mutter und ihre Tochter."

„Nein", widersprach Gard heiser. „Du bist die Mutter meines Sohnes, und wessen Tochter du bist …"

Die Pause dauerte zu lange, und zu viel Ungesagtes schwang in der Luft. Ihre Augen weiteten sich und ihr Gesicht wurde schmerzerfüllt. Er hätte sie noch nie lieber geküsst wie in diesem Augenblick. „Ich weiß nicht, was du meinst", sagte sie endlich mit zitternder Stimme.

„Nicht? Du musst es doch vermutet haben. Haben deine Kinder nicht getratscht? Als ich sie noch kannte, taten sie das. Für ein Volk, das seine Zeit damit zugebracht hat, sich unter Felsen zu verstecken, haben sie erstaunlich viel geredet."

Sie schwieg und starrte ihn nur an, doch er sprach in seinem Zorn einfach weiter. „Es gab dort einmal einen Mann. Er war ein Scharlatan. Vielleicht wusste er nicht, dass er einer war, doch er stellte sich als Wunderbringer dar, obwohl er nicht mehr als ein zweitklassiger Magier war, und das arme, dumme Volk glaubte, er sei ein Gott, selbst wenn er mit ihren Töchtern schlief. Man nannte ihn den Tröster der Witwen! Du wirst dir denken können, wie er sie getröstet hat.

Ich habe ihn durchschaut, Aber sonst keiner. Nicht mein Bruder, nicht meine Schwester, nicht meine Mutter. Ich habe sie an ihn verloren, einen nach dem anderen. Alle glaubten ihm, als er sagte: ‚Beugt den Kopf vor den Reitern! Kämpft nicht gegen sie! Seid geduldig! Ein heiliges Kind wird kommen, um uns alle zu retten!'

Das Volk muss ungeduldig geworden sein, und er hat sich wohl gefragt, was er tun sollte – und dann, Überraschung! Ein Wunderkind taucht plötzlich von irgendwoher auf. Was für ein Glück für ihn. Lustig, nicht wahr, dass ihre Augen den seinen so sehr gleichen?

Darum frage ich dich jetzt, warum ich seine Tochter nicht zur Frau nehmen sollte? Findest du nicht, dass dieser Mann mir eine Familie schuldet?"

Ihre Stimme war eiskalt. „Du bist betrunken und beleidigst deine Gemahlin mit voller Absicht."

„Ich beleidige dich nicht! Was ist an der Wahrheit beleidigend? Du selbst sagst immer nur die Wahrheit, warum willst du dann dein Leben auf einer Lüge aufbauen? Du gehörst nicht ihnen, du gehörst mir. Du hast sie aus der Sklaverei geführt. Gut! Aber das ist zwanzig Jahre her, und jetzt brauchen sie dich nicht mehr. Ich brauche dich! He, wo gehst du hin?"

„Ich werde auf dem Fußboden schlafen. Heute schlafe ich lieber dort als neben dir."

„Nein!" Gard packte sie am Handgelenk. „Hältst du mich für ein Monster? Denkst du, ich lasse die Mutter meines Kindes auf dem Fußboden schlafen? Bleib in dem verdammten Bett! Ich gehe woanders hin." Er rollte sich aus dem Bett und landete mit einem Krachen auf dem Boden. Fluchend taumelte er auf die Beine und packte ein Laken, das er um sich schlang. Dann stolperte er in den Gang hinaus und warf die Tür hinter sich zu.

Als sie allein war, schloss die Heilige die Augen. Der Drang zum Weinen war zu groß zum Widerstehen, und so vergrub sie ihr Gesicht in den Polstern und schluchzte vor sich hin, während ein Teil von ihr sich selbst voller Erstaunen betrachtete. Ich bin allein im Bett und weine nach einem Streit mit meinem Mann. Es kam ihr so lächerlich vor.

Sie erinnerte sich an die Frauen, die zu ihr gekommen waren, weinend, klagend, um Rat bittend: Nichts, was ich tue, stellt ihn zufrieden … er ist so eifersüchtig und kalt, seit das Kind auf der Welt ist … er weint und sagt, ich wäre grausam, dabei habe ich ihn nur aufgezogen … ich wollte ihn nicht auslachen, aber er will mir nicht verzeihen … er behauptet, ich hätte es absichtlich getan, aber das stimmt nicht … er kommt immer müde vom

Feld nach Hause, und wenn das Essen nicht auf dem Tisch steht, ist er so grob zu mir …

Sie hatte in ihren Augen die Wahrheit gesehen, ihnen auf taktvolle Weise gesagt, was zu tun oder nicht zu tun sei und dann tröstende Worte gefunden.

„Hör auf zu weinen. Wasch dein Gesicht. Dreh das Kissen um und sieh zu, dass du ein wenig schlafen kannst. Denk bis morgen nicht mehr daran."

o o o

Gard schritt den Gang entlang und ignorierte die beiden Wächter, die hastig salutierten und behutsam fragen, ob sie irgendwie behilflich sein konnten. Er stürmte nur weiter durch sein großes, dunkles Haus. Schließlich wurde er langsamer und erschauerte, denn die Nacht war kalt und er befand sich inzwischen in einem Bereich, der nur spärlich vom Hypokaustum versorgt wurde.

Er stieg auf der Suche nach Gesellschaft zum Wachzimmer hinunter, doch auch dort fand er niemanden, mit dem er trinken konnte; die Schicht hatte bereits geendet, und die Wächter waren in ihren Betten. Schließlich lenkte er seine Schritte zu dem hübsch eingerichteten Raum, in dem Balnshik schlief, und klopfte.

Keine Antwort. Er drehte den Türknauf.

„Die Tür ist verschlossen, Schatz", ertönte eine schläfrige Stimme von drinnen.

„Lass mich ein." Es gab ein lautes Krachen und eine glänzende Stahlklinge stieß ein Stück weit durch die Tür.

„Die Tür ist verschlossen."

„Ich will nur reden."

„Nun gut, du warst ein Idiot. Geh zurück in dein Schlafzimmer und mach dir ein Bett auf dem Boden. Morgen entschuldigst du dich – und geh nicht wieder betrunken mit ihr ins Bett."

„Danke.“ Vor sich hin murmelnd ging Gard zurück in sein Schlafzimmer und befolgte ihren Ratschlag.

Seine Frau schlief. Er hörte sie atmen und sehnte sich danach, sie zu halten.

o o o

Schnellfeuer war zufrieden mit sich. Er war frei auf einer roten Straße unterwegs und zog eine Karre hinter sich her.

Drei Wochen zuvor hatte er den Berg mit einer Handelskarawane verlassen. Die Dame Pirihine hatte mit ihm zur Verfügung gestellten Pickeln und Seilen für ein sicheres Vorankommen entlang ihrer verborgenen, labyrinthartigen Strecken gesorgt, sodass er sicher über Schneefelder und Gletscher nach unten gelangt war.

Zwei Wochen zuvor war er dem Karawanenführer entkommen; er hatte einen zweirädrigen Karren gestohlen und ihn mit den zwei Koffern beladen, die ihm Pirihine mitgegeben hatte. Er hatte sich einen ordentlichen Vorsprung verschafft, indem er den Wein der Karawanenleute mit reichlich Drogen versetzt hatte, und seitdem hatte er noch keine Anzeichen für Verfolger gesehen. Vielleicht hatte er so viel erwischt, dass sie daran gestorben waren. Vielleicht kannten sie die Narzisse der Leere auch nicht gut genug, um sich vor einem Scheitern in ihren Augen zu fürchten.

Schnellfeuer kannte sie gut genug, doch er hegte keinerlei Absicht, je wieder in ihre Umarmung zurückzukehren. Sein Plan bestand grob gesagt darin, sich nach Flammenbergstadt durchzuschlagen, dort den Inhalt der Koffer – was immer das auch sein mochte – an einen Magier, der einen entsprechenden Preis dafür zu bezahlen bereit war, zu verkaufen und für den Rest seiner Tage wie ein Prinz zu leben.

Deswegen schleppte er sich geduldig voran. Nach einiger Zeit entdeckte er das erste Gebäude in diesem heruntergekommen Ödland. Etwas daran kam ihm bekannt vor, und als er noch etwa eine Meile davon entfernt war, erkannte er den Ort.

Es war ein rotes Haus, das letzte entlang der Karawanenstrecke… oder das erste, je nachdem, aus welcher Richtung man kam. Hinter den hohen Wällen konnte er das Spitzdach der Gemeinschaftshalle erkennen. Er bildete sich ein, Rauch aus den Kaminen aufsteigen zu sehen.

Schnellfeuer kam zum Tor und lächelte zu den beiden Heldenstatuen von Andib dem Axtschwinger und Prashkon dem Ringer empor. „Hallo, alte Freunde", sagte er.

Ein Kopf mit einem Topfhelm blickte über die Zinnen nach unten. „Halt! Wer da?"

„Nur ein glücklicher Reisender. Wirst du mich einlassen?"

Der Wächter sah sich verblüfft um. „Ihr seid allein?"

„Ja. Ich würde an deiner Stelle das Tor lieber öffnen. Meine Familie ist bei Beleidigungen etwas rachsüchtig."

„Ich hatte nur gehofft, dass Ihr nicht alleine wärt, das ist alles. Die Zeiten sind hart."

Der Wächter verschwand hinter der Mauer, und kurz darauf schwang das Tor auf. Schnellfeuer ging in den Innenhof und zog den Karren hinter sich her. Er erkannte, dass er sich bezüglich des Rauchs geirrt hatte: Er stieg nicht von der Gemeinschaftshalle auf, sondern von einer Schmiede, in der ein Mann ein kaputtes Rad reparierte. Die Gemeinschaftshalle wirkte leer und verlassen.

Schnellfeuer griff in seinen Beutel und fischte eine Münze heraus. „Bring meine Koffer bitte nach drinnen, ja?"

Der Wächter murmelte leise, das sei die Aufgabe eines Trägers, steckte die Münze aber dennoch ein und schleppte die zwei Koffer nach drinnen, wobei er unter ihrem Gewicht ein wenig taumelte. Schnellfeuer folgte ihm und sah sich begeistert um.

„Paver! Du hast einen Gast", keuchte der Wächter und stellte die Koffer an der Feuerstelle ab. Ein Mann kam aus der Küche und trocknete sich die Hände an seiner Schürze ab. Schnellfeuer warf dem Wächter eine zweite Münze zu, diesmal eine goldene, und der Hausherr, sah sie glitzern und beeilte sich, Schnellfeuer zu begrüßen.

„Willkommen im roten Haus, Reisender. Ihr kommt zu einer ungelegenen Zeit, das halbe Personal ist draußen und sucht nach Essbarem. Ihr könnt jedoch trotzdem etwas zu Essen haben, ich war gerade dabei, mir eine Mahlzeit zu bereiten. Wollt Ihr sie mit mir teilen?"

„Ja, gerne", sagte Schnellfeuer und musterte den Hausherrn eindringlich. „Hat er dich eben Paver genannt?"

„Ja, Paver, mein Herr. Was ist Euer Haus, wenn ich fragen darf?"

„Hammermessing. Ich bin Vergoin Hammermessing. Ich werde mich ein wenig aufwärmen, während du das Essen bringst, ja?"

o o o

„Weißt du, es ist komisch", sagte Schnellfeuer nebenbei, während er sich eine Handvoll Datteln griff, „aber ich habe gehört, der Hausherr hier hätte nur ein Auge."

Es war spät geworden, die Sonne war längst untergegangen. Die Tore waren verbarrikadiert worden und das Feuer in der Feuerstelle weit heruntergebrannt. „Ah, das war mein Vater, Bexas Paver", erklärte der Hausherr. „Er hat das rote Haus zahlreiche Jahre betreut, bevor ich es übernommen habe."

„Dann ist er inzwischen tot, nehme ich an?"

„Seit fünf Jahren. Ein Haufen besoffener Dämonen hat versucht, in die Keller einzubrechen. Er ist bei der Verteidigung seiner Fässer gestorben" Der Hausherr grinste.

„Was für eine Schande. Nun, was gibt es Neues? Ich war einige Zeit außerhalb jeder Zivilisation."

Der Hausherr tunkte ein Stück Brot ins Öl und stopfte es sich in den Mund. „Was gibt es Neues … habt Ihr gehört, dass der Herr des Berges sich eine Frau genommen hat? Sie hält ihn nachts beschäftigt, wie man sagt", meinte er undeutlich, weil kauend.

„Der Herr des Berges? Wer soll das sein?"

Der Hausherr starrte Schnellfeuer verblüfft an und schluckte. „Der dunkle Fürst? Der die Festung auf dem schwarzen Berg in den Grünlanden errichtet hat? Ihr müsst von ihm gehört haben!"

„Tut mir leid, nein."

„Bei den Göttern der Tiefe, wo seid Ihr die letzten fünf Jahre gewesen?"

„Ich habe mich um eine der Minen meiner Familie gekümmert und keinerlei Neuigkeiten von zuhause erhalten, außer Beschwerden darüber, wie teuer die Frachtkosten für die Barren wieder wären. Also, Herr Paver, was habe ich alles versäumt?"

„Bei den neun Höllen." Der Hausherr rieb sich das Kinn. „Wo soll ich anfangen? Also, die Chrysanthemen sind allesamt tot, sie sind mit Skalkin Salting aneinandergeraten und er hat sie ausgelöscht. Er ist jetzt Herzog in Deliantiba und Silberhafen, und es gibt Gerüchte, dass er sich den Hafen Schwarzfels vorknöpfen möchte. Ich denke allerdings nicht, dass er es wagen wird, solange die Stahlhände dort das Sagen haben.

Außerdem hat er ja noch dieses andere Problem, den Herrn des Berges, der seine Karawanen und Lagerhäuser überfällt. Ich weiß nicht, warum er es auf Herzog Salting abgesehen hat, aber er hat es ihm schwer gemacht, weiterhin seine Fähnchen auf der großen Karte zu verteilen. Der Kerl hat eine Dämonenarmee und diese große Festung, und außerdem ist er ein Magier."

„Tatsächlich? Wo ist er hergekommen?"

„Das weiß keiner." Der Hausherr füllte ihre Weinkelche nach. „Allerdings habe ich gehört, die Grünies wüssten etwas über ihn. Sie hassen ihn wie die Pest, weil er sie ebenfalls überfällt. Unsere Städte überfällt er nicht, doch wenn er Lust verspürt, steigt er frech von seinem Berg herab und besucht seine Damen."

„Damen? Ist er hübsch?"

„Bei den Göttern, nein. Ein großer, dunkler Bastard, selbst wenn er sich als einer von uns verkleidet. Aber Ihr wisst ja, wie Frauen sind. Anständige rote Männer wie uns behandeln sie wie Abschaum, aber für Dämonen und Mischlingsbestien machen sie ständig die Beine breit. Er hat sechs Mätressen!"

„Er hat mit seinen Überfällen vor fünf Jahren begonnen?", fragte Schnellfeuer nachdenklich.

„Ungefähr, und jetzt hat er irgendeine Priesterin oder Göttin oder so der Grünies vergewaltigt und ihr ein Kind gemacht."

„Ein Kind? Wirklich."

„Herr Paver, ich bin mit dem Putzen fertig", sagte der Küchenjunge und trat aus der Küche. „Kann ich zu Bett gehen?"

„Geh", erlaubte der Hausherr und winkte ihn hinaus. Der Junge verließ den Raum, und der Hausherr stand auf, um die Tür hinter ihm zu verbarrikadieren. „So", grunzte er und kehrte zu seinem Platz am Feuer zurück. „Alles für die Nacht verschlossen. Ihr habt das ganze Haus für Euch, genug Platz, um die Füße auszustrecken, hm?"

„Das Personal schläft nicht hier?"

„Nein, nur ich. Der Rest schläft in den Schuppen unter der Mauer."

„Ah. Nun, was für Neuigkeiten gibt es sonst noch? Was hört man so aus Flammenbergstadt?"

„Flammenberg? Nicht viel … die Straßenkriege sind so schlimm wie immer. Die Messer haben ein großes Begräbnis für einen der ihren veranstaltet, mit Parade und Fluchpriester und allem. Dann sind die Breitäxte aufgetaucht und haben sie provoziert, und es kam zu einem Tumult im Steinhof. Dreihundert Tote. Der Rauch der Scheiterhaufen hat den Himmel verborgen."

„Und was hört man so von den Schnellfeuers?"

„Schnellfeuers?" Der Hausherr runzelte die Stirn und schüttelte den Kopf. „Tut mir leid, die kenne ich nicht. Ist das eine Bande?"

„Nein! Sie sind eine der ranghöchsten Familien Flammenbergstadts! Ein Schnellfeuer hat eine von Herzog Rakuts Flotten befehligt und es gab seit der Begründung der Stadt immer Schnellfeuers im Rat.“

„Dann ist es wohl in letzter Zeit ruhig um sie geworden“, meinte Paver fast entschuldigend und mied Schnellfeuers Blick, in den sich ein beunruhigendes Funkeln geschlichen hatte.

„Nun gut, dann will ich dir eine Geschichte von ihnen erzählen“, verkündete Schnellfeuer. „Ihre verhasstesten Feinde, sowohl im Rat als auch im Handel, waren die Smaragdträger. Die Smaragdträger waren ein altes Haus und hatten keinen Erben. Der alte Fürst Schnellfeuer hatte auch keinen Erben mehr, da alle seine Söhne getötet worden waren, aber er nahm sich eine junge Frau und setzte einen Jungen in die Welt, sodass die Linie weiterging. Der alte Fürst Smaragdträger konnte keinen mehr hochbekommen, egal wie viele Frauen ihn auch umgeben mochten, und sein Brot muss wie Sand und sein Wein bitter geschmeckt haben, wenn er daran dachte, dass das Haus Schnellfeuer weiter bestehen würde, während sein eigenes unterging.

Er schleuste also einen Mann bei den Schnellfeuers ein, und eines Tages, als das Kind fünf Jahre alt war, erzählte dieser ihm, dass es im Wald prächtige Birnenbäume gäbe, die sich nur so vor Früchten bögen, und wenn der Junge mit ihm käme, könne er so viele essen, wie er wolle. Da der Bursche noch so jung und vertrauensselig war, stimmte er zu, ihn zu begleiten. Was, denkst du, geschah dann?“

„Keine Ahnung“, meinte Paver und warf ein weiteres Scheit ins Feuer.

„Der Mann gab dem Jungen billige Gewänder wie die eines Bettlers und erklärte ihm, er müsse sich verkleiden, weil die Stadtwache ihn sonst nie in den Wald mit den Birnenbäumen gehen lassen würde. Der Junge nahm also seine prächtige, kleine Tunika und seine Goldkette ab und legte das dreckige, alte

Gewand an. Dann führte der Mann ihn aus dem Garten hinaus, auf die Straßen von Flammenbergstadt und durch das Messingtor. Die Stadtwache würdigte ihn keines zweiten Blickes. Willst du raten, wie es weiterging?"

„Ich nehme an, er hat den Jungen getötet", antwortete Paver und rutschte unbehaglich in seinem Sessel herum.

„Nein, so nett war er nicht. Er führte den kleinen Kerl in den tiefsten Teil des Waldes, und der Junge fragte ständig, wann sie denn endlich die Birnenbäume erreichen würden. Doch stattdessen kamen sie ans Lager einer ziemlich heruntergekommenen Handelskarawane, allesamt Mischlinge und Niederrassige, deren Karren mit Diebesgut gefüllt waren. Der Mann verkaufte ihnen den Jungen. Der Junge schrie und kämpfte, doch sie sperrten ihn in einen Käfig auf einem der Wägen. So nahmen sie ihn mit sich und reisten entlang dreckiger, unbekannter Waldwege. Was hältst du davon?"

„Tut mir leid, das zu hören", murmelte der Hausherr.

„Nun kommen wir zum interessanten Teil der Geschichte. Nach mehreren Wochen der Reise war es dem Jungen gelungen, ein paar Stangen seines Käfigs zu lockern. Doch er hatte Angst, einfach davonzulaufen, denn er war weit entfernt von den ihm bekannten Städten oder sonst wem.

Aber dann machten eines Nachts die stinkenden Bastarde bei einem roten Haus halt. Du kannst dir nicht vorstellen, wie erleichtert der Junge war, endlich richtige Menschen sprechen zu hören! Er drückte die Stangen aus seinem Käfig und krabbelte unter den Säcken hervor, die ihn verbargen. Humpelnd rannte er zum Hausherrn und erzählte ihm alles, während der Mischlings-Karawanenführer direkt daneben stand. Soll ich dir sagen, was der Hausherr dann getan hat?"

„Was hat er getan …", begann Paver, doch Schnellfeuer zog ein Messer aus seinem Stiefel und bewegte sich so rasch, dass das bloße Auge ihm nicht folgen konnte. Dann stierte er dem

Hausherrn mit seinen hellen, harten Augen direkt ins Gesicht. Paver blickte keuchend nach unten auf das Messer, das in seiner Brust steckte.

„Habe ich erwähnt, dass der Hausherr nur ein Auge hatte? Ja, das hatte er“, erklärte Schnellfeuer freundlich und trieb das Messer ein wenig tiefer, „und er lachte den Jungen aus und steckte das Bestechungsgeld des Karawanenführers ein. Der Junge wurde verprügelt, gefesselt und in einen neuen Käfig geworfen. Sie nahmen ihn am Morgen wieder mit, und er landete an einem schrecklichen Ort, den du dir nicht einmal vorstellen kannst. Das war das Letzte, was der kleine Junge je von den Städten der Kinder der Sonne gesehen hatte.

War es nicht schändlich von dem Hausherrn, jemanden seiner eigenen Rasse so zu verraten? Vor allem, da er einen eigenen Bengel gehabt haben muss, ungefähr im Alter des Jungen.“ Schnellfeuer drehte das Messer in der Wunde und zog es heraus, und das Blut ergoss sich auf dem Boden.

„Es ist nichts Persönliches, Sohn Bexas Pavers, aber du kennst ja das Sprichwort: ‚Wenn der Vater nicht bezahlen kann, muss es der Sohn.‘“

Paver gab einen Seufzer von sich, sackte in seinem Stuhl zusammen und starb. Er sah aus, als ob er eingeschlafen wäre.

Schnellfeuer lächelte. Sein Lächeln verblasste allerdings, als er darüber nachzudenken begann, wie er jetzt lebend aus dem roten Haus herauskommen würde. Er ging in die Küche, wusch sich das Blut von den Händen und säuberte und ölte das Messer. Dann kehrte er zurück und musterte nachdenklich die Blutlache unter Pavers Stuhl, die zur Feuerstelle rann und zischend auf die Glut traf. Sein Lächeln kehrte zurück.

Er ging in die Küche und kehrte mit einer Schürze zurück, die er sich umband. Kein Blut tropfte nun mehr vom Sessel. Mühelos hob er die Leiche des Hausherrn an und trug sie in einen kleinen, mit einem Vorhang abgetrennten Alkoven im hinteren Teil des Zimmers, in der Pavers Bett zu sein schien. Kichernd legte Schnellfeuer die Leiche ins Bett und zog die Decke darüber.

Nachdem er den Vorhang zugezogen hatte, warf er die Schürze in die Feuergrube, gefolgt von Pavers Stuhl. Die Flammen züngelten gefräßig empor. „Damit bleibst nur noch du“, sagte er zu der Blutlache am Boden. „Was soll ich mit dir machen?“

Während er überlegte, fiel sein Blick auf die Koffer, die ihm die Dame Pirihine mitgegeben hatte. Er wusste, dass sich darin irgendwelche thaumaturgischen Apparate befanden und fragte sich, ob etwas davon Blut entfernen oder tarnen konnte. Er ging zum größeren und öffnete ihn.

Im Koffer lag etwas unter einem Schleier aus Seide. Er zog die Seide zur Seite und gab ein unterdrücktes Stöhnen von sich. Dann schrie er vor Entsetzen auf und sprang zurück. Das Ding hatte sich bewegt.

Es schüttelte sich und erhob sich langsam aus dem Koffer, bis es puppengleich an unsichtbaren Fäden in der Luft hing, wie eine lebensgroße Marionette einer Frau. Sie schien aus poliertem Gold zu sein, und obwohl es keine Fäden gab, bewegten sich die Glieder klappernd in die richtige Anordnung und verharrten dort in der Luft. Er konnte den Feuerschein zwischen den Ellbogen und Knien hindurch sehen, und der Kopf sah aus wie ein maskierter Helm, der über dem Nacken schwebte.

Die Puppe schüttelte sich erneut, und die einzelnen Teile fügten sich ein wenig genauer zusammen. Der Kopf wandte sich Schnellfeuer zu und die Augen öffneten sich mit einem leisen Klingeln. Zwei weiße Kugeln drehten sich in den leeren Löchern, bis die Iris erschien. Die Augen schienen ihn anzublicken.

Mit einem weiteren Klingeln öffnete sich der Mund und er konnte bis auf den Hinterkopf blicken. Die Lippen klapperten ein paarmal auf und zu, ehe eine hohe, süßliche Stimme erklang.

„Oh, Schnellfeuer, welch eine Schande. Du hast doch nicht etwa darüber nachgedacht, mich zu verlassen, oder?“

„Nein …“ Er machte einen Schritt rückwärts. Zu seinem Entsetzen glitt das Ding auf ihn zu, die goldenen Zehen schwebten knapp über dem Boden.

„Du würdest doch nicht etwas so Hässliches tun, oder? Nach allem, was ich für dich getan habe? Ich verlasse mich auf dich. Ich habe sonst niemanden mehr, nicht einmal den armen, alten Vergoin.“

„W… was ist mit ihm geschehen?“

„Er ist tot.“ Die goldenen Schultern hoben und senkten sich mit einem Achselzucken und klimperten leicht. „Vermutlich eine Gnade, meinst du nicht? Aber es würde mir leid tun, auch dich sterben zu sehen. Ich hoffe, du wirst mich nicht zornig machen, Schnellfeuer.“

„Ich habe den Karawanenführern nicht vertraut, ich habe gehört, wie sie Pläne geschmiedet haben, Euch zu verraten. Deswegen habe ich mich abgesetzt“, erklärte Schnellfeuer hastig.

Hämisch trillerndes Gelächter war die Antwort. „Sehr unwahrscheinlich. Wir nutzen dieses Unternehmen schon seit Jahren. Sie kommen immer zurück. Soll ich dir sagen, warum?

Jeder von ihnen trägt in seinem weichen Fleisch eine kleine, versiegelte Glasphiole. In jeder davon lebt eine Heerschar winziger Kreaturen. Sie haben dort alles, was sie zum Leben brauchen, und sie leben prächtig und vermehren sich. Sie sind ziemlich harmlos … so lange sie in der Phiole bleiben. Jeder Versuch ihres Trägers, sie herauszuschneiden, lässt sie zerbersten, und dann schwärmen die kleinen Monster aus und verschlingen sein Fleisch mit einem ungeheuren Appetit. Es ist ein hässlicher Tod.

Wenn der Träger seine Finger von der Glasphiole lässt, aber meine Befehle missachtet und nicht zum Berg zurückzukehrt, dann vermehren sich die Kreaturen weiter und weiter, und eines schönen Tages sind es so viele, dass sie die Phiole zerbrechen, und wenn sich der Träger sterbend und vor Qualen schreiend am Boden wälzt, meinst du nicht, er wird dann seinen Ungehorsam bereuen? Denn wenn er wie befohlen zurückgekommen wäre, hätte ich die Phiole rechtzeitig gefahrlos entfernt.

Hast du den leichten Schmerz in deinem Rücken bemerkt, mein lieber Schnellfeuer? An der Stelle, die du nicht erreichen kannst? Dort habe ich deine Phiole eingesetzt."

Unwillkürlich tastete Schnellfeuer nach seinem Rücken. „Aber ich erinnere mich nicht ..."

„Oh, du hast tief und fest in meinen Armen geschlafen. Bist du nicht froh, dass ich einen Weg gefunden habe, dich zu begleiten und auf dich aufzupassen? Bisher ist noch nichts Schlimmes geschehen. Hier sind wir nun!" Der Kopf drehte sich hin und her, als würde er sich umschauen. „Das ist also die Außenwelt! Ziemlich ernüchternd. Ich dachte immer, dein Volk würde in prächtigen Palästen hausen."

„Das ist nur eine Wegstation. Wir sind noch immer in der Wildnis."

„Wirklich." Das Simulacrum machte ein paar Gehübungen, und die Gliedmaßen hoben und senkten sich mit leisen Glockentönen. Der Kopf drehte sich von einer Seite auf die andere. „Was ist das am Boden?"

„Blut. Ich musste jemanden töten."

Das Simulacrum knickte an der Hüfte ein, und die Arme schlenkerten lose herum. Nach einem Moment Ausprobieren gelang es ihm, einen der goldenen Finger in das Blut zu tauchen. Es richtete sich unter leichten Erschütterungen wieder auf und steckte die Fingerspitze in den Mund. Obwohl Schnellfeuer, der mit erschreckter Faszination zusah, keine Zunge erkannt hatte, war der Finger sauber geleckt, als er wieder zum Vorschein kam.

„Oh! Lecker! Ah, ich kann es kaum erwarten, Außenweltessen zu kosten. So viele Ablenkungen, so viele neue Erfahrungen."

„Wie macht Ihr das?"

„Was denkst du denn, Dummkopf? Bin ich nicht Pirihine Porlilon, die Narzisse der Leere? Mein Großvater war der größte Magier, der je gelebt hat, und all seine Macht wohnt in konzentrierter Form auch mir inne. Die anderen waren nur alte Narren! Sie wären schon vor Jahren vom Berg freigekommen, wenn sie herausgefunden hätten, wie man ein Simulacrum animiert. Nur mir ist das je gelungen. Na, bin ich nicht klug?"

„Sehr."

„Ich hoffe, du bist auch klug. Hast du etwas Nützliches für mich herausgefunden?"

Zum ersten Mal, seit das Simulacrum aus dem Koffer gekommen war, lächelte Schnellfeuer. „Ja. Es scheint so, als hätte Gard jetzt eine Frau und ein Kind."

○ ○ ○

Die Heilige setzte sich im Bett auf und keuchte. Gard neben ihr erwachte sofort, legte eine Hand auf ihre Schulter und fragte: „Was ist los?"

Sie musste noch zweimal tief Luft holen, ehe sie sprechen konnte. „Nichts. Nur ein Traum." Dennoch umklammerte sie ihren Bauch, während sie ins Kissen zurücksank. Sie blickte zu den schwarzen Vorhängen hinauf und in die Tiefen des mitternächtlichen Raumes.

„Warst du besorgt um das Kind? Das musst du nicht", beruhigte Gard sie. „Er ist am Leben und stark."

„Ich weiß." Die Heilige konnte ihm nichts von ihrem grundlosen Schrecken erzählen, ihrer Überzeugung, dass sich ein formloses Ding in ihrem Bauch herumwarf. Frauen hatten solche Ängste. Sie waren immer unbegründet. Sie war wie andere Frauen, daher waren ihre auch unbegründet.

Doch war Gard wie andere Männer?

Er beobachtete sie, während sie sich zu beruhigen versuchte. Er legte seine Hand auf ihren Bauch und spreizte die Finger.

„Schäm dich, mein Sohn, mitten in der Nacht so herumzutanzen. Hier, lege deine Hand hierher, Gemahlin. Das ist ein kleiner Fuß. Kannst du ihn fühlen?“

„Ja …“

„Hier ist der andere kleine Fuß, und hier ist sein Kopf. Keine Flügel. Keine Hufe. Keine Tentakel. Seine Mutter ist die schönste Frau der Welt, und er wird ihr Aussehen erben.“

„Nicht das des dunklen Fürsten?“ Die Heilige lächelte.

„Wie kann ein Kind eine Maske erben?“ Gard lächelte auch.

Er ließ sie am nächsten Morgen schlafend zurück, nickte den beiden Jüngern im Gang kurz zu und erwiderte den Salut seiner zwei Wächter, die ebenfalls dort standen. „Lasst sie etwas länger schlafen“, sagte er den Jüngern. „Sie hatte eine unruhige Nacht.“

Er ging zu den Bädern hinunter und stellte leicht verärgert fest, dass Herr Eisenschweißer noch immer nicht mit dem prächtigen Mosaikboden fertig war. Das Kind der Sonne kroch auf Händen und Knien herum und platzierte winzige Fliesenstücke. „Guten Morgen, dunkler Fürst.“

Gard hielt inne, um das entstehende Bild zu betrachten. Es zeigte einen gigantischen Mann mit einem Dreizack, der etwas besser unerwähnt Bleibendes mit einem Leviathan tat. „Was ist das?“

„Das ist Fürst Brimo vom blauen Wasser, Herr. Er reitet auf seiner Seeschlange zum Ort, an dem die Meeresnymphen tollen. Am anderen Ende des Raumes kommt dann das Bild, das zeigt, was er tut, sobald er die Meeresnymphen gefunden hat. Ihr werdet diesen Teil mögen.“

„Das wird mehr kosten als du geschätzt hast, oder?“

„Ah.“ Eisenschweißer wischte sich Putz von den Fingern. „Nun, das ist das Schöne daran, ein Meeresmotiv zu legen, versteht Ihr, Herr? Es hat eine Menge Blau, und Blau ist eine sehr billige Farbe. Ich kann blaue Mosaiksteine fast umsonst besorgen. Rot, rot hingegen ist sehr teuer. Doch ich brauche es für die Seepferdchen und ein paar Fische."

„Dann mach sie blau."

„Das könnte ich nicht. Es würde nicht genug Kontrast ergeben und meine ganze Farbgestaltung verunstalten." Herr Eisenschweißer sah ihn anklagend an.

Gard knurrte, ließ die Sache aber auf sich beruhen und stolzierte weiter ins Bad hinein. Dort badete er einige Zeit und blickte auf das Deckenfresko, das einen blauen Himmel mit weißen Wolken zeigte, erhellt vom Tageslicht, das durch ein Loch in der Decke einfiel. „Wie viel hat mich das gekostet?", fragte er nach oben deutend.

„Das weiß ich nicht, Herr. Das ist die Arbeit von Herrn Sandpolier. Euer Werwolf hat mit jedem von uns einen eigenen Vertrag. Das ist so wirklich am Besten."

„Ja?" Gard schnappte sich ein Handtuch und stieg aus dem Bad.

„Ja, Herr. Seid vorsichtig, der Putz ist noch nicht trocken."

Vor sich hinmurmelnd ging Gard zu seinem Ankleidezimmer, wo Thrang mit den Kammerdienern schon auf ihn wartete.

„Guten Morgen, kleiner Bruder", begrüßte ihn Grattur und hielt drei Meter Leinen empor. Gard nahm es und wickelte sich darin ein.

„Rate mal, was mein kleines Mädchen heute Morgen gemacht hat!"

„Guten Morgen. Was hat sie gemacht?"

„Sie ist zum ersten Mal selbst gelaufen!"

„Ja, und mein Junge hat sein erstes Wort gesagt!", fiel Engrattur mit ein.

„Welches denn?"

„‚Nein'", verkündete Engrattur stolz.

„Gratuliere."

„Hauptfrau Balnshik will bei der erstbesten Gelegenheit mit dem Meister über die Dienstpläne sprechen“, informierte ihn Thrang, „und die Beute vom letzten Überfall wurde zur Begutachtung durch den Meister in den unteren Burghof gebracht. Ich habe eine vollständige Liste hier. Ich dachte, der Meister wäre besonders an den Kisten mit Keramik-Abflussrohren interessiert.“

„Rohre? Da haben wir aber Glück gehabt“, strahlte Gard und zog seine Tunika über den Kopf. „Dann kann Hartkohle endlich die Rohrleitungen im Kinderzimmer fertig machen.“

„Das dachte ich mir, Herr. Ich habe mir die Freiheit herausgenommen, eine der Kisten öffnen und zur Arbeitsstätte schicken zu lassen.“

„Danke.“

„Wird der Meister in der Offiziersmesse speisen?“

„Ja.“

„Es gibt heute Morgen Straj, Würste, Toast, Feigen und Tee.“

„Gut.“

Frisch gewaschen und gekleidet frühstückte Gard mit Balnshik, während er mit ihr die Dienstpläne durchging, Sicherheitsmaßnahmen und Spionageberichte besprach und den nächsten Überfall plante. Es dauerte fast eine Stunde, bis er durch ein Seitentor in der inneren Mauer in den Garten entfliehen konnte.

Es war nun eindeutig ein Garten, mit einem Obsthain, einem Teich mit schillerndem Wasser und mehreren Reihen Kräutern, auch wenn die Bäume natürlich noch klein waren und durch Webwerk vor dem Wind geschützt wurden. Ein paar weißgewandete Gestalten gingen mit Wasserbehältern zwischen den Kräuterreihen hin und her. Gard grunzte zufrieden. Er nahm sich eine Schaufel und schloss sich ihnen an.

„Wo braucht ihr das nächste Loch?“, fragte er Kdwyr.

Die Heilige war spät aufgestanden und saß mit gerunzelter Stirn an ihrem Schreibtisch. Sie las den Brief erneut.

… und obschon wir natürlich über deinen Triumph über das Böse jubeln, fällt es mir zu, dir mitzuteilen, dass es jene in den Reihen deiner Anhänger gibt, die deinen Brief nicht für authentisch halten. Es gibt auch einige, die zwar glauben, dass du ihn geschrieben hast, allerdings unter Zwang oder einem Zauber. Dies hat natürlich zu enormen Disputen unter den Trevanion geführt, bis man sich schließlich darauf einigte, dass du als die Prophezeite schon aufgrund deiner Natur nicht verzaubert oder gezwungen werden kannst, obwohl sich einige vorbehalten haben, darüber erst endgültig zu befinden, wenn du die Umstände, unter denen du uns verlassen hast, genauer erklären kannst.

Ich bedauere, dich darüber informieren zu müssen, dass die Ernter in keiner Weise akzeptieren, dass du den Brief aus freiem Willen geschrieben hast oder aus eigenem Antrieb bereit bist, die Brut des Verfluchten Gard auszutragen. Diese Neuigkeiten werden dich ohne Zweifel bestürzen, doch sind sie die natürliche Folge der Geschehnisse.

Ich tue, was ich kann, um deine Absichten, die Kinder der Sonne mit Respekt zu unterstützen, voranzutreiben, obwohl mein Erfolg selbstredend beschränkt ist, da ich weder deine Fertigkeiten noch dein überragendes Wissen habe, und obwohl es uns natürlich freut, dass Kdwyr und die anderen, die sich dir dort angeschlossen haben, nicht wie wir befürchteten verloren sind, gibt es unzählige andere, die sich erneut nach deinem Segen sehnen.

Ich flehe dich an, Mutter und Tochter, kehre zu uns zurück, damit du uns selbst die Wahrheit bezüglich deines Befindens und deiner Absichten mitteilen kannst. Die Ernter stehen bereit, um dir ehrenvoll Geleit zu jedem Treffpunkt zu bieten, den du uns nennen magst. Ich rate dir ernsthaft, meinen Worten entsprechende Bedeutung zuzumessen.

Mit allem Respekt Lendreth

Sie legte den Brief zur Seite und hatte bereits nach ihrer Feder gegriffen, als sie die junge Jüngerin Dnuill bemerkte, die zögernd im Eingang stand.

„Mutter? Hier ist ein weiterer Brief für dich, von der Trevani Jish."

„Wer ist der Überbringer? Ist es Seni?"

„Nein, Mutter. Es ist Nelume, eine Studentin Jishs."

Die Heilige erhob sich, ein wenig besorgt, und empfing Nelume.

„Mutter!" Nelume kniete für ihren Segen nieder und blickte dabei zu ihr auf. „Es ist also wahr! Ihr tragt das Kind eines Fremden in Euch."

„Nein. Ich werde das Kind meines Gemahls gebären. Einen Jungen. Es ist nichts Außergewöhnliches an ihm, so weit ich bereits weiß."

„Mutter, man sagt, dass jetzt, da Ihr von uns gegangen seid, der Stern zu uns zurückkehren wird. Denkt Ihr, das ist wahr?"

„Ich wünschte, das wäre es", dachte die Heilige. Laut sagte sie: „Aber ich habe euch nicht verlassen. Ich habe nur geheiratet und lebe jetzt hier. Sonst hat sich nichts geändert."

„Aber die Leute sagen, Ihr stündet unter einem Zauber!"

„Sehe ich so aus?"

„Nein, aber … aber vielleicht erkennt man das nicht", erwiderte Nelume leise. „Die Leute sagen auch, dass das alles ein Plan des verfluchten Gard ist, um uns zu zerstören."

„Die Leute irren sich", versicherte ihr die Heilige so sanftmütig, wie sie nur konnte, „und sein Name lautet nur Gard. Hast du mir einen Brief gebracht?"

„Oh! Ja Mutter, hier ist er." Das Mädchen hielt ihr eine Schriftrolle hin.

Die Heilige nahm sie. „Ich werde ihn gleich lesen. Dnuill wird dir Wasser bringen und dir ein Zimmer zeigen, wo du dich ausruhen kannst."

Seid gegrüßt, junge Mutter.

Wir wissen nach Eurem Aufbruch kaum noch, was wir glauben sollen. Wenn es Euch wirklich gut geht und Ihr glücklich seid, dann werden wir akzeptieren, dass Euer Brief der Wahrheit entspricht und wünschen Euch den Segen eines schönen, gesunden Kindes, und wenn wir glauben können, dass Ihr jenen unterworfen habt, der einst der Verfluchte Gard gewesen ist, dann werden wir Eure Weisheit und Eure Macht preisen. Ich selbst kann es leicht glauben, denn ich erinnere mich daran, wie Ihr Dämonen getötet habt, als Ihr noch ein Kind wart.

Ihr solltet allerdings wissen, junge Mutter, dass es jene in unseren Reihen gibt, deren Vertrauen unvollkommen ist und die nicht daran glauben.

Lendreth hat in Eurer Abwesenheit begonnen, Eure Position an sich zu reißen. Er residiert auf Eurer Garteninsel, hat Eure Jünger fortgeschickt und die Ernter zu sich gerufen. Er befiehlt all unseren Leuten, sich erneut zu Dörfern zusammenzufinden. Er verlangt, dass die jungen Burschen aus allen Familien zu ihm kommen, um die Reihen der Ernter zu stärken. Ich muss Euch wohl kaum sagen, dass sich Euer Volk beschwert und die meisten seine Befehle missachten, dennoch haben sich viele den Erntern angeschlossen, aus dem Wunsch, Eure Entführung zu rächen.

Ich denke nicht, dass das gut ist. Der Stern hätte es nicht geduldet.

Da ist eine weitere Sache, über die ich Euch in Kenntnis setzen muss: Nachdem Lendreth das Licht unseres Sterns zahlreiche Jahre geschwächt hat, indem er ihn als den geliebten Unvollkommenen bezeichnete, spricht er nun davon, dass der Stern über Weisheit und Stärke verfügt haben soll, die die Eure überstiegen hätten und ermutigt jene, die von der Rückkehr des Sterns künden, um uns auf eine neue und bessere Weise zu führen.

Das zeigt, dass Lendreth ihn nie verstanden hat. Ich selbst habe ihn zu meinem Bedauern damals auch nicht verstanden – die Augen der Jungen sind oft durch Ablenkungen geblendet.

Ihr werdet gegen diesen beklagenswerten Zustand vorgehen wollen, das weiß ich. Ich flehe Euch an, gegen Lendreth zu sprechen und sein Verhalten zu verdammen. Ein strenger Brief wäre nützlich, aber nicht so effizient wie Eure eigene Anwesenheit. Er würde unter Eurem Blick vergehen.

Könntet Ihr nicht zu uns zurückkehren, zumindest kurz, um diese Angelegenheit zu regeln? Eure Präsenz würde ihm seine Autorität rauben. Ich kann Euch versichern, dass wir – und damit meine ich alle Trevanions der östlichen Wälder – jede Maßnahme, die Ihr unternähmet, um die Situation zu klären, vollends unterstützen würden.

In Liebe und Pflichtgefühl Jish

Die Heilige stützte den Kopf in die Hände. Sie dachte daran, wie die Jünger einst gewesen waren und wie Seni sie ihr immer beschrieben hatte – jung, unschuldig und in Liebe vereint. Wie waren sie nur zu diesem intriganten, giftsprühenden Vipernnest geworden?

Sie spürte einen stechenden, pulsierenden Schmerz im Kreuz, setzte sich auf und atmete tief durch. Sie griff einmal mehr nach der Feder und tauchte sie in das Tintenfass.

Dieser Brief ist an all meine Jünger, an alle Trevanion und Studenten, die von sich behaupten, meine Autorität zu akzeptieren, gerichtet.

Es dauert mich sehr, in meiner Abwesenheit solchen Zwist in euren Reihen erleben zu müssen. Muss ich glauben, dass …

Der Schmerz kam erneut, drängender. Sie ließ die Feder fallen und blickte überrascht an sich herab.

o o o

„Fürst!“ Rotauge tauchte im Tor auf und blickte sich um. „Fürst! Die Herrin ist zu Bett gegangen!“

Überall im Garten hoben sich Köpfe und blickten von der Arbeit auf. Gard ließ die Schaufel fallen und rannte auf ihn zu. „Geht es ihr gut?"

„Vermutlich kommt nur gerade das Kind", erklärte Rotauge und lief hinter ihm her, doch Gard hatte ihn bald abgehängt. Die Jünger holten ebenfalls auf und liefen im Gang an ihm vorbei. Rotauge gab es schließlich auf und ging nach unten in die Offiziersmesse, um das Ereignis mit einem ersten Schluck zu begießen, wurde jedoch in der Tür von Balnshik über den Haufen gerannt, die in vollem Lauf herausgeschossen kam.

„Mir gefallen die Schädel nicht", sagte die Heilige.

„Was?" Gard starrte sie verblüfft an. Sie holte tief Luft und wartete, bis die Wehe vorbei war und sie den Schmerz kontrollieren konnte.

„Die Schädel. Ich möchte nicht, dass mein Kind in einem Bett zur Welt kommt, das die Zeichen des Todes zieren."

Gard zog ein Schwert aus dem Waffenständer an der Wand und hackte die silbernen Dekorationsstücke von den Bettpfosten. Er sammelte sie ein und gab sie Thrang, der bei der Tür wartete. „Lass sie einschmelzen und zu Sternen machen", befahl er und kehrte dann zum Bett zurück.

„Danke", murmelte die Heilige. „Es war eine dumme Bitte. Oh …"

„Das war nur Zierrat", winkte Gard ab.

„Das Kinderzimmer ist noch nicht fertig …"

„Das wird es sein", versicherte ihr Thrang. „Hauptfrau Balnshik ist persönlich durchs ganze Haus geeilt und hat alle Kinder der Sonne zusammengetrieben und ihnen eine Belohnung versprochen, wenn sie die Kinderstube fertigstellen, bevor die Sonne an diesem wunderbaren Tag untergeht."

„Siehst du? Alles wird gut“, beruhigte Gard sie. „Außerdem habe ich als Kind in einem Loch unter ein paar Baumwurzeln gelebt, und es hat mir auch nicht geschadet.“

„Ich weiß“, erwiderte die Heilige. „Oh … Gemahl, ich habe heute zwei Briefe erhalten, die mir große Sorgen bereiten …“

„Briefe? Von wem?“

„Trevanions …“

„Die sind doch nur ein Haufen Idioten. Ich will nicht, dass du jetzt an sie denkst.“

„Ich will jetzt auch nicht an sie denken“, protestierte sie und starrte ihn finster an, „aber sie wollen meine Aufmerksamkeit. Ich muss mich mit ihnen treffen.“

Gard runzelte die Stirn. „Du kannst nicht reisen. Nicht mit …“

„Oh!“

„Oh! Weiter, ich kann den Kopf sehen!“

„Oh!“

„Zumindest …“ Gard starrte mit zweifelndem Blick hinunter, dann jedoch hellte sich sein Gesicht auf. „Ja! Es ist ein Kopf!“

„Ist alles in Ordnung?“ Hektisch drückte sich die Heilige auf ihre Ellbogen empor. Doch Gard lachte glücklich, während der Junge in seine geöffneten Hände glitt. Er hielt den kreischenden Neugeborenen ins Licht.

„Es ist mein Sohn! Seht euch meinen Sohn an! Seht euch diesen Junge an!“, brüllte Gard. Lachend beugte er sich herab, küsste die Heilige und legte das Kind in ihre ausgestreckten Hände. „Er ist das schönste Kind auf der ganzen Welt!“

Sie hielt in ihren Armen und musterte ihn nachdrücklich. Der kleine Junge war perfekt, winzig und bleich, doch ohne Schwanz, Schuppen oder Klauen. „Wir müssen die Nabelschnur durchtrennen.“

„Das kann ich“, meinte Gard stolz. „Es ist wie eine Wunde abzubinden.“ Er band die Nabelschnur ab, nahm einen Dolch und schnitt sie durch. „So!“

Dann gab es solch einen Lärm, dass sie dachte, die Decke würde einstürzen. Schreie und Lieder im Gang, Thrangs tiefes Bellen, während er durch das Haus lief und die Neuigkeiten verkündete, und das Jubelgeschrei, das sich in allen Ecken der Burg erhob. Gard ließ ihre Jünger ein, die sich um das Bett versammelten und bewundernde Ausrufe von sich gaben.

Man nahm ihr das Kind ab, wusch es in süßem Wasser, hüllte es in die feinste, mit Perlen geschmückte Seide und gab es ihr zurück. Sie nahm die Bemühungen um sie selbst kaum wahr, als sie in das kleine Gesicht blickte. Das Baby hatte bereits ihre Brust gefunden und trank gierig, während sein Blick den ihren traf.

Sie schaute in seine Augen. So sehr sie es auch versuchte, sie konnte nicht in seine Seele blicken.

o o o

Skalkin Salting war mit seiner Kriegsbeute unzufrieden.

Er saß in der vordersten Reihe von Herrn Zunderzinns Theater und sah den schwitzenden Schauspielern zu, wie sie „Das Magier-Gambit" oder „Das schwarze Verlies F'Narhs" darboten. Eigentlich hatte ihn das epische Theater nie interessiert; der deklamierende Stil war ihm zu altmodisch und erzwungen. Er bevorzugte die witzigen, städtischen Komödien aus Turmalin.

Es war nicht nur die Tatsache, dass das Theater klein und ein wenig schmutzig war, die ihn störte, sondern es gab auch nur eine wirklich reiche Straße in ganz Deliantiba und nur ein einziges Villenviertel. Die Steinbrüche waren auf ihre Art ganz in Ordnung, und er hatte errechnet, in einem Jahr oder so vermutlich Gewinn mit ihnen machen können, mit der Keramik-Industrie genauso. Außerdem war es natürlich nützlich, einen Fluss zu haben, auf dem man Gestein und Geschirr an die zivilisierteren Orte verschiffen konnte.

Dennoch, wenn er gewusst hätte, wie wenig er im Gegenzug für seine Anstrengungen, die Stadt zu erobern, bekommen würde, hätte er den alten Chrysantheme seine elende, kleine Stadt behalten lassen.

Hinterwäldlerische, elende, kleine Stadt. Dort, in der zweiten Reihe an der Seite, saß eine verschleierte Frau, die nicht die geringste Ahnung hatte, wie man sich im Theater verhielt, selbst in einem miserablen wie diesem. Sie unterhielt sich beständig mit ihrer männlichen Begleitung über die Handlung und ignorierte die bösen Blicke, die ihr die anderen Theatergäste zuwarfen. Sie naschte raschelnd aus einer Papiertüte mit Süßigkeiten und schmatzte, wenn ihr eine Praline schmeckte oder beschwerte sich laut und warf sie nach den Schauspielern, wenn sie ihr missfiel.

Sie sah begeistert zu, wie der Held Kendon gefoltert wurde und applaudierte, doch während Elti und Jibbi ihre komischen Spielchen zum Besten gaben, verkündete sie, ihr sei langweilig. Schließlich stand sie auf und ging zum Ausgang, wobei sie ein wenig betrunken zu schwanken schien, während ihr Begleiter hastig hinter ihr hereilte.

Endlich kam das Theaterstück zu einem Ende. Der dunkle Fürst starb in einer blaugrünen Flammenexplosion, die immerhin recht hübsch anzusehen war – der Herzog hatte in diesen Tagen genug von dunklen Fürsten gehabt. Er erhob sich, applaudierte pflichtgetreu und ließ einen seiner Männer den Schauspielern einen Beutel mit Münzen zuwerfen. Einer von ihnen fing ihn auf und sie verneigten sich vor ihm, ließen es dabei seiner Ansicht nach aber an nötigem Enthusiasmus fehlen.

„Nun lasst uns um der Götter Willen hier herauskommen“, murmelte er seinem Waibel zu. „Ich brauche etwas zu trinken.“

Schließlich saß er im Kelch an dem für den Herzog reservierten Tisch und nippte allein aber in Frieden an seinem Wein, denn die anderen Speisenden waren sofort verstummt, als er mit seinen Männern hereingekommen war. Einer nach dem anderen standen sie auf und verließen das Lokal, manche ließen sogar ihr Essen stehen.

„Ich hätte den ganzen verfluchten Ort niederbrennen sollen", knurrte der Herzog, gerade so laut, dass man ihn verstehen konnte. „Seht ihr nun, was ein Eroberer für seine Milde erhält?"

Ein Kellner eilte herbei, um seinen Wein nachzufüllen. Er hob gerade sein Glas an die Lippen, als ein Paar in den Kelch kam; es war die absurd verschleierte Frau aus dem Theater mit ihrem Begleiter. Zu Saltings Überraschung traten sie direkt an seinen Tisch.

„Seid mir gegrüßt, Herzog Salting. Ich möchte etwas mit Euch besprechen. Es wird Euch zum Vorteil gereichen."

Ihre Stimme war süß, doch ihr ausländischer Akzent machte ihn misstrauisch. Seine Leibwächter wandten sich zu ihr und zogen die Messer.

Ihr Gefährte, ein gehetzt blickender Mann in den besten Jahren, lächelte sie an. „Nein, sie ist keine von uns. Dennoch würde ich Euch vorschlagen, sie sprechen zu lassen."

Der Herzog hob die Augenbrauen und nahm einen weiteren Schluck Wein. „Ihr wollt mir Informationen verkaufen?"

„Verkaufen? Aber nein, mein Herr. Ich will nichts von Euch. Ich möchte Euch ein Geschenk machen, denn wir haben einen gemeinsamen Feind."

„Tatsächlich?" Der Herzog stellte das Weinglas ab. „Dann nehmt doch Platz."

Sie setzten sich ihm gegenüber und die Wächter positionierten sich unauffällig mit gezückten Messern in ihren Rücken.

Die verschleierte Frau legte ihre behandschuhten Hände auf den Tisch. „Ich habe gehört, Ihr seid ein Mann mit Visionen. Ihr träumt von einer großen Nation unter einem Banner statt vielen verstreuten Städten, die zu keiner gegenseitigen Kooperation bereit sind. Ihr wisst, dass dies viel Geld, Geduld und Verschlagenheit erfordern wird.

Doch leider gibt es da einen gewissen Dieb, der Euer Geld stiehlt, Eure Geduld auf eine harte Probe stellt und sogar Euch an Verschlagenheit übertrifft. Ist dem nicht so?"

„Dem ist so", bestätigte der Herzog ausdruckslos.

„Ich hörte, dass man ihn den Herrn des Bergs nennt", meinte der Begleiter der Frau mit einem verächtlichen Schnauben, „doch wir kannten ihn, als dieser Herr nicht mehr als ein Sklave war. Ein seltsamer Grünie, den wir als Arena-Kämpfer ausgebildet haben."

„Wirklich", erwiderte der Herzog und setzte sich auf.

„Er gehörte zu meiner Familie", erzählte die Frau. „Wir waren so unklug, ihm gewisse Freiheiten einzuräumen, und er nutzte sie gegen uns. Ich möchte Euch nicht mit den traurigen Details belästigen, aber viele meiner Verwandten starben. Nach jenen Tagen ist er in dieses Land gekommen, wie ich gehört habe, und hat sich als Räuberhauptmann, der über Eure Karawanen herfällt, einen zweifelhaften Namen gemacht. Würdet Ihr Euch nicht daran ergötzen, seine Leber zu essen?"

Der Herzog sah sie zweifelnd an. „Zumindest würde ich sie ihm gerne aus dem Leib schneiden. Der Bastard lässt mir Geld bluten. Ich kann es einsehen, wenn ein Bandit ab und an eine Lieferung Gold plündert, oder Wein oder Seide, aber er nimmt alles. Roheisen. Oliven. Holz. Farbe und Abflussrohre! Was macht ein verfluchter Bandit mit fünfzehn Kisten Abflussrohren?"

„Es ist empörend", unterstützte ihn die Frau. „Ich bin sicher, dass es einen guten Grund dafür gibt, warum Ihr nicht einfach Eure Armee versammelt und ihn ausgelöscht habt."

Der Herzog lachte bitter. „Ich bin sicher, Ihr habt seine Zuflucht noch nicht gesehen. Er hat einen Berg befestigt und eine Dämonenarmee versammelt. Es ist eine fürchterliche schwarze Burg, die über und über mit Schädeln geschmückt ist, und von jedem Wachturm blicken fürchterliche, geifernde Dämonen herab. Die unteren Hänge des Berges sind ein Baumlabyrinth und weiter oben geht es in ein Labyrinth aus Obsidian über, mit Felsen, die rasiermesserscharfe Kanten haben. Selbst wenn er sich nach draußen wagt, gelingt es uns nicht, ihn zu fangen."

„Dann würde es zweifellos Magie erfordern, um dort hineinzukommen", überlegte die Frau laut, „und eine Armee, um ihn zu vernichten, sobald die Mauern gefallen sind. Nun, mein Herr, ich verfüge über mächtige Magie, die seine Wälle wie Butter schmelzen lassen kann, und in mir tobt der gerechte und heilige Zorn einer Blutfehde. Ich brauche nur noch eine Armee."

„Ihr habt eine Armee. Wenn ich Euch ein Geschenk meiner Zauberkunst zur Verfügung stelle, führt Ihr dann eine Armee zu seinem Berg und schlagt ihm für mich seinen Kopf von den Schultern?"

„Das würde ich, wenn ich einen Beweis dafür hätte, dass Ihr nicht nur ein Scharlatan seid."

Die Frau lachte amüsiert. Sie zog die Handschuhe aus und hob ihren Schleier.

Der Herzog verschüttete seinen Wein. „Bei den Göttern!"

„Versteht Ihr? In Wahrheit befinde ich mich am anderen Ende der Welt. Der liebe Schnellfeuer eskortiert nur dieses Simulacrum von mir." Das Ding klimperte mit den Augenlidern.

„Sie erzählt Euch die Wahrheit", ergänzte Schnellfeuer grimmig. „Sie ist die Dame Pirihine Porlilon, die Narzisse der Leere. All ihre Familienmitglieder waren Magier von tödlicher Macht, und sie selbst ist noch tödlicher."

„Oh, du kleiner Schäkerer", flötete die Dame Pirihine. „Aber der arme Herzog Salting hat seinen ganzen Wein verschüttet. Wir wollen noch einen Krug bestellen, und was gibt es hier zu essen? Schnellfeuer, bestell mir etwas Nettes."

Im Verlauf der nächsten Stunde beobachtete der Herzog gleichermaßen fasziniert und entsetzt, wie Pirihine ein Tablett voller Fleischbällchen in süßer Tunke verschlang und den Großteil des Weinkruges leerte. Er rechnete die ganze Zeit über damit, dass der

Wein unten aus der Maske herausfließen oder die Fleischbällchen über ihr Gewand kullern würden, denn er konnte sehen, dass es keine Zunge und keinen Mund hinter den goldenen Lippen gab, und dennoch verschwand das Essen irgendwohin. Er ließ sich sogar dazu hinreißen, das Tischtuch ein wenig anzuheben, und erwartete einen Haufen halb gekauten Essens unter ihrem Stuhl. Er sah jedoch nichts als ein hübsches Paar Knöchel und etwas Lampenlicht, das zwischen ihnen und den Beinen, mit denen sie eigentlich hätten verbunden sein müssen, hindurch schien.

All das hinderte ihn jedoch nicht daran, ihre Geschichte anzuhören, die sie beim Essen und Trinken erzählte. Als sie zu ihrem Plan kam, wie man Gard stürzen konnte, hatte der Herzog den Schock über ihr Aussehen bereits überwunden und hörte ihr fasziniert zu.

Ich bin nicht auf diese Welt gekommen, um euch als Gegenstand der Anbetung zu dienen, als wäre ich eine der Göttinnen der Kinder der Sonne. Ich kam, genauso wie der Stern, einzig und allein für das Wohl meines Volkes.

Die Pflicht des Geliebten bestand darin, sie während der langen Zeit der Trauer zu stützen und zu lehren, damit sie in der größeren Welt leben konnten, wenn sie Freiheit erlangt hätten. Zu diesem Zeck hat er euch die Lieder gelehrt, damit ihr ihn unterstützen konntet.

Meine Pflicht war es, mein Volk aus seinem Gefängnis zu befreien und es in jenes Land zu führen, in dem es nun in Frieden lebt. Das habe ich getan, und als sich eine neue Gefahr für mein Volk erhob, habe ich meinen eigenen Frieden geopfert und alles, was mir vertraut war, um mit diesem Fremden zu leben, auf dass er mein Volk verschonen möge. Dies geschah nicht nur aus Pflichterfüllung, sondern weil ich mich an das Gesetz des Mitgefühls gehalten habe, das uns über alle anderen Motive hinaus beherrschen sollte.

Voller Trauer habe ich die Streitigkeiten in euren Reihen bemerkt und weiß, dass es ebenfalls meine Pflicht ist, diese zu klären – sofern ihr noch dazu bereit seid, meine Autorität zu akzeptieren.

Ich werde nun die Fehler aufzählen, die gemacht wurden.

Manche in euren Reihen ergötzen sich an ihrer eigenen Weisheit und geben sich somit als Narren zu erkennen. Das Erlernen der Lieder diente nicht dazu, euch mächtiger oder spiritueller oder auch weiser zu machen. Der Zweck der Lieder bestand und besteht allein darin, jenen in Not zu helfen.

Manche unter euch haben zu Waffen gegriffen …

Die Heilige legte die Schreibfeder zur Seite, als sie das Klappern und Salutieren draußen in der Halle hörte. Die Tür ging auf und Gard stürmte herein, mit dem kleinen Eyrdway auf den Armen. Gard war in seiner barbarischsten Pracht gekleidet und das Kind in Seide gewickelt.

„Schau, Eyrdway, da ist Mama! Erzähl Mama, wie du der Armee vorgestellt wurdest und wie sie jubelten und jubelten und jubelten. Erzähl Mama, wie sie dich zu einem General gemacht haben.“ Gard warf das Kind in die Luft, und Eyrdway gurrte und kicherte.

„Oh, das haben sie sicher nicht“, lächelte die Heilige und streckte ihre Arme aus. Gard fischte das Kind aus der Luft und reichte es ihr.

„Oh doch, und dann hat sich Eyrdway in die Offiziersmesse gesetzt und sich wie ein Großer betrunken.“

„Das hat er nicht.“ Dann roch die Heilige den Wein und sah, dass auch das Nachtgewand des Kinds vorne ein wenig bekleckert war. Sie wandte sich wütend an Gard: „Du hast dem Kind Wein gegeben?“

„Nur ein wenig“, verteidigte sich Gard, der sehr schnell nüchtern war. „Er hat es gemocht. Wir haben ihm ein bisschen aufs Zahnfleisch gerieben und er hat mit den Lippen geschnalzt.“

„Ist das Blut?“

„Die Jungs haben einen Widder gejagt und zu seinen Ehren geopfert. Das ist so Tradition, Bei Dämonen. Dann haben wir das Blut über Kohlen gekocht, und jeder hat davon getrunken. Ich habe ihm nur ein bisschen auf einem Löffel gegeben, es hat ihm nicht geschadet."

Angewidert hielt die Heilige Eyrdway hoch und untersuchte ihn. Er hing in ihren Armen, strampelte, sabberte und betrachtete sie glücklich mit seinen großen, hellen Augen. Die Heilige fragte sich erneut, ob er vielleicht geistig zurückgeblieben war und spürte, wie ihr Tränen in die Augen zu schießen drohten. Blinzelnd unterdrückte sie sie. Dann …

„Was hat er im Mund?"

„Nichts", sagte Gard, beugte sich aber sicherheitshalber vor, um nachzusehen. Schnell zog er einen Handschuh aus und langte in Eyrdways Mund. „Spuck es aus! Spuck es sofort aus!"

„Wie hat er nur …" Eyrdways wütende Protestschreie übertönten ihre Frage.

„Hier ist es", triumphierte Gard und fischte den kleinen Gegenstand heraus. „Oh!"

In seiner Handfläche lag eine kleine, schwarze Perle, die von Spucke überzogen war. Gard blickte zu seinem hübsch verzierten Brustpanzer hinab und versuchte festzustellen, wo die Perle herstammen mochte. „Wie hat er die ab bekommen? Ich habe ihn nicht mehr als ein oder zwei Minuten an meine Brust gedrückt und …"

„Du hast getrunken und wieder dieses Rauschmittel geraucht. Dir wäre es gar nicht aufgefallen, und er hätte daran ersticken können. Bitte spiele in Zukunft nicht mit unserem Kind, wenn du in solch einem Zustand bist."

„Dämonen betrinken sich. Das gehört einfach dazu!", versuchte Gard sich zu rechtfertigen. „Außerdem war die Feier zu seinen Ehren, und überhaupt, wie bei den Neun Höllen konnte er die Perle losbekommen? Sie muss schon lose gewesen sein."

„Wenn du nicht betrunken gewesen wärst, wäre es dir vielleicht aufgefallen."

„Vielleicht. Schau mal, ihm ist nichts passiert! Aber ich lasse ihn jetzt bei dir, wenn du ihn mir nicht anvertrauen willst."

Er stapfte davon und schlug die Tür hinter sich zu. Sie schaffte es, Eyrdway in seinen Korb zu setzen und ihm seine Beißpuppe fürs Zahnen – einen von Thrang originalgeschnitzten kleinen Holzwolf – zu geben, bevor sie sich abwandte und in Tränen ausbrach. Sie ließ ihren Kopf auf den Schreibtisch sinken und weinte.

Lass es alles mit deinen Tränen davon fließen. Wenn du dein Herz ausgeweint hast, steht auf, wasch dein Gesicht und mach mit deiner Arbeit weiter. Nachdem sie ihren eigenen Ratschlag befolgt hatte, setzte sie sich nieder und griff einmal mehr zur Feder.

Manche unter euch haben zu Waffen gegriffen und ergötzen sich an ihrer Macht, andere verletzen zu können. Ich kann nicht erkennen, wie sich diese vom Verfluchten Gard, wie er einst war, unterscheiden sollen, und er hat zumindest …

Etwas machte ein seltsames Geräusch am Rande ihrer Wahrnehmung, und es war nicht Eyrdways Glucksen oder das Geräusch von gegen seinen Korb geschlagenen Spielzeugs. Etwas bellte leise. Etwas knurrte.

Die Heilige drehte sich um und schlug entsetzt die Hände vors Gesicht.

Zwei Wolfswelpen saßen im Korb. Einer davon war aus Holz, doch der andere war aus Fleisch und Fell und biss an der Nase des hölzernen herum. Keine Spur von Eyrdway, abgesehen von dem winzigen perlenbesetzten Nachtgewand, das am Boden des Korbes lag.

„Mein Kind hat sich in einen Wolf verwandelt", sagte sie laut, um den Moment in der Realität zu verankern. Sie nahm das kleine Tier sanft aus dem Korb. Es wand sich hin und her und versuchte, ihr übers Gesicht zu schlecken. Sie blickte in seine Augen.

Zum ersten Mal konnte sie eine Seele sehen, absurd und strahlend hell. Ein kleiner, verrückter Stern, der sich in seinem Kosmos drehte und ein Geräusch wie zwitschernde Stare machte.

Die Heilige nahm ihr Kind in die Arme und wandelte wie im Traum durch die schwarzen Hallen. Die Wächter salutierten und verneigten sich besonders tief, als sie an ihnen vorüberschritt. Sie ging in Gards Studierzimmer, wo er saß, noch immer in seiner Paradeuniform, und stirnrunzelnd ein Buch mit Reiseaufsätzen las.

Noch immer finster blickte er auf, bemerkte den Welpen und sein Stirnrunzeln wurde noch tiefer. „Wo hast du das denn her? Denkst, dass es sicher ist, einen Wolf neben unserem Kind aufzuziehen?"

Der Welpe steckte seine Schnauze in ihre Robe und fand ihre Brust. Gards finsterer Gesichtsausdruck schmolz und machte Verblüffung Platz. Die Heilige biss sich auf die Lippe, als sie die nadelscharfen Zähne des Welpen an der Brust spürte. Gard sprang begeistert auf und lachte lauthals.

Der Welpe fuhr erschreckt zusammen, und sein Winseln wurde zu einem Schreien, während seine Gestalt in den Armen der Heiligen zu zerlaufen begann. Dann hielt sie wieder ein nacktes, schreiendes Kind im Arm. Eyrdway brüllte und schlug mit seinen kleinen Fäusten in der Luft herum, während dicke Tränen über seine Wangen kullerten.

„Das ist Papas Junge!" Gard kam so rasch hinter dem Tisch hervor, dass er ihn fast umgeworfen hätte, und schlang seine Arme um die Heilige. Er küsste sie ungestüm und liebkoste dann Eyrdway. „Das ist Papas kluger Junge! Weine nicht, mein Junge, du musst nicht weinen, das ist wundervoll!"

„Er hat es getan, nachdem ich ihm die Beißpuppe fürs Zahnen gegeben habe", sagte die Heilige. „Er ist ein Dämon, oder?"

„Er ist … nein, er kann kein Dämon sein. Nicht ganz. Ich bin nur Halbdämon und du überhaupt nicht, also … also denke ich …" Gard musterte sie mit einem seltsamen Blick. „Hm. Vielleicht hat es etwas mit …äh…"

„Den Umständen seiner Zeugung zu tun?"

„Genau, wegen all der … Zauber und so." Gard hob Eyrdway hoch, um ihn zu betrachten. „Pst, pst, Papa tut es leid, dass er dir Angst eingejagt hat. Papa war nur so froh, endlich zu wissen, was du bist."

„Du hattest also auch Angst, dass etwas mit ihm nicht stimmt", erkannte die Heilige und fühlte sich erleichtert, es endlich ausgesprochen zu haben. „Weil er so anders ist als der kleine Bero oder Bisha."

Gard schwieg einen Augenblick lang. Eyrdway hatte aufgehört zu weinen, da ihn Gards Brustplatte ablenkte und er mit den verbleibenden, schwarzen Perlen spielen konnte. „Ich denke, er kommt nach meiner Mutter", sagte Gard schließlich.

„Nach Teliva …", begann die Heilige, biss sich dann aber auf die Zunge. „Tut mir leid."

„Schon gut. Ich habe meine richtige Mutter getroffen, weißt du." Gards Stimme klang ruhig. „Unser Junge wird zum erwachsen werden länger brauchen, aber er wird auf seine eigene Weise klug werden." Er fischte sanft eine Perle aus Eyrdways Fingern, und dieser protestierte lautstark. „Pst, Sohn. Komm her! Mama und Papa möchten ein Spiel mit dir spielen." Er ging zu einem Tisch und setzte das Kind ab. Eyrdway griff sofort zu einem Tintenfass, doch die Heilige fing seine Hände, während Gard ein Buch nahm und es öffnete. Er schlug es auf einer Seite auf, auf der das farbenfrohe Abbild eines Waldvogels zu sehen war.

„Siehst du das Vögelchen? Kannst du das Vögelchen sein?"

Eyrdway hörte auf, seine Hände loszureißen zu versuchen. Er blickte unsicher auf das Bild, auf das Gard zeigte, und sabberte ein wenig vor sich hin. Er lehnte sich nach vorne und wollte nach der Seite greifen, doch die Heilige zog ihn zurück.

„Sei das Vögelchen, Eyrdway", ermutigte ihn Gard. Plötzlich änderte sich etwas in dem kleinen Gesicht: Interesse? Verstehen? Er starrte auf das Bild, begann vor lauter Konzentration zu schielen, und dann ...

Es war erschreckend zu sehen, wie überall aus seinem Körper Federn sprossen und wie Nase und Mund zusammenliefen, um zu einem Schnabel zu werden. Doch als es vorbei war, hockte ein lebendes Abbild des Vogels im Buch auf dem Schreibtisch und flatterte vorsichtig mit den Flügelchen.

„Das ist Papas braver Junge", lobte Gard mit leicht zittriger Stimme. „Nun, jetzt wissen wir auf jeden Fall, dass er nicht nur ein Werwolf ist."

„Komm zurück zu Mama", lockte die Heilige und nahm ihn in die Arme, da sie Angst hatte, er könne fliegen. Sein Kopf ruckte hoch und er zwitscherte verärgert, doch als sie ihm die Brust entblößte, verwandelte er sich sofort zurück in ein Baby und schmiegte sich an sie.

... und bezüglich der Bitten, dass ich zu euch hinabsteigen soll, um mich mit euch zu treffen, muss ich euch um Verständnis bitten, da ich mich um meinen kleinen Sohn kümmern muss, den ich nicht zurücklassen kann. Außerdem habe ich herausgefunden, dass ich ein weiteres Kind erwarte. Es macht mich traurig zu wissen, dass diese Neuigkeit mit Begeisterungen und Gratulationen aufgenommen worden wäre, wenn ich eine andere Frau gewesen wäre.

Dennoch kann ich erkennen, dass ihr nicht zufrieden sein werdet, bis wir uns nicht von Angesicht zu Angesicht getroffen haben. Da ich nicht reisen kann, bitte ich euch, zu mir zu kommen.

Es würde mich freuen, wenn alle Trevanion zu diesem Berg reisen und dabei von jenen Studenten begleitet werden würden, die sie auserwählen, auf dass sie alle sich selbst vergewissern können, dass es mir gut geht und ich unter keinerlei Zwang stehe. Sobald dies geschehen ist, werde ich euch einen Brief überreichen, der dazu gedacht ist, unter allen Angehörigen meines Volkes verteilt zu werden. Ich werde euch alles persönlich erklären, damit es keine weiteren Missverständnisse gibt, und ihr werdet Abschriften des Briefes in jedes Dorf und jede Gemeinschaft bringen, sodass ihn alle lesen können, ohne dass erneut die Gefahr der Fehlinterpretation besteht.

Ich lege den Tag des ersten Vollmonds dieses Sommers als Zeitpunkt für unser Treffen fest. Die Jünger, die diese Briefe zu euch bringen, werden euch den Weg beschreiben. Enttäuscht mich nicht und kommt wie gebeten.

o o o

„Nein“, weigerte Gard sich ungläubig. „Nein, nein. Ich werde diese Leute nicht in mein Haus lassen!“

„Es ist auch mein Haus“, erinnerte die Heilige ihn entschlossen. „Ich bin deine Frau. Oder bin ich etwa nur deine Gefangene, die deine Kinder austragen darf?“ Sie waren unterwegs zum Kinderzimmer, um gute Nacht zu sagen.

Gard knirschte mit den Zähnen. „Natürlich ist es auch dein Haus. Aber da ist noch die winzige Angelegenheit mit all den Dolchen, die ich den Dörfern mit der Einladung zurückgelassen habe, dass jeder, der es wagt, mich mit einem zu erstechen versuchen kann.“

„Dann war das wohl eine ziemlich dumme Idee, was?“

„Ich habe viele dumme Dinge getan. Wie hätte ich wissen sollen, dass ich dich treffen würde, dass wir heiraten und Kinder bekommen würden? Du siehst doch, dass eine gewisse Gefahr besteht, oder?“

„Ich habe nicht die Ernter eingeladen. Wenn ich mich richtig erinnere, waren sie die Ziele deines Zorns und nicht meine Jünger."

„Du denkst doch nicht, dass mich deine Trevanions nicht ebenfalls liebend gerne tot und verrottend sehen würden?", stöhnte Gard genervt.

„Das weiß ich. Aber wenn sie mich endlich gesehen haben und ich sie mit meinem Brief zu meinem Volk schicke, werden sie keine andere Wahl haben als meinen Willen zu akzeptieren, und der ist, bei dir zu bleiben."

„Wann ist es eigentlich zu dieser Ablehnung gegenüber körperlicher Liebe gekommen? Der Stern hat sich damals mit zwei oder drei Mädchen gleichzeitig im Gras gewälzt." Gard errötete, als sie sich umwandte und ihn finster anstarrte. „Na ja, das hat er eben getan! Wie konnten sich die Yendri nur so verändern, dass sie von dir erwarten, dein ganzes Leben lang Jungfrau zu bleiben?"

„Die Meinung weniger Trevanions hat sich selbstständig gemacht und wird fast wie ein Gesetz angesehen. Das gehörte nicht zu den Lehren des Sterns und ich will es stoppen. Es ist eines der Dinge, die ich in meinem Brief anspreche. Deswegen ist es ja auch so wichtig."

„Zugegeben", maulte Gard. „Dennoch möchte ich sie nicht innerhalb meiner Mauern haben. Sie sind ein Sicherheitsrisiko, ich habe ja immerhin auch noch andere Feinde, wie du weißt. Aber du kannst dein Treffen vielleicht unten am Berg abhalten. Guten Abend", begrüßte er Balnshik, die sie bei der Kinderzimmertür erwartete.

„Mein Fürst", erwiderte Balnshik salutierend. Sie senkte die Klinge und trat zur Seite. „Der Erbe der schwarzen Hallen hat sein Bad beendet und wartet begierig auf das Abendessen."

„Danke", lächelte die Heilige. Gard öffnete die Tür für sie und folgte ihr ins Kinderzimmer.

Bero und Bisha kamen gemeinsam auf sie zugekrabbelt, und Bisha, das kleine silberäugige Mädchen, blickte zu ihnen hinauf. „Baby Ball“, brabbelte sie in drängendem Tonfall. „Baby Ball ansehen.“ Sie grabschte nach der Hand der Heiligen und zog sie in Richtung Krippe.

„Wo ist Dnuill?“, erkundigte sich Gard, während er sich umblickte. Eine Stimme erklang aus dem Nebenzimmer: „Ich falte gerade die Wäsche, Herr. Er hat Fruchtsaft über sein …“

Was sie sonst noch sagte, konnte Gard nicht hören, da er in die Heilige hineinstolperte, die wie angefroren stehen geblieben war und sprachlos die zwei identischen, bemalten hölzernen Kugeln in der Krippe anstarrte. Ein leeres Nachtgewand und ein Perlenfußkettchen lagen auf dem Laken. Sie fuhr mit einer Hand in der Luft herum, fand Gards Handgelenk und umklammerte es. „Tu doch etwas!“

Die Bälle waren gelb und mit blauen und roten Sternen bemalt. Beide lagen sie völlig bewegungslos da, wie es leblose Dinge zu tun pflegen. Gard spürte, wie sein Herz laut in der Stille schlug.

Da ihm nichts Besseres einfiel, zog er einen Träger vom Gewand der Heiligen nach unten, nahm einen Ball nach dem anderen und hielt sie an ihre entblößte Brust.

Beim zweiten Ball spürte er eine Gewichtsverlagerung, und gleich darauf schoben sich kleine Ärmchen und Beinchen hervor, wie die einer Krabbe, die aus ihrer Schale auftaucht. Die Sterne verblassten und Eyrdway gurrte vor Begeisterung über das bevorstehende Abendessen. Die Heilige nahm ihn erleichtert in die Arme.

Gard ließ sich auf eine Bank fallen und schlug die Hände vors Gesicht. „Wir müssen mit seiner Ausbildung anfangen.“

Die Heilige setzte sich mit Eyrdway neben ihn. „Und wie bildet man einen Gestaltwandler aus?“, fragte sie, während sie die Wandmalerei in der Kinderstube musterte.

„Ich habe keine Ahnung." Gard blickte zwischen seinen Fingern hindurch ebenfalls auf das Gemalte. Es war in weichen Pastellfarben gehalten und zeigte kleine Hasen, die wie Leute angezogen waren. Manche von ihnen trugen Rüstungen und Speere.

o o o

Es gab eine Schenke in Konen-Feyy-in-den-Bäumen, und darin saß ein Mann, der sein Glück feiern wollte, indem er so betrunken wie möglich wurde. Da sein Fest allerdings mit einer gigantischen Mahlzeit begonnen hatte, kam die Volltrunkenheit langsamer, als es sonst der Fall gewesen wäre, und so hatte er genug Zeit, seine Geschichte drei oder vier anderen Gästegruppen nacheinander zu erzählen. Im Moment hatte er zwar keine Zuhörer, lächelte aber, während er seinen Becher aus dem Weinkrug nachfüllte.

Sein Name war Chelti Heizer, und er war den größten Teil seines Lebens als Wandermaler tätig gewesen. Es war kein Beruf, in dem man reich werden konnte, und so war Heizer klapperdürr, hatte alte, eingetrocknete Farbe unter seinen Nägeln und in der Haut und einen permanent verzweifelten Ausdruck in seinen Augen. Sein Pinselköcher und der Farbbehälter standen zu seinen Füßen, doch er war niemals zu betrunken, um nicht stets sorgsam einen Fuß darauf zu setzen, falls jemand versuchen sollte, ihn zu stehlen.

Er stieß ihn sicherheitshalber an, als zwei Männer an seinen Tisch traten. „Hallo", begrüßte er den einen, als er ihn wiedererkannte; es war ein nicht weiter bemerkenswerter Mann, der sich seine Geschichte beim ersten Mal angehört hatte, ohne sie zu kommentieren. Der andere Mann war größer, trug aufwendige Kleidung und sah aus wie ein angeheuerter Schläger.

„Ich hätte gerne, dass du deine Geschichte meinem Freund hier erzählst", sagte der unauffällige Mann ohne besondere Betonung.

„Das war die seltsamste Woche meines ganzen Lebens", begann Heizer. „Ich würde Euch prächtigen Herren ja gerne einen Schluck anbieten, während Ihr zuhört, aber es scheint so, als hätte ich den Krug geleert." Er tätschelte ihn bezeichnend.

Der Schläger grinste. „Wir wollen doch nicht, dass du uns betrunken unter den Tisch kippst, bevor du deine Geschichte beendet hast. Erzähl uns zuerst die Geschichte, hm? Du kriegst hinterher so viel Wein du willst, wenn sie gut ist."

„Oh, Ihr werdet so eine Geschichte noch nie zuvor gehört haben! Hört gut zu, Freunde. Vor einer Woche wurde ich noch vom Pech verfolgt. Ich hatte den ganzen Tag meine Dienste in allen Straßen angepriesen, und es kam kaum etwas dabei heraus, gerade genug für eine Schüssel Eintopf.

Also kam ich hierher, genau in diese Schenke, und bestellte meinen ärmlichen Eintopf. Da saß ich und beklagte, dass meine Mutter einen so unglücklichen Sohn geboren hätte, als durch jene Tür dort eine Dame kam, und was für eine!

Hochgewachsen, mit nachtschwarzem Haar, Brüsten wie zwei Felskugeln, einem tiefroten Mund und langen prächtigen Beinen in Lederstiefeln mit solchen Absätzen! Ha, dachte ich mir, das ist eine Frau, die einen Mann vor ihren Füßen kriechen und weinen und betteln lassen kann. Nun, das werdet Ihr nicht glauben, meine Herren, denn ich selbst habe es auch nicht geglaubt. Warum sollte diese stolze Schönheit sich auch an meinen Tisch setzen und mir einen einladenden Blick zuwerfen?"

„Was passierte dann?", fragte der Schläger interessiert.

„Nun, wie ich schon sagte, ich konnte es nicht glauben. Ich drehte mich um und blickte über die Schulter, um den zu sehen, auf den ihre Aufmerksamkeit gefallen war. Hinter mir war nichts als die nackte Wand! Ich lächelte höflich, ihr versteht, und prompt bestellte sie einen Krug Wein und zwei Becher. Als sie kamen, schob sie einen Finger durch den Henkel und stellte ihn auf meinem Tisch, als ob er nichts wiegen würde.

Dann sagte sie mit einer Art kehligem Gurren: ‚Kleiner Malermann, ich wette, du bist ein Meister deiner Kunst' und schenkte mir Wein ein. Ich versicherte ihr, ich wäre für jeden Auftrag, den sie hätte, gut genug, und dabei blinzelte ich sie an, so, wie jetzt gerade. Sie lachte nur und hieß mich austrinken, und das tat ich. Wir unterhielten uns sehr angenehm, genau an diesem Tisch, wenn Ihr es wissen wollt, und sie war heißblütig und liebenswert und am Ende – nun, so genau erinnere mich jetzt nicht mehr an das Ende, aber ich weiß noch, dass sie mich, als es Zeit war zu gehen, einfach über die Schulter warf und mit mir hinaus spazierte.

Als nächstes wachte ich aus dem süßesten Schlaf auf, nur konnte ich weder meine Augen öffnen noch mich bewegen. Das lag an den Fesseln und der Augenbinde, und ich fragte mich, was um alles in der Welt wir miteinander getrieben hätten, als ich merkte, dass ich in etwas Schwankendem lag.

Ich dachte einen Moment lang, man hätte mich mal wieder shanghait, aber ich konnte das Meer weder hören noch riechen, und dann erklang ihre Stimme neben meinem Ohr, und sie erklärte mir, ich würde eine kleine Reise in ihrer Sänfte machen und mehr herausfinden, wenn wir angekommen wären.

Die Reise schien tagelang zu dauern und sie kannte eine bestimmte Art zu verhindern, dass ein Mann Krämpfe bekommt, das kann ich euch sagen. Schließlich kamen wir zu so etwas wie einem Palast, zumindest konnte ich Wächter nach Parolen schreien und Äxte aufstampfen und so hören. Dann ging es nach drinnen, links und rechts und rauf und herum, und irgendwann hielt die Sänfte an. Man hob mich heraus und setzte mich auf einen Stuhl. Meine Handfesseln und die Augenbinde wurden entfernt, und dann … Ihr werdet niemals erraten, wo ich war."

„Wo warst du?", wollte der Schläger wissen.

„In einem Kinderzimmer", verkündete Heizer. „Einem ganz neuen; der Putz an den Wänden über der Täfelung war noch feucht, und die Krippen und Laufställe und all das waren in die

Mitte des Raumes geschoben und mit Planen bedeckt worden, und die Teppiche hatte man zusammengerollt, und da war meine Schönheit, nur hatte ihre Haut nun eine andere Farbe und sie trug eine Rüstung. Sie lächelte mich an, und ich sah zum ersten Mal, wie lang und weiß ihre Zähne waren. Die Götter mögen mich schützen, dachte ich, das ist eine Dämonin.

Doch sie legte mir nur meinen Farbbehälter und die Pinsel in die Hände und sagte: ‚Nochmals hallo, kleiner Malermann. Hier sind Wände. Male eine Wanddekoration, die einem Kind gefallen würde.'

Ich stammelte ein bisschen und meinte, dass ich eine für Kinderzimmer hätte, mit Hasen, die herumtollen und so, und ob das in Ordnung wäre. Sie versicherte, dass das schön wäre, und ob ich noch etwas benötigen würde. Ich bat sie um etwas Essen und Trinken, und sie versprach, mir etwas schicken zu lassen, die Burschen würden derweil auf mich aufpassen.

Ich fragte, welche Burschen, und sie zeigte hinter mich. Bei den Göttern der Tiefe, ihr wollt nicht wissen, wie die Kerle aussahen, die zum Bewachen hinter mir standen. Sie hatten schwarze Speere und schreckliche, riesige Schwerter, doch meine Schönheit lachte und versicherte mir, dass sie mir kein Leid zufügen würden, wenn ich meine Arbeit machte.

Nun, Ihr könnte Euch vorstellen, dass ich mich mit ziemlichem Eifer an die Arbeit machte, was? Ich malte alles frei, ohne Vorlagen, doch ich habe diese verdammten Hasen wohl schon hundertmal gemalt und beherrsche sie im Schlaf. Die Dämonen beobachteten mich, und dann fragte einer ziemlich höflich, ob ich nicht ein paar der Hasen grün oder violett malen könnte, und vielleicht den ein oder anderen mit roten Augen oder Stoßzähnen. Ich sagte, ja, natürlich, alles, was sie verlangten.

Nachdem einige Zeit verstrichen war, erkundigte sich der andere Dämon, ob ein paar der Hasen nicht Speere tragen und marschieren könnten, als Zusatz zu denen, die im Garten herum eilten, Würstchen grillten, Bücher lasen und in kleinen Booten im Teich segelten, und ich erwiderte, warum nicht, und als ich fertig war, hatten ein paar Hasen zwei Köpfe und manche Flügel, und ich wollte wirklich nicht zu genau darüber nachdenken, was für Kinder in diesen Krippen schlafen würden.

Doch ich stellte es fertig, noch bevor alles trocken war, trotz einer kurzen Pause wegen dem Essen, was nebenbei bemerkt köstlich war. Die Schönheit kam herein und lobte mich, wie hübsch die Mauer aussehen würde. Dann gab sie mir einen schönen dicken Beutel voller Gold und führte mich zu einem weiteren prächtigen Mahl mit Unmengen an Wein, und wie dieser Abend endete, weiß ich auch nicht mehr. Ich wachte in einem Feld neben der Straße auf, doch ich hatte noch immer den Goldbeutel und all mein Werkzeug, und hier bin ich nun."

„Du hast Recht", nickte der Schläger. „Die Geschichte war einen Weinkrug wert. Hol unserem Freund was zu trinken", befahl er dem unauffälligen Mann, der schweigend aufstand und zur Bar ging.

„Ihr seid sehr großzügig, Herr ..."

„Schnellfeuer", erwiderte der Schläger. „Weißt du, mein Freund, ich denke, deine erstaunliche Glückssträhne geht weiter. Ich kenne eine Dame, die dich vermutlich sogar dafür bezahlen wird, wenn du ihr deine Geschichte erzählst. Sie liebt allerdings Einzelheiten. Weißt du beispielsweise, wo im Haus die Kinderstube war? Was konntest du aus den Fenstern sehen?"

„Oh, solche Sachen könnte ich Euch nicht erzählen", wehrte Heizer ab und lächelte, als ihm der unauffällige Mann einen Weinkrug und einen frischen Becher brachte.

„Ich denke, die Dame kann dir genug bezahlen, um dich vom Gegenteil zu überzeugen", versicherte Schnellfeuer und schenkte Heizer ein.

„Nein, mein Herr, ich kann es nicht, so gerne ich auch wollte. Die Schönheit sagte, man würde einen Zauber auf mich wirken, damit ich nicht über sowas sprechen könne." Heizer nahm den Becher und verschüttete ein oder zwei Tropfen für die Götter.

„Aber Zauber kann man brechen", verriet Schnellfeuer lächelnd. „Trink aus."

Zu seinem Pech tat Heizer das.

Fünf Minuten später schleppten ihn Schnellfeuer und der unauffällige Mann aus der Schenke, nachdem sie dem Gastwirt versichert hatten, sie würden ihm den Kopf wieder klarmachen. Der Wirt zuckte die Achseln und röstete weiter Zwiebeln. Erst als er in den Schankraum zurückkehrte um die leeren Becher abzuräumen, stellte er fest, dass die Farben und Pinsel von Heizer noch immer verlassen unter der Bank standen, auf der er gesessen hatte. Der Schankwirt erschauerte und sprach unwillkürlich ein Gebet, obwohl er nicht hätte sagen können, warum.

Gard saß an seinem Tisch und studierte die Berichte, die ihm der Spion gebracht hatte. „Was denken seine Truppen?"

„Dass er versuchen wird, den Hafen Schwarzfels zu erobern", antwortete der Spion, ein Mann mit dem Namen Schraube. „Sie sind nicht gerade begeistert darüber, sie fürchten sich vor den Stahlhänden. Beim letzten Aufstand ließ Herzog Stahlhand Männer an den Masten aller Schiffe im Hafen aufknüpfen, und diejenigen, nicht getötet wurden, wurden zu Galeerensklaven."

„Denkst du, es geht wirklich darum?"

Herr Schraube zuckte die Achseln. „Könnte sein. Mein Kontakt berichtete, dass sich eine mysteriöse, verschleierte Dame im Haus des Herzogs aufhält, angeblich eine Magier-Königin, die ihm den Gerüchten nach eine Geheimwaffe gegeben hat. Ich nehme an, wenn er über etwas Magisches verfügt, könnte er sich im Vorteil gegenüber den Stahlhänden wähnen und die Eroberung der Stadt versuchen."

„Wer ist dein Kontakt?"

„Ah! Er hat mich gebeten, Euch Grüße auszurichten. Er ist ein Rüstungsschmied namens Bettimer."

„Dann macht er jetzt Rüstungen?" Gard lächelte. „Der Junge bringt es noch zu was."

„Er war im privaten Zimmer des Herzogs zum Maßnehmen, als er die Dame sah, und er hat den Auftrag, alle Helme für die neuen Rekruten anzufertigen. Er wird vermutlich die Armee begleiten, wenn sie sich in Marsch setzt."

„Sehr gut. Sag ihm, dass ich mich gut an ihn erinnere und dass ich ihn, wenn die Situation wieder ruhiger ist, mit einem Schmuckhelm beauftragen werde. Er kann verlangen, was immer er will."

Gard bezahlte Herrn Schraube, der sich verneigte und dann aus der Burg und durch die Todeszone eskortiert wurde. Gard blieb noch eine Weile an seinem Schreibtisch und runzelte die Stirn, als er die Berichte noch einmal las. Schließlich legte er sie zur Seite und ging hinaus in den Garten.

Er fand die Heilige unter einer Laube, deren Ranken ein wenig Schatten boten. Sie hatte angesichts des angenehmen Wetters ihren Webstuhl nach draußen tragen lassen und Eyrdway schlief in einem Korb zu ihren Füßen. Bero und Bisha jagten einander Runde um Runde um einen Fischteich, während sie von einem dritten Kind aus sicherer Entfernung scheu beobachtet wurden.

„Wer ist das?", erkundigte sich Gard mit einem Nicken in Richtung des Jungen.

„Sein Name ist Fyll", antwortete die Heilige. „Sein Vater ist einer aus deiner Armee, und seine Mutter kann sich nicht länger um ihn kümmern. Die Botin hat ihn heraufgebracht."

„Welche Botin?"

„Die Botin der Trevanis, Jish. Sie hat mir davon berichtet, dass alle Trevanions zu meiner Versammlung kommen werden."

„Das ist nett", meinte Gard vage. Er streckte seine Hand zu dem neuen Kind aus. „Komm her, Junge. Wirst du nun mit uns zusammenleben?“ Das Kind kam schüchtern näher, blieb dann aber mit gesenkten Lidern stehen und antwortete nicht. Gard ging zu ihm, ergriff ihn und hob ihn hoch, um ihn zu mustern. Der Junge hatte rote Augen.

„Mm. Ja, dein Papa ist hier oben. Wusstest du, dass er ein tapferer Kämpfer war, Junge?“

„Sein Name ist Fyll.“

„Fyll.“

Das Kind biss auf seine Faust. „Mein Papa ist böse“, flüsterte es nach langem Zögern.

„Ja, er hat etwas Böses getan. Aber er wird es nicht mehr tun und sich sehr freuen, dich zu treffen, Fyll. Er wird froh sein, dass sein verlorenes Kind gefunden wurde. Du brauchst also vor nichts Angst zu haben, verstehst du?“

Fyll rutschte von Gards Schoß, wich vor ihm zurück und klammerte sich schüchtern an die Robe der Heiligen. Gard seufzte. Die Heilige hob das Kind auf ihren Schoß und hielt es fest.

„Der Garten ist wunderschön“, meinte sie zu Gard. „Wenn du mich das Treffen hier abhalten lässt, glauben die Trevanion vielleicht, dass ich freiwillig bei dir bleibe. Wir könnten dort drüben Pavillons aufstellen.“

Gard schüttelte stur den Kopf. „Ich stelle Pavillons auf jeder Wiese auf, die du wünschst, wenn sie unten am Berg liegt. Zu viele Leute kennen schon den Aufbau meines Hauses, als dass ich auch noch wirkliche Feinde einlade, damit sie sich schön umsehen können.“

„Sie sind nicht deine Feinde.“

„Sind sie das nicht?“ Gard blickte bedauernd zu Fyll, dann sah er zu seinem eigenen, friedlich schlafenden Kind und dachte an das ungeborene, das unter dem Herzen der Heiligen heranwuchs. Er sann über verlorene Kinder nach und über das Lied, dass die Yendri in sternklaren Nächten gesungen hatten, als die

Welt noch jung war. Wo ist der Junge hergekommen? ... Wo waren sie alle hergekommen?

Er erinnerte sich an Telivas Fluch und dachte mit Unbehagen an die mysteriöse Magier-Königin.

o o o

„Mach es mir jetzt!“, verlangte das Simulacrum.

Schnellfeuer starrte entsetzt auf die Messinghalbkugeln, die den Hintern darstellten. Sie schwebten nebeneinander in der Luft, doch der Spalt dazwischen war offen und ebenso die Gegend weiter unten. Er konnte hindurchschauen und die schwarze Bettdecke darunter sehen.

„Aber Ihr habt keine …“

„Natürlich habe ich die! Das weißt du doch. Es ist egal, wie es beim Simulacrum aussieht. Steck ihn einfach rein!“ Die Stimme wurde noch befehlender.

Schnellfeuer spürte ein Zwicken im Rücken. Er biss die Zähne zusammen, hob seine Tunika und stieß sein ihn an jener Stelle hinein, die ihm am besten geeignet vorkam. Er spürte nichts als Luft und die scheuernden, kalten Metallkanten der beiden Halbkugeln. Es war der unerotischste Moment in seinem ganzen Leben.

Doch das Simulacrum drückte sich gegen ihn und gurrte und schnurrte und reagierte voller Ekstase. „Weiter!“, verlangte es.

Er bewegte sich und stellte sich dabei verzweifelt warme, dralle Frauen vor, ihre heißen Münder und die sanften Hände – alles, nur um nicht schlapp zu machen. Der Akt schien endlos zu dauern. Die Geräusche des Simulacrums wurden immer entnervender, bis ihn schließlich die Fantasie verließ. Mit einem enttäuschten Knurren drehte sich das Simulacrum zu ihm um, als eine laute Stimme durch das nahe Fenster drang.

„Ich verstehe euren Mangel an Enthusiasmus wirklich nicht“, rügte Herzog Salting in einem Tonfall, den er für milde hielt. Die Mitglieder des Stadtrates von Konen Feyy-in-den-Bäumen knieten vor ihm und tauschten elende Blicke. Allerdings wagte keiner von ihnen zu sprechen.

Im Pavillon löste sich Schnellfeuer erleichtert vom Simulacrum. „Pst!“, warnte er. „Wir wollen doch nicht, dass man uns hört, oder?“

„Gerade Ihr solltet für meine Anwesenheit hier dankbar sein.“ Der Herzog wurde jetzt doch lauter. „Ich dachte, man würde mich als Befreier willkommen heißen. Ihr lebt hier praktisch im Schatten seines Hauses, was glaubt ihr denn, wie lange es dauern wird, bis der Dunkle Fürst seine Hand ausstreckt um eure Häuser und Karawanen zu überfallen? Wie hat es überhaupt jemand von euch geschafft, in den letzten sieben Jahren ruhig zu schlafen, mit diesem Monster dort oben? Genießt ihr den Gedanken, dass Dämonen eure Frauen und Kinder vergewaltigen?

Ihr werdet euch darüber noch keine genaueren Gedanken gemacht haben – das ist die einzige mögliche Erklärung dafür, dass einige von euch sich so frech beschweren, meine Armee zu beherbergen und zu versorgen!“

Die Stimme des Herzogs war während seiner Rede immer lauter geworden, und da der Anführer des Rates erkannte, dass man ihn vermutlich ohnehin töten würde, brachte er genug Mut auf um zu sagen: „Bitte, mein Herr, es ist nicht so, dass wir nicht dankbar wären. Wir fürchten uns viel mehr um Eure Sicherheit. Manche von uns haben den Berg so weit sie wagten erklommen und seine Wälle gesehen. Sie sind schrecklich. Seine Hexerei umhüllt den ganzen Ort mit schwarzem Feuer. Jede Streitmacht, die es wagt, den Herrn des Berges zu belagern, muss auf diesen Hängen sterben! Wir würden es nicht ertragen, wenn solch ein tapferer Mann und so eine mutige Armee zerstört werden.“

„Oh, das ist es also?“ Der Herzog verzog verächtlich das Gesicht. „Es ist die Hexerei, vor der ihr Angst habt? Ich bin froh, dass das alles ist. Ich dachte schon, ihr zweifelt wirklich daran, dass ich ein Nest Grünie-Räuber auszuräuchern vermag. Dann wäre ich zutiefst beleidigt gewesen. Ihr müsst euch keine Sorgen machen, ich habe alles geplant. Auf die Füße mit euch! Kommt und seht selbst."

„Verflucht soll der Mann sein", murmelte das Simulacrum, kam aber klappernd auf die Füße und legte eine Robe an. Schnellfeuer war zutiefst erleichtert und zog seine Hose hoch.

Die Mitglieder des Stadtrates wurden inzwischen von der Elitewache des Herzogs, die sie mit Speeren bewaffnet umringt hatte, auf die Füße getrieben und hinter Salting hergeführt, der auf den Hof hinter der Ratshalle schritt. Hier hatte er seinen eigenen Pavillon und den seines Generalstabs aufstellen lassen, nachdem er herausgefunden hatte, dass es in ganz Konen Feyy kein Hotel gab, das es wert gewesen wären, als vorübergehendes Hauptquartier zu dienen.

„Schnellfeuer! Wir müssen uns beweisen, wie es aussieht. Zeig diesen erlauchten Niemanden, wie wir das Haus des dunklen Fürsten brechen werden."

Schnellfeuer kam grinsend aus dem Pavillon. „Der Hof ist gepflastert, mein Fürst, sonst würde ich einen Ameisenhügel suchen und ihn als Beispiel zertrampeln."

„Schnellfeuer, gib nicht so an, das ist ermüdend. Befolge meine Befehle." Das Simulacrum hatte sich verschleiert und kam aus dem Pavillon. Die Ratsmitglieder keuchten angesichts seines Anblicks.

„Hol die Waffe!"

Schnellfeuer gehorchte, er verschwand in einen der anderen Pavillons und tauchte kurz darauf mit einem Koffer auf. Er öffnete ihn und kippte ihn zur Seite, sodass man den Inhalt sehen konnte. Es war eine Röhre aus schwarzem, glänzendem Metall, die mit Gold geschmückt und auf zwei rotgoldene Räder montiert war. Im Deckel lag etwas, das ein wesentlich kleineres Modell zu sein schien, ohne Räder und auf einen Schaft montiert wie eine Armbrust. „Ist das eine magische Waffe?“, fragte der oberste Stadtrat mit einem Glimmer der Hoffnung im Herzen.

„Seht zu und urteilt selbst“, verkündete Herzog Salting geheimnisvoll. „Ich finde, dass ihr Rathaus mir die Sicht auf den See versperrt, Schnellfeuer. Tu etwas dagegen.“

Schnellfeuer wollte die größere Waffe heraushieven, doch das Simulacrum trat vor und hob eine behandschuhte Hand. „Liebster Herzog, diese Waffe ist so mächtig, dass ihre Kraft die Stadt zerstören würde. Seid gnädig und lasst es uns stattdessen anhand des Models demonstrieren.“

„Wie Ihr wünscht“, erwiderte der Herzog galant. „Meine Herren, eure lächerlichen Mauern bleiben stehen. Erinnert euch nun, wie die Götter Undankbarkeit bestrafen.“

Schnellfeuer nahm das Modell und rückte es in seiner Armbeuge zurecht. Das Simulacrum legte eine Hand auf seine Schulter, lehnte sich vor und schien ihm etwas ins Ohr zu flüstern. Daraufhin richtete er das Modell auf einen Obelisken, in den die Namen ehemaliger Ratsmitglieder eingraviert waren und der sich in der Mitte des Hofs erhob.

Es gab kein Geräusch und auch keinen Lichtblitz. Der Obelisk schimmerte nur und zerbröckelte zu einem Haufen roten Sandes am Boden, der leicht rauchte. „Bei den Göttern der Tiefe“, hauchte der oberste Ratsherr.

„Wohl kaum“, meinte das Simulacrum abfällig voller Stolz.

„Zweifelt ihr noch immer?“, fragte der Herzog und grinste den obersten Ratsherrn an. „Das hätte ich auch nicht gedacht. Wie wäre es nun mit ein wenig Kooperation?“

Der oberste Ratsherr griff zerstreut nach dem Ärmel eines seiner Untergebenen. „Geh. Lauf zu den Lagerhäusern und lass sie für die Männer des Herzogs öffnen. Keine Formalitäten, die Armee kann nehmen, was sie benötigt.“

Der andere wandte sich um und lief wie befohlen los. Die Furcht verlieh ihm derartig Flügel, dass er den Rüstungsschmied des Herzogs mühelos überholte, der gerade zu einer bestimmten Schenke am Stadtrand unterwegs war.

Bettimer fand die Schenke mühelos, da man sie ihm genau beschrieben hatte. Er hielt an der Tür an, ließ seinen Blick über die ausgehängte Speisekarte schweifen und fand das kleine grüne Zeichen, das an einen schrägen Strich erinnerte, in der oberen rechten Ecke. Einen Moment verharrte er zögernd mit dem Paket, das er immer noch trug, dann ging er hinein.

Er bestellte Brot, Wein und Oliven und aß genüsslich, als Herr Schraube in die Schenke kam. „Vetter!“, rief Herr Schraube mit einem leichten Zittern in der Stimme. „Was für eine Überraschung. Ich wollte dich nächsten Monat im Hafen Schwarzfels besuchen.“

„Stattdessen bin ich zu dir gekommen“, erwiderte Bettimer. „Außerdem habe ich das Geschenk für Vetter Bullion. Du triffst ihn vermutlich vor mir.“ Er schob das Paket über den Tisch zu Herrn Schraube.

„Das nehme ich an“, stimmte Herr Schraube zu und öffnete das Paket. Es beinhaltete eine wunderbar geschmückte Wurfaxt mit einem Waffenkopf aus poliertem Stahl und einer Sternengravur, die sich in Form von Messingeinlegearbeiten den Schaft hinunter zog und in einer sternenüberzogenen Kappe aus Elfenbein und Messing endete. „Hübsch!“

„Brot?“ Bettimer schob ihm auch das Brot zu. Herr Schraube sah spinnenartige Worte, die in die Kruste geritzt worden waren: 3x KAPPE LINKS DREHEN, DANN 3. STERN DRÜCKEN.

„Ja, danke“, erwiderte Herr Schraube. Er legte den Finger auf jenen Stern, den er für den dritten hielt, und blickte Bettimer mit erhobenen Augenbrauen an. Dieser nickte beinahe unmerklich und reichte ihm das Messer. Herr Schraube schnitt die Botschaft aus dem Brot und aß sie, dann nahm er sich eine Handvoll Oliven. Er wickelte die Axt wieder ein und bestellte sich einen Becher Wein.

Sie redeten über das Wetter, bis Herr Schraube ausgetrunken hatte. Dann entschuldigte er sich, verstaute das Päckchen unter dem Arm und ging.

Sobald er das Nordtor passiert hatte, hatte er es auf einmal sehr eilig.

o o o

Auf einer Wiese hoch oben am Berg war vor langer Zeit eine Eiche gewachsen. Sie war nicht sehr groß, aber auslandend und stämmig, und zahlreiche Jahre des heulenden Windes und des peitschenden Regens hatten sie knorrig gemacht. Ihr niedriges Dach hatte sich beinahe einen Morgen weit erstreckt und Generationen von kleinen Kreaturen hatten ihr Leben in ihrem Schutz verbracht. Ihre Wurzeln hatten Felsen gespalten, sie hatte sich vor dem Zorn des Winters förmlich eingegraben und alles überdauert, und es schien, als würde sie immer da sein.

Dann war eines Sommerabends während eines Gewitters das Himmelsfeuer nach unten gezuckt und hatte die Eiche mit der Hitze der Sonne berührt, und sie war explodiert. Holzsplitter, hart wie glühendes Eisen, waren durch die Luft geschleudert worden und hatten sich in den Berg und andere Bäume gebohrt. Eine ganze Welt starb in einem Moment.

Kurz hatte es ein Feuer gegeben, dann war der heiße Regen gekommen und hatte Blätter und Asche den Berg hinab gespült. Die Kohlen hatten noch lange geglüht, wie rote Augen in der Dunkelheit der Nacht, doch sogar sie waren schließlich erloschen. Der Morgen hatte den zerschmetterten Stumpf enthüllt, noch immer rauchend. Zahlreiche Winter bleichten ihn und rundeten die scharfen Kanten ab. Die weite Wiese blieb zum Himmel offen.

Hier stand Gard nun und musterte sie nüchtern. „Das hier eignet sich gut. Macht sauber und stellt die Pavillons auf."

Seine Wächter machten sich mit Rechen und Schaufeln über die Wiese her. Ein Teil von ihnen versuchte, sie so gut wie möglich zu glätten und Unebenheiten aufzufüllen, während andere vor Anstrengung stöhnten, wenn sie die alten Holzsplitter aus dem Boden zogen, die sich wie Zähne in die Erde gegraben hatten.

„Was machen wir mit dem Stumpf?“ Arkholoth schlug mit den Knöcheln dagegen und erzeugte ein wie Stahl klingendes Geräusch.

Gard musterte ihn. „Lasst ihn stehen. Er soll sie daran erinnern, dass sich alles ändert.“

o o o

Die Heilige blickte zum zunehmenden Mond empor, der sich bleich am blauen Nachmittagshimmel abzeichnete, als hätte ihn jemand mit Kreide gezogen. Sie spürte das Kind treten und legte ihre Hände auf den wachsenden Bauch. Zu beiden Seiten standen Wächter neben ihrem Stuhl um sie durch das Seitentor zurückzutragen, bevor es dunkel wurde.

Ihre Jünger wanderten über die Wiese und platzierten Tische und Matten in jedem Pavillon. Sie putzten, dekorierten sie mit Töpfen voller süßer Kräuter und gossen die Erde, um sie zu begrünen. Schon jetzt zeigten sich kleine Grashalme.

Dnuill blickte traurig auf den Stumpf der Eiche, der sich beständig gegen den Himmel erhob. „Wir könnten flatternde Bänder darum binden. Oder eine Ranke darüber wachsen lassen“, schlug sie vor. „Es gibt eine im großen Beet im östlichen Hof. Das würde den Stumpf hübscher machen.“

„Nein“, widersprach die Heilige. „Er soll daran erinnern, dass manche Dinge endgültig sind und sich nicht ändern werden.“

o o o

Nach drei weiteren Tagen war die Wiese grün, und ein Dutzend Pavillons glitzerten in der Sonne. Die Heilige saß unter einem Sonnenschutz neben dem zerstörten Baum und blickte den Berg hinab. „Ich traue ihnen nicht“, knurrte Gard, der unruhig neben ihr auf und abging. Er trug eine einfache grüne Tunika und hatte auf seinen üblichen barbarischen Schmuck verzichtet.

„Ich schon“, antwortete sie.

„Sähen wir nicht eher wie ein glücklich verheiratetes Paar aus, wenn ich neben dir säße?“

„Doch, und später werden wir das auch tun. Aber heute würde es nur ihren Zorn provozieren.“

„Ich dachte, Heilige dürften nicht zornig werden?“

„Ich werde auch zornig“, erklärte die Heilige. „Wenn ich mein Temperament nicht im Zaum halten kann, wie kann ich es dann von ihnen fordern? Sie werden über das, was ich ihnen zu sagen habe, schon unglücklich genug sein, ohne dass wir noch mehr Öl ins Feuer gießen.“

Gard grollte, kniete dann vor ihr nieder und küsste ihre Hand. „Dann werde ich nun gehen und mich vor ihnen verbergen, wie ein bestraftes Kind. Nur aus Liebe zu dir.“

Zu seiner Überraschung legte sie die Arme um seinen Nacken, zog ihn zu sich und lehnte sich ungeschickt zu ihm herunter, um ihn zu küssen. „Ich liebe dich mehr als meine Pflicht.“

Erstaunt wich er ein Stück zurück und blickte in die Augen. „Du lügst niemals, egal bei was.“

„Niemals. Ich liebe dich mehr als ein friedfertiges Leben, Vernunft oder Hoffnung. Ich liebe dich selbstsüchtig und gierig“, flüsterte sie traurig und strich sanft sein Haar zurück. „Alles, was ich in dieser Welt will, ist hier mit dir in Frieden zu leben, in aller Stille. Doch nichts geschieht ohne Folgen.

Ich könnte meine Augen schließen und mir einreden, dass mein Volk keine Angst hätte. Ich könnte mir einreden, dass die Trevanion so gut und weise wie der Stern selbst wären und niemals aus Stolz oder Hass oder Zimperlichkeit handeln würden. Doch das wäre eine Lüge, und meine Pflicht ist es, ihnen die Wahrheit ins Gesicht zu sagen. Verstehst du jetzt, warum ich sie hier treffen muss?“

Gard nickte nur, er traute seiner Stimme nicht. Er stand auf, beugte sich nochmal hinunter um sie zu küssen und ging dann rasch zu dem schwarzen Pavillon hinüber, der ganz am Rand der Wiese errichtet worden war. Er schlüpfte hinein, zog den Vorhang zu und setzte sich. Durch einen kleinen Spalt spähte er zu ihr hinüber.

Die Trevani Faala traf als Erste ein, begleitet von Kdwyr und Stedrakh. Sie rannte los, als sie die Heilige erspähte, und fiel vor ihr auf die Knie. Lächelnd erhob sich die Heilige und nahm ihre Hände.

„Kind! Oh, Kind, wie habe ich gebetet, Euch lebend und gesund zu sehen!"

„Bitte, knie nicht. Darf ich dir einen Becher Wasser anbieten?"

„Aber geht es Euch wirklich gut?"

„Das kannst du selbst sehen", bestätigte die Heilige. „Ich bin eine Frau und Mutter. Dies ist mein Zuhause, kein Gefängnis."

„Aber es sieht wie ein Gefängnis aus", murmelte Faala und starrte misstrauisch zu den schwarzen Zinnen von Gards Haus empor.

„Die Schädel sind nur Zierrat", erwiderte die Heilige entschieden. „Innen sieht es nicht so aus. Nun setze dich und trink etwas."

Sie führte das gleiche Gespräch Dutzende Male im Verlauf der nächsten Stunden. Einer nach dem anderen stiegen die Trevanion den Berg hinauf, manche voller Furcht und manche voller Zorn. Sie ermutigte die Furchtsamen und besänftigte die Zornigen, und jedem von ihnen gab sie einen Becher Wasser. Gard erhob sich in seinem Pavillon und begann wieder auf und ab zu gehen. Seine Ungeduld trieb ihn schier in den Wahnsinn und er war auf eine seltsame Weise eifersüchtig darauf, dass sie etwas so Langweiligem so viel Aufmerksamkeit widmete.

„Junge Mutter“, grüßte Jish und umarmte die Heilige. „Trevani“, lächelte die Heilige. „Ich bin froh, dass du da bist.“

„Es ist also wahr“, meinte Jish und blickte auf den Bauch der Heiligen hinab. „Ihr tragt ein zweites Kind in Euch. Er wird derjenige sein, der den Ausgleich bringt!“

„Wie bitte?“

„Ich habe gehört, dass Ihr Eurem Gemahl einen Dämon geboren habt. Dieses Kind wird Euer eigenes Kind sein und Euer Werk in der Welt tun! Darüber freuen wir uns.“

Die Heilige dachte an Eyrdway. Als sie sich am Morgen von ihm verabschiedet hatte, hatte er geweint und ihr seine kleinen Ärmchen entgegengestreckt, bevor Balnshik ihn mit einer edelsteinbesetzten Rassel abgelenkt hatte. „Beide Söhne sind meine Kinder“, erwiderte sie, mühsam ihren Zorn unterdrückend, „und die meines Gemahls.“

„Natürlich“, stimmte Jish ihr hastig zu. Die Heilige blickte in ihre Augen und sah die Flutwelle an geflüsterten Gerüchten, die sie nie würde stoppen können, die Fantasien, die Halbwahrheiten, die absichtlichen Fehlinterpretationen, die ungerechtfertigten Meinungen und die frechen Lügen, die zu Glaubensgrundlagen werden würden. Einen Atemzug lang fürchtete sie, ihre Stärke würde sie verlassen.

„Ich kann nur die Wahrheit sagen“, dachte sie erschüttert. Sie warf einen unwillkürlichen Blick auf den schwarzen Pavillon und wünschte sich, Gard wäre an ihrer Seite.

„Lendreth kommt auch, wisst Ihr“, sagte Jish in einem seltsamen Tonfall.

„Ich habe ihn eingeladen.“

„Nicht so, wie er jetzt reist, nehme ich an. Ohne eine Leibwache aus Erntern geht er nirgendwo mehr hin. Er hat sie in den Liedern unterwiesen, als wären sie auch Trevanion, wusstet Ihr das? Und er hat neue Lieder für sie geschaffen, zum Kämpfen, zum lautlosen Bewegen, zum Zuschlagen, zur Tarnung. Es gibt keine Frauen in ihren Reihen und sie haben geschworen, keusch zu bleiben."

„Warum?", fragte die Heilige schockiert.

„Warum? Es ist die alte Geschichte – angeblich, um ihnen größere Konzentration zu ermöglichen." Jish fletschte nun sogar die Zähne. „Es ist unnatürlich!"

„Es ist falsch. Du bist zu verärgert über die Dinge, die Lendreth tut, Jish. Ich muss hören, was er zu sagen hat."

„Du wirst nicht lange warten müssen. Ich habe ihn weiter unten gesehen, während ich hinaufgestiegen bin. Er war zwar alleine, doch ich habe einen seiner Schläger hinter ihm durch den Wald schleichen sehen."

Doch Lendreth tauchte alleine auf der Wiese auf und kam mit seinem Stecken in der Hand auf die Heilige zu.

Er begrüßte sie lächelnd. „Kind." Er musterte sie eindringlich und fügte hinzu: „Und Mutter, wahrlich. Du siehst glücklich und gesund aus! Das ist ausgezeichnet. Jetzt kann ich all den Narren die Wahrheit verkünden, die noch immer glauben, dass du eine Gefangene wärst. Ich kann ihnen sagen: ‚Ich habe sie mit meinen eigenen Augen gesehen, und alles ist gut.'"

„Es freut mich, dass du meine Entscheidung akzeptierst", erwiderte die Heilige vorsichtig, denn er vermied es, ihr in die Augen zu sehen.

„Ich muss sie akzeptieren. Es ist dein Wille, und um bei der Wahrheit zu bleiben ist es der natürliche Fortgang deines Schicksals. Du wurdest gesandt, um uns aus unserer langen Trauer zu befreien. Wie könnten wir, jetzt, da wir frei sind, dir deine eigene Freiheit verwehren? Du verdienst das einfache Glück nach dem sich alle Frauen sehnen, Kinder und einen Gemahl. Dass du sie nun hast erfreut mein Herz, und ich wünsche dir alles Gute."

„Danke", erwiderte die Heilige. „Ich wollte dich noch fragen, ob du etwas von Seni gehört hast."

„Seni?" Lendreth schaute überrascht. „Nein."

„Man hat mir gesagt, sie wäre auf dem Flussweg nach Hlinjerith der nebligen Zweige gereist."

„Ist das so? Nun, sie konnte Veränderungen noch nie ertragen. Vielleicht findet sie mit ihren Erinnerungen dort Frieden. Doch wir sind alle hier!" Lendreth ließ seinen Blick über die Pavillons gleiten. „Alle Trevanion an einem Ort versammelt. Wie viele Jahre ist das her? Ich möchte dir gratulieren, sie haben das nur für dich getan. Darf ich eine Eröffnungsrede halten?"

„Wenn du es wünschst", erwiderte die Heilige und dachte, dass er kein Herz mehr hatte.

o o o

Schließlich wurde der letzte Trevanion nach oben geleitet. Stedrakh und Arkholoth bezogen so unauffällig wie möglich neben dem schwarzen Pavillon Aufstellung, und Kdwyr ging mit einem Korb voller Kodizes zwischen den Pavillons umher. Die gelben Seiten waren mit einer festen, klaren Handschrift beschrieben und in einen hölzernen Einband gebunden. Er gab jedem Trevanion einen.

Die Heilige erhob sich von ihrem Stuhl und trat neben den Stamm der zerstörten Eiche.

„Brüder und Schwestern", begann sie. „Ich danke euch dafür, dass ihr diese Reise auf euch genommen habt und so tapfer an einen Ort gekommen seid, den viele von euch fürchteten. Ihr könnt nun sehen, dass es nur ein Berg und das grauenvolle Haus nur das meines Gemahls ist. Was ihr momentan nicht sehen könnt, sind die Gärten, die er für mich angelegt hat, und die hellen, lichtdurchströmten Räume, die mit Blumenmustern bemalt sind. Doch ich hoffe, dass ihr eines Tages, wenn ihr meine Entscheidung akzeptiert, sie werdet sehen können.

Der Stern lehrte uns, unsere Macht aus Mitgefühl heraus zu nutzen, um Leiden zu lindern. Er und ich führten euch aus dem Tal, in dem unser Volk so litt. Ihr wisst, dass ich Trevanion zu den Kindern der Sonne geschickt habe, um die Kranken zu heilen. Jetzt lebe ich mit Gard unter Dämonen, und erneut werde ich vom Mitgefühl geleitet: Zu eurem Wohl, damit er euch in Frieden lässt, doch auch zu seinem Wohl und zum Wohl unserer Kinder.

Dennoch weiß ich gut um den Zwiespalt, zu dem das unter euch geführt hat. Lasst dieses Treffen uns zu Gemeinschaft und Frieden bringen. Kdwyr hat euch allen Abschriften meines Briefes gegeben, und nachdem wir ihn hier besprochen haben, bitte ich euch, ihn zu allen Gemeinschaften meines Volkes zu bringen und laut vorzulesen, damit es keine Missverständnisse mehr über meinen Willen geben kann.

Bruder Lendreth hat darum gebeten, sich an euch zu wenden, bevor wir beginnen. Hören wir ihm zu." Sie kehrte zu ihrem Pavillon zurück, und Lendreth erhob sich und schritt zur zerstörten Eiche.

Er wandte sich ihnen lächelnd zu. „Brüder und Schwestern, wie frohlockt mein Herz, euch heute alle hier zu sehen.

Ich erinnere mich gut an die Schrecken der Vergangenheit. Wir waren einst geprügelte, eingeschüchterte Kinder, ignorant und hilflos. Ihr Trevanion erinnert euch, wie es gewesen ist. Jene, die seit damals zu uns gekommen sind, können die undurchdringliche Dunkelheit jener Tage niemals verstehen.

Dann kam eines Nachts die Hoffnung zu uns. Ich erinnere mich noch daran, wie ich auf den Berg gestiegen bin und diese glorreiche Musik gehört habe, die so viel versprach. Ich erinnere mich an den Moment, als ich den Stern zum ersten Mal an seinem hohen Ort sah. Diese beeindruckenden Augen! Ich erinnere mich außerdem daran, wie unser armes Volk flehte und bettelte, dass er uns in die Vergangenheit zurückzubringen möge, in der wir wie ungeborene Kinder waren, die im Leib der Welt träumten.

Doch was hat unser Stern da gesagt? ‚Eure alten Wege sind verloren. Ich kann das Kind nicht in den Leib zurücksingen und das Blatt nicht in den Trieb.' Erinnert ihr euch? Denkt darüber nach, was der Geliebte gesagt hat. Denkt darüber nach, was es bedeutet: dass das Leben niemals unveränderlich ist und dass man wachsen muss.

Was hat er noch gesagt? ‚Hört mir zu und wisset, dass ihr nicht mehr verängstigt in der Einsamkeit kauern müsst, dass ihr keine Sklaven mehr seid, die abgeschlachtet werden und von allen verlassen sind. Lernt, was ich gelernt habe! Kommt und lasst mich euch lehren, und ihr werdet wie ich furchtlos im Licht gehen.' Welch glorreiche Herausforderung! Ich erinnere mich, wie diese Worte direkt in mein Herz trafen.

Ich erinnere mich auch, wie ein ungeduldiger junger Mann sich erhob um ihn herauszufordern, einer von zwei Brüdern. Ihr wisst alle, was dann geschah. Einer der Brüder strebte danach, den Lehren des Sterns zu folgen und wagte es, unser aller Befreiung zu versuchen. Der gesegnete Ranwyr sei gepriesen!

Dennoch muss ich euch fragen, meine Brüder und Schwestern, haben wir vielleicht zu hart über den anderen jungen Mann gerichtet? War sein Begehren genau genommen nicht das gleiche wie das des Gesegneten Ranwyr? Er wollte für unsere Freiheit kämpfen. Dass er ein Dämonenkind war, war nicht seine Entscheidung, und dass er nur so kämpfte, wie es ihm als solcher möglich war, ist sogar bewundernswert. Dass er mit seinem Bruder stritt und so ein tragisches Schicksal über sie beide brachte, ist zweifellos beklagenswert."

Ein wütendes Gemurmel hatte sich unter den Trevanion breitgemacht, doch Lendreth lächelte weiterhin. Er hob eine Hand.

„Ich bitte euch, Brüder und Schwestern. Ich war an jenem Tag dort und ich erinnere mich genau daran, was der Geliebte gesagt hat. Teliva verfluchte ihren Ziehsohn in ihrem verständlichen Zorn, doch der Geliebte ermahnte sie! Er sagte: ‚Teliva, ich flehe dich im Namen des verlorenen Ranwyrs an, nicht den Tod deines Ziehsohns zu verlangen!‘

Er erlegte Gard keine schlimmere Strafe auf als das Exil.

Doch wer kann unseren Söhnen, die mit den Legenden des Verfluchten Gard aufwuchsen, Vorwürfe machen, dass sie ihn angriffen, als sein Weg unseren erneut kreuzte? Und wer kann ihm als Dämon Vorwürfe machen, dass er zurückgeschlagen hat? Brüder und Schwestern, es ist an der Zeit, uns von den Sorgen der Vergangenheit abzuwenden. Unser Kind, das uns aus dem Tal der Klage geführt hat, hat in seiner Weisheit beschlossen, Gard zu vergeben. Müssen wir nicht das gleiche tun?“

Gard saß im schwarzen Pavillon und hörte angestrengt zu, während er das Gesicht ungläubig verzog. Von ihrem weißen Pavillon aus beobachtete die Heilige Lendreth und dachte: „Ich frage mich, was er dafür im Gegenzug wird haben wollen? Noch hat er sie nicht gewonnen, nicht einmal jetzt.“

„Brüder und Schwestern!“ Lendreth hob die Stimme. „Ich rufe nach einem Ende unserer Kindheit! Unser Kind ist zu einer Frau und Mutter geworden. Wann werden wir selbst unserem Schicksal als Volk nachgehen? Wir stehen heute am Scheideweg, meine Brüder und Schwestern. Ein Weg führt zurück in die Vergangenheit, in das Dunkel der Legenden, in den Stillstand, in die Verhaltensweisen unserer Kindheit, in hirnlosem Gehorsam der Tradition gegenüber, in Passivität und in den Tod.

Werden wir diesen Weg gehen oder werden wir uns für den anderen entscheiden und unsere mögliche Größe ausfüllen? Werden wir danach streben, uns zu verändern und diese Welt der grenzenlosen Möglichkeiten anzunehmen? Seht euch die Kinder der Sonne an! Sie sind dreckig, streitsüchtig und dumm, aber schaut euch ihre prächtige Zivilisation an! Wie sollten wir sie nicht übertreffen, wir, die wir mit Wissen und Weisheit gesegnet sind?

Unser Stern hat uns den Weg gezeigt, Brüder und Schwestern, mit den ersten Worten, die er gesprochen hat. Ihr müsst nicht mehr länger verängstigt in der Einsamkeit kauern! Wir müssen unser Volk zusammenrufen, damit es nicht auf ewig aus ein paar verstreuten Waldstämmen besteht, die einzeln nichts erreichen können. Wir müssen unsere Dörfer wieder aufbauen. Wir müssen die Wiesen bewirtschaften und die Fertigkeiten der Kinder der Sonne erlernen.

Wir müssen unsere jungen Männer im Waffengebrauch ausbilden, damit sie sich wehren können, wenn wir angegriffen werden, und so sicherstellen, dass wir nie wieder Sklaven sein werden. Ihr werdet mir sagen, dass dies einst verboten war! Aber denkt daran, dass man einem Kind völlig zu Recht untersagt, mit Messern zu spielen, doch ein Mann muss sie zu benutzen lernen.

Unser Volk wird gegen diese Veränderungen aufbegehren, und deswegen müssen wir unsere Autorität durchsetzen. Ein Kind weiß nichts, bis man es nicht dazu zwingt zu lernen und zu wachsen, und nun müssen wir unser Volk zu seinem eigenen Wohl zwingen.

Das ist unsere Gelegenheit. Hier und jetzt müssen wir neue Gesetze aufstellen, nach denen unser Volk leben wird. Brüder und Schwestern, unsere Stunde ist gekommen!"

Die Trevanions waren völlig still geworden.

Die Heilige erhob sich. „Nein", widersprach sie. „Du hast ihnen die falschen Wahlmöglichkeiten geboten. Wir stehen nicht an einem Scheideweg, denn es gibt so viele Wege wie Pfade im Wald. Man kann wachsen, ohne seine Natur zu verändern. Man kann standfest bleiben, ohne zu stillzustehen. Du willst zu etwas Neuem werden – das ist bewundernswert an dir und war es schon immer. Aber du hast kein Recht, andere auf deinen für dich gewählten Weg zu zwingen."

Lendreth wirbelte zu ihr herum. „Das hast du auch nicht mehr. Deine Autorität endete, als du uns verlassen hast. Paare dich mit deinem Gemahl und trage seine Kinder aus, aber wir sind nicht mehr deine Kinder. Ein Mann verehrt seine Mutter, und so werden wir deinen Namen in Erinnerung an den Stern ehren, aber in Zukunft werden wir über uns selbst herrschen."

„Du meinst, du wirst über uns herrschen!", rief Jish, und die Trevanions schrien vor Empörung auf, etliche sprangen auf.

„Nein! Was er gesagt hat, war gut und recht!"

„Ketzer!"

Die Heilige hielt eine Hand hoch und es wurde still. „Ich werde meine Autorität aufgeben, wenn mein Volk es wünscht. Aber nicht an dich. Du würdest sie nur erneut zu Sklaven machen, zu denen deines eigenen Ehrgeizes."

Lendreth Gesicht war dunkel vor Zorn. „Frau, schweig!"

„Wie kannst du es wagen!", brüllte Shafwyr.

„Bei den neun Höllen, die brechen gleich einen heiligen Krieg vom Zaun", stammelte Arkholoth schockiert und taumelte dann zur Seite, als Gard aus dem Pavillon gestürmt kam und quer über die Wiese auf die Heilige und Lendreth zu stapfte.

„Du aalglatter, verlogener Bastard!", schrie er zu dem Trevani hinüber.

Mit einem grünen Flirren am Rand der Wiese erschienen sie plötzlich: drei bewaffnete Männer, die mit solch einer Geschwindigkeit auf Gard zu rannten, dass ihre wehenden Mäntel wie Flügel wirkten. Der vorderste hob eine Sichel.

Lendreth trat ihnen schockiert in den Weg und hob die Arme. „Ihr Narren! Ich habe euch doch gesagt …" Die Sichel traf ihn in der Kehle und er fiel.

Einer der Ernter blieb entsetzt stehen, als er sah, was geschehen war, doch die anderen beiden rannten um Lendreth herum oder über ihn hinweg nach wie vor auf Gard zu.

„Halt!", schrie die Heilige und blickte dem nächsten mit solchem Zorn in die Augen, dass dieser anhielt, seinen Kopf umklammerte und sich vor Schmerzen zu winden begann. Der andere verdeckte die Augen und zog eine Machete. Gard machte einen Schritt zurück, packte die Heilige und schob sie hinter sich. Arkholoth und Stedrakh näherten sich dem Ernter von beiden Seiten und stachen ihn nieder.

„Aber wir sind doch gekommen, um Euch zu retten!“, rief der Ernter, der als Erster stehen geblieben war, und begann zu weinen. Die Heilige ignorierte ihn und drängte sich an Gard vorbei, um zu Lendreth eilen zu können. Sie kniete neben ihm nieder.

Er starrte zum Himmel empor. Seine Augen drehten sich zu ihr als sie niederkniete, dann rollten sie nach oben und das schmerzhafte Röcheln, das aus seiner aufgerissenen Kehle gedrungen war, verstummte. „Ihr habt ihn getötet“, sagte sie zu den Ernten und spürte, wie das Fundament der Welt unter ihr zerfiel.

„Nein! Er ist schuld‘“, wehrte sich einer der beiden und zeigte auf Gard. „Das Blut klebt an seinen Händen!“

„Der Trevani hat uns betrogen“, rechtfertigte sich der andere und starrte auf Lendreths Leiche. „Ich habe die Dinge gehört, die er gesagt hat. Er hat seinen Tod verdient.“

„Ihr seid Mörder. Soll ich euch verfluchen?“, fragte die Heilige ruhig.

„Tötet sie“, befahl Gard seinen Männern, doch die Ernter machten einen raschen Schritt, sodass sie direkt nebeneinander standen.

Der Ältere blickte den Jüngeren an und sagte: „Befehl ausführen.“ Sie zogen ihre Macheten und stießen sie mit einer gleichförmigen Bewegung bis zum Heft in die Brust des jeweils anderen. Dann fielen sie einander umarmend.

Die Trevanions hatten während all dem kein Wort gesagt. Schließlich sog Jish laut die Luft ein. Sie starrte Lendreths Leiche an, als wollten ihr die Augen gleich aus den Höhlen treten, und rang erstickt nach Atem. Die Heilige griff nach ihrer Hand.

Jish machte ein Geräusch, das wie eine Mischung aus Lachen und Weinen klang. „Sie haben seine Stimme abgeschnitten“, flüsterte sie und zog ihre Hand weg. „Wie er das gehasst haben muss. Wie der Mann es liebte zu sprechen."

„Es tut mir leid", murmelte Gard zur Heiligen. Sie drehte sich zu ihm und umarmte ihn fest, und er beugte sich herab und küsste sie.

Jetzt begannen die Trevanion alle durcheinander zu reden, trotzdem wurden sie von den Stimmen übertönt, die vom unteren Teil der Weise erklangen. „Fürst!" Rotauge kam gemeinsam mit Cheller den gewunden Pfad hinaufgelaufen, sie trugen Herrn Schraube zwischen sich. „Fürst, Bote! Eine Armee kommt die Straße hinauf!"

„Was?" Gard wirbelte herum und starrte sie an. Sie setzen Herrn Schraube vor sich ab und dieser hielt keuchend die geschmückte Streitaxt hoch. Gard nahm sie an sich und drehte sie verblüfft in den Händen.

Herr Schraube nahm sie ihm wieder ab und benutzte den verborgenen Griff. „Hohl", erklärte er. Die Kappe glitt herunter, und eine Papierrolle kam zum Vorschein. Er fischte sie heraus und reichte sie Gard. „Der Kontakt sagt: Herzog Salting kommt mit seinen Truppen. Sie werden Euch belagern."

„Nun, das ist wohl ziemlich sinnlos", prahlte Arkholoth grinsend. „Wir sitzen einfach da oben und erledigen seine Männer mit Steinen." Doch Gard war bleich geworden, als er las.

Fürst,

Der Herzog rückt gegen Euch vor und plant, bei Vollmond einzutreffen. Er will sich für die Überfälle auf seine Karawanen rächen. Die Mannstärke habe ich unten angeführt. Hütet Euch, denn er bringt eine Hexe mit sich, eher eine Puppe, die mit Magie funktioniert. Ihr Begleiter heißt Schnellfeuer und sie selbst Pyreeheena. Sie besitzt kein richtiges Fleisch und ist furchtbar anzusehen. Sie prahlt damit, dass sie Euch mit einem Gerät lebendig fangen wird, das

Eure Mauern zu zerstören vermag. Die Götter mögen Euch Stärke verleihen und Euch gnädig sein. Ich trage noch immer das Amulett.

Eine Truppenliste folgte: so viele Fußsoldaten, Bogenschützen, Artilleristen …

Gard blickte von dem Brief auf und auf die Pavillons und die Trevanions, die noch immer Lendreths Leiche anstarrten. Die Heilige, die sein Gesicht aufmerksam beobachtete, fragte: „Was ist los?"

„Du musst deine Leute wegschicken. Bring sie den Berg hinunter, so rasch du kannst. Meine Feinde kommen."

„Niemand geht diesen Berg hinunter", sagte Rotauge. „Sie würden der Armee direkt in die Arme laufen, mein Fürst."

„Dann muss ich sie ins Haus bringen", sagte die Heilige.

„Also gut", sagte Gard geistesabwesend. „Rückzug! Stedrakh, Cheller, führt diese Leute durch das Labyrinth nach oben."

o o o

„So macht er das also", sagte Herzog Salting und starrte voller Interesse auf den Pfad, der den Berg hinaufführte.

„Er ist breiter, als er aussieht", versicherte der Kundschafter. „Die meisten der Spalten sind Illusionen. Man kann die richtige Oberfläche erst sehen, wenn man direkt darauf steht. Wenn sie sich davon nicht ablenken lassen, könnt Ihr zehn Männer rasch nebeneinander marschieren lassen."

„Der Bastard hat wohl Bühnenkunststückchen studiert", sagte der Herzog grinsend. „Ich frage mich, wie viele seiner anderen Verteidigungsanlagen auch nur billige Taschenspielertricks sind? Vorwärts!", schrie über seine Schulter. „Standartenträger voraus! Lasst alle anderen nur auf die Standarte schauen und auf keinen Fall nach unten!"

Die Armee setzte sich in Bewegung und erklomm den Berg mit beeindruckender Leichtigkeit und Geschwindigkeit. Am

Ende ging Schnellfeuer neben den Trägern mit der Sänfte des Simulacrums. „Das könnte leichter werden, als wir gedacht haben“, sagte er.

„Oh, das hoffe ich doch“, antwortete das Simulacrum. Es blickte sich um und genoss die Aussicht. „Weißt du, sobald wir den Zauber gebrochen haben, könnte das hier ein perfektes neues Zuhause sein. All der Schutz, an den wir schon gewöhnt sind, aber ein wesentlich netteres Klima, wenn man mal nach draußen geht.“ Es legte den Kopf schief und starrte auf die Festung über sich. Obwohl das goldene Gesicht ausdruckslos war, war die Verachtung darin nicht zu übersehen „Natürlich werden wir neu dekorieren müssen. Was für ein abscheulicher Geschmack! Aber er war nie wirklich mehr, als ein aufgestiegener Sklave, was?“

Grattur und Engrattur rannten hinter Gard her und versuchten, ihn zu bewaffnen, während er auf die Tür in der Mauer zueilte. Hinter ihnen hallten Schreie durch die Gänge, während sich die Armee formierte, doch vor ihnen lag ein unheimlicher Frieden als Gard die Tür aufriss, die Stille des Gartens, so fern und unbesorgt wie die treibenden Wolken am Himmel. Die Trevanion saßen oder standen um den spiegelglatten Teich herum, manche weinten, manche waren starr vor Schock und einige wenige verfügten über eine geradezu surreale Ruhe.

Die Heilige erhob sich und lief auf Gard zu. „Wie lange noch, bis sie hier eintreffen?“

Sein Gesicht war in seiner leeren Ruhe ausdruckslos wie das eines Tieres. „Sie sind nun in Sichtweite. In einer weiteren Stunde werden sie bei der Todeszone sein. Hör mir genau zu: Es gibt einen Fluchtweg. Grattur und Engrattur werden dich führen. Nimm die Kinder und Eyrdway mit. Geh zurück zu deinem Volk und lebe unter ihnen, aber sage niemandem die Namen meiner Kinder. Sag, dass es sich um Findlinge wie die anderen handelt, die du gerettet hast. Sag, dass ich meinen Jungen bei mir behalten habe und er mit mir gestorben ist."

„Nein!" Die Heilige sah ihn entsetzt an. „Wie kannst du nur glauben, dass du verlieren wirst? Du hast gesagt, dass keine Armee diesen Ort erobern könnte!"

„Das mag wahr sein, und vielleicht werden du und ich überleben und die Geschichte eines Tages unseren Enkeln erzählen. Aber ich wäre ein Narr, mich darauf zu verlassen. Die Dame Pirihine ist bei ihnen. Meine beiden Erzfeinde stehen an meiner Schwelle, und wer weiß, ob sie nicht Hexerei mitgebracht haben, die die Türen niederreißt?"

„Kleiner Bruder, halt still", sagte Grattur weinend, während er versuchte, ein Paar Armschienen an Gards Arme zu schnallen.

„Dann komm mit uns", weinte die Heilige.

Gard verschwand Stück für Stück unter seiner schwarzen Rüstung und wurde immer mehr zum dunklen Fürsten. Er schüttelte den Kopf. „Du hast eine Verpflichtung deinem Volk gegenüber und ich eine meinem."

„Sie kommen nicht durch die Todeszone. Ich gehe erst, wenn sie sie durchbrechen", sagte sie verzweifelt.

Er schüttelte erneut den Kopf. „Wenn sie durchkommen, wird es zu spät sein."

„Nein! Du bist Magier! Du bist mächtiger als sie! Du kannst kämpfen!"

„Kleiner Bruder, sie spricht die Wahrheit", sagte Engrattur.

„Ich habe vor zu kämpfen", versicherte Gard. „Vielleicht werde ich sogar gewinnen. Doch wenn ich verliere, werde ich lieber sterben, als mich nochmal in Ketten legen zu lassen. Es wird alles gut werden, egal was passiert. Verstehst du?"

„Nein", sagte sie und fragte sich, ob er verrückt geworden war. „Ich verstehe nicht."

Er beugte sich zu ihr hinab und küsste sie, dann murmelte er ihr ins Ohr: „Der dunkle Fürst kehrt immer zurück, dieser Teil der Geschichte ändert sich niemals. Gib mir einen Namen."

„Was?"

„Gib mir einen Namen. Du bist meine Frau und mein Herz. Gib mir einen Namen, und es wird mein wahrer sein."

Sie blickte zu ihm auf und spürte, wie ihr Tränen in die Augen stiegen. Dann stellte sie sich auf ihre Zehenspitzen und flüsterte einen Namen in sein Ohr.

Er grinste. „Sehr gut! Bewahre ihn in deinem Herzen. Verrate ihn niemanden. Ruf mich nur, und ich werde dich wiederfinden, und wenn ich mir einen Körper aus Blättern und Staub schaffen muss."

Er küsste sie und schritt davon. Shafwyr, der am Teich gesessen hatte, stand auf und wandte sich an die Heilige. „Nun verstehe ich", sagte er. „Die Ernter haben Euren Garten genommen und ihn zu einer Festung gemacht. Dieser Mann hat seine Festung zu Eurem Garten gemacht."

„Ja", sagte Kdwyr, als wäre es das Offensichtlichste auf der Welt. „Er hat sie nicht gefangen genommen. Sie hat ihn gefangen genommen."

o o o

„Ist das auch eine Illusion?", fragte Herzog Salting seinen Kundschafter. Sie standen vor den schwarzen Felsen der Todeszone.

„Leider nicht, Herr. Dort ist mein Begleiter gestorben. Zumindest gehe ich davon aus; er ist in das Labyrinth gegangen und nicht mehr zurückgekehrt. Die Felsen sind scharf wie gesplittertes Glas."

„Sie werden uns keine Probleme bereiten." Der Herzog wandte sich ab und schritt durch die Reihen nach ganz hinten, wo Schnellfeuer dem Simulacrum gerade aus der Sänfte half. „Edle Hexe! Wir sind angekommen. Seht Ihr das Labyrinth dort? Ich brauche einen Pfad hindurch. Soll ich dafür sorgen, dass das Gerät für Euch ausgepackt wird?"

„Noch nicht." Das Simulacrum wandt sich dem Labyrinth zu. „Wir müssen seine Kraft für die Mauern bewahren. Das Modell wird uns hier mit Leichtigkeit einen Weg freibrennen. Bring es mir, Schnellfeuer."

Schnellfeuer lief zum Versorgungszug und kehrte kurz darauf mit dem Modell zurück. Das Simulacrum ergriff seinen Arm, und gemeinsam schritten sie zum Rand der Todeszone. Die versammelten Truppen sahen zu, wie das Simulacrum den Kopf senkte und kurz zu erschlaffen schien, als konzentriere sich der Wille, der es zusammenhielt, auf etwas anderes.

Diesmal gab es ein kreischendes Geräusch, als hätte jemand die Saiten einer Harfe mit einer Säge zerschnitten, während die Zauber der Todeszone brachen. Die schwarzen Steine schmolzen zu glitzerndem Sand, den der Wind verweht.

Schnellfeuer rückte mit dem Simulacrum vor und richtete das Modell auf die nächste Reihe Steine und immer so weiter, bis ein Pfad durch die Todeszone freigeworden war, den drei Männer nebeneinander beschreiten konnten. Herzog Salting folgte ihnen dichtauf und lächelte, als er den leeren Raum vor Gards hohen Mauern betrachtete. „Gut gemacht! Nun werden wir den ganzen Steinhaufen über ihm zusammenstürzen lassen."

„Ich bitte um Verzeihung, Herzog", wisperte das Simulacrum mit schwacher Stimme. „Lasst mich zuerst zu meiner Sänfte zurückkehren. Ich bin nur eine Frau und will nicht sehen, wie so viel Blut vergossen wird."

„Natürlich", versicherte Salting. „Aber schickt das Gerät nach vorne. Ich werde es selbst abfeuern und meine Rache wird umso süßer sein. Ich muss nur den Schalter umlegen, richtig?"

„Ja", sagte Schnellfeuer. „Der große rote Schalter. Entschuldigt mich, während ich der Dame in die Sänfte helfe, ja?"

Schnellfeuer eilte zu den Reihen der Armee zurück und stützte dabei das schlaff wirkende Simulacrum. Sobald es bei der Sänfte angekommen war, rief er: „Hilf mir mal jemand mit der Waffe!" Eingeschüchtert wirkende Männer gehorchten und halfen ihm, den Koffer vorzuziehen. Sie hievten die schwarze Röhre, die unglaublich schwer war, heraus und stellten sie mit einem Knirschen auf ihre rotgoldenen Räder. Schnellfeuer zeigte auf den großen roten Hebel am hinteren Teil des Geräts.

„Hört genau zu! Haltet euch von dem Hebel fern! Er darf nur vom Herzog bedient werden! Wenn jemand so närrisch ist, damit herumzuspielen, bin ich nicht für die Konsequenzen verantwortlich, verstanden?"

„Wir haben dich gehört", beschwichtigte ihn der Hauptmann der Nachhut missmutig. „Das Ding wird meinen Jungs aber nicht um die Ohren fliegen, wenn wir es schieben, oder?"

„Nicht, wenn ihr aufpasst. Schiebt es langsam und seht zu, dass es nicht durchgeschüttelt wird, aber geht. Jetzt!"

Nachdem sie sich entfernt hatten und das Gerät unendlich vorsichtig den Hang hinauf schoben, setzte sich das Simulacrum auf und hüpfte von seiner Trage. „Gut. Los wir wollen keine Zeit vergeuden."

„Ihr Männer kommt mit uns", befahl Schnellfeuer den Sänftenträgern. „Der Herzog hat uns mit einem Geheimauftrag von äußerster Wichtigkeit betraut." Er nahm das Modell wieder an sich. Das Simulacrum schwebte voraus, er folgte ihm, und dann kamen die Sänftenträger.

Dalbeck wandte sich von den Zinnen ab. „Sie haben es getan!"

Gard kam an die Mauer und blickte nach unten, durch die Schneise in der Todeszone rückten langsam Bewaffnete vor.

Eine finstere Ruhe ergriff ihn, eine Gelassenheit wie Eis. Er drehte sich um und sah Thrang die Hände ringen. „Berichte meiner Gemahlin davon und bitte sie, sich an alles zu erinnern, was ich ihr gesagt habe, bitte."

Thrang wandte sich ab und rannte. Gard ließ seinen Blick über die versammelten Dämonen schweifen, über Rotauge und Balnshik und all die anderen, die er gerufen und denen er eine Gestalt gegeben hatte. „Denkst ihr, dass meine Rüstung schwarz genug ist?"

„Du siehst wunderbar schrecklich aus, mein Schatz", beruhigte ihn Balnshik.

„Man wird mich nicht lebendig fangen", verkündete er.

Sie lächelte. „Es wäre eine Ehre."

„Danke. Feldwebel, nimm deine Division und bezieh hinter dem Seitentor Aufstellung. Wenn sie das Ding auf die Mauer ausrichten, macht ihr einen Ausfall und versucht es zu erobern. Wir geben euch Deckung."

„Herr!" Rotauge salutierte und lief los.

Gard blickte sich um. „Haben wir eine Parlamentärsflagge?" Hallock fand eine und brachte sie ihm. Gard ging zu den Zinnen, lehnte sich vor und schwenkte die Flagge.

o o o

Das Simulacrum führte die kleine Gruppe am Rand der Todeszone entlang, bis sie außerhalb der Sichtweite der Armee waren. Es wandte seine Maske in diese und jene Richtung, als schnuppere es prüfend. Endlich blieb es stehen, kletterte dann die Hügelflanke hinab und zeigte auf eine bestimmte Stelle am steilen Hang: „Dort."

Schnellfeuer stolperte nach unten. Er zielte mit dem Modell und brannte einen Durchgang in den Berg, groß genug zum stehen und zehn Schritt tief. „Rein mit dir ... und nochmal", befahl das Simulacrum. „Folgt ihm, Soldaten."

Sie gehorchten widerstrebend und sahen die Funken tanzen, während der Durchgang wieder und wieder erweitert wurde und sie begannen, ins Herz des Berges vorzudringen.

o o o

Thrang tänzelte zwischen den umhereilenden Soldaten hindurch und bahnte sich einen Weg bis zum Garten. Er trat keuchend und wimmernd ein, eilte über den ruhigen Rasen und kniete vor der Heiligen nieder. „Sie sind durch! Ihr müsst fliehen!"

Ihr Herz machte einen Satz. Grattur und Engrattur heulten und zogen Messer, um sich selbst zu schneiden.

„Hört auf damit", sagte die Heilige bestimmt und war über die Festigkeit ihrer Stimme erstaunt. „Jish! Du musst die Trevanion anführen. Das ist ein gegenwärtiger Auftrag und keine Bevollmächtigung auf Dauer. Folgt diesem blauen Herren." Sie nahm Engrattur fest an die Hand. „Grattur, führ sie durch den Fluchttunnel. Engrattur, du begleitest uns zum Kinderzimmer. Wir holen die Kinder, und dann zeigst du uns, wie wir den anderen folgen können."

„Jawohl."

„Jawohl."

„Kdwyr, Jünger, jeder, der stark genug ist, beim Laufen ein Kind zu tragen, begleitet uns." Engrattur wirbelte herum und lief los und sie folgte ihm, langsam und schwerfällig, bis Kdwyr ihren Arm stützte und ihr half.

o o o

„Eindringling" rief Gard in der Stimme nach unten, die er auf der Bühne benutzt hatte. „Wer wagt es, mein dunkles Reich zu betreten?"

Herzog Salting blickte zu ihm hoch. „Ich, Skalkin Salting! Herzog von Silberhafen, Deliantiba und des Hafens Schwarzfels! Befreier von Konen Feyy! Besitzer und Betreiber der Handelsgesellschaft Salting! Ich bin gekommen, um blutige und gerechte Vergeltung zu üben und Bezahlung für alle Schäden einzufordern, die Ihr angerichtet hab, Dieb!"

„Seid gewarnt und flieht, närrischer Sterblicher", rief Gard zurück. „Denn ich gebiete über Hexereien, die so schrecklich sind, dass man keinen Namen für sie hat, und ich werde sie entfesseln, um Euch zu Staub zu zermalmen!"

„Oh, habt Ihr das?" Salting hörte, wie man das Gerät hinter ihm in Stellung brachte. Er warf einen Blick zurück und musste grinsen. „Nun, Ihr seid nicht der einzige mit hexerischen Waffen. Seht her! Die Dame Pirihine Porlilon schickt uns dies mit besten Grüßen. Habt Ihr gesehen, wie wir uns den Weg durch Euer Labyrinth gebrannt haben? Das war nichts im Vergleich zu der Macht dieser Waffe!"

Gard starrte auf das Gerät hinab, glänzende Dunkelheit auf bunt bemalten Rädern. Eine diffuse Magie hing in der Luft und verbarg es wie in Rauch. Irgendein Zauber war da am Werk, würde ihm die Stunden seines Lebens entreißen … und irgendwo in der Festung flohen seine Frau und seine Kinder in Sicherheit. Wie viel Zeit würde er ihnen erkaufen können?

„So, so", begann er spöttisch. „Seit wann nennt Ihr Euch den Herzog des Hafens Schwarzfels? Ich hörte, Ihr hättet Angst vor den Stahlhänden."

„Nicht mehr, seitdem ich das hier habe", triumphierte Herzog Salting und tätschelte den Lauf der Waffe. Der Hauptmann der Nachhut zuckte zusammen und einige seiner Männer steckten schnell die Finger in die Ohren. „Mich von einem Grünie-Bastard wie Euch zu befreien ist nur das erste, was ich tun werde. Die Stahlhände sind die nächsten!"

„Tatsächlich?", höhnte Gard. „Mir kommt es ein wenig feige vor, eine magische Waffe zur Eroberung einzusetzen. Ja, ich denke, Ihr seid ein Feigling. Ich denke, Euer Vater war ein Feigling und dessen Vater, und auch all seine Vorväter. Ich wette, ihr seid sogar zu feige, eine Herausforderung zum Duell anzunehmen. Oder nicht?

Was sagt Ihr, Herr Salting? Ihr und ich, Mann gegen Mann, Klinge gegen Klinge, um herauszufinden, wer hier heute gewinnt? Wenn Ihr verliert sterbt Ihr, aber ich lasse Eure Armee unbehelligt ziehen. Wenn ich verliere, könnt Ihr Euch an meinen Schätzen bedienen. Was sagt Ihr dazu?“

„Es heißt Herzog Salting! Haltet Ihr mich für einen Narren?“ schrie Salting. „Mann gegen Mann? Ich bin doch nicht einer von Euren ach so edlen, sich ständig duellierenden Bastarden! Ich habe ein Hirn! Denkt Ihr, ich wäre in meine jetzige Stellung gekommen, indem ich närrische Risiken eingegangen bin? Denkt Ihr, ich wäre so dämlich, herzukommen wenn ich nicht wüsste, dass ich Euch und Eure Festung zu Staub zermalmen kann? Denkt noch mal drüber nach, dunkler Fürst – wenn Ihr noch könnt!“ Er ergriff den roten Hebel und legte ihn um.

Nichts passierte.

Herzog Salting drehte sich um und betrachtete das Gerät stirnrunzelnd. Er kippte den Schalter zurück und legte ihn erneut um. Noch immer geschah nichts. Er versetze einem rotgoldenen Rad einen Tritt, und obwohl sich die Männer, die dem Gerät am nächsten standen, panisch wegduckten, blieb die Waffe unbeeindruckt stehen wie ein glänzend poliertes Eisenrohr, das sie schließlich auch war.

Gard warf die Flagge über seine Schulter. „Tötet ihn.“

„Meine Damen“, befahl Balnshik, „die Herren. Feuer bitte!“

Die Luft summte vom Klang der Bogensehnen, und der Himmel verdunkelte sich vor Pfeilen. Der Herzog wurde zu Boden gerissen und noch im Fallen mehrfach durchbohrt. Unter seinen unglückseligen Männern breitete sich Panik aus und von den Zinnen ertönte ein brüllendes Gelächter, als Gards Männer Steine warfen und die Schützen erneut ihre Bögen spannten.

Dennoch lag das Vibrieren der Magie noch immer in der Luft. Gard sah sich stirnrunzelnd um. Die Quelle war nicht der Herzog, der sterbend am Boden lag. Die Wunderwaffe stand untätig da, harmlos und ohne jeden Zauber. Die Männer des Herzogs trampelten sich in ihrer Hast gegenseitig nieder, als sie durch die Schneise in der Todeszone zu fliehen versuchten. Wo war Pirihine? Warum war sie oder die Präsenz, über die sie gebot, nicht in der ersten Reihe gewesen, um sich an seinem Untergang zu ergötzen?

Doch sie hätte ihn hier gar nicht töten wollen, oder? Sie hätte ihn gefangen nehmen wollen. Weil du den Zauber des alten Magister Porlilon so verdreht hast, dass er nur durch dein Blutopfer wieder entwirrt werden kann und sie entkommen lässt.

„Es ist eine Finte!“ schrie Gard, doch in all dem Triumphgeschrei von den Zinnen hörte nur Balnshik ihn. Ihre Blicke trafen sich.

„Oh, diese Schlampe“, fluchte sie. Dann war sie weg, rannte schnell wie ein Schatten zum Haus hinunter. Unter sich hörte Gard ein Brüllen, als Rotauge und seine Männer aus dem Nebentor geströmt kamen, gierig auf ein Gemetzel.

„Nein!“ Gard rannte zu den Zinnen und beugte sich darüber. „Nein! Zurück nach drinnen! Der Feind ist in der Festung!“

o o o

„Wir müssen jetzt unter dem Haus sein“, befand Schnellfeuer keuchend. Er senkte das Modell und blickte sich um. „Aber es geht langsam voran.“

„Ich bin ein wenig erschöpft“, klagte das Simulacrum mit schwankender Stimme, und das Hexenfeuer, das es umgab, wurde immer trüber. Es hatte eine Hand gehoben und tippte mit den Fingern der anderen dagegen, klick, klick, klick, klick. „Vielleicht …“

Schnellfeuer nickte kaum merklich und setzte das Modell ab. „He, Männer! Ich denke, wir sind schon in der Nähe der Geheimtür. Kommt her und drückt mal mit den Schultern gegen die Wand." Die Sänftenträger kamen heran und taten wie befohlen. Sie strengen sich an und schwitzten, während sie gegen das Felsgestein drückten, doch nichts bewegte sich.

„Dann stemmt euch mit den Händen gegen die Mauer und schiebt", befahl Schnellfeuer. Sie gehorchten ihm. Er zog sein Schwert und tötete lächelnd drei von ihnen innerhalb von wenigen Herzschlägen. Nur einer konnte sich umdrehen und rennen, doch Schnellfeuer hetzte hinter ihm her und stach ihn nieder, noch bevor er auch nur ein Drittel des Wegs nach draußen geschafft hatte.

„Oooh", stöhnte das Simulacrum und erschauerte wollüstig. „Oh, ja! Köstlich! Oh, sie waren stark!" Das Hexenfeuer leuchtete wieder auf und beschien die Gesichter der toten Opfer. „Nun, mein lieber Schnellfeuer! Weiter! Wir sind schon verdammt nah dran!"

o o o

„Ihr müsst jetzt sehr leise sein", erklärte die Heilige, während Engrattur Bero und Bisha hochhob. „Leise wie Mäuschen. Könnt ihr Mäuschen sein?"

Die Kinder nickten und legten die Hände über den Mund. Kdwyr hob Fyll empor, und Dnuill nahm die Hand Mishs, des letzten Findelkinds. „Der Rest von euch nimmt Decken und Leinen", ordnete die Heilige an. „So viele ihr tragen könnt. Schnell, bitte."

Sie hob Eyrdway auf, der geschlafen hatte. Nun streckte er sich in ihren Armen und verzog schläfrig das Gesicht. Er öffnete die Augen und sie hätte ihn beinahe fallen gelassen, denn sie baumelten auf Stielen aus seinem Kopf heraus, ähnlich wie bei einer Schnecke, doch als er sie erkannte, zog er sie hastig zurück. „Mami! Way-way-Mami."

„Ja, es ist Eyrdways Mami!", flüsterte sie und schlug ihn in eine Decke ein. „Komm jetzt mit Mami. Sei ruhig und brav." Sie hob ihn an ihre Schulter und er schlang seine Arme um ihren Nacken. „Engrattur, führe uns."

Sie verließen die Kinderstube und huschten den verlassenen Gang entlang, doch der Lärm der Auseinandersetzung echote zwischen den Wänden. Die Heilige fiel zurück, behindert durch das Gewicht zweier Kinder, und konnte kaum atmen. Als sie zu einer Biegung kamen, blieb Kdwyr mit Fyll stehen und blickte zu ihr zurück.

„Geh!", rief sie. „Geh mit den anderen voraus und dann komm zurück und hilf uns." Er nickte und verschwand um die Ecke. Sie hielt einen Moment inne und rang keuchend nach Atem, während sie Eyrdway auf die andere Schulter verlagerte.

Fünfzehn Schritte vor ihr erschien ein Flimmern an der Mauer, als würde sich dort die Luft erhitzen, dann entstand ein Loch und Verputz und Steine rieselten zu Boden. Ein Mann kam hindurch, ein Kind der Sonne mit etwas, das wie eine Waffe aussah. Er trat in den Gang hinaus, blickte sich um und entdeckte sie. Er grinste breit. „Nun, wir sind nicht in der Kinderstube, aber ich denke, das ist egal." Die Heilige wich einen Schritt zurück und spürte ihr Herz wild schlagen. „Da sind sie! Oder ich müsste mich sehr täuschen."

„Was?" Jemand, nein, etwas anderes kam durch die Öffnung, etwas, das wie eine Messinggliederpuppe aussah und die Größe und Gestalt einer Frau hatte. Auch ihre Stimme war die einer Frau, sie war süß und scharf wie eine glasierte Chilischote. Schnellfeuer gestikulierte zu ihr gewandt: „Das werden die Frau und das Kind sein."

„Oh!" Das Simulacrum beugte sich aus der Hüfte heraus nach vorne und schien sie zu mustern. „Ja. Was für ein Glück. Genau wie wir gehofft hatten! Gards Blut in einem praktischen, transportablen Gefäß. Aber die Frau kannst du töten."

Die Heilige wirbelte herum und rannte zurück in Richtung der Kinderstube, und die Angst beflügelte ihre Schritte. Sie erreichte die Tür, schlug sie hinter sich zu und verriegelte sie in dem Moment, in dem Schnellfeuer von der anderen Seite gegen sie krachte. Sie hörte ihn fluchen und dagegen hämmern.

„Eyrdway!" Sie setzte ihn in der Krippe ab. „Spiel ein Spiel mit Mami. Siehst du dein Spielzeug?" Eyrdway lächelte breit und gluckste und zeigte auf das Regal über der Krippe.

„Wir brechen durch", sang Schnellfeuer auf der anderen Seite der Tür, doch nach einer kurzen Stille erklang ein Fluch.

„Es funktioniert nicht bei Holz, du Idiot" schalt die Stimme der Frau. „Ziel neben die Tür."

„Gutes Kind!" flehte die Heilige. „Sei ein Spielzeug, Eyrdway. Sei ein Spielzeug für Mami."

„Ah! Schon besser", rief Schnellfeuer zufrieden, als sich die Mauer über dem Türstock auflöste. Er zog die Waffe erst auf einer Seite am Rahmen entlang und dann auf der anderen, und schließlich fiel die Tür krachend nach innen. Pulverisierter Verputz stob auf, und als sich die Wolke wieder legte, konnte man die Heilige erkennen, die sich an die gegenüberliegende Wand der Kinderstube gedrückt hatte und die Eindringlinge anstarrte.

„Endlich", triumphierte Schnellfeuer und legte das Modell ab. Er zog sein Schwert und trat in den Raum. Das Simulacrum schwebte hinter ihm und gab ein angeekeltes Geräusch von sich. „Oh, sie hat das Kind versteckt. Was hast du mit dem Kind getan, Gards Frau?"

„Bei den Göttern, sie ist eine Schönheit. Seid Ihr sicher, dass sie seine Frau ist und nicht nur das Kindermädchen?" In Schnellfeuers Augen flackerte es gierig. „Ich kann mir doch nicht die Gelegenheit entgehen lassen, seine Frau zu vögeln!"

„Doch du kannst! Ich will das Kind. Wo ist es?"

„Zur Hölle mit Euch und dem Kind", lachte Schnellfeuer und kam auf die Heilige zu. Sie hob ihren Blick und sah ihm direkt ins Gesicht, und er taumelte zurück und schrie, die Augen mit den Händen bedeckt. „Beim verschissenen Gott des ...!"

„Das geschieht dir ganz recht", unterbrach ihn das Simulacrum spitz. „Durchsuch den Raum. Öffne alle Kisten und Schränke. Dort ist ein Nebenzimmer, schau nach, ob er in einem der Körbe ist. Tu es, oder ich werde dir mehr wehtun als sie."

„Schlampen", fluchte Schnellfeuer stöhnend, doch er tastete mit einer Hand auf dem Boden herum, fand sein Schwert und taumelte damit ins Nebenzimmer. Die Heilige konnte ihn bei seiner Suche poltern und Möbelstücke umwerfen hören. Das Simulacrum schwebte näher heran. Sie blickte ihm mit allem Zorn ihres Herzens ins Gesicht, doch die eingesetzten Augen reagierten nicht.

„Nein, das wird bei mir nicht funktionieren", kicherte es amüsiert. „Ich bin nicht wirklich hier, verstehst du? Mein Wille ist hier, meine Sinne und mein Hunger, aber mein Körper ist tausend Meilen weit weg und gegen geistige Angriffe immun."

„Oder du hast keine Seele", erwiderte die Heilige.

„Vielleicht." Das Simulacrum zuckte die Achseln. „Streng dich mehr an, Schnellfeuer! Er ist so ein Narr. Hör mir gut zu, Gards Frau: Ich gebe dir mein Wort, dass ich diesen Ort verlassen werde, mit Gards Jungen lebend in den Armen. Zeig mir, wo du den Kleinen versteckt hast, und ich lasse sogar dich leben, was heißt, dass dein anderes Kind auch leben wird. Wie kannst ablehnen?"

Die Heilige schüttelte den Kopf. „Ich weiß, warum du ihn lebendig haben willst."

„Tust du das? Nun gut. Dann schätze ich, du wirst es mir nicht sagen. Mal sehen ..." Das Simulacrum drehte den Kopf hin und her, als würde es sich gedankenverloren im Raum umsehen. „Du bist zweifellos eine Frau, die selbst über ein paar Talente verfügt. Jedes normale Kind hätte schon längst irgendein

Geräusch gemacht und sich verraten, also … Ich nehme an, dass du einen Tarnzauber auf es gelegt. Habe ich Recht?“

Der leere Blick des Simulacrums glitt über das Spielzeugregal über der Krippe. „Hm … du hattest nicht viel Zeit, bevor wir durch die Tür gebrochen sind. Ich denke, er ist gar nicht im anderen Raum. Ich denke …“ Es griff ins Regal und holte ein Kuscheltier herunter, ein fettes, kleines Wesen mit Knopfaugen. „Vielleicht das hier?“

Die Heilige antwortete nicht. Das Simulacrum beobachtete ihr Gesicht aufmerksam, nahm eines der Knopfaugen zwischen die Finger und riss es heraus.

„Nein? Nein.“ Es warf das Kuscheltier zur Seite und griff sich ein anderes mit einer Schleife um den Hals. „Was ist damit?“ Es packte die beiden Enden der Schleife und zog sie straff. „Soll ich noch stärker ziehen?“

„Geliebter“, betete die Heilige inständig, „wo immer du hingegangen sein magst, erwache aus deiner Stille und bitte, bitte hilf mir. Mein Kind ist unschuldig! Im Namen der Gnade, des Mitleids, schicke Seelen um mir zu helfen …“

Von der Tür her erklangen ein tiefes Knurren, und das Geräusch von blankgezogenem Stahl. Das Simulacrum wirbelte herum und ließ das Spielzeug fallen. „Balnshik! Du verdorbene Kreatur. Wie konntest du es wagen, von uns davonzulaufen?“, fragte es aufrichtig empört.

„Hat sie dem Kind ein Leid zugefügt?“, zischte Balnshik und schlich näher.

„Noch nicht“, erwiderte die Heilige und hätte vor Erleichterung fast aufgeschluchzt.

„Schnellfeuer, du Feigling! Komm her und kümmere dich um sie“, schrie das Simulakrum.

Balnshik lächelte und ihr Gesicht wurde zu einer Visage des Schreckens. „Ach, Schnellfeuer! Es lange her. Komm und spiel mit mir, kleiner Mann.“

„Götter der Tiefe …“ Zu mehr kam Schnellfeuer nicht, denn Balnshik hatte ihn schnell wie eine springende Raubkatze angegriffen, und als er ihren Schlag parierte hätte er sich fast den Arm gebrochen. Die Heilige wich in eine Ecke des Raums zurück und zog einen Stuhl vor sich, um sich schützen zu können. Unwillkürlich warf sie einen furchtsamen Blick zu den verbleibenden Spielzeugen über der Krippe. Das Simulacrum bemerkte ihn.

„Also ist er da oben“, nickte es über das Klingen aufeinanderprallenden Stahls hinweg. „Habe ich es mir doch gedacht.“ Es schwebte ein Stück zur Seite, um Schnellfeuers Gegenangriff auszuweichen. Balnshik sprang und schlug erneut zu, und Schnellfeuer fiel zu Boden und rollte sich ab. Er kam augenblicklich wieder auf die Füße, doch Balnshik hatte so rasch ein weiteres Mal zugestoßen, dass er gerade noch so den Arm hochreißen und parieren konnte.

„Ah!“, rief das Simulacrum. Die Heilige blickte auf und sah voller Schrecken, dass ihm nun schließlich aufgefallen war, dass dort zwei hölzerne Wolfswelpen nebeneinander auf dem Regal saßen.

„Welcher von beiden ist es, frage ich mich?“, überlegte das Simulacrum. „Ich würde mal sagen, nicht das mit den Bissspuren. Soll ich sie beide ins Feuer werfen und schauen, was passiert?“

Doch es konnte das Regal nicht erreichen, da Balnshik, die noch immer mit dem keuchenden Schnellfeuer im Kampf verstrickt war, vor die Krippe sprang. „Du bist alt geworden, Schnellfeuer“, höhnte sie verächtlich. „Du warst so ein drahtiger Bursche in der Trainingshalle, doch jetzt bist du langsam und schwerfällig.“ Sie warf ihn erneut gegen die Mauer und rückte gegen ihn vor, und abermals gelang es ihm nur mit Mühe, den Schlag zu parieren. Die Klingen verhakten sich kreischend und für einen Augenblick lang starrten die Gegner sich direkt ins Gesicht. Balnshik fletschte die Zähne.

Schnellfeuer griff rasch mit der freien Hand zum Gürtel, zog einen Dolch und stieß ihn ihr seitlich unter dem Kettenhemd in die Flanke.

„Du betrügerisches, kleines Arschloch", fluchte Balnshik. Sie riss ihre Klinge los und schlug ihn nieder, ihr Schwert drang durch seine Schulter bis zum Nacken. Er stürzte zu Boden und starb. Sie trat zurück, taumelte ein wenig und zog den Dolch aus ihrer Seite. „Typisch", meinte sie trocken, während sie die seltsam gefärbte Klinge betrachtete. „Gift."

Ihre Haut hatte die Farbe von Asche angenommen. Sie wandte sich ab, um auf das Simulacrum loszugehen, doch ihre Beine gaben unter ihr nach und sie stürzte.

„Das passiert mit bösen Sklaven, die davonlaufen", höhnte das Simulacrum. „Verdammt sollst du sein! Ich hätte Schnellfeuer gebraucht, um nach Hause zurückzukehren. Ach, egal." Es wandte sich der Heiligen zu. „Ich kann ja stattdessen dich opfern. Nun, soll ich jetzt dein Kind anbrennen, oder wirst du ihm zumindest diesen Schmerz ersparen?"

Die Heilige sagte nichts und starrte ihr nur unverwandt ins Gesicht.

„Nun gut, das Feuer also", meinte das Simulacrum achselzuckend und griff zum Regal.

Eine Stahlspitze tauchte zwischen Hüften und Unterkörper auf. Es blickte nach unten und lachte verächtlich. „Dumme Dämonenschlampe. Habe ich nicht gerade erklärt, dass ich nicht …"

Gard zog sein Schwert zurück und Blut sprudelte aus der Luft. Das Simulacrum blickte an sich herab und stieß einen spitzen Schrei aus. „Du Grobian", fluchte es, während das Blut zu Boden strömte und eine Pfütze entstand. „Du stinkende Bestie! Weißt du nicht, wer ich bin?"

Gard schwang sein Schwert und schlug dem Simulacrum den Kopf ab. Mit einer Explosion aus Blut mitten in der Luft fielen die Maske und der leere Helm, dann stürzten die restlichen Körperteile klappernd zu Boden und es kam kein Blut mehr nach.

Er stieg über die Messingtrümmer hinweg und trat den Stuhl zur Seite. Die Heilige ließ sich in seine Arme fallen, dann löste sie sich von ihm und nahm einen der Spielzeugwölfe vom Regal. „Braver Junge", lobte sie mit schwacher Stimme, während sich das Spielzeug zu verwandeln begann. Eyrdway lachte in ihren Armen. „Mamis braver Junge!"

Gard ging neben Balnshik in die Knie, die auf der Seite lag und ihre behandschuhte Hand auf die Wunde gepresst hielt. Ihre erschreckende Blässe hatte zugenommen, als würden Blitze unter ihrer Haut zucken, und ihre Lippen entblößten lange Fangzähne. Sie bäumte sich mühevoll auf und Gard beugte sich zu ihr herunter, um sein Ohr an ihren Mund halten zu können. Sie flüsterte etwas. Dann schloss sie ihre Augen und fiel. Gard sah, wie ein Licht in den Farben eines strahlenden Sonnenaufgangs aus ihrem Körper strömte und verblasste.

„Was hat sie gesagt?", fragte die Heilige, die endlich den Tränen freien Lauf ließ.

„Sie hat mir ihren wahren Namen verraten."

o o o

„Ich war die Lustsklavin des dunklen Fürsten" ist sorgfältig lektoriert und besonders sorgsam gesetzt, da bei derartigen Büchern Druckfehler für viel unerwünschte Heiterkeit sorgen können. Ein entsprechend anzügliches Titelbild wird gedruckt, jedes Stück per Hand gefärbt und aufgeklebt. Die Arbeiter der Druckerei Kupfertafel & Söhne beluden die Karren und sandten sie zu den besseren Buchläden überall.

Eine Kiste mit fünfundzwanzig Exemplaren wird auch an einen Händler in Gabrekia geliefert. Er bietet leichte Lektüre an, gemeinsam mit Süßigkeiten, Sonnencreme und anderen

Dingen, die jene Leute interessieren, die einen entspannenden Tag am Strand verbringen wollen.

Der Verkäufer arrangiert die Kopien von „Ich war die Lustsklavin des dunklen Fürsten“ in seinem Kiosk und bewundert den Effekt, bevor seine Aufmerksamkeit von einer kleinen Gruppe erregt wird, die über die Dünen zum Strand geht.

Er beobachtet sie und meint, einen reichen Geschäftsmann seines eigenen Volkes mit seiner Familie und ihren Dienern zu erkennen. Die Diener arrangieren den Sonnenpavillon und der Gemahl und Vater stellt einen Klappstuhl für seine Frau auf. Obwohl sie zum Schutz gegen die Sonne verschleiert ist, bleibt ihre bemerkenswerte Schönheit nicht verborgen. Der Verkäufer murmelt einen Fluch und gibt sich einer kurzen Fantasie hin.

Seine lüsternen Vorstellungen vergehen jedoch, als er ihren Gemahl sieht, der groß ist, einen schwarzen Bart trägt und so aussieht, als würde er regelmäßig Städte überfallen. Jetzt fällt dem Verkäufer auch auf, dass die Livreen tragenden Diener allesamt groß, hässlich und schwer bewaffnet sind. Er erschauert und wendet sich wieder seinen Waren zu.

Draußen am Strand bietet der Mann mit dem dunklen Gesicht seiner Frau mit einer Verbeugung den Stuhl an und lässt sich dann in seinen eigenen sinken. Eine Amme, groß, schwarzhaarig und äußerst wohlgeformt, aber ebenfalls schwer bewaffnet, lässt zwei kleine Jungen laufen. Sie stürmen lachend ans glitzernde Wasser und tanzen glücklich kreischend zurück, wenn Wellen auf den Strand schlagen. Die Amme setzt das kleine Mädchen auf den Boden und gibt ihm einen Eimer und eine Sandschaufel, dann knurrt sie es sanft an, um es davon abzuhalten eine Handvoll Sand zu essen. Als nächstes hebt sie das winzige Neugeborene aus seinem Korb und überreicht es der verschleierten Schönheit. „Der kleine Ermenwyr, Herrin“

Die Schönheit empfängt ihn in ihren Armen und seine Schreie verstummen sofort. Sie lächelt das Kind an und streicht seine Locken zurück, während es an ihrer Brust trinkt.

Einer der bewaffneten Diener stapft zum Kiosk, lässt seinen Blick über die angebotenen billigen Romane schweifen und schnappt sich dann ein paar Exemplare von „Ich war die Lustsklavin des dunklen Fürsten". Er bezahlt, unabsichtlich ist es ein Silberstück zu wenig, doch der Verkäufer sagt nichts. Das ist sicher ein Bandenführer vom Flammenberg, denkt er, der hier mit seiner Familie Urlaub macht. Am besten nicht beklagen.

Der Diener kehrt zurück und teilt die Bücher unter seinen Gefährten aus. Sie stellen weitere Klappsessel auf, positionieren sich diskret um den Pavillon und täuschen vor zu lesen. Der Gemahl und Vater lehnt sich zurück und greift nach der Schönheit, und sie nimmt seine Hand.

Zusammen sitzen sie da und beobachten ihre Kinder.